Het lied van leven en dood

Van dezelfde auteur

Kamtsjatka

Wilt u op de hoogte worden gehouden van de romans en literaire thrillers van uitgeverij Signatuur? Meldt u zich dan aan voor de literaire nieuwsbrief via onze website www.uitgeverijsignatuur.nl.

Marcelo Figueras

Het lied van leven en dood

Vertaald door Brigitte Coopmans

SIGNATUUR

2009

Omslagontwerp: Wil Immink Design
Omslagbeeld: Wil Immink Design
Foto auteur: Juan Hitters
Typografie: Pre Press Media Groep, Zeist
Druk- en bindwerk: Koninklijke Wöhrmann, Zutphen

ISBN 978 90 5672 296 8
NUR 302

De vertaalster ontving voor deze vertaling een werkbeurs van de stichting Fonds
voor de Letteren.

Dit werk is uitgegeven in het kader van het 'Sur' Programma ter Bevordering van
Vertalingen van het ministerie van Buitenlandse Zaken van de Republiek Argentinië.

Liber primus

I

Lupus in fabula

De man rende tussen lariksen en *coihues* door dieper het bos in; de wolf kwam achter hem aan. Zo op het oog een vanzelfsprekende situatie: men verwacht dat de prooi vlucht en dat het roofdier de achtervolging inzet. Maar bij een tweede blik vielen de ongerijmdheden op. De wolf trippelde in een vriendelijk drafje achter de man aan, alsof hij hem niet in de hielen wilde bijten, maar juist op afstand wilde blijven. En de man was ontzettend groot, een wandelende Kilimanjaro. Zo'n kolos kon zich met de blote hand verweren en de wolf de kop afrukken alsof hij een appel plukte. En toch rende hij verder, want het gevaar dat hem bedreigde, was verraderlijker dan de dood. De reus was bang dat hij gek was geworden. Alleen een gek kan geloven dat hij achtervolgd wordt door een pratende wolf. Het was zelfs nog erger, want het beest sprak Latijn.

'*Di nos quasi pilas homines habent*,' zei het dier achter hem.

De reus kende die uitspraak, de wolf citeerde Plautus.

Een wolf die thuis was in de klassieken? Hij wist niet of hij moest lachen of huilen.

Hij struikelde over boomwortels, elke keer dat hij neerkwam beefde de aarde. Zijn longen brandden als het vuur in een smidse. Hij zocht een boom waar hij in kon klimmen, maar de pijnbomen, die egels van het vasteland, weerden hem af. Net op tijd zag hij een lariks staan die hem een opstapje bood. In twee sprongen zat hij bovenin, waar de lucht ijler was.

De wolf bleef onder aan de boom staan. Het was een grijs mannetje met een gevlekte vacht en ogen zo goudgeel als het daglicht.

De tak waarop de reus zat, kraakte onder zijn gewicht. Hij besloot nog wat verder naar boven te klimmen.

'*Quo vadis?*' wilde de wolf weten. Hij had een baritonstem.

De reus had door het bos lopen dwalen toen hij door het beest verrast werd. Wat deed een wolf in deze zuidelijke contreien? Zoiets zag je niet vaak, hij moest uit een dierentuin ontsnapt zijn, of van het terrein van iemand die zulke dieren als hobby hield. Het was ook nog mogelijk dat het geen echte wolf was, maar slechts een hond in de gedaante van een wolf, met de ogen van een wolf en de hoektanden van een wolf. De reus was tenslotte geen expert op dat gebied, hij kende wolven alleen van de plaatjes in de boeken van Jack London.

Voor dit *quid* gesteld, reageerde hij als iemand die in de Cariben een ijsbeer tegen het lijf loopt: hij stelde vast dat de wolf een absurde verschijning was en maakte zich uit de voeten, om ervoor te zorgen ook op gevorderde leeftijd nog verwondering te kunnen ervaren.

Hij had het al op een lopen gezet toen hij de begroeting hoorde. '*Pax tecum*,' zei de wolf, vrede zij met je. Omdat de reus niet bleef staan, ging de wolf hem achterna. Terwijl hij achter hem aan trippelde, riep hij dat hij hem niets zou doen, hij was gekomen om hem een boodschap te brengen. Maar zijn pogingen tot opheldering maakten de geest van de reus alleen maar troebeler. '*Pax tecum*' kon je nog verwarren met een geeuw, iemand kon zo niezen dat het klonk als '*pax tecum*' ('*Paxtecum!*' roept de een. 'Gezondheid!' zegt de ander), maar een volledige zin kun je niet verwarren met een plotselinge, onwillekeurige samentrekking van het middenrif.

Het was helemaal niet zo raar om te denken dat hij gek was geworden. Net als de meesten van zijn soortgenoten was de reus vrij neurotisch van aard. (Het neurosegehalte onder de inwoners van Buenos Aires is hoog, maar blijft binnen de grenzen van wat normaal is; dat beweren althans de psychoanalytici, die hun eigen reputatie moeten beschermen.) De arme kerel had bovendien net een ongeluk achter de rug, waarvan hij meer leed had ondervonden dan van zijn *mal du temps*. Als er een wedstrijd voor depressiekandidaten had bestaan, was hij tot aanstormend talent uitgeroepen.

Zijn enige hoop was dat hij zich in het beginstadium van zijn zenuwinzinking bevond; misschien was hij nog op tijd om haar af te wenden. Hij moest een zwakke plek vinden in het schild van zijn waanvoorstelling, een kiertje waardoor hij weer terug kon glippen naar de wereld van de gezonde mensen. Het accent waarmee de wolf Latijn sprak, bijvoorbeeld. Dat kwam hem bekend voor. Achterdochtig vroeg hij vanaf de wiebelige takken: 'Professor Fatone?'

De wolf liet zijn kop hangen en bracht een gorgelend geluid uit. De reus dacht dat hij zich in een dennenappel had verslikt, maar al snel begreep hij dat dit, uit een strot als deze, het geluid van een schaterlach moest zijn.

Hij overwoog of hij aan hallucinaties leed. Het waanbeeld was perfect, hij zag de wolf net zo scherp omlijnd tussen de boomwortels snuffelen als deze woorden afsteken tegen het witte papier. (Net zo duidelijk als wij u, lezer, geconcentreerd op de eerste pagina's van dit boek voor ons zien.) Drogbeelden hebben rationele, zelfs fysiologische oorzaken: een verminderde doorbloeding van de hersenen, bijvoorbeeld, of een tumor. Deze laatste optie leek de reus nog onheilspellender dan krankzinnigheid.

En als het nou een droom was? Binnen de context van een nachtmerrie was een wolf die Latijn sprak met het accent van Fatone aanvaardbaar. Hij had nog nooit zo levensecht gedroomd, dat niet. Zijn huid jeukte op de plekken waar hij langs de naalden van de bomen was geschuurd. Zweetdruppels gleden over de glijbaan van zijn rug naar beneden. De tak die in zijn achterwerk stak, was meer dan alleen hinderlijk; het leek de landing in Normandië wel.

De reus gaf de droom eerst het voordeel van de twijfel, je hebt in je slaap immers de meest intense gewaarwordingen. Maar de wolf stonk zo vreselijk dat hij zichzelf niet langer voor de gek kon houden. Het was een agressieve geur die zijn zintuiglijke geheugen niet kende en die hij aan niets anders dan het beest kon toeschrijven. Hij herinnerde zich bang te zijn geweest in dromen, te hebben geschreeuwd en dus ook gehoord, maar hij kon zich niet herinneren ooit iets te hebben geroken. Niemand ruikt iets in een droom!

Geschokt leek de reus zich bij zijn nederlaag neer te leggen. Hij liet zich meevoeren door een herinnering, het stoffige universiteitsgebouw, de kille collegezaal en professor Fatone, die in de loop der tijd één was geworden met zijn omgeving. De reus drong nog verder door in zijn geheugen, op dezelfde onbesuisde manier als hij het bos in was gerend. Hij dacht aan dat vocabulaire, *rebus, sic, timor reverentialis*, aan de declinaties, aan het lezen van *Ars amandi*, aan Ovidius – die onbeschaamde verzen! –, aan de argumenten waarmee de heilige Augustinus de sceptici weerspreekt … De zin ontsnapte aan zijn lippen vanuit de verste vertakkingen van zijn geheugen: '*Credo quia absurdum.*' Het waren de woorden waarmee de heilige Augustinus zijn geloof verdedigde: ik geloof het omdat het absurd is.

'*Ak*,' bracht de wolf opgelucht uit. Eindelijk hadden ze een gesprek!

II

Waarin de boodschap wordt overgebracht die, ach, onvoltooid blijft

Vanuit de hoogte zag de reus alleen een flinke rij hoektanden. Hij vroeg zich af hoeveel kilo vlees ze op hun weg naar volwassenheid hadden verscheurd.

'*Quis est?*' wist hij in stroef Latijn uit te brengen.

De wolf ging op zijn achterpoten staan en zette een voorpoot tegen de boomstam. Er ging een vreemd soort waardigheid van hem uit.

'Ik ben een boodschapper,' antwoordde het beest. (Hij zei het in de oude taal, maar het wordt tijd voor klaardere taal.)

'Een boodschapper? Wat ...? Van wie ...? Wie heeft je gestuurd?'

De wolf kraste met zijn poten over de schors. Dat was zijn manier om te zwijgen.

De reus was geïrriteerd door die geheimzinnigheid. Waarom zei de wolf uitgerekend nu niets? Hij voelde zijn schrammen weer, de kleren die aan zijn lijf plakten, het tintelende gevoel in zijn been. Door deze optelsom van kleine ongemakken besefte hij hoe belachelijk hij erbij zat. Wat deed hij daar, als een uit de kluiten gewassen Humpty Dumpty, ingeklemd tussen de takken van een boomkruin? En waarom was hij geheel tegen zijn intuïtie in een gesprek aangegaan met een wilde, harige Alice?

'Hoe kan het dat jij praat?' vroeg hij, waarbij hij een fout maakte die de wolf door de vingers zag. (Hij zei *potet* waar hij *potest* had moeten zeggen.) 'Wolven praten niet!'

'We hebben slechts een heel geduldige leraar nodig.'

'Maar waarom Latijn?'

'Dat is de taal van onze Orde.'

'Orde? Wat voor Orde?'

Het beest deed alsof het niets gehoord had. Maar de reus was te nieuwsgierig.

'Vertel op, wie heeft je dat geleerd?"

De wolf kraste weer met zijn nagels over de boomstam. Hij vond direct een passend antwoord, dat verzweeg wat hij niet wilde zeggen en hem tegelijkertijd terugbracht bij zijn oorspronkelijke opdracht: 'Mijn baas.' (Het woord dat hij gebruikte, was *dominus*.) 'Degene die me heeft gestuurd om je de boodschap over te brengen.'

'Ken ik hem?'

'Hoe moet ik dat weten?'

'Zei je niet dat hij Latijn onderwees?'

'Hij heeft het míj geleerd. Maar wolven onderrichten is slechts één van zijn taken.'

De reus was overtuigd: Fatone had een geraffineerde wraakoefening uitgedacht om hem te laten boeten voor de grappen die hij jaren geleden met hem had uitgehaald.

'Dit is het werk van Fatone!'

'Wie is Fatone?' vroeg de wolf, geïntrigeerd door die steeds terugkerende achternaam. Maar de reus geloofde niet dat hij van niks wist en vroeg door: 'Wie weet er nog meer dat ik die taal versta?'

'Mijn baas weet wat hij moet weten,' zei de wolf.

'Dat valt nog te bezien. Misschien heeft hij wel de verkeerde voor zich,' zei de man. Hij was bereid zich voor een ander uit te geven als hij daarmee de plannen van de grappenmaker kon dwarsbomen. 'Hoe weet jij dat ik degene ben die je zoekt?'

'Jouw naam is Teodoro Labat.'

Het begon Teo te duizelen. Uit de bek van de wolf klonk zijn naam als een vonnis. La-bát, een val die met een metalen geluid dichtklapt. Alle wilskracht die hij had verzameld om de wolf te misleiden, was plotseling vervlogen. Hij had geen puf meer om te liegen of zichzelf te bedriegen. Maar hoe wist Fatone dat Teo in dit bos was, terwijl Teo zelf pas onderweg had besloten dat hij hierheen zou gaan?

'Latijn bevalt me wel,' zei de wolf. 'Maar ik wil geen andere mensentaal meer leren. Mijn keel is voor bepaalde klanken niet geschapen.'

Lip- en sisklanken kostten hem inderdaad zoveel moeite dat zijn kaken er pijn van deden, en bovendien werd zijn inspanning niet altijd met succes bekroond; als hij niet uitkeek, kon *bonum* als *gonum* klinken. En met de klinkers had hij het al niet makkelijker. Om de 'a' duidelijk uit te kunnen spreken, moest hij zijn bek zo ver opendoen dat hij ervan ging geeuwen.

'Jouw baas is niet goed wijs,' zei Teo. 'Wie blijft er nou rustig voor een wolf staan om te luisteren naar wat hij te zeggen heeft?'

'Iemand van jouw formaat, bijvoorbeeld.'

Teo schoof onrustig heen en weer in de boom. Werd hij hier voor lafaard uitgemaakt?

'Mijn baas heeft een typisch gevoel voor humor,' zei de wolf. 'Hij heeft mij uitgekozen om een simpele reden: de boodschap die ik kom brengen, is van dien aard dat je hem uit de mond van een mens niet zou geloven.'

Dat was een goed argument, maar Teo weigerde het te aanvaarden.

'Als je een mens was geweest, was ik niet bang geweest,' mopperde hij.

'Ben je banger voor een wolf dan voor je soortgenoten? Er bestaat geen schadelijker ras op deze wereld dan het jouwe. Hobbes zei het al: de mens is een wolf voor zijn medemens.'

Teo bulderde het uit. Hij was best bereid om voor een sprekende wolf zijn ongeloof te laten varen (hij was immers opgegroeid met de fabels van Aesopus), maar een wolf die *Leviathan* had gelezen, ging echt te ver. Hij stelde zich voor hoe de wolf op zijn achterste poten zat en met zijn tong zijn voorpoot bevochtigde om de pagina's van een boek om te slaan.

'Wat een geleerd beestje,' zei Teo, die weer overging op zijn moedertaal. Hij zat zo te schudden van het lachen dat zijn zinnen haperden. 'Straks begint hij nog over kwantumfysica ... of abstracte kunst!' Hij imiteerde de keelgeluiden van de wolf en zei: 'Ik ben van mening dat Pollock meer zeggingskracht heeft dan Warhol!'

Hij lachte zo hard dat de bladeren trilden, als honderden groene vlammetjes.

De wolf reageerde furieus. Hij sprong omhoog en hapte in de lucht naar Teo; de vonken sprongen van zijn vuurstenen tanden. Geschrokken klom Teo nog verder naar boven. Wolven hadden geen gevoel voor humor, dit exemplaar in elk geval niet, *quod erat demonstrandum*.

'Dwaas!' grauwde het dier. Hij ging weer op vier poten staan en schudde zijn kop. De omgang met mensen stelde hem bloot aan cynisme, net als Diogenes, wiens beroemde uitspraak hij vaak citeerde. (In de bek van de wolf kreeg de zin 'hoe beter ik de mens leer kennen, hoe meer ik van mijn hond hou' een voedselgerelateerde bijbetekenis die het origineel niet had.)

'Ik kwam je een boodschap brengen. Wil je hem horen of niet?' blafte hij.

Teo had zin om nee te zeggen. Hij voelde zich gekrenkt in zijn hulpeloosheid, naar de hoogte verbannen door de dreiging van een *Canis lupus*. En diep in zijn hart verfoeide hij het literaire genre waartoe de situatie hem veroordeelde. Teo vond dat de grenzen van de fabel inmiddels wel overschreden waren. Hoewel hij door de afmetingen van zijn lichaam een geschikte kandidaat was voor het genre en zelfs voor een sprookje, beschouwde Teo zichzelf als een normale volwassene en daarmee als een te complex wezen om voor een personage van La Fontaine door te gaan.

In fabels komen geen mannen voor die mislukte liefdes met zich meeslepen, dacht Teo.

In fabels leren de personages iets en ik heb niets geleerd, dacht Teo.

In fabels komen moordenaars als ik er niet mee weg, dacht Teo.

Maar aan de andere kant, wat had hij te verliezen? Als de wolf zijn boodschap kwijt kon, was hij misschien tevreden en vertrok hij. Bovendien was Teo erg nieuwsgierig. Kennelijk vond iemand hem zo belangrijk dat hij hem zo'n exotische boodschapper had gestuurd. Bestaat er een ego dat een dergelijke verleiding kan weerstaan?

'Ik luister,' zei hij.

De wolf ging weer op zijn achterpoten tegen de boom staan.

'*Hic, haec, hoc*,' zei hij ter voorbereiding. Zijn kaken deden pijn. Hij betreurde inmiddels dat hij de opdracht had aangenomen. '*Hunc!*'

Hij kuchte nog eens en stak vol vuur van wal: 'Het doet me deugd je te kunnen mededelen dat je smeekbeden zijn verhoord. Proficiat!'

'Smeekbeden? Welke smeekbeden?'

'Ontken je dat je je blik naar de hemel hebt opgericht en om vergeving hebt gevraagd voor je fouten?'

'Iedereen vraagt weleens iets aan de hemel!'

'Maar jij bent heel vasthoudend geweest. En met jouw afmetingen is het ook lastig om over het hoofd te worden gezien. Het systeem werkt met bonussen, net als bij de boodschappen: hoe meer je koopt, hoe meer punten je verzamelt en hoe groter je kans om te winnen. Nogmaals proficiat! Ons hoofdkantoor heeft al toestemming gegeven voor het uitkeren van de prijs: een opdracht tot verlossing. Deze zal je verleend worden op een door jou te bepalen plaats, zodra je boetedoening erop zit.'

In Teo's openhangende mond had wel een honingraat gepast.

'Tussen twee haakjes,' vervolgde het beest, dat gewend was aan dit soort reacties, 'het bedrijf stelt zich niet verantwoordelijk voor het foutieve gebruik van de geleverde goederen. Het laat tevens weten dat het product een geldigheidsduur van anderhalf jaar heeft, dat wil zeggen, vijfhonderdzevenenveertig dagen en een dagdeel, volgens de Romeinse kalender. *Fugit inreparabile tempus!*'

'*Fugit?*' vroeg Teo beduusd.

'*Inreparabile,*' benadrukte de wolf. Het vibreren van de medeklinkers bezorgde hem pijn in zijn kaken, alsof hij op glas kauwde. Zijn volgende zin klonk daardoor onbegrijpelijk. Tussen wat hij zeggen wilde en wat er van zijn lippen kwam, gaapte een enorme kloof.

'*Guzie?*' herhaalde Teo.

De wolf wilde 'muziek' zeggen, maar zijn tintelende bek sprak het woord opnieuw verkeerd uit.

'Ik begrijp het niet!' zei Teo, in het Spaans nu.

Woedend krabde de wolf een stuk schors van de boom.

'Momentje,' zei Teo, en hij klom een stuk naar beneden. Als hij lager zat, kon hij het waarschijnlijk beter horen.

De onderste takken kraakten onder zijn gewicht.

De wolf was bang dat zijn missie misschien zou mislukken. Zijn baas zou in tomeloze razernij ontsteken als hij terugkeerde met een halfvolbrachte taak!

Teo tastte met zijn voet naar de volgende tak. Die zag er stevig uit.

'Nog een ogenblikje?' vroeg hij.

De tak brak.

Even hing hij in de lucht, op punt A van wat je zou kunnen omschrijven als een vrije val. Vervolgens deed de zwaartekracht zijn werk. Hij voelde een stekende pijn en liet met een schreeuw los. De bladeren zwiepten in zijn gezicht. Zijn rechterhand raakte iets stevigs, dat hij puur in een reflex vastgreep. Even later bungelde hij als een orang-oetan aan de reddende tak, punt B.

'Hebt u zich bezeerd?' vroeg iemand.

'*Hic, haec, hoc!*' antwoordde Teo.

'Hoort u mij?' vroeg de stem nogmaals. Deze sprak geen Latijn meer en klonk ook niet als een bariton.

Teo zette zijn voet op een andere tak en keek naar beneden.

Onder aan de boom, waar de wolf naar hem had staan loeren, stond een vrouw.

Ze had donker haar, dat met een elastiekje in haar nek was samengebonden. In de zon lichtte het rood op. Ze had een bleke huid met overal schuchtere sproetjes en keek hem aan met ogen van een kleur blauw die door tranen noch tijd was aangetast.

Teo had zich nog nooit boven zo'n mooie vrouw bevonden.

III

Waarin wordt aangetoond dat de werkelijkheid altijd sporen achterlaat

'Pas op voor de wolf!'

De eerste woorden die Teo naar de vrouw riep, klonken belache-lijk. Zijn bedoelingen waren nobel, maar hij had er al spijt van zodra hij ze had uitgespuwd.

Hoewel het beest nergens te zien was, kon het niet ver weg zijn. En als het weer tevoorschijn kwam, zou Teo zich gedwongen zien zijn val te hervatten op de plek waar deze gebroken was (dat wil zeggen, bij punt B) om de vrouw van een aanval te redden. Als hij dan toch tussen twee kwaden moest kiezen, liep hij liever het risico zich be-spottelijk te maken.

'Ik meen het. Er stond een wolf hier beneden. Als ik u was, zou ik meteen omhoogklimmen!' stelde hij voor, en hij stak haar vanuit de hoogte zijn vrije hand toe.

De vrouw keek hem nieuwsgierig aan. Volwassen mannen klim-men niet in bomen, dacht ze, met uitzondering van brandweerlieden die katten redden en de gekke oom uit *Amarcord*.* Maar hij kon natuurlijk ook een nieuw soort seksmaniak zijn, de Boomsater, bij-voorbeeld, die opgewonden raakte van de geur van hars. Of een geestelijk gehandicapte, een kinderziel gevangen in het lichaam van een volwassene.

Even vroeg ze zich af of hij misschien door haar achtervolger was gestuurd. (Die gedachte maakte haar zo bang dat er geen woorden voor waren.) Maar de vrouw was praktisch ingesteld en besloot geen overhaaste conclusies te trekken. Ze zou doen alsof ze met een gees-telijk gezond wezen te maken had, al was het tegen beter weten in. Ze

---

* De vrouw zou even later tot haar verrassing ontdekken dat de reus net zo heette als Fellini's personage, ofwel Teo.

krabde aan een sproetje naast haar neus en legde op belerende toon uit: 'Er zitten hier geen wolven. We bevinden ons in de provincie Río Negro van de Argentijnse Republiek. Wolven komen voor in Yukón, of in Alaska, het zijn beesten van het noordelijk halfrond.'

'Dat weet ik wel,' protesteerde Teo, 'maar dit was geen gewone wolf!'

Voor de tweede keer had de reus spijt. Wat moest hij nu zeggen? Dat hij was aangesproken door een dier dat als boodschapper werkte? Moest hij opbiechten dat het beest, dat zich uitdrukte in een klassieke taal, halverwege een onthulling onderbroken was?

Een geluid leidde de aandacht van de verbijsterde vrouw af. Er vielen druppels voor haar voeten.

Drup, drup. Daar beneden. *Drup.*

Ze bukte en voelde aan de vlek tussen de boomwortels. Een ondoorzichtig vocht, dat eruitzag als zegellak.

'Bloed,' zei de vrouw.

Teo dacht dat ze het over de wolf had. Was hij geraakt door een afgebroken tak?

Toen hief de vrouw haar arm op en wees naar hem (in werkelijkheid liet ze hem haar rode vingertop zien) en zei: 'U bloedt.'

Teo had pijn aan zijn been. Tot op dat moment had hij gedacht dat het door zijn houding kwam, dat hij op een knoest of een uitsteeksel zat waardoor er een ader werd afgekneld. Hij probeerde achter zich te kijken, maar de bladeren beletten hem het zicht. Hij schoof een stukje opzij om een andere gezichtshoek te zoeken. De bladeren bewogen met hem mee. Hij boog zijn nek en eindelijk zag hij het. Hij had een tak achter in zijn linkerdijbeen zitten, net onder zijn bil, een dikke, spits toelopende tak, waaruit kleinere twijgjes ontsproten die vol bladeren zaten. Toen hij de wond zag, werd de pijn duizend keer erger.

'Kunt u naar beneden komen?' vroeg de vrouw.

Teo herinnerde zich weer dat hij niet alleen was. Er stond een vrouw beneden. Een weerwolvin?

'Zal ik een trap halen?'

Teo zei nee. Het bloed stroomde langs de neus van zijn laars naar beneden.

Hij klom zo goed en zo kwaad als het ging, met de tak en de bladeren achter zich aan, naar beneden.

Hoe dichter hij bij de grond kwam, hoe vreemder de vrouw stond te kijken. Ze besefte dat hij ontzettend groot was. (De Boomsater had inderdaad de afmetingen van een citroenboom.) Maar toen ze van dichtbij zijn enorme omvang zag, zag ze ook zijn pijn, zijn gescheurde, bebloede broek, zijn onbeholpen bewegingen als van een gewonde beer, en ze liep naar hem toe om hem te helpen. Die hulp was vooral emotioneel; ze had zijn gewicht nooit kunnen dragen. De vrouw was één meter zeventig lang en ze was sterk, maar niet sterk genoeg om een Atlas te tillen.

Eenmaal op de grond ging Teo tegen de boom zitten, zonder haar in de ogen te durven kijken. Hij was nog erger ondersteboven van haar schoonheid dan van de welbespraakte wolf. De vrouw droeg een spijkerbroek en een te grote, groene flanellen bloes, die een zachte welving had ter hoogte van haar borsten. (Zelfs in zijn toestand van shock merkte Teo dit detail op.) Er kwam een geur van haar vandaan die de reus niet met schoonheidsproducten in verband kon brengen; hij bedacht, niet zonder verbazing, dat ze zoet rook, een eetbare vrouw.

Ze deed een paar stappen terug. Teo was gewend aan die reactie. Wanneer mensen iemand van enorme afmetingen zien, worden ze door primitieve angsten overmeesterd en denken ze alleen nog maar aan de schade die zo'n gigantisch lijf zou kunnen aanrichten. Of het daarbij gaat om een plantenetende dinosaurus, doet er niet toe; de brachiosaurus heeft nooit een rijker sociaal leven gehad dan de Rex.

'Ik ben verdwaald.'

'Wat zei u?' vroeg ze, nog onder de indruk van zijn overweldigende aanwezigheid.

'Ik heb mijn pick-up boven laten staan. Ik ben afgedaald naar de río Azul, de hangbrug overgestoken … Dat lijkt er trouwens wel een uit Vietnam! Ik heb een tijdje rondgewandeld en toen ik terug wilde naar de brug, kon ik hem niet meer vinden.'

'U moet naar een dokter,' zei de vrouw. 'Het ziet er niet zo ernstig uit, maar … zit hij er erg diep in?'

'Hoe moet ik dat weten?'

Zonder enige waarschuwing liep de vrouw naar hem toe en gaf een ruk aan de tak, die op zijn plek bleef zitten. Teo slaakte een kreet en de bladeren van zijn plantaardige aanhangsel ritselden als furieuze ratelslangen.

'Nu weten we het,' zei de vrouw, terwijl ze rood aanliep. 'Maar ernstig is het niet. Die tak moet eruit, de bloeding moet worden gestelpt en de wond gedesinfecteerd, misschien gehecht. Kunt u zo rijden?'

Teo kon onder deze omstandigheden onmogelijk in zijn pick-up gaan zitten, tenzij hij de tak eruit trok of hem ter hoogte van zijn been afbrak. Hij flapte eruit: 'Ik weet niet of ik naar een dokter of naar een tuinman moet.'

'De brug ligt een halve kilometer die kant op,' zei de vrouw.

De reus keek haar even aan en snoof. De boodschap was duidelijk: ze gaf hem te verstaan dat hij verder geen hulp van haar hoefde te verwachten.

Uit een leven vol afwijzingen putte hij de kracht om het onmogelijke te proberen. (Wrok is een sterke brandstof, net als petroleum: het levert energie op, maar met verwoestende gevolgen voor de omgeving.) Hij mompelde een niet van sarcasme gespeend 'dank u wel' en probeerde zich in beweging te zetten. Toen hij zijn linkervoet op de grond zette, schoot de pijn naar zijn hoofd; alles werd wit voor zijn ogen, hij werd verblind door een chemisch licht.

'Kunt u wel lopen?' hoorde hij haar vragen.

'Eén been is meer dan genoeg,' antwoordde hij, en hij hinkte om zijn woorden kracht bij te zetten.

'Het spijt me echt dat ik niet in de gelegenheid ben om met u mee te lopen.'

Teo hinkte blind verder op zijn gezonde been, de tak met zijn groene bladerenpluim achter zich aan slepend. Hij was de grootste pauw ter wereld. De vrouw hield haar hand voor haar mond om haar glimlach te verbergen; ze wist niet dat Teo haar toch niet kon zien, al had hij het gewild. Zo stond ze nog toen ze de reus hoorde zeggen: '*Malefacere qui vult, numquam non causam invenit.*'

'Wat zegt u?'

De vrouw verstond geen Latijn. Deed ze nou alsof, of wist ze echt helemaal niets over die wolf?

'Dat is Latijn,' zei Teo, nog aarzelend. 'Het betekent: wie kwaad wil, vindt altijd wel een reden.'

Ze voelde de speldenprik. Het was eruit voordat ze er erg in had, want ze was van nature nogal loslippig: 'U kunt de pot op.'

'Met alle plezier, maar ik kom de wc niet in met dat tuincentrum op mijn rug.'

De vrouw snapte niet waarom Teo de tegenovergestelde richting in liep van waar de brug lag, die ze toch duidelijk had aangewezen. Ze vermoedde dat ze er goed aan had gedaan zich terughoudend op te stellen. De reus had tegen haar gelogen, hij zocht de brug niet, hij moest een van hen zijn, een nieuwe afgezant van haar beul! Ze moest maken dat ze hier wegkwam, ze moest Miranda halen en er in vliegende vaart vandoor voordat de kolos zou doorgeven wat hij had gevonden.

Ze liep achteruit tot ze met haar rug tegen de lariks stootte. Geschrokken draaide ze zich om en gaf de boom een duw, alsof ze die indringer uit de weg wilde ruimen. (Ze was zo'n vrouw die weet dat ze bergen kan verzetten.) Toen zag ze de sporen. Een rijtje verticale inkepingen in de schors. Het leek of iemand de boom met een piepklein harkje had bewerkt. Aan elke inkerving hingen nog houtkrullen. De krassen waren vochtig.

In zijn blinde gang vooruit werd Teo verrast door haar stem.

'Als ik zeg dat ik niet met u mee kan lopen, dan is dat ook echt zo,' zei de vrouw. Ze klonk achter hem, redelijk ver weg. 'Ik heb ook een leven, al gelooft u dat niet. Ik ga niet alles aan de kant zetten omdat u zo nodig voor Tarzan moest spelen!'

'Ik red me wel, maakt u zich geen zorgen.' (*Hink, hink.*) 'Gaat u nou maar terug naar uw eigen bezigheden.' (*Hink.*) 'Straks brandt uw stoofpot nog aan!'

'De brug is die kant op!'

Teo nam niet eens de moeite de aanwijzing in zich op te nemen. Hij zag alleen maar wit.

'Dat weet ik wel, ik ben niet blind!' mopperde hij, terwijl hij gewoon in de verkeerde richting verder hinkte.

Hij bad dat de vrouw zou vertrekken. Dan zou hij zich op de grond laten vallen en uitrusten tot hij weer kon zien, vastgeklampt aan zijn laatste restje waardigheid. Koppig als een echte reus (*videbimus infra*, hoofdstuk LXIV), ging hij liever de mist in dan dat hij om hulp vroeg. En zo hinkte hij in zijn blindheid in de richting van de steile afdaling naar de rivieroever.

'Wat was dat met die wolf?' hoorde hij de vrouw zeggen. 'Ik heb de krassen in de boom gezien. U had gelijk!'

'Dit is Río Negro, Argentijnse Republiek. Hier zitten geen wolven!' riep Teo, en hij vervolgde zijn weg.

Zoveel dwaasheid was meer dan de vrouw kon bevatten. Opnieuw flapte ze er wat uit: 'Zo stom als ie groot is.'

'Dan hebt u hem nog niet gezien als hij bloot is.'

'U valt nog!'

'Mooie titel voor mijn biografie: *Zo stom als ie ...*'

Teo's voet stapte in de leegte. Hij tuimelde voorover en rolde naar beneden. Hij had het gevoel alsof er messen in zijn gewonde been staken en schreeuwde het uit.

Zo verdween hij uit het gezichtsveld van de vrouw, die echter wel de tak bleef zien: bij elke omwenteling kwam hij tevoorschijn en verdween hij weer, alsof er een bos aan de wandel was gegaan.

De vrouw rende naar beneden. Teo lag met gespreide armen op zijn buik, terwijl de tak zich naar de hemel verhief; als hij zo een tijdje bleef liggen, zouden de vogels een nestje tussen de bladeren bouwen.

De lippen van de reus, vochtig van speeksel en zweet en volgeplakt met aarde, gingen pruttelend van elkaar.

'*Acta est fabula*,' mompelde hij, de woorden die Augustus uitsprak voordat hij stierf: het spel is afgelopen.

En hij ging van zijn stokje.

IV

Extra Extra Extra Large

Teodoro Labat Barreiros werd op een middag in januari 1956 geboren. Toen al verbaasde hij de artsen, die hem niet voor april hadden verwacht, en de verpleegsters: hij was te groot voor weegschalen en wiegen. In een wereld waarin alles wordt gemeten, was Teo vanaf het eerste begin dat wat op een etiket xxxl zou heten: Extra Extra Extra Large.

Op zijn twintigste was hij 2 meter 26 lang (net als de basketbalspeler Yao Ming) en woog hij 129 kilo. Hij had een goed geproportioneerd lichaam, een bovenlijf gebeeldhouwd door de gewichten in de sportzaal; Teo's schouders konden de wereld dragen. Maar hij zag altijd een disproportie ten opzichte van zijn leeftijdgenoten, die nooit even zwaar of even lang waren als hij. Teo's knokkels leken wel golfballetjes. In zijn handen zag een gitaar eruit als een viool.

Nadat hij met de keizersnee ter wereld was gekomen (zijn moeder was een vrouw van 1.68; om hem via de normale weg te baren, had ze de ontsluiting van een merrie moeten hebben), droeg Teo met acht maanden incontinentieluiers voor bejaarden. Met een jaar kon hij lopen, zoals de meeste kinderen, maar hij richtte daarmee ongewone dingen aan. Voorwerpen die zich tegen zijn gewicht verzetten, was een wreed lot beschoren; zo liep hij bijvoorbeeld een televisie omver en stootte hij een tafel door het raam de tuin in.

Honden raakten in zijn aanwezigheid door het dolle heen. Als baby Teo wankelend op zijn kinderpantoffels op hen toeliep, begonnen ze als een bezetene te blaffen en aarzelden ze niet hem te bijten als ze niet op tijd werden tegengehouden. (Teo's angst voor honden gaat terug op die ervaring, wat zijn vlucht voor de wolf in een ander licht stelt.) Hondachtigen merken de wanverhouding tussen een enorm lichaam en kinderlijk gedrag direct op, het verschijnsel is *contra naturam* voor hen en drijft hen tot razernij. De betrouwbaarheid van deze stelling laat zich eenvoudig aantonen door een hond los te laten op Barney de dinosaurus, Ronald McDonald of de Teletubbies.

De wereld was vormgegeven in een ander formaat. Voor de reus was hij wat een kinderspeelpaleis voor een willekeurige volwassene is: een ruimte vol tafeltjes en stoeltjes waarin je klem komt te zitten en bekertjes en speeltjes die kapotgaan zodra je probeert ze te gebruiken.

Teo verloor als jongetje met verstoppertje spelen, er was altijd wel een stukje van zijn lichaam zichtbaar. Meedoen met haasje-over kon hij niet, want niemand kon zijn gewicht dragen of over zijn lichaam heen springen: ze sloegen tegen hem te pletter als kippen tegen het gaas. Zelfs het schoolplein werd verboden terrein voor hem na het incident waarvoor zijn moeder een proces aan haar broek kreeg. (Wanneer ze ervoor in de stemming waren, noemden de ambtenaren van het gerechtshof het dossier 'De Staat versus De kleine Brokkenpiloot'.) Gelukkig kon de gemeente niet bewijzen dat de schommel in goede staat had verkeerd en moesten zij de ziekenhuiskosten voor hun rekening nemen; de tuinman die Teo bij zijn landing omver had gekegeld, herstelde volledig.

Hij protesteerde niet toen hij van het schoolplein werd verbannen. Hij vond het verschrikkelijk dat de andere kinderen hem, altijd als hij in de rij stond voor een draaimolentje, aanstaarden alsof hij een volwassen man of iets nog engers was. Door zijn omvang was hij al van kleins af aan gedwongen om kleding voor volwassenen te dragen, waarmee hij tot een vroegtijdige ernst was gedoemd.

Dat grote lijf beschermde hem tegen fysiek geweld van zijn leeftijdgenootjes, maar kon hem niet behoeden voor pesterijen. Hij kon zich de bijnamen die ze hem gaven nog steeds herinneren, vooral de pijnlijkste: Magilla Gorilla (vanwege zijn schouders en armen, die zo'n contrast vormden met zijn dunne beentjes), Joekel, Demarchi (een bekend kastenmerk), Moby Dick, Ararat (vanwege de berg, maar vooral naar een bekend worstelaar), Zodape (een omkering van *pedazo*, 'bonk'), Mostro (vanwege *monstruo*, 'monster'), Ultraman, Snorremans (zinspelend op zijn vroege snorhaartjes), Tantor (naar de grootste olifant uit de Tarzan-boeken) en de Mummie, als eerbetoon aan een andere worstelaar, die zich log voortbewoog en net als Teo de genen miste die de sociale omgang vergemakkelijken.

23

In de sport had hij ook al geen geluk. Hij was te groot voor een gewoon tennisracket, te traag voor basketbal, te ruw voor rugby (waarin hij kortstondige roem had gekend, totdat hij twee spelers een open botbreuk bezorgde), te breed voor de touwafzettingen in het zwembad en te zwaar om te schaatsen. In sommige olympische disciplines (gewichtheffen, kogelstoten) zag het er veelbelovend voor hem uit, maar bij de meeste kon hij beter wegblijven: bij het hardlopen kwam hij steevast als laatste over de finish en had dan moeite met afremmen, wat hem meteen ook ongeschikt maakte voor de tienkamp. Teo brak bovendien polsstokken alsof het luciferhoutjes waren.

Maar zoals de ervaring hem had geleerd dat hij anders was en dat dit verdriet en isolement met zich meebracht, zo liet ze hem ook de voordelen van het anders-zijn zien.

Groot zijn had zo zijn charmes. Omdat het onmogelijk was een fiets voor volwassenen met zijwieltjes te vinden, kocht zijn moeder op zijn zesde een bakkersfiets voor hem, die hem erg populair maakte. Zijn klasgenootjes vochten om een plekje bij hem voor in de broodbak, terwijl Teo voor de prijs van een vriendelijke glimlach op de pedalen van zijn geïmproviseerde riksja trapte.

Altijd als zijn klas bij een straatruzie tegenover een andere klas kwam te staan, werd Teo tot hun Achilles uitverkozen.

Altijd als zijn klasgenoten een naakttijdschrift wilden hebben, hield hij op zich te scheren en ging het kopen.

Altijd als een proefwerk een spoor van verwoesting door de klas dreigde te trekken, werd Teo de volksheld. De eerste keren gebruikte hij grof geweld, zoals de deur van het lokaal uit zijn scharnieren tillen en terugzetten in de deurpost. Wanneer een leraar nietsvermoedend het klaslokaal in wilde lopen, viel hij met deur en al naar binnen. Zo'n belachelijke vertoning tastte zijn autoriteit aan, waardoor het niet meer lukte de leerlingen te laten gehoorzamen aan de opdracht een vel papier te pakken en de vragen op te schrijven.

Al snel ontdekte Teo dat geweld niet nodig was. In noodsituaties werd hij altijd door zijn klasgenoten als vertegenwoordiger aangewezen. Dan liep Teo naar de leraar, boog zich met zijn golempostuur over diens bureau en legde hem met zijn knokkels op het hout zijn 'verzoek' voor. Tegen iemand met de afmetingen van Teo is het moeilijk nee zeggen.

Hij was de eerste die liefdesverdriet had. Daardoor was hij ook de eerste die dronken werd. (Niemand vroeg hem om een identiteitsbewijs wanneer hij alcohol kocht.) En niet lang daarna zou hij ook de eerste zijn die zijn maagdelijkheid verloor. Zijn verkenning van het terrein der volwassenheid zou een prijs met zich meebrengen die hij nog steeds niet helemaal had afbetaald. Op een aantal fronten was hij er zo vroeg bij dat hij in veel andere dingen laat was. Hij was de enige van zijn oude klas die nog niet getrouwd was of kinderen had, en die ook niet helemaal zeker wist wat hij met de rest van zijn leven wilde.

Een wereld die continu kritiek levert op ons lichaam (in de vorm van bovenlichten waar we met ons hoofd tegen stoten, stoelen die ons gewicht niet kunnen dragen, kleding die altijd te klein is, taxi's die nooit stoppen en voetgangers die naar het andere trottoir oversteken) boetseert iemand tot een korzelige of op zijn minst overgevoelige persoonlijkheid. De neushoorn overleeft dankzij zijn gepantserde huid, de natuur weet wat ze doet. Maar Teo, een uitzondering op de genetische gemiddelden, zag zich gedwongen te leven in een ander soort jungle, waar zijn dunne huid hem maar weinig bescherming bood.

Met zijn piepkleine treetjes, benauwende gangetjes en nietige voertuigjes, met zijn lage plafonds en het Caudijnse juk van zijn deuren, was de wereld voor Teo één groot monument voor zijn onaangepastheid.

Niets is wreder en bekrompener dan een wereld in maat Extra Small.

V

De legende van de schokgolf

Er had iets plaatsgevonden bij Teo's verwekking wat zijn moeder geheimhoudt. Tot op heden is ze er beschaamd en verbaasd over, maar toch koestert ze het. Een andere verklaring heeft ze nooit gevonden voor het reuzenformaat van haar zoon.

Zowel Teo's vader als zijn moeder waren mensen van normale lengte. Geen van hen had familieleden boven de één meter tachtig. Omdat de erfelijkheidswetten niet opgingen, geloofde zijn moeder dat Teo's grootte te wijten was aan de omstandigheden rond zijn conceptie. Op eenentwintigjarige leeftijd verloor zij haar maagdelijkheid op de achterbank van een Fiat en daarbij werd tevens Teo verwekt.

(Dat zoiets als Teo geconcipieerd is in een piepkleine Fiat, is een paradox. Dat de naam van het voertuig ook nog aan het Latijn is ontleend en dat in dit 'fiat' een Bijbelse opdracht doorklinkt, kan niets anders zijn dan een teken.)

Teo's vader was die avond naar een verlaten wijk gereden. Hij was gestopt in een uitgestorven straat zonder voorbijgangers, geopende winkels of geparkeerde voertuigen in het zicht.

Ze beminden elkaar en op het hoogtepunt voelde de vrouw de hele wereld op zijn grondvesten schudden. Ze sloot haar ogen en slaakte een hartstochtelijke kreet. Ze meende te begrijpen waarom seks een heimelijke activiteit was, die door de maatschappij werd vervolgd en bestraft. Als er zulk verpletterend genot bestond, waarom zou je dan nog iets anders doen dan de hele dag door de liefde bedrijven?

Toen ze zich losmaakten uit hun omhelzing, constateerden ze dat de liefde nog heftiger was geweest dan ze gedacht hadden. Twee raampjes van de Fiat waren gesprongen. Er hing een dichte rookwolk. Ze stapten uit en zagen dat de auto was verschoven en dwars over de straat stond. Ze wisselden niet meer woorden uit dan de hoognodige; er had iets van onbeschrijflijke dimensies plaatsgevonden.

Om middernacht hoorde Teo's moeder op de radio over de sloop van een gebouw. Toen de locatie werd genoemd, begreep ze dat de Fiat op twee straten afstand van de geplande explosie had gestaan. Ze snapte ineens het waarom van de verlaten straat, het trillen en de rook.

Drie weken later ontdekte ze dat ze zwanger was.

Teo werd na zes maanden en een paar dagen geboren. Hij woog al meer dan tien pond en paste maar net in de couveuse. Een van de verpleegsters had uitgelegd hoe moeilijk dat in zijn werk ging: het was alsof je een varken in een aquarium moest proppen.

Jarenlang zocht zijn moeder naar een herhaling van dat hoogtepunt, dat haar wereld met de kracht van een aardbeving door elkaar had geschud. Uiteindelijk verloor ze haar belangstelling voor seks.

Stiekem denkt ze nog steeds dat die explosie iets met de moleculaire structuur van haar zoon heeft gedaan. Hoewel ze het uit angst om te worden uitgelachen niet hardop durft te zeggen, denkt zij dat Teo de zoon is van een Heilige Drie-eenheid: zijn Vader, zijn Moeder en de Schokgolf.

VI

Waarin Teo bij Finnegan's wordt ondergebracht

Het huis van de vrouw rook eveneens zoet. (Nog altijd kwaad omdat ze hem onder protest had gered, zei Teo bij zichzelf dat de heks uit *Hans en Grietje* waarschijnlijk ook zo rook.) Er stonden grote pannen met fruit op het vuur: aalbessen, aardbeien, vlierbessen. In een vierde pan steriliseerde de vrouw metalen instrumenten. Teo wist dit niet, maar in het houten huisje hing continu een microscopisch dunne nevel, omdat er altijd iets stond te pruttelen.

De vrouw maakte zich op om de wond te verzorgen en pakte hulpmiddelen, zowel uit de verbanddoos als uit haar gereedschapskist. Ze stalde ze uit op tafel: een pincet, alcohol, verband, een kleine zaag, chirurgische naald en draad; een verontrustende combinatie.

Verzwakt door zijn bloedverlies was Teo makkelijker geneigd tot begrip. (Wanneer mannen weten dat ze sterk staan, zijn ze niet te vermurwen.) De argwaan van de vrouw leek hem gezien de gebeurtenissen redelijk: een reusachtige onbekende boven in een boom, het verhaal van de wolf, de pick-up die was zoekgeraakt op een manier die riekte naar roekeloos gedrag ... of een leugen.

Het meest verontrustend vond hij dan ook niet de gereserveerde houding van zijn bevrijdster, maar wat er was gebeurd voordat zij was opgedoken. Als de wolf een hallucinatie of een droom was geweest, waarom zag hij de vrouw dan net zo scherp? Zijn handen prikten, net als in de droom. De schrammen die hij tijdens zijn hallucinatie had gevoeld, deden nog steeds pijn. Als hij zijn belevenis nou eens even voor waar aannam ... Maar nee, dat was onmogelijk. Er zaten daar geen wolven. Wolven spraken geen Latijn, noch enige andere taal. Niemand had hem het bonussysteem uitgelegd of verteld dat je met bidden punten kon sparen. Het moest een fantasie zijn die aan zijn getormenteerde geest was ontsproten. Hoe kon de wolf anders weten dat Teo verlossing zocht?

'Uw broek is helemaal kapot. Ik moet hem nog verder afknippen,' zei de vrouw, terwijl ze de stof van de wond trok.

De reus vroeg zich af hoeveel mensen er in dat huis vol dampen en zoete geuren woonden. Veel had hij niet meegekregen toen hij ondersteund door de vrouw op sterven na dood was binnengekomen. Hij had nog net kunnen zien dat het een volledig houten huis van twee verdiepingen was, dat er nergens een brievenbus was, en dat alle ramen achter gordijnen schuilgingen.

In de keuken had de vrouw hem de enige stoel aangeboden, waar Teo slechts met zijn rechterbil op kon zitten. Meteen had hij gezocht naar dingen die op de aanwezigheid van een man duidden. Hier in de keuken kon hij niets vinden, maar dat is meestal een vrouwenbolwerk, dus het bewijs was nog niet sluitend. Het zag er allemaal opgeruimd en schoon uit, met vrouwelijke aandacht verzorgd. Pannenlappen met ruches, overal bloemen, felgekleurde geurkaarsen. Zelfs de tekeningen vond hij mooi. Ze hingen overal. Allemaal met sterren en geometrische figuren. Die vrouw zou wel een halve kunstenares zijn, zo leek het in elk geval, hoe kon ze anders zo maf zijn om in de bergen te gaan wonen?

Teo nam elk teken van vrouwelijkheid met toenemende blijdschap in zich op. Toen hij op verzoek van de vrouw ging staan, deed hij dat in de hoop dat er in dit universum geen mannen bestonden. (Toen Teo opstond, werd de keuken kleiner.) Fier op zijn benen, een waardigheid uitstralend waaraan afbreuk werd gedaan door de tak die hij achter zich aan sleepte, leek hij gehoor te geven aan een oproep om de erezetel van de heer des huizes te bestijgen.

De vrouw pakte de schaar en verstoorde daarmee Teo's door testosteron gevoede dagdroom. De reus hoorde *knip knip* en voelde de koele bladen op een paar centimeter van zijn billen. Dat maakte hem zenuwachtig. Iedere man beeft wanneer er een vrouw zo dicht bij zijn edele delen met geslepen staal in de weer is.

'Ik ben op vakantie,' zei Teo, die zich genoodzaakt voelde zijn verrichtingen toe te lichten. 'Ik was hier al twintig jaar niet meer geweest. Ik kwam hier heel vaak met mijn moeder. Ver over de duizend kilometer in een Fiatje 500.' (*Knip, knip.*) 'Ik kom uit Buenos Aires. Ik heb mijn hele leven in de wijk Flores gewoond. Nou ja, op de grens van Flores en Caballito. Hebt u altijd hier gewoond?' (*Knip,*

knip.) 'Het is prachtig hier. Is dit huisje van uzelf of hebt u het ge-huurd?' (*Knip, knip.*) 'Er was hier in de buurt een plek waar ik als kind dol op was. Maar die heb ik niet gevonden!'

'Dat zal ook niet gebeuren.'

'Zonder kaart niet, nee, dat is wel duidelijk.'

'Aan kaarten heb je alleen iets om je te oriënteren in de ruimte,' zei de vrouw, terwijl ze de vierde pan van het vuur haalde en zich ge-reedmaakte om Androclus naar de kroon te steken. 'Maar er bestaan geen kaarten waarmee we ons in de tijd kunnen verplaatsen. En ge-luk ervaar je in de tijd, niet in de ruimte. Al zou u die plek terugvin-den, die tijd zou u er nooit mee terugkrijgen, die is voorgoed verlo-ren. En eigenlijk is dat maar goed ook. Als het mogelijk was om in de tijd te reizen, zouden de meeste mensen teruggaan naar hun kin-der- of tienertijd!'

Teo, die eraan gewend was dat vrouwen hem het gevoel gaven alsof hij achterlijk was, gaf zijn redster een ereplaats: zij had dit het snelst bereikt van allemaal. Door zijn geleuter over trivialiteiten met een filosofische gedachte te weerleggen, wierp de vrouw nog een schandvlek op zijn reeds besmeurde blazoen. (Vergeet niet, lezer, dat de reus bijna in zijn blote kont stond, met een loofrijke tak in zijn vlees geplant.) Hij beloofde zichzelf te stoppen met dat gesta-mel. Hij zwoer zichzelf zich als een intelligente volwassene te gedra-gen.

'Hebt u een tetanusprik gehad?' vroeg ze.

'Ja. Nee. Dat hangt ervan af. Als ik hem heb gehad toen ik heel klein was, werkt hij dan nog?'

De vrouw antwoordde slechts door de zaag te pakken. Het zweet droop van zijn lijf. Of was dat het vocht dat in walmen uit de pannen opsteeg?

Zodra de zaag de tak raakte, veerde Teo op. Hij voelde elk metalen tandje trekken en rijten, alsof het hout een verlengstuk van zijn li-chaam was geworden.

'Doet het pijn?'

Teo zocht naar een eufemisme waarmee hij zijn zwakheid kon verbloemen, maar de vrouw wachtte niet af en zaagde er lustig op los. Teo onderdrukte een kreet; zijn knieën werden week, hij zocht steun bij de tafel.

'Als u beweegt, doet het nog meer pijn.'

'Dat deed ik niet expres!'

'Dat ontbrak er nog maar aan! Een reus en nog een mietje ook!'*

Teo voelde dat er nog iemand naar hem keek. In de keukendeur stond een meisje: lichtblauwe stofjas van de kleuterschool met verf-spetters, een kleurig rugzakje op haar rug. Ze had haar linkerhand aan haar oor alsof ze een slakkenhuis vasthield om de zee te horen ruisen; ze luisterde naar een zakradiootje.

Toen Teo haar zag, bedacht hij dat de vrouw had gelogen, dat er wel degelijk kaarten bestonden waarmee je in de tijd kon reizen; blijkbaar bezat zij zo'n exemplaar en had ze het gebruikt om terug te gaan naar de tijd waarin ze vijf jaar oud was. Maar de verschillen werden meteen duidelijk. Het meisje had dezelfde blauwe ogen en net zulke sproeten, maar ze was blond. Ze had twee vlechtjes, met een scheiding in het midden.

Teo was bang dat ze zou schrikken en het op een gillen zou zetten. (Hij was bang dat ze het bos in zou vluchten, waar de wolf op de loer lag.) Hij stelde zich voor hoe hij eruit moest zien: een reus onder de bloedvlekken, zijn baard en hoofdhaar vol bladeren, een tak die uit zijn been ontsproot. Ze kon elk moment tot de conclusie komen dat bosbewoners haar huis waren binnengedrongen en op de vlucht slaan.

Maar het meisje zag het blijkbaar heel anders, want ze was niet van haar stuk gebracht. Ze zette de radio, een Spica, uit en stopte hem in de uitgelubberde zak van haar stofjas. Hoewel ze dezelfde kleur ogen had als haar moeder (met toevoeging misschien van een zweempje paars), had ze een andere blik. Er was nieuwsgierigheid in te lezen, een ontembaar verlangen naar kennis; in tegenstelling tot de vrouw was het meisje niet wantrouwig en ook niet bang.

De reus probeerde geen abrupte bewegingen te maken, niet abrup-ter althans dan een glimlach, en zei tegen haar: 'Hallo. Ik ben Teo.'

Het meisje gaf geen antwoord. Ze bekeek hem van top tot teen, en dat duurde even.

'*He looks like Bran the Blessed!*' riep ze uiteindelijk in perfect Engels.

'*Uncanny, isn't it?*' antwoordde de vrouw.

'Wie is Bran ... en-nog-wat?' vroeg Teo.

Het meisje deed haar mond open om antwoord te geven, maar hield zich in. Vanuit zijn ooghoek zag Teo de vrouw haar met een gebaar tot stilte manen. Nu ze geen antwoord mocht geven, besloot

---

* Dit verhaal speelt zich af in het jaar 1984 vpc (Voor de Politieke Correctheid).

het meisje hem maar een vraag te stellen: 'Wist je dat Mozart een absoluut gehoor had?'

Teo was verrast. Hij keek hoe de vrouw reageerde en probeerde ondertussen zijn eigen reactie te bepalen. Ze glimlachte met de zaag in haar hand naar het kind alsof het een prijs had gewonnen.

Het meisje bleef Teo aanstaren, ze leek op een antwoord te wachten. De reus was niet bekend met die eigenschap van Mozart, maar had geen zin om dat toe te geven. Hij koos voor de tegenaanval: 'Wist je dat alle dingen in dit universum, van stenen tot katten en zelfs de lucht, uit atomen bestaan?'

'*No way*,' zei het meisje ongelovig.

'Praat eens Spaans,' droeg de vrouw haar op.

Het meisje deed er nog een schepje bovenop: 'Wist je dat de meeste vogels in A-majeur zingen?'

Teo haalde zijn schouders op. Het was zijn beurt: 'Wist je dat atomen heel erg lang meegaan en gerecycled worden als iemand sterft, en dat het dus mogelijk is dat jij een atoom van Mozart in je lichaam hebt?'

Het meisje legde gefascineerd haar handen tegen haar wangen.

'Is dat zo?' vroeg de vrouw.

'Misschien heb ik wel een atoom van John!' riep het meisje opgetogen, en ze citeerde uit haar hoofd: '*I am he as you are he as you are me and we are all together!*'*

'Let wel, atomen hebben tientallen jaren nodig om zich opnieuw te verspreiden,' zei Teo. 'Dus op Lennon kun je nog niet rekenen. Je zult het met Mozart moeten doen!'

Het meisje liep de keuken in en bestormde Teo geestdriftig met nieuwe vragen.

'En wist jij dat, dat, dat als je aan de snaar van een viool plukt, dat het dan lijkt alsof er maar één toon klinkt, maar dat er nog een hééééleboel meer klinken die boventonen heten?'

Teo zocht om zich heen naar een aanwijzing voor de muzikale obsessie van het meisje, maar zag niets van betekenis: geen platen, geen andere radio dan de Spica, geen muziekinstrumenten. Nog steeds geïntrigeerd besloot hij tijd te winnen met een nieuwe vraag: 'Wist jij dat alles in dit universum geladen is met energie? En dat een mens de potentiële energie heeft van dertig waterstofbommen?'

---

* Zo luidt de eerste regel van *I am the Walrus*.

Het meisje leek de uitwisseling prachtig te vinden. Ze liet een ge-giechel horen dat klonk als twee druppels water die in een vijver vallen (Teo wist dit niet, maar elke druppel kwam overeen met een muzieknoot: d, c) en kaatste de bal terug: 'Wist je dat twee klanken elkaar kunnen opheffen en stilte kunnen maken?'

Hoewel hij steeds verbaasder was over de kennis van het meisje – en over de welbespraaktheid waarmee ze die formuleerde! – wilde Teo zich niet gewonnen geven: 'Wist je dat buskruit van salpeter, zwavel en houtskool wordt gemaakt?'

De vrouw, die tot op dat moment van de kenniswedstrijd had ge-noten, ergerde zich aan deze wetenswaardigheid. Die dertig bom-men konden nog door de beugel, maar welke man praat er nou tegen een kind over buskruit?

'Wist je dat John en Paul hun moeder hebben verloren?' vroeg het meisje, terwijl haar stem een octaaf omhoogging.

'Wist je dat je met nitroglycerine en zaagsel een kneedbom kan maken?'

'Dat zijn geen dingen om aan een kind te vertellen,' greep de vrouw in.

Maar het meisje negeerde de opmerking en stelde Teo een nieuwe vraag: 'Wist je dat, dat, dat alle kleine kindertjes op de wereld elkaar in drie noten roepen, g, e en a?'

Teo zuchtte. Dit kind was niet te stoppen! In een poging de match te beslissen, zette de reus al zijn geschut in: 'Wist je dat de formule van de relativiteitstheorie $E = mc^2$ is?'

Teo nam aan dat hiermee de uitwisseling wel beëindigd zou zijn. Maar het meisje haalde haar schouders op en lanceerde een feit dat ze even mysterieus achtte als de formule: 'Wist jij dat mevrouw Pachelbel áááлle kinderen op de wereld haat?'

'Zo is het mooi geweest,' zei de vrouw. 'Ga eens eten jij, dan kan ik deze meneer helpen!'

Het meisje gehoorzaamde. Maar Teo zou zich niet houden aan het opgelegde staakt-het-vuren. Hoe kon de vrouw weten dat Teo zo iemand was die een hekel had aan verliezen, zo iemand die van elke kleinigheid een wedstrijdje maakt? Het meisje had het laatste woord gehad en dat kon de reus niet over zijn kant laten gaan. Daarom zei hij: 'Wist je dat de beste geleiders van elek…?'

Hij maakte zijn vraag niet af. De vrouw trok met een ruk de tak uit zijn achterste.

Teo viel brullend op zijn knieën. Meteen hurkte de vrouw naast hem om waterstofperoxide over de wondopening te sprenkelen.

'Hij is minder diep dan ik dacht. Maar u zult er wel een lelijke put aan overhouden,' zei ze met een klinische koelheid.

Teo draaide in zijn hoofd een hele reeks schuttingwoorden in alle talen af (inclusief Latijn), maar de aanwezigheid van het meisje weerhield hem ervan ze uit te spreken.

'Gaat het, lieverd?'

De reus stond op het punt iets schunnigs te antwoorden toen hij besefte dat de vrouw het tegen het meisje had. Het kind zei ja, maar haar blik was bedrukt.

'Teo wordt wel weer beter,' zei de vrouw. 'Hij heeft alleen maar een nare wond.' Ze plukte met haar gesteriliseerde pincet een gaasje uit de verbandtrommel en doopte het in jodium.

'Heb je dat gehoord? Je wordt beter!' zei het meisje tegen Teo. Ze straalde weer.

De vrouw legde haar hand op Teo's rug en gaf hem een zetje, zodat hij op handen en voeten zou gaan staan.

'Dit gaat pijn doen,' zei ze. 'Ik wil het zo diep mogelijk ontsmetten om vervelende verrassingen te voorkomen.'

Zonder op instemming te wachten stopte de vrouw het gaasje diep in de wond.

Teo liet het zwijgend over zich heen komen. De tranen sprongen in zijn ogen.

'Kom eens met uw hand. U moet het gaasje op zijn plek houden. Het duurt maar even.'

Teo gehoorzaamde, beroofd van zijn vrije wil.

Het meisje, dat dezelfde houding als Teo had aangenomen, kroop naast hem; ze waren als een tijger en een kat, vergelijkbaar van vorm maar van een andere rangorde in de schepping. Vervolgens legde ze haar hand op Teo's hand, die het gaasje op zijn plek hield. De reus wilde haar wegduwen, zijn bloed was niet zuiver, het bracht ziektes over en zij was maar een klein meisje midden in het bos. Maar hij wilde haar niet voor het hoofd stoten en bovendien had ze koele vingertjes, een balsem voor zijn brandende pijn.

'Het gaat wel over,' troostte ze hem. 'Pat zegt dat pijn nooit eeuwig duurt. Dat, dat, dat ook al kan je het niet zien, de wond de hele tijd heelt. Je moet kunnen wachten!'

'Laat mij eens even, mop,' zei de vrouw. 'Ga jij maar melk drinken.'

'Teo wordt beter.'

'Dat weet ik.'

'Waarom vragen we niet of hij blijft eten?'

Er viel een stilte die voor Teo's gevoel een eeuwigheid duurde. Hij was ervan overtuigd dat zijn redster nooit zo'n vriendelijk gebaar naar hem zou maken. De vrouw beet inderdaad op haar onderlip, terwijl ze naar een overtuigend excuus zocht.

'We hebben niet genoeg stoelen,' zei ze uiteindelijk.

'We kunnen deze hier uit de keuken toch gebruiken,' zei het meisje meteen.

Ze was er duidelijk van overtuigd dat het een goed idee was.

'Pat zegt dat je altijd goed in de gaten moet houden of mensen iets nodig hebben,' zei ze tegen Teo, nog altijd op handen en voeten. 'En jij hebt veel nodig. Súperveel. Je hebt hartstikke veel bloed verloren! Je moet iets eten. Niet om te groeien, want dat hoef jij niet meer (hier giechelde ze weer in twee toonhoogten, g en a ditmaal), maar wel om snel beter te worden.'

Waarna ze opstond en naar de koelkast liep. Ze trok de deur open en begon de inhoud op te sommen: 'Ik heb melk, yoghurt, verschillende soorten jam, gekookte ham, augurken, witbrood, boter, kaas om te raspen en al geraspte kaas en … Hoe heet die kaas ook alweer die naar dood ruikt?'

'Camembert.'

'… Ik heb tomatensap en tomatensaus. Ik heb eieren, eierdooiers met suiker zijn súperlekker, als je erop kauwt dan knispert de suiker, *crunch crunch*. Ik heb soepbeen voor *puchero* …'

De lijst ging verder, hij moest en zou zo uitputtend mogelijk zijn.

Teo praatte zachter om de vrouw iets te vragen zonder dat het meisje het hoorde: 'Wie is Pat?'

'Ik heb bloemkool. Ik heb olijven gevuld met ansjovis, súpervies, bitter, getver!'

'Pat, dat ben ik,' zei de vrouw, die er zichtbaar moeite mee had haar identiteit prijs te geven. Maar de bekentenis leek haar op te luchten; er zat meer glans in haar stem toen ze eraan toevoegde: 'Patricia. Ik heet Patricia Finnegan. En dit is mijn dochter, Miranda Finnegan.'

'Ik had niet gedacht dat u getrouwd zou zijn, laat staan kinderen zou hebben.'

'Ik ben ook niet getrouwd. Er bestaat geen meneer Finnegan.'

'Maar het meisje zal toch een vader hebben.'

'Er is geen vader,' antwoordde Pat.

Het zou nog lang duren voordat Teo zou inzien dat een categorische uitspraak een dubbelzinnige kern kon hebben.

VII

De slag om de warmte

Ieder mens, hoe solitair ook, wordt door anderen gevormd. In eerste instantie komt die invloed van onze ouders, de eerste 'anderen' in ons leven. We worden naar de wereld geroepen zonder enige inspraak, zonder de kans onze verwekkers uit te zoeken of een tijd of plaats te kiezen. (Het fenomeen democratie doet zich pas voor na dat van het leven: *ex post facto*.) Via de genetica en haar combinatie-mogelijkheden krijgen we een lichaam x (waarbij x ook xx kan zijn of zelfs xxx, zoals we reeds gezien hebben), met eigenschappen die ons in grote lijnen schetsen, als een romanfiguur: haarkleur of het gebrek aan haar, postuur, neus, acne, botten (de waarheid zit 'm in de enkels), het wit van de tanden. Sommige van die kenmerken lijken een zegen, andere een vloek. Over het algemeen weten we niet wat we aan moeten met het een noch het ander.

Als de klei eenmaal vorm heeft gekregen, zullen ouders en voogden er andere, subtielere, maar eveneens kenmerkende stempels op drukken. Vanaf dat moment wordt iemands identiteit ontwikkeld door de liefde die hij ontvangt (of juist niet), het karakter dat hij heeft (of juist niet), zijn diepste verlangens en de manier waarop hij die nastreeft, of dwarsboomt.

Dit bundeltje eigenschappen krijgt in verhalen op twee manieren gestalte. Allereerst in het wapen van de held: zijn slinger of zijn Excalibur, zijn bovennatuurlijke krachten of zijn vindingrijkheid, datgene wat hem de mogelijkheid geeft het avontuur aan te gaan. En ten tweede, als het yang dat het yin aanvult, in zijn zwakke plek, zijn achilleshiel (de waarheid zit 'm in de enkels), datgene dus wat hij moet overwinnen om te zegevieren ... of wat zijn val zal veroorzaken. Eeuwenlang zijn de belevenissen van onze soort uitgelegd in het licht van deze tweedeling: wat weegt uiteindelijk zwaarder, onze zwakke plek of de vaardigheid waarmee we onze wapens hanteren?

Laten we ons eens voorstellen dat we bij onze geboorte als gift een aantal muzieknoten meekrijgen. (Sommige mensen denken misschien liever aan een wiskundige code of een reeks van getallen, letters en symbolen, maar dat is muziek ook, als je haar uitschrijft.) Deze noten komen tot ons in de vorm van een eenvoudige melodie. Sommige mensen beperken zich ertoe deze melodie hun leven lang dwangmatig te herhalen en slechts te variëren in de aanslag: soms zacht en dromerig, soms wild en ritmisch. Anderen nemen echter de vrijheid om met die noten te spelen, ze niet als heilig te beschouwen en er originele of in elk geval persoonlijke variaties op te zoeken. Enkele verlichte geesten gaan nog een stapje verder en vermenigvuldigen de melodie, hakken haar in stukjes of draaien haar om; ze stellen de grenzen van de tijd op de proef en bouwen een kathedraal van klanken, iets onvoorspelbaars. Ze zetten de ontvangen informatie, de moedermelodie, om in schoonheid. En die schoonheid overleeft hen en blijft over de aarde klinken om de melodieën van andere mensen betekenis te geven.

Wat zou er gebeuren als we de melodieën van alle bewoners van deze planeet tegelijkertijd konden horen? In het begin zou het oorverdovend zijn, één grote kakofonie, het geluid van het universum aan het begin van zijn bestaan. (Zoiets als het orkest van *A Day in the Life*.) Maar al snel zou ons gehoor aan massa en volume gewend raken en betekenis gaan onderscheiden. Het zou melodieën en tempo's gaan herkennen, contrapunten en dissonanten horen, en het belangrijkste: het zou begrijpen hoe melodieën onderling in dialoog zijn en daardoor veranderen. Er zijn mensen die beweren dat je niet kunt veranderen, dat de oorspronkelijke melodie zo invariabel is als de spiraal van een vingerafdruk. Dat is een voorspelbare misvatting, die voortvloeit uit hun besluit om de melodie los te maken uit de context waarin zij klinkt; ze horen de individuele performance, maar gaan voorbij aan de symfonie.

Die avond in het huisje was Teo bereid iets van zijn melodie te laten horen, in de hoop dat Pat hetzelfde zou doen. Tijdens het eten (Pat had gelijk gehad met de stoelen: er stonden er maar twee in de eetkamer, maar gelukkig had Miranda aan de keukenstoel gedacht) vertolkte hij de passages uit zijn partituur die hem het best afgingen: hij had aandacht voor Miranda en kon meedoen met haar spelletjes, hij was behulpzaam bij het dekken van de tafel (hoewel ze hem hadden verboden zich te bewegen omdat hij herstellende was), hij toonde zich nieuwsgierig naar het leven van de Finnegans (wat deden ze voor de kost, naar welke school ging Miranda), hij sprak positief over zijn familie en vrienden en gaf eerlijk antwoord op elke vraag.

Maar Pat hield haar kaken stijf op elkaar. Alles wat Teo over haar leven te weten kwam, kreeg hij te horen van Miranda, met schamele toelichtingen van moederszijde. Pat maakte jam en confituren voor mevrouw Pachelbel, die vrouw die alle kinderen even diep haatte en een winkel in het dorp had. Ze woonden daar sinds twee jaar. (Teo was verbaasd; de spartaanse soberheid van het huis had bij hem de indruk gewekt dat ze er net hun intrek hadden genomen.) De winter, vonden ze allebei, was zwaarder dan ze hadden gedacht. Miranda ging 's middags naar de kleuterschool. Ze had het er naar haar zin, hoewel er een jongetje was dat haar vreselijk pestte. Ze hadden geen televisie thuis omdat Pat er niet van hield. En dat was alles.

Tegen het einde van de maaltijd besefte Teo dat zijn vertolking virtuoos was geweest, maar bij Pat geen enkele weerklank of reactie had gevonden; ze had in het luchtledige geklonken. Zijn weerspannige redster was als muziekvertolkster al even weinig toeschietelijk: ze had slechts het ritme aangegeven met borden en bestek, het open- en dichtdraaien van kranen en het openen en sluiten van kastdeurtjes.

'Ben jij altijd al zo súpergroot geweest?' vroeg Miranda, die geklopte eierdooiers met suiker dronk.

'Iets meer dan een maand na mijn geboorte had ik aan de melk uit mijn moeders borsten al niet meer genoeg,' antwoordde de reus. 'Ze begonnen met de fles, maar zes flesjes tegelijk opwarmen was lastig: het eerste ging nog, maar de andere werden te heet en ik krijste zo hard dat het glas sprong. Ze moesten er eentje voor me maken van een grote frisdrankfles. Maar ook die werd te klein. Toen verwarmden ze de melk maar in een pan en lieten ze me aan een tuinslang zuigen!'

Miranda schoot in de lach. Teo had het al gezien: elke keer als het meisje lachte, vond dat weerklank in Pats gezicht, die zelf ook glimlachte zonder dat ze het in de gaten had. Hij vroeg zich af of zo'n moment van ontspanning misschien een opening bood en greep zijn kans: 'Mag ik misschien weten wie die Bran Weet-ik-veel is op wie ik lijk, of blijft dat staatsgeheim?'

Het meisje zocht in haar moeders ogen naar instemming. Pat sloeg even haar blik neer, maar knikte uiteindelijk.

'Bran was een reus!' zei Miranda. 'Maar geen echte, zoals jij. Een sprookjesreus! Ze noemden hem Bran the Blessed, Bran de Gezegende, want hij was een goede reus. Hij had súperveel magische schatten. De belangrijkste was de Ketel van de Wedergeboorte, *The Cauldron of Healing*! Bran beschermde de eilanden, hij verdedigde ze tegen indringers. Aan het einde raakte hij gewond aan zijn voet, door, door, door een giftige pijl ...'

'Net als Achilles.'

'... Mmmja, en voordat hij doodging vroeg hij of ze zijn hoofd wilden afhakken en het onder de *White Tower* wilden begraven, dat is in Londen. Want zolang het daar begraven lag, zouden de eilanden veilig zijn.'

'Van die dingen die mijn moeder mij vertelde,' verontschuldigde Pat zich voor het macabere verhaal.

Teo wilde naar die moeder vragen, maar Miranda was hem voor.

'En zijn jouw ouders ook zo gigagroot?' wilde ze weten.

'Helemaal niet. Mijn moeder is net zo groot als de jouwe, een paar centimeter kleiner misschien. En mijn vader was ook normaal.'

'Waarom zeg je "was"? Is hij dood?'

'Voor mijn geboorte. Door een ongeluk.'

'*You're kidding me* ... Mijn papa ook!' zei Miranda uitgelaten. Ondanks de afschuwelijke feiten leek dit toeval haar te boeien.

Teo keek naar Pat om haar reactie te peilen. De vrouw schoof haar stoel naar achteren en begon de tafel af te ruimen. Het was een dissonant; Teo begreep dat er achter het verhaal van de overleden vader iets verborgen zat. Maar voorlopig zou hij niets meer te weten komen, want Pat concentreerde zich weer op het aangeven van haar ritme, ascetisch, minimalistisch.

Haar geheimzinnige gedrag maakte Teo alleen maar begeriger naar meer. Hij merkte dat hij alles wilde weten over Patricia, 'Pat', Finnegan: hoe haar familie in elkaar zat, anekdotes uit haar schoolperiode, liefdesgeschiedenissen, dromen, de ervaring van het moederschap, toekomstplannen, maar ook haar lievelingskleuren, de muziek waar ze graag naar luisterde, haar hobby's en haar lievelingsparfum, alsof Pats ziel was terug te brengen tot de som van deze gegevens en alsof alles weten gelijkstond aan alles begrijpen.

In de tussentijd zat er niets anders op dan het te doen met het weinige wat voor zich sprak. Dat Patricia, 'Pat', Finnegan een vrouw van rond de dertig was, intelligent, welbespraakt en voor de reus op een pijnlijke manier aantrekkelijk. Dat ze een goede moeder was, of in elk geval een moeder die een betoverende verstandhouding met haar dochter had. En dat haar handigheid in de geneeskunst op een bovengemiddelde medische kennis wees. Toen Teo Pat vroeg of ze arts was, zei ze van niet. Waarna ze als een Mona Lisa naar hem glimlachte. (Stellige en tegelijkertijd dubbelzinnige uitspraken waren haar *forte*.)

We kunnen u, lezer, dingen vertellen die Teo nog niet wist.

Pat had geen lievelingsparfums. Ze had een lievelingszeep.

Pat vond romans tijdverspilling. (Vaak zijn we geneigd het met haar eens te zijn.)

Pat had geen hekel aan televisie op zich. Ze had een hekel aan wat ze erop te zien kon krijgen.

En toch leert u, nu u deze dingen weet, Pat niet beter kennen dan Teo die avond. De dingen waar Pat over zweeg, waren het meest veelzeggend, dingen die ze voor zichzelf verborgen zou houden als ze moedwillig zou kunnen vergeten; ze vormden de zwarte doos in haar systeem, het apparaat dat de toedracht van het ongeluk zou kunnen verklaren als het uit de puinhopen zou worden opgevist. Maar het ongeluk bestaat voor u niet, nog niet. U bent ertoe veroordeeld Pats doen en laten zonder geheime codes of zwarte dozen tegemoet te treden. Bij gebrek aan dergelijke documentatie zullen haar daden eerst wispelturig en later krankzinnig overkomen.

Omdat hij geen trappen kon lopen, kreeg Teo een stapel dekens en de alleenheerschappij over de bank in de huiskamer. Hij ging op zijn ongeschonden zij liggen en trok de deken op tot aan zijn kin; zelfs in februari waren de nachten nog koud.

In het nauwelijks door het schijnsel van de maan verdreven duister was Teo getuige van een bijzondere gebeurtenis. Toen het kraakconcert van de vloer op de bovenverdieping was verstomd, hoorde hij Pat en Miranda zingen. Het was een liedje dat hij uit zijn kindertijd kende, *De slag om de warmte*, een muzikaal spelletje om het warm te krijgen.

In de slag om de warmte
Trok de ruiter ten strijde
Ruiter, pak je wapens! Een hand ...

Daarna begint het liedje weer van voren af aan. Maar bij de hand die door elkaar wordt geschud, voegt zich een tweede, en in de volgende ronde een voet, en dan de andere, de billen, het hoofd, de armen … Nog voordat de lijst met lichaamsdelen is afgewerkt, begin je te zweten, en zo wint het liedje de slag uit de titel.

Liggend op de bank, onder een flinke laag wollen dekens, hoorde Teo een tweestemmige versie. Pats stem klonk mat, maar die van Miranda sijpelde als honing door de plankenvloer. Moeder en dochter hervatten harmonisch de strijd, en hoe meer lichaamsdelen er aan het liedje werden toegevoegd, hoe wilder ze bewogen, totdat het plafond trilde en de donkere lampen heen en weer zwaaiden; de ruiter was in de slaapkamer van het meisje tot leven gekomen en ten strijde getrokken.

Waarom kan bepaalde muziek emoties oproepen? Is dat een kracht van wiskundige of althans natuurkundige aard? Een reeks noten of akkoorden die de deur naar de ziel opent, als een 'Sesam open u'? Is het omdat mensen muziek koppelen aan plaatsen en omstandigheden, waardoor ze puur door ernaar te luisteren weer naar die momenten worden teruggebracht, alsof ze ze opnieuw beleven, alsof ze in een tijdmachine zitten? (Maar als dat zo is, waarom raken ze dan ontroerd door muziek die ze voor het eerst horen of muziek uit een andere cultuur?) Of is het eerder zo, zoals al werd gesuggereerd, dat bepaalde melodieën aan onze eigen melodieën doen denken en dus onze geheime taal spreken?

De emotie overviel Teo. Het liedje heeft een vrolijke, aanstekelijke melodie, achter de partituur gaan geen melodramatische trucs schuil die melancholisch stemmen. Maar toch voelde hij zich al snel na het begin (het verwarmingsproces was nog maar net bij de handen aanbeland) afglijden naar de pijnlijke dingen in zijn leven. Hij dacht aan de vader die hij nooit had gehad en aan de afstand tot zijn moeder. Hij dacht aan de liefde binnen hun gezin en aan de minachting waarmee de buitenwereld hem had overladen. Hij dacht (nee, hij dacht het niet, hij voelde) dat hij ziek zou worden als hij verder leefde zonder lief te hebben of geliefd te zijn. Hij liet de herinnering aan het ongeluk dat hem had verbitterd omhoogkomen (opnieuw die hitte van de explosie, alsof hij weer daar was) en dacht zelfs aan het kind dat hij niet had en misschien ook nooit zou hebben. Nu hij zijn leven zo voor zich zag, vroeg hij zich af hoe iets zo droevig en tegelijkertijd zo gelukkig kon zijn.

Hij sloeg de dekens weg en probeerde te gaan zitten. Hij stikte van de hitte. Het zou de koorts wel zijn. De ramen waren beslagen. Op de bovenverdieping waren de hoofden bij de strijd betrokken. Als hij echt koorts had, kon hij zich maar beter warm aankleden, maar in plaats daarvan trok Teo zijn hemd uit en begroef zijn gezicht erin.

Niemand heeft ooit een reus zien dansen. De natuur is wijs, ze doet niets zonder reden. Zij zal het ook wel zijn – en gelukkig maar – die ons behoedt voor de aanblik van een huilende reus.

VIII

Hier wordt een praktische oplossing voor slapeloosheid aangedragen

Hij kon niet slapen. De wond deed pijn. Op zijn rechterzij hield hij het niet meer uit. Hij had geprobeerd om op te staan, maar de vloer kraakte als een huis uit een spookverhaal (als je 135 kilo weegt, kreunt de hele wereld onder je voeten) en hij wilde de andere twee niet wakker maken.

Hij moest de hele tijd aan de wolf denken. (Dat wil zeggen, de hele tijd dat hij niet aan Pat dacht.) Hij was er inmiddels wel van overtuigd dat het een hallucinatie was geweest, weliswaar een levensechte, maar toch. Hij was verdwaald in het bos, zoveel was duidelijk. Door een combinatie van desoriëntatie, de ijle lucht in het bos en vermoeidheid was hij als een slaapwandelaar gaan ronddolen en in waaktoestand gaan dromen over een paar van zijn obsessies: de filosofiestudie die hij niet had afgemaakt, zijn liefde voor boeken (en daaruit afgeleid zijn liefde voor literaire genres als de fabel) en de obsessie die aan hem vrat, de verlossing waar hij zonder kaart of kompas naar op zoek was. Hoe langer hij erover nadacht, hoe passender zijn hallucinatie hem voorkwam, alsof ze op maat voor hem gemaakt was: ze kon niet anders dan een product van zijn eigen geest zijn!

Toch bleef er nog twijfel aanwezig en dat hinderde hem, ook al wist hij dat hij over een paar uur zou teruglopen naar zijn pick-up en deze plek zou verlaten; zijn verantwoordelijkheidsbesef deed zich op een dwingende manier gelden. Kon hij wel zomaar weggaan in de wetenschap dat Pat en Miranda daar alleen, midden in het bos en zonder bescherming, achterbleven? Pat kon haar mannetje wel staan, dat was duidelijk, ze was een vastberaden tante die niet voor één gat te vangen was. Maar wat zou er gebeuren als het meisje buiten ging spelen? Was dat wel verstandig als er een kans bestond, hoe absurd ook, dat er een wild dier in de omgeving rondzwierf?

Een geluid – het was geen gekraak – haalde Teo uit zijn droomtoestand. Een bewegend lichaam. Hij dacht aan muizen. Hij was verbaasd toen hij Pat heel stilletjes op haar blote voeten in pyjama de trap af zag komen. Eenmaal beneden sloop ze de woonkamer door, met van die tekenfilmbewegingen waarmee mensen denken zachtjes te doen. Teo zag haar de keuken in verdwijnen, waar ze nieuwe geluiden maakte: een la die open- en dichtging, de deur van de koelkast, een dop die werd opengedraaid. Meteen daarop kwam ze de kamer weer in met een fles tonic in haar hand. Ze schrok zich rot toen ze Teo met ontbloot bovenlijf op de bank zag zitten. Onwillekeurig schudde ze met de fles. De tonic gutste eruit.

Teo hield zijn hand voor zijn mond om het niet uit te proesten.

Pat droogde haar hand aan haar pyjama af.

'Ik kon niet slapen,' fluisterde ze.

'Ik ook niet. Ik heb het vreselijk warm.'

'Dit huis houdt de warmte goed vast, zelfs tijdens de ergste winterdagen. Maar het kan ook aan de koorts liggen.'

Pat voelde aan zijn voorhoofd. Haar hand was plakkerig.

'Nee, je hebt geen koorts.'

'Miranda is geweldig,' zei Teo, die wist dat hij een aandachtig publiek had voor zijn complimentjes. 'En ze praat ook zo keurig … Als een kleine volwassene! Hoe komt het dat ze zoveel weet?'

'Ze heeft een honger naar kennis die in schril contrast staat met haar eetlust. Ze eet als een musje!'

Pat pakte twee glazen uit de kast. Vervolgens liep ze terug naar de keuken, nog steeds met de bewegingen van Olijfje, Popeyes vriendinnetje. Achter de façade van haar afgedragen pyjama waren de rondingen zichtbaar waar Teo zo van hield.

'En hoe weet jij zoveel over springstof?' vroeg ze toen ze terugkwam, terwijl ze probeerde de ijsblokjes uit hun bakje te drukken.

Teo haalde zijn schouders op. Het onderwerp stond hem tegen.

'Ik ben ingenieur. Gespecialiseerd in slopen. Springstof is voor mij dagelijkse kost.'

'Een man die gewend is aan gevaar,' zei Pat. De ijsblokjes rinkelden toen ze in de glazen vielen. Teo had het idee dat ze de spot met hem dreef.

'Als je voorzorgsmaatregelen neemt, is het niet gevaarlijk.'

'Heb je nooit een ongeluk gehad?'

Teo zweeg terwijl Pat de drankjes inschonk. Hij bad dat Miranda op dat moment wakker werd om hem van die vragen te redden, zoals ze tijdens het eten haar moeder had gered.

'Eén keer,' bekende hij.

Pat stootte met haar glas tegen het zijne en ging met haar benen over elkaar naast hem zitten. Ze leek alle tijd van de wereld te hebben.

'Ben je gewond geraakt?'

'Ik? Nee.'

'En heb je er geen speciale bevoegdheid voor nodig? Los van je ingenieurstitel, bedoel ik.'

'Laten we zeggen dat niet iedereen zomaar gelatinedynamiet kan kopen. Je moet een vergunning hebben, zeker als je een burger bent.'

'En jij bent een burger.'

'Met een smetteloze loopbaan. Ik heb niet eens in dienst gezeten!'

Teo dronk in één teug zijn halve glas leeg. Pat schonk hem bij.

'En wat brengt een *demolition man* als jij naar deze contreien? Zeg me nou niet dat je op vakantie bent, want daar trap ik niet in.'

De reus zuchtte. Hij was bang om de waarheid te vertellen, een waarheid die hij niemand had verteld, zelfs zijn moeder niet, laat staan zijn vrienden. Maar achter Pats vriendschappelijke toontje ging iets ernstigers schuil dan nieuwsgierigheid. In het schemerdonker zagen haar pupillen er groenzwart uit, als basaltsteen. Teo had het gevoel dat het gesprek in een ondervraging was overgegaan.

'Ik zit voor het eerst sinds jaren zonder werk,' zei hij, terwijl hij nog een slok nam om tijd te winnen. 'Ik heb overal naartoe gebeld en mijn curriculum rondgestuurd. Ik had twee opties: thuis gaan zitten wachten tot iemand me voor een gesprek zou uitnodigen of proberen afleiding te zoeken. Ik weet niet waarom deze plek me te binnen schoot. Toen ik klein was … qua leeftijd tenminste … kwam ik hier elke zomer met mijn moeder. Bijna tweeduizend kilometer in zo'n klein Fiatje. We aten koude knakworstjes en mortadella en stopten alleen om naar de wc te gaan. Ik was altijd kotsmisselijk als we aankwamen, maar ik vond het hier geweldig! Ik herinner me de smaragdgroene meertjes en de aardbeien die we van de grond raapten … Het ideale plaatje, ik weet het. Maar ik herinner me ook nog iets anders. Tijdens die zomervakanties, ver van huis en van school en van de mensen die me elke dag treiterden … in dit berglandschap met zijn hoge bomen en smeltwaterrivieren, dat op maat voor mij gemaakt leek te zijn, kreeg ik voor het eerst een besef van wat er allemaal mogelijk was. De mooiste toekomst was binnen handbereik. Alles kon! Ja, en dan kwam natuurlijk het moment dat we terug moesten naar Buenos Aires en … Ik weet het, je hebt het al gezegd: er bestaan geen kaarten die aangeven hoe je kunt teruggaan in de tijd. Maar ik snap niet waarom mijn hart me altijd weer zegt dat het wél kan, dat we het tegen alle logica in moeten blijven proberen … Het was idioot om hiernaartoe te komen, denk ik. Het zal de *quarterlife*-crisis wel zijn. Eerlijk gezegd weet ik niet zo goed wat ik met mijn leven aan moet.'

'Dat weet niemand,' zei Pat, met een nieuwe warmte in haar stem. 'Als mensen toekomstplannen maken, kijken ze af wat anderen doen; ze willen succes, geld, bewondering, want de levens van anderen hebben laten zien dat dat de weg is. Maar er zijn geen twee wegen hetzelfde, want er zijn ook geen twee mensen hetzelfde. Wat voor de een succes betekent, kan voor mij een straf zijn. Het geld waar de een van geniet, kan voor mij de ondergang zijn. Hoeveel mensen hebben de moed om de verleidingen van de wereld te weerstaan en zichzelf echt serieus de vraag te stellen wat ze met hun leven willen? Kwel jezelf er niet mee dat je bent gekomen. Wie zal het zeggen, misschien vind je de antwoorden hier wel. Misschien was die wolf wel een teken!'

Teo wierp haar een duistere blik toe, hij vond het niet leuk dat ze hem voor de gek hield. Die uitdrukking kon hij niet lang vasthouden. Pat was te mooi, en mannen laten mooie vrouwen dingen met zich doen die ze niemand anders toestaan. (Behalve hun moeders, uiteraard.)

'En wat doe jij hier?' vroeg Teo. 'Heb jij hier echt voor gekozen? Het hippieleven, tekenen, jam maken …'

'Deels,' antwoordde Pat, en ze pakte een pakje sigaretten van de salontafel. Teo wist het nog niet, maar Pat rookte alleen als ze zenuwachtig was. 'Laten we zeggen dat ik hier geen afleiding heb. Ik werk met de aarde, ik geniet van mijn huis, ik zorg voor de kleine. Meer heb ik niet nodig.'

'Heb je geen liefde nodig?'

'Ik heb Miranda.'

'Volwassen liefde, om niet te zeggen seks, want dat klinkt zo lelijk.'

'Ik heb een duidelijke lijfspreuk: zelfbevrediging of afhankelijkheid.'

Teo verslikte zich bijna in een ijsblokje en spuugde het terug in het glas.

'Veel dingen in deze wereld worden overgewaardeerd,' zei Pat, geamuseerd door zijn reactie. 'Allereerst geld. En meteen daarna komt de romantische liefde.'

'En dan komt Proust,' zei Teo.

'De formule 1-coureur?'

'Dat is Prost. Proust, zei ik. Die van *Op zoek naar de verloren tijd*.'

'Wat heb jij een obsessie met tijd! Wil je een sigaret?'

Teo rookte maar heel af en toe, maar hij wilde de kans om Pats hand te kunnen aanraken, niet laten schieten.

'Iets anders wat ook overschat wordt,' zei hij toen hij zijn eerste rookwolkje uitblies, 'is chocola.'

'En wc-papier. Terwijl er gewoon water is ...'

'En Sinatra? Hij is best goed, maar Dean Martin ...'

'Ik haat de radio. Ik hou niet van stemmen zonder lichaam.'

'En ben je nooit meer verliefd geweest? Na je man, bedoel ik.'

Pat zoog haar longen vol rook. Toen ze Teo aankeek, had ze dezelfde wantrouwende blik als in het begin.

'Daag me niet uit, kleine man,' zei ze, terwijl ze zich achter een grijze rooksluier verstopte. 'Ik ben geen kast waar je zomaar in kan rondsnuffelen. Met vragen zul je niks wezenlijks over mij te weten komen.'

'Misschien heb je gelijk. Maar misschien ook niet. Jij hebt mij ondervraagd en door mijn antwoorden is jouw houding veranderd. Tot twee minuten geleden was je een feeks. Nu ben je in elk geval een sfinx.'

'Logisch dat ik verander. Ik heb zojuist ontdekt hoe groot je werkelijk bent. Jij wordt ook overschat!'

'Ik heb lichaamsdelen die hun gewicht in goud waard zijn.'

'Och. Het onvermijdelijke grapje over de grootte van de penis. Nou, laat maar eens zien dan.'

'Ben je het nog niet zat om doktertje te spelen?'

'*All play but no game!*'

'Hoe bedoel je?'

'Praatjes vullen geen gaatjes. Ik zei al dat je een kleine man was. Ga je hem nog laten zien of niet?'

Teo slikte opnieuw, met moeite weliswaar; zijn mond was droog geworden. Meende Pat het nou of hallucineerde hij weer?

'Ik heb een voorstel,' zei ze, en ze gooide haar sigaret in de tonicfles, waar hij sissend uitdoofde.

Teo's nekhaartjes gingen overeind staan. Hij klampte zich vast aan zijn sigaret alsof hij zich daarmee wilde verweren.

'Aangezien we toch allebei niet kunnen slapen ... en aangezien ik al zo lang geen orgasme heb gehad dat ik niet zelf heb opgewekt ... doe ik je een voorstel. Een overeenkomst tussen gelijkwaardige partners. Tussen volwassenen. Laten we neuken. Hier. Nu,' zei Pat, en ze schoof dichter naar Teo toe, die tevergeefs terugkrabbelde. 'Tenzij je me niet aantrekkelijk vindt.'

'Dat is het niet.'

'Het kan mij niet schelen of je getrouwd bent of een vriendin hebt. Heb je een vriendin?'

'Nee.'

'Ik heb het over seks, niet over een romance. Zie het als een gezondheidsservice. Een gevangenisbezoek.'

Teo vond de vergelijking wel passend. Hij zat gevangen tussen Pat, de dekens en de kussens, en was door zijn verwonding niet in staat te vluchten.

'Doe maar alsof het een betaling voor verleende diensten is,' drong Pat aan, terwijl ze haar lichaam tegen het zijne drukte. 'Ik heb zin om eens iets anders tussen mijn benen te voelen dan een tampon!'

IX

Illustreert de redenen
waarom Teo terughoudend is

Teo had zijn redenen om zich niet in Pats armen te werpen: hij was er-van overtuigd dat hij nooit een erectie zou krijgen. De vrouw was voor hem de vleesgeworden verleiding, ze leek nog meer op Gilda dan Rita Hayworth (ze sprak zelfs Engels, net als Rita!), en daarom, in combina-tie met haar intelligentie en haar duidelijke afkeer van heilige huisjes, overdonderde ze hem. Amazones en Walkuren zijn niet in de wieg ge-legd om te worden verleid, maar om te worden aanbeden, of onze overgave te aanvaarden.

Teo vervloekte de wellust van zijn ouders, die hem op een wereld hadden gezet die door Hamlet al met twijfel en dus met de kans op gebrek aan daadkracht was geïnfecteerd. Was hij nou maar in een oudere wereld terechtgekomen, waarin mannen niet aan hun man-nelijkheid twijfelden en een erectie zich desgewenst direct ontwik-kelde, als een polaroidfoto. Hij was opgegroeid op een planeet van macho's die de ruimte veroveren, Arabieren doden en trots als een pauw achter het stuur van een Ferrari zitten, maar niets over intimi-teit weten. Intimiteit komt in romans niet voor en ligt buiten de grenzen van de film; het is datgene wat tussen het einde van een hoofdstuk en het begin van het volgende of na *The End* gebeurt. Teo's kennis op het gebied van intimiteit was niet anders dan de ken-nis die zijn onbekende vader vroeger had gehad. 'Intimiteit' was wat je leerde uit schuine praatjes van vrienden, uit beduimelde vieze blaadjes. 'Intimiteit' was iets uit pornofilms, voor zover je wat er tus-sen een vrouw en een hitsige hengst gebeurt, intiem kunt noemen.

Nadat hij zich eenmaal op het strijdtoneel had begeven (zijn eerste keer beleefde hij met de moeder van een vriend, die was geïnspireerd door *The Graduate*) leerde Teo de situatie uit de weg te gaan. Maar hoewel de tijd hem had geleerd zijn waardigheid te bewaren, was hij ervan overtuigd dat hij een essentieel gedeelte van de ervaring had gemist, het kon niet anders of er was hem iets ontgaan. Hij begreep de aandrang, genoot van het spel, vond de rust na de daad aangenaam. Maar na een tijdje voelde hij zich onbevredigd, alsof hij was opgelicht. Hij had het recept naar de letter gevolgd, maar het resultaat leek niet op wat er beloofd was.

Hij begon te geloven dat je niet alleen instructies, maar ook talent moest hebben en dat hij waarschijnlijk tot de groep behoorde die dat van nature ontbeerde. Zijn laatste ervaringen waren rampzalig geweest. Hij kreeg zichzelf er niet van overtuigd dat de bezigheid hem boeide. Hij bracht alles wat hij geleerd had in praktijk, de kussen, de bewegingen, de liefkozingen. Tevergeefs. Voor de zoveelste keer stelde hij vast dat de reacties die hij opriep evenredig waren aan zijn afmetingen. Vrouwen voelden zich beledigd (gigantisch beledigd) door wat zij aanzagen voor minachting. En ze maakten hem tot het mikpunt van spot (gigantische spot) omdat hij zo groot geschapen was maar niet in staat was er iets mee te beginnen.

In die paar seconden van twijfel kwam al deze angst in Teo naar boven. Tot overmaat van ramp dacht Pat ook nog dat hij aarzelde omdat hij niet wist hoe hij moest beginnen en trok haar pyjamajasje uit. Ze had de borsten van een naoorlogse Italiaanse *bombshell*, een stel cinemascopetieten waarbij Teo afstak als een schamele Carlo Ponti.

'C'mon, big guy,' fluisterde Pat. 'Don't be shy!'

En ze kuste met vochtige lippen de onderarm waarmee Teo zijn knie beschermde.

Meer was er niet nodig. Teo ontdekte dat zijn angsten ongegrond waren. Hij sloeg teder zijn arm om Pat heen en trok haar naar zich toe. Zij liet hem begaan. Ze kusten elkaar eerst voorzichtig en daarna gretig.

Op deze plek zou in elk ander verhaal een punt staan en een volgend hoofdstuk beginnen met het aanbreken van een nieuwe dag. Maar gezien onze verplichting jegens intimiteit zullen we een paar kleinigheden toch moeten vermelden. Want zoals intimiteit voor een groot deel bestaat uit de fijngevoeligheid die geliefden elkaar verschuldigd zijn en de onbevangenheid waarmee ze hun harten openstellen, betekent het tevens onvermijdelijk dat je de menselijke natuur van de ander ten volle aanvaardt. Alle mensen hebben een lichaam. En dat lichaam heeft bepaalde eigenschappen. Het brengt geluiden voort. En geuren.

51

Toen Pat Teo in volle glorie aanschouwde, kon ze haar temperament niet bedwingen.

'Jee, wat een kanjer. Het is de eerste keer dat ik een man met alle recht hoor grootspreken,' zei ze. 'Zoiets heb ik nog nooit gezien. Behalve in pornofilms dan. En in Tarzanfilms. Hij ruikt trouwens ook als Tantor.'

'Dit was jouw idee, hoor!'

'Ik klaag niet, ik constateer alleen maar. Tjonge, die reuzen zijn echt gevoelig.'

'We hebben ook een groot hart.'

Pat stond tot zijn verrassing op, in alleen haar pyjamabroek. Ze liep op haar tenen tot onder aan de trap en vroeg op fluisterende toon: 'Hebben condooms een houdbaarheidsdatum?'

'Nee. Of ja. Het zal wel zijn als met vaccins, denk ik.'

Toen ze weer op de afgeleefde bank zat, wapperde Pat met het object waarnaar ze had gezocht, maar ineens werd ze door twijfel overvallen.

'Ik heb hier maar een gewoon condoompje. Ik weet niet of dat jou wel past!'

'Tuurlijk wel.'

'Hoe dan?'

'Met een hoop pijn en moeite.'

Pat proestte het uit. Ze probeerde zich in te houden, maar dat maakte het alleen maar erger, ze had het niet meer. Eerst zette ze haar nagels in Teo's lijf, die een kreet van pijn onderdrukte. Toen sloeg ze hem met de rubberen ring van het condoom.

'Gij zult pijnlijk neuken,' zei Teo, die een merkwaardig moment uitkoos voor Bijbelse parafrases.

Toen hij eindelijk Pats lichaam binnendrong, lachte hij nog steeds. Hij had nog nooit zoiets meegemaakt. En hij ontdekte dat het goed was.

X

Pat bekent dat ze in de mythe van de *banshees* gelooft en laat kort daarop zien in hoeverre

In de vroege ochtend maakten de geliefden zich los uit hun omstrengeling. Pat pikte een deken mee en kroop naar de andere kant van de bank; ze was uitgeput. In stilte worstelden ze allebei met dezelfde vraag: hoe zou het verdergaan met hun leven nu ze deze deur hadden opengezet?

Het panorama dat Teo voor zich zag, was nieuw. Zijn hoofd schoot koortsachtig heen en weer tussen wat hij zojuist had meegemaakt (de wereld had op zijn grondvesten geschud, net zoals het zijn moeder die eerste keer was vergaan) en gedachtes over de toekomst. Er bestond ineens een wereld waar eerst niets had bestaan. Tot gisteren was de toekomst in nevelen gehuld geweest. Nu waren er mogelijke namen, herkenbare gezichten en een plaats van handeling. Zijn leegte was bevolkt geraakt. Hij had het gevoel dat hij iets nieuws ervoer, alsof hij tot op dat moment in een tweedimensionale wereld had geleefd en er nu een derde dimensie bij had gekregen; al het voorgaande leek een representatie, een platte alfafictie in primaire kleuren, in tegenstelling tot deze diepgaande, tastbare omegawerkelijkheid.

Pat was snel uit haar droom ontwaakt. In een mum van tijd had ze hem de maat genomen, gewogen en ingepakt, zoals paste bij haar praktische aard. Om vervolgens bezorgd te raken over de gelukzalige uitdrukking op Teo's gezicht.

'Waag het niet,' zei ze.

'Wat?' zei Teo, de vermoorde onschuld spelend.

'We hadden gezegd seks, verder niks. Een therapeutische daad.'

'Dat was het ook. Ik zweer het je, ik ben genezen.'

'Je liegt. Je ziet eruit alsof je onverzadigbaar bent. Of erger nog: je ziet eruit als zo iemand die aan seks niet genoeg heeft. Dat zijn de ergsten. Mannen die je bloemen geven omdat ze met je willen neuken, deugen niet. Maar mannen die ermee aankomen na het neuken, zijn pas echt gevaarlijk.'

'Als jij alleen neukt als er een keer een reus uit een boom valt, dan zou ik mijn kans maar grijpen.'

'Ik zeg het voor jouw bestwil. Ik ben iemand die alleen maar problemen met zich meebrengt. Heb je nooit van banshees gehoord?'

'*Never in the puta life.*'

'Dat zijn vrouwelijke geestverschijningen. Ze hebben lang haar en dragen een groene jurk en een grijze cape. Ze hebben altijd rode ogen van het huilen. Als je ze hoort gillen, kondigen ze de dood van een dierbare aan. Ach ja, Ierse folklore. Mijn moeder genoot ervan om me voor het slapengaan dit soort dingen te vertellen. Vervolgens ging ze rustig naar bed en deed ik geen oog dicht.'

'En wat heb jij met die geesten te maken?'

Pat stak nog een sigaret op. Het rode licht van de gloeiende as weerspiegelde in haar ogen.

'Doe maar alsof ik een banshee ben. Je kunt me beter kwijt dan rijk zijn.'

Maar het was al te laat. Geen enkel argument van Pat kon ongedaan maken wat er gebeurd was. Bij het aanbreken van de nieuwe dag was Teo verliefd. Hij stonk, hij plakte, hij was binnenstebuiten gekeerd en uitgeknepen, maar hij was bovenal verliefd, op een vrouw van wie hij niets wist. Het gevoel had hem weliswaar verrast, maar helemaal onbezonnen was het niet. (We denken met veel meer dan onze hersenen.) Pat was de eerste vrouw bij wie hij zich prettig voelde sinds hij seksueel actief was, een vrouw die hem helemaal accepteerde zoals hij was, met zijn lengte, zijn geuren en zijn angsten, en voor wie hij dus zijn hart kon openstellen. Ze was intelligent, wat betekende dat ze op de juiste momenten gemeen of teder kon zijn. Ze maakte hem aan het lachen, en niet zo'n beetje ook; de lach is een geweldig afrodisiacum. En ze was niet bang om zich belachelijk te maken, iets wat Teo als een schaduw achtervolgde.

Zo zouden we nog wel een tijdje kunnen doorgaan met het opsommen van redenen. Maar Teo had ze niet nodig, en daarom zult u, lezer, er ook niet om vragen. Hij was samen met een naakte vrouw en voelde zich gelukkig. Wat kan iemand zich nog meer wensen?

Het zou fantastisch zijn om dit hoofdstuk met deze klinkende noot af te sluiten. Maar we zouden onze plicht niet nakomen als we niet eerst zouden vertellen over twee andere gebeurtenissen die voor het aanbreken van de dag plaatsvonden.

De eerste is deze: Pat bleef liggen tot ze wist dat Teo sliep. (Dat was niet zo moeilijk na te gaan: Teo snurkte alsof er iemand meubels verschoof.) Toen stond ze op en doorzocht de kleren van de reus, op zoek naar zijn papieren. Ze stelde vast dat hij inderdaad Teodoro Labat heette en dat hij vrijstelling van militaire dienst had, getekend en gestempeld. Nadat ze de portefeuille had teruggestopt op zijn plek, liep ze weer naar de bank en ontspande zich. Waarmee we bij de volgende gebeurtenis komen.

Het was nog donker toen Teo wakker werd van een kreet. Het duurde even voordat hij zich herinnerde waar hij was. Hij ontdekte dat het hartverscheurende geluid afkomstig was van Pat, die krijste alsof haar ingewanden er werden uitgerukt; tot Teo's toenemende verbazing sliep ze ondanks haar gekrijs gewoon verder. Ineens zag hij Miranda op blote voetjes in haar nachthemd naast de bank staan, die hen onbewogen aanstaarde.

'Pak haar hand vast,' zei het meisje.

Teo wist niet wat hij het eerst moest doen: zichzelf toedekken, Miranda naar bed sturen of Pat uit haar angstaanjagende droom wakker maken.

'Geef haar een hand!' drong Miranda aan.

Teo gehoorzaamde. Pat zette er als een klauw haar nagels in. Teo stond op het punt het ook uit te schreeuwen toen Pat ineens stopte met schokken en haar greep verslapte. Ze schreeuwde niet meer. Ze viel weer in een diepe slaap; binnen een paar seconden lag ze zachtjes te snurken.

'Als je haar een hand geeft, wordt ze rustig. Het werkt altijd,' zei Miranda, wier roze nachthemd zo lang was dat het over de vloer sleepte. Ze deed er heel gewoon over, alsof dat nachtelijke gekrijs een dagelijkse aangelegenheid was. Op dezelfde toon refereerde ze aan de benen van de reus, die onder de geblokte deken uit staken.

'Wat heb jij spillebeentjes. Ooievaarspoten. Vind ik. Je bent vanboven hartstikke breed en daar súperdun.'

Vervolgens liep ze terug naar haar kamer, als een muisje dat de trap op schoot.

XI

Aantekeningen voor een geschiedenis
van Santa Brígida

Het dorpje dat het dichtst in de buurt lag van het houten huis van de Finnegans heette Santa Brígida. Een op simpele getallen gebaseerde werkelijkheid: drieduizend zielen, honderden geiten en veertienhonderd huizen, niet één hoger dan twee verdiepingen. Zoals doctor Dirigibus altijd zei: wie heeft er behoefte aan hoogte als hij vierhonderd meter boven de zeespiegel woont?

De economische bedrijvigheid in Santa Brígida was even divers als weinig onderscheidend van aard: veeteelt en aanverwante producten, landbouw (met name fruit en hop, wat gelijkstaat aan zoete waren en bier), kruidenierswinkeltjes en plaatselijke dienstverlening. Een uitzondering was de waterkrachtcentrale, die ook de andere dorpjes in de vallei van elektriciteit voorzag. Vanwege zijn ligging kon Santa Brígida het smeltwater goed benutten. Het energiebedrijf had echter nooit munt weten te slaan uit dit voordeel: voor de technici van Energía del Valle had het omzetten van water in elektriciteit iets alchemistisch, en dus iets duivels, wat ze nooit helemaal onder de knie kregen. Hierdoor viel in Santa Brígida of een van de andere dorpjes of overal tegelijk of achter elkaar zo vaak de stroom uit, tot drie of zelfs vier keer per nacht, dat het fenomeen inmiddels tot de plaatselijke folklore behoorde. Op zulke momenten zag de vallei er van boven bezien uit als de grootste flikkerende kerstboom ter wereld.*

Santa Brígida had geen skipistes, kabelbanen of resorts. Het toeristenverkeer was dan ook bescheiden (met uitzondering van het Se-

---

* Begin jaren tachtig circuleerde er een mop over de gebrekkige service. De mensen zeiden dat de slogan van het bedrijf Energía del Valle moest luiden: niets zo enerverend als EnerVa.

verfeest, begin oktober, wanneer de toestroom honderd keer zo groot was). Normaal gesproken waren het slechts dagjesmensen die, zoals een ironicus het eens had genoemd, 'de miniroute' kwamen doen: ze liepen door de schilderachtigste gedeeltes, stopten bij het ravijn om een muntje naar beneden te gooien en een wens te doen en eindigden in de winkel van mevrouw Pachelbel. En dat was al wat Santa Brígida, bij gebrek aan een 'grote route', te bieden had. Immers, hoeveel huisjes met dakpannen, hoeveel over de daken klauterende geitjes, hoeveel tuinen met incalelies kan een toerist fotograferen?

In Santa Brígida vroeg niemand zich af waarom het dorp de naam van een heilige droeg. Aangezien Argentinië een door Spanjaarden gekoloniseerd land is, verwijst de helft van de namen er naar heilige figuren. Buenos Aires was oorspronkelijk Santa María de los Buenos Aires. Tucumán is San Miguel de Tucumán. Jujuy is San Salvador. Bariloche is San Carlos. En Santa Fe klinkt als een filiaal van het Vaticaan.

De naamgeving van het dorp werd toegeschreven aan een van zijn stichters, Eerste Wereldoorlog-veteraan Heinrich Maria Sachs, al had men geen idee waarom de Duitser de heilige Brígida zou willen eren. Sommige mensen herinnerden zich de reproductie van de heilige Sebastiaan in diens woonkamer, wat op vroomheid kon duiden. De levendigste herinnering die hij echter had nagelaten, was die aan een van zijn laatste optredens in de herberg die hij beheerde, de Edelweiss, naar het plantje met de Latijnse naam *Leontopodium alpinum*. Bij die gelegenheid zong en danste Sachs met overgave in een vertolking van *Die Beine von Dolores*, op piano begeleid door Manolo Anzuarena (die hij voorstelde als zijn pupil, wat hij strikt genomen ook was, want hij logeerde bij hem in huis), terwijl de hete lampen zweetdruppels zo zwart als zijn haarverf uit zijn poriën dreven.

Hij was, zoals hieruit valt op te maken, een onwaarschijnlijke kandidaat voor het aanbidden van een heilige. Wellicht heeft een luie journalist een en een bij elkaar opgeteld omdat Sachs de enige Duitser was die uit de volkstelling naar voren kwam. (Eenenzestig inwoners in 1925: negenendertig uit Río Negro, nog eens zeventien Mapuche-indianen uit Río Negro, een Palestijnse handelaar, twee inwoners uit Neuquén, eentje uit Chubut en de alomtegenwoordige *Urmensch*.) Die journalist had er echter maar een encyclopedie op na hoeven slaan om te zien dat hij er faliekant naast zat: Brígida was niet eens Duits.

Birgitta was de patrones van Zweden, een vrouw met wilskracht en moed. Als moeder van acht kinderen schroomde ze niet om tegen pausen en koningen van leer te trekken. Van tijd tot tijd had ze hemelse visioenen, die door prior Pedro van Alvastra uit haar mond werden opgetekend en in het Latijn omschreven. (*Nihil obstat.*) Het boek dat uit deze samenwerking ontstond, werd uitgegeven toen Birgitta al heilig was verklaard, in 1492, het jaar van de verovering van Amerika.

Het dorp was echter niet naar haar vernoemd, maar naar een koe. Santa Brígida was een merk van zuivelproducten uit de regio, dat in 1918 in het leven was geroepen door een zuivelboer genaamd Isidoro Baigorria. Het bedrijf telde aanvankelijk vier melkkoeien. In 1923 werd echter vijfenzeventig procent van het productiekapitaal door een mond-en-klauwzeerepidemie vernietigd. In plaats van zich te laten ontmoedigen, besloot Baigorria de enige nog levende koe te exploiteren. Hij laadde haar op een van zijn wagens met het logo van Santa Brígida en reed ermee van dorp tot dorp om de melk aan huis te verkopen; een pionier in de thuisbezorging.

De komst van de vrachtwagen van Santa Brígida bracht elke ochtend weer frisse hoop op een mooie dag. Veel kinderen groeiden op met de uitroep van opluchting uit de mond van hun ouders: 'Daar heb je Santa Brígida, God zij geprezen.' Ze associeerden de koe met de naam van het bedrijf en het bedrijf met het dorp waar het vandaan kwam, want wanneer er niet werd bezorgd of de melk te vroeg was uitverkocht, zeiden hun ouders: 'We moeten naar Santa Brígida!'

De naam van het dorp is dus geen eerbetoon aan de vrouw die paus Urbanus V ervan beschuldigde 'onrechtvaardiger dan Pilatus en wreder dan Judas' te zijn, die een schipbreuk en de zwarte pest overleefde en tegen wie Jezus in haar visioenen had gezegd dat hij vijfduizendvierhonderdtachtig zweepslagen had gekregen, niet meer en niet minder. Het dorp dankt zijn naam aan een misverstand; en in de grond van de zaak aan de uiers van een melkkoe van het Holando-Argentino-ras.

XII

Over oorspronkelijke bewoners en nieuwkomers

Er werd al op gezinspeeld: Santa Brígida ontstond uit zaad dat door de wind werd meegevoerd en in Mapuche-aarde viel.

Het grondgebied werd de bewoners met geweld afgenomen. (De geschiedenis van Amerika in een notendop.) De Europeanen stormden als een orkaan binnen, maakten korte metten met alles wat er bestond en zaaiden daarvoor in de plaats hun noviteiten: het kruis, het kanon, de ziektes uit het oude continent die ze onder de leden hadden. Toen de rook van de slachtpartij was opgetrokken, kwamen de kolonisten de tuin opeisen. Hun rechten lagen vastgelegd op papieren waar ze maar wat graag mee zwaaiden, noviteit nummer vier: eigendomsbewijzen, door henzelf gedrukt en door soldaten gewaarborgd.

Op een foto die is gemaakt bij het driejarig bestaan van Santa Brígida staat het Comité van Dorpsstichters. Het bestond uit zes mensen uit Río Negro, één persoon uit Neuquén, de Duitser Sachs (die met de bloem op zijn revers) en de Palestijnse handelaar, die als eigenaar van de kruidenierszaak een onbetwistbaar gezag had. Er zaten geen Mapuches in het comité. En geen vrouwen.

De termen 'oorspronkelijke bewoner' en 'nieuwkomer' zijn moeilijk grijpbaar. In een bericht uit de regionale krant van 1938 wordt gesproken over conflicten tussen landeigenaren in 'het Andesdorp Santa Brígida'. Grootgrondbezitter Heriberto López (uit Neuquén) stond daarin tegenover lieden die hij ervan verdacht zijn land te willen afpakken, onder wie vier Spanjaarden. Het artikel maakte geen melding van de onderliggende politieke motieven; afgezien van het conflict om het land was López een conservatief met een voorliefde voor Duitsland en waren de Spanjaarden republikeinen in ballingschap. Maar waar het hierom gaat, is het onduidelijke begrip 'oorspronkelijke bewoner' van de regio. Hoewel hij uit een andere provincie afkomstig was, stond López al in de kranten als 'plaatselijke grootgrondbezitter'.

Iedere nieuwkomer behoudt deze status, zo blijkt, gedurende een x-aantal jaren, alsof hij zich in een soort voorgeborchte of wachtkamer bevindt. Na een niet nader te bepalen periode is het de komst van andere, kersverse 'nieuwkomers', die hem naar de categorie 'oorspronkelijke bewoner' promoveert. Nieuwe invasies rechtvaardigen zijn aanspraak om erbij te horen. Als er in Santa Brígida nog enige twijfel over bestond of Pat en Miranda al dan niet bij het dorp hoorden, dan kwam daar met Teo's komst een einde aan: nu was de reus de nieuwkomer en werden zij oorspronkelijke bewoonsters van het dorp.

De mens heeft een nomadische ziel. Antropologen zeggen dat onze soort in het hart van Afrika ontstond en zich van daaruit naar alle uithoeken van de planeet verplaatste. Anders gezegd: het eerste wat de mens deed, was op pad gaan voor de boodschappen en zoeken naar een stukje grond om zijn meubels, de bloempotten en de kooi met de kanariepiet op kwijt te kunnen. Dat is de wet van het leven: naarmate de leeftijd vordert, is de onrustige geest meer geneigd zich te settelen, of preciezer gezegd, eigendom te verwerven.

De geschiedenis is in belangrijke mate het relaas van deze verhuizingen. Oorspronkelijk werden de Britse eilanden bewoond door stammen die met koperen bijlen en bronzen zwaarden vochten. In de loop der tijd werden ze binnengevallen door Teutonen met ijzeren wapens en door de Romeinen. Toen het imperium zich terugtrok (*Nil perpetuum, pauca diuturna sunt*, schreef Seneca in zijn *Consolationes*: niets is voor eeuwig en weinig is voor lang), kwam er een nieuwe Teutoonse golf overheen, de Saksen, die plunderden en veroverden. De Saksen waren zich net aan het vestigen (dat wil zeggen, ze verdreven de tijd in afwachting van het pasje dat hen legitimeerde als 'oorspronkelijke bewoners') toen ze onder de voet werden gelopen door Normandische 'nieuwkomers'. De procedure werd versneld. Van de ene op de andere dag waren de pasjes daar, getekend en geplastificeerd, en zo stortten de Saksen zich, met officieel erkend eigendom, in een nieuwe oorlog.

Er zijn duizenden jaren verstreken sinds het begin van de diaspora in Afrika, maar hoewel het menselijk ras zich vestigde, grenzen trok en zich grond toe-eigende, is de nomadische drang niet verdwenen. Op dit moment laten duizenden mensen even onherroepelijk als de aarde om zijn as draait, hun geboorteplaats achter. Misschien omdat de redenen voor de exodus ondanks het verstrijken van de eeuwen niet zijn veranderd: het zijn mensen die op zoek gaan naar het brood dat hun eigen land ze ontzegt, mensen die uit politieke of religieuze motieven door een plaatselijke macht zijn verdreven of vluchten voor de aanval van vreemde mogendheden.

Men hoeft slechts naar de geschiedenissen van onze personages te kijken om te zien dat deze redenen nog steeds opgaan. Teo is dankzij de oversteek van de Atlantische Oceaan die zijn overgrootouders maakten, op twee fronten een nieuwkomer: Labat is een Baskische achternaam, Barreiros is Galicisch. (Een explosieve mix.) Finnegan is Iers, zoals Pats moeder. Tegelijkertijd zijn zowel Teo als Pat uit hun geboorteplaats weggegaan en in deze streek in het zuiden van Argentinië terechtgekomen; beiden zijn geboren in Buenos Aires, op achttienhonderd kilometer van Santa Brígida. Zelfs de wolf was ver van huis! Deze verhuizingen zijn geen bijzaak, integendeel, ze hebben onze personages gemaakt tot wat ze zijn. Mevrouw Pachelbels reis van Europa naar Santa Brígida betekende, zoals we later zullen zien, een keerpunt in haar leven. En zelfs de ziel van burgemeester Farfi, die in het dorp is geboren en daar trots op is, is gespleten vanwege een reis die hij nooit heeft gemaakt. Zijn naam klinkt Italiaans, maar er gaan Palestijnse wortels achter schuil. Farfi droomt van een reis naar het land dat hem een aantal van zijn kleurrijkste tradities had meegegeven: thee met muntblaadjes, falafel, een aantal wiegeliedjes. Hij droomt ervan, maar hij gaat niet, want dat land, hoe paradoxaal het ook klinkt, bestaat nog niet.

Bij onze geboorte zijn we allemaal nieuwkomers. Naarmate we opgroeien, gaan we geloven dat het leven het territorium is waarvan wij de oorspronkelijke bewoners zijn; maar zo is het niet, want we vergeten daarbij dat we het op een dag zullen kwijtraken om te sterven. Discussies over bezit of toebehoren zouden vriendelijker verlopen als we erbij stil zouden staan dat we uiteindelijk niets behouden, want *nil perpetuum*, niets is voor eeuwig. Het idee dat we ergens zullen blijven is een illusie, we zijn hier maar voor een beperkte tijd, we zijn op doorreis. En alle opvattingen over onze laatste bestemming (de empirische, die geloven dat het vlees in de aarde ontbindt, hem vruchtbaar maakt en leven schenkt aan andere wezens, en de religieuze, die zich een reis naar een soort hemel voorstellen) zijn het in elk geval hierover eens: dat ons lichaam, zelfs als het dood is, blijft zwerven.

XIII

De plek die (eens per jaar) in het paradijs veranderde

Pat en Miranda arriveerden in Santa Brígida op een oktoberochtend in 1982.

De keuze voor het dorp was toevallig. Pat en Miranda waren met de trein naar San Carlos de Bariloche gereisd. Meteen nadat ze waren uitgestapt, waren ze naar het busstation gegaan. Daar was Pat voor het bord blijven staan dat aangaf in welke dorpjes de bussen stopten, terwijl Miranda met haar Spica-radiootje aan haar oor aandachtig rondkeek. Ze ging nooit ver bij Pat uit de buurt. Haar moeder had haar geleerd dat ze nooit uit haar gezichtsveld mocht verdwijnen, op straffe van gruwelijke folteringen.

De naam Santa Brígida had Pat meteen aangetrokken. Van haar moeder kende ze het feest van de heilige Brígida, dat in Ierland altijd op 1 februari werd gevierd.*

Het leek haar een goed teken. Santa Brígida was immers de beschermvrouwe van moeders en kinderen! Ze besprak het met Miranda, die er even over moest nadenken (uit de Spica klonk *Penny Lane*), maar uiteindelijk haar zegen gaf. Pat kocht de kaartjes. Ze wilden haar een retourtje verkopen, maar ze kocht alleen een enkeltje. Als het daar niet beviel, zouden ze op de bus naar het volgende dorp stappen.

Santa Brígida had niet eens een busstation. De bus zette hen af bij een paal die dienstdeed als halte. Voordat de chauffeur de deur dicht-

---

* Volgens de Ierse overlevering was Santa Brígida de vroedvrouw van de maagd Maria. Deze Brígida, of Bridged – uiteraard niet de Zweedse over wie we het eerder hadden, maar een voorgangster – moest de aanbidding van een Keltische godin met dezelfde naam, aan wie vruchtbaarheidsrituelen werden opgedragen, maskeren; zo sloegen de katholieken twee vliegen in één klap en vervingen ze het heidendom door Mariaverering.

deed, vroeg Pat hem hoe je in het centrum kwam. De man gebaarde dat ze rechtdoor moest lopen.

Pat ging met Miranda in haar armen en een tas over haar schouder op weg. (Ze reisde licht bepakt, vanwege de praktische instelling waar we het al eerder over hadden, maar ook omdat ze ervaring had op dit gebied: het was niet de eerste keer dat zij en Miranda verhuisden.) De bus sloeg af en verdween uit het zicht. Na een minuut was hij ook niet meer te horen, alsof hij nooit had bestaan en Pat en Miranda uit de lucht waren komen vallen.

Het dorp sprak hen meteen aan. De geiten op de daken, die smikkelden van het gras dat tussen de dakpannen van cipressenhout groeide, hadden een enorme aantrekkingskracht op kinderen. Miranda kwam ogen tekort om alles te overzien; toen Pat haar op de grond zette, begon ze als een tol in het rond te draaien. Pat waarschuwde haar dat ze zou vallen als ze zo doorging. Al snel zou ze inzien dat zijzelf, de volwassene, van hen tweeën de eerste kandidaat was om tegen de vlakte te gaan.

Het eerste gevoel van vervreemding kregen ze door de verlichting. Hoewel het bijna twaalf uur was op een zonovergoten maandag, brandde alle straatverlichting. Pat maakte Miranda erop attent, maar die had vooral oog voor het kleurigste deel van het spektakel. Over de straat waren slingers gespannen met gekleurde, onregelmatig knipperende lampjes.

'Kijk, Pat, kijk nou,' zei ze, en ze wees naar het netwerk van lichtjes boven hun hoofden. 'Carnaval!'

Pat hoorde haar niet eens. Ze was te druk met ontcijferen welke muziek er uit de aan de lantaarnpalen hangende luidsprekers kwam. Het zoetsappige orkestgeluid deed denken aan Ray Conniff, maar het arrangement had iets verontrustends; de strijkpartijen klonken vreemd, alsof ze niet door mensen, maar door machines werden gespeeld.

Ze zou de muziek al snel vergeten. Toen ze de dorpskern naderden, was Pat sprakeloos.

De mensen leken gek geworden. Een man droeg zijn ondergoed over zijn kleren: een onderbroek over zijn broek, sokken over zijn schoenen en een hemd over zijn overhemd. (Dat was meneer Puro Cava, verantwoordelijk voor de burgerlijke stand; hij wuifde hun in het voorbijgaan hoffelijk toe en vervolgde zijn weg alsof het de normaalste zaak van de wereld was.) Een gezin sjouwde, terwijl de kleine kinderen nog in bedden in de voortuin lagen te slapen, meubels het huis in: kasten, tafels, stoelen … Er kwam een wagen langs met het paard erachter gespannen; het trok de kar niet, maar duwde hem; de menner had een emmer zemelen in zijn handen waar het paard naar snakte, maar nooit bij kon komen. En de hele tijd klonk er die raadselachtige muziek, zonder dat iemand er acht op sloeg.

Ineens werd de muziek overstemd door het geluid van motoren. Een rij auto's reed de hoofdstraat in. Voorop ging een politiemotor. Daarachter een busje met het logo van de gemeente Santa Brígida op het portier en een imposante zwarte auto; een tweede motor sloot de stoet af. Ze reden stapvoets, op ceremoniële wijze. Miranda liep tot aan de rand van het trottoir en probeerde in de zwarte auto te kijken. Ze was ervan overtuigd dat er een prins of prinses in zou zitten. Wie anders kwam een dergelijke behandeling toe?

Pat, die een even grondige hekel had aan hoogwaardigheidsbekleders als aan de politie, was het liefst de andere kant op gerend. Maar ze moest voorkomen dat Miranda de straat op zou lopen en ging achter haar aan. Vanaf de stoeprand zag ze een chauffeur aan het stuur van de zwarte auto zitten. Maar de achterbank leek leeg. Groot was haar verbazing toen er een kind voor het raampje verscheen. Het droeg een pak met een blauwe stropdas en een bijpassende pochet in het borstzakje. De mensen applaudisseerden toen ze hem zagen. Deze blijk van erkenning deed het jongetje glimlachen en als een volleerd politicus hief hij beide armen in de lucht.

Miranda dacht dat ze in een sprookje was beland. Ze trok aan Pats mouw en vroeg met die paarse fonkeling in haar ogen, die verscheen wanneer ze hoop koesterde: 'We gaan hier blijven, hè?'

Pat voelde paniek. Ze wilde alleen nog maar in Roadrunner veranderen om die bus in te halen en ze wenste dat ze er nooit was uitgestapt. Gestoorde mensen werkten op haar zenuwen, ze kreeg er de koude rillingen van. Maar mevrouw Pachelbel, die onmiddellijk begreep dat ze nieuwkomers waren, kwam op hen toegelopen om hen gerust te stellen.

'Roestig, roestig maar. Wai zain niet gek!' zei ze.

De vrouw sprak met een zwaar accent, dat iets weg had van Russisch of Pools. Ze was rond de vijftig en droeg een keukenschort met kleurige, geborduurde motiefjes. Onder haar rok was een paar krijgslustig uitziende rijglaarsjes zichtbaar. Haar kapsel liep uit in professioneel gedraaide pijpenkrullen; ze leek zo uit *Heidi* te komen en was dus niet de aangewezen spreekbuis voor het gezond verstand. Maar tegelijkertijd had ze een open, vertrouwenwekkende glimlach. Ze bood Miranda snoepjes aan, die het meisje blij aannam. Miranda vergiste zich nooit in volwassenen. Als zij de vrouw vertrouwde, dan was daar een reden voor, dacht Pat.

'Jullie komen net aan het ainde van het Zefer, het jaarlijkse dorps-feest,' zei de vrouw, terwijl ze naar een spandoek boven de straat wees met het cryptische opschrift: SEVER 1982 – DOE MEE / EEM EOD – 2891 REVES. 'Gisteren, zondag, was de laatste dag, maar wai hebben tot fanmiddag twaalf oer de taid om alles weer op te roimen. Nog efen en het dorp is weer zoals altaid!'

Mevrouw Pachelbel nodigde hen uit in haar winkel, waar het zoet rook, dezelfde zoete geur die Teo later zou ruiken toen hij Pats huis in kwam. Bij het zien van de lege schappen voelde Pat de paniek weer opkomen. Wat was dit voor een winkel? Mevrouw Pachelbel bood ze een kopje thee aan, dat Pat geweigerd zou hebben als Miranda niet al vrolijk op het aanbod was ingegaan. Terwijl mevrouw Pachelbel wachtte tot het water kookte, vertelde ze alles wat ze graag wilden weten. Het Sever was een officieel feest, dat wil zeggen dat niemand minder dan de burgemeester er zijn goedkeuring aan had gegeven, en hield het volgende in: het tweede weekend van oktober moest iedereen iets anders of het tegenovergestelde doen van wat hij nor-maal deed, vandaar de naam Sever, een omkering van *revés*, dat 'andersom' betekent.

Op school gaven de leerlingen les en luisterden de onderwijzers. (Vaak werden ze ook gestraft, kregen ze onvoldoendes of gooiden ze met krijtjes.) Je mocht in de parken niet over de paden lopen. Auto-bestuurders moesten bij de schaarse stoplichten voor groen licht remmen. Sommige winkels gaven spullen weg in plaats van ze te verkopen. (Mevrouw Pachelbels confiturenzaak, bijvoorbeeld, zo-lang de voorraad strekte.) Op de lokale radio werd de muziek ach-terstevoren uitgezonden. (Dat was wat er uit de luidsprekers klonk: Ray Conniff, of liever gezegd: Yar Ffinnoc.) Wie bekendstond om zijn slechte humeur, moest allerlei beproevingen met een glimlach ondergaan: ze kregen een taart in hun gezicht of de mensen gingen in de rij staan om tegen hen te schreeuwen. Sommige ouders werden de kinderen van hun kinderen, waarmee hun kinderen de ouders van hun ouders werden. Hippies droegen een pak. Mooie mensen droegen een Cyrano-neus. Burgemeester Farfi stond zijn ambt af aan een kind dat via loting was verkozen. (Dit jaar was dat Salomón Caleufú, het jongetje dat ze vanuit de zwarte auto hadden zien zwaaien; de eerste burgemeester van Santa Brígida met indiaans bloed!) Zo ging het elk jaar opnieuw, met de eigen creativiteit – en het vermogen van de dorpsbewoners om om zichzelf te lachen – als enige beperking.

Ze dronken bosvruchtenthee. Mevrouw Pachelbel antwoordde op hun vragen over Santa Brígida in een Spaans dat gezongen leek op Slavische muziek. Terwijl ze over van alles en nog wat kletste, hield Pat op met luisteren en keek Miranda aan. Alles wat ze in die paarse spiegel zag, was goedkeuring. De beslissing was genomen: ze zouden in het dorp blijven.

Moeder en dochter waren moe van de wereld zoals hij was. Het leek geen slecht idee om zich te vestigen op een plek die andersom functioneerde, al was het maar één keer per jaar.

XIV

Over de gelukkige tussenkomst van een man met struisvogelallures

Hoewel Pat koppig was en normaal gesproken niet op haar schreden terugkeerde, kreeg ze even later bijna spijt van haar beslissing.

Het gesprek met mevrouw Pachelbel ging verder. Terwijl Miranda teugjes nam van haar koud geworden chocolademelk, stak de vrouw de loftrompet over het dorp: de mensen waren vriendelijk, het was er rustig, de school behoorde tot de beste in de regio, ze hadden weleens vervelende dingen meegemaakt met de hippies, die het dorp in groten getale hadden overspoeld, maar die ruzies behoorden inmiddels tot het verleden. Pat was begonnen haar situatie te beschrijven zoals ze dat het liefst deed (jonge weduwe, moeder van een dochtertje, op zoek naar een ideale plek om neer te strijken), toen de kerkklokken het middaguur inluidden.

De zin die Pat aan het ontvouwen was, werd halverwege ruw onderbroken door het lawaai van de stoel die mevrouw Pachelbel bij het opstaan achteruitschoof. De vrouw haalde de lege kopjes van tafel (de kerkklokken riepen nog steeds) zonder te vragen of ze wel klaar waren en zo haastig dat het een wonder was dat er geen kopje brak of suiker werd gemorst. Ze glimlachte niet meer en elk spoor van vriendelijkheid was uit haar gelaat verdwenen. Het was een verandering als die van Assepoester, even treurig als in Perraults sprookje, alleen kwam ze twaalf uur te vroeg.

'De taid is om,' zei ze toen ze terugkwam uit de keuken, alsof ze het tegen zichzelf had. Vervolgens richtte ze twee kille ogen op Pat en vroeg: 'Zocht u jam of ingemaakte vruchten?'

Pat keek verbijsterd om zich heen. Ze was niet van plan geweest iets te kopen, maar zelfs al had ze dat willen doen, dan had ze niet geweten wat ze uit een lege winkel moest meenemen.

'Dan moet ik u fragen te fertrekken. Het is sjloitingstaid, sjloiten, *to close, geschlossen!*' zei mevrouw Pachelbel, en ze zette de deur open om een en ander te bespoedigen.

Toen Miranda langs haar heen liep, week de vrouw terug alsof ze bang was een tropische ziekte op te lopen. Het meisje voelde de afwijzing en liep met haar ogen naar de grond gericht door naar buiten.

In een andere situatie was Pat tegenover mevrouw Pachelbel als een wolvin voor haar jong opgekomen. Maar ze was zo overrompeld door de plotselinge omslag dat ze van haar reactievermogen beroofd was. Daarbij vermoedde ze dat ze geen recht tot klagen had, mevrouw Pachelbel had hen immers gewaarschuwd. Ze had er bij haar beschrijving van het Sever toch op gewezen dat wat ze zagen niet echt was? Had ze niet aangekondigd dat haar vriendelijkheid een illusie was?

Pat wilde uit haar donkere, kolkende onderstroom van agressie een steen opdiepen om de vrouw mee te belagen, maar ze kon niets vinden. Mevrouw Pachelbel met haar mensenhaat leek het geweld niet waard, ze verdiende eerder medeleven. Zonder het excuus van het Sever leek ze geen maffe dorpsbewoonster meer, maar alleen nog wat ze werkelijk was: een eenzame, rimpelige vrouw aan het eind van een gemaskerd bal.

Mevrouw Pachelbel sloot de deur af en draaide het bordje met de rubberen zuignap om; nu stond er OPEN. Aan de andere kant van het glas hoorden ze haar in haar eigen taal vloeken. De vrouw was vergeten dat je tijdens het Sever de plicht had om het tegenovergestelde te doen van wat je normaal deed en dat ze het bordje dus op GESLO-TEN had hangen terwijl de winkel dat niet was. Het raam besloeg van nog een onverstaanbaar schuttingwoord; ze hing het bordje terug en liet met één ruk het rolluik neer.

Pat en Miranda keken elkaar aan en wisten niet zo goed wat ze moesten doen. Het leven in Santa Brígida had zijn dagelijkse aanzien weer terug: voetgangers en auto's namen deel aan het verkeer op een manier die je als opzettelijk voorzichtig zou kunnen omschrijven, in hun streven de excessen van de afgelopen dagen te logenstraffen. De straatverlichting was eindelijk uit en een werkploeg balanceerde op ladders om de slingers te ontwarren, die nu dof waren als een valse diamant. Moeder en dochter zouden vrijwel zeker zijn teruggelopen naar de paal die het busstation moest voorstellen, als er niet een man naar hen was toegelopen die lange tijd vanaf het trottoir in de gaten had staan houden wat zich in de winkel afspeelde.

Hij had geprobeerd onopgemerkt te blijven, maar mevrouw Pachelbel had hem gezien en besloten hem te negeren, zoals ze elke dag deed. Ze had blind moeten zijn om hem niet te hebben gezien, want het was een uiterst markant heerschap.

Hij had de taille van een eikenhouten vat (wat het tot een onmogelijke opgave maakte zich achter een stoplicht te verbergen) en de smalle rug van een kind. Hij ging gekleed in een driedelig pak dat hij in donkerblauw besteld had maar in felblauw ontvangen. Hij zweette altijd, zelfs midden in de winter, en had daarom in al zijn zakken zakdoeken zitten in de kleur van zijn pak. Hij had er al een in zijn hand, klaar voor gebruik; de andere hand hield hij achter zijn rug.

Hij had zo'n volmaakte kale plek op zijn hoofd dat die, in goed gepolijste toestand, glom als een spiegel. Dit gladde stuk vormde een contrast met het woekerende grijze haar aan weerszijden van zijn hoofd, dat aan de achterzijde verder groeide als een soort afdakje, kroezig en stug als een staalwollen pannenspons. (Een aantal docenten in Santa Brígida gebruikte dit paradoxale verschijnsel – hier zoveel, daar zo weinig! – als voorbeeld om hun leerlingen de verwondering waaruit de filosofie voortkomt, bij te brengen.) De combinatie van een aantal van zijn meest uitgesproken kenmerken – het dikke lijf, de lange nek, het als een vederdos opbollende haar – maakte de associatie onvermijdelijk: deze man had iets weg van een struisvogel, gezien door de ogen van een kubistische schilder.

De man maakte een hoffelijk gebaar met zijn zakdoek en sprak hen aan.

'Mevrouw, jongedame, een heel goede middag. Mag ik een beroep doen op uw gezond verstand en u verzoeken van mevrouw Pachelbels onschuld uit te gaan?'

'Sorry, wat zei u?' vroeg Pat.

'Ik wil zeggen dat u haar niet moet veroordelen, althans niet voordat u haar kent. Dat norse karakter – waar ze ons zo scheutig mee bedeelt! – dat is maar schijn, een verdedigingsmechanisme: ze jaagt haar medemensen weg om niet gekwetst te worden. Als ze echt zo bitter was als ze doet voorkomen, denkt u dan dat ze zulke heerlijke zoetigheden zou kunnen bereiden? Mevrouw, jongedame, u kunt er zeker van zijn: geen enkel tribunaal zou mevrouw Pachelbel schuldig bevinden.' Hij sprak de achternaam uit op zijn Duits, zoals zij het graag had. 'We hebben hier te maken met een casus waarop de formulering *in dubio pro reo* van toepassing is,' zei de man, die zijn hevig transpirerende voorhoofd afveegde. Toen hij zag dat Pat en Miranda met open mond stonden, was hij zo vriendelijk om toe te lichten: 'In dubio pro reo. In geval van twijfel gaat de verdachte vrijuit.'

Pat vroeg zich af of ze te maken had met een gek, of met iemand die dacht dat het Sever nog voortduurde. Het maakte haar achterdochtig dat hij zijn hand achter zijn rug hield, misschien had hij wel een wapen! Maar Miranda, wier oordeel over volwassenen ze als feilloos beschouwde, voelde geen twijfels. Ze giechelde kort (twee dezelfde noten, a en nog eens a) en bleef de dikke, blauwe man, wiens weelderigheid haar fascineerde, aanstaren.

'Er is nog een verzachtende omstandigheid,' ging hij verder. Op zijn kale plek prijkte inmiddels een grote blauwe vlek; hij had de fout begaan nieuwe zakdoeken mee te nemen, die afgaven in contact met zweet. 'U moet het zo zien dat mevrouw Pachelbel u een dienst heeft bewezen. Mensen in pittoreske dorpjes als Santa Brígida zijn het slachtoffer van vooroordelen. Wanneer mensen uit de grote stad bij ons op bezoek komen, vinden ze ons innemend en kleurrijk.'

'Vooral kleurrijk,' zei Pat, terwijl ze naar de blauwe vlek keek.

'Maar als ze lang genoeg bij ons blijven, ontdekken ze dat we net zoveel tekortkomingen hebben als zij, en ergere zelfs … De uitspraak "Hoe kleiner het dorp, hoe groter de hel" gaat ook voor ons op … en in hun ontgoocheling oordelen ze dan hard over ons. Waar wordt gezegd dat inwoners van pittoreske dorpjes pittoreske levens moeten leiden? Is er ergens een code die voorschrijft dat wij dorpsbewoners tot het exotische verdoemd zijn? U moet weten, dames, dat een dorpsbewoner net zo groot kan worden als een stedeling.'

'Vooral groot,' zei Miranda, en ze keek naar de buik van hun gesprekspartner.

'Een dorpeling kan een even ellendig leven leiden als een Romein of een Londenaar. Een dorpeling kan net zo egoïstisch zijn als iemand uit Praag of Parijs. Een dorpeling kan net zo verdorven zijn als iemand uit Moskou, Santiago of Athene. En juist omdat u van plan lijkt een tijd bij ons door te brengen – moge God ons dat voorrecht gunnen! – zult u uiteindelijk ontdekken dat ook wij onze nare kanten hebben, want dat kenmerkt tenslotte ons ras. Maar u zult niet erger ontgoocheld zijn of harder over ons oordelen dan nodig, want u was nog maar net in Santa Brígida of mevrouw Pachelbel prikte voor u de illusie door en liet u zien dat wij inderdaad net zo menselijk zijn als iedereen, in het grote en het kleine, in het hoge en het lage.' En hij rondde af als iemand die een reden tot trots afkondigt: 'We kunnen net zo zelfingenomen zijn als iemand uit Buenos Aires!'

'Ik ben geboren in Buenos Aires,' zei Miranda, die niet beledigd was, maar juist aansluiting zocht.

De dikke man bracht de zakdoek naar zijn mond om het zweet dat zich op zijn bovenlip had verzameld te deppen. Toen hij hem weghaalde, had hij een blauwe snor.

'Ik had al zo'n idee, mejuffrouw ...'

'Miranda,' zei ze, haar lach inhoudend.

'Mejuffrouw Miranda, u moet het niet persoonlijk opvatten. Als mevrouw Pachelbel u slecht behandeld heeft, is dat niet omdat het u aan charmes ontbreekt, maar omdat ze een hekel heeft aan kinderen. Wat dat betreft ken ik geen democratischer mens. Ze heeft aan alle kinderen een even grote hekel!'

'Ze heeft een hekel aan kinderen!' herhaalde Miranda, met een ontzetting alsof ze het nieuws van een opgebiechte misdaad bracht.

'Als een geest haar een wens zou laten doen, zou ze vragen of ze volwassen uit een peul of een ei had mogen kruipen om niet de lijdensweg te hoeven doormaken datgene te zijn waar ze de pest aan heeft.'

'Wat heeft ze tegen kinderen?' vroeg Pat.

'Ze heeft liever dat men haar vraagt wat ze niét tegen kinderen heeft, want in dat geval zou het antwoord korter zijn.'

'*Crap*,' zei Miranda, die een uitstekende beheersing had van de Engelse schuttingtaal. (Haar moeder vloekte in die taal in de veronderstelling dat ze Miranda daarmee behoedde voor grof taalgebruik; zonder succes, zoals wel duidelijk is.) '*Shit. Fuck!*'

'Miranda,' zei Pat, op het punt haar een standje te geven. Maar ze kwam niet erg overtuigend over, want ze zat met haar gedachten ergens anders. Ze vroeg zich af of het meisje zich vergist had door een volwassene die het niet verdiende haar goedgunstigheid aan te reiken. In dat geval zou het voor het eerst zijn dat ze haar een fout zag maken.

'Het is heel uitzonderlijk dat ze een kind in haar winkel toelaat,' zei de man tegen Miranda. 'Dat doet ze niet eens tijdens het Sever. U bent een van de weinigen die ik daar de afgelopen jaren binnen heb gezien. Waarachtig een voorrecht!'

Aangezien Pat en Miranda de hele tijd met gefronst voorhoofd naar de winkel stonden te kijken, vreesde de man dat hij mevrouw Pachelbels zaak eerder kwaad had gedaan dan goed (dit overkwam hem steeds vaker: met veel verbaal vertoon kwam hij voor een zaak in het geweer en dan praatte hij hem vervolgens zelf de grond in) en besloot hij op een dringender onderwerp over te gaan.

'U zult wel moe zijn,' zei hij. 'Als u onderdak zoekt, kan ik u een pension hier in de buurt aanbevelen. In deze straat, aan dezelfde kant, tweehonderd meter verderop, Amancay is de naam. Het kan niet missen!'

De man stopte zijn zakdoek weg en haalde met dezelfde hand – de andere was nog steeds achter zijn rug, uit het zicht van Pat en Miranda – een visitekaartje uit zijn zak dat hij aan Pat gaf. Er stond op: *Dr. Nildo C. Dirigibus, adviseur.*

'En in wat voor soort zaken adviseert u?' vroeg Pat, enigszins vrijpostig.

'Financiën. Jurisprudentie. Maar ook in belastingaangelegenheden. En een beetje openbaar bestuur. Uiteraard sta ik ook open voor privéondernemingen. Ik heb jarenlang een aantal cafés tot mijn beste klanten mogen rekenen.' Doctor Dirigibus zuchtte alsof hij terugdacht aan gouden jaren, maar toen hij zag dat Pat het kaartje bleef bestuderen, ging hij verder met zijn aanbeveling. 'Mocht u besluiten naar het pension te gaan, weet dan dat de ontvangst hartelijk zal zijn, de bedden zacht en het ontbijt uitgebreid. Als u de eigenaresse dit kaartje laat zien, zal ze weten dat u een kennis van me bent en u korting geven.'

Pat draaide het kaartje om. Op de achterzijde stond de handtekening van doctor Dirigibus, groot en zwierig als het personage zelf: ze besloeg het hele kaartje van links naar rechts, een eindeloze reeks krullen in blauwe inkt. Pat vroeg zich af of doctor Dirigibus op de dagen dat hij in een donker pak de deur uit ging, met zwarte inkt tekende.

'En nu, met uw welnemen, dames: het was mij een genoegen met u kennis te maken.'

Doctor Dirigibus kuchte bij wijze van afsluiting, gooide datgene wat hij al die tijd achter zijn rug had gehouden in de vuilnisbak en stak schuin de straat over. Even raakte hij uit koers en zijn dikke lijf helde over van bakboord naar stuurboord, alsof het door een storm werd geteisterd. Maar al snel had hij het roer weer recht en stevende hij af op een bar genaamd Tacho, om daar een gewoonte te hervatten die hij bij het naleven van de regels van het Sever had onderbroken; gedurende het feest was doctor Dirigibus broodnuchter gebleven.

'Gaan we naar dat hotel?' vroeg Miranda aan haar moeder.

'Dat kan. Wat zeg jij ervan?'

'Al is het maar voor een nachtje. Dan kunnen we erover nadenken!' zei Miranda.

Voordat ze op weg gingen, keek Pat in de vuilnisbak. Ze wilde weten wat doctor Dirigibus zo hardnekkig verborgen had gehouden.

Het was een bos bloemen. Fresia's. Gewikkeld in blauw papier.

XV

Eerste stappen in Santa Brígida

Die nacht sliepen ze in pension Amancay.

Miranda was uitgeteld na haar bad. Ze ging in bed liggen en neu-riede de eerste regels van *De slag om de warmte*. Even later lag ze te ronken.

Pat stak een sigaret op en overwoog of het verstandig was verder te reizen en te zoeken naar een minder excentriek oord. Ze koos meest-al voor kleurloze plaatsjes die niet eens op de kaart stonden. Maar de afgelopen jaren had ze in vier van zulke dorpen gewoond, en uitein-delijk was ze ze altijd ontvlucht.

Santa Brígida leek niet de verstandigste keuze. Maar het probleem was dat ze genoeg had van het vluchten.

Ze had geld om het een tijdje uit te zingen tot ze een baan vond. Ze besloot hun verblijf in het pension met twee weken te verlen-gen.

Doctor Dirigibus nam de taak om werk voor haar te vinden als een persoonlijke kruistocht op. Pat zag algauw dat de adviseur het liefst zijn wijnrode pak aantrok, omdat het paste bij de kleur die zijn neus meestal had.

Hij stelde haar voor aan een groot deel van zijn klantenkring, waaronder zich de crème de la crème van Santa Brígida bevond. *Primus inter pares* was burgemeester Farfi, een zeer ernstig man (hij werd midden in de werkweek aan haar voorgesteld) in wie Pat niet de gebruikelijke mentaliteit van politici kon ontdekken. Integendeel, ze was onder de indruk van zijn dwangmatige efficiëntie: hij vroeg naar haar leeftijd, opleiding en beroepskwalificatie, naar wat voor soort werk ze zocht en wat voor salaris haar redelijk leek en schreef elk antwoord op in een boekje met een beduimelde zwarte kaft. Het enige excentrieke dat Pat in hem bespeurde (het enige op het oog waarneembare, zouden we moeten zeggen) was de zwarte snor met brillantine, waarvan de uiteinden omhoogkrulden. Dat was niet de snor van een bureaucraat, maar van iemand met een tomeloze verbeeldingskracht.

Daarna stelde Dirigibus haar voor aan meneer Puro Cava, verantwoordelijk voor de burgerlijke stand, die hij omschreef als zijn dierbare vriend. Pat en Miranda herinnerden zich hem goed: het was de man die ze in een paarse onderbroek hadden zien lopen toen ze nog maar net in Santa Brígida waren aangekomen.

Hij nam hen ook mee om kennis te maken met pater Collins, die hun vertelde over zijn Ierse voorouders (Pat loog in Miranda's bijzijn glashard dat ze niets bijzonders wist over haar wortels) en nodigde hen uit om naar de parochiebioscoop te komen wanneer ze maar wilden.

Tot slot leerden ze mejuffrouw Olga Posadas kennen, de schooldirectrice, die aanbood een plaats te reserveren voor Miranda voor het geval ze zouden blijven. Teo zou het later met hen eens zijn: juffrouw Posadas had het grootste achterwerk dat ze ooit gezien hadden. Geïnspireerd door deze aanblik, parafraseerde de reus ter ere van haar Rostands zin uit *Cyrano*: 'Er was eens een vrouw met een enorme kont ...'

Allemaal boden ze haar een baantje aan. Pat stelde hun generositeit op prijs, maar sloeg elk aanbod af. Het kwam erop neer dat ze niet bij de gemeente, de burgerlijke stand, in de parochie of op school wilde werken omdat ze nergens in officiële documenten vermeld wilde staan.

Ze overwoog om Engelse les te gaan geven. Mevrouw Granola, de eigenaresse van Amancay, moedigde haar aan door haar onderdak te bieden in ruil voor gratis lessen. Maar Miranda bracht haar van dit plan af en herinnerde haar aan een van Pats meest uitgesproken karaktertrekken. Om niets ten nadele van Pat te hoeven zeggen, zullen we het zo verwoorden dat God door zijn voorraad geduld heen was toen Pat bij het uitdelen van gaven aan de beurt was. Hoewel hij haar compenseerde met een overvloed aan andere deugden, was Pat met een kort lontje op deze wereld gekomen. En ongeduld is een zonde voor een onderwijzer, zoals Miranda uit eigen ervaring wist.

'Ik laat je tegen me schreeuwen omdat je mijn mama bent,' zei het meisje, dat blijk gaf van gezond verstand. 'Maar als je tegen mevrouw Granola schreeuwt, gooit ze ons het pension uit!'

'Wanneer schreeuw ik dan?'

'Jij schreeuwt zelfs in je slaap nog,' zei Miranda, en ze besloot haar betoog krachtig door haar moeder net zo te noemen als het personage uit een verhaal dat Pat haar eens had voorgelezen: *Lady Screams-A-Lot*, ofwel, Mevrouw Schreeuwlelijk.

De dagen vlogen voorbij. Pat begon wanhopig te worden. Ze werd chagrijnig en was niet te genieten. Miranda besloot zich op haar radiomuziek en haar tekeningen te richten. Soms vroeg ze of ze in de beschermde omgeving van mevrouw Granola's pension of in de werkkamer van meneer Dirigibus mocht blijven, maar ze wist dat het zinloos was: haar moeder liet haar geen moment alleen.

Ze kwamen in die tijd vaak langs de winkel van mevrouw Pachelbel. (Miranda mompelde heel zachtjes *crap*, *shit*, *fuck*, om niet op haar kop te krijgen.) Toen ze voor de derde keer toeristen met lege handen naar buiten zag komen, kreeg Pat een idee.

Mevrouw Pachelbel bereidde haar eigen confituren, gelei en jam in de keuken achter de winkel en dat was genoeg voor het dorp. Maar de voortreffelijke kwaliteit van haar producten genoot inmiddels tot buiten de dorpsgrenzen bekendheid, en steeds vaker kwamen er mensen uit naburige dorpen of zelfs toeristen om ze te proeven. Als ze geluk hadden, verkocht mevrouw Pachelbel hun een of twee potjes; ze wilde voorkomen dat haar vaste klanten zonder kwamen te zitten. Ze had best meer kunnen verkopen, maar dan moest ze ook meer produceren en dat was onmogelijk, tenzij ze 's nachts niet meer sliep en in de keuken ging staan … of iemand in dienst nam.

Toen het plan eenmaal was gerezen, ging Pat te werk op de systematische wijze waarmee ze al zo ver was gekomen in haar leven. Ze deed navraag naar prijzen, maakte berekeningen en ramingen. Op een middag bleef ze twee uur wachten tot alle klanten uit de winkel waren verdwenen, liet Miranda bij doctor Dirigibus (ze wist dat ze hem achter het stoplicht zou vinden, met een bos bloemen in zijn hand) en liep met haar map onder haar arm naar binnen.

Mevrouw Pachelbel herkende haar meteen, maar paste wel op om dat te laten merken. Ze had geen pijpenkrullen meer, haar haren zaten strak achterover in een laag knotje gebonden. Ze droeg evenmin het kleurige schort waarin Pat haar de eerste keer had gezien. Maar de rijglaarsjes had ze nog wel aan, zoals Pat kon zien toen de vrouw achter de borstwering van haar toonbank uit kwam; het was haar gebruikelijke schoeisel.

'Wilkom. Waarmee kan ik u fan dienst zain?' vroeg ze, alsof ze Pat nooit eerder had gezien.

'Ik kom niet om te kopen,' zei Pat, 'maar om te verkopen.'

Een halfuur lang zweeg mevrouw Pachelbel, terwijl Pat haar voorstel ontvouwde en de getallen en grafieken uit haar map liet zien.

'Dat is een goed idee. Maar er zit een fout in,' zei mevrouw Pachelbel uiteindelijk, en ze liet een weloverwogen, dramatische stilte vallen. 'Ik wil helemaal niet méér ferkopen. Met wat ik maak, kan ik prima lefen!'

Pat voelde hoe de moed haar in de schoenen zonk. De wereld was vol wilde kapitalisten en nou moest uitgerekend zij, Patricia 'Pat' Finnegan, de enige ondernemer treffen die haar winst niet wilde vergroten.

Er zat niets anders op dan terug te vallen op plan B.

Ze haalde een potje uit haar jaszak en draaide het deksel los.

'Proeft u eens,' zei ze.

Mevrouw Pachelbel stak een schoon lepeltje in de jam. Nadat ze hem had geproefd, zei ze met onverholen minachting: 'Fol conzerfiermiddelen!'

'Maar goedkoop,' zei Pat. 'Zo goedkoop dat ik twee potjes kan leveren voor de prijs van één van de uwe. Ziet u dat leegstaande pand daar aan de overkant van de straat? Kijk eens,' zei Pat, terwijl ze een vel papier uitvouwde. 'Dit is een optie op de huur, met een garantstelling. Ik ben van plan een nieuwe confiturenzaak te openen. Wat dacht u daarvan? Mijn prijzen zullen lager zijn dan de uwe. En wanneer bij u alles is uitverkocht, zullen de toeristen de straat oversteken en gaan kopen waar altijd producten te verkrijgen zijn, in de winkel van een vriendelijke, jonge vrouw. Binnen een paar weken komt er niemand meer door deze deur! Uiteraard zou doctor Dirigibus zijn garantstelling intrekken als u hem dat zou vragen en dan zou het lastig voor mij worden om het pand te krijgen. Maar dat zou betekenen dat u hem hier binnen moet laten en zijn bloemen moet aannemen.'

Nu was het Pat die een dramatische stilte liet vallen. Het gezicht van mevrouw Pachelbel had dezelfde kleur als de jam.

'Als u op mijn voorstel ingaat, schieten we er allebei iets mee op,' ging Pat verder, die haar kans schoon zag. 'U zou iets minder werken en meer verdienen. En alle eer zou u toekomen! Deze kans kunt u niet laten schieten. Er is maar één ding in deze wereld vreemder dan een ondernemer die weigert zijn winst te vergroten, namelijk iemand die ervoor kiest werknemer te zijn terwijl hij eigen baas zou kunnen zijn. Aan welke kant van de straat ziet u me het liefst?'

Mevrouw Pachelbel sloeg de map dicht, gaf hem terug en zei: 'Ik wil geen kinderen in main winkel.'

'Miranda zal hier geen voet binnen zetten, dat zweer ik u. Ik ben niet zo'n slechte moeder dat ik haar aan uw wrok wil blootstellen.' Pat wierp een zijdelingse blik op de straat. Geen spoor van het meisje of Dirigibus. Gezien de situatie voerde ze de druk op. 'Dus we hebben een deal?'

Mevrouw Pachelbel stak haar een hand toe.

'We doen twee weken op proef,' zei ze, zuurder dan ooit. 'Als het allemaal goed loopt, gaan we door. Maar bai de klainste onenighaid, *alles vergessen!*'

Pat gooide haar jam in de vuilnisbak (ze had hem in een super- markt gekocht en het etiket eraf gehaald) en bezegelde de samenwer- king.

Eenmaal buiten werd haar keel dichtgesnoerd. Waar was Miranda? Hoe was ze erbij gekomen dat ze Dirigibus kon vertrouwen? Zelfs al zou hij niet omkoopbaar zijn, dan sprak het nog altijd voor zich dat hij haar niet zou kunnen beschermen als …

Toen ontdekte ze de bos bloemen in dezelfde vuilnisbak als altijd. Vermoedend welke kant de rechtsconsulent was op gegaan, stak ze de straat over en liep de bar in. En inderdaad, daar zaten ze, allebei op een barkruk en met de ellebogen op de bar. Miranda dronk de cola die haar moeder haar zo graag verbood en de doctor, trouw aan zijn avondprogramma, bracht hulde aan een *fernet* en sprak met Tacho Gómez, de cafébaas. Pat wilde protesteren, maar was te blij om te doen alsof ze kwaad was. Ze bestelde zelfs een biertje. Had ze soms geen reden tot feestvieren, al mocht ze met haar medicijnen eigenlijk niet drinken?

XVI

Pleidooi voor het wetenschappelijk denken

De dag na de overeenkomst reisden Pat en Miranda naar Bariloche. Hun tas bleef in het pension bij mevrouw Granola achter, om het meisje ervan te overtuigen dat ze niet weer op de vlucht gingen; zodra ze het doel van hun uitstapje hadden bereikt, zouden ze terugkeren naar Santa Brígida, in elk geval voor een tijdje.

Vanuit Bariloche belde Pat naar Madrid. Tijdens het korte, gejaagde gesprek met haar ouders wees ze alle hulp van de hand. Ze had alleen een bepaald bedrag nodig, niet meer maar ook niet minder.

Pat en Miranda bleven in de stad tot ze de cheque hadden geïnd. Toen ze terugkwamen in het dorp, kochten ze het huis. Het was in slechte staat, maar bewoonbaar. Mevrouw Granola nam met tranen in haar ogen afscheid, ze was aan hun aanwezigheid in het pension gewend geraakt. Toen Pat haar om raad vroeg, beval ze de diensten van David Caleufú aan, de vader van de kortstondige burgemeester Salo; hij was de beste metselaar van Santa Brígida. Voor het weinige geld dat na de koop van het huis en de betaling van de reparatie-werkzaamheden overbleef, lag de bestemming al vast: een professioneel fornuis.

De twee weken op proef werden een maand, en die maand werd twee maanden. Al snel kookte ze al het fruit. Mevrouw Pachelbel bood haar aan dat ze ook de vruchten mocht uitkiezen en inkopen, maar Pat weigerde; ze wilde niets te maken hebben met mensen uit andere dorpen.

In de loop van de tijd zou ze volgens de aanwijzingen van mevrouw Pachelbel een aantal van de zoete waren gaan bereiden. Toen Teo haar vroeg of er een geheim zat achter hun voortreffelijke smaak, gaf Pat hem geen les in keukenkunsten, maar in wetenschap: ze vertelde hem over koolhydraten, oxidatie en natuurlijke zuren. Dat was niet zoals mevrouw Pachelbel het haar had geleerd, maar wel de manier waarop Pat het voor zichzelf had vertaald om het te kunnen begrijpen. Het was een van haar karaktertrekken: ze hield ervan om alles nauwkeurig te omschrijven. Een blauwe plek lijkt minder erg wanneer hij wordt teruggebracht tot 'een kneuzing van haarvaatjes waardoor bloed weglekt dat snel wordt geresorbeerd'.

De eerste keer dat Teo hoorde dat Pat Miranda op deze manier troostte, was hij verbaasd. Miranda wilde natuurlijk haar pijntje delen en dat Pat een kusje op de zere plek zou geven, zoals andere moeders. Maar Pat was niet zoals alle moeders.

'Ze zal het toch moeten leren, ze kan beter gewoon weten wat er is gebeurd,' zei Pat onvermurwbaar.

'Dat weet ze maar al te goed. Ze is zelf tegen die deur op ge-knald!'

'Ze heeft alleen maar haar hoofd gestoten. Daar houdt ze een kortstondig spierpijntje en hooguit een flinke bloeduitstorting aan over ...'

'Hoor je dat, Miranda?' zei Teo. 'Voel je je niet meteen beter nu je weet dat je een bloeduitstorting krijgt?'

Geen enkel kind vindt het prettig als men zegt dat het een bloed-uitstorting krijgt. Bloeduitstorting klinkt akelig, alsof er veel bloed aan te pas komt. Dus Miranda begon nog harder te huilen.

Pat had een praktische instelling, wat volgens sommige vooroorde-len als niet erg vrouwelijk kan worden bestempeld. Ze had een zwartgallig gevoel voor humor; elke vorm van uitbundigheid meed ze als de pest. Hoeveel moeders stimuleren hun kinderen hen met de voornaam aan te spreken, in plaats van met hun heilige functie? Pat had het gevoel dat 'mama' een beperkende naam was; ze was moeder, maar ze was ook veel meer dan dat.

Van alle kennis die niet wetenschappelijk was, van alle boeken die niet populairwetenschappelijk waren, was Pat liever niet op de hoogte. Ze ging te werk als Sherlock Holmes, die alle onpraktische kennis uit zijn hoofd bande met het excuus dat de opslagcapaciteit voor informatie beperkt is en men, *ergo*, ruimte nodig heeft voor wat werkelijk waardevol is. Dat was de reden waarom ze bij het bespre-ken van onderwerp x een niveau aan de dag kon leggen dat aan voortreffelijkheid grensde en een minuut later, als het over iets an-ders ging, onwetend als een leek kon zijn; de vloek van het specialis-tische denken.

Pat wist niets van Holmes omdat ze niets van literatuur wist (dat beweerde ze althans). Dit was Teo, die troost vond in de fantasiewereld van boeken, zoals het een timide persoon betaamt, een doorn in het oog. Elke keer als hij Pat een boek aanraadde, antwoordde ze: ik zie liever de film. Wat een nette manier was om te zeggen dat het haar niet interesseerde. De enige bioscoop in Santa Brígida was die in de parochie en Pat meed paters, zelfs als plaatsaanwijzer. Haar Ierse bloed was volkomen heidens. Pat geloofde in de verhalen die haar moeder haar als kind had verteld, in *hobgoblins*, *bogies* en banshees, in Lamia's en reuzen (haar favoriet was Bran the Blessed, die in geen enkel huis paste), maar ze wantrouwde elk ander geloof dat het groene Erin sinds Sint-Patrick was opgelegd.

Een verhaal van anderhalf, hooguit twee uur kon ze verdragen, maar ze bleef erbij: elk verhaal waar meer tijd voor nodig is, is een dwaling. Bovendien, zo beweerde ze, kon je de meeste romans, in tegenstelling tot wetenschappelijke boeken, in een paar woorden samenvatten. Volgens Pat kon je dat met *Don Quichot* als volgt doen: Alonso Quijano lijdt aan dementie. Het geval van *De vanger in het graan* formuleerde ze aldus: Holden Caulfield maakt de puberteit door. Als het over *Reis om de wereld in tachtig dagen* ging, zei ze: Phileas Fogg wint een weddenschap. En over *Moby Dick*: Ahab achtervolgt een witte walvis. Deze sterft als hij zijn harpoen werpt.

Maandenlang bezaaide Teo Pats weg met boeken en stelde hij haar resumerende vermogen op de proef. Pat nam de handschoen op, vloog door de tekst en gaf hem die in een notendop terug. Soms bracht haar samenvatting hem in verwarring. Nadat ze in *Finnegan's wake* had zitten neuzen (met de nieuwsgierigheid van iemand die een familiealbum doorbladert), had Pat gezegd: sommige mensen verdienen het te sterven. Teo wist niet of dat een samenvatting was of dat ze Joyce dit toewenste.

Achter dit pleidooi voor het praktische denken lag een ander streven. Door de pijn helemaal te ontleden, er een medische oorzaakgevolgredenering van te maken (elimineer het een en je voorkomt het ander) en hem te reduceren tot de som der delen, probeerde Pat hem uit te schakelen. Deze poging was echter tot mislukken gedoemd, want in haar ijver vergat ze dat de ergste, hardnekkigste pijnen juist niet de lichamelijke zijn.

XVII

Waarin Teo ontdekt dat hij niet
Johnny Ringo is

De ochtend na hun eerste liefdesnacht kon Teo weer lopen. De wond heelde verrassend snel. Hij jeukte verschrikkelijk, dat wel. Teo moest een bovenmenselijke inspanning leveren om niet de hele tijd aan zijn kont te krabben.

Hij maakte van de stilte tijdens het ontbijt gebruik om Pat nog eens over de wolf te vertellen. Hij noemde hem trouwens geen wolf, maar had het over een wilde hond. (*Ex malis eligere minima*, schreef Cicero: van kwade dingen moet men het minst erge kiezen.) Ze moesten, al was het maar vanwege Miranda, de autoriteiten op de hoogte stellen en het gebied in de gaten houden.

'Heb je een wapen hier?'

'Jij?' antwoordde Pat.

'Ik reis niet gewapend. Waar zie je me voor aan, voor Johnny Ringo?'

Pat schraapte verwoed een verbrand stukje van een geroosterde boterham.

'Heb je er nou een of niet?' vroeg Teo door. Hij begreep niet waarom ze zo geheimzinnig deed. Je hebt een wapen of je hebt het niet, punt uit; een grijs gebied is er niet.

'Nee,' zei Pat. En daar hield ze het bij.

Halverwege de ochtend haalde Teo zijn pick-up op. Met Pat als bijrijder bracht hij Miranda naar school. Ze zetten haar af bij het toegangshek om nieuwsgierige blikken te vermijden. (Achter het stuur van de auto zag Teo eruit als een gorilla in een vogelkooitje.) Daarna reden ze naar het dorp, waar Pat bij het gemeentehuis langsging. Er werd haar beloofd dat men iets aan de 'wilde hond' zou doen. Diezelfde middag kwam er een patrouille van de gendarmerie bij hen langs. Op verzoek van Pat, die niet eens de keuken uit kwam, legde Teo uit wat er aan de hand was. Toen de agenten vertrokken waren, vroeg hij waar die verlegenheid ineens vandaan kwam. Pat zei alleen maar dat ze aan alles in uniform een even grote hekel had. Teo ging er verder niet op door. In een land als Argentinië, dat net een dictatuur achter de rug had, was een afkeer van uniformen even wijdverbreid als begrijpelijk.

Teo stelde zich niet tevreden met de belofte van de gendarmes. Tot zonsondergang zocht hij in zijn pick-up het gebied af. De volgende dag besloot hij te gaan lopen. Aangezien hij geen wapens had, pelde hij met een mes een dikke tak af. Met de knots over zijn schouder liep de reus in een steeds grotere spiraal rond het huis, totdat hij bij de boom kwam die hem asiel had verleend.

Daar zag hij de sporen van de wolf, het bewijs dat hij niet had gedroomd of gehallucineerd. De rillingen liepen over zijn rug. De mogelijkheid bestond nog steeds dat hij door de aanblik van de wolf in shock was geraakt en zich in die toestand de baritonstem en de Latijnse zinnen had ingebeeld, maar dat achtte hij niet meer waarschijnlijk. Het bizarre feit dat er een wolf aan hem was verschenen, hield hem inmiddels minder bezig dan de betekenis van diens boodschap. Hij kon zich niet eens meer precies herinneren wat de wolf gezegd had. Had hij hem verlossing beloofd, of verdraaide hij zijn woorden om ze aan zijn eigen verlangens aan te passen? En wat was de betekenis van het citaat van Plautus: *Di nos quasi pilas homines habent*, ofwel: de goden behandelen ons mensen als speelballen? Hij had het knagende vermoeden dat de boodschap onvoltooid was gebleven. Wat als de wolf niet had afgemaakt wat hij tegen hem had moeten zeggen? Wat als het belangrijkste nooit langs die rij hoektanden was gekomen?

Met deze last op zijn hart liep hij verder in een steeds groter wordende spiraal. Hij kon geen aanwijzingen meer vinden dat de wolf daar ergens was. Als hij Johnny Ringo was geweest, had hij voetsporen in het zand ontdekt, of etensresten, of uitwerpselen. Maar hij was Johnny Ringo niet; hij was slechts een reus die in de stad was opgegroeid, de verblufte vertrouwensman van een wolf die bekend was met Plautus.

Op de derde dag kwam een van de agenten terug om te rapporteren dat het beest niet was opgedoken. Geen van de vallen die ze hadden gezet, had iets opgeleverd, zo zei hij. Die 'hond' moest inmiddels ver weg zijn.

Teo liet Pat zweren dat ze Miranda niet alleen zou laten rondlopen.

'Ik kan haar toch niet de hele tijd in huis opsluiten,' zei Pat. Als Miranda haar had gehoord, was ze in lachen uitgebarsten; als haar moeder íéts graag deed, was het wel haar opgesloten en dicht in de buurt houden, met uitzondering van de schooltijden.

'Hou haar in elk geval een paar dagen in de gaten,' zei Teo. 'Tot we het zeker weten.'

Pat merkte het meervoud in zijn verzoek op.

'O ja?' vroeg ze sarcastisch. 'En wanneer mag dat dan wel zijn? Wanneer weten wé dat zeker?'

'Wanneer ik terug ben,' zei Teo, terwijl hij aan zijn bil krabde.

Teo ging een week weg. Toen hij terugkwam, had hij alle schepen achter zich verbrand.

XVIII

Over explosieven en hun soorten

Het kostte hem geen enkele moeite zijn oude leven los te laten. Wat verplichtingen betreft, die had hij niet meer: hij was werkloos en had geen plannen. Hij had zichzelf gezworen niet meer met springstof te werken. Dat was een probleem, want het was het enige wat hij kon, maar hij zou wel een oplossing vinden. De horizon van zijn gevoelsleven zag er nog troostelozer uit. Hij voelde veel afstand tot de weinige vrienden die hij nog had uit zijn jeugd. De meesten waren getrouwd, hadden kinderen en een baan waarbij er niets de lucht in vloog.

Op zijn werk had hij geen nieuwe vrienden meer gemaakt. Hij maakte te snel promotie en leek plezier te hebben in taken die zijn collega's alleen maar angst en zorgen baarden. Hij was de ster van het bedrijf, en sterren wekken geen vertrouwen. De weinige sympathie die hij oogstte, was met de rook van het ongeluk opgelost.

Het grootste deel van zijn familie was de afgelopen jaren overleden: dikke tantes, grootouders, peetoom en peettante, mensen die hij oom en tante noemde. Teo had tijdens de repressie van de dictatuur niemand verloren en prees zich destijds gelukkig. Maar in de jaren zeventig waren zijn familieleden bij bosjes gestorven door natuurlijke oorzaken, alsof ze hun plicht wilden vervullen om het sterftecijfer op peil te houden.

Hij had natuurlijk zijn moeder nog. Maar Teo was ervan overtuigd dat ze niet zou treuren over zijn afwezigheid. Sinds hij op zijn twintigste had gezegd dat hij op zichzelf wilde gaan wonen, had ze haar handen van hem afgetrokken. Ze voelde die onafhankelijkheidsdrang als verraad.

Hij was bij haar langsgegaan om te vertellen dat hij naar het zuiden vertrok. Zoals verwacht verweet ze hem zijn besluit, niet vanwege de nieuwe afstand die daardoor tussen hen ontstond, maar omdat hij zijn carrière opgaf. Van al Teo's keuzes was zijn specialisatie in de omgang met springstof de enige geweest die zijn moeders goedkeuring had kunnen wegdragen. Voor de reus was dit het zoveelste teken dat ze in de war was: hoeveel vrouwen zouden het toejuichen dat hun zoon elke dag de kans loopt om de lucht in te vliegen? Teo kón het ook niet begrijpen, want zijn moeder had hem nooit verteld over de omstandigheden rond zijn conceptie.

En nu hief ze haar armen ten hemel over wat zij beschouwde als een nederlaag.

'Ik heb altijd de hoop gehad dat je zo groot was omdat je tot iets groots was voorbestemd,' zei zijn moeder, zonder haar bitterheid te verhullen. 'Maar jij wil alleen maar weer een klein jongetje worden. Pakje aan, op een stoeltje zitten en stempeltjes zetten.'

Teo zat ook vol verwijten, maar hield liever zijn mond.

Het was zijn enige afscheid. Een vaste relatie had hij al twee jaar niet meer.

Springstof was zijn werkmateriaal geweest, maar ook het prisma waardoor zijn liefdesleven betekenis kreeg. Débora, zijn eerste vriendin, vereenzelvigde hij met de eigenschappen van buskruit: het ouderwetse knalwerk. Carolina, nummer twee, leek meer op nitroglycerine, vanwege haar onvoorspelbaarheid. Mercedes was kneedspringstof, en wel om twee redenen: omdat ze elektrische prikkels nodig had om te knallen (ze werkte bij de televisie en kwam pas tot leven wanneer er een cameralamp aansprong) en vanwege haar borstimplantaten.

Tot slot was er Silvia, de vrouw die zijn leven had verknald. Silvia had een gecompliceerd verleden, waar ze op zeer frivole wijze munt uit sloeg: ze gebruikte haar ellende om haar onmogelijkheid om lief te hebben te rechtvaardigen. Ze was alleen bereid te ontvangen. Ze zoog alles uit Teo wat hij in zich had, inclusief de energie die hij nodig had om te bestaan. De reus moest al zijn krachten aanspreken om die ongezonde relatie te beëindigen. Silvia was een atoombom. Atoombommen zijn anders dan andere explosieven. Ze doden als ze ontploffen, maar blijven ook nog lang nadat de paddenstoel is opgetrokken, leven vernietigen.

Terwijl Teo in zijn pick-up terugreed naar het zuiden, bedacht hij dat hij zich verwijderde van het door radioactiviteit verwoeste gebied. Hij vergat dat je, eenmaal blootgesteld aan straling, het kwaad overal mee naartoe neemt.

XIX

Teo trilt

Er is nooit iets afgesproken tussen Teo en Pat. Er waren zelfs geen lieve woordjes. Toen Teo weer met zijn spullen in het houten huis verscheen, vroeg Pat of hij van plan was zich in 'Santa Frígida' te vestigen. Teo zei dat een frigide heilige een redundantie was. Pat stapte opzij om hem binnen te laten. Sindsdien leefden ze samen zonder elkaar beloftes te doen.

Teo had zo zijn redenen om geen plannen te maken. De beide keren dat hij zich eraan had gewaagd, had hij zijn vingers gebrand. De tweede keer was toen hij Silvia ten huwelijk vroeg, een geschiedenis waarvan we de afloop inmiddels kennen.

Het eerste serieuze plan dat hij had uitgestippeld, betrof zijn professionele loopbaan. Omdat hij zo ontzettend zichtbaar was, wilde Teo als kind alleen maar onzichtbaar worden. (Dat wenste hij ook weer tijdens de dictatuur, toen groene Ford Falcóns als stofzuigers door de stad patrouilleerden.) Later wilde hij bioloog worden om zich te specialiseren in het bestuderen van vogels, waarvan het vermogen om zich licht te maken en te vliegen, hem mateloos boeide. Zijn moeder floot hem terug naar de werkelijkheid: in een arm land als Argentinië, zei ze, zal iemand die zich met vogels bezighoudt, ze uiteindelijk moeten opeten.

Uit pure opstandigheid studeerde hij twee jaar lang iets wat hij in een noodsituatie niet zou kunnen eten: filosofie. Daar had hij het zwaar te verduren bij professor Fatone, met wie hij meteen ruzie kreeg. Tijdens de eerste les vroeg Fatone zijn studenten welke Latijnse uitdrukkingen ze kenden. Te midden van een stortvloed aan *carpe diems* en *cogito ergo sums*, riep Teo, die door zijn jaren aan het Colegio Nacional Buenos Aires beslagen ten ijs kwam, hem toe: *Tum podex carmen extulit horridulum*, waarmee hij de professor ervan beschuldigde dat hij scheten uit zijn mond liet.

Toen de lucht in het land te verstikkend werd, koos Teo voor de zekerheid van getallen. Niemand kan getallen ergens van verdenken. Getallen waren onberispelijk, ze hadden niets te verbergen. Bovendien waren ze klein, ook al symboliseerden ze enorme hoeveelheden, en Teo had een zwak voor al wat nietig was.

Men denkt vaak dat getallen slechts een mechanische realiteit zonder mysterie zijn, zonder enige ruimte voor de verbeelding. De meeste mensen hebben inderdaad zo'n relatie met getallen, maar bij Teo sloten ze moeiteloos aan bij zijn meest esthetische kant. Het boek van G.H. Hardy, *A Mathematician's Apology*, was zijn bijbel. Volgens Hardy was de wiskunde een creatieve kunst en moest een wiskundig patroon in de eerste plaats harmonieus zijn. 'Schoonheid is de eerste toetssteen. Er is geen duurzame plaats op deze wereld voor lelijke wiskunde.' Teo onderschreef dit credo. Het was zijn droom zich aan het vakgebied van Euler en Ramanujan te wijden. Maar zijn moeder haalde hem altijd met dezelfde argumenten onderuit; rekenmachines waren nog minder voedzaam dan vogeltjes.

Uiteindelijk kwam hij in de techniek terecht. Hij maakte haast met zijn studie en zat altijd met zijn neus in de boeken. Wanneer hij zich van zijn rekenmachine (zijn toverstafje) kon losmaken, keek hij onder het naar binnen werken van industriële hoeveelheden pizza naar een televisieserie of luisterde naar muziek, veel muziek! Hij was een fan van Engelse rockmuziek, The Beatles en Genesis en Yes en Queen en Jethro Tull en natuurlijk Gentle Giant, hoe fantastischer het klanklandschap (hoe verder weg in tijd en ruimte), hoe beter. Zijn vrijgezellenappartement lag vol tijdschriften met naakte vrouwen, maar ook met stripboeken, waar hij gek op was (van *Little Nemo in Slumberland* tot *Corto Maltese*) en met de boeken die hij als zijn persoonlijke fortuin beschouwde; het was in die tijd dat hij Herman Hesse van a tot z las. Zijn favoriet was *De steppewolf*. De eenzaamheid baarde hem geen zorgen; als reus was hij van het begin af aan getraind voor een leven in de marge.

Het leven leek gewoon zijn gang te gaan en men wandelde door de straten alsof er niets aan de hand was, maar Teo voelde dat er iets verschrikkelijks gaande was. Hij had geen bewijzen, maar zijn lichaam vertelde het hem. Hij had allerlei huidaandoeningen, die in zijn reuzengezicht nog extra in het oog sprongen. Al snel zat hij onder de littekens, die in de loop der tijd onder zijn baard zouden verdwijnen. Deze sporen verraadden zijn andersdenkendheid, als het luid kloppende hart in het verhaal van Edgar Allan Poe.

In die tijd leed hij onder gruwelijke angsten. Teo, die getallen bewonderde maar in woorden geloofde, begon te denken dat de angst in zijn naam geschreven stond, dat de angst als vanzelfsprekend voortkwam uit de naam Teo, Teo trilt, zoals de zinnetjes waarmee kinderen leren lezen en schrijven: A is van aapje dat eet uit zijn poot, B is van bakker die bakt voor ons brood, T is van Teo die trilt als de dood. Korte tijd later ontdekte hij dat zijn grootte hetzelfde effect had als de gestolen brief in een ander verhaal van Poe: zijn kolossale lijf sprong zo in het oog dat het onzichtbaar werd en beschermde hem zo tegen het kwaad.

Hij wilde zich specialiseren in waterbouwkunde (elke watermassa is te ontleden in druppels, kleine diamantjes, kristallen die niet snijden), maar een studiegenoot haalde hem over om samen met hem een vak over slopen te volgen. Die jongen was de zoon van een kolonel; hij durfde hem niet voor het hoofd te stoten.

De eerste explosie die hij bijwoonde, was een openbaring. De lucht sloeg hem tegemoet en hij raakte half doof. Een bol van hitte trok door zijn lijf. Hij kon zijn verbrande haar ruiken. Bij die explosie vond Teo de intensiteit terug die zijn leven in de matheid van de angst was kwijtgeraakt.

Hij slaagde cum laude voor het vak. Voor iemand die van kleins af aan al alles omverwierp wat er op zijn weg kwam, lag het sloopwerk in de lijn der verwachtingen.

Aanvankelijk ging hij het leven, door het in de waagschaal te stellen, opnieuw waarderen. Die waarde was hij echter al snel weer vergeten en hij raakte verslaafd aan de adrenaline. Na verloop van tijd kreeg hij het gevoel dat niets hem kon deren. Hij had een legale manier gevonden om bommen te leggen.

Tot er iemand doodging. Dat betekende het einde van de plannen in Teo's leven.

Vanaf dat moment besloot hij niet meer te dromen. Hij leefde bij de dag, zonder zich af te vragen waar hij volgende week zou zijn of wat hij dan zou doen. Op een ochtend stapte hij in de auto en vertrok. Hij wist nog niet dat zijn weg in Santa Brígida zou eindigen.

Die minachting voor toekomstplannen werkte bij Pat, die het langetermijndenken ook uit de weg ging, in zijn voordeel. Pat dacht dat Teo haar gelijke was in deze overtuiging en accepteerde hem

daarom als partner. Als het anders was geweest, had ze hem afgewezen. Ze kon niet samen zijn met een man die aan de toekomst
dacht, terwijl zij niet eens wist of ze er wel een had.

XX

Beschrijft de problemen van de reus om zich aan zijn nieuwe thuis aan te passen

Zoals altijd wanneer hij een nieuw huis betrok, probeerde Teo het aan te passen aan zijn afmetingen. Pat wees hem erop dat dat een daad van egoïsme was – de zonnemens die een leefsysteem rondom zijn persoon creëert – maar Teo legde uit dat dit de verstandigste keuze was: het hout in het huis kon je afzagen, maar zijn benen of zijn hoofd niet.

Hij vroeg of hij op de keukenstoel mocht zitten, die hij met planken en spijkers verstevigde, en hij wilde graag een kussen om het zitvlak te verhogen, anders moest hij zijn benen zo ver optrekken dat zijn knieën tegen zijn borst kwamen. Aan de hoogte van de tafel werd echter niets veranderd. Iedereen die iemand van Teo's postuur kent, zal hebben opgemerkt dat zulke mensen niet proberen hun benen onder de tafel kwijt te kunnen, maar meestal zijdelings gaan zitten en, zo mogelijk, aan het hoofdeinde. Dit kwam hem op een nieuwe beschuldiging van Pat te staan, die hem uitmaakte voor macho omdat hij de belangrijkste plek bezette en deed alsof hij de pater familias was. Teo zei dat hij op deze manier geen twee zitplaatsen in beslag nam, maar Pat geloofde hem niet helemaal, dit keer terecht.

Hij hing een aantal lampen hoger nadat hij er met zijn voorhoofd één kapot had gestoten. Hij repareerde hem meteen. Daarvoor moest hij zich voor het eerst in Santa Brígida laten zien, ver van de beschermende cocon van zijn pick-up. Dat deed hij met angst en beven (Teo trilt), want hij voelde al aankomen wat voor opschudding hij zou veroorzaken. En inderdaad, toen hij de winkel binnenliep, dacht de verkoper dat hij overvallen werd. Hij trok wit weg en stamelde goedendag. Teo ontweek een paar lampen die in de weg hingen en vroeg om een onderdeel. De verkoper ging op zoek zonder hem ook maar een moment de rug toe te keren; hij hield één hand achter zich, zoals Dirigibus dat met zijn bloemen deed. Teo wist zeker dat hij een hamer vasthield. Dat was hem al vaker overkomen. Toch had hij liever een hamer dan zo'n alarm dat in veel winkels in Buenos Aires gangbaar was. Daar hadden veel winkelbediendes zodra ze hem zagen de politie gewaarschuwd, wat tot meerdere arrestaties wegens overmatige statuur had geleid.

'Allejézus,' zei een stem achter zijn rug, of preciezer gezegd, ter hoogte van zijn achterwerk, dat nog steeds jeukte. Het was meneer Oldenburg, de eigenaar van de zaak, die met voorraaddozen vol onderdelen in zijn armen binnenkwam. 'Is het circus in het dorp?'

Teo keek hem vanuit zijn ijzige hoogte met een lelijk gezicht aan.

'Is er wel genoeg lucht daarboven? Het zou me niet verbazen als u altijd hoogteziek bent,' ging hij verder.

De reus voelde de neiging hem als kerstversiering aan een lamp te hangen.

'Sorry,' zei Oldenburg, terwijl hij een kleur kreeg, deels van schaamte, deels van het sjouwen. 'Ik wilde u niet beledigen. Ik ben zo vaak geplaagd omdat ik zo klein ben dat al die grapjes me automatisch ontglippen. Het is een reflex. Als bij een Pavlov-hond. Een puppy, in mijn geval. Ziet u wel? Ik kan het niet laten! Zeg alstublieft iets flauws over mij, dan staan we quitte. Vraag maar of mijn vader een kleine grutter was. Vraag maar of ik bij mijn moeder de helft die in haar is achtergebleven, heb opgeëist!'

Maar Teo wilde niemand vernederen. Toen Oldenburg besefte dat Teo daar weinig voor voelde, probeerde hij het op een andere manier goed te maken. Hij stak een bijna kinderlijke hand uit om zich voor te stellen, maar op datzelfde moment begonnen de dozen die hij droeg te wankelen en naar beneden te vallen. Teo ving ze in de vlucht.

'Dank u vriendelijk. Mijn naam is Oldenburg,' zei het mannetje toen hij eindelijk Teo's hand te pakken had. 'Laten we opnieuw beginnen. Waarmee kan ik u helpen?'

Meneer Oldenburg gaf hem het onderdeel waarnaar hij op zoek was – en dat de bediende in zijn nervositeit niet uit het doosje had gekregen – en wilde hem niet laten betalen. Nog steeds niet tevreden bleef hij grapjes maken over zijn eigen lengte, of liever gezegd, zijn gebrek daaraan, en nodigde Teo uit terug te komen wanneer hij maar wilde. De reus, geamuseerd door Oldenburgs pogingen om zijn werknemer ongezien te ontwapenen, kreeg een nog bredere glimlach op zijn gezicht toen hij zag dat deze geen hamer verborgen hield, maar een kruis.

Op straat had zich een kring van nieuwsgierigen gevormd, waar veel kinderen tussen stonden. Een donker jochie vroeg hem ongegeneerd naar zijn naam, lengte, waar hij vandaan kwam, hoe zijn ouders waren, waarom hij naar Santa Brígida was gekomen, dit alles achter elkaar door en zonder haperen.

Als het een volwassene was geweest, had Teo gezwegen of hem hooguit gevraagd zich met zijn eigen zaken te bemoeien. Maar in dit opzicht was hij compleet het tegenovergestelde van mevrouw Pachelbel, want hij werd zacht en week van kinderen (dit kind, dat kind, ieder kind); ze hoefden het maar te vragen en hij gaf ze zijn bankrekeningnummer.

'Ik heet Teo,' antwoordde hij zonder aarzelen, waarna er een geroezemoes uit de nieuwsgierigen opsteeg. (Hij praat! De reus praat!) 'De laatste keer dat ik heb gekeken, was ik twee meter zevenentwintig. Mijn ouders zijn klein, of ja, normaal. Ik ben geboren in Buenos Aires, maar nu woon ik hier. Voor een tijdje althans.'

Het gerucht verspreidde zich als een lopend vuurtje. (Burgemeester Farfi was een van de eersten die het hoorde. Oldenburg was een persoonlijke vriend van hem en had zodra Teo de winkel uit was de telefoon gepakt om het hem te vertellen.) Diezelfde middag hoorde Miranda het op school: er was een reus in het dorp aangekomen!

Pat wees Teo de wc op de benedenverdieping toe, die ruimer was dan die bij de slaapkamer. Toch moest hij allerlei halsbrekende toeren uithalen als hij de deur op slot wilde draaien. En hij moest de spiegel op ooghoogte hangen om zijn baard te kunnen bijknippen zonder Van Gogh naar de kroon te steken.

'Waarom laat je je baard staan, Teetje Teo?' had Miranda hem eens gevraagd.

'Ik deed er zo lang over om me te scheren! En ik gaf een kapitaal uit aan scheerschuim, zeep, scheermesjes ... Ik heb nooit een kwast gevonden die bij mijn afmetingen paste. Ik heb het zelfs weleens met een verfroller geprobeerd!'

Miranda was dol op dit soort commentaren en vroeg zich niet af of ze al dan niet waar waren. Inmiddels noemde ze hem al Teetje Teo, alsof Teetje een bijvoeglijk naamwoord was: Teetje Teo, een soort Teo, net als grote Teo, grappige Teo of stuntelige Teo, en hij kon dat wel waarderen, want het hielp hem het trillerige gedeelte te vergeten dat hij zo lang voor zijn lot had aangezien.

Nu ze getuige was geweest van Teo's problemen (om met een ongeschonden hoofd van de ene ruimte naar de andere te komen, om op het toilet te gaan zitten en ondanks zijn benen de deur dicht te krijgen, om uit de bank op te staan als hij er diep in zat weggezakt), stopte Pat met protesteren en deed ze wat ze kon om het huis aan zijn nieuwe bewoner aan te passen. Ze had er lol in om hem als vrijwilliger in te zetten: ze moest bijvoorbeeld precies opmeten waar hij met zijn hoofd het plafond raakte als hij de trap op liep. (Omdat Miranda erom moest lachen, liet Pat Teo meerdere malen omhooglopen. Hij stootte zich maar wat graag om het meisje te horen schateren.) Toen het exacte punt was bepaald, stapte Pat dertig centimeter terug en hing daar belletjes, zodat die Teo als hij omhoogliep zouden waarschuwen voor de naderende dreun.

Gelukkig had Pat een metalen bed. Maar Teo was te zwaar voor de spiraalbodem: het matras boog door en er ontstond een kuil in het midden. Nadat ze zich in allerlei bochten had gewrongen om intiem te zijn en er inmiddels rugpijn van had, schoof Pat dozen tussen de bedbodem en de vloer, zodat het bed minder doorzakte. Daarin kwamen Teo's boeken terecht. Ze sliepen en beminden elkaar boven op Kafka, Melville, Dickens. Teo vond de kitscherige symboliek om boven echte reuzen te slapen prachtig; en Pat was blij dat ze een bestemming voor de boeken had gevonden, en een plek waar ze niet meer in de weg stonden.

Zijn bijzonderheid had ook zo zijn voordelen. Pat hoefde niet meer op stoelen te gaan staan om boven op de keukenkastjes te stoffen. De zware kuipen met jam waar ze zich altijd mee in het zweet sjouwde, leken strandemmertjes in Teo's handen.

Na verloop van tijd zou Pat het met verve voor Teo gaan opnemen. Ze vond het oneerlijk dat hij zich altijd maar moest aanpassen aan een omgeving die buiten zijn schuld te klein was. Maar om die verschillen te erkennen, moest de wereld ze eerst kunnen waarnemen. Teo moest zich in zijn volle omvang tonen en dat betekende dat hij die irritante neiging om krom te lopen, om zichzelf klein te maken, zijn hoofd in te trekken, moest afleren. Om de haverklap zei Pat: 'Rug recht, hoofd omhoog!' wat haar favoriete vorm van de gebiedende wijs was.

'Je klinkt steeds meer als mijn ma,' protesteerde hij dan, in een poging haar op de kast te krijgen. Maar omdat Pat Teo's moeder niet kende, deed de vergelijking haar weinig.

Wie het meest profiteerde van het feit dat ze een reus in huis hadden, was Miranda. Ze had een leeftijd bereikt waarop het voor Pat te zwaar werd haar op te tillen. In Teo vond ze een attractiepark in mensengedaante, hij was hijskraan, draaimolen en paard in één, kanon voor de levende kanonskogel en tegelijkertijd vangnet, de olifant waarop Hannibal reed en de Kolossus van Rhodos die met gespreide benen ging staan om alle schepen door te laten.

Miranda ontwikkelde een manier om Teo te beklimmen zonder dat hij stil hoefde te blijven staan. Ze greep zich vast aan zijn broek, gebruikte zijn kuiten als opstapje en klauterde zo via zijn rug omhoog. Soms deed Teo alsof hij niet in de gaten had dat hij haar met zich meedroeg. Of hij deed alsof hij dacht dat Miranda een mug was en begon om zich heen te meppen.

Het meisje had de plotselinge komst van de reus in hun leven met dezelfde vanzelfsprekendheid aanvaard als haar moeder. Ze liet alleen maar tevredenheid zien. De liefkozingen tussen Teo en Pat leken haar niet te storen, integendeel, ze genoot ervan. Tegelijkertijd begreep ze dat hun voortdurende gekibbel geen echte ruzie was, maar een van de manieren waarop ze hun liefde aan elkaar lieten blijken. Het was wel duidelijk dat die twee ervan genoten om elkaar in de haren te vliegen, elkaar uit te dagen, te stangen. Ze zagen hun liefdesrelatie als een slagveld. Daarom was Miranda niet bang en had ze zelfs lol in hun gekibbel. Ze vond het prachtig als Teo met zijn armen als molenwieken door de lucht maaide en 'oooeeef' brieste. 'Oooeeef' betekende bij Teo dat hij het onderspit ging delven.

Op een ochtend vroeg Teo aan Pat hoe ze Miranda had verteld dat hij bij hen ging intrekken.

'Ze vroeg: "Komt Teo terug?" En ik zei: "Ik denk het wel."'

Teo zweeg even in de hoop dat Pat nog iets zou zeggen. Maar ze stond fruit te wassen alsof er niets aan de hand was.

'En dat is alles?' barstte hij uiteindelijk uit.

'Wat had ik nog meer moeten zeggen?'

'Je had haar kunnen vragen wat ze ervan vond of zo. Haar kunnen voorbereiden!' zei Teo, die met zijn postuur aan den lijve had ondervonden hoe belangrijk dat was.

'Ik weet wat Miranda voelt. Bovendien is ze eraan gewend de dingen te nemen zoals ze komen.'

'Ik wil dat ze me uit eigen beweging accepteert, niet dat ze mijn aanwezigheid voor lief neemt.'

'Heb je het idee dat ze je alleen maar voor lief neemt? Wat moet dat kind doen om te laten zien dat ze blij is? Zich als clown verkleden? ... Rug recht, hoofd omhoog, wil je? Ik ben ook blij, voor het geval je dat nog niet doorhad. Als het moet verf ik mijn kont wel rood, als een mandril!'

'Oooeeef ...'

Die middag bood Teo aan om Miranda naar school te brengen.

Over het algemeen gingen de kinderen te voet naar school; als ze verder weg woonden, werden ze door hun ouders gebracht en gehaald of reden ze met de bus van meneer Torrejas mee. Miranda behoorde tot de groep die ver weg woonde, maar haar moeder had geen auto. En hoewel Pat had aangeboden haar op de schoolbus te zetten, had Miranda daar niets van willen weten. Ze mocht meneer Torrejas niet. Ze smeekte haar moeder haar niet te dwingen in zijn bus te stappen.

Pat had genoeg ervaring met Miranda's intuïtie wat betreft volwassenen. Tot nu toe had ze er nooit naast gezeten, met uitzondering misschien van mevrouw Pachelbel, die zich nog in een schemerzone bevond, in afwachting van een definitief oordeel. Pat besloot de wil van het meisje te respecteren. Hoewel het verzoek lastig met haar werk te combineren was (kilo's en kilo's fruit hadden al te lang op het vuur gestaan omdat ze te laat was teruggekomen en er was altijd brandgevaar), stemde ze ermee in haar elke dag met de fiets te brengen en halen. Na een paar maanden kreeg ze Miranda zover dat ze zelf naar huis kwam, omdat ze een stuk met Salo Caleufú kon meelopen. Maar ze bracht haar nog altijd met de fiets.

Pat was dolblij met Teo's aanbod. Een chauffeur bracht vele voordelen met zich mee: ze zou tijd hebben om in haar eentje een kop thee te drinken, in de tuin te werken en ze zou zich eindelijk eens een keer niet in het zweet hoeven te trappen en een uur in de wind stinken. Maar ze was er niet helemaal gerust op. Ze wilde niet dat Miranda gewend raakte aan iets wat misschien niet lang zou duren en wist ook niet of het wel zo wenselijk was dat de kinderen op school haar met de reus in verband brachten; Miranda moest onzichtbaar zijn en haar band met Teo maakte haar tot een beroemdheid. Aan de andere kant was het net die tijd van de maand en deden haar benen zo'n zeer ... Ze besloot voor de verleiding te zwichten. Ze kon zich niet herinneren wanneer ze voor het laatst aan een egoïstische impuls had toegegeven; ze was al vergeten wat het betekende om zwak te zijn.

Ze vroeg Teo om Miranda voor het schoolhek af te zetten.

'Trek niet zo'n gezicht,' zei Pat, toen ze Teo de opdracht meesmui-lend zag aanvaarden. 'Ik vraag het je vanwege Miranda, en vanwege de anderen. Mensen zijn bang voor dingen die ze niet kennen.'

'Fijn dat je me "ding" noemt. Ik voel me al stukken beter!'

Teo zette Miranda op de achterbank en deed haar de veiligheids-gordel om. Onder het rijden keek hij naar haar via de achteruitkijk-spiegel. Miranda hield de Spica-radio tegen haar oor gedrukt. Er was een nummer van Lloyd Cole op, *Forest Fire*.

'Zeg, Miranda, ben je eigenlijk blij dat ik hier ben?'

'Jawel,' antwoordde het meisje, met een laconieke air waarmee ze niet onderdeed voor haar moeder.

'Vind je het niet vervelend, af en toe? Ik bedoel, je was er toch aan gewend om altijd alleen met Pat te zijn … Vind je het ook niet een klein beetje vervelend?'

'Pat is gelukkig.'

'Dat weet ik wel, maar ik wil weten wat jij voelt.'

Miranda zocht in de spiegel naar Teo's ogen. Ze leek verrast door zijn vraag. Ze was er niet aan gewend om over haar eigen gevoelens na te denken. Hoe weet je eigenlijk wat je echt voelt? Als grote men-sen niet eens snappen wat er met ze aan de hand is, hoe moest zij dat op haar vijfde dan weten?

Maar na wat vissen in dat troebele water, kwam er toch iets naar boven.

'Jij schreeuwt niet 's nachts,' zei Miranda.

'Volgens mij niet, nee. Dat heeft niemand me tenminste ooit ge-zegd.'

Het meisje stopte de radio in haar rugzak.

'Ik dacht dat alle grote mensen schreeuwden. Maar de papa's en mama's van mijn klasgenootjes schreeuwen niet. En jij schreeuwt ook niet.'

'We hebben allemaal weleens een nachtmerrie.'

'Ik dacht dat Pat zou stoppen met schreeuwen nu jij er bent.'

Teo reed in stilte verder. Hij had de afgelopen weken dezelfde hoop gekoesterd als Miranda. Maar Pat krijste elke nacht weer, bezeten door een angst waaruit alleen het contact met zijn hand haar kon bevrijden. (Ze krijste ondanks de kalmerende werking van haar me-dicijnen, die ze voor Teo nog verborgen hield.)

Jongens en meisjes in stofjas wandelden langs de straatkant, witte ruggen die schitterden in de zon. De pick-up passeerde ze, maar steeds doken er weer nieuwe op; het was alsof ze over een eindeloze lopende band liepen die zichzelf in de staart beet.

Toen ze het schoolhek naderden, deed Miranda haar gordel af.

'Zet me hier maar af.'

Teo gehoorzaamde en remde aan de rand van de onverharde weg.

Miranda opende zonder hulp het portier en sprong uit de auto. Een moment later stond ze voor Teo's raam.

'Misschien over een tijdje,' zei ze.

Ze gaf hem twee klapjes op zijn harige onderarm en wandelde naar het schoolgebouw.

Teo bleef nog een paar minuten staan en staarde haar na. Hij vroeg zich af hoe het meisje het voor elkaar had gekregen de rollen zo om te draaien dat degene die moest troosten, getroost werd.

XXI

Bevat doorslaggevende informatie, die allemaal om het meisje draait

Het wordt tijd om eens wat aandachtiger naar Miranda Finnegan te kijken. Dat is noodzakelijk voor mensen die een paar druppels Pachelbel-bloed door hun aderen hebben stromen, maar vooral voor degenen die Miranda als een bijkomstigheid in het verhaal zien; kijkt u alstublieft nog eens goed.

Het klopt dat kinderen vaak een bijrolletje krijgen of alleen worden gebruikt om te vertederen. Dat zou in dit geval een misvatting zijn, want Miranda is het hart van deze geschiedenis. Om preciezer te zijn: Miranda is hier in het geding. Pat heeft haar onder haar vleugels, dat hebben we al gezien, maar er is nog iemand die haar wil hebben: degene voor wie Pat op de vlucht is met de wanhoop van iemand die de hel in zijn rug voelt branden.

Hoeveel weet Miranda van deze achtervolging? Ze heeft slechts een aantal vermoedens, gebaseerd op de weinige dingen die Pat haar heeft verteld en de vele die ze zelf aanvoelt: ze weet dat ze het onderwerp is van een strijd, maar heeft geen idee hoe wreed die is.

Op elk ander moment zou dit dilemma op een beschaafde manier zijn opgelost, maar de hoofdrolspelers waren niet bereid zich aan de wet te onderwerpen. In het Argentinië van 1984 was de wet een hoer van Babylon, die zich jarenlang door een onwettig regime had laten vernederen, waarna niemand er meer respect voor had, degenen die hem hadden bezoedeld noch degenen die ermee moesten leven. De partijen in deze kwestie konden ook geen beroep doen op de wetenschap, die destijds nog geen DNA-technologie had ontwikkeld. Nee, de kennis die de mens in eeuwen had opgebouwd, was niet toereikend om dit geschil op te lossen, wat betekende dat het op een andere manier zou worden beslecht. Miranda's lot lag in handen van het instinct en de hartstocht. Het was een gevecht tussen warmbloedige dieren met ontblote tanden.

Zo op het oog was Miranda een doodgewoon meisje. Ze hield van dansen, wat ze vaak deed met de radio tegen haar oor of op muziek die uit haar binnenste kwam. Ze bezat een aanstekelijke energie, maar was niet hyperactief; het was voor haar heel normaal om met een boek of een tekening bezig te zijn. Als mensen haar wat beter leerden kennen, waren ze het erover eens: Miranda was volwassen voor haar leeftijd (súpervolwassen, zou ze zelf zeggen). Met een opvoeding als die van Pat, voor wie geen 'toettoets' maar alleen auto's en geen 'wafwafs' maar alleen honden bestonden, was het ook niet zo verwonderlijk dat ze zich uitdrukte als een volwassen persoon.

Het is verleidelijk om de eigenschappen waarin ze van Pat verschilde, toe te schrijven aan de erfenis van haar vader. Miranda had Pat eens gevraagd of haar vader blond was, en Pat had met ja geantwoord. Ze wilde weten of ze een foto van hem had, hoewel ze daar weinig hoop op had: Pat had een hekel aan foto's, ze had nooit een camera gehad, ze was zo iemand die geen kiekjes van haar kinderen in haar portemonnee heeft zitten. Zoals verwacht was het antwoord negatief. Daarop vroeg Miranda waarin ze nog meer op hem leek. Niets, had Pat gezegd. Maar Miranda was ervan overtuigd dat ze haar vaders handen had, al zei ze dat liever niet.

Pat had brede handen met korte nagels, die ze niet verzorgde, maar met haar tanden bijhield. Miranda had fijne handen. Het verschil tussen haar handen en die van haar moeder was niet het enige wat haar deed vermoeden van wie ze die geërfd had. Ze zag ook hoe kriegel Pat werd zodra ze een nagelschaartje of een vijl pakte. Wanneer ze manicure wilde spelen, sloot Miranda zich op in haar kamer.

Ze sliep graag uit. Ze was dol op televisie en vergaapte zich aan elke beeldbuis die ze aan zag staan; vanuit eenzelfde impuls liep haar bij een glas cola het water in de mond: je verlangt altijd naar datgene wat je niet hebt of niet mag hebben. (Salo had televisie, hij had geluk; Miranda hield van Salo om vele redenen, dit was er een van.) Ze had een hekel aan uien. Ze was stapelgek op gecondenseerde melk, die ze zo uit het blikje oplepelde. Tekenen vond ze heerlijk, ze kon er uren mee bezig zijn. Daarin leek ze op een heleboel andere kinderen.

Er zijn ook dingen waarin ze op niemand leek. Alle kinderen die ze kende, hadden een vader, op twee na, wier verwekkers ervandoor waren gegaan. Miranda was anders, zei Pat, haar vader was bij een ongeluk omgekomen. Telkens als Miranda ernaar vroeg, herhaalde Pat met verdacht veel geduld haar uitleg: jouw vader, zei ze dan, werkte op een schip. Hij kreeg een mast tegen zijn hoofd en viel in het water. Ze hebben hem nooit gevonden, daarom kunnen we ook niet naar zijn graf gaan om er bloemen op te leggen. Miranda had in haar hoofd een voorstelling gemaakt van de tragedie, ze beeldde zich het zeilschip in, de storm met huizenhoge golven, de bliksemschicht die de mast breekt; telkens als ze eraan dacht, zag ze dezelfde beelden voor zich, alsof je steeds weer naar dezelfde film keek.

Alle vrienden die Miranda had gehad, woonden in dezelfde provincie als waar ze waren geboren; velen waren zelfs nog nooit verhuisd. Op haar vijfde nog maar had Miranda afgezien van haar geboorteprovincie Buenos Aires al in vier provincies gewoond: Misiones, La Pampa, Santa Cruz en nu Río Negro. Wat voor haar leeftijdgenootjes vastigheid was, was voor Miranda tijdelijkheid en vluchtigheid. Niets in haar leven was van lange duur, zelfs haar vader niet, zelfs het gebouw waar ze ter wereld was gekomen niet: het was ontruimd, de muren waren witgekalkt en de ramen met bakstenen dichtgemetseld. (Deze beelden had ze van Pat gekregen toen ze vroeg in welk ziekenhuis ze was geboren.)

Er bestonden nog meer verschillen met andere kinderen. Het Engels, bijvoorbeeld, dat maar weinig kinderen op die leeftijd spraken. (Pat en zij schakelden vrijwel onbewust van de ene taal op de andere over; het functioneerde als een soort geheimtaal die ze ook in het bijzijn van andere mensen gebruikten.) En ook in de dingen die ze na haar migraineaanvallen tekende, was ze anders.

Soms had ze hoofdpijn en zag ze beelden die zich niet voor haar ogen, maar in haar hersens bevonden. Pat had kompressen op haar voorhoofd gelegd, haar vol aspirines gestopt en zelfs pillen gegeven die grote mensen innemen wanneer hun lever opspeelt, maar niets van dit alles hielp. Miranda klaagde niet eens, ze wilde alleen maar dat Pat haar liet tekenen, want daarmee ging het over. Ze tekende geometrische vormen, mandala's, een regen van sterren en lichtjes waar ze altijd een beetje gefrustreerd van raakte, omdat ze nooit zo schitterend op papier kwamen als zij ze gezien had.

Toen ze kleiner was, had ze last van stuiptrekkingen en wegdraaiende ogen. Pat had haar naar verschillende neurologen meegenomen, die haar konden vertellen wat ze niet had – ze had geen hersentumor, waar haar moeder heel blij om was –, maar nooit wat ze dan wél had. In de loop van de tijd verdwenen de stuiptrekkingen en kwamen de migraineaanvallen. De tekeningen die ze dan maakte, waren anders dan de rest van haar tekeningen. Ze waren zo mooi dat Pat ze wilde bewaren, daarom hing ze ze overal op (de tekeningen die Teo aan Pat toeschreef, waren in werkelijkheid van Miranda), maar later kreeg ze weer spijt en gooide ze in de prullenbak en vroeg Miranda het aan niemand te laten zien als ze op school zoiets maakte, want de mensen zijn bemoeiziek en zouden gaan vragen waar ze die dingen vandaan haalde en rare onderzoeken met haar willen doen, en die had ze niet nodig, want ze was gezond, de artsen hadden al gezegd dat haar niets mankeerde.

Dat was ook iets waarin Miranda zich van andere kinderen van haar leeftijd onderscheidde: haar moeder. Pat was anders dan alle moeders die Miranda kende. Om te beginnen was ze veel mooier. En Pat praatte met haar alsof ze volwassen was, over allerlei onderwerpen, vrijuit. Ze hadden het over van alles en nog wat – zelfs over jongens! – en ze mocht ook schuttingwoorden gebruiken, maar alleen in het Engels. Pat was net als Superman, of Superwoman, beter gezegd, want ze deed alles. Ze kookte, zorgde voor haar, bracht haar met de fiets naar school en wanneer ze besloot naar een ander dorp te gaan, haalde ze het huis leeg, pakte haar tas in en kocht kaartjes.

Miranda was graag langer op dezelfde plek gebleven, in Santa Brígida, bijvoorbeeld, maar de kans bestond altijd dat ze er ineens weer vandoor moesten. Pat had haar verteld dat haar grootvader van vaderskant naar hen op zoek was omdat hij haar wilde hebben. Het meisje was nieuwsgierig naar die grootvader. Pat zei dat hij heel gemeen was en hen uit elkaar wilde halen, daarom stuurde hij ongure types achter hen aan die in het hele land naar hen zochten. Dat was de reden waarom Pat haar geen moment alleen liet en haar vroeg om niet met vreemden te praten, geen antwoord te geven op vragen en geen persoonlijke dingen te vertellen. En Miranda accepteerde dat omdat ze bij haar moeder wilde zijn, die de beste moeder ter wereld was en alles voor haar deed.

Soms zou Miranda willen dat Pat niet zoveel deed, want ze wist dat Pat eigenlijk geen Superwoman was en daarom moe en zenuwachtig werd en bij het minste of geringste uit haar slof schoot. Als ze niet de verantwoordelijkheid van vader en moeder tegelijk zou hebben, had ze die pillen ook niet nodig, daar was Miranda van overtuigd. Ze probeerde er alles aan te doen om haar niet tot last te zijn, dekte de tafel en ruimde hem af, deed soms de afwas, maakte haar bed op en stemde er zelfs mee in om lopend uit school te komen terwijl ze dat vervelend vond, zelfs als ze meeliep met Salo of Salo's moeder, Vera Caleufú, die drie keer per week hun huis kwam poetsen. Miranda zorgde zo goed als ze kon voor Pat, ze herinnerde haar eraan dat ze haar pillen moest innemen, ze hield het altijd bij. 'Heb je aan je medicijnen gedacht, Pat? Heb je ze ingenomen?', hoewel ze nu alleen nog gebaarde of in haar oor fluisterde, want Pat schaamde zich tegenover Teo, ze wilde niet dat hij dacht dat ze ziek was.

En hoe zat het met Teo? Zijn komst had Miranda hoop gegeven. Ze had Pat nog nooit zo opgewekt gezien. Miranda dacht dat ze op den duur misschien zelfs wel zou ophouden met schreeuwen 's nachts. Er bestaan natuurlijk ook goede kreten, kreten van blijdschap, van verrassing, van genot, maar die van Pat behoorden tot geen van deze categorieën. Daar twijfelde Miranda niet aan, want Pat schreeuwde in e-mineur.

XXII

Waarin een poging wordt gedaan de sleutel tot Miranda's universum te beschrijven

Door al het vluchten, alle gedoe om zich weer aan te passen en het gevecht met haar demonen, was er iets aan Pats aandacht ontsnapt. Dat overkomt bijna alle ouders, druk als ze zijn met de strijd tegen hun beperkingen. In dit geval ging het echter om iets heel bijzonders: haar dochter leefde in een wereld van muziek. Voor Miranda was muziek iets waarvan ze genoot, dat zag Pat ook nog wel, maar het was veel meer dan dat. Miranda gebruikte muziek om contact te maken met de wereld, zoals insecten hun voelsprieten gebruiken.

De meeste mensen ordenen hun ervaringen vanaf het moment dat ze een taal leren. Met Miranda was het misschien ook zo gegaan als ze niet met dit muzikale talent was geboren, dat haar in staat stelde begrippen als getallen, tijd en ruimte te bevatten en dus ook abstracte concepten te hanteren, nog voordat ze haar eerste woordjes kon zeggen. Dit is niet nieuw: de eerste mensen zongen en dansten lang voordat de *Homo sapiens sapiens* het spreken de functie toekende die we er vandaag de dag aan geven.

Pat had nooit opgemerkt dat het eerste gekir van haar baby zangoefeningen waren waarmee Miranda toonladders uitprobeerde, op basis van patronen die ze uit de lucht, van de radio, de tv of uit de winkels op straat oppikte. Als Pat niet zo blind was geweest voor artistieke uitingen (of doof, in dit geval), had ze misschien begrepen dat het ogenschijnlijk ordeloze gehamer op de speelgoedpiano aan een logica beantwoordde: eerst grondtonen, dan grote kwinten – de code van het klavier, door Miranda in een paar minuten ontleed.

Pats afkeer van afspeelapparatuur was deels de reden dat Miranda in haar zucht naar nieuwe klanken muziek zocht waar niets leek te zijn. Op een willekeurige ochtend kon Pat haar oren spitsen en beweren dat ze alleen pruttelende pannen en ergens in de verte een vogel hoorde, terwijl Miranda zou zeggen dat er een hele symfonie van een niet nader bepaalde componist klonk. Voor haar was de wereld altijd vol muziek, zelfs in huis, waar Pat dacht dat het stil was. Elke geluidsbron had zijn eigen klankkleur: een briesje, het hout in huis, het kokende water, de lege maag van haar moeder, het gezang van de vogels, haar eigen hart. Elke klank was afkomstig van een bepaalde locatie in de ruimte, als de instrumenten op een podium, en had een eigen volume. Sommige van die klanken waren ritmisch. Andere – het borrelende water, in dit geval – vormden een aanhoudend, harmonisch klanklandschap, als een akkoord op een hammondorgel. De manieren waarop de klank werd voortgebracht, verschilden: Miranda hoorde staccato's, pizzicato's, glissando's. Niet gehinderd door een klassieke muzikale opvoeding, hoorde het meisje natuurlijke toonladders die buiten de grenzen van het diatonische systeem reikten, klankvormen die het menselijk gehoor niet eens als muziek waarneemt.

Voor Miranda had zelfs de stilte een klank. Bij gebrek aan andere prikkels van buitenaf was het ruisen van de wind in het slakkenhuis van haar oor een onmiskenbare hoge e.

Toen Miranda drie jaar oud was, kreeg Pat in een dorp in Misiones een relatie met een klassiek gitarist. Op een middag zag de man dat het meisje tussen zijn overal verspreid liggende partituren stond en naar één bepaald vel staarde. Eerst was hij verrast, daarna schrok hij – ze leek in zo'n trance te zijn geraakt die voorafging aan haar stuiptrekkingen – en ten slotte zag hij de kleine lippen bewegen, terwijl haar blote voetje het ritme aangaf.

Hij liep voorzichtig naar haar toe. Hij keek even welke partituur het was, een stuk dat hij uit zijn hoofd kende, en concentreerde zich op het meisje. Hij kon zijn ogen niet geloven. Het meisje neuriede zachtjes de muziek. Ze kon de noten uiteraard niet precies thuisbrengen, maar ze had de eerste een bepaalde waarde toegekend en de andere in dezelfde toonsoort omgezet, zich keurig aan maten en intervallen houdend. Hij gaf haar nog een andere partituur en een derde en een vierde. Miranda deed steeds hetzelfde. Het was alsof de muziek loskwam van het papier en driedimensionaal, tastbaar werd, alsof elk element uit die platte kosmos zich in perfecte verhouding bij de andere aansloot. Het meisje ontcijferde de code gewoon door ernaar te kijken.

'Wat doe jij nou?' vroeg hij uiteindelijk.

'Ik lees,' zei Miranda, die nog niet in staat was het simpelste Spaanse zinnetje te lezen.

De man haalde Pat uit de keuken en zei dat haar dochter briljant was. Hij herhaalde de truc met de partituren in haar bijzijn. Hij moest haar uitleggen waar het om ging, want Pat zag er niet meer in dan een schattig kunstje.

Daarna bestookte hij Pat met vragen. Was Miranda soms naar een experimentele school geweest? Had ze muzikale mensen in de familie? Kon ze een instrument bespelen? Nee, als ze tenminste de speelgoedpiano die in Santa Cruz was achtergebleven, niet meetelde. De man kon het niet geloven. Wie weet hoe ver Miranda het zou kunnen schoppen als ze van een groot leraar les zou krijgen! Tussen het avondeten en de koffie legde de gitarist Miranda de basisbeginselen van de diatonische toonladder uit en gaf de noten, die het meisje beheerste zonder ze te kunnen benoemen, een naam: c, d, e, f ...

De volgende dag pakte Pat haar tas in, nam Miranda op de arm en stapte op de trein. Ze kon zich de luxe niet veroorloven om een geniaal kind op te voeden. Het was van het allergrootste belang dat niemand over haar sprak en dat berichten over haar bestaan niet verder kwamen dan de grenzen van het dorpje dat zij als woonplaats had uitgekozen. Als Miranda ook maar enige bekendheid zou krijgen, zou ze het haar achtervolger en het leger van spionnen dat hij in elke regio, in elke provincie, in elke stad had, gemakkelijk maken; als Miranda uitblonk, zou ze ontdekt worden en dan zou de Gevallen Engel naar haar toe gevlogen komen en haar voorgoed meenemen. En wat zou er dan met Pat gebeuren? Zij wist het: de Gevallen Engel zou haar doden om geen sporen achter te laten. Maar haar eigen lot kon haar niet schelen. Het ging haar om Miranda. Als zij in handen van de Gevallen Engel viel, zou haar toekomst erger zijn dan de dood. Daarom moest ze haar tegen zichzelf beschermen, haar kleden als een schaapje in de kudde en haar wonderlijke talenten in de doos houden.

Maar zoals zal blijken, is het geen gemakkelijke opgave om een vulkaan in een tentje te verstoppen.

EXPLICIT LIBER PRIMUS

Liber secundus

XXIII

Duivelse Demián

Miranda werd onder schooltijd geplaagd. De naam van de kleine onverlaat was Demián Centurión, een jongetje dat elke dag weer iets anders uitprobeerde om haar lichamelijk en geestelijk te belagen.

Zoals zijn naam wellicht al doet vermoeden, was Demián de zoon van een van de vele hippiestellen die zich de laatste tien jaar in Santa Brígida hadden gevestigd. Ondanks het familiemandaat, de voorschriften van Siddharta Gautama en de wierookdampen waarvan zijn longen verzadigd waren, was Demián met zijn vijf jaar al zo vals als je op je vijfde maar zijn kan. Zodra Teo hoorde van zijn gedragingen, begon hij hem duivelse Demián te noemen.

Zo sloom als zijn ouders waren, zo druk was Demián, hij was één bonk ongerichte energie. Deels omdat ze te slap waren, deels vanwege hun ideologie hadden Demiáns ouders de gelegenheid om hem grenzen te stellen voorbij laten gaan. Maar Demián was niet alleen een hyperactief kind. Om de een of andere reden, die we hier niet uiteen zullen zetten om geen versimpelde voorstelling van zaken te geven (misschien omdat zijn ouders voor de gehele schepping eenzelfde soort onbestemde genegenheid voelden en zich daardoor niet op hun zoon konden richten, misschien omdat boeddhisme saai is voor kinderen of misschien omdat Demián volgens zijn moeder een Maagd was en Maagden tijgers zijn die zich niet laten kooien), was het jongetje een vat vol onzekerheden. De combinatie voorspelde alleen maar ongeluk. Iemand die zwak en onzeker is, is een lastpak. Iemand die sterk en onzeker is, kan een imperium te gronde richten.

Demián had Miranda niet als doelwit uitgekozen omdat hij haar lelijk, onhandig of dom vond. Hij had het op haar gemunt omdat hij haar leuk vond. Hij kon zijn ogen niet van haar afhouden, zowel in de klas als op het schoolplein. Die sproetjes hadden een magnetische aantrekkingskracht op zijn vingers: zou je ze voelen als je ze aanraakte, of als je er met je tong overheen ging? Haar goudblonde vlechten leken een eigen leven te leiden; hij wilde eraan trekken en kijken of er een bel klonk.

Zijn manier om haar aandacht te trekken was door een tube verf op haar stofjas uit te knijpen. Miranda keek hem woedend aan, maar huilde niet en stapte ook niet naar de schoolleiding. (Pat had haar geïnstrueerd om niet te klikken; het zelfstandig naamwoord 'verklikker' stond hoog in haar top tien van favoriete scheldwoorden in het Spaans.) Door haar zwijgen raakte Demián nog geobsedeerder. Vanaf dat moment drong hij zijn agressieve hoffelijkheden aan haar op. Hij schoot met zijn bal op haar, duwde haar, bespuugde haar, liet haar struikelen, schold haar uit en zong schunnige rijmpjes naar haar, waarvan hij niet wist wat ze betekenden, maar wel wat hun uitwerking was.

Hij slaagde er niet in Miranda aan het huilen te krijgen, wat hem alleen maar prikkelde om zichzelf te overtreffen.

Hij werd op zijn strooptochten bijgestaan door twee andere jongens, de tweeling Aldo (die door zijn ouders Aldous was genoemd, totdat meneer Puro Cava de naam op zijn Zuid-Amerikaans in het bevolkingsregister noteerde) en Pehuén, kroost uit de hippiegemeenschap, net als Demián; kinderen hebben de neiging dezelfde sociale verbintenissen aan te gaan als hun ouders. Aldo en Pehuén pestten Miranda ook, maar zij wist dat ze dat alleen deden om bij Demián in de gunst te komen en omdat de kwaadaardige streken van hun leider aantoonden dat je er blijkbaar mee wegkwam.

Op zulke momenten slikte Miranda haar trots in en deed haar best de dingen in hun oude toestand terug te brengen: als ze omver werd geduwd, stond ze op, werd ze bespuugd, dan ging ze zich wassen. Ze wilde niet dat Salo voor haar opkwam. Haar moeder had haar getraind om zelfstandig te zijn. Ze moest haar eigen zaakjes oplossen, niemand anders kan ons redden van wat ons te wachten staat, drukte Pat haar altijd op het hart. Daarom verklikte ze Demián niet bij de juffrouw, ook al haastten andere kinderen zich om dat wel te doen.

De eerste keer dat Miranda klaagde over het getreiter, moest Pat lachen. Ze was zo verontwaardigd en haar woorden klonken zo volwassen dat haar moeder het uitproestte.

'Ik ben jongens helemaal zat. Hart-stikke zat!' zei Miranda, terwijl ze haar rugzak van haar schouders gooide. 'Ze laten de juffrouw niet uitpraten. Je kan niet rustig werken. Ze praten als debielen en, en, en ze vinden het ook niet erg om als een debiel over te komen, helemaal niet, ze vinden het juist leuk. *They're shit!*'

'Salo ook?' vroeg Pat, haar lach inhoudend.

'Nee, Salo niet. Salo *is a gentleman.* Maar de rest ... *Assholes, dimwits!* Waarom zijn ze zo?'

'Een raadsel van de natuur. Gelukkig gaat het bij sommigen op den duur wel weer over. Maar de meesten blijven zo, alleen staan ze later met een stropdas om aan het hoofd van een bedrijf of ... Probeer ze maar niet te veranderen, dat lukt toch niet. Je moet leren met ze te leven en geduld met ze te hebben en er tegen alle verwachtingen in maar het beste van hopen.'

'Ze laten spullen uit hun handen vallen,' zei Miranda, nog steeds over haar toeren. 'Alles wat ze aanraken gaat kapot!'

Pat zei niets. Ze leek heel ver te zijn afgedwaald. Miranda riep haar naam, ze had haar nodig, hier en nu.

'Ik denk,' zei Pat, alsof ze wakker werd, 'dat het veel met opvoeding te maken heeft. Niet de opvoeding die je op school krijgt, maar die van je ouders, je familie. Niemand leert ons om onze eigen gevoelens te herkennen, te begrijpen waar ze vandaan komen en hoe je ermee omgaat. Bij jongens zie je dat nog duidelijker. Het enige wat ze weten, is dat er vanbinnen iets knapt, maar ze weten niet wat en al helemaal niet hoe ze het onder woorden moeten brengen. Als ze nou nog konden zeggen wat er aan de hand was ... Woorden zijn belangrijk. Het enige wat ons scheidt van geweld.'

Iets was Miranda wel bijgebleven van deze uitleg, zij het in enigszins vertekende vorm, want bij de eerstvolgende pesterij besloot ze Demián verbaal van repliek te dienen. Terwijl ze de kauwgom uit haar haren peuterde, zei ze iets wat ze haar moeder eens tegen een kortstondig vriendje had horen zeggen.

'Wat ben je toch een sukkel ... Op een dag trek je nog een keer je broek verkeerd om aan en schijt je van voren!'

Demiáns reactie liet even op zich wachten. Hij probeerde de zin te begrijpen, maar gaf het uiteindelijk op; hij had er genoeg aan te weten dat Miranda hem op de een of andere ingewikkelde manier te kakken had gezet. In eerste instantie wilde hij iets terugzeggen. Maar het spirituele vocabulaire van zijn ouders had hem op zo'n hachelijke situatie niet voorbereid. Hij besloot terug te slaan op de enige manier die hij beheerste. Zijn vuist trof Miranda onverhoeds onder haar linkeroog.

Er viel een ijzige stilte. Alle kinderen waren zich ervan bewust dat er een grens was overschreden, zelfs Demián voelde dat aan, en niemand wist wat er ging gebeuren nu het zover was gekomen. Miranda legde haar hand op haar wang, haar ogen vochtig maar nog altijd strak gericht op een nerveuze Demián. In plaats van zich bang te laten maken, bleef ze staan waar ze stond. Er kwam alleen een zacht gekreun van haar lippen, alsof er een kist openging.

Demián en zijn vriendjes wisten niet wat ze moesten doen. Het geluid van brekend glas was een welkome afleiding; het was het raam van een klaslokaal. Demián besloot op onderzoek uit te gaan en Aldo en Pehuén volgden in zijn kielzog. Hij was nog wat onzeker over wat hij had aangericht, maar de felicitaties van zijn handlangers gaven hem het gevoel dat het lang niet slecht was geweest.

De jongen had geen enkel moreel besef. Het enige goede wat hij kende, was de bevrediging van zijn eigen driften. Daarin was hij geen uitzondering. We zijn de enige soort die over het verschil tussen goed en kwaad moet nadenken, omdat we dat besef onderweg naar wat we vandaag de dag zijn, hebben verloren; bij de rest van de soorten is het nog ongeschonden aanwezig. Er is geen dier, plant of organisme dat niet weet wat goed en wat slecht voor hem is. Er is geen dier, plant of organisme dat meer consumeert dan hij nodig heeft en onherstelbare schade in zijn omgeving aanricht. Door zijn erfenis te verloochenen raakt de mens verblind en denkt hij dat hij van nul af aan begint, alsof er niets te leren is van de geschiedenis van vóór zijn komst en van het biologische netwerk waar hij deel van uitmaakt. En zo doodt hij zichzelf en anderen, rooft en vergaart hij meer dan hij nodig heeft, vernietigt hij zonder bij de gevolgen stil te staan; de mens brengt het leven uit balans, snijdt de draden van het netwerk door waaraan de biologie millennia lang heeft gewerkt, een net dat ons draagt, het enige wat ons beschermt tegen een val in de diepte.

Demián was slecht, ja. En tegelijkertijd was hij een typisch exemplaar van onze soort. Als hij volwassen was geworden, zou hij een of meer vrouwen in het ongeluk hebben gestort en zijn kinderen hebben gekweld door een loyaliteit van hen te verlangen die hij niet verdiende.

Toen Miranda met een rode wang thuiskwam, wilde Pat weten wat er gebeurd was. Miranda antwoordde ontwijkend en haar moeder dreigde naar de school te stappen, maar het meisje stond haar mannetje.

'Dat is mijn probleem. Ik moet mijn eigen boontjes doppen,' citeerde Miranda *verbatim* de stelregels van haar moeder.

De volgende dag gebeurde er iets op school wat de schoolleiding voor een raadsel stelde. Op het glas dat het gebroken raam van de avond ervoor verving, zat een in een kinderhandschrift aan juffrouw Posadas gerichte envelop geplakt. In de envelop zaten een paar muntstukken. Men vermoedde dat de schuldige probeerde de schade goed te maken; maar ondanks alle ondervragingen en dreigementen kwamen ze er nooit achter wie de donateur was geweest.

XXIV

De hippiekolonie

Hier volgt een onvolledige lijst van kinderen die tussen 1974 en 1983 in de hippiekolonie in Santa Brígida werden geboren: Aldana, Aldonza, Aldous (of Aldo, dankzij meneer Puro Cava), Azul, Cirilo, Hipasia, Jimi (niet Jaime of James of Santiago, nee: Jimi), Lirio, Nahuel, Nenúfar, Ninfa, Nube, Platón, Sid (niet van Vicious, maar van Siddharta), Vico en Zarathustra, die Zara werd genoemd, hoewel het een jongen was. Maar de meest exotische naam van allemaal was ongetwijfeld Magma. Magma's vader was destijds naar de burgerlijke stand gegaan en had zich bij Puro Cava gemeld. Hij overlegde zijn papieren en vertelde welke naam hij voor het kind in gedachten had. Puro Cava verstond het niet goed. De kersverse vader verduidelijkte: Mahatma. Net als Gandhi! Had hij dan nooit gehoord van de vredesactivist aan wie de Indiërs hun onafhankelijkheid te danken hadden? Puro Cava haalde zijn schouders op (indianen kende hij wel, maar evenmin met zo'n naam) en tekende de voornaam op in het geboorteregister. En zo was Magma aan zijn naam gekomen.

Het zelfstandig naamwoord 'hippie' was in de jaren zeventig al in onbruik geraakt, maar werd door de inwoners van Santa Brígida gekozen om er de jonge mensen mee aan te duiden die zich halverwege het decennium massaal in de streek vestigden. Ze leefden in groepsverband en hadden lang haar. Ze roken naar patchoeli (in het gunstigste geval), droegen bontgekleurde kleding en kregen elke tien maanden een kind. Aanvankelijk hadden de nieuwkomers zich tegen de naam verzet; ze werden liever omschreven als bohemiens of anders vrijdenkers. Maar hoe ze ook mopperden, ze kwamen er niet meer van af.

Ze waren niet allemaal hetzelfde. Hoewel ze over het algemeen graag opgingen in een natuurlijke omgeving, die ze tegenover de gemaaktheid van de stad stelden, konden deze natuurvrienden in twee groepen worden onderverdeeld: de Zelfvoorzienenden (die zich als boer, onderwijzer of timmerman op de arbeidsmarkt begaven) en die van de Maandelijkse Cheque, die in Bariloche het geld gingen innen dat hun ouders vanuit Buenos Aires, Córdoba of Rosario stuurden. Dit verschil uitte zich ook in de manier waarop ze met hun leefomgeving omgingen. De Zelfvoorzienenden (of ZV's) pompten water op, verwarmden zich aan een houtvuur en hadden 's avonds kaarslicht of olielampen. Die van de Maandelijkse Cheque (of MC) legden pijpleidingen en watertanks aan en hadden kachels; op al hun daken stonden televisieantennes. Het was makkelijk te zien tot welke subgroep ieder kind behoorde. De ZV-kinderen gingen dolgraag naar de MC-huizen; andersom was dat nooit het geval.

Er bestonden nog andere, misschien minder kinderlijke verschillen. In spiritualiteit, bijvoorbeeld. Je kon onderscheid maken tussen Devoten (die een ander geloof aanhingen dan het officiële katholicisme, van Visjnoe tot Boeddha) en pantheïsten, die geloofden dat God overal was, in het water, in de lucht, in het gras en in de stenen. (De MC's hadden trouwens de neiging te denken dat God in Buenos Aires, Córdoba of Rosario woonde.)

Degenen die cheques inden, hadden meer op met de geïnstitutionaliseerde godsdiensten; deze kerken vereisten een bepaalde vorm van lidmaatschap en boeken waaruit men de geloofsbelijdenissen moest leren, en dat kost allemaal geld. De Zelfvoorzienenden neigden naar pantheïsme. Ze zagen God in het landschap dat ze vanuit hun ramen aanschouwden, maar ook in de sneeuw waar ze hun vingers aan brandden, in de rijke en in de kapotgevroren oogsten, in de productieve dieren en in de zieke, en in het ervaren van pijn. Na de eerste winters bekeerden velen zich tot een nieuwe levensovertuiging: de scepsis.

Maar de populairste groep was die van de Apolitieken. Onder de hippies hing niemand een duidelijk omlijnd politiek gedachtegoed aan, hun passie voor morele leiders in de stijl van Magma Gandhi of Luther King daargelaten; en als ze al zoiets hadden, pasten ze er wel voor op het daar buiten de vier muren van hun huizen over te hebben. Naar men zei waren de enige politiek bewuste hippies in 1973 in het dorp aangekomen, en kort daarop weer vertrokken.

Er had zich destijds een groep jongeren in Santa Brígida gevestigd die men zich herinnerde als 'De Zes'. Ze hadden het lange haar en de baarden van een hippie, maar droegen graag werkkleding. Kort nadat ze werk hadden gevonden, begonnen ze bijeenkomsten te organiseren voor wat zij 'politieke bewustmaking ten behoeve van de revolutie' noemden. De gendarmerie begon inlichtingen in te winnen. Kort daarop vertrokken De Zes uit Santa Brígida. De dorpsbewoners kwamen tot de conclusie dat ze gehoor hadden gegeven aan een dringende oproep, want ze hadden een groot deel van hun bezittingen achtergelaten, drie van hen zelfs alles. De mensen schreven deze onthechting toe aan hun hippiecultuur, een bewijs te meer van hun afwijzing van het materiële.

De anekdote kwam ook de hippies die later arriveerden ter ore, die hem weer doorvertelden aan de volgende nieuwkomers om hen tot voorzichtigheid te manen.

XXV

De Hippieoorlogen

Het aanpassingsproces van de nieuwkomers aan hun nieuwe thuisbasis verliep verre van vreedzaam. In feite vormde het de aanleiding voor wat nog altijd bekendstaat als de Hippieoorlogen.

Het betrof een onderhuids conflict. Niettemin ging een aantal van de meest conservatieve elementen van Santa Brígida (zoals Du Val, aandeelhouder van elektriciteitsbedrijf EnerVa, of juffrouw Olga Posadas, de schooldirectrice) zo ver dat ze spraken van een openlijke oorlog, die alle middelen rechtvaardigde. De hippies belichaamden het Andere, het radicaal afwijkende. Ze waren vies, onverzorgd. Ze hadden een ongeremde seksuele activiteit, te oordelen naar hun gestaag aanwassende kroost. Dit, in combinatie met hun verheerlijking van allerlei vormen van gemeenschapsleven, voedde de verdenkingen dat ze niet eens monogaam waren. Bovendien luisterden ze naar onmogelijke muziek en hadden ze overtuigingen die afweken van het Juiste Pad van Onze Heilige Kerk; ze aanbaden bijvoorbeeld Chinese idolen. En wat voor regime heerste er in die tijd in het continentale China?

Deze zedenpreek stak de naïevelingen aan, die al met hun vooroordelen rondliepen sinds zo'n langharige Emma Granola had meegenomen. De hippies begonnen bij veel oorspronkelijke bewoners kwade signalen te ontwaren. Ze groetten, maar er werd niet teruggegroet. Ze gingen boodschappen doen en de winkels hadden niets van wat ze vroegen. Elke dag hoorden ze dat er weer een kind op school was geslagen. Ze dienden verzoeken voor gesprekken in die niet werden ingewilligd: juffrouw Posadas had het te druk. Toch lieten ze het allemaal stoïcijns over zich heen komen, in de veronderstelling dat de wrok op den duur wel zou slijten.

Eén groep, aangevoerd door Hugo Krieger Zapata (prominent

vertegenwoordiger van de Maandelijkse Cheque-factie), voelde zich aangevallen en pleitte voor een proportionele reactie.

Krieger Zapata was zo'n man die zelfs in een menigte opvalt: lang, een Vikingsnor en altijd schone, geborstelde blonde lokken; hij zag eruit als een surfer die onderweg naar het strand verdwaald is. Hij had het charisma van een tv-presentator en was een opvallende verschijning tussen de voor de rest slome hippies. Hij was een herder op zoek naar een kudde. Het verbaasde dan ook niemand dat hij het conflict naar zich toe trok alsof het een persoonlijke aangelegenheid was. Hij organiseerde verscheidene bijeenkomsten bij hem thuis (met tv, verwarming en een hypermoderne geluidsinstallatie) om zijn buren uit te leggen dat de reactie van de oorspronkelijke bewoners van Santa Brígida niet zomaar discriminatie was, maar een campagne met geweld als methode. Konden ze met de armen over elkaar blijven toekijken terwijl zelfs hun kleintjes het slachtoffer werden van de boycot?

De meeste hippies herkenden zich in dit leed, maar waren niet bereid represailles te nemen. Ze bleven op juffrouw Posadas inpraten met het geduld van de waterdruppel die de steen uitholt en gaven hun kinderen de opdracht om conflictsituaties te mijden. Sommigen van hen legden het probleem voor aan winkeliers en dorpsbewoners en verklaarden zich bereid elke situatie die tot overlast kon leiden, te verhelpen.

Er was een goede dialoog ontstaan toen er iets gebeurde wat iedereen in dezelfde mate schokte.

Na een anonieme aangifte had de gendarmerie huiszoeking gedaan bij de familie Bacre. (Magma was de jongste Bacre; ondanks Puro Cava's fout klonk 'Magma Bacre' even welluidend als de bewonderde naam.) De gendarmes troffen marihuana en gekleurde pilletjes aan. Ze voerden de vader en moeder af en namen de drugs in beslag. Toen vrienden van de Bacres zich bij de politiepost meldden, bevestigde een agent dat ze waren aangehouden en geen contact mochten hebben met de buitenwereld; de verwachting was dat ze spoedig zouden worden overgeplaatst naar Bariloche.

Krieger Zapata riep halsoverkop een vergadering bijeen. De vervolging van de Bacres was de druppel die de emmer deed overlopen, het uur van de tegenaanval had geslagen. Hij stelde een serie maatregelen voor. Sommige daarvan waren vrij bescheiden en konden op bijval van de aanwezigen rekenen. De diefstal van de bronzen plaat van het schoolbestuur, bijvoorbeeld, die juffrouw Posadas elke dag liet opwrijven zodat hij altijd glom. Een vaardige hand roofde het ding, werkte een aantal letters bij en hing hem terug op zijn plek. Op de plaat stond nu niet meer JUFFR. OLGA POSADAS, maar JUFFR. BOLLE POSADAS, tot groot vermaak van de leerlingen, zowel hippies als oorspronkelijke dorpsbewoners.

Andere acties die Krieger voorstelde, waren gewaagder en dus ook gevaarlijker. Het lozen van chemische substanties in de drinkwaterinstallatie die het dorp van water voorzag, bijvoorbeeld. Stelde hij soms voor om heel Santa Brígida te vergiftigen? Krieger Zapata zei dat hij ze alleen maar een lesje wilde leren. In de juiste dosis zouden die chemicaliën slechts een massale schijterij tot gevolg hebben. De enige voorzorgsmaatregel die ze moesten nemen, was om zelf een week lang geen stromend water te drinken; men moest het doen met fles- of bronwater. Het beeld van de met hun armen om de toiletpot liggende dorpsbewoners verrees onmiddellijk in de hoofden van de hippies, die de motie in meerderheid goedkeurden. De uitroep 'Viva Zapata' had als voordeel dat ze zich revolutionair konden voelen, al was het maar voor even.*

Het plan bracht zijn eigen vergelding voort. Krieger had een klein detail over het hoofd gezien: het drinkwater werd ook gebruikt voor het besproeien van de velden. De koeien aten het vochtige gras. (Het lot van Santa Brígida was verbonden met dat van het vee.) De beesten ontsprongen de dans op een simpele manier. Ze scheidden de chemicaliën uit in hun melk, dezelfde melk die door zowel Tyriërs als Trojanen gedronken werd. Wie er, zoals meestal, het ergst onder leden, waren de kinderen.

De Hippieoorlogen eindigden op een dag in november in 1979 zonder dat er een duidelijke winnaar uit de bus was gekomen.

Bij het aanbreken van die novemberdag in Santa Brígida waren de straten leeg. Niemand was in staat het toilet thuis te verlaten. Degenen die zich in kantoren, supermarkten en scholen waagden, ondergingen een straf die tot voorbeeld strekte. Binnen gezinnen speelden zich onmenselijke concurrentieslagen om de wc-pot af. Na een aantal weinig hoogstaande episodes zag men zich gedwongen emmers

---

* Lange tijd heeft men gedacht dat Krieger zelf aangifte had gedaan tegen de familie Bacre om een oproer uit te lokken waarmee hij zijn rol als leider kon consolideren. Als dit klopt, zou hij strafbaar nalatig zijn geweest: een arrestatie kon in die tijd het voorstadium van permanente verdwijning betekenen.

en tuinen te gebruiken als alternatieve opvang van afvalstoffen. De aardbeienoogst het jaar daarop was fantastisch.

De laxerende drank had een helende uitwerking. Onder deze vernederende omstandigheden hielpen de mensen elkaar zonder onderscheid te maken of hun neus op te halen. Hippies wasten de kleren van oorspronkelijke dorpsbewoners. Dorpsbewoners brachten hippiekinderen naar de dokter. Op het trieste dieptepunt patrouilleerden verbijsterde gendarmes door de lege straten. En wie was de enige die ze zagen? Doctor Dirigibus, die niet eens per vergissing water of melk dronk. Hij stond met de bloemen in zijn hand voor de deur van de confiturenzaak, helemaal van slag omdat de winkel niet op de normale tijd was opengegaan.

Zodra hij weer op zijn benen kon staan, meldde Farfi (die destijds slechts advocaat was) zich bij de politiepost om de vrijlating van de Bacres te eisen. Hij deed dat niet door met de wet te schermen, al had hij die aan zijn zijde. De aanhouding van de Bacres was illegaal, want er was geen gerechtelijk huiszoekingsbevel geweest. Maar Farfi wist dat de wet in die dagen weinig tot niets voorstelde. In plaats daarvan wierp hij zijn gewicht als dorpsnotabele in de strijd. Farfi's achternaam was van Palestijnse oorsprong en werd geschreven als Farawi; een voorganger van Puro Cava had de schrijfwijze veranderd toen hij de aankomst van zijn overgrootvader in het land optekende. Als eigenaar van meerdere supermarkten in Santa Brígida en in die hoedanigheid leverancier van het politiebureau, was Farfi in de positie om iets terug te vragen. De gendarmes sputterden wat tegen, maar uiteindelijk droegen ze de Bacres aan hem over.

Farfi's gebaar markeerde zowel het eindpunt van de Hippieoorlogen als het begin van zijn politieke carrière. Hij was een man die de broek had aangetrokken (letterlijk, nadat hij hersteld was van zijn buikloop) en opkwam voor een onbekende, al zette hij daarmee zijn eigen veiligheid op het spel. Toen hij een tijd later als burgemeesterskandidaat werd voorgedragen, waren de kiezers, zowel hippies als oorspronkelijke bewoners, het gebaar niet vergeten. De verkiezingsuitslag, waarbij hij Krieger Zapata mijlenver achter zich liet, markeerde voor het dorp het begin van een nieuw tijdperk. Een tijdperk waarin de kreet 'Viva Zapata' werd vervangen door een tribale zang waar geen eind aan kwam: 'Far-fi-far-fi-far-fi-far', waarmee men aangaf liever te 'fifar', oftewel te neuken, dan naar de pijpen van een gelukszoeker te dansen.

XXVI

Waarin het verhaal wordt verteld van de Helena die in Santa Brígida werd geschaakt

Nooit is de mens fantasielozer dan wanneer hij zich min gedraagt. Daarom lijken alle oorlogen op elkaar. De agressor zwicht altijd voor dezelfde verleiding: het verkrijgen van meer land of meer rijkdommen, wat op hetzelfde neerkomt als meer macht, en anders wel om zijn privileges te beschermen tegen een groep die de regels van het spel aanvaardt en geweld met geweld beantwoordt.

Oorlogen lijken ook op elkaar in de neiging van de agressor om, met de regels van de kinderruzies nog vers in het geheugen, duidelijk te maken dat hij niet met de vijandelijkheden is begonnen. De reden hierachter is doorzichtig: de eerste klap kan per definitie niet op sympathie rekenen, maar de reactie erop is makkelijk te rechtvaardigen. Het is voor agressoren van belang dat de maatschappij hun oorlogsgeweld als onvermijdelijk aanvaardt. Dat proberen ze al te bereiken sinds de uitvinding van de taal: 'oorlog' is een bedrieglijk zelfstandig naamwoord omdat het waardigheid verschaft aan iets wat van nature verderfelijk is, stelselmatige, ongerechtvaardigde agressie, plundering, volkerenmoord; het treffendste synoniem voor dit afgrijselijke woord zou 'gelegaliseerde misdaad' zijn. In hun streven de publieke opinie te manipuleren hebben de verheerlijkers van geweld er een gewoonte van gemaakt om arbeiders van de verbeelding in te huren, die met gebruik van het talent waaraan het hunzelf ontbreekt, een reeks argumenten moeten vinden – of zo nodig verzinnen! – waaruit blijkt dat er geen andere uitweg is dan de wapens.

Er bestaan tegenwoordig specialisten in dergelijke spitsvondigheden, maar eeuwenlang was het de taak van de dichters om gebrek aan ethiek in epiek om te zetten.

Deze handel was spreekwoordelijk: de agressor betaalde de kunstenaar voor zijn diensten (want kunstenaars moeten eten, al doet de traditie vermoeden dat ze zich slechts met inspiratie voeden) en de dichters legden zich toe op het alchemistische proces waarin glansloze materie (bijvoorbeeld een oorlog, begonnen om een haven in Klein-Azië in handen te krijgen die van wezenlijk belang is voor de ontwikkeling van de zeehandel) wordt omgezet in edelmetaal.

Als de dichter zo'n vaardige hand had als Homerus, kon een veroveringsoorlog worden omgezet in een daad van goddelijke gerechtigheid omdat de bezoedelde eer van de Trojaan Paris werd verdedigd; dankzij zijn bijdrage kregen de Grieken, die er eerder al met de buit vandoor waren gegaan, ook nog de roem.

In de Hippieoorlogen werden deze gulden regels strikt nageleefd.

De gevestigde dorpelingen verzetten zich tegen de veranderingen in de bevolkingssamenstelling van Santa Brígida, volgens hen op dat moment een perfecte piramide, die zo tussen de wonderen van Egypte had kunnen staan (of anders in brokstukken in het British Museum).

Ingenieur Du Val, juffrouw Posadas en consorten waren bovendien bang dat het langharig tuig zijn minachting voor de instituties die hun macht symboliseerden, zou verspreiden: toelaten dat de hippies het geloof in het verlichte onderwijs van het Westen en zelfs in de wetenschap (wat waren die hippies voor mensen dat ze de voordelen van elektriciteit weigerden te erkennen?) in diskrediet brachten, stond gelijk aan het verlies van invloed op de bevolking.

Aangezien ze zich bewust waren van hun slechte geweten, deden de vertegenwoordigers van de status-quo hun uiterste best de hippies af te schilderen als de agressor, hoewel de nieuwkomers niets gewelddadigers hadden gedaan dan bestaan.

Het eerste middel in de campagne om de hippies een slechte naam te bezorgen, was appelleren aan gevoelens van onveiligheid bij de dorpsbewoners: ze suggereerden dat de hippies hun land zouden afpakken, hun banen ... zelfs hun vrouwen.

Santa Brígida had geen Homerus, niet eens een Tolstoj. De enige door het dorp voortgebrachte schrijver die bij benadering zoiets als faam had genoten, was een dichter genaamd Ataúlfo Gómez Brody, die er tussen 1930 en 1949 had gewoond en als verdienstelijk burger werd beschouwd. Gómez Brody droomde ervan een volksartiest te zijn; hij had zijn eerste werken vervaardigd onder het pseudoniem Every Brody. Hij was in de wolken toen hij een sonnet geplaatst kreeg in een in Buenos Aires gepubliceerde bloemlezing van Argentijnse lyriek, waar hij in het illustere gezelschap verkeerde van dichters als Leopoldo Lugones en Alfonsina Storni. Verleid door deze belofte verhuisde hij naar de hoofdstad, waar hij tot zijn dood in 1961 verbleef.*

Maar het ontbreken van auteurs van formaat betekende niet dat Santa Brígida niet zijn eigen verzameling volkslyriek had. Er was een handjevol verhalen dat van mond tot mond ging en waarin heemkunde, anekdoten, stichtingslegendes en zelfs vooroordelen besloten lagen. Niemand was dan ook verbaasd dat bepaalde burgers in hun campagne ter bewustmaking van het hippiegevaar een van die verhalen uitbuitten, dat van Emma Granola, dat uitstekend in hun kraam te pas kwam. Het trieste lot van mevrouw Granola, Emma's moeder en beheerster van pension Amancay, was het schrikbeeld waarmee ze de mensen wilden laten inzien wat hun te wachten stond als ze de hippiehordes geen halt toeriepen.

Het verhaal speelde zich af begin jaren zeventig, toen mevrouw Granola nog gelukkig gehuwd leefde met meneer Granola, de oorspronkelijke eigenaar van het pension. Het echtpaar had twee kinderen, Lucio, de oudste, en Emma, die blind werd geboren.

Emma was net zeventien geworden. Ze was een stralend kind, dat in plaats van zich te laten beperken door haar blindheid, leefde met een intensiteit die velen zich zouden wensen. Geen opgewekter gemoed dan het hare, geen toegenegener karakter, geen rustelozer geest. En waarom zou het ook anders zijn, ze leefde immers in een wereld van talloze zintuiglijke geneugten.

Ze zweefde tussen klanktexturen die haar alles over de fysieke wereld vertelden en haar in staat stelden onderscheid te maken tussen

---

* Zijn laatste jaren wijdde hij aan een eigenaardig vakgebied, dat van de hippische gedichten. Dit gaf aanleiding tot misverstanden, omdat de mensen de term 'hippisch' met 'episch' verwarden en zijn verzen 'episch' noemden, terwijl er niets in stond wat als zodanig omschreven kon worden. Zijn meest karakteristieke werk uit die periode heet *Palermo zonder Alicia*, waarin Alicia een merrie was die vele malen op de renbaan in de wijk Palermo had geschitterd en hem daarmee artistieke, maar natuurlijk ook financiële bevrediging had geschonken. In deze bundel stond ook het gedicht *Zoet juk*, waartoe de volgende strofe behoort:

> Als een schot uit een haakbus doorkliefde het de lucht
> Een beeld van hippische zwier streelde in de vlucht de zinnen
> Met hoeven en voorhoofd schreef het een heldendicht
> Toen het triomferend de ivoren eindstreep overkwam: binnen!

boven en onder, achter en voor, dichtbij en veraf. (Wat betreft haar fijngevoelige waarneming leek ze op Miranda, al hoorde zij in de klanken geen muziek; voor Emma waren ze geen poëzie, maar proza, een tekst die ze, waar ze zich ook bevond, vloeiend kon lezen.)

Maar van alle prikkels die het universum schonk, was er geen die Emma zo waardeerde als de geur. Onze maatschappij verbant de reukzin naar de laatste plaats, we gebruiken vrijwel uitsluitend ogen, handen, smaakzin en oren; de neus is eraan gewend slechts in uitzonderlijke gevallen te reageren, op de geur van eten als we honger hebben of op het artificiële aroma van een parfum of de penetrante stank van iets wat rot is. Wie regelmatig reist, zal echter hebben vastgesteld wat Herodotus al schreef: dat elke plek en dus ook elke cultuur anders ruikt. Emma vertrouwde op klanken om zich te laten informeren over de wereld die buiten het bereik van haar vingers lag, maar voor wat dichtbij was, vertrouwde ze op haar reukzin.

Alles om ons heen heeft zijn eigen geur: het boek dat we vasthouden, de stoel waarop we zitten en het bureau waarop we met onze ellebogen leunen. De ruimte om ons heen heeft ook een eigen geur, die een optelsom is van afzonderlijke geuren. Dat was het voordeel dat Emma de reukzin boven de tastzin gaf: een voorwerp kan koud of warm zijn, ruw of zacht, maar een geur kan het allemaal tegelijk zijn.

Emma merkte in de loop van de tijd dat mensen de neiging hebben om geuren te negeren en dat maakte ze voor haar bijzonder, alsof ze een geschenk waren dat exclusief voor haar was bedoeld. Bij bepaalde geuren ervoer Emma eenzelfde soort esthetische bevrediging als een ziende ten overstaan van een subliem schilderij.

Ze stapte op haar gemak door de wereld, alsof die naar haar aanwijzingen was geschapen. En ze stond op haar recht om net als iedereen haar eigen brood te verdienen, zodat haar vader haar de receptie van Amancay had toevertrouwd, waar ze als een gewone werkneemster de mensen te woord stond. Daar leerde ze Joaquín Morán kennen, toen die in januari 1970 in Santa Brígida kwam. Ze viel meteen voor hem: Joaquín rook naar aarde, opgedroogd zweet en lavendel. Het was duidelijk dat hij de gebaande paden had verlaten en over de velden naar het dorp was gekomen.

Joaquín was in bijna alle opzichten het tegenovergestelde van een hippie. Om te beginnen hield hij van geld, waarmee hij zonder gêne aan de consumententombola deelnam. Maar omdat hij lang haar had en met de mode meeging (waarin een nonchalante look destijds een must was) kreeg hij in Santa Brígida direct het etiket 'raar' opgeplakt. Daar kwam nog bij dat hij zo verlegen was dat hij antisociaal overkwam. De optelsom van zijn uiterlijk en zijn teruggetrokken karakter was snel gemaakt: volgens de stereotypencatalogus van het dorp kon Joaquín niets anders zijn dan een hippie.

Hij was niet naar Santa Brígida gekomen om er te blijven, maar voor een vakantie. Joaquín studeerde scheikunde aan de universiteit van Buenos Aires en ging in de zomer bergbeklimmen, in plaats van de oorden op te zoeken waar genotzoekers graag samenklitten. Hij hield van alleen zijn of in elk geval van select gezelschap. Op zijn reizen verzamelde hij planten, die hij analyseerde en classificeerde; Joaquín zag een toekomst in de plantengeneeskunde voor zich, waar hij in de kliniek van zijn vader, een arts in Buenos Aires, aan wilde werken. Zijn onvoorwaardelijke vertrouwen in de helende kracht van planten was het enige hippieachtige aan Joaquín Morán.

Hij was lang, mager, onrustig en had een stel vuurrode oren, waar hij aan draaide als hij zenuwachtig was. Hoewel hij al tweeëntwintig was, leek het alsof hij nog niet helemaal gevormd was, alsof hij zich nog uit zijn pop moest worstelen. Omdat hij als oudste zoon zo lang was verwend, werd hij nog heen en weer geslingerd tussen zijn meest ruimhartige kant en zijn meest onzekere, die hem egoïstischer maakte. Hij was een kind in afwachting van de onvoorziene gebeurtenis die hem zou vormgeven, de beitelslag op de knie waarmee Michelangelo de *Mozes* uitnodigde tot spreken.

In deze toestand was het onvermijdelijk dat hij Emma zag staan.

De jongste Granola was een onopvallend meisje, klein en een beetje mollig, net als haar moeder. Maar ze leek beeldschoon omdat ze ervan overtuigd was dat ze dat was. Wie kon haar, blind en bevrijd van de tirannie van de spiegel, van het tegendeel overtuigen? Emma vond bestaan op zichzelf al iets moois, een eerbetoon aan de oogverblindende wereld die haar ten deel was gevallen; het was logisch dat ze de schoonheid uitstraalde die voor haar zo vanzelfsprekend was.

Kort nadat hij arriveerde, begon Joaquín van zijn uitstapjes af te zien om in het pension te kunnen blijven, vlak bij de balie waarover Emma het gezag voerde. Ze spraken over van alles en nog wat, maar een onderwerp dat steeds terugkwam, de herkenningsmelodie in hun relatie, was de geur van planten. Emma vond het fascinerend dat geur kon worden teruggebracht tot een chemische vergelijking, die uit Joaquíns mond als een toverformule klonk. Joaquín was onder de indruk van Emma's vermogen geuren te herkennen en te beschrijven in woorden van een bijna mathematische precisie. Elke keer als Joaquín Amancay verliet, wist Emma dat hij met een nieuwe plant of bloem zou terugkomen om haar reukzin uit te dagen.

Meneer Granola was niet gelukkig met de plotselinge komst van Joaquín. Na een paar dagen uitte hij tijdens het avondeten zijn onvrede; het was een brutale knaap, hij hield Emma van haar werk. Uiteindelijk kreeg hij Joaquín zover dat hij haar onder werktijd niet meer lastigviel, maar tegen een hoge prijs: hij moest toestaan dat ze 's avonds uitgingen, het eerste officiële afspraakje van zijn dochter. Verslagen in zijn eigen spel bleef hij achter met de bittere smaak van jaloezie in zijn mond.

De ochtend waarop Emma en Joaquín verdwenen, was niemand echt verrast. Maar omdat Granola in alle staten was, ging iedereen mee in zijn verontwaardiging; hij had van het begin af aan gelijk gehad, de jongen was zo'n schaamteloze ploert op zoek naar maagdelijke plattelandsmeisjes, God weet met wat voor beloftes hij haar had ingepalmd.

Bij het vallen van de avond waren ze nog niet terug. Ook de volgende dag kwamen ze niet tevoorschijn.

Meneer Granola deed aangifte van vermissing, hij wilde de jongen van ontvoering beschuldigen. De gendarmes brachten hem daarvan af, er was geen bewijs dat Emma en Joaquín samen waren weggegaan. De jongen had zijn klimuitrusting meegenomen, maar Emma droeg alleen een jas en haar geliefde bloemetjesjurk. Niemand had hen waar dan ook zien lopen, samen noch alleen. Niemand had hen in naburige dorpen gesignaleerd. Niemand had hen herkend in een bus of trein.

Een paar dagen later arriveerde het echtpaar Morán om te informeren waar hun zoon was. Granola weigerde hen te ontvangen en liet de klus aan zijn echtgenote over.

Toen de wettelijk vastgestelde termijn was verstreken, werd Emma Granola als officieel vermist opgegeven. Er werd een opsporingsbericht het land in gestuurd met de vraag om informatie.

Er werd nooit meer iets van haar vernomen. Als Emma in goede gezondheid verkeerde, dan was ze haar familie in elk geval vergeten.

Meneer Granola raakte verbitterd. Hij stelde zich voor dat Emma door die schooier in de steek was gelaten, werd mishandeld of als slavin gebruikt, maar hij miste zijn meisje vooral verschrikkelijk. Soms was hij bang dat ze een ongeluk had gehad, ze was tenslotte blind; maar Emma had hem geleerd haar te zien als iemand die volledig capabel was en daarom kon hij zich niet voorstellen dat ze onder een auto zou lopen of in een put zou vallen.

De dag waarop ze zes jaar vermist werd, trof mevrouw Granola haar man dood aan. In de overlijdensverklaring werd gesproken van een hartinfarct, maar iedereen in Santa Brígida wist dat hij aan zijn verdriet was bezweken.

Mevrouw Granola verwaarloosde zichzelf, ze kon niet eens de kracht opbrengen om uit bed te komen. Maar op een dag werd ze wakker met een hevig verlangen naar *dulce de leche*. Een dag later had ze behoefte aan een uitgebreid warm bad. Haar lichaam begon haar opdrachten te geven, de overlevingsdrang begon het te winnen van de depressie. De geboorte van haar kleinzoon Marco, de zoon van Lucio, verdreef de rest van de duisternis.

In 1980 ging pension Amancay weer open. Alle inwoners van Santa Brígida stonden klaar om gasten voor haar te werven; dat Dirigibus Pat en Miranda ernaartoe had gestuurd, was geen toeval, net zomin als de warmte waarmee mevrouw Granola de Finnegans ontving. Ze zag in hen het meisje dat Emma was geweest en de moeder die ze nooit was geworden, althans niet onder haar toezicht.

Ze ging helemaal op in haar rol als grootmoeder en pensionhoudster, maar voor Santa Brígida was ze meer dan dat, veel meer dan gewoon een dorpsbewoonster; ze was de verpersoonlijking van een van de morele fabels van het dorp. De Du Vals, Posadas en gelijkgezinden noemden haar naam altijd wanneer ze angst in de harten van de dorpelingen wilden zaaien, die een kruis sloegen en tot de hemel baden om niet een soortgelijk lot te hoeven ondergaan. De moraal van het verhaal was duidelijk, net als de maatregelen die eruit voortvloeiden om te voorkomen dat de tragedie van de arme mevrouw Granola zich zou herhalen: je moest de hippies niet de hand reiken, je zet de deur voor hen open en verliest je kostbaarste bezit, want die hippies hebben nergens respect voor, zelfs niet voor die arme blinden.

XXVII

Vertelt hoe Pat zichzelf een bevoorrechte positie boven Teo verschaft, in letterlijke, maar ook in figuurlijke zin

Teo wilde niet tot last zijn, hij moest werk vinden. Hij had een baan in Santa Brígida kunnen zoeken, maar Pat was daar pertinent op tegen. Waarom energie verspillen voor anderen, terwijl zij schreeuwde om hulp? Pat had haar handen meer dan vol aan het koken van het fruit, het huishouden en de aandacht die Miranda opeiste. Teo kon de rest van de taken in het 'bedrijf' op zich nemen: de markten afgaan om grondstoffen in te kopen, de waar thuis afleveren en van daaruit het gekookte vruchtvlees naar de winkel van mevrouw Pachelbel brengen. Hij had het fysieke vermogen van een paar muilezels en hij bezat een pick-up: was hij niet de aangewezen persoon voor de klus?

Maar Teo vertrouwde Pats bedoelingen niet helemaal. Hij verwerkte haar voorstel in stilte – ze lagen in het gras in de achtertuin, achter de bomen, van waaruit je de vallei zag liggen – en zei half voor de grap, half serieus: 'Jij vindt het gewoon een heerlijk idee om mijn bazin te zijn.'

'En wat zou daar eventueel mis mee zijn?' vroeg Pat. 'Tenzij je een macho blijkt te zijn en zoiets niet trekt.'

'Ik ben geen macho.'

'Er is geen man die toegeeft dat hij een macho is. Wat ofwel betekent dat macho's niet bestaan, ofwel dat alle mannen liegen.'

'Als jij mijn baas wordt, zal het evenwicht in onze relatie veranderen.'

'Welk evenwicht? Ik heb hier onmiskenbaar de touwtjes in handen, sinds het begin. Je woont toch zeker in mijn huis?' zei Pat, die genoot van haar overwicht. 'De dag dat je me tegenwerkt, breng ik je terug naar de boom waarin ik je heb gevonden!'

'Ik had daarboven moeten blijven zitten. *Faucibus teneor!*'

'Kom nou niet met Latijn aanzetten.'

'Ik zie al voor me hoe dat gaat: "Vandaag ben je niet zo productief geweest als gisteren, dus een wip kun je wel vergeten."'

'Maar denk eens aan de positieve kant van de zaak. Als je overuren maakt, kan ik je die in natura uitbetalen.'

'Overuren? Nou wil je me ook al gaan uitbuiten!'

'Als jij je positie wil verbeteren, zul je pressiemiddelen hebben waar maar weinig mensen over beschikken. Stel je voor dat je me bijna een orgasme bezorgt en op het laatste moment stopt en zegt: "Wat betreft die salarisverhoging waar we het nog over moesten hebben …"'

'Ik wil mijn werk niet meenemen naar bed! Ik zoek een baan die ik kan vergeten als ik de deur achter me dichttrek. Als ik voor jou werk, zijn we er dag en nacht mee bezig. Ga ik rustig met een boekje zitten poepen, kom jij ineens zeuren: "Waren de aalbessen goed? Hoeveel kilo heb je besteld? Zeker weten dat ze niet overrijp waren?"'

'Als jij zit te poepen, gaat er een alarm af en rennen Miranda en ik halsoverkop het huis uit, dus maak je maar geen zorgen: er zal niemand aan je hoofd komen zeuren!'

'En dan wil je ook nog dat ik het fruit naar dat oude wijf ga brengen. Is dat niet dat mens dat een hekel heeft aan kinderen?'

'Je hoeft haar niet leuk te vinden, dat doe ik ook niet. Ik respecteer haar gewoon, want ze is goed in wat ze doet. We hebben een zakelijke relatie, meer niet.'

'En wat zouden wij dan voor een relatie hebben?'

'Een erotisch-zakelijke relatie.'

'Ik werk en mijn bazin naait me. Waar ligt het verschil met mijn andere banen?'

'Dat je er dit keer plezier in zult hebben. Maar als je het zo vervelend vindt, maak je geen zorgen. Ik verdien genoeg voor ons allemaal. Misschien ben je liever een parasiet dan mijn werknemer.'

'Als dat zo was, had ik wel een ouwe taart met poen versierd.'

'Die had de eerste wip niet overleefd. Je had haar pacemaker uitgeschakeld met die grote pik van je!'

'En ik werk trouwens ook liever. *Deficiente pecunia, deficit omne.* Als je geen geld hebt, heb je niks!'

'Laten we dan over je salaris praten.'

'Er valt niets te praten. Tenzij je me accepteert als compagnon.'

'Dat had je gedroomd. Hoe kan ik je ontslaan als je mijn compagnon bent?'

'Aha, zie je wel dat ik gelijk had? Jij wil gewoon het heft in handen hebben!'

'Tuurlijk,' zei Pat, en ze schoof haar hand tussen zijn benen. 'En dat wou ik ook graag zo houden!'

'Heb jij wel door dat je alles op seks betrekt?'

'En is dat erg?'

'Helemaal niet. Als je wat meer van romans hield, zou je de ideale vrouw zijn.'

'Ga je nou voor me werken of niet? Twee weken op proef, kom op. Als we die overleven, gaan we verder,' zei Pat.

'Bij het minste of geringste meningsverschil houden we het voor gezien en zoek ik werk in het dorp.'

'*We have a deal, then.*'

'Praat nog eens in het Engels tegen me, daar word ik geil van. Nu begrijp ik wat Gomez Addams voelt wanneer Morticia Frans tegen hem praat!'

'*You naughty, naughty brute …*'

'Mag ik mijn laatste wip als werkloze?'

'Als ik mijn eerste wip als uitbuitster krijg.'

Pat ging boven op hem zitten en kuste hem. Ze trokken slechts het hoognodige uit en bedreven ter plekke de liefde, met de bergen als getuigen, alsof ze alleen op de wereld waren.

De twee weken proeftijd werden er vier. In de tweede maand maakte Teo al plannen om aan andere dorpen te leveren, plannen die hij Pat meedeelde terwijl zij vanuit de wc riep of ze misschien even in alle rust mocht poepen.

De overeenkomst werkte. Omdat Teo een onvermoeibare werker was en niets liever deed dan het Pat naar de zin maken, maar ook omdat ze door de taakverdeling overdag van elkaar gescheiden waren, Teo aan het stuur en Pat in huis, waardoor het weerzien 's avonds iets werd waar ze allebei naar uitkeken.

Teo had niet door dat Pat hem alle klussen had toegeschoven die contact met de buitenwereld inhielden. Toen ze daar eenmaal van bevrijd was, kon Pat thuisblijven zonder iemand tegen te komen of gezien te worden, wat de kans kleiner maakte dat ze werd bekeken, ontdekt, in de gaten gehouden. Ze had zich van de wereld bevrijd, ja; maar tegelijkertijd had ze zichzelf volkomen afhankelijk van Teo gemaakt, die haar ogen en benen werd.

Pat stelde hem voor aan mevrouw Pachelbel. De ontmoeting verliep minder bloederig dan verwacht. Teo wilde de vrouw intimideren met zijn grootte, zodat ze zich net zo weerloos zou voelen als kinderen ten overstaan van de dreigende gestalte van een volwassene; een beetje poëtische rechtvaardigheid. Maar als de vrouw al enige angst voelde, hield ze die meesterlijk verborgen.

'Ze keek me aan alsof ik een hersenloze gorilla was,' zei Teo later, toen ze de winkel al uit waren.

'Ik zei je toch dat dat mens alles in de gaten heeft.'

'Ik wil salarisverhoging. Het is ongezond om met die heks om te gaan, dus ik verdien financiële compensatie.'

'Vanavond hebben we het erover.'

'Ik heb al gezegd dat ik niet onderhandel in bed. Dat verlies ik altijd! Misschien moet ik je maar een afgevaardigde sturen om namens mij te onderhandelen.'

'Dat is jouw zaak. Als ik niet met jou neuk, doe ik het wel met hem.'

XXVIII

Waarin Teo doctor Dirigibus ontmoet en een kant van Pat ontdekt die hij niet kende (en ook liever niet had leren kennen)

Ten westen van Santa Brígida doemden de bergen op, een vloedgolf van bevroren schuim. Overdag boden ze vanaf elke straathoek een monumentale aanblik, je kon er niet omheen, een zucht van oneindigheid die het dorp herinnerde aan zijn bijrolletje in de Schepping. Maar bij maanloze nachten heerste het oneindige donker en konden de bergen slechts hun nederigheid aanvaarden en Santa Brígida vanuit de duisternis gadeslaan, als een toeschouwer die de voorstelling vanuit zijn bioscoopstoel volgt. Met zijn over de heuvels verspreide huisjes leek Santa Brígida te zijn ontworpen als een amfitheater. Als de verlichting aansprong, veranderde het dorp in een toneeldecor; bevrijd van het strakke draaiboek van de werkdag speelden de mensen hun rol met meer zwier, tragisch, komisch, historisch, landelijk of een ad-hocmengeling, in de wetenschap dat ze onvervangbaar waren omdat in ieder mens, zoals het *dictum* luidt, het drama van de mensheid wordt opgevoerd.

De hoofdstraat van Santa Brígida heette Avenida de la Concordia (voor de oorspronkelijke bewoners kortweg Concordia) en slingerde in twee rijrichtingen van noord naar zuid. Doordat de weg zich moest aanpassen aan het onregelmatige terrein, was hij kronkeliger dan de ruggengraat van de Elephant Man. Hij werd begaan door paarden, fietsers en karren, zodat Ford-liefhebbers zich genoodzaakt zagen voorzichtig te rijden. Het was dan ook niet zo verwonderlijk dat er over de gehele lengte van Concordia slechts drie verkeerslichten stonden, en het was evenmin een verrassing dat het nieuwste op een paar meter afstand van mevrouw Pachelbels winkel was geplaatst, op aandringen van een vooraanstaand lid van de Brigidaanse dorpsgemeenschap, doctor Nildo C. Dirigibus.

In zijn verzoek aan de Bouwcommissie, waarvan hij voorzitter was (hij was ook nog secretaris van het Bureau voor Ontwikkeling van de Wijnbouw en lid van de Raad voor Tentoonstellingen en Openluchtevenementen), had Dirigibus uiteengezet dat de winkel van mevrouw Pachelbel een toeristische attractie voor Santa Brigida was geworden, net als de bergen en de geiten; een vergelijking die zijzelf niet op prijs zou hebben gesteld en die haar, gelukkig voor de voorzitter van de commissie, niet ter ore kwam. De rechtsconsulent onderstreepte dat er zich honderden bezoekers per maand voor de deur van de zaak verzamelden en dat het in het belang van de Brigidaanse gemeenschap was als het verkeer op dit kruispunt zodanig werd geregeld dat allereerst de bezoekers veilig de straat konden oversteken, waarmee ook meteen – dat was punt twee – de verkeersopstoppingen werden voorkomen die zo schadelijk waren voor de middenstand. Het mag duidelijk wezen dat Dirigibus' motie werd aangenomen; de paal waarachter hij verstopt stond toen Pat hem voor het eerst zag, hoorde bij dat stoplicht.

Het zou naïef zijn doctor Dirigibus' bijbedoeling bij het presenteren van zijn voorstel te negeren, en dan hebben we het niet over zijn wens om mevrouw Pachelbel te behagen – daarmee zouden we in vanzelfsprekendheden vervallen – maar over de noodzaak zijn persoonlijke veiligheid te garanderen tijdens zijn gependel tussen de winkel en de bar van Tacho.

De eerste keer dat Teo de winkel alleen bezocht, parkeerde hij zijn pick-up op de voetgangersoversteekplaats en zette zijn knipperlichten aan om een parkeerboete te ontlopen, of dat althans te proberen. Hij hoopte snel de winkel in en uit te kunnen lopen, maar mevrouw Pachelbel liet hem wachten totdat ze alle potjes met ingemaakt fruit een voor een had opengedraaid en overal een stukje uit had geproefd; pas toen gaf ze haar goedkeuring en wilde ze het ontvangstbewijs dat Teo tussen zijn grote vingers geklemd hield, ondertekenen.

Toen hij naar buiten liep, zag Teo tot zijn opluchting dat zijn wagen niet was weggesleept. Er was zelfs geen agent te bekennen. Terwijl hij om zich heen keek, ontdekte hij een gestalte in wijnrood pak die van achter een verkeerslicht een sissend geluid naar hem maakte. Zijn ruitvormige lijf stak aan beide zijden van de paal uit; niettemin neigde hij enigszins het hoofd – waarbij zijn kale kruin zichtbaar werd – alsof hij zich opzettelijk liet zien.

'Bent u een werknemer van mevrouw Finnegan?' fluisterde Dirigibus.

'Compagnon,' zei Teo uit de hoogte.

'Wat een ondernemende dame.'

'Kent u haar?' vroeg Teo. Zijn nieuwsgierigheid was geprikkeld.

'Sinds ze in het dorp is aangekomen. Ik heb haar geholpen onderdak te vinden. Ze was voor het eerst in Santa Brígida en liep met haar ziel onder haar arm. Ik kon haar als penningmeester van de Commissie voor Jeugdzaken toch niet met zo'n klein kind laten rondzwerven? Ze kwam toen al een beetje onrustig op me over. Stress is slecht voor de gezondheid, verschrikkelijk, het is gif!' zei de rechtsconsulent, terwijl hij met een wijnrode zakdoek zijn hals bette. 'Is u dat niet opgevallen? Ze kijkt altijd over haar schouder, alsof ze bang is dat er een schuldeiser achter haar aan zit. Ze zou het wat rustiger aan moeten doen of een vaatverwijdend drankje moeten nemen. Wat me op een idee brengt … Zou u zin hebben om een glaasje met me te drinken? Zie het als een welkomstgebaar. Als adviseur van het Bureau voor Toerisme is dat toch wel het minste wat ik kan doen.'

Teo bedacht dat die figuur niet echt kon zijn. Maar zijn opmerking over Pats nervositeit had hem nieuwsgierig gemaakt. Teo wist dat Pat een enorme energie had, wat op zich niet verkeerd was, al was het wel doodvermoeiend; maar de paar keer dat ze samen in het dorp waren geweest, had hij inderdaad gemerkt hoe gespannen ze was, hoe snel ze schrok en hoe onrustig ze ademde.

Hij besloot de uitnodiging aan te nemen. Het was verstandig een goed begin te maken, hij kon deze medeburger niet voor het hoofd stoten; bovendien had de kans om met iemand te praten die Pat eerder had leren kennen dan hij, een magnetische aantrekkingskracht.

De man gooide iets in de vuilnisbak (wat Teo, in tegenstelling tot Pat, niet eens zag; ziehier het verschil in waarneming tussen mannen en vrouwen) en gaf hem een koude, vochtige, glibberige hand; Teo had het gevoel alsof hij in een inktvis kneep. Toen Teo zei dat hij zijn auto ergens ging neerzetten waar hij minder in de weg stond, zei Dirigibus dat hij geen moeite hoefde te doen en stak een kaartje met zijn naam en handtekening – in wijnrood – achter de ruitenwisser.

'Dan snappen de agenten,' voegde hij eraan toe, 'dat u mijn vertrouwen hebt en zullen ze u niet lastigvallen.'

Dirigibus stelde hem voor aan Samuel Heriberto Gómez, alias Tacho, die het eerste glas met hen mee dronk. Zodra Tacho zich verontschuldigde en weer aan het werk ging, bestookte Teo de rechtsconsulent met vragen; hij hoefde er niet omheen te draaien, want Dirigibus had inmiddels de joviale toestand bereikt waarin veel mensen pas na het vierde of vijfde glas geraken.

Zo kwam hij erachter dat Pat en Miranda met slechts één bescheiden tasje in Santa Brígida waren aangekomen. Dat was vreemd, net als het feit dat Pat ruimte overhad in haar kledingkast. Zo'n vrouw was Teo nog nooit tegengekomen.

Doctor Dirigibus koesterde een grenzeloze bewondering voor haar vanwege de manier waarop ze bij de voor het overige onomkoopbare mevrouw Pachelbel een toezegging had losgekregen.

'Die vrouw is volkomen ongevoelig voor hoffelijkheden, blind voor genegenheid en doof voor complimenten,' beklaagde de rechtsconsulent zich. 'Al veertig jaar doe ik een beroep op de goede wil van mensen door te bemiddelen en op ze in te praten en in al die tijd heb ik nog nooit zo'n gesloten persoon leren kennen als zij! Ze heeft niemand nodig!'

Teo voelde inmiddels sympathie voor Dirigibus, een sympathie die nog werd aangewakkerd door zijn eigen ervaringen met het vrouwelijke geslacht en, waarom zou hij het ontkennen, door het inlevingsvermogen dat de alcohol met zich meebrengt. Hij probeerde nog eens om het gesprek te sturen; hij kwam erachter dat Pat elk aanbod voor werk had geweigerd, zelfs als ze ermee in het ziekenfonds kon komen; en hij nam in zijn reeds benevelde hoofd op dat Pat twee keer per maand een arts bezocht, dokter Canelón Moore, Decadron Plus of zoiets, die hij voor een gynaecoloog hield en daarom ter bescherming van de vrouwelijke zedigheid negeerde. Vanaf dat moment kabbelde het gesprek een beetje voort en mondde uit in hun gemeenschappelijke beheersing van het Latijn, waar Dirigibus vanuit zijn advocaterij nogal eens mee te maken had.

'Je vindt altijd wel overeenkomsten als je *inter pocula* met elkaar praat,' moest Teo toegeven.

'Voor de goede orde, beste klanten, ik ben dit keer niet begonnen met het pleidooi voor het goede drinken,' verontschuldigde Dirigibus zich tegenover de barman. '*Ipse dixit!*'

'*In primis et ante omnia*, drinken met mate is goed voor de gezondheid,' ging Teo verder.

'Als u me toestaat de rol van *advocatus diavoli* op me te nemen, zou ik zeggen dat er niets erger wordt overschat dan gematigdheid. Kon iedereen maar zonder en alles gewoon met overgave doen!' zei Dirigibus. 'Maar goed, *necessitate cogente* … Vergeef me de uitdruk-king.'

'*Per fas et nefas.*'

'En als we het hebben over de wijsheid die voortkomt uit het goede drinken, *libere et sponte* …'

'*Post hoc,*' zei Teo.

'*Propter hoc!*' rondde Dirigibus af, met consumptie.

Toen Teo naar huis terugkeerde, was het al donker. Ondanks het feit dat hij voorzichtig reed, verdwaalde hij drie keer.

Pats opluchting toen ze Teo zag, ging al snel over in woede. Ze zei dat ze niet van plan was te tolereren dat hij onder werktijd dronk.

'Toen ik de bar in liep, had ik mijn werk voor vandaag er al op zit-ten!' verweerde Teo zich, of wilde hij zich verweren, want wat er uit z'n mond kwam, klonk ongeveer zo: 'Toezik ze ba in liep haz 'k mijn werk vo vandaag ezal opzuttu.'

Pat draaide zich om en sloot zich op in huis. Teo klopte op de deur om zijn excuses aan te bieden, maar kreeg geen reactie. Hij sloeg en schreeuwde en beukte tegen de deur en liet het huis op zijn grond-vesten schudden; als hij net als de wolf in het sprookje had geblazen, wie weet, misschien was het huis dan wel omgevallen.

Toen zag hij ineens Miranda's gezichtje door het raam naar hem kijken. Hij liep ernaartoe en probeerde beschaamd een ondeugend glimlachje tevoorschijn te toveren. Of hij daarin slaagde of niet, ont-trekt zich aan ons beoordelingsvermogen, want Teo had op dat mo-ment zijn gezichtsspieren niet zo best onder controle, en wat hij voortbracht was onbeschrijflijk. Miranda bleef hem in elk geval ern-stig aanstaren. (Teo kon niet horen wat Pat in huis in het bijzijn van het meisje liep te mopperen.) Uiteindelijk legde hij, met een zucht die naar overgave klonk, zijn voorhoofd tegen het raam. Ervoor zor-gend dat Pat haar niet zou zien, legde Miranda een hand tegen het glas.

Teo voelde zich vrijwel meteen beter. De kou van het glas deed hem goed.

Die nacht sliep hij in de cabine van zijn auto, waarin hij zich nau-welijks kon uitstrekken. Hij lag ongemakkelijk en vervloekte zijn inschattingsfout. Hij had nooit gedacht dat Pat, ogenschijnlijk zo modern en liberaal, zulke vooroordelen zou hebben over alcohol.

Maar Pat was van streek om een andere reden. Toen Teo zo lang wegbleef, merkte ze pas hoe ongerust dat haar maakte en hoe diep haar gevoelens voor de reus dus zaten. Pat had Teo nodig, haar lichaam, haar ziel had hem nodig, en ze had hem ook nog eens helder, wakker en waakzaam nodig, wie moest er anders voor Miranda zorgen als zij er niet meer zou zijn?

XXIX

Kroniek van Teo's eerste bezoek aan Miranda's school, waar hij Demián leert kennen en zich verbaast over een analogie

Twee avonden later zette Pat de pan midden op tafel, schepte ruime porties *spaghetti alle vongole* op en deelde haar besluit mee. Het werd tijd dat Teo Miranda tot de schooldeur bracht en zich aan haar klasgenootjes liet zien.*

Teo was verrast door deze plotselinge beëindiging van zijn verborgen bestaan, zonder overleg (met het autocratische karakter van Pat kon het niet anders gaan dan zonder overleg). Waar kwam dit veranderde inzicht vandaan? Hij voelde de verleiding om Pat een heleboel vragen te stellen, maar Miranda's gelaatsuitdrukking gebood hem zijn mond te houden. Het meisje moest zich inhouden om niet te ontploffen van blijdschap. Ze had haar eten nog in haar mond en durfde er niet op te kauwen, alsof ze Pat met de minste of geringste beweging op andere gedachten kon brengen. Toen vroeg Teo wat ze ervan vond. Miranda keek haar moeder aan en Pat zei dat ze antwoord mocht geven; was ze het ermee eens of niet? Het meisje zoog het sliertje spaghetti dat tussen haar lippen uitstak naar binnen. Teo vroeg of dat ja betekende. Miranda knikte en begon gretig te kauwen; en zo hervatte het universum zijn oneindige expansie.

De volgende middag was het moeilijk te zeggen wie er nou zenuwachtiger was. Pat sloeg de koffie over en ging verder met fruit koken, dat die middag haar uiterste aandacht vroeg. Miranda, die eerder al het toetje had overgeslagen, stond bij de pick-up te wachten tot het zover was. En Teo, die Miranda's nagerecht en de koffie die Pat niet hoefde had weggewerkt en niet meer wist wat hij verder nog kon

---

* Pat vond de fietstocht met Miranda achterop steeds zwaarder worden en was bovendien van mening dat Teo kon helpen haar achtervolgers op een dwaalspoor te brengen: de Gevallen Engel zocht een meisje, geen reus.

doen om de verplichting voor zich uit te schuiven, liep terug naar de slaapkamer om te bedenken of hij wel de juiste kleren had uitgezocht. Waren zijn lompe schoenen te agressief? Moest hij het grijze overhemd niet voor een feller exemplaar verwisselen? En de felle kleuren die hij had, kwamen die vriendelijk over of zag hij er dan – in dat koraalrode poloshirt, bijvoorbeeld – nog meer uit als een circusattractie? Teo wilde de kinderen niet afschrikken, maar ze ook niet het idee geven dat hij voor clown studeerde. Alleen de mensen wier leven getekend is door het anders-zijn, weten hoeveel energie het kost en hoe fijn je moet afstemmen om precies tussen afwijzing en spot door te kunnen laveren.

Het geroezemoes begon al toen Teo nog maar amper uit de auto was gestapt. De reus was gewend aan dit soort reacties. De ervaring had hem geleerd ermee om te gaan; hoewel hij nog niet de dikke, leerachtige huid van een neushoorn had, was hij voldoende gehard en kon hij ondanks de pijn functioneren.

Hij had echter nooit geleerd om de pijn van de ander niet te voelen, degene die zijn nek uitstak en hem als vriend aan de wereld voorstelde. Het ergste probleem deed zich meestal niet meteen voor. Wanneer een nieuwe vriendin de sluier oplichtte en hem aan haar dierbaren voorstelde, waren de eerste reacties voorspelbaar: vrouwen fantaseerden over de verborgen gedeeltes van zijn lichaam en mannen bezagen hem met medelijden, alsof ze ervan uitgingen dat je als je zo groot was, ook wel achterlijk moest zijn; vaak spraken ze langzaam tegen hem, zodat hij het makkelijker kon begrijpen. Maar wanneer de vrouwen weer terug waren in de echte wereld en de mannen de vernedering van zijn gezonde intellect hadden verwerkt, begonnen de problemen al snel. Veel mensen putten al hun verdraagzaamheid uit in de omgang met de freak, zodat ze die voor de *freak lover* niet meer konden opbrengen: wie van een reus hield, dat wil zeggen, een abnormaal wezen, moest zelf ook wel abnormaal zijn. Een abnormaliteit die ziekelijker was omdat het een keuze was, want een reus kan niet ophouden een reus te zijn, maar de geliefde van een reus kan het voorwerp van haar liefde vrij kiezen. Teo was een paar relaties kwijtgeraakt door dit vooroordeel. Een ex-vriendin bekende hem eens dat haar vriendinnen haar als een nymfomane behandelden, omdat ze aan conventionele seks, dat wil zeggen een gemiddelde piemel, blijkbaar niet genoeg had.

Wat voor narigheid zou Miranda's relatie met de reus haar bezorgen? Het meisje stond er niet eens bij stil dat Teo haar in de problemen zou kunnen brengen. Maar de reus vreesde het ergste. Onderweg beet hij op zijn tong om haar niets over zijn zorgen te vertellen. Welk antwoord zou ze geven op de onvermijdelijke vraag wie hij was? Zou ze het liever zelf zeggen of zou ze wachten tot Teo antwoord gaf? En hoe zou Miranda in dat geval graag zien dat hij zichzelf omschreef? Als vriend van haar moeder, als levensgezel van haar moeder, als compagnon van haar moeder … of liever in relatie tot Miranda zelf, als haar stiefvader?

Ze stonden al op de parkeerplaats voor de school voordat Teo tot een besluit was gekomen.

Zodra ze uit de auto stapten, pakte Miranda zijn hand. Teo vond dat prettig, zij het met mate; zoals eerder al gezegd, wist de reus dat een optimistisch begin geen garantie bood voor de uitkomst van het experiment. Maar Miranda stapte naast hem voort en lachte hem toe alsof hij degene was die extra zekerheid nodig had. Ze leek te genieten van de reacties van de andere kinderen, de verrassing van velen, de angst van sommigen en de stomme verbazing van de meesten: ze huppelden als gazelles voor hen uit, ze wilden het spektakel van een man die net als het heelal nooit was gestopt met uitdijen, niet missen.

Ze waren al op het schoolplein toen Miranda zijn hand losliet. De reus dacht dat de ellende was begonnen; hij geloofde dat Miranda het onbegrip in de ogen van haar leeftijdsgenootjes had gelezen, de angst die voorafgaat aan de veroordeling en de steniging, en dat ze wegliep uit zelfbehoud. Maar Miranda had zich losgemaakt om op Teo te klauteren zoals ze dat altijd deed: ze gebruikte zijn kuitspieren als opstapje, hees zich langs zijn middel op en klom van daaruit omhoog. Miranda besefte dat haar moeder haar een buitengewone, misschien wel eenmalige kans had gegeven om te schitteren en was vastbesloten die volledig uit te buiten.

'Is die reus jouw vader?' vroeg een meisje uit de vierde klas aan Miranda, toen ze op Teo's schouders zat.

'Nee,' zei ze zonder een seconde te aarzelen. Ze was helemaal in haar nopjes. Normaal gesproken haalden de kinderen uit de hogere klassen hun neus op voor de kleuters. Het was voor het eerst dat er eentje iets tegen haar zei! 'Mijn vader is doodgegaan op een schip, toen ik nog een baby was. Ik kan me hem niet eens herinneren!'

'En wat is hij dan wel?' vroeg er een uit de zesde, die de hele tijd met hen mee rende. Het was Teo niet ontgaan dat hij impliciet voor ding werd uitgemaakt; iemand van zo'n omvang was blijkbaar niet 'wie', maar 'wat'.

'Teo is mijn vriend,' zei Miranda, en ze gaf hem klapjes op zijn hoofd.

Teo kwam inmiddels niet meer verder, de doorgang werd hem belemmerd door een horde gapende kinderen. De bel ging, maar niemand verroerde zich.

'Vertel me eens wie van hen Demián is. Zie je hem ergens?' vroeg Teo.

'Die daar,' zei Miranda.

Teo zag hem een stukje verderop staan, op veilige afstand van de groep, bij een van de zuilen van de binnenplaats. Hij werd geflankeerd door zijn handlangers in het Leger van het Kwaad, Aldo en Pehuén. Teo twijfelde geen moment, het was duidelijk wie van de drie Demián was: degene in wiens gezicht niet de verbazing of nieuwsgierigheid van alle anderen te lezen stond, maar pure boosaardigheid. Demián bekeek hem alsof hij naar zijn zwakke plek zocht.

'Die daar met die rooie kop? Dat is een boef, dat zie je zo. Maar hij weet niet met wie hij te maken heeft!' zei Teo, en hij hief een hand op en zwaaide naar hem.

De boosaardigheid verdween uit Demiáns gezicht en hij trok wit weg van angst. Het jongetje dook weg tussen zijn vrienden, die roerloos bleven staan, gehypnotiseerd door de aandacht die de reus aan hen besteedde.

'Wat kan hij allemaal?' vroeg een klein meisje, amper twee jaar ouder dan Miranda. Ze was ervan overtuigd dat de reus van de lopende band was komen rollen, net als zo'n moderne pop die kon praten, zingen en zelfs plassen.

'Hetzelfde als wij allemaal,' zei Miranda, 'maar dan veel meer!'

'Hoeveel schnitzels kan hij op?' vroeg een dikkerdje.

'Waarom vragen jullie het hem zelf niet?' zei Miranda.

'Dat hangt ervan af hoe groot ze zijn,' zei Teo. 'Maar minstens zes, wat in mijn vergelijkingstabel overeenkomt met twaalf cannelloni, twee scharrelkippen of een hele chocoladetaart.'

Er trok een geroezemoes van verbazing door het publiek, dat het geluid van de tweede bel overstemde.

'En hoeveel cola kan je op?' vroeg een ander.

'Ik drink geen cola. Van cola blijf je klein.'

'Drink je wijn?'

'Wijn wel, ja. Maar nooit meer dan een paar glaasjes,' zei Teo voorzichtig.

'Mijn papa drinkt meer dan een reus!' riep een ander, en er werd gelachen.

'Daar heb je juffrouw Juli,' zei Miranda, en ze wees naar de kleuterjuf, die was komen kijken waar al die commotie vandaan kwam. 'En die andere is juffrouw Teresa van de eerste klas.'

Teo voelde iemand aan de onderkant van zijn broek trekken. Toen hij naar beneden keek, zag hij een klein jongetje van Miranda's leeftijd, dat hem volkomen onbevangen aankeek.

'Ah, daar ben je,' zei Miranda, alsof ze op hem had staan wachten. 'Heb je de kam bij je?'

Als antwoord liet het jongetje haar de kam zien die hij in zijn broekzak had zitten.

'Vandaag gaan we schilderen met een kam,' legde Miranda Teo uit.

'Dat lijkt me prima, zolang je maar niet met de smerige kam door je haar gaat,' zei Teo, en hij hielp het meisje weer terug op de grond.

'Dit is mijn vriendje Salo.'

'Aangenaam, Salo,' zei Teo, en hij stak hem een hand toe. Het jongetje gaf hem zonder aarzelen de zijne en bleef hem als een sfinx aanstaren, tot er bij het horen van de oooh's en aaah's van de andere kinderen een glimlach op zijn gezicht verscheen.

Inmiddels hadden juffrouw Juli en juffrouw Teresa zich een weg naar Teo gebaand.

'Sorry voor het opstootje,' zei de reus. 'Het was niet mijn bedoeling om een persconferentie te geven.'

'Het geeft niet,' zei juffrouw Juli, nog altijd verrast. 'Eigenlijk komt het wel goed uit, zo hebben we weer wat gespreksstof.'

'Opstel. Onderwerp: de reus.'

'Deze kinderen kunnen nog niet schrijven, maar er worden vast veel tekeningen over gemaakt! Miranda is trouwens een voortreffelijk kunstenares.'

'Echt waar?' vroeg Teo, die nog steeds dacht dat de tekeningen in huis van Pat waren.

'Ze heeft een enorme fantasie. Tenminste ... dat dacht ik tot vandaag!'

'En dan hebt u onze kippen nog niet gezien.'

Teo wilde afscheid nemen van Miranda, maar wachtte toen hij zag dat Salo haar iets in het oor fluisterde.

'Salo vraagt of het veel pijn doet,' zei het meisje.

'Wat?'

'Om zo groot te zijn. Want hij heeft eens een keer zijn enkel gestoten, en, en, en toen werd die dik en hij weet nog dat dat pijn deed.'

Teo wreef over zijn kin. Dat was een analogie waar hij nog nooit bij had stilgestaan.

'Soms,' zei hij.

Salo fluisterde weer iets in Miranda's oor, die vertaalde: 'Hij zegt dat zijn papa er ijs op legde.'

'Dat moet je ook doen, in normale gevallen. Maar als ik bij mezelf een zwelling wil stoppen, moet ik daarboven wezen,' zei Teo, en hij wees naar de besneeuwde bergtoppen.

De bel ging voor de derde keer. De zee van stofjassen spleet in tweeën toen de schooldirectrice, juffrouw Olga (of Bolle, zo u wilt) Posadas, het fenomeen kwam aanschouwen. Juffrouw Juli stelde ze netjes aan elkaar voor. De directrice liet weten dat het haar een genoegen was, hoewel haar gezicht heel wat anders zei. Teo wist niet dat Bolle altijd zo'n zure grijns had, als iemand die leeft in een wereld die allang over zijn houdbaarheidsdatum heen is.

De directrice verzocht hem te gaan, zodat de schooldag nog een begin kon krijgen voordat de laatste bel zou gaan.

XXX

Geschiedenis van de priester die zijn geloof aan de film schonk

Pater Collins was een sober man, zo iemand die gelooft dat een voorbeeld meer zegt dan een preek. Hij hield van fysieke arbeid en sport, waar hij zich met hart en ziel aan wijdde zodra hij de kans kreeg en waaraan hij voor een groot deel de jeugdigheid die hij op zijn vijftigste nog bezat, te danken had; pater Collins' lichaam had geen last van de kwaaltjes van het zittende leven die bij andere priesters zo duidelijk aanwezig zijn. De enige concessies aan zijn leeftijd waren zijn zwart omrande bril, die zijn ironische glimlach kracht bijzette, en zijn steeds schaarser wordende haar; hij kamde het nog altijd naar één kant, maar de lok die over zijn voorhoofd viel wanneer hij zich inspande, werd steeds dunner. Wat hem het meest van zijn collega's onderscheidde, was echter niet zijn bescheidenheid of het plezier waarmee hij hout hakte of op zondag na de mis mee ging voetballen. Pater Collins was een *rara avis* in zijn soort omdat hij het geloof *cum gramo salis*, met een korreltje zout, beleed: hij zei liever dat hij het geheel van voorschriften van de Heilige Kerk een warm hart toedroeg dan dat hij erin geloofde.

Collins groeide op ver weg van zijn familie op een Ierse school voor armen en wezen, die door de damessociëteit van San José in Capilla del Señor was opgericht. Hij werd streng en sober opgevoed. Drie keer per week stond er griesmeel op het menu. Het *all-terrain* schoeisel waarmee hij naar de les ging, de mis bijwoonde en meespeelde in de wedstrijden op het trapveldje, bestond uit één paar hoge schoenen van het merk Patria. Zijn enige bezit waren de kroonkurkjes waarmee hij kampioen was geworden bij het *arrimada*-spel, een gedenkteken voor zijn vaste hand. Op zaterdag moest hij altijd onder de douche; daarna ging hij, opdat de reiniging tot in de diepste plooien van zijn wezen zou doordringen, net als zijn klasgenoten te biecht.

Het internaat leerde hem dat overleven was voorbehouden aan de bekwaamsten en dat de bekwaamsten altijd praktische mensen waren: zij die zuinig waren op hun schoenen zodat ze langer meegingen, zij die geen korreltje griesmeel in hun schaaltje achterlieten en dus aan hun gezondheid hechtten, zij die bij het arrimadaspel niet meer inzetten dan ze bereid waren te verliezen. Voor Collins was het priesterschap dan ook geen roeping, maar gewoon de baan met de beste vooruitzichten. Hij was bekend met de vereisten. Hij kende het werk op zijn duimpje, de herhaling hielp hem de woorden te onthouden waarmee alle rituelen werden bekroond. Bovendien was het loon schappelijk: kost en inwoning en een paar peso's extra, waarover je trouwens geen belasting hoefde te betalen. De andere banen die hij van het internaat kende (onderwijzer, kok, schoonmaker) waren minder aantrekkelijk om vele redenen, met name de arbeidsonzekerheid: een onderwijzer kan zijn baan kwijtraken, maar niemand onslaat een priester.

Natuurlijk bood de buitenwereld een waslijst aan andere, uiteenlopende beroepen. Onder zijn klasgenoten waren zoons van monteurs, timmerlieden, metselaars, legerofficiers. Maar dat waren dezelfde mensen die hun kinderen naar een internaat hadden gedaan en hen vrijwel nooit bezochten of meenamen tijdens de zomervakantie. Het was dus begrijpelijk dat Collins wantrouwen koesterde tegen aardse beroepen en het meeste geloof hechtte aan de volwassenen die er wel waren in zijn leven. De priesters waren er altijd, weer of geen weer, zeven dagen per week en vierentwintig uur per dag, om sacramenten, medicijnen, soep of een pak slaag uit te delen.

Natuurlijk geloofde Collins in de grondslagen van zijn geloof: in naastenliefde, in berouw als een middel om fouten te overwinnen en in de zekerheid van verlossing, verlossing die je krijgt in deze wereld omdat ze in deze wereld thuishoort, onafhankelijk van wat erna komt, als dat al komt. Wat hem dwarszat, waren de buitenissigheden die door de eeuwen heen aan die kapstok waren opgehangen, als kerstversiering die een nog levende boom verstikt: de zogenaamde onfeilbaarheid van de Kerk, de verdachte nauwgezetheid van sommige voorschriften (seks met de huwelijkspartner wordt goedgekeurd, maar als het echtpaar een condoom gebruikt, begaat het een zonde); het feit dat alleen de man God mocht dienen en waardig werd bevonden om het priesterambt te bekleden, waarmee hij superieur werd geacht aan de vrouw; het verplichte celibaat, omdat priesters zeker niet rechtschapener zijn dan dominees of rabbijnen; de doctrine die het bestaan van Satan en de engelenhiërarchie verdedigt; de maagdelijkheid van Maria, wat hem betreft een betwistbare verdienste, waarmee bovendien de suggestie werd gewekt dat een maagd superieur zou zijn aan een vrouw die dat niet meer was; de heiligverklaring die alleen wordt toegekend aan iemand die wonderen heeft verricht, alsof toverkunst het belangrijkste was; en vele andere stellingen die hem niet serieuzer leken dan het 'hocus pocus' van een goochelaar en dus van hetzelfde geloofwaardigheidsgehalte.

Maar op het moment dat de beslissing moest vallen, raapte hij zijn moed bijeen en slikte hij zijn weerstand weg. Priester zijn betekende tenslotte dat je je leven wijdde aan het helpen van anderen, wat een prachtige kans was, die bovendien nog andere voordelen bood: hij zou zich niet de moeite hoeven getroosten om zijn dagelijkse kost bij elkaar te scharrelen; en als hij tot priester werd gewijd, zou hij niet in de verleiding komen om zelf kinderen te nemen en ze dus ook niet hoeven blootstellen aan het risico verlaten te worden en aan een kostschool voor armen en wezen te worden overgedragen.

Twintig jaar lang was hij een priester van onbesproken gedrag geweest, al werd hem wel enig gebrek aan bezieling verweten. Collins wist dat hij niet de beste prediker of de meest charismatische figuur was, maar hij vertrouwde op de overtuigingskracht van de daden die hij met enthousiasme verrichtte. Hij kwam de verplichtingen van zijn ambt na, dat wil zeggen, hij droeg de mis op, nam de biecht af, doopte, verbond in de echt, deelde de hostie en het heilige oliesel uit en zag toe op de catechisatie. (Aspecten van zijn ambt die hij steeds meer als een negen-tot-vijfbaan zag.) Tegelijkertijd hield hij toezicht op het functioneren van de gaarkeukens voor kinderen en ouden van dagen, bood hij drugsverslaafden troost, verschafte hij mensen die geen plek hadden om te slapen een dak boven het hoofd en moedigde hij zijn parochie aan zich te bekommeren om het lot van anderen, dat onlosmakelijk verbonden is met ons eigen lot.

De frisse wind van de jaren zeventig overtuigde hem ervan dat hij op de goede weg was, niet alleen de ziel moest immers gevoed, maar ook het lichaam, want zonder het een was het ander ondenkbaar, alleen mensen die een bevoorrecht leven hadden gehad en zich daardoor verlicht waanden, konden daar in hun onvergeeflijke arrogantie aan voorbijgaan. Hij geloofde dat ze aan het begin stonden van een wezenlijke verandering en bijdroegen aan de creatie van een nieuwe mens,

die ruimdenkender met lichaam en geest omging. De oude mens
bood echter duchtig weerstand en liet zien hoe ver hij van zijn verval
was verwijderd, of erger nog: hij liet zien hoe ver hij bereid was te gaan
om zijn heerschappij te verlengen.

Collins had veel mensen in die strijd zien verdwijnen (heiligen
vanwege hun daden, niet vanwege hun wonderen). En hoewel hij
zich net als veel andere religieuzen inzette om gebrandmerkte personen te redden, kwam hij erachter dat enkelen van zijn superieuren
hadden meegewerkt aan de uitlevering van vervolgden; priesters die
hun parochianen en ook andere priesters hadden verraden, waarmee
ze hen tot een vroegtijdige lijdensweg veroordeelden; beulen van
hun gelijken.

Een tijdlang geloofde hij dat zijn dagen geteld waren. Maar zijn
zogeheten gebrek aan charisma bood hem nu bescherming, want
degenen die beschikten over leven en dood, vonden hem hun aandacht niet waard. Ze besloten hem voor de zekerheid op een zijspoor
te zetten en stuurden hem naar Santa Brígida.

Hij was bij dezelfde halte uit de bus gestapt als jaren later Pat en
Miranda en trof een vredig dorpje aan (het Sever bestond toen nog
niet). Hij had alleen een tas bij zich met wat kleren, de spullen voor
zijn ambt en diep onderin een verborgen schat: de drie verroeste
kroonkurkjes die hij nog altijd bij zich droeg en de schoenen waarmee hij op het trapveldje bij het internaat had gevoetbald. Ze pasten
sinds zijn elfde al niet meer en bovendien was de neus kapot; arme,
afgetrapte Patria's. Bij gebrek aan een betere herinnering klampte hij
zich er echter aan vast, alsof ze een waarheid, een geheim of een
sleutel tot zijn persoonlijkheid bevatten die hij nergens anders in
deze materiële wereld kon vinden.

Eind jaren zeventig had hij geen greintje respect meer voor zijn
ambt. De priesters in de regio leken op de geestelijken die het besluit
hadden genomen hem te verbannen: hun activiteiten, benadrukten
ze, beperkten zich tot de zielen van hun kerkgemeente, het lichaam
bevond zich niet op hun werkterrein, maar in een soort van voorgeborchte buiten de muren. Ze deden hem denken aan een grap uit
Mafalda, waarin Susanita weigert het verdriet van een van de kinderen aan te horen, 'want ik ben een vriendin van jou, Miguelito, maar
niet van je problemen'. Hoe kan men het onscheidbare scheiden?

Het kleine beetje respect dat hij nog voelde voor die alchemisten
in priestergewaad, schreef hij toe aan het feit dat ze, ondanks hun

beperkingen, hun leven hadden gewijd aan het bewaken van een mysterie: de openbaring dat God zin voor het bestaan vond toen Hij Zijn isolement opgaf. Hij had Zijn kinderen alles meegegeven om gelukkig te kunnen worden, maar uiteindelijk had Hij net als iedere andere ouder ingezien dat overvloed alleen nooit voldoende is, dat je moet afdalen en met je voeten in de modder van het leven moet gaan staan om de allerkleinste, de buitengeslotene, de zwakke, de hongerige, de geslagene, de verachte de hand te reiken. Het was een prachtige boodschap, die al sinds de oudste geschiedenis aan hen werd overgeleverd, maar waaruit ze nog steeds geen lering hadden getrokken. Hoe wonderbaarlijk ook, elk mysterie verarmt als het de maat van zijn hoeders aanneemt.

Wat voor Collins de afgelopen jaren het dichtst bij een echt mysterie in de buurt was gekomen, was de bioscoop. Hij was nooit in commerciële bioscoopzalen geweest en het enige wat ze op het internaat hadden gezien, waren korte filmpjes met Chaplin en Laurel & Hardy, die zo vaak waren afgedraaid dat je meer strepen dan beeld zag; soms knapte de film en zwiepten de celluloidstroken alle kanten op. Sinds zijn priesterwijding was hij weleens uitgenodigd om mee te gaan naar de bioscoop, maar de mensen hadden de neiging te denken dat hij alleen maar geïnteresseerd was in religieuze films – zoals de een van westerns of musicals hield, zo moest pater Collins wel van stichtelijke verhalen houden – en namen hem mee naar *The Robe* en *Ben Hur*, maar nooit naar *Patton*, *Nashville* of *Midnight Cowboy*.

Toen hij in Santa Brígida kwam, ontdekte pater Collins dat er in zijn parochiehuis een bioscoop was, de San Ricardo-zaal: er werden twee of zelfs drie voorstellingen achter elkaar gedraaid, zonder onderbreking, allemaal films die al eeuwen geleden buiten de programmering van de echte bioscopen waren gevallen. Dario Argento, *The Poseidon Adventure* en meer van dat soort rampen, *The Godfather* (waar de kleinsten, die stiekem de zaal binnenglipten, helemaal wild van waren, vanwege het geweld, uiteraard, maar vooral vanwege het vluchtige beeld van een paar borsten) en met Pasen en kerst natuurlijk altijd *Jesus of Nazareth*.

De films werden sinds de eerste voorstelling in 1969 geprojecteerd door een oud mannetje genaamd Enzo Scolari. Aangezien Collins een fascinatie had voor apparaten, had hij don Enzo gevraagd hem te leren de projector te bedienen. Elke keer als hij even vrij had, liep hij de cabine in en zei tegen het oude mannetje dat hij maar even een luchtje moest gaan scheppen. Zijn aanbod werd altijd geapprecieerd, vooral door het publiek, want don Enzo had steeds vaker de neiging om in zijn knusse kamertje in slaap te vallen en wisselde de filmrollen dan niet op tijd.

Pater Collins keek door het rechthoekje de donkere zaal in en dacht na over het mysterie. De invloed van het medium, met name op de kleinsten, zette hem aan het denken. Tenzij hij echt heel beroerd was, kon een film het voor elkaar krijgen dat zelfs de ergste draaikonten anderhalf uur stilzaten, met hun ogen op hetzelfde punt gericht en zonder een kik te geven, afgezien van een incidenteel commentaar of het geknisper van chocoladepinda's. Iets in die bijeenkomsten herinnerde hem aan het primitieve christendom: de donkere catacomben, een gevoel van verbondenheid met iets wat groter en belangrijker was dan jezelf, het ontzag voor de kracht van verhalen, want in de catacomben werden verhalen verteld over Christus en de apostelen, net zoals Jezus zijn toehoorders oorspronkelijke verhalen had verteld, want Jezus was geen politicus, geen verkoper van illusies, geen tovenaar, geen censor en geen hoogwaardigheidsbekleder, Jezus sprak over de verloren zoon, over de barmhartige Samaritaan en over verborgen talenten, Jezus geloofde in de kracht van het verhaal om verandering teweeg te brengen, Jezus was vooral datgene waar iedere schrijver van droomt: een verteller met eeuwigheidswaarde.

Collins had een comfortabel leven in Santa Brígida, misschien wel té naar zijn smaak. Het dorp lag in een genereuze vallei, iedereen had werk en verdiende, op een enkele uitzondering na, voldoende om in zijn behoeften te voorzien. Er waren wat probleemgevallen: alcoholisme, huiselijk geweld, incest, maar die had Collins al kort na aankomst herkend en hij was er continu mee bezig, want dit soort endemische ziekten kun je slechts geleidelijk en met geduld aanpakken. De rest van zijn parochie leek tevreden met haar lot, maar Collins liet zich niets wijsmaken, de rust op het materiële vlak kon de onderliggende onrust die hij in elk gesprek, in elke biecht hoorde doorklinken, niet verbloemen, de mensen klaagden niet graag maar gaven toch toe dat er iets aan hen knaagde, iets duisters, iets vaags en daardoor niet te verwoorden. Collins vroeg zich weleens af of dat gevoel nou echt was of dat hij de onrust die hemzelf verteerde misschien op anderen projecteerde.

Daarom keerde hij dagelijks terug naar de evangelies. Hij wilde het hinderlijk zoemende achtergrondgeluid in zijn bestaan tot zwijgen brengen, hij snakte ernaar om opnieuw de bezieling te voelen waardoor hij bij de eerste lezing was gegrepen, de helende kracht van de verhalen van die verteller uit Galilea. Maar al snel nadat hij was begonnen, dwaalden zijn ogen af en liepen de woorden en zinnen door elkaar heen; hij kende de alinea's vrijwel uit zijn hoofd, maar hij kon zich niet concentreren, het gezoem ging over in de stemmen van zijn leermeesters, die de teksten van uitleg voorzagen en ze daarmee ook meteen pasteuriseerden – de ziel, niet het lichaam, morgen, niet vandaag, niet de aarde is belangrijk, maar het paradijs – en uiteindelijk sloot hij het boek zonder voldoening te hebben gekregen.

Wat voor verhalen zou pater Collins vertellen als iemand het hem zou vragen? De verhalen die hij uit de eerste hand kende, waren niet inspirerend, hij had er zelf niet eens wat aan, het waren grauwe verhalen over kinderen zonder ouders die vochten om griesmeel en elkaar geweld aandeden, over heiligen die in het geniep waren vermoord zodat ze geen ander aureool dan dat van de vergetelheid zouden krijgen, over priesters die hun geloof hadden verloren en er wanhopig naar zochten in films.

Nee, pater Collins had een ander soort verhalen nodig. Daarom bezocht hij de catacomben zo vaak en vroeg hij don Enzo of hij de projector mocht bedienen. Film bood hem afleiding en zette hem tegelijkertijd aan het denken; met een beetje geluk zou hij een verhaal vinden dat hem zijn geloof zou teruggeven, zou hij het licht in de duisternis zien. Voor dag en dauw in de projectiecabine teruggetrokken, zette pater Collins de film aan, tuurde door de rechthoek in de wand naar de hoop van anderen en bad voor een vergelijkbaar gevoel voor zichzelf – al was het maar één keer! – voordat het moment aanbrak om deze wereld te verlaten.

XXXI

Over het begrip Ignorantie inzake het Mysterie Pat (IMP)

In het begin wekte Pat de indruk dat ze bij de hippies hoorde. Had ze niet de verleidingen van de grote stad de rug toegekeerd? Voedde zij haar dochter ook niet midden in de natuur op (*in the middle of shit*, corrigeerde Miranda haar, met die hang naar precisie die deel uitmaakte van de Finnegan-erfenis) en ver van de schadelijke invloed van de televisie?

Toen Teo de hippies leerde kennen, vond hij ze even vriendelijk als ongevaarlijk. Hij kwam ze tegen in de winkel van mevrouw Pachelbel, bij wie ze het liefst hun jam haalden omdat er geen conserveermiddelen in zaten. Over het algemeen verplaatsten ze zich in groepen, met eromheen zwermende kinderen, als elektronen die om de kern draaien. Zowel mannen als vrouwen hadden een zwak voor kettingen en armbanden en klonken wanneer ze zich bewogen als sjamanen van een onbekende stam. En als ze groetten, legden ze daarin een ernst alsof ze, anders dan met een simpel 'hallo', de deelname van de desbetreffende persoon in de grotemensengemeenschap erkenden. Teo ontdekte dat ze niet op Pat leken. Als je aan Pat denkt, gebruik je geen adjectieven als 'vriendelijk' en zeker niet 'ongevaarlijk'.

'Ik dacht dat de hippies in de jaren zeventig waren uitgestorven, net als de zwart-wittelevisie, het peronisme en de discosound,' zei Teo een keer.

'Trends komen altijd weer terug,' antwoordde Pat.

Met het verstrijken van de weken begon al wat Teo niet wist over zijn partner de omvang van een obsessie aan te nemen. Hij legde in zijn hoofd een soort lijst aan met zijn Ignorantie inzake het Mysterie Pat (IMP).* Hij wist niets over haar ouders, niet eens hun naam; als Pat het

---

* Teo wist dat niet, maar in Pats zo geliefde Ierse folklore is een *imp* een klein duiveltje, zoiets als een goblin of een bogie.

over hen had, wat zelden voorkwam, noemde ze hen slechts 'mijn pa' of 'mijn ma'. (Miranda had hem verteld dat ze in Spanje woonden en dat Pat niet zo goed met hen kon opschieten.) Hij wist niet op welke school ze had gezeten. Hij had haar nooit over vrienden of geliefden horen praten. Hij wist niet of ze ooit aan een universitaire studie was begonnen of ergens in loondienst had gewerkt; aangezien ze weigerde details te geven over de kennis waar ze zo hoog van opgaf, kon ze medicijnen hebben gestudeerd, maar net zo goed verpleegster zijn geweest. En uiteraard wist hij niets over Miranda's vader of over het gelukkige dan wel ongelukkige moment waarop de relatie met hem werd beëindigd.

Pat voerde praktische redenen aan voor al die geheimzinnigheid. Ze vond het zinloos om jezelf vol te laten lopen met informatie over de ander. Zij vond dat Teo's lievelingsliedje, het levensverhaal van zijn huisdieren of de namen van zijn vrienden niets zeiden over zijn innerlijk, omdat die dingen meer te maken hadden met hoe Teo zichzelf wilde verkopen dan met hoe hij echt was. Pat geloofde dat er meer Teo zat in al zijn dagelijkse handelingen, in elke originele inval en elke stilte, dan in de complete verzameling van zijn belevenissen.

Teo geloofde daarentegen dat zijn persoonlijke verhaal zijn barcode was, het merkteken dat hem onderscheidde van anderen. Altijd als iemand zijn verhaal vertelt, al is het fragmentarisch, deels onwaar of met weglating van dingen, eigent hij zich zijn leven weer toe, zoals een verteller dat met zijn verhaal doet: hij onderkent een centraal thema, brengt structuur aan en zoekt naar betekenis.

Maar Pat geloofde niet – of dat beweerde ze althans – in het bestaan van zoiets als betekenis. Dit was in tegenspraak met alle reizen uit haar verleden, met de manier waarop ze haar dochter probeerde op te voeden en met haar zoektocht naar het leven, die zich klaarblijkelijk in Santa Brígida had geconcentreerd. Teo deed erg zijn best deze tegenstrijdigheden te benadrukken, met het geduld van een theoloog die een argument zoekt dat het goddelijke bouwwerk kan dragen. Maar telkens als Pat in het nauw werd gedreven, draaide ze zich als een kat in de lucht om, negeerde de discussie en viel terug op argumentaties die Teo al had weerlegd of klampte zich vast aan uitspraken die ze inzette als geloofsartikelen. 'Iemand is zijn verleden niet,' zei ze bijvoorbeeld graag.

Wanneer Teo het uiteindelijk zat werd, zei hij dat Pat, als ze een film was, zo'n realistische draak zou zijn met vlak licht en fantasieloze beeldtaal, die ons ervan probeert te overtuigen dat het leven zo is, jammer maar helaas, en dat elke poging tot verandering dus illusoir is: reactionaire kunst, het absurde etiket van de cinéma vérité, alsof film een objectieve waarheid zou kunnen vertellen terwijl hij in essentie *mensonge* is, een leugen, een prachtige, schaamteloze leugen, net als het leven. In haar blindheid was Pat niet in staat te zien dat die Pat die nergens afhankelijk van leek en nergens in geloofde, ook een verhaal was, net zo losgerukt uit de werkelijkheid van haar geschiedenis als Don Quichot uit het leven van Alonso Quijano.

Door mee te gaan in de muggenzifterige ruzies die Pat uitlokte wanneer er in haar verleden werd gewroet, speelde Teo haar slechts in de kaart. De reus had al verloren op het moment dat hij de discussie aanging, omdat hij meteen al niet meer de waarheid eiste, maar zich tevredenstelde met het verdedigen van de noodzaak ervan. Zo'n strijd eindigde dan uren later met een uitgeputte Teo en een Pat die het doel had bereikt waar ze nooit van afweek: niets over haar leven loslaten.

Pat was een soort Scheherazade, maar dan omgekeerd. De vertelster uit *Duizend-en-één-nacht* vertelde om in leven te blijven en Pat stelde om dezelfde reden het begin van haar relaas tot in de eeuwigheid uit. Daarvoor hoefde ze, zoals we reeds gezien hebben, alleen maar een aantal argumenten in twijfel te trekken waarmee Teo zijn eis kracht bijzette of kritiek te uiten op een van zijn totems, de literatuur, bijvoorbeeld. Ze wist dat Teo dan in de verdediging zou gaan en er alles aan zou doen om zijn ideeën te redden. Op het juiste moment zou Pat hem gelijk geven (ja, de waarheid is een belangrijke factor in een relatie tussen mensen; ja, misschien heeft de vertelkunst wel enige waarde) zodat hij het gevoel kreeg dat hij had gewonnen, al had hij niets bereikt van wat hij wilde bereiken.

Wanneer Teo volhield of zich onbuigzaam toonde, viel Pat terug op seks. Men moet niet vergeten dat zulke gesprekken zich in allerlei situaties afspeelden: in de auto of de keuken of op beide plaatsen, of terwijl Pat met haar hand in Teo's broek zat of andersom. (Dit laatste kwam maar zelden voor, want Teo's kolenschoppen pasten niet in Pats broek.) Het is een merkwaardig fenomeen, maar daardoor nog niet minder waar: stellen koppelen het gespreksonderwerp los van de situatie waarin ze zich bevinden. Zo kan een opmerking over een banale gebeurtenis op kantoor tijdens de geslachtsdaad vallen en is het mogelijk dat een bespiegeling over sterfelijkheid plaatsvindt terwijl men de prijzen van wasmiddelen staat te vergelijken.

Het probleem van de kennis is in het leven al net zo ongrijpbaar als in de liefde. We geloven dat het nodig is de ander te kennen om hem lief te hebben, maar in de praktijk worden we verliefd voordat we hem goed kennen. Dit kan gevaarlijk lijken, maar de vraag is: bestaat er een alternatief? Kennen we iemand wel echt, hoeveel tijd er ook verstrijkt? Blijft de ander tot aan het eind een onbekende, vertrouwd inmiddels, maar in wezen nog altijd even ongrijpbaar, een paleis gebouwd op zand? Of gaat het net als bij andere kennisgebieden, waaraan we alleen iets nieuws toevoegen als we het nodig hebben en dus klaar zijn om het te herkennen: weten we in het begin wat we nodig hebben om verliefd te worden, daarna wat we nodig hebben om samen te leven en tot slot welke redenen er zijn om het einde van de liefde te bespoedigen?

Een paar weken na zijn verhuizing maakte Teo soms van Pats afwezigheid gebruik om het huis te doorzoeken, tot de laatste lade toe. Hij vond niets van wat hij hoopte te vinden, zelfs geen setje papieren. Hij merkte ook Pats medicijnen niet op, want hij was er niet klaar voor om die te zien; de tijd was er nog niet rijp voor. Teo is een beroerde zoeker, zoals de meeste mannen. (Hij vond niet eens het wapen dat Pat van provincie naar provincie in haar tas had meegedragen.) De papieren lagen er, maar goed verstopt. Het was prettig dat Pat, in tegenstelling tot de meeste vrouwen, niet overdreven netjes was (niet meer, althans). Als ze gemerkt had dat Teo in haar lades rommelde, had ze hem zonder een moment te aarzelen de deur uit gezet.

Die middag, na de opschudding die hij had veroorzaakt toen hij Miranda op school had afgezet, verraste Teo Pat met een directe vraag: 'Dus Miranda's vader was zeeman?'

Pat liet een peilloze stilte vallen. Aanvankelijk dacht Teo dat ze zweeg om naar een verklaring te zoeken, of althans een uitvlucht. Maar al snel merkte hij dat Pat niet van plan was het gesprek voort te zetten.

'Ze heeft me verteld dat hij op zee is gestorven,' ging Teo verder. 'Dat is een leugen, nietwaar?'

Pat ging verder met vuile was in een zak stoppen.

'In elke leugen schuilt iets van waarheid,' zei Teo. 'Welk gedeelte is in dit verhaal de waarheid? Sinds wanneer val jij op zeemannen?'

Onverwacht gaf Pat een zwaai met de zak vuile was. Na de eerste klap volgden er meer en meer en de zak werd steeds leger, terwijl de kledingstukken in het rond vlogen. Teo voelde niks van de klappen, maar door de razernij waarmee Pat hem sloeg, vroeg hij zich wel af wat er gebeurd zou zijn als hij haar had uitgehoord terwijl ze hout stond te hakken of fruit stond te snijden. Ze bleef op hem inslaan tot de zak leeg was en liep daarna de kamer uit, met achterlating van een hoop rondgestrooid wasgoed, waarvan een deel aan de reus hing, die stijf als een kapstok was blijven staan.

Teo hield een poosje afstand. Hij ging de laadbak van de pick-up wassen, die droop van de vruchtensiroop en onder de vliegen zat, totdat Pat toenadering zocht. Ze was nog steeds kwaad, maar nu wel bereid tot praten, uiteraard op haar voorwaarden.

'Ik ben niet van plan om het te pikken dat je me op wat voor manier dan ook uithoort. Wat ben jij, een politieagent of zo?' schreeuwde ze tegen hem, een van de ergste scheldwoorden gebruikend die ze kon bedenken. (Het stond zelfs nog boven 'verklikker' in haar top tien van favoriete scheldwoorden in het Spaans.) 'Ik verbied je om mijn dochter nog een keer uit te horen!'

Teo knikte. Het had geen zin om haar tegen te spreken, niet op dit moment in elk geval.

Toen Pat besefte dat de reus geen weerstand zou bieden, veranderde ze van toon. Ze klonk alleen nog maar bezorgd.

'Wat probeer je nou te bereiken, Teo?' vroeg ze. 'Ik ben geen raadsel. Er bestaat geen toegangscode tot mijn ziel, dus blijf er nou niet naar zoeken. Ik ben wat je ziet, verder niets. Wat wil je van mij? Ik geef je mijn hele leven, mijn tijd, mijn lichaam, mijn dochter … Dat is alles wat ik heb. Is dat niet genoeg?'

'Je onthoudt mij iets wezenlijks. Je vertrouwen.'

'Daar bewijs ik je een gunst mee,' zei Pat. 'Als ik je mijn vertrouwen niet geef, kan je het ook niet beschamen.'

'Ik heb je helemaal niet om een gunst gevraagd.'

'Je doet het nu.'

'Vertrouwen is geen gunst. Het is een wezenlijk bestanddeel van liefde, net als, als … de suiker in jouw confituren! Als er geen vertrouwen is …'

Het was een andere persoon dan de Pat die hij kende, een hardvochtige, gemene vrouw die hem in de ogen keek en zei: 'En wie heeft het hier over liefde gehad?'

Teo was sprakeloos. Zonder de laadklep van zijn pick-up dicht te doen, stapte hij in de auto en reed weg.

Pat deed geen enkele poging om hem tegen te houden. Ze wachtte niet eens tot hij uit het zicht was verdwenen om weer naar binnen te gaan; Teo zag haar in zijn achteruitkijkspiegel weglopen.

Er verstreek een aantal uren waarin de reus in een hel van onzekerheid verkeerde. Hij vroeg zich af of het klopte dat ze niet van hem hield of dat Pat dat had gezegd om hem terug te pakken. Had hij de atoomvernietiging van Silvia alleen maar overleefd om weer zo iemand tegen te komen die het verleden als excuus gebruikte om zichzelf niet te hoeven geven? Hij had het gevoel alsof hij een dag voor de ramp Hiroshima was ontvlucht om in Nagasaki terecht te komen. Als Pat echt een tweede Silvia was, betekende dit dat hij twee keer in dezelfde val was gelopen en dat het dus aan hem lag. Wat voor onopgelost probleem sleepte hij toch met zich mee, dat hem ertoe veroordeelde zich steeds weer in hetzelfde moeras te begeven? Het schuldgevoel over de explosie kon het niet zijn, want zijn relatie met Silvia was vóór dat ongeluk geweest. Het was duidelijk dat het om een ouder probleem ging, zo diep weggestopt in zijn ziel dat het niet los te zien was van zijn persoon.

Hij stapte uit de auto en liep het bos in. Beschut door het groen liep hij brullend als een beer in het rond. Op een gegeven moment hoorde hij geritsel en dacht hij dat de wolf was teruggekomen. Dit keer was hij niet bang, zijn vermogen om te voelen was uitgeput. Maar het was vals alarm.

Pat dacht niet meer aan het incident. Ze ging ervan uit dat Teo na een tijdje wel weer terugkwam en dat het leven zijn gewone gangetje zou hervatten. Ze zouden een tijdje zwijgen totdat ze om praktische redenen gedwongen werden met elkaar te praten. Daarna zou ze proberen hem aan te halen en als Teo dat toeliet, zou ze hem mee naar boven nemen en hem neerleggen op Kafka, Melville, Dickens om de liefde te bedrijven.

Het kon natuurlijk ook zo zijn dat hij niet meer terugkwam, of alleen om zijn spullen op te halen. In dat geval was er gebeurd wat er gebeuren moest, dus had het ook geen zin om je er druk over te maken. De meeste mensen leven met de angst dat hun geliefde hen niet meer als partner wil. Pat was bang dat Teo haar in de steek zou laten, maar nog veel banger om tot de ontdekking te komen dat zij hém in de steek zou moeten laten. Ze had al te vaak alle schepen achter zich verbrand; ze wist niet zeker of ze het nog een keer aankon.

XXXII

Waarin over aardbeien wordt gesproken (of niet)

Op een ochtend, terwijl ze aardbeien plukten voor een jam die de parel aan mevrouw Pachelbels kroon was, sprak Pat zo'n zin uit waardoor Teo moest denken aan wat hij allemaal niet wist over deze vrouw.

De mooiste, dikste aardbeien vind je onder koeienvlaaien. Pat tilde die vlaaien op zonder er vies van te zijn, en Miranda hielp haar. Teo daarentegen vocht tegen zijn braakneigingen. (*Aurum in stercore quaero*, dacht Teo, troost zoekend bij Vergilius.)*

Pats monoloog volgde de gebruikelijke paden, het chemische proces dat van mest de ideale voedingsbodem voor aardbeien maakte, terwijl Miranda door het veld rende en elke vondst vierde met kreten van verrukking.

Wanneer hij het meisje zag opgaan in dingen die bij haar leeftijd hoorde, zoals dat gedartel in de zon, genoot Teo met volle teugen. Hij dacht vaak dat het vrijwel exclusieve gezelschap van Pat het meisje tot een getrouwe kopie van een volwassene had gemaakt, die sprak als een volwassene en redeneerde als een volwassene, maar het in wezen niet was en ook niet kon zijn. Daarom had hij het als een persoonlijke kruistocht opgevat om Miranda's meest speelse kant te koesteren en haar kindsheid koste wat kost te beschermen; een prijzenswaardig streven, dat evenwel niet kon verhullen dat Teo zelf ook nog iets kinderlijks in zich had, dat hij dagelijks voedde en waarin hij zich terugtrok om contact te leggen met Miranda, tot afgrijzen van Pat, die helemaal leek te zijn vergeten hoe het was om kind te zijn. Het enige spel waar Pat van hield, was Scrabble, want daarin kon ze

---

* Ik zoek goud in mest, zei Vergilius als men hem vroeg waarom hij de verguisde Ennius las.

Teo vernederen met technische woorden als 'osseïne', 'dimorfisme' en 'spirometer'.

'Hoe droger en lichter van kleur de stront, hoe beter, want dat betekent dat alle voedingsstoffen al naar de aardbeien zijn gegaan,' zei Pat, terwijl ze twee exemplaren met elkaar vergeleek.

'Miranda is een gelukkig kind,' zei de reus terug, die liever het meisje zag rondrennen dan dat hij stront bekeek.

Pat leek zijn opmerking niet te hebben gehoord en zat met een stok te wroeten.

'Soms komt het meest wonderbaarlijke voort uit afval,' zei ze.

Teo vroeg zich af of ze het nog steeds over aardbeien had.

XXXIII

Waarin wordt bericht over een onuitsprekelijk gevoel

Mevrouw Pachelbel haatte kinderen. Ze kon niets weerzinwekkenders bedenken dan die incontinente wezens. Het feit dat de wereld hen aanbidt, ging haar bevattingsvermogen te boven. Wie adoreert er nou zo'n bron van excreties? Als ze de keus had gehad, was mevrouw Pachelbel liever een lelie, een spin of een koe geweest dan dat ze tot een soort behoorde die hulpeloos geboren wordt en dat ook nog lange tijd blijft. Waarom kunnen we niet ter wereld komen zoals dolfijnen, die gewoon het moederlijf uit zwemmen? Als lava slechts een windvlaagje nodig heeft om steen te worden, wat voor bureaucratisch doolhof weerhoudt ons er dan van om meteen over al onze vermogens te beschikken?

Eeuwenlang moesten kinderen voor de volwassenen het veld ruimen: ze werden in doeken gewikkeld ergens in een donker hoekje weggestopt tot ze zo wijs waren om te gaan groeien. Voor mevrouw Pachelbel waren dát de mooie tijden geweest. De vrouw kon het ongelukkige lot om in een wereld te moeten leven waarvan kinderen zich meester hadden gemaakt, maar met moeite verdragen. Bestond er tegenwoordig geen haute couture voor kinderen? Waren er niet hele bedrijfstakken aan hen gewijd, de speelgoedbranche, natuurlijk, maar ook muziek, kleding, elektronica, dranken en voedingsmiddelen? Alles werd voor en door kinderen gemaakt: boeken en films, bijvoorbeeld, die tegenwoordig geen analyse kunnen doorstaan tenzij je ze met een kinderlijk gebrek aan inzicht benadert. En werd de wereld niet geregeerd door leiders met de wreedheid en redeloosheid van een eeuwigdurende kindertijd?

Als iemand sceptisch over haar uitspraken was, stelde mevrouw Pachelbel voor om eens te kijken hoe volwassenen vandaag de dag de allerkleinsten behandelen. Staan ze soms niet voor elke drol te applaudisseren alsof het een overwinning van de geest is? Bejubelen ze soms niet elke taalfout als teken van een eigen persoonlijkheid? Jagen ze soms niet met een bijna religieus fanatisme op iedereen die ook maar insinueert dat hun kinderen niet perfect zijn? Geef nou maar toe, kinderen zijn een plaag, zei mevrouw Pachelbel dan, ter voorbereiding op haar slotstuk, en dan kwam de genadestoot: als God het in plaats van kikkers kinderen had laten regenen, had Mozes de Egyptenaren in een vloek en een zucht op de knieën gekregen.

Ondanks de in hun natuur gelegen beperkingen zagen de kinderen van Santa Brígida wel in dat het raadzaam was bij mevrouw Pachelbel uit de buurt te blijven. Wanneer ze haar op de fiets zagen aankomen met haar rijglaarzen, haar rok en haar brilletje, staken ze over naar de andere kant van de straat. (De vrouw had er al meer dan één overreden zonder dat haar stuur had getrild.) Als ze op haar beurt wachtte om de boodschappen te betalen, gingen de kinderen in een andere rij staan. (De vrouw liet bij het knijpen geen blauwe plekken achter die haar konden verraden.) En hoewel er altijd wel een waaghals was die voorstelde om haar winkel met stenen te bekogelen, werd de daad meestal niet bij het woord gevoegd. Er was altijd wel een kind dat wist te vertellen wat er gebeurd was met de laatste die het had geprobeerd.

Mevrouw Pachelbel (*Paggelbel*, verduidelijkte ze graag: de naam was en bleef Duits) had haar wortels in diverse landen liggen zonder dat haar familie daarvoor had hoeven verhuizen. Haar moeder was in het Oostenrijks-Hongaarse rijk geboren, in het zuiden van het huidige Slovenië. Het rijk viel begin twintigste eeuw uiteen en werd opgedeeld in verschillende landen, waaronder het Koninkrijk der Serviërs, Kroaten en Slovenen. Hieruit ontstond in 1929 Joegoslavië, waar mevrouw Pachelbel in 1930 werd geboren, een cherubijntje met blonde krullen dat huilend in een door de oorlog verwoest Europa ter wereld kwam.

In 1941 vielen Italianen en Duitsers Joegoslavië binnen. Mevrouw Pachelbel werd geveld door een raadselachtige ziekte en kon niet meer lopen. Haar ouders dachten dat ze invalide zou blijven en probeerden haar voor dit onheil te compenseren op de enige manier die ze kenden: ze kochten alles wat ze hebben wilde, de meest exotische boeken, de duurste verf en de beste penselen. Ondertussen probeerden artsen in het wilde weg allerlei therapieën uit. Ze stopten haar vol vitamines, maten haar metalen beugels aan, lieten haar revalidatieoefeningen doen. Door alle medicinale drankjes en het niet bewegen werd ze zo rond als een tonnetje. De beugels sneden in haar vlees. Toen de artsen met nieuwe kwamen, stond het meisje op en strompelde onhandig weg in een poging te vluchten. In de loop van de tijd zou ze weer normaal gaan lopen, maar ze kon zich niet meer losmaken van het gevoel dat ze nooit heel ver zou komen: haar benen waren te zwak, of haar boeien te sterk.

Toen Rome zich terugtrok, breidde Berlijn zijn heerschappij uit en deelde het land in tweeën. Josef Broz, de beroemde Tito, zou het communistische Joegoslavië gaan leiden. Mevrouw Pachelbel groeide op onder dit bewind, zonder dat ze ooit de stad uit kwam.

Op een dag in 1972 ontving ze bericht van de dood van een familielid dat in het buitenland, op duizenden kilometers afstand, woonde. De man was in eenzaamheid gestorven en had een erfenis en een aantal onopgeloste juridische kwesties nagelaten. Deze situatie verschafte mevrouw Pachelbel een formeel excuus om haar land te verlaten. Ze zei tegen zichzelf dat ze geen andere kans zou krijgen om wat van de wereld te zien, tenzij ze zou wachten tot haar land weer eens van staatsvorm zou veranderen. Bovendien was er niets meer wat haar aan haar geboortestad bond: haar familie was dood, haar man ook en de enige bloedverwant die ze nog had, deed zijn best haar te negeren. Ze reisde dus af naar Buenos Aires, maar daar beviel het haar niet. Te vochtig, te grauw. Bovendien werd de stad geteisterd door politieke onlusten, dezelfde chaos als die ze had willen ontvluchten.

Toen vroeg iemand haar of ze het zuiden kende.

Mensen denken dat mevrouw Pachelbel een vrouw van de wereld was, die talloze landen had bereisd en er niettemin voor had gekozen om in Santa Brígida te blijven. Ze weten niet dat al die landen in werkelijkheid één en hetzelfde zijn. En hoewel ze het anders doet voorkomen, draagt de vrouw nog altijd de boeien die haar aan haar geboortestad geketend houden. Hoewel men haar nooit over heimwee of andere dingen heeft horen klagen, heeft mevrouw Pachelbel op de bovenverdieping van haar huis in Santa Brígida de wereld van haar kindertijd gereconstrueerd. Wanneer ze geen zoete waren staat te bereiden of te verkopen, schildert mevrouw Pachelbel. Ze maakt schilderijen die weergeven wat ze zag als ze haar Sloveense huis uit liep, wat ze zag vanaf de straathoek of als ze het plein op liep.

Kort nadat ze zich in Santa Brígida had gevestigd, kreeg ze bezoek van doctor Dirigibus, in zijn hoedanigheid als coördinator van het Bewonerscomité. De rechtsconsulent wilde haar welkom heten in het dorp. Mevrouw Pachelbel liet zich de eer met moeite welgevallen en antwoordde met ja of nee op al zijn vragen, terwijl hij zweette van de inspanning om de monoloog tot het niveau van een gesprek te verheffen. Hij stond op het punt zich gewonnen te geven toen ze hem haar achternaam vertelde; dat was de kans waarop hij gewacht had.

'Pachelbel? Als de componist van de *Canon*?' vroeg Dirigibus met een raadselachtig glimlachje, en hij dacht aan de musicus die de leermeester van de oudste uit de Bach-familie was geweest.

Lange tijd had ze de overeenkomst zelf aangehaald wanneer men naar haar achternaam vroeg. Ze was ermee gestopt toen ze merkte dat de meeste mensen, wanneer ze het muziekstuk noemde, dachten dat 'van de *Canon*' haar meisjesnaam was en haar 'mevrouw Pachelbel-van de *Canon*' gingen noemen.

Die eerste glimlach, die zij aan hofmakerij had toegeschreven, was ironisch bedoeld geweest. Dirigibus vond het grappig dat zo'n kortaangebonden vrouw met zo'n nors gezicht een naam droeg die aan engelenmuziek refereerde.

Mevrouw Pachelbel had geen enkel respect voor engelen. Elke soort die kinderen voortbracht (en wat waren cherubijntjes anders?), liet haar koud.

XXXIV

Tekent de twijfel op over de oorsprong van mevrouw Pachelbels fobie en schakelt halverwege over op de naderende winter

Teo zag mevrouw Pachelbel elke week. Door het regelmatige contact was zijn aanvankelijke afkeer afgezwakt. Als je vergat dat de vrouw een kinderfobie had – wat niet zo moeilijk was, want er kwam geen kind de winkel binnen dus er deden zich ook geen nare scènes voor – was het bijna plezierig om met haar om te gaan. Mevrouw Pachelbel bejegende al haar klanten met evenveel respect, met Zwitserse precisie afgemeten zodat men haar goede manieren niet met hartelijkheid zou verwarren. Wat Teo betreft was ze een volleerd vakvrouw: veeleisend (ze testte nog altijd de kwaliteit van elk product, net als de eerste keer), maar ook keurig op tijd met betalen en attent op nieuwe manieren om de service te verbeteren. Elke keer als ze Teo ontving, vroeg ze hoe het met Pat ging, maar naar Miranda vroeg ze nooit. Teo was de humor van dit beleefdheidsritueeltje gaan inzien en wachtte bij elk bezoek haar vraag af om steevast te antwoorden dat het goed ging met Pat, jazeker, en met Miranda ook, dank u, u hebt geen idee wat een heerlijk kind het is, een engeltje, het zonnetje in huis!

'Ik snap het niet,' zei Teo op een van die middagen tegen doctor Dirigibus, onder het genot van een glaasje. 'De kinderhaat van die vrouw, is dat nou echt een fobie, iets wat je niet kunt sturen, zoals hoogtevrees, of is er een historische verklaring voor? Misschien werd ze het zat dat kinderen haar winkel overhoophaalden.'

'Ahum, ehm, nee,' zei Dirigibus, terwijl hij met het puntje van zijn zakdoek een fernetsnorretje wegstreek. 'Mevrouw Pachelbel leidt haar winkel als een kapitein op een schip. Ze is streng maar rechtvaardig. Ze heeft nooit muiterij of ongeregeldheden aan boord gehad!'

'Dan zou ze zich eens moeten laten nakijken.'

'Ze is te ontwikkeld om zich door een irrationele angst te laten leiden.'

'In dat geval heeft ze misschien een geheim.'

'Als ze haar vrienden die informatie onthoudt, wil ze ons er waarschijnlijk niet mee lastigvallen,' antwoordde de rechtsconsulent, nog altijd vol bewondering. 'Ze is toch zo'n bescheiden vrouw!'

Teo liet het daar maar bij. Hij dacht aan zijn eigen vrouw, vol geheimen die ze niet voor zich hield uit bescheidenheid, dat wist hij zeker.

Met de herfst werden de dagen zwakker. Ze waren nog zonnig, maar het licht was aarzelender, alsof het wist dat het spoedig verbannen zou worden en daardoor zijn taak niet meer met zomerse overtuiging kon vervullen.

Gewend aan de kalender van Buenos Aires, waar het schooljaar tot december liep, werd Teo door het einde van de lessen verrast. Op het eindfeest zong Miranda een lied. Tijdens haar optreden zwaaide ze de hele tijd naar Teo, die natuurlijk elke keer terugzwaaide; Miranda vond het grappig om te zien dat Teo er zelfs midden in een menigte uitsprong als een albino tussen Watutsi's.

Aan het einde van de viering kreeg Miranda het getuigschrift waarmee ze werd uitgenodigd om in het voorjaar in een witte stofjas terug te komen. Ze was enorm opgetogen over het vooruitzicht om met de lagere school te beginnen. Toen juffrouw Juli de cadeautjes aan de leerlingen uitdeelde, gaf ze Miranda een pennenhouder met een kaartje waarop stond: 'Je bent een heel bijzonder meisje. Ik weet zeker dat je nog veel beter kunt. Zet hem op!' Teo had de indruk dat het een standaardboodschap was, maar Miranda duwde het Pat onder de neus alsof ze haar iets verweet. Trouw aan haar karakter weigerde Pat zich aangesproken te voelen. Toen ze thuiskwamen, pakte ze een schaar en maakte poetslappen van Miranda's oude stofjas.

Teo's protest haalde niets uit. Pat murmelde iets over de zinloosheid om je aan materiële herinneringen vast te klampen, we komen naakt ter wereld en gaan er ook naakt weer vandaan, waarom zou je spullen verzamelen die alleen maar stof aantrekken, en meer van dat soort argumenten. Toen Teo, die zelfs aan een yoghurtbekertje sentimentele waarde toekende, haar wilde tegenspreken, deed Pat er nog een schepje bovenop. Ze rukte de tekeningen van de muur en gooide ze in de prullenbak. In zo'n situatie hield Teo liever zijn mond, voordat Pat zou besluiten dat zijn boeken – en waarom hijzelf niet! – ook wel weg konden.

Met de winter in aantocht stelde mevrouw Pachelbel voor de productiesnelheid op te voeren. Het sneeuwseizoen trok meer toeristen en daarmee zou de vraag toenemen; het was prettiger daarop vooruit te lopen en een voorraad aan te leggen in plaats van te moeten zwoegen en korte nachten te moeten maken wanneer de klanten zich in de winkel verdrongen.

Teo werd uitgesloten van de besprekingen tussen Pat en mevrouw Pachelbel, en met zijn minderheidsbelang in de zaak had hij geen recht op protest. Ze stelden hem voor een voldongen feit: hij moest twee of zelfs drie keer zoveel werk verzetten, wat betekende dat hij twee of zelfs drie keer zo vaak langs de winkel moest. Zijn grapjes daarover (vertelden ze hem nou dat hij twee keer zoveel betaald kreeg, of zelfs drie keer?) hadden geen effect. Pat zei dat deze winter doorslaggevend zou worden voor het kapitalistische avontuur. Als ze aan het eind van het seizoen winst hadden gemaakt, zouden ze uit de rode cijfers kunnen komen en had de onderneming bestaansrecht. Zouden ze de verwachte winst niet maken, dan had het geen zin om verder te gaan en zou de samenwerking met mevrouw Pachelbel worden opgeheven, wat betekende dat ze werk zouden moeten zoeken.

'Je redeneert al als een werkgever,' protesteerde Teo. 'Je vraagt me het dubbele te werken voor hetzelfde geld omdat het bedrijf anders op de fles gaat. Je legt alle verantwoordelijkheid op mijn schouders!'

'Ik heb je niet voor niets op je brede schouders uitgekozen,' zei Pat.

In juni sneeuwde het voor het eerst. Teo ontdekte dat sneeuwbuien zich, in tegenstelling tot stormen, niet aankondigen. Ze komen eerder stilletjes, doen onopvallend hun werk; verbaasd stellen de mensen vast dat ze minutenlang met hun leven zijn doorgegaan, met klanten hebben staan praten, water hebben staan pompen of de dieren hebben gevoerd zonder te merken dat de hemel zijn schilfertjes losliet.

De eerste sneeuwbuien zijn plaagstootjes van de winter. Ze laten geen witte deken achter over de akkers of een dik pak ijs op de daken; ze veroorzaken eerder modderstromen, die altijd op de doorgaande weg samenkomen. Op aanraden van Pat stapte Teo naar David Caleufú voor een stoomcursus autorijden onder de meest barre weersomstandigheden. David zei niet bijster veel, hij was overdreven zuinig met woorden, maar zijn vrouw Vera verschafte de details. Beladen met adviezen, sneeuwkettingen en dozen vol zaagsel liep Teo de deur uit.

De overstroomde wegen hadden ook gevolgen voor het leven thuis. Miranda zat opgesloten. Teo's pick-up werd voor zakelijke doeleinden gebruikt, Pats fiets was in de sneeuw en de modder onbruikbaar en het meisje kon het wel vergeten om te voet naar Salo, haar vaste speelkameraadje, te mogen.

Op een middag zag Teo haar toen hij thuiskwam met een koud kompres op haar hoofd in bed liggen. Pat zei dat het migraine was, niets bijzonders, ze was gewend aan dit soort pijn. Teo bleef bij haar in de slaapkamer. Hij probeerde haar aan het lachen te maken, maar slaagde daar niet in. Hij gaf alles wat hij in huis had, maar Miranda was niet te verleiden.

'De radio doet het niet,' zei ze lusteloos.

Teo bood aan hem na te kijken. Misschien lag het aan de batterijen.

Miranda schudde haar hoofdje en zei dat hij zich geen zorgen hoefde te maken, het was niet de eerste keer dat dit gebeurde. 'Soms houdt hij er vanzelf mee op,' zei ze om zichzelf te troosten, 'maar later doet hij het dan weer.'

Teo bleef bij haar zitten tot ze in slaap leek te zijn gevallen.

De volgende dag, toen hij na zijn noeste arbeid thuiskwam, zag hij dat Miranda uit bed was, hoewel ze nog in haar nachthemd zat. Haar vlechtjes waren door het gewoel in het kussen losgeraakt, het ongekamde haar waaierde in kleine golfjes over haar schouders uit. Het meisje zat als een bezetene te tekenen op de vloer in de woonkamer. Er lagen al zeven, acht soortgelijke tekeningen over de grond verspreid. Toen ze Teo zag, schonk ze hem een zwak glimlachje. Enigszins bezorgd stelde de reus vast dat haar oogjes rood waren. Hij was al onderweg naar de keuken om Pat om medische raad te vragen toen hij de tekeningen op de vloer zag liggen.

'Heb jij die gemaakt? En al die andere tekeningen die je moeder in de keuken heeft opgehangen ...?'

Miranda knikte, zonder haar blik van het papier op te richten.

'Ik dacht dat Pat ze had gemaakt.'

Miranda moest lachen en keek de reus aan.

'Pat kan nog niet eens een, een, een wolkje tekenen, of een hond of een zon!'

'En wat is dit?' vroeg Teo, terwijl hij naar een half voltooid kunstwerk wees.

Miranda keek hem aan alsof hij haar voor achterlijk hield. Even was Teo bang dat ze zou vragen waarom hij ervan uitging dat kinderkunst alleen maar figuratief kon zijn.

'Dit is wat ik zie. In mijn hoofd. Als ik hoofdpijn heb.'

Diezelfde avond spreidde Teo voor het slapengaan Miranda's tekeningen uit op bed.

'Ze zien er hetzelfde uit als altijd,' zei Pat, terwijl ze een sigaret opstak. 'Wat is er zo raar aan?'

'Miranda zegt dat ze dit ziet als ze hoofdpijn heeft.'

'Als je daarmee soms probeert te suggereren dat ze iets ergs heeft, ben ik je dankbaar voor je bezorgdheid, maar je kunt gerust zijn. Er is absoluut geen sprake van een tumor, kortsluiting of problemen met de oogzenuw. Ik heb honderdduizend tests met haar gedaan en de uitslagen waren allemaal prima.'

'O ja? Wanneer dan?'

'Vroeger.'

'Daar heb je me helemaal niks over verteld.'

'Het is nooit ter sprake gekomen.'

'En waarom heb je al die onderzoeken laten doen?'

'Vanwege de hoofdpijn. En de stuiptrekkingen.'

'Stuiptrekkingen?'

'Waarom doe je toch altijd zo melodramatisch?'

'Ik doe net zo melodramatisch als iedereen, alleen zie je het bij mij beter.'

'Stuiptrekkingen heeft ze niet meer, zoals je al wel gemerkt zult hebben. Die zijn in de loop van de tijd overgegaan.'

'Maar de migraineaanvallen niet. Hebben ze nooit een oorzaak gevonden, of een medicijn dat hielp?'

'De wetenschap kent meer mysteries dan de theologie, ze heeft er alleen minder ontzag voor.'

'Wanneer heb je voor het laatst naar haar laten kijken?'

'Eh ... anderhalf jaar geleden, iets langer.'

'Zou het niet goed zijn als dat nog eens gebeurt? Door een specialist? In Bariloche is vast wel ...'

'*Fuck,*' mompelde Pat, en ze drukte haar sigaret uit zonder hem op te roken. 'Bedoel je soms dat ik mijn plicht als moeder niet goed vervul?'

Pats stem klonk zo ijzig in deze laatste zin dat Teo besefte dat hij op zijn tellen moest passen.

'Ik bedoel helemaal niks. Ik vroeg alleen maar ...'

'Miranda is mijn dochter. Niemand kent haar zo goed als ik. Niemand kan zoveel van haar hebben als ik. Niemand weet beter wat ze wel of niet nodig heeft.'

'Ik …'

'Vader zijn is geen spelletje, dus hou nou maar op met spelen. Jij bent haar vader niet. Jij bent niemand. Jij naait haar moeder, *and that's it*. En als je haar wil blijven naaien, moet je eens ophouden met dat gedram!'

Teo wilde graag vragen of ze nou echt zo kwetsend moest zijn, maar Pat gaf hem de tijd niet; ze deed het licht uit, keerde hem de rug toe en verstopte zich in de slaap.

XXXV

Kort, om te laten zien dat het incident met de tekeningen niet in de vergetelheid, maar in een portefeuille is terechtgekomen

Miranda's migraine verdween zonder nawerkingen. Haar haren werden opnieuw gevlochten, de radio deed het weer – zoals ze had voorspeld – en ze stopte met het maken van hallucinerende tekeningen en keerde terug naar haar gebruikelijke krabbels.

Teo hield uit voorzorg een van Miranda's tekeningen bij zich, voordat Pat ze zou weggooien. Hij vouwde het papier meerdere malen dubbel tot het zo groot was als het topje van zijn duim en stopte het diep weg in zijn portefeuille. (Als Pat het zou ontdekken, zag het er niet best voor hem uit.) Als de gelegenheid zich voordeed, kon hij het aan een neuroloog laten zien.

Maar er was iets wat hem dringender leek dan het inwinnen van medisch advies. Hij had het eigenaardige gevoel dat hij eerder ergens zo'n soort tekening had gezien, hij wist alleen niet meer waar. Als hij in Buenos Aires was geweest, had hij de *Encyclopedia Britannica* die nog in zijn appartement stond erop nageslagen, hij had het vermoeden dat hij daarin zou vinden wat hij zocht; hoewel het ook de reflex kon zijn van iemand die eraan gewend is om alles daarin op te zoeken.

Dirigibus verschafte hem toegang tot de enige openbare bibliotheek van Santa Brígida. Tot zijn teleurstelling hadden ze geen uitgave van de *Encyclopedia Britannica*; nu die er niet stond, wist hij niet meer waar hij moest beginnen met zoeken.

Met het verstrijken van de dagen werd het propje papier een organisch onderdeel van zijn portefeuille en vergat Teo uiteindelijk dat hij het had.

XXXVI

Ter ere van een burgemeester die goed is wanneer hij zijn medicijnen slikt, maar nog beter wanneer hij ze achterwege laat

Het wordt tijd om eens een kijkje te nemen bij de aanvoerder van de gevestigde macht in Santa Brígida *in illo tempore*.

Farfi was, zoals reeds gezegd, de gekozen burgemeester. Hij stamde af van de Palestijn die deel uitmaakte van het Comité van Dorpsstichters. Van deze voorvader had hij bloed, zeden en gewoontes, een bescheiden fortuin en de kruideniersketen waarmee dat fortuin was vergaard, geërfd. Het pleit voor Farfi dat hij niet op zijn lauweren is gaan rusten. Integendeel, hij had gestudeerd om aan zijn eigen toekomst te werken, een dubbele verdienste, gezien zijn aandoening.

Farfi leed aan het syndroom van Gilles de la Tourette. Al vanaf zeer jonge leeftijd spreidde hij een overdaad aan nerveuze energie tentoon, die zich uitte in tics, ongecontroleerde bewegingen, onwillekeurige imitaties, geluiden en scheldkanonnades. Zijn ouders hadden jarenlang neurologen in Buenos Aires en zelfs internationale vaklieden geraadpleegd om naar een behandeling te zoeken die niet bestond. Ondertussen ging de jongen naar een normale school, waar hij zich door zijn intelligentie en makkelijke omgang met mensen aardig redde. Zijn klasgenoten aanbaden hem. Een leider met een vrijbrief om de meest grove taal uit te slaan, daar zegt toch niemand nee tegen?

Hij was al afgestudeerd als advocaat toen hij pillen vond waarmee hij zijn dwangmatigheden in de hand kon houden. Het middel hielp, maar had wel bijwerkingen. Als Farfi het innam, veranderde hij in een schim van zichzelf: hij was verlost van zijn spastische bewegingen, maar verloor daarbij ook zijn spitsvondigheid en gevoel voor humor.

Na een tijdje onderhandelde hij met zijn arts. Hij zou de pillen van maandag tot en met vrijdag slikken en een even ernstige en ijverige als fantasieloze advocaat zijn. In het weekend zou hij weer zijn wie hij altijd was geweest, de grappigste en meest gevatte kerel van het dorp. Gelukkig voor hem vonden de verkiezingen altijd op een zondag plaats. In Santa Brígida zei men dat, zolang dit zo bleef, Farfi onverslaanbaar was.

Hij betrok zijn ambt als interim-burgemeester in 1977, na een anarchistische tussenfase van een aantal maanden. De gekozen burgemeester was in 1975 een natuurlijke dood gestorven en had het ambt overgelaten aan zijn locoburgemeester, een verachtelijk mannetje. Begin 1977 ging de locoburgemeester er met de gemeentekas vandoor. Een dorpscomité wees uiteindelijk Farfi aan, die tegen heug en meug toestemde. Hij zei altijd dat hij erin geluisd was omdat ze hem op een dinsdag hadden aangesproken. Elk weekend probeerde hij af te treden. Dan vroeg men hem er nog eens over na te denken en in elk geval pas maandagochtend zijn ontslag in te dienen. En tegen die tijd zat Farfi alweer aan zijn pillen en dus ook weer op zijn post, met de lijdzaamheid van iemand die voor een voldongen feit wordt gesteld.

De leden van het Dorpscomité (onder wie uiteraard doctor Dirigibus) waren de eersten, maar uiteraard niet de enigen die misbruik maakten van het verschil tussen de Farfi op werkdagen, duister en verantwoordelijk als doctor Jekyll, en de goedmoedige meneer Hyde van het weekend. Bij de gemeente wist iedereen dat je een belangrijke kwestie op vrijdag laat in de middag ter goedkeuring aan de burgemeester moest voorleggen, wanneer de werking van het medicijn begon af te nemen en Farfi's weekendgevoel de overhand begon te krijgen. Op die momenten van chemische instabiliteit liet de burgemeester zijn minutieuze approach van gemeentelijke zaken varen en was hij, ten prooi aan een sprankelend, licht gevoel in zijn hoofd, in staat zijn handtekening te zetten onder stukken die eerder uren of zelfs dagen van diepgaand onderzoek van hem hadden gevergd.

Vele afdelingen bij de gemeente wilden op deze wijze hun voorstellen doordrukken. Maar omdat er zelfs voor de soepele pen van de vrijdagmiddag-Farfi te veel zaken op het laatste moment kwamen, bleef er altijd een aantal tot maandagochtend liggen, het moment van de week waarop de burgemeester, herboren in verantwoordelijkheid, ernstiger en minder toegeeflijk was.

Farfi kreeg al snel argwaan jegens de stroom aan voorstellen die op zijn bureau terechtkwam. Hoe was het mogelijk dat het op vrijdagmiddag zo hectisch was en zaken van leven of dood die zijn onmiddellijke aandacht eisten zich ophoopten, terwijl er op maandagochtend niets te doen was? Hij sprak daarom met zijn vertrouwelingen af dat zij de dingen die op het laatste moment binnenkwamen, zouden schiften, zodat hij niets zou ondertekenen wat echt belangrijk was; hij zou alleen minder gewichtige kwesties aannemen, die betrekking hadden op straatnamen, feestdagen en benoemingen van lagere functies. Hieraan valt een aantal betwistbare beslissingen toe te schrijven, zoals een straat die simpelweg de naam Deze Straat kreeg en daarmee dagelijks voor problemen zorgde ('Waar woont u?' 'In Deze Straat nummer 600' 'In deze straat hier?' 'Nee, in Déze Straat', en zo *ad infinitum*) en de benoeming van meneer Puro Cava op de afdeling inschrijvingen van de burgerlijke stand, die onvermoede gevolgen voor toekomstige generaties met zich mee zou brengen.

Bij één gelegenheid onttrok Farfi zich aan het toezicht waaronder hij zich uit eigen beweging had laten stellen. Gedurende meerdere weekenden voerde hij met vrienden en familieleden besprekingen over de wenselijkheid van een volksfeest dat voor meer begrip tussen de oorspronkelijke bewoners en de nieuwkomers in Santa Brígida zou moeten zorgen. (De herinnering aan de Hippieoorlogen drukte zwaar op zijn ziel.) Onder het genot van een drankje werden er grappen gemaakt, de meest krankzinnige suggesties gedaan en kreeg het latere Sever vorm. Wetende dat de doordeweekse Farfi nooit zou hebben ingestemd met een dergelijk initiatief, werkte hij de tekst van de verordening op een zondag uit en bracht hem naar het huis van een van zijn naaste medewerkers met de opdracht hem deze de volgende vrijdag rond vijf uur 's middags ter ondertekening voor te leggen.

Dit was niet zijn enige voorzorgsmaatregel. Farfi legde in de verordening vast dat het Severfeest niet op één vaste dag zou vallen, maar op wisselende data in het tweede weekend van oktober. De burgemeester was niet bereid een feest in te stellen waaraan hij niet kon deelnemen omdat de inname van zijn medicijnen hem dat verhinderde.

XXXVII

Waar Teo zijn vermoedens over
Pats lievelingswoord bevestigd ziet

De winter werd met de week strenger. Hoewel de zon zich nu en dan liet zien, speelde hij zijn rol met weinig overtuiging; hij las haastig zijn tekst op en verdween weer van het toneel. Op de meeste dagen was het grauw en gloorde er een schemerig licht, dat even vuil was als de sneeuw op de wegen.

Miranda eiste van Pat dat ze met Teo mee mocht op zijn ritjes, in de hoop de gevangenis van haar huis te kunnen ontvluchten, waar ze niet eens naar buiten kon kijken omdat alle ramen beslagen waren door de damp van de pannen. En Pat was dan misschien niet van haar stuk te brengen en had een vermogen om het woordje 'nee' te herhalen waarmee ze een plekje in het *Guinness Book of Records* kon verdienen, maar Miranda had haar vasthoudendheid geërfd. Hoewel ze over het algemeen geen lastig kind was, kon ze als het moest alle trucjes uit de kast halen waarmee de allerkleinsten volwassenen het leven zuur maken: tien keer in een minuut hetzelfde vragen, hele kasten leeghalen op zoek naar een sok, experimenteren met de brandbaarheid van diverse materialen, alles omvergooien in het voorbijgaan, de koelkast open laten staan, de wc verstoppen met een pop en nog een reeks activiteiten die mevrouw Pachelbel ongetwijfeld met een niet te evenaren welsprekendheid zou kunnen omschrijven.

Pat bood vastberaden weerstand, totdat Teo zich tegen haar keerde, wat betekende dat ze het onderwerp niet kon laten rusten toen Miranda de strijd had opgegeven en al diep weggekropen in haar bedje lag te slapen. Na een zwijgzame dag in zijn pick-up maakte een strijdbare Teo van de avond gebruik om Pat met zijn argumenten om de oren te slaan. Hij stapelde bewijs op bewijs, zoals David Caleufú te werk ging: steen op steen, van beneden naar boven. Miranda, zei hij, had recht op vermaak. Door de winter zat ze opgesloten in een huis zonder televisie of boeken voor kinderen van haar leeftijd. Haar moeder, druk als ze was, had geen tijd voor spelletjes. Hoeveel tekeningen kon Miranda op een dag maken? Hoeveel potjes solitair kon ze spelen? Vond Pat het soms gezond dat ze zoveel uur per dag naar de radio zat te luisteren?

De situatie vroeg om drastische oplossingen, zei Teo, bij het dak van zijn conceptuele bouwwerk aangekomen. Het meest praktische hulpmiddel zou de aanschaf van een televisie kunnen zijn.

'Geen haar op mijn hoofd,' zei Pat.

Dan viel de keuze automatisch op de andere oplossing, in elk opzicht de meest wenselijke, omdat ze vier keer – vier keer! – zoveel voordelen bood als de eerste: ze was goedkoper, want er hoefde niet in een televisie en antennes te worden geïnvesteerd; ze was menselijker, in die zin dat ze de relatie tussen Teo en Miranda bevorderde omdat ze noodgedwongen een groot deel van de dag samen moesten doorbrengen, met elkaar moesten praten en elkaar beter moesten leren kennen; ze was leerzamer, omdat Miranda de regio zou verkennen en met verschillende soorten mensen in contact zou komen; en ten slotte was ze ook barmhartiger, zei Teo, terwijl hij de laatste dakpan op zijn redenering legde, want Pat zou haar dag in rust en stilte kunnen doorbrengen en zich helemaal op haar werk kunnen richten, dat al haar aandacht verdiende: de vervaardiging van een voortreffelijk product dat het welslagen van het kapitalistische avontuur zou garanderen.

Dit was het moment waarop Pat zuchtte, de schouders liet hangen en een paar seconden wachtte voor ze het woord uitsprak dat al vanaf het moment dat Teo begon te praten op haar tong lag, dat woord dat het proton van al haar atomen was, het genoom dat haar genetische identiteit weergaf, hetzelfde woord dat haar roem had kunnen brengen als het Guinnesscomité ervan op de hoogte was geweest, het woord dat haar trouwens het dierbaarst was van allemaal.

'Nee.'

Waarmee ze, zo wist Teo, op de drempel stonden van wederom een nacht zonder seks.

XXXVIII

Waarin wordt nagedacht over de aard van verandering en meteen tot de praktijk wordt overgegaan

Op een van die dagen deed Miranda de deur open en verdween.

Toen Pat het in de gaten kreeg, was het al te laat. Ze stoof het huis uit en zocht het witte landschap af naar een kleurig vlekje, maar zag haar niet. Miranda reageerde ook niet op haar geroep. Even vreesde ze het ergste. Ze hijgde en haar adem condenseerde in zo'n dichte damp dat ze het gevoel had dat ze net als haar pannen stond te koken.

Al snel ontdekte ze de sporen in de sneeuw. Opgelucht stelde ze vast dat Miranda alleen was. Ze begon haar voetsporen te volgen en riep haar. Ze liep verder tot het huisje uit het zicht verdwenen was, maar het meisje was nergens te bekennen. Tot haar wanhoop zag ze dat de afstand tussen de voetafdrukken steeds groter werd. Miranda had het op een rennen gezet. Was ze voor haar, voor haar eigen moeder, op de vlucht?

Ze haalde haar in op een open plek met verse sneeuw. Miranda's beentjes waren er helemaal in weggezakt en ze kon zich niet meer bewegen; vanuit de verte zag het eruit alsof haar benen bij het rennen waren afgesleten.

'Waar ga jij naartoe?' vroeg Pat, met een verstikte stem van de kou.

'*I'm going to Salo's!*' riep Miranda, bijna in tranen.

'Dat is niet hierlangs. Je bent verkeerd gelopen.'

'Ik ga naar Salo!' herhaalde het meisje.

'Goed dan. Ik breng je wel. Ik zet het fornuis uit en dan gaan we, oké?'

Miranda knikte en haalde haar neus op.

'Laat me je eerst hier eens weghalen,' zei Pat. Ze klappertandde. Ze was zo het huis uit gelopen, gekleed op de tropische hitte van de kokende pannen.

175

Pat vroeg zich af of ze wel bij het meisje kon komen. Wat zou er gebeuren als ze zelf ook wegzakte? Zouden ze dan samen vast komen te zitten, op een paar meter van elkaar, zonder elkaar te kunnen aanraken, totdat hun benen zouden bevriezen en de kou in hun lichaam omhoogkroop?

Ze was nog maar vijf passen van Miranda verwijderd toen de grond onder haar voeten meegaf. Ze slaakte een kreet die door het hele bos galmde. Toen merkte ze dat ze tot halverwege haar kuiten was weggezakt, maar weer vaste grond onder haar voeten voelde. Ze kon moeiteloos haar voeten bewegen. Ze zakten wel weg, maar ze kreeg ze weer omhoog en kon verder. En zo liep ze als een flamingo tot ze bij Miranda was.

Het kostte moeite haar eruit te krijgen. Haar benen waren bevroren, dood gewicht.

'Heb je *De slag om de warmte* gezongen?' vroeg Pat, in een poging haar zenuwen te verbergen.

Miranda schudde haar hoofd.

'Waarom niet, je weet toch dat dat altijd werkt?' zei Pat, die maar aan Miranda bleef trekken.

'Omdat ik het alleen niet kan. Alleen is het niet hetzelfde!'

Pat bukte en vroeg Miranda haar armen om haar nek te slaan. Vervolgens probeerde ze zich op te richten, zonder Miranda los te laten. Ze had alle kracht die ze in haar lijf had nodig, alle trekkracht in haar benen en rug, om Miranda te bevrijden.

Ze rende zo snel als ze kon terug naar huis. Daar legde ze Miranda voor de open haard, wreef over haar voetjes en wachtte tot de theedoeken die ze op de deksels van de pannen had gelegd, warm waren; die zou ze gebruiken om haar beentjes in te wikkelen. Deze techniek had al snel effect, ongetwijfeld geholpen door *De slag om de warmte*, dat ze al vanaf het bos aan het zingen waren. Telkens als ze aanbelandden bij het gedeelte waarin je je voeten moest bewegen en Miranda daar nog niet in slaagde, begonnen ze opnieuw. Uiteindelijk lukte het en na die ene voet kwam de andere, en toen het ene en het andere been, totdat ze rennend en dansend door het huis gingen en het moment aanbrak waarop Pat, op aandringen van het meisje, de gaspitten uitdraaide om haar belofte na te komen.

Toen Teo thuiskwam, was het vroeg in de avond; de zon was al onder. Eerst dacht hij dat het huis leeg was. De pannen waren koud en er heerste een absolute stilte. Hoewel hij nieuwsgierig was, liep hij met vermoeide tred de trap op. Het constante trappen op de pedalen op de besneeuwde wegen had zijn benen uitgeput. Onderweg rinkelden de belletjes, waar alleen hij met zijn hoofd bij kon.

'Geen licht aandoen,' zei Pat vanuit de duisternis in de slaapkamer. Een ogenblik later lichtte het uiteinde van haar sigaret op in het donker.

'Je laat me schrikken,' zei Teo.

'In het donker kan ik beter nadenken.'

'En Miranda?'

'Die is bij Salo. Je hoeft er niet naartoe, David brengt haar thuis.'

'En waar dacht je over na dat de zichtbare wereld ervoor moest verdwijnen?'

De sigaret gloeide weer op.

'Denk jij dat verandering goed is?'

'Hangt ervan af wat voor verandering,' zei Teo vanuit de deuropening. 'Wat in elk geval zeker is, is dat verandering onvermijdelijk is. Alles verandert, de hele tijd. Onze cellen veranderen, ook al hebben we dat niet in de gaten, ze sterven af en vernieuwen zich, totdat het weefsel zijn elasticiteit en werkzaamheid verliest en dan gaan we dood, wat natuurlijk een sombere gedachte is, maar die past bij de duisternis die ons omringt. Vanwaar die vraag?'

'Sommige dingen veranderen nooit.'

'Welke, bijvoorbeeld?'

'Sommige mensen.'

'Die mensen hebben ook vergankelijke cellen.'

'Maar ze vertegenwoordigen constanten van het menselijk ras die precies dat zijn: constanten! Wreedheid, bijvoorbeeld. Pure slechtheid. Dat verandert niet, dat stopt nooit. Oude wijn in nieuwe zakken,' zei Pat, en ze drukte haar sigaret uit.

'Eerlijk gezegd weet ik niet zo goed waar we het over hebben. Ik ga hout in de open haard gooien, het is ijskoud hier. Als ik het vuur niet aanmaak en niet snel iets eet, veranderen de botten van deze dinosauriër ook. In fossielen!'

'Ik vraag me af of wij wel zoveel onzekerheid kunnen verdragen. We zijn gewoontedieren, denk je niet? Hoe ga jij om met veranderingen?' vroeg Pat, en ze knipte het nachtlampje aan.

Ze zat op bed, helemaal naakt. Aan haar tepels, die klein en hard waren, kon je zien dat ze het koud had. In de holte tussen haar benen lag de schaar waarmee ze haar haren met wilde halen had afgeknipt tot ze eruitzag als een jongen. Ze was zichzelf duidelijk in een vlaag van waanzin te lijf gegaan, want op de kale plekken zaten krassen van de woeste bewegingen met de schaar. Overal lagen plukken haar, op de lakens maar ook op de vloer en zelfs op het nachtkastje.

Teo knielde naast het bed. Hij pakte met zijn ene hand Pats handen vast en haalde met de andere de schaar weg en legde die op de grond.

'Ik weet alleen niet,' zei Pat, die met een bruuske beweging haar handen terugtrok, 'in hoeverre iemand kan veranderen. Of hoe lang. Soms denk ik dat er helemaal niet zoveel te veranderen valt. En ze streek met haar hand over haar hoofd, alsof ze wilde voelen hoeveel haar ze nog had; een gebaar van de diepste troosteloosheid.

'Lief, gaat het? Wat is er met je?'

Pat schudde haar hoofd en glimlachte naar hem. Wanneer ze zo glimlachte, dacht Teo dat Pat hem verwarde met de mooiste man op aarde.

'Met ingang van morgen,' zei Pat, 'mag je Miranda meenemen als je wilt.'

Met heel veel moeite, want zijn vingers pasten bijna niet door het oog van de schaar, knipte Teo Pats haar gelijk, wat betekende dat hij het nog verder moest kortwieken. Hij was nog maar net klaar toen de claxon van Davids vrachtauto Miranda's thuiskomst aankondigde.

Die avond kookte Teo, met hulp van het meisje, dat lovend was over Pats kapsel. Pat keek toe hoe ze zich uitsloofden in de keuken: ze pelden en hakten, zeefden en bakten. Miranda draaide als een satelliet om Teo heen en straalde een sterachtig licht uit. Haar blijdschap vormde een schril contrast met de uitputting die Pat probeerde te verbloemen door te glimlachen en de maffe dingen die het meisje deed toe te juichen.

De onvermijdelijke verandering voltrok zich daar, voor haar ogen: de dochter groeide en de moeder werd kleiner. Wat Pat het meest beangstigde, was niet het proces op zich, maar het vermoeden dat er in hun geval iets gewelddadigs in zat, een dosis wreedheid die er niet hoorde, maar er toch was. Was het voor alle moeders zo moeilijk om hun dochters te beschermen? En wat voor moeder was Pat eigenlijk, sinds ze had ontdekt dat ze zelf ook bescherming nodig had, en wel van haar eigen dochter?

XXXIX

Een aantal taferelen uit de allereerste rit, die over het geheel genomen positief verliep, op een moment van extreme spanning na

En zo kwam het dat Miranda twee keer per week met Teo op pad ging.

Zoals te verwachten overlaadde Pat hen met goede raad.

Tegen Teo zei ze dat hij Miranda nooit uit het oog mocht verliezen, haar niet bij andere mensen mocht achterlaten, haar niet alleen mocht laten oversteken, geen rotzooi te eten of te drinken voor haar mocht kopen, haar moest verplichten achterin te gaan zitten met haar veiligheidsgordel om, zich ervan moest verzekeren dat ze warm ingepakt was, in haar bijzijn geen gekke dingen moest roken of te veel moest drinken en haar niet haar zin mocht geven, want dat deed ze zelf wel.

Miranda droeg ze op naar Teo te luisteren, binnen zijn gezichtsveld te blijven, hem niet gek te maken, niet te zeuren en op te passen of Teo niet naar andere vrouwen keek, en, mocht dat wel zo zijn, het opperbevel daarvan tot in de kleinste details op de hoogte te brengen.

Geen van beiden luisterde naar haar. Allebei zwoeren ze zich eraan te houden.

Onderweg liet het meisje zich nauwelijks horen. Ze staarde graag naar de weg met het Spica-radiootje tegen haar oor. Omdat ze achter Teo zat, kon de reus haar niet eens via de achteruitkijkspiegel zien; hij kon nog net de muziek horen die uit het piepkleine speakertje ontsnapte.

'Waar luister je naar?' vroeg Teo op die eerste rit, net nadat ze vertrokken waren.

Miranda deed haar gordel los en drukte de Spica tegen zijn oor.

'*And if I pass this way again, you can rest assured, I'll always do my best for her, on that I give my word,*' hoorde Teo een rauwe stem zingen.*

---

* Bob Dylan, *Shelter from the Storm*.

179

'O, mooi. Dylan!' zei Teo, en hij zette de autoradio aan om op het liedje af te stemmen. Maar hij draaide de afstemknop tevergeefs van links naar rechts.

'Wat is dat voor radio?' vroeg hij teleurgesteld.

Via de achteruitkijkspiegel zag Teo een handje de Spica omhooghouden.

'Ik bedoelde wat voor zender.'

'Weet ik veel,' zei Miranda, die haar gordel alweer om had gedaan. 'Ik luister altijd naar deze!'

De reus zocht verder tot hij besefte dat het liedje onderhand wel afgelopen zou zijn en gaf zich gewonnen.

De markten boeiden Miranda mateloos. De bijenkorfachtige bedrijvigheid en de overvloed aan geuren en klanken vervulden het meisje met plezier. Tot op dat moment had Miranda slechts één stabiele relatie gekend, die met haar moeder; alle andere waren vluchtig geweest, een parade van persoonlijkheden die even snel weer gingen als ze gekomen waren. Het was logisch dat dit bonte spektakel, dit levenstheater van de markt met zijn handel over en weer, een opwinding in Miranda teweegbracht die andere kinderen van haar leeftijd voor een attractiepark bewaren.

Teo stelde haar voor aan de mensen bij wie hij langsging.

'Dit is meneer Tiliche,' zei Teo bij een van de kramen.

'Aangenaam, Miranda,' zei meneer Tiliche. Het was een allervriendelijkste meneer die naar perziken rook en schoenen met half loshangende zolen droeg.

'Voor het beste fruit moet je bij hem zijn,' zei Teo. 'Volgens mij praat hij ertegen, of het fruit tegen hem. Ik heb gezien hoe hij het bij zijn oor hield!'

Meneer Tiliche gebaarde naar Miranda dat ze met hem mee moest lopen. Het meisje zocht even naar goedkeuring in Teo's blik en nam de uitnodiging aan.

Ze bleven staan voor een kist met aardbeien. Meneer Tiliche keek in de kist, snuffelde her en der en pikte er uiteindelijk één aardbei uit. Hij liet hem tussen zijn vingers draaien en kneep er zachtjes in; Miranda ontdekte dat de aardbei geluid maakte, een ritmisch *krrt krrt*. (Dat was een openbaring: Miranda besefte dat niet alleen complexe organismen hun eigen muziek voortbrachten.) Vervolgens rook hij aan de vrucht, liet het aroma op de uiteinden van zijn zenuwen inwerken en rook nog eens. Tot slot bracht hij hem naar zijn oor. Miranda vroeg zich af of ze een soortgenoot tegen het lijf was gelopen, iemand die net als zij in staat was dingen te horen die anderen – waarmee ze haar moeder bedoelde – niet konden horen.

'Hmm. Dat kan. We zullen zien!' zei meneer Tiliche, alsof hij reageerde op een opmerking van de aardbei, die hij vervolgens aan Miranda gaf. 'Hij zegt dat hij precies rijp genoeg is voor jou. Je hebt geen suiker of slagroom nodig, je zult zien dat hij lekker zoet is. En niet kauwen. Zet er maar zachtjes je tanden in en laat hem dan smelten op je tong.'

Miranda volgde de aanwijzingen nauwkeurig op. De aardbei smolt toen hij in aanraking kwam met het speeksel, dat direct haar mond in stroomde; ze moest een hand voor haar mond houden om niet te kwijlen.

De bloemenmarkt liet ook een blijvende indruk achter. Vanwege de aard van de handelswaar was het er al een wonder van geuren en kleuren. Maar ook de klanten waren bijzonder. Waar zich op de gewone markt slechts de haaien van de groothandel en de gebruikelijke koopjesjagers bevonden, vertoonde de bloemenmarkt een heel scala aan kopers, net zo rijk geschakeerd als het groene aanbod. Er waren dames op leeftijd die om bloemen vroegen die deden denken aan negentiende-eeuwse romans – camelia, violier, petunia – waarvan ze kleine bosjes kochten. Er waren ook oude mannen, die hun laatste jaren wijdden aan de verzorging van tuinen, waar ze tot voor kort geen oog voor hadden gehad. Er waren moeders die bruiloften organiseerden, aanbidders op zoek naar orchideeën om hun romance mee te omschrijven en mannen in zwart pak die geuren voor een begrafenis zochten.

'En wij zijn er,' zei Teo. Waarna hij begon uit te leggen wat het geheim van mevrouw Pachelbels confituren was, dat we hier zullen afschermen uit respect voor de menselijke ondernemingszin; laat het volstaan om te zeggen dat mevrouw Pachelbel een essence uit bepaalde bloesems won en die in precies afgemeten doses aan haar producten toevoegde.

Met de namiddag brak het meest gevreesde tijdstip aan: het bezoek aan de winkel van mevrouw Pachelbel. Teo wilde Miranda niet alleen in de pick-up achterlaten, maar hij vond het ook niet goed om haar bloot te stellen aan de verachtelijke blikken van de vrouw of een gespannen situatie in de hand te werken die op een ramp kon uitlopen; als mevrouw Pachelbel iets verkeerds deed … Hij kwam op het idee Miranda even bij doctor Dirigibus achter te laten, iets wat Pat al eens had uitgeprobeerd. Hij ging langs op kantoor, maar de rechtsconsulent was er niet. Zijn secretaresse zei dat doctor Dirigibus 'naar de broederschap was vertrokken', oftewel, naar de bar van Tacho Gómez. Wat betekende dat hij de grens tussen een gewone burger en iemand die niet kan instaan voor zijn daden, waarschijnlijk reeds had overschreden.

Teo vroeg Miranda of ze er iets op tegen had om mee de winkel in te gaan.

'Crap. Shit. Fuck!'

'Dan moet je in de auto blijven.'

Op dit tweede voorstel werd ook niet erg enthousiast gereageerd.

'Denk er maar goed over na,' zei Teo. 'Als je met me mee wilt blijven gaan, moeten we deze situatie oplossen. We gaan niet telkens als we in het dorp zijn een welles-nietesspelletje spelen!'

Miranda beloofde zich te gedragen.

Ze liep aan Teo vastgeklampt de winkel binnen. Mevrouw Pachelbel zag haar aanvankelijk niet eens, zo goed stond ze verstopt achter de reus. Maar toen Teo de deksel van het eerste potje losdraaide, rook mevrouw Pachelbel de indringster met haar speurhondenneus.

'Was ist das?' vroeg ze zich af, nog niet helemaal zeker. Toen zag ze Miranda, die tussen de benen van de reus door omhooggluurde.

Er ontglipte haar een kreet van diepe verontwaardiging, alsof er een exhibitionist haar winkel was binnengeslopen.

'Miranda rijdt met mij mee,' zei Teo. 'Ze is mijn hulp. Vandaag is het haar eerste dag!'

Met een gevoel van onmacht greep de vrouw een lepel en zwaaide ermee zoals een ander met een mes.

Ze nam een hap. Even liet ze het fruit en de siroop door haar mond gaan, alsof ze geen tanden had en het vruchtvlees niet kapot kon bijten. Vervolgens slikte ze, trok een gruwelgezicht alsof ze wonderolie had geproefd en sloeg ongeduldig met de lepel op de deksel van het tweede potje om te vragen om een nieuwe kans. Bij de volgende hap bleef er siroop rond haar mond zitten; ze zag eruit als een vleesetend dier.

'Dit sjmaakt afsjoewelijk!' zei ze ontgoocheld, tot Teo's verbazing.

'Wat …? Wacht even. Dit is hetzelfde fruit als altijd, op dezelfde plek gekocht en op dezelfde manier gekookt!'

'Zou koenen. Maar dat kan ik nu niet merken. Alles sjmaakt fies!'

Teo hoefde niet lang te protesteren. Mevrouw Pachelbel vond het goed als hij de waar gewoon bij haar afleverde en liet de eindeloze formaliteit om uit elk potje afzonderlijk te proeven achterwege. Wat Teo ertoe bracht om, zodra ze de drempel over waren, Miranda met kussen te overstelpen en haar tot zijn talisman uit te roepen omdat ze het wonder had volbracht om zijn bezoek te verkorten.

XL

Bevat het verhaal van de meest timide bouwvakker ter wereld

David Caleufú's ouders en grootouders waren Mapuche-indianen. Sinds zijn handen één steen op een andere konden plaatsen, had David onophoudelijk gebouwd: met kiezels, klei of hout trok hij kastelen op, bouwde hij bruggen en ontwierp hij miniatuurdorpjes, die hij links liet liggen zodra hij het laatste steentje had geplaatst. Voor David ging het om het proces, om het uitwerken van zijn obsessie; hij had nooit goed geweten wat hij met een afgerond bouwwerk aan moest.

Op zijn twaalfde droeg hij bij aan de familie-inkomsten door met ervaren bouwvakkers mee te werken. David had een goed gevoel voor verticaliteit en was in staat zonder paslood een muur op te trekken, zelfs op bergachtig terrein. Als hij in een ander huis en in een ander gezin was geboren, had hij het tot de universiteit geschopt of op zijn minst een opleiding tot opzichter gevolgd. Maar David had geen boodschap aan titels. Iedere ingenieur die in Santa Brígida aankwam, kreeg dezelfde raad: neem David Caleufú in dienst en spreek hem niet tegen als het erop aankomt. De lijst met vaklieden die door de kennis van de Mapuches vernederd waren, was eindeloos.

Veel ingenieurs hadden hem graag in hun ploeg opgenomen, maar David functioneerde alleen in Santa Brígida. Daar kende iedereen hem en ging men akkoord met zijn arbeidsvoorwaarden. David vroeg niet meer geld dan zijn collega's, maar eiste wel dat er niet tegen hem gesproken werd. Hij was een slaaf van zijn eigen verlegenheid, die zulke simpele dingen als het voeren van een gesprek of het aankijken van zijn gesprekspartner bemoeilijkte.

Zijn eerste jaren was hij een nachtmerrie voor zijn ouders. Als ze iets tegen hem probeerden te zeggen, vluchtte David weg, eerst op handen en voeten, later op een holletje. In de loop van de tijd vonden ze een systeem waarmee ze als gezin konden functioneren. Telkens als ze iets tegen hem moesten zeggen, deden ze alsof ze hem niet zagen, alsof hij er niet was, en bespraken tussen neus en lippen door met elkaar wat ze wilden dat hij wist. David nam de informatie in zich op en handelde overeenkomstig.

Toen hij volwassen was, stuurde hij vanuit die zogenaamde onzichtbaarheid ingewikkelde bouwprojecten aan. Alle bouwvakkers deden alsof ze hem niet zagen, net zoals zijn ouders hadden gedaan. David hield toezicht op de voortgang van de werkzaamheden, bleef staan wanneer hij iets relevants uit de mond van een van zijn ondergeschikten hoorde – die op het gepaste moment de bijzonderheden over het werk bespraken – en deed hun zijn opmerkingen en aanwijzingen schriftelijk toekomen. Als hij iets dringends moest overbrengen, ging hij achter de betreffende persoon staan en fluisterde het hem in het oor, mits hij kon vertrouwen op diens medewerking; de betrokkene deed alsof hij net een ingeving had gekregen die niet anders dan van goddelijke herkomst kon zijn.

Wie het verbaast dat zo'n verlegen man een gezin heeft gesticht, kent Vera, Davids echtgenote, niet. Gelukkig voor het universum, dat hiermee zijn evenwicht hersteld zag, sprak Vera voor twee. Ze stond al te praten toen David voor het eerst op haar afstapte en ging gewoon in haar eentje verder toen hij alweer weg was. Vera's buitengewone bespraaktheid oversteeg haar eigen behoeften; het was voor haar een opluchting om Davids vertolkster, de stem van al zijn gedachten te worden. Zich bewust van deze zegen doorstond ze met opgeheven hoofd situaties waarin andere vrouwen zich gegriefd zouden voelen. Ze vond het niet eens erg toen David zijn mond stijf dichthield tegenover de ambtenaar die hen trouwde: zij was degene die zei 'ja, ik wil', met het gewicht dat de gelegenheid vereiste.

De eerste keren dat Pat David zag, schrok ze. Het was een man die overal aanwezig leek te zijn zonder dat iemand hem opmerkte: iedereen liep zonder te groeten aan hem voorbij. Een paar dagen lang maakte ze hem tot de hoofdpersoon van haar paranoia; ze hield hem voor een gezant, voor iemand die Miranda kwam zoeken. Ze maakte al plannen om misschien weer te vluchten toen ze hem in de deur van mevrouw Pachelbels winkel tegen het lijf liep. David liep met een emmer in de ene en een troffel in de andere hand naar buiten en ontweek uiteraard haar blik. Zodra hij weg was, vroeg Pat aan doctor Dirigibus, die achter zijn stoplicht verstopt stond, of hij die figuur kende. De rechtsconsulent vertelde dat hij David Caleufú heette en de beste bouwvakker in de regio was (hij werkte trouwens net de laatste klusjes in mevrouw Pachelbels huis boven de winkel af) en omschreef zijn verlegen aard.

Toen Pat hem op aanraden van mevrouw Granola in dienst nam, richtte ze dan ook nooit het woord tot hem; ze legde de eigenaresse van Amancay alleen uit wat ze aan het houten huisje wilde verbouwen, terwijl David op de achtergrond – onzichtbaar! – stilzwijgend haar aanwijzingen in zich opnam.

XLI

Waarin de bijzonderheden worden onthuld over een deal die vanwege zijn centrale positie in onze plot zelfs diegenen aangaat die geen koopmansgeest hebben

Wanneer de zorgen een mens boven het hoofd groeien, kiest hij meestal voor een van deze twee wegen: ofwel hij draagt het hart op de tong en barst om de haverklap in lachen, schreeuwen of zelfs huilen uit (we zullen dit Vera's Weg noemen), ofwel hij trekt zich terug in zichzelf als een gordeldier bij gevaar, en denkt aan duizend dingen tegelijk (we zullen dit Davids Weg noemen). Zij die Davids Weg bewandelen, verhullen hun lijden dusdanig dat vrienden, familie en collega's wekenlang met hen kunnen omgaan zonder hun neerslachtigheid op te merken.

In de winter van 1984 was niemand minder dan David zelf de weg ingeslagen die we naar hem vernoemd hebben: hij was in zichzelf gekeerd, al merkte je dat niet aan hem, afwezig, ook al had niemand dat door, en in zijn zwijgzaamheid argwanender dan ooit. Aanstichter van deze gemoedstoestand was een oude bekende, ex-hippie met Maandelijkse Cheque, ex-burgemeesterskandidaat en veelbelovend ondernemer Hugo Krieger Zapata.

Krieger had bij het gemeentebestuur een plan ingediend voor de bouw van een toeristisch complex, dat men in minder eufemistische tijden een hotel zou noemen. Het plan hield in dat een ander, reeds bestaand hotel, dat op dat moment niet in gebruik was, gesloopt moest worden: het Edelweiss, raison d'être van een van de stichters van Santa Brígida, Heinrich Maria Sachs, die was overleden zonder directe erfgenamen. Het vooruitzicht dat het Edelweiss gesloopt zou kunnen worden, maakte David neerslachtig, hoewel zoals gezegd niemand in staat was dit op te merken. (Zelfs Vera zag het niet, want ze miste het belangrijkste stukje van de puzzel, waar tegen het einde van dit hoofdstuk aan gerefereerd zal worden.)

David raapte zijn moed bijeen en stuurde Krieger Zapata een brief.

Hij vroeg hem af te zien van het huidige plan en stelde een alternatief voor waarbij het gebouw van het Edelweiss kon worden geïntegreerd in een groter, moderner hotel, waarin echter de alpenstijl die karakteristiek was voor de regio, gehandhaafd zou blijven.

Als de brief van iemand anders was geweest, zelfs van Dirigibus in zijn hoedanigheid als voorzitter van de Bouwcommissie, had Zapata hem naast zich neergelegd. Maar Krieger wist wie David was. Alleen al het feit dat die brief er was, intrigeerde hem, want het impliceerde dat de Mapuche-indiaan een ongewone interesse had in het Edelweiss. Met de bedoeling hier meer over te weten te komen, stuurde de ondernemer zijn antwoord, waarin hij David meedeelde dat het niet binnen zijn macht lag omdat hij slechts een consortium van buitenlandse investeerders vertegenwoordigde. Dit was voor de helft waar. Die investeerders bestonden, maar ze lieten het merendeel van de beslissingen over de bouw aan Krieger over. Krieger maakte zichzelf onbelangrijker dan hij was omdat hij een kans had geroken: de kans om David te knechten, om hem onder de marktprijs een gigantisch karwei te laten verzetten.

Halverwege de winter van 1984 was het project voor de helft goedgekeurd door het gemeentebestuur, ondanks Farfi, die een keurig ingehouden afkeer had van de hele onderneming (wanneer hij zijn medicijnen innam; wanneer zijn bloed zuiver was, werd hij dol van woede). Farfi wist dat er van Krieger niets goeds kon komen, maar kon geen politieke of juridische bezwaren tegen het project inbrengen. Aangezien Sachs geen erfgenamen had, viel het eigendom terug aan de gemeente, die het aan particulieren moest verkopen onder de toezegging dat ze het voor een project van 'algemeen belang' zouden aanwenden. En de meeste inwoners van Santa Brígida, met andere woorden, de mensen die op Farfi hadden gestemd, juichten het initiatief van Krieger toe.

Het argument van deze meerderheid was dat het nieuwe hotel meer toerisme en meer werkgelegenheid zou betekenen. Maar het enthousiasme waarmee het plan werd toegejuicht, was ook te danken aan de toezeggingen die Krieger links en rechts had gedaan, toezeggingen die nergens stonden opgeschreven en in een rechtbank dus geen waarde hadden. Veel mensen dachten dat ze een baantje in het hotel zouden krijgen, dat ze er goederen aan konden leveren, dat ze er in het laagseizoen onderdak zouden krijgen of een gratis lidmaatschap voor de fitnesszaal of het zwembad. Farfi had overwogen zijn reputatie op het spel te zetten en een campagne te leiden om al die dromers wakker te schudden, maar wie was hij eigenlijk om de illusies van de mensen door te prikken?

Er was één toezegging waar Farfi geen weet van had. Die had Krieger aan David Caleufú gedaan tijdens een vergadering waar de bouwvakker zich met pijn en moeite naartoe had gesleept. Als David voor hem wilde werken, zou Krieger zich verplichten het Edelweiss te behouden.

Sindsdien dacht David na over zijn besluit. Hij begreep zelf niet eens helemaal waarom hij aan deze kruistocht was begonnen. Zeker, het Edelweiss had hem in zijn jeugd geïnspireerd tot de gedachte dat er in een bouwwerk iets belangrijkers bestond dan louter functionaliteit, een component die hij als schoonheid zou betitelen als hij een man van woorden was geweest. En het Edelweiss vervulde een organische functie in Santa Brígida en omgeving: het maakte deel uit van de identiteit van het dorp en was dus van wezenlijk belang voor zijn evenwicht.

Er bestaat een antwoord op Davids vraag, een gegeven dat de band tussen de man en het gebouw zou kunnen verklaren en misschien ook wel licht zou kunnen werpen op zijn aangeboren verlegenheid.

David weet niet dat hij Duits bloed in zijn aderen heeft. Sachsbloed.

XLII

Over de winter en zijn wrede kinderen

Wat zijn winters anders dan de tijdelijke afwezigheid van iets heel waardevols? Winter betekent uitstel en dus wachten. Dit is zijn meest dramatische kenmerk, een gevolg van de onbarmhartige kou. Want de winter veroordeelt tot wachten, terwijl de mens het enige ongeduldige dier is.

In de wintermaanden wordt de afstand tot de zon onmetelijk. In het gebied rond de evenaar neemt de regenval toe en worden de mensen gedwongen in amfibieën te veranderen. Het leven gaat trager: aan- en uitkleden wordt een heel ritueel, het wordt moeilijker om van de ene plek naar de andere te komen en het behouden of genereren van warmte in de huizen wordt een taak op zich. De dieren die niet de menselijke vaardigheid hebben om een micro-universum te creëren, houden gewoon een winterslaap: ze geven zich over aan de omstandigheden en aanvaarden ze, ze laten hun lichaamstemperatuur dalen en slapen maandenlang. En waarover dromen ze in hun winterslaap? Hetzelfde als de mens wanneer hij wakker is: over de terugkeer van de ster die het leven mogelijk maakt.

Mensen houden geen winterslaap, maar hun leven lijkt in de winter rustiger te worden. Geluiden worden dof, gedempt door muren en overstemd door het geroffel van regen en hagel. De kou verdrijft de mensen uit de straten en doet hun spieren samentrekken, waardoor ze zich minder bewegen. (Ze zouden *De slag om de warmte* moeten voeren.) De huid wordt lichter en krijgt de fletse kleur van was. En wanneer het flauwe, verzwakte schijnsel dat voor daglicht moet doorgaan wegkwijnt, neemt de rust overal bezit van; als de ramen niet anders zouden onthullen en er niet af en toe een sirene zou huilen, zou je zeggen dat het hele leven tot stilstand was gebracht.

Dit is natuurlijk een illusie. Aan de andere kant van de muren gaat het leven gewoon verder. Achter gesloten deuren bruisen de hartstochten meer dan ooit. Lichamen zoeken warmte bij andere lichamen. De grote shakespeariaanse geliefden komen altijd uit het Middellandse Zeegebied: Romeinen en Veronezen, Moren en Egyptenaren. Maar de menselijke energie is te groot om alleen door vleselijke lust te worden opgebrand. Als de paringsdrang eenmaal is overwonnen, wijdt de mens de winter aan het samenzweren. Shakespeares beste samenzweerders komen uit noordelijke landen: het zijn Denen, Schotten, Engelsen. De winter is de periode van speculaties, het begin van alle campagnes. Wie het klimaat bedwingt, vindt het normaal om de wereld zijn wil op te leggen en probeert in zijn onstuitbare opmars alles op de knieën te krijgen; is het Noorden soms niet de vader van de grote veroveringen, de smeltoven van het metaal, de kraamkamer van alle oorlogen? En zo worden tijdens de winter de toekomstplannen uitgezet die in de lente tot leven komen. Want we zien de klifduiker pas als hij door de lucht zweeft, maar zijn duik was nooit mogelijk geweest zonder de voorafgaande planning en de aanloop die hem sprongkracht geeft.

Als winters iets aantonen, is het wel dat de mens een reservoir van nooit aflatende energie is: een kleine, maar sterke, mobiele krachtcentrale. De wetenschap heeft een manier om deze waarheid uit te drukken. Iedere volwassene heeft in het omhulsel van zijn lichaam een potentiële energie die wordt omschreven aan de hand van een hoeveelheid in joules, namelijk zeven maal tien tot de achttiende macht, wat gelijkstaat aan dertig waterstofbommen. (Dit is een gegeven waarmee Teo bekend is, zoals wij weten.) Gelukkig is de mens niet zo goed in het vrijmaken van zijn energie en verspilt hij haar in de loop der tijd op de meest onschuldige manieren, zoals EnerVa dat met waterkracht doet; was dit niet zo, dan zou hij in staat zijn zijn eigen toekomst in gevaar te brengen. Als hij nu al nauwelijks weet wat hij moet doen met de energie waarover hij beschikt, hoeveel schadelijker zou hij dan nog zijn als zijn kracht nog zou toenemen?

Tijdens deze winter in Santa Brígida, die in wezen gelijk is aan alle winters op alle plaatsen en in alle tijden, smeulen de mensen in hun eigen vuurtje en wachten en hopen.

Hugo Krieger Zapata wacht op het moment om met de bouwwerkzaamheden voor zijn hotel te beginnen.

David Caleufú hoopt het Edelweiss te redden.

Burgemeester Farfi wacht op een wonder.

Doctor Dirigibus hoopt mevrouw Pachelbels weerstand te overwinnen.

Miranda wacht op het begin van de lagere school. (Ook al is ze bang om Demián weer te zien.)

Teo, zoals het een echte beer betaamt, wacht op de terugkeer van de zon om zich uit te rekken.

De enige die nergens op wacht, de enige die zou wensen dat de winter eeuwig zou duren, is Pat Finnegan.

Want zij weet dat er iemand is, heel ver weg, die ook wacht en hoopt. Een blonde man die brandt in het vuur van zijn hel, terwijl zijn moment nadert. Het moment waarop de sneeuw smelt. Het moment waarop de wegen die naar Santa Brígida leiden, weer schoon zijn.

XLIII

Waarin wordt verteld over een paar gebeurtenissen uit de winter waarvan de gevolgen nog tot na de lente voelbaar waren; en over tuttifrutti

Vanwege de macht die ons gegeven is, een macht die zo bijzonder van aard is, zijn we in de omstandigheid de lezer te behoeden voor een soortgelijk wachten als de winter met zich meebracht voor de inwoners van Santa Brígida, halverwege dat anno Domini 1984. Maar we zouden onze taak verzuimen als we niet zouden berichten over een paar gebeurtenissen die in die periode plaatshadden. Het zijn veelal kleine details, maar ze kunnen een goed beeld geven van de algehele gemoedstoestand en helpen ons de ontwikkeling van bepaalde relaties te blijven volgen, bijvoorbeeld die tussen Teo en Miranda. Andere gebeurtenissen waren juist wel van betekenis en wierpen hun licht en schaduw nog vooruit toen Santa Brígida alweer op weg was naar de zon.

Om met een minder belangrijk bericht te beginnen, zullen we hier melden dat Pats haar gestaag groeide. Begin september had ze, na een bezoek aan de kapsalon van Margarita Orozú, alweer een zwart Louise Brooks-koppie.

Teo leerde op aanwijzing van Miranda sneeuwpoppen maken. Maar zo groot als hijzelf, dat kreeg hij niet voor elkaar. Zodra ze boven de één meter tachtig kwamen, zakten ze hopeloos in elkaar. Miranda, die er inmiddels een studie van had gemaakt (ze had al gezien dat sneeuwmannen naar zwaarlijvigheid neigden, een beperkte woordenschat hadden en een aan fetisjisme grenzende verlegenheid, die hen ervan weerhield hun voeten te laten zien), voegde aan haar lijstje het kleine postuur toe. 'Als Salo en zijn papa niet zo donker waren,' zei ze, 'zouden ze perfecte sneeuwmannen zijn!'

Hugo Krieger Zapata deed mevrouw Pachelbel een bod om haar winkel over te nemen. Hij wilde met eenenvijftig procent van de aandelen een meerderheidsbelang in de zaak nemen en de rest aan mevrouw Pachelbel overlaten, die op de productie zou blijven toezien. Deze zet maakte deel uit van Krieger Zapata's wintercomplot: hij probeerde bedrijven in handen te krijgen waarvan de winst, als het hotel er eenmaal zou staan, zou verveelvoudigen; hij had zijn geluk al beproefd met een truienfabriek en een thee- en taartenhuis, in beide gevallen met succes. Tot opluchting van Pat en haar compagnon was Pachelbels antwoord afwijzend. Toen Teo haar vroeg waarom, zei de vrouw dat ze aan één ding een nog grotere hekel had dan aan kinderen, en dat waren volwassenen die zich als kinderen gedragen. Hugo Krieger Zapata had een fatale fout begaan. Tijdens zijn gesprek met mevrouw Pachelbel had hij een potje jam opengedraaid, zijn vinger erin gestoken en die afgelikt. Daarmee was zijn lot bezegeld.

(Ze had trouwens ook een afkeer van de gladde praatjes van Krieger, die zich gedroeg alsof hij haar wilde verleiden. Mevrouw Pachelbel was zich zeer bewust van haar leeftijd en kon er niet tegen om onderschat te worden; dat je oud bent betekent nog niet dat je ook seniel bent.)

Een van de ontdekkingen van die winter werd in een zeer onverwachte context gedaan: tijdens een spelletje genaamd tuttifrutti. Teo had het Miranda geleerd om de sleur van de autoritjes te verbreken. Je kiest een aantal categorieën: kleuren, eigennamen, plaatsnamen, films, etenswaren, merken, zoveel als de spelers afspreken. En je kiest een letter, die als beginletter fungeert van een woord binnen elke gekozen categorie. Als de letter een b is en we de hierboven genoemde categorieën hebben, zou een speler dus kunnen antwoorden: bordeauxrood, Bruno, België, *Batman*, baars en Benetton. Wie als eerste alle velden heeft ingevuld, heeft de ronde gewonnen. Het spel wordt gespeeld met potlood en papier, maar tussen een klein meisje dat nog niet kan lezen en schrijven en een man die zijn handen aan het stuur heeft, kan het alleen maar worden gespeeld met geheugentechnische regels.

Het gebeurde op een middag in juli, op de weg tussen hun huis en mevrouw Pachelbels winkel. Het had al tien dagen niet meer gesneeuwd en de wegen waren schoon, maar het smeltwater had de grond weggespoeld en overal diepe geulen achtergelaten. Teo deed wat hij kon om ze te ontwijken, maar dan nog hobbelden ze flink op en neer. Hij was hierdoor zo van het spel afgeleid dat Miranda al 'klaar' riep terwijl Teo nog niet eens de helft van de categorieën had. Van zijn stuk gebracht (zoals gezegd verloor Teo zelfs met knikkeren niet graag), vroeg hij Miranda naar haar uitkomsten.

'Kleur?'
'Marineblauw.'
'Naam?'
'Miranda!'
'Plaats?'
'Mendoza.'
'Film?'
'*My fair Lady.*'
'Hoe ken jij die film nou weer?'
'Die heb ik bij Salo gezien. Op televisie!'
'Hmm. Gerecht?'
'Macaroni.'
'En merk?'
'Minerva. Dat is citroenlimonade. Jij bent. Heb je al wat?'
'Wat dacht jij! Ik heb alles … Of ja, bijna alles, ik had alleen de plaats nog niet.'
'Oké, laat maar horen dan. Kleur?'
'Marineblauw, natuurlijk.'
'Vijf punten. Naam?'
'Miranda, natuurlijk.'
'Hmm. Nog vijf. Plaats dus niet … Film?'
'*Marcelino pan y vino.*'
'Gerecht?'
'Makreel.'
'En merk?'
'Morocco. Dat is een schoenenmerk.'
'Gelogen,' zei Miranda zonder aarzelen. Haar stemmetje kwam van de achterbank, waar Teo haar niet kon zien; zo zonder lichaam klonk het als de stem van zijn geweten.
'Wat weet jij nou van Italiaanse schoenen? Morocco is een heel bekend merk!' hield Teo vol.
'Ik weet niks van Italiaanse schoenen. Maar ik weet wel wanneer je tegen mij liegt.'
'Ben je nu ineens een helderziende?'
'Als je liegt, verandert je stem. De toon van je stem. Hij gaat naar bes.'
'Ik weet niet of ik patent op je moet aanvragen of je naar een exorcist moet brengen.'
'Wat is dat?'

'Een exorcist? Dat is de nazivariant van een leraar in goede manieren.'

'Bes.'

Teo deed zijn mond open om te protesteren, maar hield zich in. Hij besefte dat hij moest nadenken over wat hij ging zeggen om zichzelf niet nog eens belachelijk te maken.

'Meen je dat nou? Heb jij het echt in de gaten als er iemand tegen je liegt?' vroeg hij, met toenemend respect voor dit meisje dat zo vol raadsels zat.

'Altijd.'

'Maar als ik nou bijvoorbeeld zo tegen je praat,' zei Teo, en hij zette een monotone stem op. 'Ik heet Teo. Ik heb honger. Mijn tweede achternaam is Barreiros. Ik ben geboren in Noord-Korea ...' en weer met zijn normale stem: 'Hoe kan jij de waarheid dan van de leugen onderscheiden?'

'Als je zo praat, kan ik het niet. Maar als je tegen me wilt liegen, zou je altijd zo moeten praten, als een robot die niet helemaal goed snik is!'

'Heb je dat alleen met mij, of merk je dat bij iedereen?'

'Bij iedereen. Mama liegt de hele tijd, bijvoorbeeld. Ik weet dat ze dol is op boeken, al zegt ze tegen jou van niet. Ze is echt een ont-zééééttende jokkebrok. Vooral als ze het over mijn vader heeft.'

'Hmm.'

'Salo liegt niet. Demián liegt de hele tijd door. Met doctor Dirigibus is iets geks aan de hand, bij hem weet ik het niet zeker: misschien liegt hij de hele tijd, óf hij vertelt de hele tijd de waarheid. En mevrouw Pachelbel liegt, dat is duidelijk.'

'Bedoel je dat ze ons belazert met het geld?'

'Dat weet ik niet. Maar ik weet wel dat dat van die kinderen een leugen is. Dat ze die zou haten. Ik weet dat het niet zo is!'

'Dat weet ze dan behoorlijk goed te verbergen. Maar weet jouw moeder dit eigenlijk? Ik bedoel, weet zij dat jij weet dat zij liegt?'

Miranda zweeg even. Ze had zichzelf in de problemen gebracht.

'Hoezo?' vroeg ze achterdochtig. 'Ga je het haar vertellen?'

'Als jij het niet wil, vertel ik haar niks. Maar dan snap ik niet waarom je het aan mij vertelt.'

'Tegen jou kan ik het wel zeggen, want jij hebt geen problemen. Tegen haar zeg ik het niet, want ... ik wil niet dat ze zich druk maakt.'

'En waarom zou ze zich druk maken?'

'Omdat ze me dan de waarheid moet vertellen. En ik weet dat ze dat nu niet kan, nog niet.'

'Maar als je het haar niet vertelt, ben jij degene die liegt.'

'Ik lieg niet. En hou nou maar op, trouwens. Je zit het me expres moeilijk te maken en jij denkt dat, dat, dat ik dat niet doorheb. Ik ben nog maar klein, hoor!' protesteerde Miranda.

Teo stopte met haar uit te horen. Na een paar minuten van in zichzelf gekeerd stilzwijgen, stelde Miranda voor om weer verder te spelen. Enigszins bevreesd omdat hij nu wist dat hij niet meer kon liegen, stemde Teo toe. Ze speelden nog vier spelletjes. Hij verloor er twee.

Van de meest dramatische gebeurtenis van deze winter zullen we echter verslag doen in het volgende hoofdstuk.

XLIV

Waarin, onder andere, mevrouw Pachelbels geheime passie wordt onthuld

Teo was verbaasd toen hij die middag met zijn kuipen in een lege winkel stond.

'Mevrouw Pachelbel?' riep hij. Geen antwoord.

De reus zette zijn vracht op de grond.

'Ze zal wel op het toilet zijn,' zei hij.

Miranda haalde vanuit de deuropening haar schouders op.

'Toch raar dat ze niet eens iets terugzegt,' dacht Teo hardop na, en hij riep haar opnieuw en klapte in zijn handen, zoals je in Argentinië doet wanneer je bij een huis op het platteland komt, waar men geen bel heeft.

'Op het toilet is ze niet,' zei Miranda, en ze zette als bewijs de deur helemaal open.

'In de keuken ook niet,' zei Teo, die daarvan terugkwam.

'Ssst!' zei Miranda, en ze bleef stokstijf staan.

Teo hoorde niets, behalve de geluiden van de straat.

'Ze is boven,' zei Miranda. 'Ze kreunt!'

Teo stormde met vier treden tegelijk de trap op.

Het appartement dat mevrouw Pachelbel boven de winkel had, was eenvoudig en aan de kleine kant: een woonkamer, een slaapkamer, een badkamer. De vrouw was in geen van deze ruimtes.

'Hier is ze!' schreeuwde Miranda, die voor een vierde deur stond.

Mevrouw Pachelbel lag op de vloer van een ruimte die eruitzag als een atelier. Het lag er vol verf en schildersbenodigdheden: blanco doeken, een spanraam, potten met gekleurd water, penselen. Op de voltooide schilderijen stonden dorpsgezichten zonder mensen.

Een kreunend geluid haalde Teo uit zijn verbijstering. De vrouw lag te kronkelen op de vloer. De reus viel op zijn knieën (de vloer trilde toen hij neerkwam) en veegde het haar uit het bezwete gezicht van de vrouw.

'Wat is er gebeurd? Waar doet het pijn?' vroeg Teo.

De vrouw stamelde een paar woorden, maar ze sprak geen Spaans.

Teo wilde haar optillen, maar ze gilde het zo hard uit dat hij bang was haar nog meer pijn te doen.

'Ik ga hulp halen. Maakt u zich geen zorgen, ik ben zo weer terug,' zei Teo.

Hij liep naar Miranda, die het tafereel vanaf een afstandje, voorzichtig om het hoekje van de deur, bekeek. Hij vroeg of alles goed was. Miranda knikte; ze zag er inderdaad rustig en kalm uit. Hij stelde haar nog een vraag, in haar oor ditmaal, waarop hij wederom een bevestigend antwoord kreeg.

'Miranda blijft bij u,' zei Teo tegen mevrouw Pachelbel. De vrouw wilde protesteren en gromde en draaide met haar ogen, maar Teo ging er niet op in. 'Mocht u iets nodig hebben terwijl ik er niet ben, dan kunt u het aan haar vragen.'

En hij beende met grote passen weg; het huis trilde op zijn grondvesten toen hij de trap afliep.

De eerste seconden heerste er een stilte die slechts nu en dan werd verbroken door de hijgende geluiden van de vrouw op de grond. Miranda verroerde zich niet. Ze leek in beslag genomen door de werken van mevrouw Pachelbel, tegen elkaar leunende doeken, schilderijen aan de wanden die een volledig panorama vormden van een schilderachtig, maar onbewoond dorp.

'Wilt u een glaasje water?' vroeg ze uiteindelijk.

De vrouw schudde wanhopig haar hoofd. Haar ergste nachtmerrie was werkelijkheid geworden. Ze was overgeleverd aan de genade van een kind en in het geheel niet in staat het haar huis uit te gooien. Eigenlijk was de situatie nog erger: ze was niet alleen overgeleverd aan de genade van een kind, haar leven hing ervan af!

Met de seconde zenuwachtiger keek Miranda over haar schouder in de richting van de trap. De tijd verstreek, maar geen spoor van Teo.

Uitgeput liet mevrouw Pachelbel haar hoofd zakken en sloeg daarbij met haar voorhoofd tegen de vloer.

Miranda knielde naast haar zoals Teo dat eerder had gedaan en pakte haar hand vast.

'*Was machst du?*' vroeg de vrouw, versuft van de pijn.

'Ik kan u helpen,' zei Miranda, die haar vrije hand op het lichaam van de vrouw legde. 'Maar alleen als u dat wilt, anders niet.'

'... Wat doe je?' vroeg mevrouw Pachelbel, die haar Spaans weer terugvond.

'Zegt u alstublieft niks tegen mijn moeder. Als ze van dit soort dingen hoort, windt ze zich op en dat wil ik niet. Vertel het alstublieft niet. Het moet ons geheimpje blijven!'

Mevrouw Pachelbel voelde zich te beroerd om te protesteren. Hoewel ze crepeerde van de pijn, hoorde ze het meisje zachtjes zingen. De hand waarmee ze over haar lichaam wreef, voelde fris, bijna koud aan.

Kort daarop kwam Teo terug en zei dat er snel een dokter zou komen. Tot zijn verrassing zag hij mevrouw Pachelbel op de grond zitten, met Miranda ernaast.

De arts kon niets ernstigs vinden, behalve hartkloppingen en een bloeduitstorting op haar slaap, die ze aan haar val had overgehouden. Hij zei haar rust te nemen en zo snel mogelijk een serie tests te doen om haar algehele conditie te onderzoeken.

Die nacht bleef Pat bij haar slapen. Het protest van mevrouw Pachelbel, die beweerde dat ze zichzelf wel kon redden, haalde niets uit; Pat was heel beslist. Gedurende deze nachtwake liet geen van hen de naam Miranda zelfs maar vallen.

Dirigibus kwam haar 's ochtends in alle vroegte opzoeken. Tot Pats verbazing liet mevrouw Pachelbel hem niet alleen binnenkomen, maar nam ze zelfs de bloemen aan, margrieten die goed pasten bij het naturelkleurige pak dat de rechtsconsulent droeg om de lente welkom te heten.

XLV

Waarin de meest discrete van alle ambtenaren wordt voorgesteld

Meneer Puro Cava stond aan het hoofd van de afdeling inschrijvingen van de burgerlijke stand. Dit betekende dat hij geboortes, huwelijken en sterfgevallen noteerde, een bevoorrechte positie die hem een prachtig uitzicht bood op de loop van het leven. De mensen kwamen schuchter naar hem toe wanneer ze hun huwelijk kwamen laten registreren, keerden uitgelaten terug om de eerstgeborene aan te melden, kwamen bedremmeld weer binnen om het vijfde kind te laten inschrijven, mijmerend over de verrassingen die het leven in petto had, en betraden uiteindelijk met slepende tred het kantoor wanneer het moment was aangebroken om de dood van een dierbare officieel te laten optekenen. Gelukkig gebeurde dit laatste niet zo vaak, zodat meneer Puro Cava er een epicuristische filosofie op na kon houden die hij, als puntje bij paaltje kwam, met documenten kon ondersteunen. Zijn optimisme was op wetenschappelijke feiten gebaseerd. Men hoefde maar naar de cijfers te kijken waar hij op zijn werk dagelijks toegang toe had.

'De geboortes,' zei hij altijd, 'laten de sterfgevallen ver achter zich!' Er bestond een eenvoudige verklaring voor dit fenomeen. Mensen weten niet dat ze het burgerlijk gezag moeten inlichten over sterfgevallen binnen de familie. Ze gaan ervan uit dat de overlijdensverklaring die de arts op het tragische moment ondertekent, de enige benodigde formaliteit is. Maar de communicatie tussen ziekenhuizen en de burgerlijke macht is gebrekkiger dan die zou moeten zijn: vaak komen de papieren niet aan op de plaats van bestemming en als dat wel het geval is, is er vaak niemand in dienst die de gegevens koppelt.* Dit is een aspect van het ambtelijk apparaat waar niemand iets

---

* In 1984 was de wereld nog niet geïnformatiseerd.

aan verandert, om concrete redenen: doordat de informatie niet bij de burgerlijke stand terechtkomt, zijn veel doden officieel nog in leven. Dit voortbestaan geeft de overledenen moed en zo gaan ze bij de verkiezingen, aangestoken door het virus van de vaderlandsliefde, en masse naar de stembus. Argentinië is zo'n democratisch land dat zelfs de doden er stemmen.

Het dorp Santa Brígida droeg meneer Puro Cava een warm hart toe, ondanks het feit dat men ervan overtuigd was dat hij een zuipschuit was: de combinatie van de naam Puro Cava ('zuivere bubbeltjeswijn') en zijn wispelturige gedrag voorspelde het ergste. Maar hoewel hij regelmatig met doctor Dirigibus borrelde (elke dag, behalve op dinsdag en vrijdag, wanneer hij zich altijd verontschuldigde) was Puro Cava geen fervent drankgebruiker. Hij was vooral verstrooid, een karaktertrek die nog verergerd werd door zijn dyslexie, die in zijn schooltijd door niemand was opgemerkt en waar dus ook nooit wat aan gedaan was. Meneer Puro Cava las 'fag' waar 'gaf' stond, 'drab' waar 'bard' stond, en schreef navenant. Het kwam nogal eens voor in Santa Brígida dat ouders ontdekten dat hun kinderen een andere naam hadden gekregen dan die waarvoor zij hadden gekozen. Een man onttrok zich aan een echtscheidingsverzoek door zich te beroepen op het feit dat hij nooit met de aanvraagster, genaamd Odilia, was getrouwd, maar met ene Obilia, die hij overigens nooit van zijn leven gezien had. Een vrouw werd het weduwepensioen waar ze recht op had geweigerd omdat ze het overlijden had laten registreren van een man met bijna dezelfde naam als haar echtgenoot, op één of twee letters na.

Meneer Puro Cava was op gevorderde leeftijd in deze overheidsfunctie terechtgekomen. Nadat hij gedurende tientallen jaren een vermogen bij elkaar had verdiend, besloot hij dat het tijd was om de gemeenschap iets terug te geven. Boze tongen beweren dat deze late roeping de kop opstak toen het vergaarde fortuin op was, maar zelfs al was dat zo, *Deus quos probat, quos amat, indurat*, zoals Seneca zei: God stelt degenen die hij liefheeft op de proef. En zo is het: zonder de welwillende houding van burgemeester Farfi had hij de functie nooit gekregen. Maar, zoals reeds gezegd, de zaak werd Farfi op een vrijdagmiddag op de valreep ter beoordeling voorgelegd, en aangezien Puro Cava nog poker had gespeeld met de vader van de burgemeester (zijn trouwste, maar, zo liet zich al raden, ook zijn minst fortuinlijke maatje), was de benoeming binnen een paar minuten geregeld.

Puro Cava had de stem van een filmacteur, een bijpassend snorretje en hij droeg altijd een sjaaltje om zijn nek. Je wist al wanneer hij eraan kwam zonder dat hij zijn mond hoefde open te doen, vanwege de wolk aftershave die hem voorging. (In zijn vette jaren had Puro Cava een hoeveelheid Old Spice gekocht die volgens zijn berekeningen tot het einde van de eeuw zou meegaan.) Hij was zo iemand die 'employee' zei in plaats van 'medewerkster', 'affaire' in plaats van 'verhouding' en 'een aardigheidje voor iemand hebben' in plaats van 'iemand een cadeautje geven' – wat ongeveer zo klonk: 'Die en die had een aardigheidje voor de employee, als u het mij vraagt, is er hier sprake van een affaire' – en die nauwgezet bijhield wanneer bepaalde groepen gehuldigd werden: hij wist uit zijn hoofd wanneer het de Dag van de Secretaresse, de Dag van de Peetoom en de Dag van de Landarbeider was.

Aan zijn rechterhand prijkte een gouden zegelring. De linker- was naakt, zodat er geen twijfel kon bestaan omtrent zijn ongehuwde staat.

Hij stond erop de inschrijvingen in de boeken in zijn krullige schoonschrift te doen, waarmee hij procedures vertraagde en bovendien de fouten maakte die inmiddels *vox populi* waren. Maar zijn employees-medewerksters vergaven het hem omdat hij een goede baas was die altijd een aardigheidje had op de Dag van de Secretaresse. En zijn slachtoffers onder de burgers lieten hem ook begaan, want hij was een gedienstig ambtenaar en herinnerde hen altijd als ze op kantoor kwamen aan een datum die van belang was voor de groep waartoe ze behoorden, van de Dag van de Postbode tot de Dag van de Tandarts (te weten, 9 februari).

Hoewel zijn dandyachtige verschijning een zeker exhibitionisme deed vermoeden, was meneer Puro Cava de discreetste mens die men zich kan voorstellen. Zelfs bij zijn geboorte was hij discreet geweest: de bevalling was zo pijnloos verlopen dat zijn moeder zei dat ze hem zo in de handen van de vroedvrouw had geworpen. In de loop van zijn leven werd die karaktertrek vaak verward met desinteresse en zelfs met onbeleefdheid. Want discretie is een deugd zolang deze, vergeef me de herhaling, discreet wordt ingezet, dat wil zeggen, met mate en op het juiste moment. Een minnaar moet discreet zijn over zijn affaire, maar als hij in bed ook zo terughoudend is, zal hij alleen maar een slechte minnaar zijn. Als een student discreet of bescheiden is, betekent dit dat hij lage cijfers haalt. Bij een kunstenaar staat het voor nooit gerealiseerde plannen. En bij een keizer voor een verveelde goegemeente en lijfwachten die om de troon dobbelen.

Over het algemeen had die discretie die hem zo eigen was, hem slechts hoofdpijn bezorgd. Toen hij jong was, had hij zijn ouders op het randje van een zenuwinzinking gebracht toen ze op een dag ontdekten dat hij met al zijn spullen in het niets was verdwenen. Ze dachten dat hij door zigeuners was ontvoerd en deden aangifte bij de politie. De waarheid was veel simpeler: Puro Cava was verhuisd. Omdat hij zijn ouders niet wilde lastigvallen, had hij hun nooit verteld dat hij het huis uit wilde. Er waren al twee maanden verstreken sinds zijn verhuizing, hij was zo discreet dat zijn ouders het niet hadden opgemerkt.

Zijn eerste officiële baan was die van boekhouder bij een koekjesfabriek. Kort nadat hij was aangenomen, had hij een vernederende ervaring. Op een dag zat er ineens een andere man aan zijn bureau. Toen hij het probleem aan de orde stelde, kwam hij erachter dat zijn baas, hoewel hij moest toegeven dat Puro Cava's gelaatstrekken hem vagelijk bekend voorkwamen, zich niet kon herinneren hem te hebben aangenomen. Zijn collega's hadden zijn bestaan evenmin opgemerkt, ondanks het feit dat ze naast elkaar aan hun bureaus zaten. Dus kon niemand bevestigen dat hij daar werkte. Hij werd ervan beschuldigd een toneelstukje te hebben opgevoerd om de plaats van een rechtmatige werknemer in te nemen en er kwam een hoop ophef; er restte hem niets anders dan, nageschreeuwd en bekogeld met koekjes en cake, te vertrekken.

Een tijdlang vroeg hij zich af wat het toch was met hem, of juist niet, dat hij voor de ogen van de mensen onzichtbaar was. Tot op een dag de vrouw van de bakker tegen hem zei dat zijn stem leek op die van Santiago Gómez Cou, een hoorspelacteur. Puro Cava voelde zich licht worden van blijdschap: eindelijk had er iemand een gedenkwaardige eigenschap in hem ontdekt, al was het er een waarin hij op een ander leek. Hij bouwde zijn hele persoonlijkheid opnieuw op, uitgaande van deze eigenschap. Het elegante voorkomen dat hij zich in zijn volwassen jaren aanmat en waarmee hij zowel bij de meisjes als bij hun moeders in de smaak viel, was een overdrijving: het compenseerde zijn vroegere onzichtbaarheid.

Hij werd nooit meer onzichtbaar. En de discretie die hem nog resteerde, begon haar vruchten af te werpen. Als hij geen discrete gokker was geweest, had hij zijn geld veel sneller verloren. De getrouwde vrouwen waarmee hij omgang had gehad (gezien zijn playboyachtige verschijning hadden vrouwen hem het liefst voor kortstondige liaisons) waren hem altijd dankbaar voor zijn stilzwijgen. Hij was een goede minnaar, want het ging hem alleen om het genot van de ander. Hoewel meer dan eens een vrouw haar beklag had gedaan: Puro Cava was zo discreet dat hij zelfs op het hoogtepunt niet de aandacht op zich wilde vestigen. Hij schreeuwde niet, brulde niet of gromde niet; hij leek, kortom, niet van de ervaring te hebben genoten. Gelukkig baarde deze eigenaardigheid hem de laatste jaren geen zorgen meer. Zijn vaste minnares was zo egoïstisch dat het haar niet stoorde dat Puro Cava geruisloos en zonder ophef zijn hoogtepunt bereikte, of niet. Zolang ze zelf maar aan haar trekken kwam, kon het haar niet schelen!

Maar zoals dat meestal gaat: zelfs al is de uiterlijke verandering compleet, binnenin blijven restjes van de oude persoon achter. Meneer Puro Cava had de opgeblazen stem van een donjuan van de radio en de grootste collectie zijden sjaaltjes van heel Santa Brígida, dat was duidelijk; maar nog dagelijks boette hij voor de gevolgen van het feit dat hij sinds zijn geboorte discreet was geweest. Welke verklaring was er anders voor zijn verstokte vrijgezellenbestaan? In zijn jeugd had hij geleden onder de ondankbaarheid van zijn vriendinnetjes, die de hele tijd vergaten dat ze iets met hem hadden en op uitnodigingen van andere mannen ingingen. Wanneer hij hen met hun verraad confronteerde, verscholen die vrouwen zich achter hun vergeetachtigheid en beschuldigden hem er tegelijkertijd van dat zijn band met hen niet sterk genoeg was. Wie zal het dan nog verbazen dat meneer Puro Cava zichzelf had gezworen nooit te trouwen?

XLVI

Ter verdediging van de lente en zijn uitwerking op de stervelingen, waarbij echter ook de uitzondering moet worden vermeld die de regel bevestigt

In al zijn schranderheid heeft de lezer waarschijnlijk al opgemerkt hoe vaak onbelangrijke gebeurtenissen of de subtielste veranderingen in de omgeving met een bijna magische kracht op het gemoed inwerken. Niets is zo makkelijk als een neutrale stemming te laten omslaan in een uitgesproken slecht humeur. Alles wat nodig is om het wonder tot stand te brengen, is een sleutel die niet in het slot past, een file, een hond die maar niet ophoudt met blaffen of een telefoon die constant in gesprek is.

Vaak is het causale verband echter minder eenduidig. Sommige dingen veranderen zonder dat we het überhaupt merken: een variatie in de lichtsterkte of de intensiteit van geluiden, een bries die ons de verstikkende dampen van het moeras tegemoet blaast, en ons humeur slaat om. We veranderen zonder te beseffen dat we veranderen en waarom; zo veranderlijk zijn we.

Vaak is datgene wat inwerkt op de gemoedstoestand niet los te zien van de plek waar we wonen. We worden beïnvloed door hoogte, de afstand tot de tropen, de nabijheid van de zee. In een vochtige omgeving met een lage luchtdruk is een briesje genoeg voor een beter humeur. Wie tussen zware machines werkt, reageert op de zegen van de stilte. Soms doet een melodie het werk, zelfs al klinkt ze in de verte en wordt ze niet bewust geregistreerd. Midden in de zomer zijn we met een plekje in de schaduw het geluk nabij. Of met een zitplaats in een propvolle trein. Het gerinkel van ijsblokjes geeft ons een verkoelend gevoel, al is het glas niet eens van ons!

Deze alinea's hebben de bedoeling te laten zien wat de lente nou zo geliefd maakt. De weldaden voor de ziel van dit seizoen zijn zo talrijk en van dien aard dat ze het offensief van de slechte poëzie overleefd hebben. Het doet er niet toe op welk punt van de planeet we door de lente worden verrast: hoe subtiel de overgang ook is, die paar graden extra en de opleving van kleuren zijn al wat we nodig hebben om met een glimlach op de lippen op de drempel van de dag te verschijnen; voor het verdere verloop is de consument uiteraard zelf verantwoordelijk.

In Santa Brígida betekent lente schone wegen, droge kleding, school, fietsen. Lente betekent de terugkeer van kleuren (als alles wit is, steekt de rest er donker tegen af, zelfs de bomen) en van menselijke stemmen, die door het geraas van de winter naar de achtergrond waren gedrongen. Lente betekent teruggewonnen tijd: tijd die in een traag tempo wordt heroverd op de sneeuw, op het hout dat schreeuwt om een bijl, op het licht dat meteen na zijn geboorte weer sterft. Lente betekent openstaande deuren en de geur van gebakken brood. Lente is het stromen van het water na de volharding van het ijs. In de lente pakken de moeders hun centimeters om te kijken hoeveel hun kinderen tijdens de opsluiting zijn gegroeid. In de lente groeten de mensen elkaar alsof ze elkaar in maanden niet hebben gezien, als om aan te geven dat de trieste figuur die hen in de winter vertegenwoordigde bedrog was, of althans een flauwe schets van de persoon die komen zou.

Voor Hugo Krieger Zapata was de lente een hindernis. Zijn gedroomde hotel beloofde prachtige resultaten voor de wintermaanden, maar wat had het de toeristen voor aantrekkelijks te bieden als de sneeuw eenmaal was verdwenen? Hij piekerde zich suf op allerlei scenario's waarmee hij de vakantiegangers kon lokken, voor wie verveling net zo'n taboe is als de dood. Zo maakte hij nieuwe begrotingen om een kudde paarden en klimuitrustingen te kunnen aanschaffen en kwelde hij de architecten om de dag met de vraag het zwembad groter te maken, tennisbanen toe te voegen of te berekenen of een golfbaan haalbaar was.

Deze lente had voor Krieger echter de verzachtende omstandigheid dat hij samenviel met het begin van de bouw. De werkzaamheden voor het Holy B Ski Resort & Spa gingen met veel bombarie van start, de complete staf van het internationale consortium, onder leiding van investeerder Roger Uphill Battle, was bij de plechtigheid aanwezig, naast provinciebestuurders en een ware who's who uit Santa Brígida: burgemeester Farfi, functionarissen (doctor Dirigibus voorop), personeel van de burgerlijke stand (meneer Puro Cava gaf acte de présence), prominente figuren (juffrouw Posadas droeg een rok met horizontale strepen waarin ze eruitzag als een kapot televisietoestel) en dorpelingen, in een evenredige vertegenwoordiging van hippies en oorspronkelijke bewoners.

Ook Miranda was aanwezig, gezeten op de uitkijktoren van Teo's schouders. Zoals te verwachten weigerde Pat deel uit te maken van dat circus, zoals zij het noemde. Het bleek een toepasselijke benaming, want er waren een drumband, cheerleaders en clowns, die snoepjes aan de kinderen uitdeelden zodat ze met hun gevulde mondjes niet door de toespraken heen zouden praten. Deze speeches liepen uiteen van onbegrijpelijk (het pseudo-Spaans van Mr Uphill Battle), tot standaard (burgemeester Farfi, die sprak over vooruitgang en werkgelegenheid en de vlam van de hoop) tot de jubelende rede van Krieger Zapata, volgens wie Holy B Ski Resort & Spa een keerpunt zou markeren in de geschiedenis van Santa Brígida.

Krieger had de taak om uit te leggen dat Holy B een speelse verwijzing naar Santa Brígida was: 'holy' stond voor haar heilige status en de B was de initiaal, waarmee hij de harkerige uitspraak van de noorderlingen omzeilde. Diezelfde avond, tijdens het feest waar de hooggeplaatste persoonlijkheden werden onthaald, toonde Mr Uphill Battle aan dat de naam van het hotel een toepasselijke keuze was geweest. Uit zijn mond klonk Holy B Ski hetzelfde als *holy whisky*.

Het spectaculairste moment van de plechtigheid vond plaats na het doorknippen van het lint, toen de graafmachines tot leven kwamen en gretig hun tanden in het zand zetten. Hun halzen rekten zich uit en bogen zich weer met de traagheid van een dinosaurus en een lawaai dat het applaus van het publiek overstemde.

Toen David Caleufú had gezegd dat hij van plan was de ceremonie bij te wonen, was zijn vrouw Vera hogelijk verbaasd geweest. De bijeenkomst was in alle opzichten voer voor Davids fobie: een massale happening met veel toeters en bellen, vol nerveuze energie en mensen die stonden te trappelen om een praatje aan te knopen. David had echter aangevoerd dat hij het alleen deed omdat het bij zijn verantwoordelijkheid hoorde en Vera had niet doorgevraagd; hij was inderdaad met een zeer hoge functie vereerd, want hij zou toezicht houden (vanachter de schermen, zoals hij dat prettig vond) op een bouwproject zoals men dat in Santa Brígida nooit eerder had gezien.

Daar doelde David echter niet op. Toen hij bij het bouwterrein aankwam, meed hij de tribunes en de mensenmassa's en ging op een plek staan die hij van tevoren had uitgekozen. Van daaruit kon hij de graafmachines van dichtbij in de grond zien pikken, met op de achtergrond het hotel, dat meer dan ooit op een spookhuis leek; net als David was het Edelweiss een stille getuige van de aanvang van een proces dat hen voorgoed kon veranderen.

David vroeg zich af of Krieger zich aan zijn woord zou houden en of het hotel ook echt een volgende lente zou zien.

XLVII

Hier onthult Pat, in het nauw gedreven, de ware reden voor haar vlucht

Op een namiddag, vlak nadat de lessen weer begonnen waren, vroeg Pat aan Teo of hij haar naar het dorp wilde brengen. Teo bood haar de sleutels van de pick-up aan, maar Pat wilde ze niet: ze reed niet graag als ze zenuwachtig was, volgens haar had ze dan een slechtere coördinatie. Toen Teo vroeg waar ze naartoe gingen en vanwaar die haast, deed Pat ontwijkend. Ze zei alleen maar dat ze iets moest regelen.

Hoewel de reus zag dat Miranda had gehuild, had hij de kans niet gehad haar iets te vragen. Pat droeg het meisje op in de laadbak van de wagen te gaan zitten, ze wilde snel weg.

De reis van hun huis naar Santa Brígida betekende bij mooi weer een tocht van dertig minuten over een weg zonder rechte stukken. Hij slingerde om de bergen tot de vallei in zicht kwam en daarna was het één lange afdaling. De weg had altijd dezelfde uitwerking op de gemoedstoestand: zolang je tussen de bergtoppen door reed en de chauffeur door de bochten manoeuvreerde, was de sfeer vaak gespannen en overheerste de stilte; maar zodra de sluier van bergen verdween en het dorp beneden in zicht kwam, met zijn schoorstenen die witte ballonnen uitstootten en zijn rode en grijze daken, voelde je je verkwikt, alsof je thuiskwam.

Teo volgde de aanwijzingen op tot hij een straat in reed en vervolgens bij een specifiek huisnummer stopte.

'Wacht hier op me,' vroeg Pat, en ze stapte uit om aan te bellen.

Toen de deur openging, herkende Teo Teresa, de juffrouw van de eerste klas. De vrouw glimlachte en zwaaide zelfs vanuit de verte naar de achterblijvers in de auto, maar werd al snel overbluft door Pat, die woedend met haar handen gebaarde.

Vanuit de auto kon Teo niets horen. Miranda tikte op de achterruit. Ze trok gekke bekken en drukte haar gezicht tegen het glas.

De reus stak zijn hoofd door het zijraampje om met het meisje te praten.

'Arme juf,' zei Miranda, die ook haar hoofd om het hoekje stak. 'Pat vreet haar met huid en haar op.'

'Maar waarom? Wat is er gebeurd?'

'Ik ben bij handenarbeid een werkje kwijtgeraakt en toen heeft de juf me de klas uit gestuurd. Waarom ga je niet even kijken, Teetje Teo? Als jij er bent, gedraagt Pat zich tenminste ...'

Teo stapte uit de auto en liep naar de deur. Bij elke pas die hij zette, werd duidelijker wat voor stennis Pat stond te schoppen.

'... Dit is machtsmisbruik, ik kan dit niet tolereren!' protesteerde ze.

'Ik heb het voor de bestwil van het meisje gedaan,' zei juffrouw Teresa, die overrompeld was, maar geenszins uit haar humeur gebracht. 'Probeert u het eens vanuit mijn positie te bekijken. Ik had negenentwintig – negenentwintig! – kinderen voor me die als idioten zaten te krijsen. Sommigen leken het prachtig te vinden, maar anderen waren hysterisch en huilden, ze gaven Miranda de schuld en schreeuwden tegen haar. Ik wilde haar beschermen. De enige manier die ik kon bedenken om de klas weer onder controle te krijgen, was om haar te vragen het lokaal te verlaten.'

'U gaat me toch niet vertellen dat u dat verhaal met die vogels geloofde!'

'Natuurlijk niet ... Goedemiddag, Teo.'

Pat keek de reus aan als een indringer, die hij in dit vrouwelijk onderonsje ook was. Maar Teresa praatte verder, zodat Pat werd gedwongen haar aandacht weer op haar te richten.

'Ik geloof niet dat vier vogeltjes van klei kunnen wegvliegen. Ik neem aan dat Miranda ze ergens heeft weggegooid of verstopt, of misschien heeft iemand ze wel gestolen. Ik zeg alleen maar dat ik met negenentwintig bange kinderen zat en koos voor de oplossing die me op dat moment het meest praktisch leek. Natuurlijk heeft Miranda niks fout gedaan!'

'Dat is voor haar helemaal niet zo natuurlijk, dat kan ik u wel vertellen.'

'Als u wilt dat ik het nog eens uitleg, dan heb ik daar geen bezwaar tegen.'

Teresa's aanbod bracht Pat als bij toverslag tot bedaren. De onderwijzeres liep naar de auto, gaf Miranda een zoen en legde haar in min of meer gelijke bewoordingen uit wat ze Pat had uitgelegd. Het meisje was dolblij dat de juffrouw zei dat ze niets fout had gedaan.

'Kunt u Demián dan uitleggen dat, dat, dat ik geen heks ben?' vroeg Miranda.

'Natuurlijk!'

'Dat joch …' mopperde Pat.

'Hij is inderdaad lastig,' zei de onderwijzeres. 'Hij kent helemaal geen grenzen, hij luistert niet. Maar we zullen een brave jongen van hem maken, of niet?' zei ze, Miranda betrekkend in haar beschavingsoffensief.

Het meisje was zo blij dat Pat geen zin meer had om nog verder te protesteren.

Teo reed zwijgend het dorp uit. Hij wachtte op een verklaring van Pat. Zoals gewoonlijk dwong ze hem het initiatief te nemen. Als Teo echt wilde begrijpen wat er gebeurd was, moest hij er maar naar vragen.

'Wat was dat allemaal met die kleien vogeltjes?'

'Kinderpraat,' antwoordde Pat, die vrijuit sprak omdat Miranda haar niet kon horen. 'Ze zeiden dat de vogeltjes die Miranda had gekleid, tot leven waren gekomen en waren weggevlogen!'

Het gelach waarmee Pat haar uitleg afsloot, vond bij Teo geen weerklank; dus besloot ze in alle ernst verder te gaan.

'Een paar kinderen gingen door het lint, vrijwel zeker opgehitst door Demián. Ze begonnen "heks, je bent een heks!" tegen haar te schreeuwen. Daarom was ze zo overstuur toen ze thuiskwam. Heb je niet gezien dat ze door Vera is thuisgebracht? Salo vond haar er zo bang uitzien dat hij zijn moeder heeft gevraagd om met haar mee te lopen.'

Teo raapte al zijn moed bijeen en vroeg: 'Ga je me ooit nog eens de waarheid vertellen?'

'Welke waarheid? Waar heb je het over?'

'Over waarom je hier bent komen wonen.'

'Wat heeft dat met Miranda's verhaal te maken?'

'Dat weet ik niet. Misschien niks. Misschien alles.'

'Niks dus.'

'Waarom vertel je het niet gewoon, zodat ik dat zelf kan beslissen?'

Pat draaide zich om in haar stoel om het meisje achter in de laadbak te kunnen zien. Ze zat muziek te luisteren en ging daar helemaal in op.

'Vertel me in elk geval of er iets ergs met haar aan de hand is,' drong Teo aan.

'Miranda is een normaal kind!' zei Pat fel, en ze keek weer voor zich uit.

'Zelfs al is ze dat ... wat nog maar de vraag is ... dan is haar situatie dat in elk geval niet.'

'Wat wil je daarmee zeggen?'

Teo trapte de koppeling in en schakelde naar de eerste versnelling. De weg begon te stijgen.

'Ik wil dat je me verdomme de waarheid vertelt. Ik wil dat je toegeeft dat je ergens voor wegloopt of je voor iemand verstopt en dat je me de kans geeft je te helpen.'

'Wie heeft jou verteld dat ik hulp nodig heb? Al die boeken zijn je naar het hoofd gestegen,' zei Pat, die probeerde te bereiken dat Teo het voor zijn geliefde literatuur zou opnemen en zich, weer eens, zou laten afleiden van waar het om ging. 'Waar haal je die ideeën vandaan?'

'Van Miranda. Zij heeft het me verteld, *motu proprio*. Ik zweer je dat ik haar niet heb uitgehoord!' zei Teo, om het verwijt voor te zijn.

Pat keek over haar schouder naar haar dochter met de verachting die een verrader toekomt. Als het klopte wat Teo zei en Miranda hem had verteld wat ze wist, kon ze er niet meer onderuit.

'En wat heeft ze je nog meer verteld?' vroeg Pat verontrust. Ze was bang dat Miranda Teo over haar afhankelijkheid van de pillen had verteld.

'Verder niets,' zei Teo, die haar zo snel mogelijk gerust wilde stellen.

'Ik ben op de vlucht voor Miranda's vader,' zei Pat.

Teo keek haar met open mond aan.

'Vertel je me nou dat hij niet dood is?'

Pat knikte langzaam, alsof haar hoofd loodzwaar was.

'Miranda zei dat ze voor haar opa op de vlucht was.'

'Dat heb ik tegen haar gezegd en dat is dus wat zij gelooft. Het is beter zo. Ik heb liever dat ze denkt dat haar vader dood is.'

'Haat je hem zo diep?'

'Eigenlijk bestaat er geen enkel woord, in deze taal noch enige andere, dat ook maar enigszins kan beschrijven wat ik voor hem voel.'

'Wat heeft hij je aangedaan?'

'Dat maakt deel uit van het leven van voordat ik jou kende, dus het gaat je niks aan. Als je echt geïnteresseerd bent in Miranda's welzijn, ben ik bereid je te vertellen wat daarvoor nodig is. De rest is taboe. Dus probeer me niet uit te horen!'

'Ben je op de vlucht voor justitie? Als die man een aanklacht bij de rechtbank heeft ingediend ...'

'Dat heeft hij niet, want hij heeft geen wettelijk recht op Miranda. We zijn nooit getrouwd geweest. Hij weet niet eens hoe ze heet! Maar ik moet toch voorzichtig zijn. Het is een man met heel veel macht. Hij zoekt ons misschien niet via de officiële weg, maar de politie kan best op een informele manier naar ons op zoek zijn.'

'Als je je zo'n zorgen maakt, waarom ben je dan niet met haar op het vliegtuig gestapt en naar een ander land gegaan?'

'Ik zei al dat hij iemand met heel veel macht is.'

'Zoveel dat hij vliegvelden en grenzen kan controleren?'

Pat nam niet eens de moeite om te antwoorden. De stenige weg vóór hen was smaller geworden.

'Exen lijken meestal kwaadaardig wanneer ze dwarsliggen,' zei Teo.

'Ik ben niet het typische vrouwtje dat zich afgewezen voelt. Ik heb het over echte slechtheid. Pure slechtheid.'

Teo nam de informatie zwijgend in zich op. Hij had Pat graag aangekeken om te kunnen inschatten of ze de waarheid vertelde, maar hij moest zijn ogen op de weg houden, die nu steil omhoogliep en geen vangrails had. Dit gedeelte van het traject bracht, volgens de zuiverste logica, het omgekeerde effect van de reis naar Santa Brígida teweeg. Je reed opgetogen het dorp uit, maar wanneer je boven kwam, sloeg de angst je om het hart. De weg verstopte zich achter elke bocht en de bergen lieten hun tanden zien.

'En wat zou je zeggen,' vroeg Teo, terwijl zijn ademhaling begon te condenseren, 'als Miranda je zou vragen of ze haar vader mocht zien?'

'Dat zal nooit gebeuren, want voor haar is haar vader dood.'

'Dan hebben we een probleem.'

'Hoezo?'

Teo zocht Miranda in zijn achteruitkijkspiegel. Het meisje liet met haar adem het glas van de achterruit beslaan en maakte krabbeltjes.

'Het is een van die ... bijzondere talenten van haar,' biechtte Teo op. 'Miranda zegt dat we, als we liegen, een andere toonhoogte gebruiken dan wanneer we de waarheid vertellen. Mij heeft ze vooralsnog met wetenschappelijke precisie op elke leugen betrapt. Ik wil je wel vragen om haar niet te vertellen dat ik dit heb gezegd. Ik moest van haar zweren dat ik het je niet zou vertellen en ik schend deze eed nu bewust omdat ik denk dat het beter voor haar is als jij dit weet. Maar ik wil niet dat ze het vertrouwen dat ze in me heeft, verliest.'

Tot Teo's verrassing zei Pat geen woord. Ze leek zich te hebben verloren in haar eigen overpeinzingen, haar ogen keken niet meer, ze waren leeg. Hij vroeg of het ging. Het duurde even voordat Pat antwoord gaf, alsof ze uit een trance moest komen. Toen ze begon te praten, was haar stem veranderd: hij leek afkomstig van dezelfde plek als waar ze de afgelopen seconden haar toevlucht had gezocht, een plek in haar ziel die ze, dat was duidelijk, alleen bezocht als ze zich zwak voelde.

'Bedoel je dat Miranda weet dat ik tegen haar lieg?'

'Ze denkt dat je nog niet klaar bent om haar de waarheid te vertellen.'

Pat glimlachte voor het eerst sinds lange tijd.

'Moeder zijn is moeilijk. Maar moeder zijn van een kind dat altijd gelijk heeft, is onmogelijk,' zei ze, en ze draaide haar gezicht weg om geen stukje van de weg te hoeven missen.

Als ze een andere vrouw was geweest, zou Teo gedacht hebben dat ze huilde. Maar hij moest zich vergissen, want dit was Pat.

XLVIII

Korte geschiedenis van het Sever, vooruitlopend op de editie van 1984

Er wordt gezegd dat Farfi, gedreven door zijn gebrek aan scholing, de romans uit de dorpsbibliotheek op alfabetische volgorde van auteurs las, een criterium dat net zo betwistbaar was als elk ander, maar ontegenzeggelijk nauwgezet. Hij begon bij Anoniem, die *Robin Hood* en *Duizend-en-één-nacht* voor hem in petto had. Daarna las hij *De avonturen van Augie March* van Saul Bellow, een boek dat hem herinnerde aan de onrustige verlangens uit zijn jonge jaren. Vervolgens waren daar *Nostromo* van Conrad, dat hem ziek van heimwee naar het onbekende maakte, en *De nagelaten papieren van de Pickwick Club* van Charles Dickens. (Farfi was ervan overtuigd dat Dickens in Santa Brígida zijn hart had kunnen ophalen.)

Hij las *Onzichtbare man* van Ralph Ellison en vroeg zich af hoe het toch kwam dat er maar zo weinig auteurs waren met die beginletter. (De enige andere keus in dat gedeelte van de kast was *Middlemarch* van George Eliot.) Van *The Wild Palms* van William Faulkner kreeg hij migraine, waar Graham Greene met *Het geschonden geweten* een eind aan maakte. Toen hij bij de H was aanbeland, was zijn eerste mogelijkheid de *Odyssee* van Homerus. Maar in de vertaling waren de oorspronkelijke versregels aangehouden en Farfi wilde trouw blijven aan het proza, waar hij zulke goede resultaten mee boekte; de poëzie bewaarde hij voor een latere *tourné*, die ongetwijfeld zou beginnen met W.H. Auden.

Hij koos dus voor *De klokkenluider van de Notre Dame* van Victor Hugo. Het was een lijvig boek, maar tijdens de laatste slag in de Hippieoorlogen lag hij met beginnende uitdroging in bed en had hij een gedwongen vakantie die precies zo lang duurde als het lezen van het boek. Gezien de situatie was het onvermijdelijk dat zijn gedachten tijdens het lezen af en toe afwaalden naar het conflict van de Hippieoorlogen. Gelukkig was hij bij Hugo en diens kleurrijke Parijs van de zigeuners aanbeland voordat het de beurt was aan *La Bolsa* van Julio Irazusta, anders had hij misschien nog gepleit voor de opening van een bingozaal, en voor hij begon in *Platero en ik* van Juan Ramón Jiménez, dat hem er wellicht toe had overgehaald een Feestdag voor het Boerderijdier in het leven te roepen.

De tijd verstreek. Farfi werd burgemeester. Toen hij eenmaal op zijn post zat, ging hij op zoek naar iets waarmee hij Santa Brígida sterker kon profileren als toeristische trekpleister, in de wetenschap dat alle dorpen hun eigen regionale feest hadden: het Bosvruchtenfeest, het Hopfeest, het *Michay*-feest, het Leisteenfeest, het *Chicha*-feest, het Feest van het Kalf, van de Geit, van de *chacolí*-wijn, van de Rozenstruik, het IJzerfeest ... Er bestond zelfs een feest genaamd 'Zes uur vissen op *pejerrey*'!

De inspiratie voor het Sever kwam tijdens een euforisch weekend zonder pillen. Uit een merkwaardige cocktail van alcohol, pikante specerijen en de bijzondere chemie in zijn hersenen kwam eerst een herinnering naar boven waarin de Hippieoorlogen en het Parijs met de vele gezichten van Hugo met elkaar verweven waren; vervolgens openbaarde zich het plan om een feest in het leven te roepen waarmee tegelijkertijd het toerisme en de eensgezindheid bevorderd zouden worden; en tot slot kwam het idee voor de concrete uitwerking van het feest, een ingeving die Farfi vierde met een kreet die in intentie, maar niet in de uitvoering, leek op 'eureka', wat verklaart waarom hij hem, in tegenstelling tot Archimedes' uitroep, maar beter niet binnen de muren van een klooster kon herhalen.

Kort nadat hij die vrijdag de betreffende verordening had ondertekend, ging Farfi met een hamer, spijkers en een rol papier die vers van de pers kwam, de straat op. Toen men de burgemeester spijkers in de deur van het gemeentehuis zag slaan, begonnen de nieuwsgierigen toe te stromen. Het gerucht verspreidde zich als een lopend vuurtje en er ontstond een enorme oploop. De mensen lazen de gedrukte tekst op en vroegen zich af wat de betekenis was, die niemand leek te kunnen doorgronden.

OP DE DAG VAN HET SEVER, luidde het opschrift, en daaronder in kleinere letters:

1. Ben je wat je niet bent
2. Is binnen buiten (en omgekeerd)

3. Worden alle regels omgedraaid, en, tot slot
4. Worden onze fouten ons vergeven

Farfi maakte van de gelegenheid gebruik om uit te leggen wat zijn oproep inhield. Degenen die daarbij aanwezig waren, herinneren zich de gebeurtenis als een historisch moment voor Santa Brígida, het lokale equivalent van de oversteek van de Delaware of de bestorming van de Bastille of, beter nog, van de actie die de basis legde voor het protestantisme; of leek Farfi soms niet op Maarten Luther, die zijn tekst op de deuren van de kerk van Wittenberg had gespijkerd?

Het eerste gemeentelijke Severfeest zou korte tijd later, in het tweede weekend van oktober 1980, plaatsvinden.

Na het enthousiasme over de aankondiging volgde een periode van ontreddering. Hoever wilde Farfi gaan? Betekende het Sever de tijdelijke opheffing van wetten en werd daarmee een delict een goede daad? (Natuurlijk niet, zei de burgemeester; zelfs als het Sever in volle gang was, bleef diefstal diefstal en werd dit gewoon bestraft.) Kreeg het Sever het bindende karakter van een voorschrift? (Integendeel, deelname was strikt vrijwillig.) En hoe groot werd het feest eigenlijk, werd het hele dorp erbij betrokken of zou het slechts in een afgebakende ruimte plaatshebben? (Het plein en de aangrenzende straten werden gebruikt voor festiviteiten, kraampjes en optochten, maar iedere burger was vrij om de regels van het Sever in praktijk te brengen waar hij of zij maar wilde, ook thuis.)

In de weken voorafgaand aan die oktober van de eerste editie, had Farfi paniekaanvallen die zelfs op vrijdag niet verdwenen. Hij was bang dat het Sever op een fiasco zou uitlopen. Mensen maken zichzelf liever niet belachelijk en worden ook niet graag geconfronteerd met eindeloze creatieve mogelijkheden, dat vinden ze maar beangstigend; ze ontvangen liever duidelijke, afgebakende instructies, ook al hebben ze daarbinnen minder speelruimte. Farfi was het al snel zat om antwoord te geven op de vraag naar zijn eigen vermomming; men wilde weten wat volgens hem het tegenovergestelde was van een burgemeester. Hij legde duizend keer uit dat het Sever niet verplichtte om naar het tegenovergestelde te zoeken, maar om de verscheidenheid te verkennen. Een brandweerman hoefde niet per se een pyromaan te worden, het was ook goed als hij het als schilder, als ontdekkingsreiziger of als kind probeerde. Het was de bedoeling dat je levenspaden verkende die je links had laten liggen door voor het huidige bestaan te kiezen en dat je vraagtekens zette bij de gevestigde normen, die je over het algemeen uit plichtsbesef of gewoonte onderschrijft, terwijl het misschien niet de beste zijn. Als het Sever al betekenis had, herhaalde de burgemeester nadrukkelijk (van maandag tot vrijdag geduldig, in het weekend geestdriftig), dan was het dat het een lofzang op de tolerantie was.

Tot zijn opluchting was de deelname groot. Zoals hij zich al had voorgesteld, hadden tientallen oorspronkelijke dorpsbewoners zich als hippie verkleed. Hun uitvoering sprak boekdelen over de misverstanden tussen beide gemeenschappen. Voor de oude inwoners waren hippies mensen die zich kleedden in het eerste het beste wat ze bij de hand hadden (een tafelkleed als poncho, een gordijnkoord als ceintuur), die zich niets aantrokken van de meest basale hygiënenormen (niet in bad gaan tijdens het Sever was onderdeel van het spel) en die niet wisten wat werken was en daarom het hele feest lang op het plein rondhingen.

Er waren echter ook hippies die verkleed gingen als dorpsbewoners, eveneens een vertolking waar een socioloog van gesmuld zou hebben. Volgens de hippies kleedden de traditionele inwoners zich met een totaal gebrek aan verbeelding (lichtblauwe overhemden, gauchobroeken), trokken ze zich niets aan van de meest basale hygiënenormen (ze gebruikten geen deodorant tijdens het feest) en wisten ze niet wat werken was; dus hingen ze tijdens het Sever, streng in hun rol, rokend en maté drinkend op het plein rond.

Zoals Farfi had verwacht, hielp het de standpunten dichter bij elkaar te brengen. Sommige dorpelingen begonnen sandalen te waarderen. Een aantal hippies moest toegeven dat kort haar makkelijker was en laarzen een betere bescherming boden tegen het barre klimaat.

Sindsdien bood elk Sever de gelegenheid om nog hoger te vliegen en uit te proberen wat men allemaal nog meer niet was (en graag zou willen zijn). Farfi zelf was achtereenvolgens zeeman, bedoeïen en gedetineerde. Dirigibus was in 1981 stom en in 1982 geheelonthouder. Meneer Puro Cava was hippie (een hippie uit Carnaby Street, dat dan weer wel, een andere belichaming van zijn natuurlijke elegantie) en ook bedelaar, met de waardigheid van Arturo de Córdova in de film *Dios se lo pague*. Zoals reeds vermeld, droeg hij toen Pat en Miranda in Santa Brígida arriveerden, zijn ondergoed aan de buitenkant. Die keer probeerde hij eens niet discreet te zijn.

Mevrouw Pachelbel, die er aanvankelijk niet zo'n zin in had, had verschillende dingen uitgeprobeerd. In het openingsjaar deed ze niet mee. In 1981 probeerde ze hartige dingen te maken in plaats van zoete, wat niemand op prijs stelde. In 1982 verkleedde ze zich in een opwelling van zelfspot als alleraardigste dorpsbewoonster (dat was de keer dat Pat en Miranda haar leerden kennen) en gaf ze spullen weg in plaats van ze te verkopen. In 1983 verkleedde ze zich als man (de kleding veranderde, het humeur bleef hetzelfde) en gaf ze ook koopwaar weg. Nu, in 1984, was ze bereid haar deelname uit te breiden.

Zoals ze aan Teo had doorgegeven (sinds Pat zich in huis opsloot, deed de reus dienst als loopjongen), wilde mevrouw Pachelbel een kraam op het plein inrichten. Dit betekende dat ze een tweede verkoopster nodig had, want ze was niet van plan haar zaak die dagen te sluiten, en de keus viel vanzelfsprekend op Pat.

Zonder er zelfs maar over na te denken had Pat Teo gevraagd mevrouw Pachelbel haar lievelingswoord door te geven, en dat was, zoals reeds vermeld, 'nee'.

Mevrouw Pachelbel legde Teo uit dat dit geen acceptabel antwoord was. Gezien de grote aantallen toeristen die op het Sever afkwamen, kon ze deze kans om haar producten te promoten niet laten lopen. Het was toch wel duidelijk dat het bedrijf tot nog toe allesbehalve goede resultaten had opgeleverd?

Pat vroeg Teo mevrouw Pachelbel te vertellen dat als het probleem financieel van aard was, het Sever het alleen maar erger zou maken, omdat ze in die dagen een groot deel van haar voorraad zouden weggeven.

Teo herhaalde voor Pat de uitleg van mevrouw Pachelbel, die van doortastend ondernemerschap getuigde: de bedoeling van het kraampje op het plein was om aan het begin van elke dag jam en ingemaakte vruchten weg te geven tot ze door de voorraad heen waren (wat natuurlijk in de eerste uren van het feest zou gebeuren) en daarna de mensen door te sturen naar de winkel, waar de producten niet meer werden weggegeven, maar gewoon voor de verkoop waren. Daarvoor had ze in haar kraam een innemende persoon als Pat nodig (Teo had moeite om zijn lachen in te houden toen hij dit deel van de boodschap doorgaf). Het sprak voor zich dat mevrouw Pachelbel deze rol niet kon vervullen, want op het plein zouden overal onuitstaanbare, krijsende snotapen rondlopen en Teo kon de verantwoordelijkheid ook niet op zich nemen, want het was de bedoeling om de mensen te lokken, niet om ze af te schrikken.

Pat liet doorgeven dat ze maar een verkoopster in dienst moest nemen.

Mevrouw Pachelbel liet doorgeven dat ze daar geen problemen mee had, als Pat het maar uit eigen zak betaalde.

Een uitgeputte Teo, die inmiddels terugverlangde naar de tijd waarin hij nog slechts kuipen met fruit vervoerde, legde mevrouw Pachelbel de capitulatievoorwaarden voor: Pat wilde het wel doen, mits de vrouw de kosten van de inrichting van de kraam op zich zou nemen.

Mevrouw Pachelbel ging akkoord. Toen Teo haar vroeg waar ze het geld vandaan wilde halen, begon de vrouw te blozen (normaal gesproken werden haar wangen alleen maar rood van de hitte van het fornuis) en gaf ze te kennen dat ze particuliere investeerders had.

'U hebt Kriegers aanbod toch niet opnieuw in overweging genomen?' schrok Teo.

'Natuurlijk niet,' zei de vrouw.

Meer wilde ze er niet over zeggen, toen niet en later evenmin.

XLIX

Waarin een aantal twijfels (voor zover die al bestonden) wordt opgehelderd over de schilderijen van mevrouw Pachelbel

Mevrouw Pachelbels gedrag was veranderd sinds de dag dat ze in haar atelier onderuit was gegaan. Het was geen complete omslag: de vrouw was nog steeds een volmaakte weergave van zichzelf, nors en systematisch als altijd. Maar in de loop van de dagen had ze verschillen met haar vroegere persoonlijkheid laten zien die een dieperliggende transformatie deden vermoeden dan alleen aan de lente was toe te schrijven. Ze liet zich ineens de attenties van doctor Dirigibus welgevallen, die haar dagelijks bloemen bracht en tot sluitingstijd in de winkel bleef. Er ging geen dag voorbij dat hij haar niet mee uit eten vroeg voordat het rolluik naar beneden ging. Het antwoord was elke avond negatief, maar Dirigibus maakte zich niet druk. Nu hij de drempel van de winkel was gepasseerd en zijn bloemenritueel had kunnen doorzetten, wist hij dat het nog slechts een kwestie van tijd was. Dirigibus' tonronde lijf was een en al geduld.

Uiteraard was dit niet de enige verandering die men in mevrouw Pachelbels gedrag had waargenomen. Sommigen van haar klanten vertelden dat ze haar hadden zien glimlachen als reactie op triviale opmerkingen over het weer of het nieuws, voor normale mensen iets heel normaals, maar het personage Pachelbel volkomen vreemd. Er ging zelfs een gerucht dat iemand haar had horen lachen. De meest aannemelijke versie van deze roddel schreef de lachbui toe aan de aanwezigheid van Dirigibus, die waarschijnlijk iets belachelijks had gezegd of iets doms had gedaan, wat geheel in lijn zou zijn met zijn persoonlijkheid. Niettemin betoonden de meeste mensen zich sceptisch: het was te veel verandering in een te korte tijd voor een vrouw wier slechte humeur met de regelmaat van de klok de kop opstak.

Zelfs Teo liet even op zijn antwoord wachten, de eerste keer dat mevrouw Pachelbel hem naar Miranda vroeg. Hij verontschuldigde zich en zei dat hij de vraag niet had verstaan, zodat de vrouw ge-dwongen was hem te herhalen. Teo antwoordde dat het nog steeds goed ging met het meisje en dat ze op dat moment op school zat. Een paar dagen later kwam de vraag opnieuw. Mevrouw Pachelbel stelde hem even kortaangebonden als altijd, alsof ze wilde benadrukken dat ze het deed uit beleefdheid. Het was echter wel duidelijk dat ze zich sinds haar toeval bewust was geworden van Miranda's bestaan.

Op een van die eerste lentedagen stond Pat zo lang in de keuken dat Miranda al uit school was voordat Teo met zijn vracht was ver-trokken. Blij met de kans om weer eens zo'n ritje te maken dat ze met haar vakantie associeerde, vroeg Miranda of ze mee mocht naar het dorp.

Na hun eerdere oponthoud hadden ze midden in de bergen ook nog een lekke band gekregen, zodat Miranda en Teo pas in Santa Brígida aankwamen toen mevrouw Pachelbel de winkel al had geslo-ten. Hoewel het licht beneden al uit was, deed ze toch open; haar handen zaten onder de verfvlekken. Teo verontschuldigde zich en legde uit waarom ze zo laat waren. Mevrouw Pachelbel bood aan op Miranda te passen terwijl Teo met zijn band bezig was. Het koelde nog sterk af als de zon onderging en het was niet raadzaam om het meisje buiten of in een auto zonder verwarming te laten wachten. Onzeker vroeg Teo aan Miranda of ze dat wilde. Het meisje stemde zonder aarzelen toe.

Mevrouw Pachelbel was in haar atelier aan het schilderen. Ze zei tegen Miranda dat ze verder moest omdat anders de kleuren die ze gemengd had, zouden opdrogen. Een paar minuten lang zwegen ze, de vrouw die een straatlantaarn vorm gaf en het meisje dat naar de vele reeds voltooide schilderijen stond te kijken.

'Ze zijn súpermooi,' zei Miranda. 'Verkoopt u ze niet?'

'Ze zain niet om te ferkopen,' zei mevrouw Pachelbel, zonder haar penseel van het doek te halen.

'U kunt ze ook weggeven. De mensen vinden ze vast mooi.'

'Ze zain ook niet om weg te gefen.'

'Waarvoor zijn ze dan wel?'

Ditmaal kwam er geen antwoord. De vrouw schilderde verder alsof ze alleen was.

Miranda hield op met kijken naar de afzonderlijke schilderijen en zette een paar stappen achteruit om het geheel te aanschouwen. Ze kneep haar ogen half dicht, alsof ze iets probeerde te zien wat achter het direct zichtbare lag en zei uiteindelijk: 'Dat dorp is niet Santa Brígida.'

'Natuurlijk niet. Dat is het dorp waar ik ben geboren.'

'Waarom maakt u zo graag van die lege schilderijen?'

'Leeg?' zei mevrouw Pachelbel verbaasd, die ervan overtuigd was dat haar schilderijen vol penseelstreken, lijnen en kleuren waren.

'Zonder mensen. Er staan alleen maar straten en huizen en kerken op!'

Mevrouw Pachelbel liet haar oog over een groot deel van haar werk gaan.

Het was waar wat het meisje zei. Er was geen mens op te bekennen.

'Dat had ik helemaal niet in de gaten,' zei de vrouw. 'Ik heb ze altaid mooi gefonden zo. Maar nu je het zegt ... Het klopt, ze zien er leeg oit,' zei ze, en ze bedekte het dichtstbijzijnde schilderij met een zijden sjaal die over de rugleuning van de stoel hing.

'Ik vind ze toch wel mooi,' zei Miranda, bang dat de vrouw haar opmerking als kritiek zou opvatten. 'Het is een leuk dorp!'

Mevrouw Pachelbel liep terug naar haar doek. Het schilderij was duidelijk nog niet af, maar het leek haar niet meer te redden. Ze draaide de potjes met verf goed dicht om te voorkomen dat ze uitdroogden.

'Wat is schoonheid toch een raar iets,' zei ze toen. 'Waar komt het vandaan? Want er zijn mensen die denken dat ons idee van wat mooi is uit de natuur afkomstig is. Maar de natuur brengt net zoveel mooie als lelijke dingen voort. Arme vogelbekdieren. Diepzeevissen! Hoe maken we onderscheid tussen het een en het ander? Wie is ermee begonnen en wat was zijn criterium?' vroeg ze, wetende dat ze geen antwoord zou krijgen. 'Soms denk ik dat schoonheid alleen maar spontaan kan zijn, dat ze er van nature is of niet. Er zit schoonheid in het idee van een uitdijend heelal. In de bewegingen van vuur, in de muziek van water. In de hals van een paard, die prachtige boog, en in de vlucht van een vogel. In de vorm die het lichaam aanneemt wanneer het zich te ruste legt. In de geur van de aarde vlak voordat het gaat regenen. In het spinnenweb. In de vorm van een druppel, dezelfde als die van een traan ... Maar soms denk ik dat schoonheid ook het product is van hard werken, van inzet, van moeizaam overleg met de ziel en ja, ook met de materiële wereld. In bepaalde kunstwerken zit een bedachte schoonheid, maar er zit ook schoonheid in andere dingen die de mens voortbrengt. Ceremonies zijn vaak mooi. En fijn geslepen glazen. En waaiers. Hoe is het mogelijk dat een traan die vloeit vanwege een zandkorreltje in het oog niet mooi is, maar een traan die wordt vergoten uit intense blijdschap wel, terwijl ze in wezen toch hetzelfde zijn?'

Ze zuchtte en doopte haar penseel in een pot vol gekleurd water. 'Het is in elk geval zo dat we, als we schoonheid willen bereiken, gedwongen zijn haar te zoeken, haar uit de kluwen der dingen te ontwarren. Maar waarom doen we dat? Ik bedoel, als we schoonheid zoeken, wat zoeken we dan? Het zou alvast een mooi begin zijn als we dat wisten. Dat zou genoeg zijn. *Genug, ja,'* zei ze, en toen besefte ze het ineens. Ze stond al een hele poos in het Duits te praten. En al die tijd had het meisje geen enkele verwondering getoond!

Mevrouw Pachelbel verontschuldigde zich voor haar onbeleefdheid; het was iets wat ze vaak deed als ze alleen was, hardop praten in de taal van haar vader. Vervolgens vertelde ze dat ze niet altijd zo had geschilderd. In het begin schilderde ze mensen in de straten, in de ramen van de huizen. Mensen die ze kende. Oude vrienden. Familieleden.

'In de loop der taid,' zei ze, 'bezefte ik dat ze allemaal dood waren ... foor mai in elk gefal. En ze ferdwenen fan het linnen. Sjpoken kan ik nog niet sjielderen!'

Miranda liep zwijgend naar het schilderij dat mevrouw Pachelbel had bedekt. Ze voelde aan de sjaal, die heerlijk zacht was. En hij rook lekker, een mannengeur.

'Laat dat,' zei de vrouw op een toon waar geen boosheid in doorklonk. 'Die is fies. Kom, we gaan naar beneden. Ik heb koekjes gebakken die je moet proeven. Ik wil jouw mening horen!'

Het meisje gehoorzaamde zonder tegensputteren. Ze was verrukt over de muziek die mevrouw Pachelbel voortbracht als ze in haar oorspronkelijke taal sprak. Maar ze vroeg zich af waarom ze op het laatst tegen haar had gelogen, toen ze aan de sjaal voelde die over het schilderij hing.

L

Hier leert Miranda een waardevolle, maar trieste les

Die ochtend kwam de muzieklerares hen niet halen na de pauze. De bel was op tijd gegaan en de meeste leerlingen liepen zoals gewoonlijk achter hun onderwijzers aan naar het klaslokaal. Maar de kinderen van de eerste klas bleven alleen op het schoolplein achter. Ze zwermden uit, renden rond en schreeuwden tot ze het zat waren om te doen waar ze zin in hadden; absolute vrijheid brengt doodvermoeiende beslissingen met zich mee. Na een poosje werd het bloedsaai om elkaar te bekogelen met het zand voor de verbouwing (vier nieuwe lokalen, een handenarbeidruimte). Een van de jongens besloot op eigen gezag terug te gaan naar het klaslokaal en alle anderen, of bijna alle, liepen achter hem aan.

Even later kwam juffrouw Fontán binnen, die een vrij lesuur had en het rumoer had gehoord. Ze zette hen aan een schrijfoefening, het oude trucje, maar al snel had ze geen krijt meer om de voorbeelden op het bord te maken. (In de anarchie die was uitgebroken na hun terugkeer van het schoolplein, hadden de kinderen de krijtjes als projectielen gebruikt.) Juffrouw Fontán stuurde Miranda naar de conciërge om een nieuw doosje te halen.

Toen ze het schoolplein overstak, liep ze Demián tegen het lijf, die niet mee terug was gegaan naar de klas. In elke andere situatie had hij de gelegenheid aangegrepen om haar een duw te geven of aan haar vlechten te trekken, maar nu had hij zijn handen vol. In zijn armen droeg hij de schoolbel.

Miranda begreep het meteen. Demián was de steiger op geklauterd om bij de bel te komen. En nu probeerde hij hem mee te nemen en werd hij op heterdaad betrapt.

Het was voor Miranda de ideale kans om met hem af te rekenen. De inktvlekken, de gestolen potloden, de spuugklodders, de kapot-

gescheurde schriften, het stampen op haar schilderwerkjes, de beschuldigingen tijdens de inmiddels beroemde handvaardigheidsles.
Het enige wat ze hoefde te doen, was Demián bij de juffrouw te ver-
klikken.

Ook Demián besefte dat hij flink in de nesten zat, want zijn gezichtje trok samen in een grimas van hulpeloosheid die Miranda nog
nooit bij hem gezien had.

'Kom maar mee,' zei Miranda.

Ze leidde Demián naar de bouwplaats en hielp hem de bel onder
een hoopje zand te verstoppen.

Vervolgens sloegen ze alle sporen van hun bezoek aan de bouwplaats van hun handen en kleren.

'Niks zeggen,' zei Demián uiteindelijk, die weer praatjes kreeg. 'Als
je het doorvertelt, sla ik je verrot!'

Miranda glimlachte en schudde haar hoofd. Natuurlijk zou ze niks
vertellen, maar niet omdat ze bang was. Miranda zou zwijgen uit
vrije wil. Ze wilde zich in haar ruimhartigheid onderscheiden van
haar belager. Ze was ervan overtuigd dat haar goede daad Demiáns
houding zou veranderen, zoals juffrouw Teresa al had gesuggereerd:
ze zouden een brave jongen van hem maken, met zachte hand. Kort
nadat ze alleen was teruggelopen naar het klaslokaal, hoorde ze een
kreet van buiten komen. Het was de kreet van een volwassen vrouw.
Juffrouw Fontán liep de deur uit om te kijken wat er aan de hand
was, en hoewel ze had gezegd dat ze in de klas moesten blijven, volgden de kinderen in haar kielzog.

De kreet kwam van Dorotea, de conciërge. Ze was naar buiten
gegaan om de pauzebel te luiden en was zich te pletter geschrokken.

De bel, zo wist Miranda, hing niet op zijn plek. In plaats daarvan
hing daar Bloedlichaampje, het skelet van de school, en zijn botten
rammelden als een vibrafoon.

Miranda liet haar ogen ronddwalen tot ze Demián ontdekten, die
uit de schaduw van de bouwplaats stapte en zich onder de kinderen
mengde alsof hij nooit was weggeweest. Toen hij merkte dat hij ontdekt was, wierp Demián haar een dreigende blik toe.

Ze maakten zoveel lawaai dat zelfs juffrouw Posadas uit haar kantoor kwam. Toen ze met haar volumineuze lijf op het schoolplein
arriveerde, stonden er al tientallen kinderen uit alle klassen, ontsnapt
aan het toezicht van de onderwijzeressen, lachend en krijsend om

het skelet heen. De directrice schreeuwde een paar keer en binnen een paar seconden was het stil.

'Waar is de bel?' vroeg ze. 'Wie het weet, kan het maar beter meteen zeggen, anders kan hij voor de gevolgen opdraaien!'

De stilte die hierop volgde, was van korte duur. Al snel klonk er een piepstemmetje dat over het hele schoolplein echode.

'Zij heeft het gedaan,' zei Demián. Juffrouw Posadas, Dorotea, juffrouw Fontán, de andere onderwijzeressen en de kinderen staarden hem aan en volgden toen de denkbeeldige lijn die zijn uitgestoken vingertje trok. Demián wees naar Miranda. 'Zij heeft het gedaan, ze is een heks. De heks heeft het gedaan!'

Al snel sloten andere stemmen en vingers zich bij de beschuldiging aan.

'Zij heeft het gedaan. Het was de heks. De heks!'

Miranda wilde protesteren, maar ze wist dat het zinloos was. Wie zou haar geloven als iedereen zo overtuigd was van haar schuld? Zij was immers het schoolplein overgelopen, op verzoek van de juffrouw, die niet eens had gemerkt dat Demián niet in de klas zat. Wat juffrouw Fontán betreft was Miranda de enige die de gelegenheid had gehad dit te doen.

Haar ogen vulden zich met tranen, terwijl het geschreeuw steeds luider werd en juffrouw Posadas haar bij haar arm greep en naar de directiekamer sleepte.

Aanvankelijk dacht ze dat ze huilde uit onmacht, omdat ze niets kon doen om te bewijzen dat ze onschuldig was, maar later besefte ze dat haar verdriet een andere oorzaak had. Ze gaf geen antwoord op de vraag of zij het inderdaad was geweest en zei ook niets toen ze de mogelijkheid kreeg om een ander als schuldige aan te wijzen.

Miranda bracht hen naar de zandhoop en wees precies aan waar de bel lag. (Ze had liever dat hij meteen werd gevonden dan dat ze afwachtte tot Demián hem weer zou verplaatsen en een ander of zichzelf daarbij zou verwonden.)

Miranda verbrak haar stilzwijgen niet, zelfs niet toen ze Pat de brief van de directrice overhandigde, waarin haar werd gevraagd de volgende dag op gesprek te komen. Ze wist maar al te goed dat haar moeder tot alles in staat zou zijn als ze haar de waarheid vertelde. En voor Miranda was het niet meer belangrijk of er recht werd gedaan. Het zou niets uithalen als Demián in plaats van haar zou worden gestraft. Ze had zojuist de grenzen van het goede ontdekt en vastgesteld dat haar invloed beperkter was dan ze dacht. Demián had de kans gehad om te veranderen, maar had besloten te volharden in het kwaad; was dat niet een keuze die hij kon maken, een gevolg van zijn vrije wil?

Wat haar het droevigst maakte, wat haar naar een peilloze somberheid deed afglijden en haar dwong zich in een donker hoekje terug te trekken om te kunnen huilen zonder dat er vragen werden gesteld, was het gevoel dat Demián een verloren zaak was.

LI

Waarin Miranda in het bos verdwaalt

Ze werd voor vijf dagen geschorst. Iedereen voelde zich ongemakkelijk bij die maatregel, te beginnen bij juffrouw Posadas. De hand van de directrice trilde anders nooit als ze een sanctie moest ondertekenen, maar ze geloofde dat Miranda een goede leerlinge en een modelkind was (ietwat eigenaardig, misschien, maar wat kon je verwachten met zo'n moeder?) en was er zeker van dat het om een op zichzelf staand incident ging, voor zover ze daadwerkelijk schuldig was. Maar het was een ernstig vergrijp, het functioneren van de hele school was verstoord en alle ouders hadden het erover; als ze het bij een waarschuwing had gelaten, had ze een precedent geschapen. Pat protesteerde, zoals verwacht, maar had weinig tegen de straf in te brengen. Ze kon niet eens Miranda's kant van het verhaal geven, want Miranda had geweigerd haar die te vertellen.

Het waren vijf gespannen dagen in het huisje, van maandag tot de vrijdag waarop het Sever begon. Pat had meer werk dan ooit. De pannen stonden zelfs 's nachts nog te prutstelen en alle ramen waren beslagen van de dampen. Pat stond onophoudelijk te schillen, snijden, hakken, wassen, suikeren, roeren en schuim af te scheppen. Miranda bad dat niemand van haar klasgenoten haar moeder zo bezeten in de weer zou zien of in de buurt van het huis zou komen, dat volhing met dampen, want in dat geval zou haar reputatie als heks bevestigd worden.

Teo was blij dat hij veel de deur uit moest en hele dagen in zijn pick-up rondreed, want een bewegend doel heeft meer kans om ongedeerd te blijven dan een stilstaand. Maar Miranda's situatie baarde hem zorgen. Ze zat de hele dag door te tekenen (soms poppetjes, soms sterren en mandala's) of naar de radio te luisteren. Ondanks het feit dat het meisje niets te doen had, liet Pat haar niet met Teo meegaan. Zo strafte ze haar nog extra, niet vanwege haar vermeende kwajongensstreek, maar omdat Miranda haar niet in vertrouwen wilde nemen over wat er gebeurd was.

Teo probeerde Miranda tevergeefs zover te krijgen haar hart bij hem uit te storten en Pat te laten inzien dat het meisje haar wellicht wilde beschermen, zoals ze vaak instinctief deed. Gevangen tussen deze twee onwrikbare posities kon Teo niets anders doen dan zo vroeg mogelijk naar huis terugkeren en ze allebei even apart nemen zodat ze op adem konden komen. Uiteraard kon hij het niet oplossen. Pat was verbolgen over het feit dat Teo haar niet in de keuken hielp, en hoewel Miranda genoot van zijn gezelschap, leek ze, doordat ze weer alleen was, ongelukkiger dan in het begin. Teo's enige troost was dat hij deed wat hij kon. Wee degene die zichzelf in een situatie manoeuvreert waarin hij twee geliefden, of meer, tevreden moet stellen!

Op donderdagmiddag vroeg Miranda hem of hij meeging naar het bos. Teo zei meteen ja. De sfeer in huis was verstikkend, en niet alleen vanwege de dampen. Dat zei hij liever tegen zichzelf dan dat hij moest toegeven dat hij bang was om Miranda alleen buiten te laten rondlopen, want zijn angsten hadden een onuitsprekelijke gedaante; de gedaante van een wolf.

Ze liepen een hele poos in stilte. Miranda leek druk in de weer met haar zakradio, waar ze de hele tijd problemen mee had; ze draaide onophoudelijk aan de afstemknop om haar favoriete zender te vinden.

'Het zal wel aan de batterijen liggen,' zei Teo.

'Het ligt niet aan de batterijen,' antwoordde Miranda.

'Hoe weet je dat?'

'Het ligt niet aan de batterijen.'

Teo had geen zin om ruzie te maken, aan Pat met haar voortdurende pesthumeur had hij wel genoeg. Hij liep nog een stukje verder, tot hij het saai begon te vinden en Miranda voorstelde om tutti-frutti te spelen. Het meisje stemde weinig enthousiast toe. Ze had het druk met haar radioprobleem en vond het maar vervelend te worden afgeleid en haar begeleider te moeten bezighouden.

'Klaar,' riep Teo.

'Ah, nee,' protesteerde Miranda, en ze haalde de Spica van haar oor.

'Oké dan, zeg maar. Kleur?'

'Rood.'

'Plaats?'

'Rome.'

'Gerecht?'

'Reerug.'

'Arme ree ... Merk?'

'Romero. Dat is een koffermerk.'

'Ben.'

'... Heel goed! Ik wilde je even testen,' zei Teo, en hij woelde door haar haren. 'Morgen ga ik patent op je aanvragen. Ik wil je als menselijke leugendetector laten registreren. Werk genoeg, dat verzeker ik je.'

'Weer bes!'

'Spelen we verder of wat?'

'Jij mag.'

'A,' zei Teo, en hij probeerde neutraal te klinken. Een klinker kon niet gelogen zijn, of wel?

'Stop!'

'L.'

Teo probeerde zich te concentreren. Kleur: lila, dat was simpel. Londen. Lasagne. Dit keer kon hij winnen zonder vals te spelen. Hij moest zijn best doen, Miranda was snel en ze wist te veel. Zou het waar zijn dat hij in bes loog? Logen alle mensen in bes, of had iedere leugenaar zijn eigen toonhoogte? Wat betreft muziektheorie had Teo weinig noten op zijn zang. Miranda wist dat, ze was hem vast aan het plagen. Hoewel die Romero-koffers inderdaad verzonnen waren. Hoe klinkt een bes? Hij kon het maar beter leren, dan kon hij er rekening mee houden. Gelukkig had Pat totaal geen muzikaal gehoor. Hoe zou het verder moeten met de mannen als vrouwen elke leugen zouden horen? ... Lacoste, dacht hij. Als Miranda twijfelde, kon hij haar een poloshirt laten zien dat hij thuis had liggen.

'... Klaar!'

Teo keek met een triomfantelijke glimlach naar beneden. Maar Miranda was er niet.

Aan de andere kant ook niet. En ook niet achter hem. Miranda was nergens te bekennen.

Hij was in de war. Een minuut eerder had ze nog naast hem gestaan. Waarom zag hij haar nergens, al draaide hij driehonderdzestig graden in de rondte? Kinderen lossen niet zomaar op in het niets. Mensen verdwijnen niet zomaar. Niet meer, in elk geval. Dat was vroeger. In de jaren zeventig. Verdwijningen hoorden bij het verleden, net als het peronisme, hippies en de discosound.

Hij voelde een onverklaarbare angst opkomen.

'Miranda, waar zit je?'

Logisch gezien zou Miranda hem moeten horen, ook al was ze weggelopen. Maar daar waar de logica eindigt, ontvouwt zich een heel universum.

'Miranda!'

Hij schreeuwde nu. En hij schreeuwde nog eens. Zijn stem was tot in de verste uithoeken van de aarde te horen. Waarom gaf ze dan geen antwoord? Zou ze ergens tegenop zijn gelopen, was ze bewusteloos geraakt? Had ze misschien een dokter nodig? Pat zou wel weten wat ze moest doen, zonder twijfel. Hij vroeg zich af wat hij tegen haar moest zeggen als hij alleen thuiskwam.

'Miranda, waar zit je?'

Teo begon tussen de bomen door te rennen. Hoeveel tijd was er verstreken sinds hij daar voor het laatst had gerend, sinds hij zelf was gevlucht?

Een meisje verdwaald in het bos. Een wolf die Latijn sprak.

Hij liep de andere kant op, bleef roepen, draaide weer om. Hij liep doelloos rond, elke stap kon hem dichter bij haar brengen of hem onherroepelijk van haar verwijderen. Wat kon hij doen, stil blijven staan? Er kraste een tak langs zijn gezicht, op een paar centimeter van zijn oog. Als hij haar niet vond, dan was hij net zo lief blind. Maar daar was het nog te vroeg voor, hij moest zien, ver zien, de boomtoppen zien, de bladeren op de grond zien, Miranda zien.

Hij moest al zijn wilskracht verzamelen om te stoppen. Zijn hele lichaam vroeg om actie, al was het zinloze actie; hij wilde het gevoel hebben dat hij iets deed. Maar hij besefte dat hij beter op één plek kon blijven staan en kon blijven roepen zodat Miranda hem zou vinden.

'Miranda!' De bladeren dwarrelden op van zijn gebulder.

Ineens stond ze daar. Drie meter voor hem, als een vogeltje, met de radio tussen haar twee handen tegen haar borst geklemd.

'Waar zat je, verdomme?' schreeuwde Teo.

De reus was zich bewust van de kracht van zijn stem. Wanneer Teo schreeuwde, was dat voor een normaal mens een soortgelijke ervaring als voor Teo toen hij zijn eerste explosie bijwoonde: de schok tegen je lichaam, de bries die aantrekt tot stormkracht, het verstommen van elk ander geluid op de wereld. Miranda wankelde even toen zijn schreeuw haar bereikte, alsof ze door de wind werd beroerd.

'Waarom gaf je geen antwoord?' vroeg Teo.

'Ik gaf antwoord. Maar jij hoorde me niet. Je schreeuwde de hele tijd!'

Teo deed zijn mond open om zijn uitbrander voort te zetten, maar hij zei niets. Het meisje had gelijk. Je hoefde geen verstand van muziek te hebben om dat te begrijpen.

Miranda rende naar hem toe en sloeg haar armen om zijn knieën. Teo verroerde zich niet. Hij wilde streng overkomen om Miranda de ernst van het gebeurde te laten inzien.

'Sorry,' zei Miranda ver onder hem. 'Het kwam door de radio. Hij doet het al een paar dagen niet goed. Ik kan niks horen!'

'Laat me eens kijken,' vroeg Teo. Miranda aarzelde even, genoeg voor Teo om nog geïrriteerder te raken. 'Ik maak hem heus niet kapot, hoor! Moet ik hem maken of niet?'

Miranda trok een pruillipje en reikte hem de Spica aan.

Teo zette hem aan en draaide aan de knop. Hij hoorde niets, de radio deed niets. Hij maakte het batterijklepje open.

'Zie je wel dat ik gelijk had? Hoe kan je nou iets horen als er geen batterijen in zitten?' zei hij, en hij liet Miranda het lege compartiment zien.

Tot Teo's verrassing griste Miranda de radio uit zijn handen.

'Het ligt niet aan de batterijen. Deze radio werkt niet op batterijen!' zei het meisje koppig.

'Alle zakradio's werken op batterijen!'

Met een woedende uitdrukking in haar vochtige ogen zette Miranda de radio aan, draaide aan de knop en liet hem aan Teo zien.

'Zie je wel dat hij werkt? Hij klinkt niet goed, maar je hoort hem!'

Teo bracht zijn oor naar de radio. Miranda had gelijk. Er klonk een knetterend geluid, maar wanneer het meisje aan de knop draaide, waren er haperende mensenstemmen, losse woorden te horen. Had hij het verkeerd gehoord, of spraken de stemmen op de radio Latijn?

Nu was het Teo die haar de Spica uit handen rukte, zo abrupt dat Miranda verontwaardigd piepte. Nerveus draaide hij aan de knop om hem beter te kunnen horen. Niets. Je hoorde niets. De radio was weer stilgevallen.

Teo knielde en gaf Miranda het toestel terug.

'Probeer jij het maar, laat me nog eens horen,' zei hij.

Het vermoeden van de reus was juist. Wanneer Miranda de radio bediende, werkte hij, ook zonder batterijen. Hij kon echter de stemmen niet thuisbrengen of de boodschap verstaan, afgezien van een paar losse woorden. *Indicant. Nulla. Poenam. Corvis.* Wat voor zender was dat, die Latijnse woorden uitzond? Stond er ergens in de buurt een zendmast die preconciliaire missen uitzond?

Toen hij naar het meisje keek, zag hij dat ze zachtjes huilde.

'Doe iets, alsjeblieft,' zei ze. 'Ik wil muziek luisteren. Ik heb mijn muziek nodig!'

Miranda barstte in snikken uit.

Teo sloeg zijn armen om haar heen. Tegen zijn borst leek ze niet groter dan een pop.

Hij overstelpte haar met kusjes en tilde haar op tot bij de groene boomtoppen.

Zodra ze thuis waren, vroeg hij Pat om toestemming en nam het meisje mee naar het dorp om een nieuwe radio voor haar te kopen. Ze probeerden alle radio's in de winkel uit. Ze deden het uiteraard, maar Miranda wilde ze niet. Ze zei dat er geen een dezelfde muziek speelde als de Spica. Teo legde haar uit dat je op alle radio's dezelfde muziek kon horen, maar hij kon haar niet overtuigen. Hoewel hij moedeloos werd van haar wispelturige gedrag, kocht hij uiteindelijk een nieuwe radio met een voorraad batterijen. Hij dacht dat Miranda's liefde voor het oude apparaat wel over zou gaan. De terugweg gaf hem gelijk. Nadat ze een poosje hadden gereden, stopte Miranda de Spica in haar zak en ging naar de nieuwe radio zitten luisteren. De rest van de rit verliep in stilte.

Geen van tweeën zei wat hij eigenlijk dacht.

Miranda luisterde naar de nieuwe radio met zijn nietszeggende muziek zodat Teo zich na al die moeite niet rot zou voelen. Ze had nog steeds de hoop dat de Spica weer tot leven zou komen en de liedjes zou spelen waar zij van hield.

En Teo, die eraan terugdacht wanneer hij voor het laatst Latijn had gehoord, vroeg zich net als toen af of hij niet gek aan het worden was.

LII

Over de spanningen aan de vooravond van het Sever

Alles leek precies hetzelfde als de dag ervoor. Er waren slechts een paar oppervlakkige verschillen, zoals de plaats in de ordening van de week (op donderdag volgde onherroepelijk vrijdag) en het bijbehorende getal (dat ook onherroepelijk op het voorgaande volgde) op de kalender. De temperatuur was op beide dagen gelijk en de luchtdruk isobaar; de wind blies uit dezelfde oostnoordoostelijke richting als de vorige avond en zorgde voor een heldere, haast gesteven lucht. En op beide dagen raakte de hemel gevuld met wat de *Internationale Wolkenatlas* 'cumulonimbus' noemt, met hier en daar een *spissatus* en een enkele *floccus*. Ondanks al die overeenkomsten bestonden er echter in het hele jaar 1984 geen twee dagen die verschillender van elkaar waren dan de tweede donderdag en de tweede vrijdag van oktober, de officiële begindatum van het Severfeest.

Zelfs de slaap was anders. De nacht van woensdag op donderdag was klassiek in zijn soort: hij bracht een aangename, enigszins zware slaap voort, kenmerkend voor de vermoeidheid op dit moment in de werkweek. Maar de nacht van donderdag op vrijdag, toen de vermoeidheid nog groter was, zorgde voor een onrustige, korte slaap en in veel gevallen zelfs voor slapeloosheid. Veel mensen piekerden over details waar ze op het laatste moment nog een oplossing voor moesten verzinnen en waarvan hun deelname aan het feest afhing. Voor de meesten was het een woelige nacht, zoals zo vaak als de spanning intens is en sterker dan de vermoeidheid.

Vanaf vrijdagochtend in alle vroegte liepen er werklieden van de gemeente door het dorp om lichtslingers op te hangen. Bij het krieken van de dag waren de straten rondom het plein al afgezet met geel-zwarte linten, waar alleen voetgangers en voertuigen die voor de marktkramen werkten, langs mochten. (Teo's pick-up was een van de eerste.) Afgezien van deze tekenen leek alles erop te wijzen dat de dag net zo normaal was als de donderdag tot zijn droevige verscheiden, stipt om middernacht; maar er hing een zinderende voorpret in de lucht.

De mensen spraken erover in de wandelgangen, aan hun bureaus en zelfs bij de openbare toiletten, terwijl ze delen van hun lichaam aan de kou blootstelden. In banken, overheidskantoren en op markten had men het over hetzelfde onderwerp, zonder enig onderscheid tussen klanten, employés of superieuren. Men praatte met elkaar in het openbaar vervoer en zelfs van auto tot auto (bij de stoplichten in Concordia en in de files die ontstonden vanwege de afgesloten straten) en van auto tot voetganger, volgens het eenvoudige procedé dat er een raampje werd opengedraaid en een bekende werd aangesproken, die net voorbijliep met een pakket dat verdacht veel van een vermomming weg had.

Elk excuus was welkom om herinneringen aan eerdere feesten, voorspellingen en uiteraard ook roddels uit te wisselen; verhalen over wie wat zou doen dit jaar tijdens het Sever waren aan de orde van de dag. Natuurlijk liet niemand iets los over zijn eigen plannen. Deze geheimen, die bijna een jaar lang werden gekoesterd en gevoed, zouden pas bij de opening van het Sever, tijdens de plechtigheid die Farfi bij het vallen van de avond zou leiden, worden blootgegeven, *quod debetur*. Dit was een van de vele opzichten waarin het Sever als een uitvergrotende spiegel van gewoontes en gebruiken werkte: het liet zien hoezeer mensen de neiging hebben om aspecten van andermans leven te becommentariëren die men in het eigen leven zo angstvallig verborgen houdt.

De pogingen om te verbergen wat zich niet laat verhullen, zorgden voor kostelijke taferelen. Mensen die de kinderwagen uit het stof haalden om er stiekem een duikerspak in te vervoeren. Mensen die een lama (zoogdier: *Lama glama*) in een pick-up zetten, de kop van de herkauwer onder een zakdoek verborgen en tegenover dorpelingen en andere nieuwsgierigen beweerden dat het om een oude tante ging. Mensen die in de felle zon met een paraplu liepen om hun torenhoge kapsel te verbergen, een kunstwerk van kapster Margarita Orozú dat op het hoofd van Marie-Antoinette niet misstaan zou hebben. Mensen die een contrabaskoffer meezeulden terwijl ze geen noot konden spelen, lijsten zonder schilderij, een haakbus verstopt in de hoes van een vishengel, stelten tussen latten hout. Ze stonden in de rij voor het postkantoor om pakjes af te halen die even goed verpakt als merkwaardig van vorm waren: pakketten in de vorm van een tuba, een lederen schild, een van Zeus gestolen bliksemschicht, een reddingsboei, een vuurpijl van het merk Acme en zelfs een ei, dat qua formaat eerder deed denken aan Humpty Dumpty dan aan een omelet.

Afgezien van de zenuwen, de haast om de laatste voorbereidingen te treffen en de inspanningen om de eigen geheimen te bewaren en ondertussen die van anderen rond te bazuinen, genoot de dorpsgemeenschap van het Sever met de intensiteit waarmee men in de oudheid carnaval vierde. Een paar mensen die het feest in een kwaad daglicht wilden stellen (achter wie Krieger werd vermoed), beweerden dat het geen zin had belastinggeld uit te geven aan het Sever terwijl het carnaval al bestond. Maar de geschiedenis toont aan dat dit traditionele feest, dat aan de vastentijd voorafgaat, alleen voluit gevierd wordt in mediterrane en tropische steden, waar het reinigende water volop en op een bijna magische manier aanwezig is. Het sprak voor zich dat Santa Brígida, dat nooit een Rio, Venetië of New Orleans was geweest of zou worden, een carnavalsfeest had bedacht dat bij haar eigen aard paste. Want al lag het dan ver van de Middellandse Zee en waren de palmbomen in het bos er nooit de status van legende ontstegen, Santa Brígida kon met recht verkondigen dat het door evenveel water omringd werd als het Lido en de Suikerbroodberg, zij het in een toestand van sneeuwwitte verstilling.

De uitwerking van het Sever op Santa Brígida was in vele opzichten vergelijkbaar met die van het carnaval op bijvoorbeeld de inwoners van Rio de Janeiro. Net als het carnaval was het Sever in Santa Brígida een opstand tegen de tirannie van het fatsoen. Net als het carnaval verkoos het Sever het exces boven de gematigdheid: in kleur, in alcoholgebruik, in de uiting van levensvreugde boven de aanvaarding van het bureaucratische bestaan.

Maar het Sever vervulde ook functies die Prins Carnaval nooit heeft gekend. Aan het begin van de jaren tachtig was het een excuus om de mensen na jaren van politieke verboden weer de straat op te laten gaan. Het Sever gaf de bewoners de heerschappij over het dorp terug en de kans om zich op een collectieve, maar ook individuele manier te uiten volgens de spelregels van de omkering. Sommige mensen zullen beweren dat de periode waarin het land verkeerde voor de dorpsbewoners nauwelijks meespeelde bij de keuze van hun vermomming. Maar de opmerkzame waarnemer zal hebben gezien dat, hoewel de regels het toelieten (regel één: je bent wat je niet bent), geen enkele hippie er ooit voor koos zich te verkleden als militair, om dezelfde reden als waarom niemand zich als de Rode Dood zal verkleden in een dorp dat net een pestepidemie achter de rug heeft.

Dat was een van de functies van het feest. Zo had Farfi het bedoeld, al keek hij wel uit om dit hardop te zeggen.

Het Sever had ook nog een andere functie, waar de burgemeester aanvankelijk niet bij had stilgestaan, zelfs niet in zijn onstuimige weekendpersoonlijkheid. De mensen in Santa Brígida waren gedwee en voorspelbaar van aard, een karaktertrek die alleen maar dieper was ingesleten sinds ze de overheid – zo'n lange tijd ook nog! – de bevoegdheid hadden gegeven om controle uit te oefenen, te vervolgen en te straffen volgens richtlijnen die niet transparant hoefden te zijn en zonder rekenschap te hoeven afleggen over haar optreden. Nadat ze al die jaren onder het bevel van de Castrerende Vader hadden geleefd (en waren gestorven), betekende het herstel van de democratie niet de terugkeer naar het concept van een gemeenschap van gelijkgestelden met onvervreemdbare rechten, maar de vervanging van de figuur van de Castrerende Vader (de desbetreffende dictator) door die van de Welwillende Vader (de desbetreffende gekozen machthebber), die ze sindsdien voor alles om toestemming bleven vragen. Het toenemende succes waarmee het Sever elk jaar gevierd werd, maakte Farfi duidelijk dat de mensen dankbaar waren dat hij, in zijn rol van Welwillende Vader en met behulp van een wet die in het staatsbulletin was afgedrukt, hen aangaf van wanneer tot wanneer ze toestemming hadden om in het openbaar gelukkig te zijn.

LIII

Waarin Teo de marktkraam opbouwt en mevrouw Pachelbel filosofeert

We hebben al melding gemaakt van het moment waarop Teo's pick-up in het dorp arriveerde en hij zich bij de voorbereidingen voor het feest voegde. Onvermeld is daarbij gebleven dat hij niet zo vroeg uit de veren was vanwege een overdosis verantwoordelijkheidsgevoel, maar omdat hij wilde ontsnappen. Teo ontvluchtte een slechte nacht, waarin Pat constant had liggen woelen en draaien en hem het slapen onmogelijk had gemaakt; en hij vluchtte voor het vooruitzicht op weer een onmogelijke dag in huis, waar hij een vrouw moest verdragen die naar het feest toeleefde met de vreugde van iemand die zes wortelkanaalbehandelingen tegelijk krijgt.

De kraam van mevrouw Pachelbel had een bevoorrechte plek op het plein gekregen, op een paar passen afstand van het podium waarop tijdens de opening de autoriteiten zouden staan, die later plaats zouden maken voor parades en bandjes. Achter de toewijzing van die gunstige standplaats zat de hand van Dirigibus, altijd bereid te klappen, te smeren of te ondertekenen als het om het welzijn van mevrouw Pachelbel ging. Teo kwam bij de standplaats aan en zette de kraam op. Hij meende dat uitstekend te hebben gedaan, totdat David Caleufú opdook en zonder om toestemming te vragen of uitleg te geven een paar palen loodrecht zette. Het ging slechts om een paar graden, maar genoeg om het verschil te maken tussen de roem en de ondergang.

Rond het middaguur kwam mevrouw Pachelbel naar het plein om de kraam aan te kleden. Terwijl ze lappen stof drapeerde, strikjes vastmaakte, rekjes plaatste, schaaltjes neerzette en posters ophing, vroeg ze Teo of Pat al besloten had wat voor kostuum ze tijdens het Sever zou dragen.

'Ze heeft tegen mij gezegd dat ze niks bijzonders zou aantrekken,'

bekende Teo, terwijl mevrouw Pachelbel lappen stof over hem drapeerde om ze te kunnen vergelijken. (Met uitgestrekte armen was
Teo breder dan de hele kraam.) 'Volgens haar kan ze onmogelijk
iets doen wat sterker tegen haar natuur ingaat dan wat ze al moet
doen. Ze gaat de vriendelijke verkoopster spelen terwijl ze niet
vriendelijk is en niet kan verkopen, en bovendien vindt ze het een
belediging om met zoetigheid te worden geassocieerd. Ze heeft
geen idee!'

'Waarvan?'

'Van het pak dat ik voor haar heb gekocht. Dat wordt lachen! Het
is het meest anti-Pat dat je je kunt voorstellen.'

'Antipathiek?'

'Nee, nee, anti-Pat, het tegenovergestelde van Pat. U zult het zien.
Het is een …'

'*Nein, nein, still!* Niets zeggen. Dat zeggen wai hier niet. Men houdt
zain mond tot het afond is!'

'Nou ja. Wat is de lol ervan als ik het niet kan delen?'

'Die blauwe sjtof is mooi. Wat vindt u?'

'Blauw is koud,' antwoordde Teo, zonder ook maar te kijken naar
de lap stof die over zijn arm hing.

'En hoe zit het met u?' zei mevrouw Pachelbel, terwijl ze de lap stof
weghaalde en een nieuwe pakte. 'Gaat u zich ook ferkleden of wilt u
de anderen fan een afsjtandje oitlachen?'

'Dit keer ga ik alleen maar kijken. Het komt niet vaak voor dat het
leven me de kans geeft om niet op te vallen,' zei Teo. Met zijn open-
gespreide armen zag hij eruit als de Christus van de Suikerbroodberg,
alleen kleurrijker, met dank aan mevrouw Pachelbel. 'Hoewel ik moet
zeggen dat het idee van het tegenovergestelde me wel aantrekt. Als ik
een manier had gevonden om in een dwerg te veranderen, in een
atoom, al was het Atom Ant, dan had ik het meteen gedaan.'

'Het hoeft niet zo letterlijk te zain, *nicht war?*' vond mevrouw Pachelbel. 'Iedereen draagt meerdere tegensjtellingen in zich. Dat is het
leuke fan Zefer. Je kan de lefens oitprobieren die je hebt laten liggen
door te worden wie je bent.'

'Je kiest er niet altijd voor. Soms heb je het gewoon zo getroffen,
punt. Kijk maar naar mij!'

'Dan nog kiest u wat u doet met hoe u het hebt getroffen.'

'Ik kende die filosofische kant van u niet.'

'Dat is gewoon melankolie, anders niets. Ik word chagrainig van feesten. Ik heb ook een hekel aan Kerstmis. En Nieuwjaar, oef! Ik find zelfs main ferjaardag frezelijk! ... *Grün, ja.* Groen is heel mooi!'

Zoals te verwachten weigerde mevrouw Pachelbel iets over haar kostuum te zeggen. Ze wist niet eens zeker of ze het wel zou aantrekken, dat zou ze op het laatste moment beslissen. Teo bleef doorzeuren: als ze het toch niet aantrok, kon ze het net zo goed vertellen. Maar ze hield voet bij stuk. Hoewel het duidelijk was dat ze heimwee had naar haar geboortestad, wat ze ook tot uitdrukking bracht in haar schilderwerk, had ze al sinds lange tijd de zeden en gewoonten van Santa Brígida overgenomen. Om de termen van mevrouw zelf te gebruiken: sjlands wais, sjlands eer.

Teo was er inmiddels aan gewend dat de siësta in Santa Brígida heilig was, maar op de stilte van die middag was hij totaal niet voorbereid. Op het ene moment stond hij nog de planken neer te leggen die als toonbank zouden dienen, terwijl om hem heen iedereen druk in de weer was, en een paar minuten later stond hij moederziel alleen op het plein, met slechts de honden als gezelschap.

Overheidsinstellingen, banken en kantoren hadden hun personeel de middag vrijaf gegeven. De meeste winkels zouden hun deuren niet meer openen, tenzij een late klant nog met de nodige vasthoudendheid zou aankloppen. (Aan de vooravond van het Sever wordt niemand iets geweigerd.) Teo maakte van de gelegenheid gebruik om een biertje te drinken en te genieten van het merkwaardige gevoel alsof hij in een spookdorp op bezoek was. Een nieuwsgierige wind speelde met de stoffen van kraampjes en winkels, tilde ze op en neusde erin rond alsof hij ook niet kon geloven dat er niemand meer in de buurt was. De honden struinden rond, duizelig van de vele plekjes die ineens waren vrijgekomen. Twee van hen namen de contemplatieve houding van Teo aan en gingen aan zijn voeten liggen, terwijl ze hun tong in de zon lieten drogen. De reus nam de tijd en genoot van elke slok. Hij wist dat dit zijn enige moment van rust in het hele weekend zou zijn.

We laten Teo dus even alleen met zijn biertje, terwijl hij de lege jaarmarkt op het lege plein in het lege dorp aanschouwt. Dat is wel het minste wat we voor hem kunnen doen, het is immers het laatste moment van rust dat hij in lange, zeer lange tijd zal hebben.

LIV

Hier worden de explosieve kenmerken van een bepaalde toespraak nader omschreven

De openingsrede van burgemeester Farfi was een van de attracties van het Sever.

Dit was niet te danken aan zijn welbespraaktheid of zijn politieke helderheid van geest. Farfi was niet eens een professioneel politicus; hij had van de ene op de andere dag een partij in het leven moeten roepen om volgens de wet deel te mogen nemen aan de verkiezingen. Hij had destijds getwijfeld tussen de namen PRO-BRIS, wat betekende: Partido para la Reforma Orgánica de Santa Brígida (Partij voor de Organische Hervorming van Santa Brígida), en CASBAH, Comité de Amigos de Santa Brígida por una Argentina Humana (Comité van Vrienden van Santa Brígida voor een Humaan Argentinië). Maar omdat hij in beide namen een weerklank hoorde van het conflict waaronder zijn bloedverwanten overzee gebukt gingen, koos de kleinzoon van Ahmet Farawi uiteindelijk voor het zeer consonante PSB: Partido por Santa Brígida (Partij voor Santa Brígida).

Hij had de partij al wettelijk laten registreren toen hij opmerkte dat die naam evenmin onschuldig was: hij betekende tevens 'gespleten door Santa Brígida' en zinspeelde daarmee op zijn door het medicijngebruik gespleten persoonlijkheid.

Farfi boekte een eclatante overwinning bij de verkiezingen, maar had nooit de moeite genomen om aanhangers te winnen voor de PSB. Naar hij zei had hij geen enkele interesse in groei van de partij. 'Met slechts twee partijleden heeft de PSB thans twee interne stromingen: ik belichaam de zijde die heult met het regime en mijn vrouw is van de jakobijnse vleugel,' zei hij. 'Er gaat geen dag voorbij zonder dat ze eist dat mijn kop moet rollen. Het laatste wat ik kan gebruiken, is nog iemand die alles aanvecht wat ik doe!'

Vanwege zijn excentrieke neurologische afwijking nam de burgemeester alleen van maandag tot en met donderdag deel aan openbare plechtigheden, wanneer zijn medicijnen het gezag voerden. (Hetzelfde gold voor interviews met de pers.) Op vrijdag werd er een mediastilte afgekondigd, omdat de werking van de pillen begon af te nemen en Farfi, zoals altijd wanneer het syndroom van Tourette uit zijn chemische ketenen werd bevrijd, op freejazz-achtige wijze conventionele woorden en schuttingwoorden door elkaar heen gebruikte, ongeacht wie er voor hem stond, vriend of vijand, vrouw of kind.

Omdat het Sever in een weekend plaatsvond, stond Farfi elk jaar weer voor hetzelfde dilemma. Moest hij zijn medicijnen een dag langer doorslikken om in staat te zijn een beschaafde toespraak te houden? Was zoiets de moeite waard, terwijl de burger Farfi hierdoor was gedoemd het mooiste gedeelte van het feest te missen? Uiteindelijk besloot hij altijd puur natuur te verschijnen, omdat dat hem de meest coherente keuze leek. Als het Sever het feest van de omkering was en als zodanig de meest vrijgevochten kant van de menselijke geest naar boven wilde halen, wat weerhield de eerste burger van Santa Brígida er dan van om met zijn openingsrede alvast een staaltje van die spirit ten beste te geven?

IJzerhandelaar Oldenburg, een jeugdvriend van Farfi, liet geen speech van hem aan zich voorbijgaan. Het succes van Farfi's redekunst tijdens het eerste Sever bracht hem op het idee om opnames te maken voor het nageslacht. Sinds de tweede editie van het feest in 1981 stond Oldenburg ten behoeve van de geschiedschrijving met een draagbaar bandrecordertje achter Farfi op het podium.

Datzelfde jaar deelde de ijzerhandelaar halverwege de zaterdag op het plein kopietjes uit van drie versies van de tekst van de toespraak: de officiële, die weergaf wat Farfi door de microfoon had willen laten horen; de volledige, waarin was opgenomen wat Farfi door de microfoon had gezegd plus de onbetamelijkheden die hij zijdelings in het opnameapparaatje van Oldenburg had gespuid; en het gecensureerde stuk, dat sec opgetekend uit een hele pagina obsceniteiten bestond.

Het feit dat deze tekst rondging, werd door de burgers zeer toegejuicht, maar had ook een ongewenst bijeffect. Op maandagochtend dook er een honderdtal van deze kopieën op in de school, binnengesmokkeld door leerlingen. De kinderen herhaalden enkele van de creatiefste uitdrukkingen en verschuilden zich om hun straf te ontlopen achter de veelgehoorde uitspraak: 'Zoals burgemeester Farfi zei ...'

Een aantal ouders stond op hun achterste benen (hiertoe aangezet door juffrouw Posadas, die de lont in het kruitvat wierp en vervolgens de andere kant op keek) en Farfi beloofde voortaan toezicht te houden op de verspreiding van zijn teksten, iedereen wist immers dat hij niet in staat was controle uit te oefenen op zijn speeches. En zo ontstond er een parallelle attractie van het feest.

Op de zaterdag van het Sever, om middernacht, wanneer de kinderen uit de roulatie waren, kwamen de mensen die de opname van de volledige toespraak wilden beluisteren, bij elkaar in de bar van Tacho Gómez. De belangstelling voor de avond oversteeg vanaf de eerste keer alle verwachtingen. Farfi zelf was ook aanwezig, overeenkomstig eerder gemaakte afspraken met Oldenburg, die had toegezegd de tekst niet op schrift te zullen zetten, mits zijn vriend naar het café zou komen.

Het afspelen van het bandje zorgde altijd voor veel gelach. Wanneer Farfi zijn gezicht van de microfoon afwendde zodat men hem niet zou horen vloeken, spuwde hij de woorden in het opnameapparaatje van Oldenburg; het versterkende effect hiervan op het bandje was onweerstaanbaar. Rood van schaamte en net als iedereen uitgeput van het lachen, had Farfi die eerste avond afgesloten met een bedankje voor deze hommage *sui generis*. Hij prees de generositeit van de Spaanse taal op het gebied van schunnigheden, betuigde zijn respect aan Gilles de la Tourette, die hem een open verbinding met het onderbewuste had verschaft, en maakte gebruik van de aanwezigheid van al die vrienden 'om jullie met alle liefde te vr- vr- vragen de pleuris te krijgen'.

Ondanks zijn toezegging om de gecensureerde gedeeltes uit de toespraken niet op papier te zetten, bewaarde ijzerhandelaar Oldenburg de bandjes met de ijver van een verzamelaar. Hij was van plan te wachten tot de burgemeester zou aftreden om diens collectie scheldwoorden in boekvorm uit te geven onder de titel *Het politieke gedachtegoed van burgemeester Farfi*.

LV

Beschrijving van de uitbundige sfeer vlak voor aanvang van het Sever

De kerkklokken beierden acht keer over een vol plein. Hoewel iedereen wist dat de openingsceremonie niet voor negenen zou beginnen, was *tout* Santa Brígida al ter plaatse. De mensen waren vroeger gekomen om zichzelf te laten zien en te kijken hoe vindingrijk anderen waren geweest. Op dit moment van uiterste opwinding leek het dorp een verloren paneel van *De tuin der Lusten*. Het stond vol wezens van allerlei seksen en kleuren, van organisch-mechanische hybriden tot nieuwe lezingen van de natuurlijke wereld die in een bestiarium niet zouden misstaan: draken en eenhoorns naast vlinders met vleugels van meer dan een armlengte.

Bij een conventioneel carnaval draait alles om het beoordelen van de vindingrijkheid van de uitdossingen en de vakkundigheid waarmee ze zijn uitgevoerd. Maar bij het Sever was elke vermomming een uitleg van hoe de persoon zichzelf ziet en door de wereld gezien wordt. Regel nummer één eiste immers van de deelnemer iets te worden wat hij niet was. Dat veronderstelde in elk geval een sterk zelfbewustzijn, in een wereld waar veel mensen door het leven gaan zonder hun identiteit ooit helemaal te vinden. Om je te vermommen of te doen als wat je niet bent, is het noodzakelijk om te weten wat je wél bent: een definitie door tegenstelling, ofwel een negatieve definitie. Door zich als papegaai te verkleden, zoals David Caleufú in 1983 op voorstel (en in de gevederde creatie) van zijn vrouw had gedaan, liet hij weten dat hij zich bewust was van zijn spaarzaamheid met woorden: hij had een van de meest saillante kenmerken van zijn persoonlijkheid genomen en daar een humoristische draai aan gegeven, die niet gespeend was van zelfkritiek.

Veel mensen waren bij de interpretatie van hun leven minder geneigd om zo kritisch in de spiegel te kijken. Dat had te maken met de overige regels in het korte reglement van het Sever. Nummer twee luidde: 'Binnen is buiten (en omgekeerd)' en nummer drie: 'Alle regels worden omgedraaid'. Mensen met een minder zelfbeschouwende instelling konden spelen met de ordening van de fysieke wereld of de conventies van het sociale leven. Het kind dat op het plein verscheen in een pak uit één stuk waarop zijn spierstelsel geschilderd was, alsof het geen huid had, beeldde regel twee uit. De man die aankwam in een jasje dat was aangepast voor zijn benen en een broek die was vermaakt voor zijn bovenlichaam, beriep zich op regel drie. Tegelijkertijd hielden beiden zich aan de oorspronkelijke regel, want ze hadden ervoor gekozen zichzelf anders te laten zien dan ze dag in dag uit al deden.

Teo, die vroeg was gearriveerd zodat Pat vanaf de eerste minuut in de kraam kon staan, kon zijn ogen niet geloven. Na de verhalen over het Sever was hij ervan overtuigd geraakt dat het om een pittoreske, maar ingetogen variant op het carnaval ging: hier en daar een maskertje, veel zelfgemaakte kostuums en overal muziek en dans. Naarmate de mensen arriveerden, nam zijn verbazing toe. Er waren Pulcinella's, cowboys, Schotse doedelzakspelers en Beatles. Er waren mummies, Napoleons, prinsessen en samoerais. Er waren yeti's, marsmannetjes, vampiers en Blikken Mannen. Maar afgezien van de conventionele vermommingen, die zich aan regel één hielden en andere varianten op het bestaan verkenden, waren er nog veel uitgewerkter vindingen dan een simpel kostuum. Aan deze creaties was een investering in tijd, kunst en vindingrijkheid af te lezen die aantoonde hoezeer de mensen in Santa Brígida het Sever als een doel op zich beschouwden.

Teo zag een vrouw die als spiegel was verkleed. Haar gezichtje stak door een ovaalvormige opening, die halverwege het glanzende oppervlak was uitgesneden. Wanneer iemand ervoor ging staan, zag hij zichzelf, maar met een ander gezicht, en veranderde zo meteen in een ander. (Tenzij je zo lang was als Teo en een stuk van je lichaam weerkaatst zag, met op buikhoogte een gezicht.)

Teo zag een man met een houten pantser op zijn rug. Wanneer hij de hendels bediende, ging het schild uiteen in twee vleugels die de vogelmens waar Da Vinci van droomde, niet misstaan hadden.

Teo zag ijzerhandelaar Oldenburg aankomen in een Torino waarvan de carrosserie was omgedraaid: wanneer hij vooruit reed, leek hij achteruit te gaan. (Voertuigen die voor deelname aan het Sever waren omgebouwd, hadden een vergunning van de gemeente om rond het plein te rijden.)

Teo zag een groepje bomen staan dat zich overal gezamenlijk naartoe verplaatste, want die mensen waren niet als boom verkleed, maar als bos: het geheel was meer dan de som der delen. Dat was ook het gevoel dat Teo bekroop toen hij langzaamaan ophield individuen te zien en het plein in zijn geheel bekeek.

'Ik zei toch al dat het een complete gekte was,' zei Pat vanuit haar kraampje.

'Ik vind het wel leuk,' zei Teo, die ogen tekort kwam om alles te overzien.

'Rug recht, hoofd omhoog, wil je? Opvallen doe je toch wel! Waar is Miranda?'

'Rustig maar. Ze is bij Salo. Ik kan haar vanaf hier zien!'

Op dat moment boorde een man die als zeilboot verkleed was, zijn kiel in Teo's bovenbeen. Het was een houten constructie van anderhalve meter kiellengte, met midden in het dek een gat waar zijn lichaam doorheen zat geperst, alsof hij in een ton zat.

'Sorry, ik heb gelazer met m'n zeilen!' verontschuldigde hij zich.

De kleine zeiltjes hadden inderdaad de neiging om vanzelf open te klappen en hem het zicht te belemmeren. Teo hielp hem ze vast te zetten en het vaartuig hervatte zijn koers.

'Over een paar uur,' zei Pat, die al nergens meer van opkeek, 'staat het hier vol zatlappen die zich aan hun eigen pakken bezeren.'

'Om dat spektakel mee te maken, zou ik nuchter moeten blijven en dat was ik toch echt niet van plan.'

'Ik zou me maar een beetje gedeisd houden, klojo, je moet straks nog rijden.'

'Nou, nou, zustertje, wat een praat,' zei Teo, want Pat was als non verkleed. Een kind dat stond te azen op iets lekkers, was wit weggetrokken.

'Ik ben een non, geen heilige. Maar wees gerust, straks ga ik biechten. En nou wegwezen,' zei Pat tegen het jongetje, dat ze bij wijze van oprotpremie een potje in de hand drukte.

'Als jij voor elke lompe opmerking een potje jam weggeeft, zitten we binnen een kwartier aan de grond.'

'Het is jouw schuld, jij zet me aan tot zonde.'

'Jij zet míj aan tot zonde,' zei Teo, die zijn wenkbrauwen optrok en weer liet zakken.

'Je moest eens weten wat ik onder dit habijt draag … Of beter gezegd, wat ik níét draag.'

'Er wordt nu een pornofilm in mijn hoofd afgedraaid.'

'Hebben ze jou nooit aangeboden om in zo'n film te spelen? Je zou een ster zijn!'

'Voor de camera, met een onbekende griet? Ik zou nog geen stijve krijgen, al smeerden ze hem in met cement!'

Nu trok een oud vrouwtje wit weg. Ze staarde Teo met openhangende mond aan, ongeveer ter hoogte van het bovenbeen dat door de kiel was geraakt, en droeg zoiets als de rotorbladen van een helikopter op haar hoofd.

'U moet het hem vergeven, mevrouw,' zei Pat. 'Op zo'n hoogte krijgen de hersenen maar weinig zuurstof. Hebt u misschien interesse in iets lekkers? We verkopen niet vandaag, maar we geven wel weg. Zo zijn de regels van het Sever!'

Bij het horen van deze gulle aanbieding draaide het vrouwtje zich om (tot Teo's verwondering draaiden de rotorbladen niet mee) en kraste als een papegaai: 'Meisjes, het is hier gratis!'

De 'meisjes' waren haar zes vriendinnen, die samen tegen de vijfhonderd jaar aan levenservaring bijeenbrachten. Binnen een minuut hadden ze de kraam omsingeld en vormden ze een krans van gretige, vlekkige handen rondom Pat. Teo besloot zich voor die graaiende insecten in veiligheid te brengen en liep naar Miranda.

LVI

Waarin het complexe besluitvormingsproces wordt beschreven dat tot Miranda's vermomming leidde

Het meisje was door het dolle heen. Al sinds het begin van de winter had ze het over het Sever gehad en blaadjes uit de margrieten getrokken om te kiezen als wat ze zich zou verkleden. Het feest had aanleiding gegeven tot boeiende gesprekken, waar Teo op de heen- en terugreisjes in de pick-up aan deelnam. Tijdens die ritten had Miranda zichzelf ijverig zitten bestuderen. Ze moest weten wie ze was en waar ze voor stond om zich met een gepaste vermomming van zichzelf te kunnen onderscheiden.

Ze wist bijvoorbeeld dat ze een dochter was, wat haar een natuurlijke tegenhanger verschafte, het moederschap. Veel klasgenootjes van Miranda hadden daar al voor gekozen en herhaalden daarmee een spel dat ze dagelijks tot vervelens toe speelden. Wat was er nou zo leuk aan moedertje spelen, behalve thee inschenken en plastic baby's commanderen zodat ze stopten met huilen?

Teo vond ook dat Miranda veel meer was dan een dochter. Om te beginnen was ze levend, waarmee ze het tegenovergestelde was van dood (een tijdlang overwoog ze zich als mummie te verkleden) of onbezield; maar er was natuurlijk ook weinig lol aan om je als rots te verkleden.

Miranda was ook klein, daarin was ze tegenovergesteld aan volwassenen. Maar je als volwassene verkleden was een afgezaagd spelletje. Even had ze overwogen zich als reus te verkleden, als eerbetoon aan Teo, maar daarvoor moest ze op stelten lopen en dat was een kunstje dat Miranda niet beheerste.

Miranda was ook nog vrouwelijk, wat haar de kans bood om de mannenwereld te verkennen. Dat leek haar wel wat. Bijna een maand lang liep ze alle mogelijkheden langs, maar ze kwam tot de conclusie dat ze niet over voldoende kennis beschikte. Al haar ervaringen met

het mannelijk geslacht beperkten zich tenslotte tot de vluchtige lief-
desrelaties van haar moeder. Nu was Teo er natuurlijk, maar dat
voerde naar dezelfde doodlopende weg als in de vorige alinea: Teo
spelen was niet makkelijk, tenzij je sinds je geboorte Teo was of een
opleiding als circusartiest had gehad.

De reus maakte haar erop attent dat ze nog veel meer dingen was.
Ze was intelligent, hoewel het idee om domheid te gaan verkennen
weinig aanlokkelijk leek. En ze was vooral lief, wat haar de kans bood
om de wijde wereld van de booswichten te onderzoeken. Miranda
noemde tientallen namen. Ze kon Frankenstein zijn, ze kon Dracula
zijn, ze kon een weerwolf zijn. Ze kon The Joker zijn of Catwoman.
Salo, die een hartstochtelijk fan was van de tekenfilms van Warner,
droeg haar Coyote en de kat Silvester aan, maar Miranda bracht daar
scherpzinnig tegen in dat Roadrunner en Tweety de slechteriken
waren. Die arme Coyote wilde alleen maar eten, net als Silvester; het
waren de vogels die sadistisch reageerden op die natuurlijke impuls.

Na deze gedachtegang besloot ze terug te keren van de ingeslagen
weg en tevens Frankenstein en consorten uit te sluiten: dit waren
geen slechteriken, maar slachtoffers van hun lot. Wie waren er van
nature slecht? Wie hadden er gewoon voor het kwaad gekozen, uit
vrije wil, dat culturele erfgoed van de mensheid? Hier werd de lijst
wel erg kort, hoewel hij nog altijd te lang was, helaas voor onze soort.
Je had Satan, de oorspronkelijke slechterik. En de slechteriken uit de
geschiedenis, van wie Miranda alleen Hitler kende omdat hij een
icoon was, en de nog levende militairen uit de dictatuur. Teo nam de
gelegenheid te baat om haar te vertellen over Stalin, en over Truman,
die het bevel had gegeven om atoombommen op burgers te gooien.
Maar de gedachte om op die mensen te lijken, al was het maar in
vermomming, vond ze weerzinwekkend. En wat had het voor zin om
tijdens het Sever verdrietig te zijn? Pat zou haar trouwens nog eerder
de nek omdraaien dan dat ze zoiets walgelijks toeliet en en passant
zou ze hetzelfde met Teo doen omdat hij haar op het idee had gebracht. Het was helemaal niet leuk om zulke echte boosaardigheid
uit te beelden.

En zo kwamen ze op het antwoord. Miranda was echt. Vlees en
bloed, organische materie, een unieke combinatie van atomen. En
dat betekende dat ze alle fantastische personages kon zijn die ze niet
was, met dank aan het Sever!

Ze kon een fee zijn of Dorothy uit *De tovenaar van Oz*. Ze kon de kleine zeemeermin van Andersen zijn. Ze kon een koningin zijn, net als Guinevere, of een toekomstige prinses zoals Assepoester met de glazen muiltjes. Ze kon Shakespeares Julia zijn. Ze kon Helena van Troje zijn. Ze kon Wonder Woman zijn. Ze kon een eenhoorn of Dulcinea zijn.

Pat gaf haar een lijst met figuren uit de sagenwereld van de Britse eilanden. Ze kon Black Annis zijn, de mensenetende heks met het blauwe gezicht en de ijzeren klauwen. (Nee, nee, niks met heksen!) Of ze kon Jack-in-Irons zijn, de met kettingen behangen reus die voetreizigers aanvalt. (Ik kan niet tippen aan een echte reus!) Of Etain, de geliefde van koning Midhir, die samen met hem in een zwaan verandert zodat ze bij elkaar kunnen zijn. (Ze denken vast dat ik een kip of een eend ben!) Of de plaaggeest Puck, die nare geintjes uithaalt, maar mededogen heeft met geliefden die lijden ...

Een paar dagen lang leek ze vastbesloten zich te verkleden als Nimue, de dame van het meer, die koning Arthur het zwaard Excalibur overhandigde. De gedachte aan de lange jurk en het losse haar vond ze geweldig, want Miranda associeerde haar vlechten met haar kindzijn: volwassen vrouwen droegen nooit vlechten, maar lieten hun haar vrij wapperen in de wind, of ze droegen het kort, zoals Pat; bovendien vond ze het leuk om een magisch zwaard te bewaken. Maar ze moest stiekem informatie hebben ingewonnen, want haar aanvankelijke enthousiasme was ineens getemperd. Als Nimue moest ze iedereen uitleggen wie de dame van het meer was, en dat verpestte een deel van de lol; een goede vermomming moet meteen begrepen worden.

Op een avond, toen ze herstellende was van een van haar migraineaanvallen, vroeg Miranda aan Teo of hij naar haar bed wilde komen, ze moest hem iets vragen. Teo was haar bron van wijsheid voor al datgene wat afweek van de rauwe werkelijkheid. Die werkelijkheid was Pats terrein, de toegepaste wetenschap, de kennis die nodig was om te overleven. Teo stond voor fantasie, bespiegeling, het kleurrijke en misschien ook wel zinloze detail; hij was de aangewezen persoon voor deze vraag.

Miranda wilde meer over engelen weten. Waren ze echt, zoals zij, of waren het fantasiewezens? Teo, die Pats scepsis kende, haastte zich te zeggen dat engelen niet echt bestonden. Maar Miranda wilde details. Waren ze mannelijk of vrouwelijk? Teo antwoordde dat het spirituele wezens waren en dat ze daarom geen geslacht hadden.

Toen wilde ze weten waarom er dan engelen bestonden met een mannennaam, zoals Gabriël of Michael. Waarop Teo zei dat in de Bijbel de engelen allemaal mannelijk schijnen te zijn, maar dat in vroegere tradities, zoals de Perzische of de Babylonische, vrouwelijke engelen voorkwamen en dat er ook een meneer Milton bestond voor wie engelen naar believen mannelijk of vrouwelijk konden zijn, waar en wanneer ze maar wilden. Dus, vroeg Miranda, konden ze ook best lang, loshangend haar hebben? Nog beter, zei Teo: de aartsengel Gabriël was de bezitter van het enige zwaard dat Excalibur in de schaduw kon stellen.

Pat, die Miranda liever ver hield van elke vorm van mystificatie, was niet erg enthousiast over het idee. (Hoewel ze het niet kon toegeven, had ze een bezwaar dat verder reikte dan haar religieuze scepsis: Pat keurde alles af wat Miranda in verbinding kon brengen met de Gevallen Engel.) Maar ze legde zich erbij neer omdat ze wist dat het Miranda's droomuitdossing voor het Sever was.

Die vrijdag kwam het meisje verkleed als aartsengel naar het plein. Ze droeg een hagelwitte tuniek en haar goudblonde haar golfde als een waterval over haar schouders. (Dat was Pats werk.) Op haar rug openden zich een paar reusachtige vleugels, die Teo met hout, stof, veren en timmermanslijm had gemaakt; in haar handen droeg ze (ook een werkstuk van Teo, dit keer van hout en raceautolak) het meest opzichtige en daarmee meest fantastische van alle vlammende zwaarden.

LVII

Legt vast hoe de mensen Teo's vermomming toejuichen, terwijl hij er niet eens een draagt. En getuigt van een misser op medisch gebied

Miranda bleef tussen de kraampjes op het feest staan en werd overladen met lof. Iedere volwassene die voorbijkwam, of hij haar nou kende of niet, bleef staan om zijn bewondering uit te spreken. Wat ben jij een mooie engel, zeiden ze. (De meeste mensen waren niet op de hoogte van het verschil tussen engelen en aartsengelen; een kwestie van rang.) En wat een prachtige vleugels. Vlieg je naar het podium als de parade begint? (De meeste mensen wisten niet dat Pat niet wilde dat Miranda aan de wedstrijd deelnam.) En dat is een vlammend zwaard, toch? We kunnen maar beter aardig tegen je zijn, zodat je straks niemand met je vuurstraal treft!

Salo week niet van haar zijde. Hij was verkleed als astronaut en droeg een zilverkleurig pak dat Vera had genaaid met een helm die David Caleufú van een Okebon-koekblik had gemaakt. Op het eerste gezicht was het een onberispelijk kostuum en het oogstte daarom eveneens zijn portie lof. Vera had het pak voorzien van drukknoopjes zodat de astronaut in geval van nood zijn broek kon laten zakken en zijn behoefte kon doen, daarin onderscheidde hij zich van zijn collega's bij de NASA. Maar de helm had zo zijn problemen. Het vizier had de neiging beslagen te raken door Salo's adem, waardoor het zicht werd bemoeilijkt. En je kon daarbinnen niet goed horen. Salo stopte soms met ademen om iets anders te kunnen waarnemen dan zijn eigen gezucht. Gelukkig leek de jongen wat het weinige praten betreft op zijn vader. Maar de keren dat hij iets zei, moest hij schreeuwen, en wanneer hij naar Miranda's oor ging, stootte hij nogal eens met zijn helm tegen haar hoofd.

'Hoe gaat het met mijn ruimtewezentjes?' zei Teo toen hij bij hen aankwam.

Salo draaide met zijn hele lichaam naar Miranda. Omdat hij door zijn helm alleen naar voren kon kijken, moest hij recht voor datgene gaan staan wat hij wilde zien.

'Teo vraagt hoe het met ons gaat, als ruimtewezentjes!' schreeuwde Miranda, in een poging haar stem door het blik te laten dringen.

Salo stak een gehandschoende duim op.

'Hebben jullie nog iets gezien wat de moeite waard is?'

Miranda begon te springen en zwaaide met haar zwaard, terwijl haar vleugels driftig meeklapperden.

'We hebben een paar mannen gezien die als boom verkleed waren, en, en, en we hebben een mevrouw gezien die op een molen leek en een jongetje met een rubberen kont op zijn gezicht dat riep "Ik heb een blotebillengezicht" en, en, en die súperdunne meneer van de benzinepomp, die verkleed was als een gigagrote dikzak, en mevrouw Fontán, die verkleed was als brievenbus! En, en, en …' zei Miranda in één adem door, waarna ze met haar zwaard op Salo's helm sloeg om zijn aandacht te trekken, *tak*, *tak*, *tak*, en vervolgens tegen hem riep: 'Hé, wat hebben we nog meer gezien?'

'En die duivelse Demián, hebben jullie die ook gezien?' wilde Teo weten.

'Gelukkig niet.'

'Als je hem tegenkomt, gewoon met rust laten. En geef hem geen mep met je zwaard, want dan krijg ik het met Pat aan de stok en neemt ze ons vlammende zwaard in beslag. Begrepen?'

'O-*kay*. En mevrouw Pachelbel?'

'Die komt als de opening begint, ik denk niet eerder. Ze moet haar winkel sluiten en zich daarna nog omkleden. Je weet hoe lang vrouwen daarover doen!'

Miranda schudde haar hoofd.

'Dat is waar ook. Dat weet jij niet. Jouw moeder is altijd binnen vijf minuten klaar met haar haren doen en zich aankleden als we uitgaan. Maar normale vrouwen zijn niet zo, dat zweer ik je.'

'Dat dacht ik al,' zei Miranda op gelaten toon.

'Als jullie hier blijven, dan maak ik even een rondje. Maar niet weggaan. Als je uit het oog verdwijnt …'

'… draait Pat je de nek om, weet ik,' zei Miranda.

'En dan hebben we geen Sever meer *per secula seculorum*.'

Erg ver kwam Teo niet. Het plein stond vol mensen; dorpsbewoners, nieuwsgierigen en toeristen. Het is al moeilijk genoeg om je in een menigte te verplaatsen, maar dit gedrang kende uitzonderlijke complicaties: antennes, daken, hoeden, kronen, takken en lansen die de wandelaar moest ontwijken als hij zijn beide ogen in hun kassen wilde houden. Tot overmaat van ramp waren er de blikken en uitroepen van al die mensen die Teo niet kenden en dus dachten dat hij niet zichzelf was, maar vermomd.

'Wat een goede vermomming!' zei een vrouw die als Sioux-opperhoofd verkleed ging.

'Dank u wel, mevrouw,' antwoordde Teo uiterst beleefd.

Toeristen maakten foto's van hem. Sommigen vroegen hem zelfs te poseren, alsof ze met een Venetiaans carnavalsmasker te maken hadden. In het begin probeerde Teo nog gezichten uit die typerend waren voor een boze reus. Daarna hoefde hij geen moeite meer te doen omdat hij echt chagrijnig begon te worden. En hoe chagrijniger hij werd, hoe harder hij werd toegejuicht: de mensen applaudisseerden voor wat ze beschouwden als een optreden dat paste bij een uitmuntende vermomming.

Hij stond op het punt om uit zijn slof te schieten toen hij doctor Dirigibus tegenkwam, die met een als holbewoner verklede man opliep.

'Doctor, wat een verrassing,' zei Teo, terwijl hij het eigele pak en de bijpassende zakdoek waarmee de rechtsconsulent zijn zweet wiste, opnam. 'Ik dacht toch echt dat u een van de fanatiekste Servierders was.'

'Kjilruutan neb ki tad,' antwoordde Dirigibus, met een vloeiendheid die hij na weken van stiekem oefenen had verkregen.

'U praat achterstevoren!'

'Wourt naa ed tseeg nav teh reves!' zei de rechtsconsulent uitgelaten.

'Heel slim van u.'

'Lepmis ne pookdeog,' gaf Dirigibus toe, wiens financiën er op dat moment niet al te best voor stonden. (Een groot deel van zijn salaris ging op aan bloemen.)

'En mevrouw Pachelbel?'

'Ew nebbeh reih nekorpsegfa,' antwoordde hij, waarna hij Teo's onthutste gezicht zag en uitlegde: 'We hebben hier afgesproken. Ik wil je graag voorstellen aan dokter Fenelón Moore,' zei Dirigibus, wijzend op de holbewoner. 'Pats dokter!'

Teo stak zijn hand uit. De dokter droeg een jas van stukken bont, een knots over zijn schouder en een pruik met piekhaar, waaronder een typisch doktersbrilletje zichtbaar was. Fenelón Moore was een zeer geleerde holbewoner.

'Raar om iemand te ontmoeten die mijn vriendin zo intiem kent,' zei Teo, die zich voorstelde hoe de dokter met een speculum in zijn hand en een lampje op zijn voorhoofd tussen Pats benen gebogen stond. (In Teo's verbeelding was een gynaecoloog een soort mijnwerker.)

'Mejuffrouw Finnegan is een zeer gesloten vrouw. Ze laat me nauwelijks mijn werk doen!' verzuchtte de arts.

'Het zal ook niet erg prettig voor haar zijn.'

'Maar als ze zich niet openstelt, heeft ze niets aan het spreekuur.'

'Tja, als je het zo bekijkt …'

'Ik kan haar niet zomaar blindelings iets voorschrijven!'

'Gebruikt ze medicijnen dan? Dat heeft ze me nooit verteld. Het is toch niets ernstigs, of wel?'

Fenelón Moore besefte dat hij zijn mond voorbij had gepraat.

'De vertrouwelijkheid met mijn patiënte is heilig,' verontschuldigde hij zich.

'Maar ik ga de heilige delen van mijn vrouw binnen, en als er iets met haar aan de hand is, heb ik het recht om dat te weten. Als ze een infectie heeft, kan ze me wel besmetten!'

'Infectie?' herhaalde de arts.

'Is het nog erger?' vroeg Teo, terwijl het klamme zweet hem uitbrak. Er schoten beelden door zijn hoofd van sjankers en koudvuur, die ze hem op de middelbare school hadden laten zien in films die hen moesten voorbereiden op een verantwoordelijke seksualiteitsbeoefening.

'Ik heb niets te maken met besmettelijke ziektes. Volgens mij gaat het hier om een misverstand.'

'U bent niet Pats gynaecoloog?'

'Ik ben geen gynaecoloog. Ik ben psychiater!'

Teo was met stomheid geslagen. Was dit de arts die Pat twee keer per maand bezocht? Wat doet een psychiater, afgezien van pillen voorschrijven?

Toen Dirigibus zag hoe ongemakkelijk Teo zich voelde, sprong hij bij en veranderde van gespreksonderwerp.

'En hoe zit het met jou?' vroeg hij de reus. 'Ik dacht dat jij je zou verkleden.'

'Waarvoor?' zei Teo. 'De mensen staan zo al voor me te klappen, ze raken me aan, knijpen in mijn armen … Ze denken dat ik van schuimrubber ben!'

LVIII

Mevrouw Pachelbels angst
voordat ze de deur uit gaat

Mevrouw Pachelbel ging voor de zoveelste keer in het halfduister van haar slaapkamer voor de spiegel staan. Ze had voordat ze zich ging omkleden de lamp uitgedaan en nam genoegen met het licht dat vanbuiten binnendrong; ze was nog niet klaar om zichzelf in het volle licht te aanschouwen. Ze vroeg zich af of ze hier goed aan deed of dat ze beter haar kostuum kon uittrekken en zich als een van de vele nieuwsgierigen bij het feest kon voegen. De mensen liepen allemaal in één richting door de straat, ze hoorde het rumoer. De luidsprekers konden op elk moment stoppen met hun muziek en overschakelen op de toespraak van de burgemeester. Als ze niet opschoot, zou ze de openingsceremonie missen!

Gevoelens zijn net circusdieren, dacht ze. Je leven lang hou je ze binnen, klap je met de zweep en dreig je met de stoel om ze terug te dringen in de kooi die hun vroegere jungle vervangt, want ze mogen alleen tijdens de voorstelling naar buiten, dat wil zeggen, op het gepaste moment, en dan nog moeten ze in het gareel blijven, want daar draait het tijdens de show toch om? Pas na verloop van tijd ga je begrijpen dat zelfs de meest geharde dompteur elke keer als hij zich blootstelt aan de wilde dieren, bang is om verslonden te worden.

Mevrouw Pachelbel had een van haar beesten losgelaten. En nu kwam het niet meer terug. Achter de tralies zat de rest te brullen omdat ze ook naar buiten wilden. Je kunt een gevoel niet isoleren, ze zijn allemaal met elkaar verbonden, ze vormen een netwerk, net als cellen; je hoeft er maar eentje aan te raken en ze zijn allemaal op de hoogte en reageren op hun beurt. Je veroorlooft het jezelf om te lachen en even later voel je dat het verdriet dieper doordringt en dat je heftiger reageert op een tegenslag, en daar sta je dan, open en bloot, nadat je er zo lang aan had gewerkt om blijvende bescherming te vinden. Als ze geen angst had gevoeld toen ze ineens op de grond lag, zonder zich te kunnen bewegen, en als die angst haar niet zo ontvankelijk had gemaakt voor Miranda's troost ...

Maar het was hoe dan ook te laat. Na Miranda was doctor Dirigibus gekomen, volhardend als de druppel water die de rots uitholt. Wat kon de orkaan, nu ze de deur had opengezet, anders doen dan binnenkomen? Kort nadat ze was begonnen met hem om te gaan, betrapte ze zichzelf op de gedachte hoe fantastisch ze hem vond; om hem te waarderen, hoefde je alleen maar je ogen te sluiten voor zijn afzichtelijke pakken en doof te zijn voor zijn verbale erupties.

Soms vroeg ze zich af of Dirigibus haar accepteerde zoals ze was of dat hij misschien de hoop koesterde dat er achter die stugge façade een andere, lievere en gevoeligere mevrouw Pachelbel schuilging. Zij wist dat die andere vrouw ooit had bestaan. Wat ze niet zeker wist, was of die er nu nog zou zijn.

Tot overmaat van ramp was die ander, die al zo lang haar minnaar was, haar met attenties gaan overladen sinds ze hem had verteld dat er geen intieme ontmoetingen meer zouden komen. Had hij niet het geld verstrekt dat ze nodig had voor de huur van haar kraam? Had hij haar niet gevraagd om als zijn partner mee te gaan naar het Sever, hoewel ze hem had uitgelegd dat ze nog slechts vrienden zouden zijn?

Misschien was ze nog op tijd om deze waanzin een halt toe te roepen. Ze kon dit belachelijke kostuum maar beter uittrekken (wat had ze gedacht toen ze op het idee kwam het aan te trekken?) en het weer terugstoppen in de doos of gewoon meteen verbranden, en weer afstand nemen van doctor Dirigibus. Want hij was dan misschien vasthoudend, maar zij kon nog veel vasthoudender zijn, dat was ze toch zeker twaalf jaar lang geweest?

Op Miranda zou ze ook nog wel wat verzinnen, zodat die haar niet meer elke keer als ze de drempel van de winkel over kwam, met dat schattige stemmetje aansprak en vroeg of het wel goed ging, alsof ze werkelijk geïnteresseerd was in de duistere kanten van haar leven, alsof ze Miranda haar hart kon toevertrouwen! Mevrouw Pachelbel had er dapper aan gewerkt om de Schrik van de Kinderen te worden. Als het nodig was, zou ze haar titel doen gelden.

Als iemand haar tenminste nog serieus nam, nadat ze in deze uitdossing de straat op was gegaan.

LIX

Demián verrast Miranda met een uitdossing die precies het tegenovergestelde van hemzelf is

'Luister eens,' zei de aartsengel tegen de dove astronaut.

De muziek van het Sever leek op geen enkele andere muziek. Miranda sloot haar ogen om ongestoord te kunnen luisteren. Door het hele dorp schalden liedjes uit de luidsprekers die achterstevoren werden gedraaid. Ze hoorde ook het ritmische geruis van kleren, dat samen met de mensen kwam en ging, zacht als het om zijde ging, ruw als het leer was; het knallende geluid van capes die opbolden in de wind; het geknetter van de fakkels en de houtskool waarop de worstjes werden gebraden; de schelle stemmen van de straatventers (die zo allemaal door elkaar heen als een koperblazersensemble klonken) en de accessoires van de kostuums, die rinkelden als kralengordijnen.

Maar het duidelijkst hoorbaar in het concert was de melodie, een melodie die werd gedragen door menselijke stemmen. Iedereen uitte zich in vibrerende klanken, hoger dan hun normale register, maar niet zo hoog als wanneer ze angstig, boos of vertwijfeld waren; het was het register dat bij blijdschap hoorde. Ongeacht de woorden waarmee ze zich uitdrukten, deelden de mensen mee dat ze blij waren. Blij om daar op het plein te zijn en te spelen dat ze een ander waren. Blij dat ze leefden.

'Ha, kijk eens wie we daar hebben,' zei een stemmetje dat Miranda goed kende.

Het was Demián, geflankeerd door de tweeling. Aldo was verkleed als voetballer en Pehuén was Superman: *hic sunt leones*.

Het meisje sloeg drie keer op de helm, alsof ze op een deur klopte. Salo draaide zich helemaal om om haar te kunnen zien, en toen Miranda in de richting van het trio wees, draaide hij nogmaals, wat Demián en zijn cohorte aan het lachen maakte; hij bewoog zich als een robot.

'Als wat is hij nou weer verkleed?' vroeg Superman.

'Als spermelozoïde!' zei de voetballer.

'Als wat?'

'Een ...' De uitleg ging de voetballer nog lastiger af dan het woord zelf. '... maakt niet uit!'

'Hij had zich als schoon moeten verkleden om te zijn wat hij niet is.'

'Of als persoon!'

Dat Demián niet meedeed aan dit pingpongspelletje, gaf Miranda hoop. Ze dacht dat het Sever hem ertoe aanzette om andere varianten op zijn leven uit te proberen, en in het geval van Demián was elk alternatief beter dan het origineel. Zijn vermomming had vast iets te betekenen!

Demián was verkleed als heilige. Dat was een idee van zijn moeder geweest, die voor één keer op haar strepen was gaan staan: of hij trok dit pak aan, of hij bleef thuis en miste het Sever. De vrouw gokte erop dat de kleren de man zouden maken; pedagogie had bij Demián weinig uitgehaald en daarom werd het eens tijd om haar heil bij de magie te zoeken.

Het jongetje had zich verzet totdat hij besefte dat die vermomming in zijn voordeel kon werken. Als de mensen hem voor een braverik zouden aanzien, mocht hij misschien op plekken komen die normaal gesproken verboden terrein waren voor donderstralen als hij. Misschien lieten ze hem zelfs wel op een tractor rijden!

De tweeling tetterde verder terwijl Demián en Miranda elkaar opnamen.

Toen Miranda hem zo stilletjes zag staan, in een kostuum dat puurheid uitstraalde, werd haar afkeer minder. Demián was een heilige en zij was een aartsengel: ze hoorden bij hetzelfde team, het was ondenkbaar dat ze elkaar in de haren zouden vliegen. Opgelucht schonk Miranda hem een glimlach als olijftak.

Maar Demián zag het anders. In de religieuze opvoeding die zijn ouders hem hadden gegeven, wemelde het van de karma's en de vorige levens, maar wat betreft het verschil tussen heiligen en aartsengelen waren ze niet zo duidelijk geweest. Toen hij Miranda in haar vermomming zag, had Demián het gevoel dat hij door het meisje werd bestolen; ze had hem de exclusiviteit van zijn vermomming afgenomen, of waren ze soms niet als hetzelfde verkleed? En dan had Miranda ook nog eens een stel spectaculaire vleugels en een zwaard waar hij jaloers van werd. Hoe was het mogelijk dat Miranda, een meisje, een zwaard droeg, terwijl hij, een jongen, alleen maar kartonnen vleugeltjes en dat lullige aureooltje van met stof bekleed ijzerdraad had?

Demián glimlachte niet terug naar Miranda. Het enige wat hij wilde, was haar pijn doen.

'Vuile rotindiaan,' zei hij, naar Salo wijzend. (Miranda beschermde Salo meer dan zichzelf.) 'Je had jezelf als blond moeten verkleden.'

Salo tikte Miranda op de arm en zei iets in zijn koekblik. Het was niet goed te horen, maar het meisje maakte eruit op dat Salo vroeg wat Demián had gezegd. Ze schudde haar hoofd en bewoog haar lippen zodat Salo er het woord 'niets' van kon aflezen; ze bespaarde hem die narigheid liever.

'Hij had zich als mens moeten verkleden,' merkte Aldo op. 'Het is een beest!'

Het drietal barstte uit in een eenstemmig geschater.

'Hé, kijk nou eens! Die mannen zijn als jullie verkleed,' zei Miranda, en ze wees met haar vlammende zwaard. Demián en consorten trapten erin en hun gelach verstomde. Ze waren door hun eigen ego te grazen genomen: ze hadden gekeken toen Miranda wees, omdat ze een eerbetoon van een groep volwassenen aan henzelf hadden verwacht.

Het waren drie mannen in apenpakken. Ze hadden het drietal van horen, zien en zwijgen willen uitbeelden, maar waren al snel uit hun rol gevallen omdat ze het op een zuipen hadden gezet en aldus tot pioniers waren geworden van de door Pat voorspelde chaos: ze waren nu al stomdronken en ze hoefden geen moeite te doen om zich als apen te bewegen.

Demián rukte zijn aureool van zijn hoofd en maakte een bolletje van het ijzerdraad.

'Wat is hier aan de hand?' vroeg Teo, die terugkwam van zijn verkenningsreis en een spanning voelde die tussen de Earps en de Clantons uit *O.K. Corral* had kunnen hangen.

Ontmoedigd door Teo's afschrikwekkende kracht koos Demián het hazenpad. Tegen een reus kon hij niet op. Maar Teo kon niet altijd op Miranda passen. Het was slechts een kwestie van afwachten, de kans op revanche zou onverbiddelijk komen.

'Wat een rotzak,' zei Teo toen hij hem in de menigte zag verdwijnen.

Op dat moment riepen de luidsprekers op tot stilte en werd het rustig op het plein.

LX

Waarin verslag wordt gedaan van de toespraak van burgemeester Farfi en van het overweldigende succes van elke blunder die hij begaat

De mensen verdrongen zich rond het podium. Teo maakte van zijn grote lijf gebruik om zich snel een weg te banen, Pat (die geen koopwaar meer had weg te geven) uit haar kraampje te verlossen en met Miranda op zijn schouders naar het podium te gaan; hij was een bevoorrechte uitkijkpost.

Farfi's opkomst zorgde voor een stormachtig applaus, dat de plechtige woorden van de voorgaande spreker overstemde. De burgemeester werd geëscorteerd door mensen van het provinciebestuur en hoge gemeentefunctionarissen. Achter hem was de enige persoon die geen pak met stropdas droeg zichtbaar: ijzerhandelaar Oldenburg, die verkleed was als formule 1-coureur (al kwam zijn omgebouwde Renault Torino niet voor die categorie in aanmerking) en deze plek had uitgezocht om de volledige toespraak te kunnen opnemen. Natuurlijk zou Farfi zijn kostuum aantrekken zodra hij zijn inhuldigingsverplichtingen had afgerond. Hij deed dat op het podium, zodra hij het startsein voor het Sever had gegeven. De vraag wat de burgemeester zou aantrekken, was ook een van de attracties van het feest.

'Far-fi-far-fi-far-fi-far,' begon het publiek te scanderen.

De burgemeester hief zijn armen op om iedereen tot stilte te manen. Vervolgens haalde hij zijn zwarte boekje met beduimelde kaft tevoorschijn en zocht naar de bladzijde waarop hij de aantekeningen voor zijn speech had gekrabbeld; hij bevochtigde een vinger en sloeg eindeloos de ene bladzijde na de andere om.

Uiteindelijk stapte hij naar de microfoon en schraapte zijn keel. Binnen een paar seconden had de stilte zich over het hele plein verspreid.

Hij leek iets te gaan zeggen, deed zijn mond weer dicht en krabbelde terug. Hij knipperde al onbeheersbaar met zijn ogen. Een dof geroezemoes volgde op de mislukte poging.

Hij probeerde het nog eens, zo gedecideerd dat hij met zijn tanden tegen de microfoon stootte.

'... Verdomme,' zei hij luid en duidelijk.

En zo werd het woord 'verdomme' de opmaat van zijn toespraak, wat met een luid applaus werd begroet.

'Dank u,' zei Farfi, terwijl hij rood aanliep. Hij schudde zijn hoofd, lachte om zichzelf (wat hem nog meer applaus opleverde en opnieuw een 'far-fi-far-fi-far') en betrad, nadat hij met een vriendschappelijke stomp een opmerking van Oldenburg had gepareerd, het strijdperk: 'Lieve vrienden, inwoners van Santa Brígida. (*Frigide hoer, vaseline.*) Dit is het eerste Sever in een nieuw tijdperk, het eerste Sever dat we vieren in democratie. U mag klappen, hoor, daar hebt u toch zeker alle reden toe?'

(Weer een ronde applaus.)

'... Daarom is het denk ik een mooi moment om u te vertellen over een aantal verlangens die tot dit feest hebben geïnspireerd (*dikke puisterige pik: zuigen kreng!*) ... een paar jaar geleden inmiddels, in de duistere periode. Ik was toen van mening dat we een feest nodig hadden (*dikke pik!*) ... omdat we blijdschap nodig hadden, net zo goed als water, of lucht om te ademen. Want zonder blijdschap kun je niet leven. (*Maagd ontmaagd, vulva, vagina!*) En voor mij zijn het in elk geval ve-ve-veruit de treurigste jaren van mijn leven geweest. Moordenaars van de ziel!'

(Nog meer applaus. Farfi friemelde de hele tijd aan de microfoon, duidelijk ook een tic.)

'Maar goed, ik wilde natuurlijk niet zomaar blijdschap. Voor mij niet nog een wereldkampioenschap voetbal (*slappe hersenloze mossel, ranzige reet*).'

(Mengeling van applaus en gefluit.)

'En ik dacht: wat voor soort blijdschap is gepast in tijden als deze? Allereerst natuurlijk de blijdschap om in leven te zijn. Maar om daar zo blij om te zijn, terwijl ik zoveel mensen ken die zulke verschrikkelijke verliezen hebben geleden, leek me beledigend. (*Pik, piemel, puinhoop, pas d'r op!*) Dat wij nog leven is geen verdienste, maar toeval. Of hooguit een negatieve verdienste! Soms voel ik me schuldig dat ik leef. Ik denk dat als de militairen ... (*shit, shit, grote stronthoop, zuigen kreng*)... als de militairen, wilde ik zeggen, mij niets hebben gedaan en me zelfs dit dorp hebben laten besturen, dat dat wel zal zijn omdat ze in mij iets hebben gezien wat ik zelf liever niet zag. Ik moet wel iets verkeerd gedaan hebben als die lui respect voor me hadden!'

(Hier en daar gefluit.)

'... Ik vind het prima dat jullie daar anders over denken. Het is goed om te uiten wat je voelt en te weten dat je niet gefolterd of vermoord zal worden. Dat beseffen zelfs de vijanden van de democratie; jullie fluiten nu omdat je weet dat je niks zal overkomen, maar vroeger hield je je mooi gedeisd omdat je ba-ba-bang was om je mond zelfs maar open te doen ... Verdomme. En deze "verdomme" is me niet ontglipt!'

(Tweede ovatie van de avond.)

Farfi draaide voldaan aan zijn snor. Wanneer hij tevreden was, krulden de uiteinden nog verder omhoog. Hij keek kort in zijn notitieboekje en ging verder: 'We hebben lang in een land gewoond waarin we slechts op één manier mochten leven en in één richting mochten denken, op straffe van de dood. (*Kut met peren!*) Waarom dus niet een feest bedenken waarin wordt gevierd dat je een ander mag zijn? Een alternatieve weg uitproberen en de opgelegde logica tarten zijn fundamentele vrijheidsoefeningen, een vrijheid waar we in het dagelijks leven afstand van hadden gedaan. Vandaar onze regel nummer één, Ons Reversieve Rondedansje, Ons Staande Streepje. Waarom jezelf de lol niet gunnen (*dikke memmen, tieten, zalig!*) om alles uit te proberen, al is het maar één keer in je leven? Als onze tijd gekomen is, en ik hoop dat dat nog even duurt, wie gaan we er dan de schuld van geven dat we niet vrij waren?'

(Applaus.)

'Ik hoop dat deze jaarlijkse vrijheidsoefening ons erop heeft voorbereid om het beste uit de nieuwe tijd te halen. We kunnen het leed uit het verleden niet uitwissen. Maar we hebben de plicht om van dat verdriet te leren. Dat zijn we verschuldigd aan degenen die niet meer onder ons zijn en aan hen die komen zullen (*Verdomme. Shit. Vuile hoer!*).'

(Miranda vroeg of ze die meneer hadden gehoord: '*Hij zei fuck, shit and stuff like that.*')

De kerk liet zijn klokken beieren en overstemde het eindapplaus.

Niemand verroerde zich. Iedereen wilde weten als wat Farfi verkleed zou gaan.

De burgemeester trok andere schoenen en een ander jasje aan en deed zijn stropdas af. De mensen brandden van nieuwsgierigheid, ze hadden nog geen idee. Pas toen hij een blonde snor over zijn eigen snor plakte, begon er iets te dagen.

Toen hij de pruik met lang blond haar opzette, stond het plein op zijn kop. Farfi was Krieger. Het was een schot in de roos: de Italiaanse schoenen, het sportjack, de Vikingmanen. Trouw aan de geest van het feest dat hij zelf mede in het leven had geroepen, was Farfi veranderd in iets wat hij niet was. En de mensen stonden uitzinnig te applaudisseren, zelfs degenen die nu voor hun dagelijks brood afhankelijk waren van Krieger en zijn monumentale hotel, want ze droegen tenslotte maskers en mensen voelen zich vrijer met een masker op dan met een bloot gezicht.

LXI

Een pagina uit het gaucholiedboek,
vol van gebeurtenissen

Miranda maakte hen erop attent: 'Kijk, daar! Mevrouw Pachelbel! Ziet ze er niet prachtig uit?'

Teo en Pat zagen haar nergens. Maar omdat Miranda niet ophield en met Teo's oren stuurde alsof het teugels waren, liepen ze in de juiste richting.

Ze waren haar voorbijgelopen als Miranda niet hard aan Teo's oren had getrokken om hem te laten stoppen. Ze waren er niet op ingesteld om mevrouw Pachelbel als bruid verkleed te zien.

Tot hun nog grotere verbazing was ze niet alleen. Puro Cava stond met haar handen in de zijne, alsof hij haar een aanzoek ging doen.

Toen mevrouw Pachelbel hen zag aankomen, begon ze te blozen. Ze wilde haar handen terugtrekken, maar Puro Cava pakte ze nog steviger vast.

'Ik dacht dat u niet meer zou komen!' riep Miranda.

De vrouw glimlachte. Het idee dat Miranda naar haar had uitgekeken, vervulde haar met iets wat ze in vroeger tijden als ontroering herkend zou hebben.

'Ik had main twaifels, dat zal ik niet ontkennen,' zei ze, met een gespannenheid die ze niet van haar kenden. 'Ik neem aan dat jullie mainheer Puro Cafa wel kennen.'

Puro Cava liet één hand los om zijn eigen hand naar de rand van zijn hoed te brengen. Hij was verkleed als gaucho, met onder zijn hoed een witte zakdoek over zijn hoofd, een met munten beslagen riem, een steekmes en gauchorijlaarzen. Het was een authentiek pak, maar bij hem zag het er al snel uit als een toneelkostuum; al hees hij zich in een apinnenpak, dan nog kwam in Puro Cava al snel de donjuan naar boven die hij in werkelijkheid was.

'Mevrouw heeft me veel over jullie verteld,' zei hij, wat in zekere zin een leugen was, want mevrouw Pachelbel sprak nooit ergens over, maar tegelijkertijd ook klopte omdat ze zich één keer iets over haar vennoten, de reus en het meisje had laten ontvallen, en dat was, naar de maatstaven van mevrouw Pachelbel, al heel veel.

'Wat een prachtige jurk. Is die van u?' vroeg Pat.

Mevrouw Pachelbels gelaat verhardde. Even leek het alsof ze met haar gebruikelijke kilte op Pats nieuwsgierige vraag zou reageren. Maar ze beging de fout om in Miranda's richting te kijken, die ook op haar antwoord wachtte.

'Hai was fan mai, ja,' zei ze uiteindelijk. 'Heel, heel lang geleden.'

'Hij staat haar zo mooi dat ik ertoe gedreven word iets te doen wat ik nooit voor mogelijk heb gehouden. Ik wil haar vragen met mij te trouwen!' zei Puro Cava, blij dat hij publiek had gekregen.

'*Bist du verrückt?*' antwoordde de vrouw verontwaardigd.

'Is ze niet betoverend?' zei Puro Cava.

De vrouw bleef hem in het Duits afsnauwen. Puro Cava antwoordde slechts door zijn gezicht naar het hare te brengen voor een zoen. In plaats daarvan kreeg hij echter een oorvijg waarvan zijn hoed door de lucht vloog.

'Ik heb de hartstochtelijkste bruid die er bestaat!' riep Puro Cava. In plaats van zich te laten intimideren, werd hij juist geprikkeld door mevrouw Pachelbels afwijzingen; hij was de menselijke uitvoering van het stinkdier Pepé Le Pew.

'*Das ist falsch!*' riep mevrouw Pachelbel naar Pat en consorten. Maar niemand van hen sprak Duits, dus ze moest het vertalen. 'Dit is niet waar! Tussen mainheer en mai is alleen maar …' zei ze, en ze hield zich in omdat ze aan Miranda dacht, die ze niet wilde krenken met informatie die niet voor iemand van haar leeftijd bestemd was. Daarom zocht ze naar de juiste verhullende term in het Duits en zei: 'Tussen mainheer en mai besjtaat alleen *etwas sexuelles!*'

Nog altijd niet tevreden maakte ze gebruik van het moment waarop Puro Cava zijn hoed opraapte om hem met haar rijglaarsjes – die ze zelfs als bruid niet had uitgetrokken – een trap te verkopen.

De ruzie had een kring van toeschouwers aangetrokken. Iedereen kende meneer Puro Cava van de burgerlijke stand en iedereen kende de confiturenzaak van mevrouw Pachelbel, maar niemand had gedacht dat er tussen hen iets gaande was; het nieuws sloeg in als een bom.

Twee toeschouwers voegden zich bij het drama door Puro Cava op te vangen toen hij door de trap tegen zijn achterwerk naar voren vloog.

'Zie je wel dat ik gelijk heb?' zei Pat zachtjes tegen Teo. 'Niets beters dan de liefde om een relatie kapot te maken!'

'Dat jij weigert iets uit te spreken, kan niet voorkomen dat het bestaat. Jij houdt van mij, punt uit, ook al doe je alsof het niet zo is.'

'En ik maar denken dat je jezelf niet nog groter kon maken,' zei Pat.

Ze had er al spijt van dat ze haar mond had opengedaan. Waarom voeren stellen toch altijd weer hun drama op zodra ze de kans krijgen, hoe ongunstig de plaats en het tijdstip ook zijn?

Toen hij merkte dat het publiek op zijn hand was, wierp Puro Cava zich met nog meer vuur in de strijd. Een volwassen vrouw, tot tranen geroerd, wilde hem haar trouwring wel lenen zodat de verloving kon worden voltrokken.

'Lieve mevrouw Pachelbel,' zei Puro Cava met de ring in zijn hand als een priester die de hostie wijdt, 'wilt u met me trouwen?'

'Je bent gewoon bang,' zei Teo, verwikkeld in zijn eigen strijd. 'Je komt heel vastberaden over, je walst over alles en iedereen heen, maar in wezen ben je een schijterd. Wanneer ga jij eens naar je gevoel luisteren?'

'Ofer main laik!' zei mevrouw Pachelbel.

'Je hoort het,' zei Pat.

Het publiek stond er verslagen bij; de liefde was aan de verliezende hand.

Miranda deed haar best de draad van de twee simultane gesprekken vast te houden, toen een derde geluid haar aandacht trok. Salo sloeg met zijn vuist op zijn helm. Miranda klom rap als een eekhoorntje uit boom Teo. Toen ze weer op de grond stond, wilde Salo iets in haar oor fluisteren, waarbij hij opnieuw met de helm tegen haar hoofd stootte.

'Au!' protesteerde Miranda. 'Ik kan je niet verstaan!'

Als antwoord wees Salo naar het podium.

Daar begon de parade waaruit het kind zou worden gekozen dat gedurende het weekend de burgemeester zou zijn. Salo kon niet meer winnen omdat hij al eens burgemeester was geweest, maar hij wist dat Miranda het graag zou willen.

Het meisje besefte dat alle verwarring in haar voordeel kon werken. Ze kon voor het oog van iedereen over het podium paraderen zonder dat Pat het in de gaten had! En als ze gekozen werd, zou haar moeder haar niet meer kunnen verbieden om zich van haar klasgenootjes te onderscheiden.

'Mammie, ik ga met Salo bij het podium staan,' zei Miranda, terwijl ze aan Pats zwarte habijt trok.

'Wat?' vroeg Pat afwezig. Ze had haar handen vol aan de hachelijke situatie waarin mevrouw Pachelbel haar had betrokken en nu noemde Miranda haar ook nog 'mammie'?

'Er komen clowns, heb je de aankondiging niet gehoord? Hier kan je niks zien!'

'Alleen ga jij nergens naartoe,' zei Pat op de automatische piloot.

'Ik ga met Salo. Vera staat er ook, kijk maar!'

Pat probeerde Salo's moeder te zien, maar ze zag niemand en tot overmaat van ramp greep Teo haar bij de arm.

'Als je nou om te beginnen eens ophield tegen me te liegen,' zei de reus.

'Nonnen liegen niet.'

Miranda voelde zich meer dan ooit in haar recht om haar plannetje uit te voeren: Pat stond voor haar neus te liegen, en wie tegen een leugenaar liegt, krijgt honderd jaar genade. Zo luidde het gezegde toch?

'Ik heb zojuist je dokter leren kennen,' zei Teo. 'Dokter Canelón Plus. Je psychiater. Wat voor pillen slik je?'

Pat wist niet wat ze moest antwoorden. Miranda stond nog steeds aan haar te trekken.

'Nonnen slikken geen pillen, wij bidden tot God,' zei Pat uiteindelijk.

'Je kunt een schietgebedje doen als je niet ophoudt om mij te besodemieteren.'

Een kreet van oprechte pijn, geslaakt door meneer Puro Cava, bood Pat de uitweg die ze nodig had.

'Waarom ga je niet ergens naartoe met Puro Cava, dan neem ik deze dame mee. Ik ben bang dat ze hem echt wat aandoet,' zei Pat tegen Teo.

'Mammie, ik ga,' zeurde Miranda, en ze trok nog een keer.

Teo besefte dat Pat gelijk had. Hij had nog nooit zo'n woedende (en zo'n polyglotte, want nu stond ze ook nog in het Frans te vloeken) bruid gezien als mevrouw Pachelbel. Puro Cava's leven hing aan een zijden draadje!

'Ga maar,' zei Pat tegen Miranda, 'maar zwaai even naar me als je daar bent. Ik wil zien waar je uithangt!'

Miranda rende weg, met Salo aan de hand. Haar vleugeltjes klapperden in de wind, alsof ze vaarwel zeiden.

LXII

Waarin iemand een verborgen waarheid ontdekt en daaronder lijdt

Daar kwam dokter Dirigibus.

'Taw si reih naa ed dnah?' vroeg hij, bijdragend aan de babylonische spraakverwarring.

Het was inderdaad een verwarrend schouwspel. Pat stond als non verkleed met haar armen om mevrouw Pachelbel heen, die volledig buiten zichzelf was en, in bruidsjurk en al, wild met haar rijglaarsjes om zich heen trapte, alsof ze elk achterwerk dat in de buurt was een schop wilde verkopen. Teo gebruikte zijn armen als wegversperring om Puro Cava de doorgang te beletten, die gekleed ging als een chique gaucho op de Dag van de Traditie; alleen het paard ontbrak er nog aan. Een oudere vrouw kroop tussen de mensen door. Zou ze vermomd zijn als een kind dat nog niet kon lopen?

'Wat is hier aan de hand?' vroeg Dirigibus nogmaals, ditmaal de goede kant op. 'Kan ik u helpen, mevrouw Pachelbel?'

Toen mevrouw Pachelbel Dirigibus zag, stopte ze met trappen en trok wit weg.

'Mijn beste vriend, je komt als geroepen!' riep Puro Cava over Teo's armen heen. 'Ik wil dat jij de eerste bent die het weet. Mevrouw en ik gaan trouwen!'

'Dat is niet waar!' riep ze.

'Ik heb je nooit over onze relatie verteld uit respect voor haar eerbaarheid. Maar we hebben al een hele tijd omgang met elkaar!' zei Puro Cava, terwijl Teo hem al wegsleurde.

'Wai hebben nooit omgang gehad!'

'We hebben elkaar de afgelopen vijf jaar elke dinsdag en vrijdag gezien!'

Mevrouw Pachelbel wilde ontkennen, maar besefte dat ze daarmee de arme Dirigibus alleen maar dieper zou krenken.

De rechtsconsulent trok zijn conclusies. Hij wist toch hoe schielijk mevrouw Pachelbel elke dinsdag en vrijdag haar winkel vroeger dan gewoonlijk sloot, zonder opgaaf van reden aan haar kooplustige klanten? En waren dinsdag en vrijdag niet uitgerekend de dagen waarop zijn vriend Puro Cava, de discreetste onder de heren, verstek liet gaan bij het traditionele borreluurtje? Hoe kon dit zich zo lang voor zijn ogen hebben afgespeeld zonder dat hij het in de gaten had?

'Het is niet wat u denkt!' zei mevrouw Pachelbel, toen ze de ont-goocheling op het gelaat van de rechtsconsulent zag.

Op dat moment slaakte het kruipende oude vrouwtje een vreug-dekreet, stond op en overhandigde Puro Cava de gouden ring die ze had teruggevonden. Teo tilde Puro Cava als een pop in de lucht en droeg hem weg, maar kon niet voorkomen dat deze luidkeels schreeuwde: 'Niemand kan zich tegen de liefde keren! Zelfs een reus niet! Al probeert de hele wereld ons van elkaar te scheiden, wij zullen trouwen, mijn liefste mevrouw Pachelbel!'

Als Miranda daar was geweest op dat moment, had ze gehoord hoe Dirigibus' hart brak. Maar ze was er niet. Ze had het druk met haar eigen probleem, een probleem dat deze tragikomedie tot kinderspel reduceerde en haar leven voorgoed zou veranderen.

LXIII

Waarin de tragedie zich ontvouwt en wij van verder commentaar ontheven zijn

Om Miranda's drama te begrijpen, moeten we een klein stukje terug in de tijd, naar het moment waarop Teo het meisje van haar persoonlijke kwelgeest redde. Toen hij zich in brute kracht overtroffen en daarmee van zijn belangrijkste machtsmiddel beroofd zag, was Demián met zijn twee secondanten het feestgedruis in gevlucht. Maar in plaats van het voorval te vergeten, hield het hem de hele avond bezig; hij zocht naar een manier om wraak te nemen op Miranda.

Dat nam zo zijn tijd. Allereerst omdat Demián geen groot licht was en ten tweede omdat op het plein niet het soort voorwerpen aanwezig was waar hij normaal gesproken gebruik van maakte. Er waren geen inktpatronen, geen spitse potloden, geen krijtjes of vliegende gummen. Er lagen geen stukken hout die hij als knuppel kon gebruiken, geen kromme spijkers of katapults.

Demián struinde tijdens Farfi's toespraak, toen de hele wereld leek stil te staan, rond zonder iets te vinden wat hij kon gebruiken. In de bloemperkjes lagen geen stenen. De kraampjes hadden geen koopwaar meer, waarmee ze waren verworden tot lappen stof, planken en stevig in elkaar gedraaide buizen. Demián ging zelfs zover dat hij aan het pak van een als David verklede man trok om hem van zijn knapzak met stenen te beroven, maar dat leverde hem slechts een snauw op en een schop die hem op een haar na miste. Tot overmaat van ramp kwam hij de als aap verklede dronkenlappen weer tegen, die hun vermomming wederom eer aandeden, omdat ze niet meer in staat waren ook maar iets te horen, zien of uit te brengen. Demián had het idee dat zijn nachtmerrie hem achtervolgde en voelde zich in het nauw gedreven.

Hij had zich er al bij neergelegd dat hij zijn handen met zand uit de bloemperken zou moeten vullen, toen er zich in zijn hoofd iets begon uit te kristalliseren. Een combinatie van factoren – de hagelwitte kleding van Miranda, het zand, de apen – bracht hem op een plan van aanpak. Hij herinnerde zich een televisiedocumentaire die hij van zijn ouders had moeten zien. Demián vond documentaires stomvervelend, maar er kwam weleens iets smerigs of indrukwekkends in voor dat de moeite van het vermelden waard was. De documentaire ging over bepaalde apen (dat was de klik geweest) die een eigenaardige manier hadden om zich vanuit de bomen tegen aanvallen vanaf de grond te verdedigen. De grondgedachte die Demián was bijgebleven, was eenvoudig: zelfs als je ongewapend bent, kun je – letterlijk – je eigen wapens vervaardigen.

Razend enthousiast vertelde hij zijn idee aan de tweeling, die slechts met walging reageerde. Hij probeerde hun uit te leggen wat er zo goed was aan zijn plan, maar Aldo en Pehuén waren geen jongens die je met argumenten kon overtuigen. Hij moest alle macht die hij nog over hen had aanwenden, dreigen, onderhandelen (hij bood speelgoed aan dat de tweeling graag wilde hebben; zijn behoefte om wraak te nemen was zo allesoverheersend dat hij over de prijs niet meer nadacht), om hen zover te krijgen dat ze meededen. Ze liepen even weg van het plein om een donker hoekje op te zoeken; niemand merkte hun afwezigheid op.

We kunnen nu terugkeren naar Pat, die mevrouw Pachelbel inmiddels bij haar pretendent had weggehaald en al het mogelijke deed (wat niet veel was, omdat troosten niet tot haar vaardigheden behoorde) om de vrouw te kalmeren. Ze sprak wat trivialiteiten uit die in haar opkwamen, clichés: ze moest tot bedaren komen, zo erg was het toch niet, alle mannen waren hetzelfde. Maar het had geen effect, mevrouw Pachelbel bleef er maar op los schelden.

Intussen keek Pat over haar schouder naar Teo, die in tegenstelling tot haarzelf volop succes boekte. Ze kon niet horen wat hij in alle commotie tegen Puro Cava zei, maar je kon zien dat hij bij zinnen kwam, want hij knikte en gaf het oude vrouwtje de geleende trouwring terug. Pat vroeg zich af of Teo terugviel op dezelfde argumenten als waarmee hij zichzelf overtuigde dat hij Pat niet te zeer onder druk moest zetten en haar in haar waarde moest laten zonder er iets voor terug te vragen. In elk geval maakte het beeld van de reus die een kleine man in bescherming nam, onverwachte gevoelens in haar los. Ze vroeg zich af of Teo niet een betere vrouw verdiende dan haar, of iemand die minder werd verteerd door haar eigen nood, en beloofde zichzelf er iets aan te doen, ze wist nog niet zo goed wat, om hem in elk geval het gevoel te geven dat er leven was achter haar muur en dat dat leven, al was het maar een heel klein vlammetje, niet veel meer dan een smeulend restje, daar was voor hem, voor Miranda en voor hem.

Ondertussen troostte niemand doctor Dirigibus.

De arme man doolde voor zich uit mompelend over het plein. Hij probeerde zijn wereld, die zojuist uit elkaar was gespat, opnieuw op te bouwen. Duizenden vragen echoden door zijn hoofd, vragen die hij niemand kon stellen omdat iedereen hem meed als de pest. Zou het waar zijn dat Puro Cava al die tijd mevrouw Pachelbels minnaar was geweest? Zou de vrouw daarom de deur maandenlang voor hem dicht hebben gehouden? Maar waarom was ze dan uiteindelijk op zijn avances ingegaan? Had ze het misschien uitgemaakt met Puro Cava, of bedroog ze hen allebei? En de meest prangende vraag, de vraag waarin al zijn twijfels werden samengevat, tastbaar als het kleine doosje in zijn borstzak: wat moest hij met de ring die hij voor deze gelegenheid had gekocht, nu Puro Cava hem vóór was geweest?

In deze toestand kwam hij bij het podium aan. Daar verdrongen zich alleen maar kinderen die wachtten op hun beurt om over het podium te paraderen. Dirigibus struikelde er bijna over. Hij besloot door het smalle vaarwater tussen de kinderen en hun opgewonden ouders te navigeren en een eindje verderop te gaan staan. En zo kwam hij terecht op de plek vanwaar hij kon zien wat er tussen Miranda en Demián gebeurde.

Al snel kreeg hij het meisje in het oog, dat met haar vleugels en haar vlammende zwaard een opvallende verschijning was tussen de kleintjes. In eerste instantie laaide zijn verdriet weer op: Miranda was Pats dochter en Pat was bij mevrouw Pachelbel, in plaats van hijzelf. Maar het meisje was zo mooi en straalde zo'n helder licht uit dat hij niet langer om zichzelf kon blijven treuren. Miranda stond hand in hand met een ander kind, dat verkleed was als astronaut. Hoewel ze even groot waren, was het duidelijk wie de leiding had: de aartsengel redde de man die verloren was in de ruimte. Hoe kon je haar zien zonder te denken dat een betere wereld mogelijk was?

Toen viel er een schaduw over haar gezicht. Miranda had iets gezien wat haar niet beviel. Of was het iemand? Algauw zag Dirigibus

Demián staan. Zoals zoveel burgers in Santa Brígida was ook hij meer dan eens het doelwit geweest van de agressie van de jongen. Demián werd gevreesd in alle winkels, die leden onder zijn verniel-zucht. Hij werd gehaat door huisdierenbezitters, wier honden en katten het mikpunt waren geweest van pijnlijke attenties. En hij werd veracht door de ouders van zijn klasgenootjes, door bejaarde vrouwtjes die niet aan zijn besluipingen konden ontkomen en zelfs door zijn eigen broertjes en zusjes, die hij bij zijn experimenten als proefkonijn gebruikte. Volgens Dirigibus was Demián het enige kind dat mevrouw Pachelbels fobie rechtvaardigde.

De jongen liep met zijn handen achter zijn rug naar voren. Dirigi-bus vond die houding verdacht, er ging een onderdanigheid van uit die hij niet met Demián kon rijmen, zeker toen hij zag dat er nog twee identieke gedaantes in dezelfde houding achter hem aan kwa-men, die hij niet herkende. Anders dan hun aanvoerder hadden ze een walgende uitdrukking op hun gelaat.

Op Demiáns gezicht stond geen walging. Demián glimlachte.

Miranda had geen tijd om te reageren. Ze deed haar mond open, maar kreeg er geen geluid uit. De eerste worp smakte tegen haar borst. Miranda zag de donkere vlek op haar gewaad en dacht dat Demián met modder had gegooid. Prompt sloeg de geur haar tege-moet: dit was geen modder.

De tweede worp trof haar in het gezicht; een deel van de smurrie bleef in haar haren hangen. Tot slot wierp de tweeling hun lading, die als een regen over haar neerdaalde.

Dirigibus vroeg ze te stoppen.

Maar het was al te laat. Demián en de tweeling waren door hun voorraad heen. Ze keken naar Miranda, wezen met hun donker be-smeurde vingers naar haar en kwamen niet meer bij van het la-chen.

Miranda kreeg geen lucht, de stank sloot haar neusgaten af, zelfs door haar mond kon ze niet ademen. Ze probeerde uit te spugen wat ze binnen had gekregen en kon niet inademen omdat ze bang was in haar eigen braaksel te stikken, die de drek waarmee ze ontheiligd was moest bestrijden, die gore smurrie die veel meer was dan alleen de poep van Demián en Aldo en Pehuén, want hij stonk naar meer dan stront, hij stonk naar dood, naar razendsnel ontbindende materie, naar een graf zonder steen. Ze werd door paniek bevangen. In haar oren klonk de schrille e van een oorverdovende stilte, die werd verbroken toen ze een diepe keelklank uitbracht, dieper dan ze bij zichzelf voor mogelijk had gehouden; het klonk niet meer menselijk.

Een ogenblik lang wist ze niet wat ze deed. Ze hief haar zwaard op en richtte het op Demián, alsof ze hem met de kracht van de aartsengel kon treffen, zodat hij zou stoppen met het gelach en het opjutten van de anderen.

Toen gebeurde het onverwachte.

Demián stopte met lachen. Het leek alsof hij zich verslikte, want hij bracht zijn smerige hand naar zijn keel. Maar nog voordat iemand hem te hulp schoot, liet Demián zijn opgeheven hand zakken en viel hij languit neer. Zijn lichaam sloeg met een dof geluid tegen de grond, dood gewicht; de jongen reageerde niet, hij kermde niet eens.

De eerste kreet die te horen was, kwam van Miranda. Een kreet die het einde van haar ademnood markeerde, als van een kind dat ter wereld komt, en waarmee tevens de demonen van de paniek en de vernedering werden uitgedreven; hij was onnoemelijk intens geweest, daarom was iedereen die hem hoorde ervan geschrokken. Maar in die kreet lag nog iets ergers besloten, hij was niet alleen een reactie op een verschrikking die voorbij was, maar ook op een verschrikking die in het heden de kop opstak; een kreet die zo ijzingwekkend was omdat hij op de verschrikking vooruitliep, ons weerloos aan haar voeten legde, met ontblote hals, in afwachting van het mes.

Pater Collins rende naar Demián toe. Hij verzekerde zich ervan dat zijn luchtwegen vrij waren, maar toch ademde de jongen niet. Kort daarop kwam er een dokter bij. Alle reanimatiepogingen waren echter tevergeefs.

De dood was al vastgesteld toen Demiáns ouders arriveerden. Daarop klonken andere kreten, de onbeschrijflijke kreten die een mens slechts kan uitbrengen als hij met het ergst mogelijke leed geconfronteerd wordt.

Inmiddels was Pat bij Miranda en had ze haar armen om haar heen geslagen zonder erbij stil te staan dat ze onder de stront zat. Ze had haar gevraagd wat er in godsnaam gebeurd was, de non troostte de aartsengel in een omkering van de hemelse hiërarchie, maar Miranda kon alleen maar huilen, met diepe uithalen, alsof ze huilde om al het onrecht waar de mens sinds de schepping onder had geleden. Salo zette de eerste stap. Hij trok zijn helm af, liep naar Pat en zei, met die stem die hij zo zelden gebruikte, terwijl hij naar Demiáns verstijfde lichaam wees: 'Hij heeft het gedaan. Het was zijn schuld.'

Teo en burgemeester Farfi, die de blonde pruik van zijn hoofd had getrokken maar de snor nog droeg, probeerden Demiáns ouders te troosten. Het echtpaar had zich van elkaar losgemaakt en zich in twee verschillende dimensies begeven: de vader was als een kaars uitgegaan, niet in staat ook maar een spiertje te vertrekken of een woord uit te brengen, en de moeder kronkelde als een slangennest, terwijl Teo huilend als een dorstig kind probeerde zijn Atlas-armen om haar heen te slaan.

Miranda greep Pat met twee handen vast. Ze riep 'mammie', alsof ze haar niet kon zien en haar voorgoed had verloren.

'Ik ben hier, schat. Mammie is hier.'

Snikkend vroeg Miranda naar Demián.

'Hij is overleden, schat. Ik weet dat het erg is, maar dat zijn dingen ...'

Miranda schudde als een bezetene haar hoofd.

'Nee, mammie, nee. Demián is niet overleden. Snap je het niet? Hij is niet overleden, mammie. Ik heb hem doodgemaakt. Ik heb hem doodgemaakt. Ik h...!'

Pat hield haar hand tegen Miranda's mond voordat ze opnieuw zou gaan schreeuwen. Met haar vrije arm pakte ze haar vast, de vleugeltjes plettend, en tilde haar op.

Even later waren ze in de beschutting van de nacht verdwenen.

EXPLICIT LIBER SECUNDUS

Liber tertius

Haven't had a dream in a long time.
See the life I had, can make a good man bad.
So please for once in my life let me get what I want.
Lord knows it'll be the first time.
– The Smiths, *Please Let Me Get What I Want*

LXIV

Enkele bespiegelingen over de zeldzaamheid van reuzen

Er was een tijd waarin niemand het raar vond om een reus tegen te komen. Ze maakten deel uit van het landschap, net als tegenwoordig de Coca-Cola-billboards of de Osborne-stieren.

Vaak gingen ze in het leger, een initiatief dat door generaals en de kameraden bij de infanterie (reuzen te paard zijn namelijk nooit gezien) zeer op prijs werd gesteld, om voor de hand liggende redenen: als Samson in je eigen team zit, ga je fluitend naar de oorlog.

Maar ze werden ook gewaardeerd als ze bij de tegenpartij vochten, omdat ze een kans boden om snel promotie te maken. De Filistijn Goliath, die zes ellen en een span lang was, maakte door zijn onhandigheid Davids opmars naar de troon van Israël mogelijk. (Vandaag de dag is de snelle weg naar het koningschap niet meer wat hij ooit was. Vroeger moest je het gewapend met keien tegen een reus opnemen, tegenwoordig hoef je alleen maar circusartiest of bodyguard te zijn en je in de buurt van Stéphanie van Monaco op te houden.)

Reus zijn was in vroeger tijden net zoiets als testpiloot nu: een zeer riskant beroep. De arme schepsels dienden slechts als meetlat. Overal waar zich een reus bevond, dook een piepkleine held op om zijn moed op de proef te stellen, en een goede pers te halen. Want niemand kwam er slechter van af in de pers – en was daardoor sneller het slachtoffer van vooroordelen – dan een reus.

Zelfs Homerus behandelt deze grote mannen niet netjes. In de *Odyssee* ontdekt de held aan wiens naam het epos zijn titel ontleent, de grot van de cycloop Polyphemos. Hij concludeert: 'Daar had een man zijn intrek genomen, een reus … een verschrikkelijk monster, een wezen dat niets had van mensen zoals wijzelf, maar veeleer leek op een bosrijke bergtop, die daar alleen, hoog boven de andere bergtoppen, oprijst.' Waarom beweert Odysseus dat het om een monster gaat, terwijl hij al weet dat Polyphemos slechts een eenling is die zich met niemand inlaat en zijn dagen slijt als herder?

Polyphemos negeert Odysseus' verzoek tot gastvrijheid en eet meteen twee van zijn mannen op. Het is een gruwelijk schouwspel. Polyphemos doodt hen door hen tegen de grond te slaan, vreet ze vervolgens stukje bij beetje op en werkt als laatste de romp naar binnen. Maar diezelfde beschrijving werpt gerede twijfels op. Dat de reus zo fijnzinnig was geweest hen te doden alvorens ze op te eten, dat hij onderscheid maakte tussen hoofd- en voorgerecht en dat hij geen restjes overliet, zijn tekenen dat hij misschien wel echt trek had. Wij mensen gaan heus niet beter om met kippen!

Polyphemos' lot is wreed. Odysseus steekt een gloeiende staak met een vlijmscherpe punt in zijn oog. En hij vernedert hem door hem tegen de andere cyclopen uit te spelen. Aangezien Odysseus hem heeft gezegd dat zijn naam Niemand is, antwoordt de arme reus, wanneer de cyclopen hem vragen wie hem blind heeft gemaakt, dat het Niemand is geweest, dat Niemand schuldig is. Zijn soortgenoten concluderen dat Zeus hem een ziekte heeft gezonden en verlaten hem. Vanaf dat moment bekommert ook Homerus zich niet meer om hem. In geen enkel gedicht wordt nog gerept over het ongelukkige lot van de blinde reus, terwijl er toch aardig wat te vertellen valt over iemand die al tastend met een stok ter grootte van een boomstam zijn weg moet zoeken.

Volgens Geoffrey van Monmouth in zijn *Historia Regum Britanniae* werd het eiland Albion door reuzen bewoond. Toen Brutus als leider van een groep vaderlandsloze Trojanen de kust van het eiland bereikte, vervolgde hij de reuzen en verdreef hen naar de grotten in de bergen. Met de arrogantie van de veroveraar, die door zijn naam nog eens onderstreept werd, negeerde Brutus het recht van de reuzen op hun land. Nog niet tevreden nadat hij hun alles had afgenomen, veranderde hij ook nog eigenmachtig de naam van hun land en wisselde Albion in voor Brittannië. Uiteindelijk liet Brutus één reus met de naam Goemagog in leven, louter voor zijn eigen vermaak. Hij verheugde zich op een mogelijk gevecht tussen Goemagog en zijn kampioen Corineus, met een passie die men slechts kan bestempelen als sportfanatisme.* Goemagog brak drie ribben van Corineus, maar

---

* Zijn zwakte voor sport heette gevaarlijk te zijn, althans voor degenen die hem begeleidden: de brute Brutus had tijdens een jachtpartij zijn eigen vader met een pijl gedood.

Corineus tilde hem boven zijn hoofd en wierp hem vanaf een klif de zee in, waar hij op de puntige rotsen in duizend stukjes uiteenspatte en het water met zijn bloed kleurde.

Een hele tijd later, nog steeds volgens Van Monmouth, zou de alom beroemde Arthur uit de legenden op Frans grondgebied afrekenen met 'een buitengewoon grote reus uit Spanje'. Wat maar weer aantoont dat Don Quichot dan misschien bijziend was toen hij op de molens afstormde, maar in wezen niet slecht geïnformeerd.

Men is wellicht ook bekend met het bestaan van vredelievende reuzen, zoals Sint-Christoffel, de beschermheilige van de reizigers: hij hielp mensen in ruil voor muntstukken een rivier te doorwaden. Op een dag vroeg een kind hem om hulp. Halverwege de rivier werd het kind steeds zwaarder; Christoffel moest al zijn kracht aanspreken om het naar de overkant te brengen. Toen de reus vroeg hoe het mogelijk was dat een kind zoveel woog als de hele wereld, zei het kind dat hij Christus was, God dus, ofwel de schepper van het universum.

Een andere vriendelijke reus was de reeds genoemde Bran the Blessed, die wel een berg leek toen hij te voet de zeestraat tussen Wales en Ierland overstak. Volgens de legende vroeg hij, toen hij zijn einde voelde naderen, of men zijn hoofd wilde afhakken en in Londen onder de Witte Toren wilde begraven, zodat zijn magische krachten Brittannië zouden beschermen tegen indringers. De macht van dit relikwie toont weer eens aan dat er geen betere reus is dan een dode reus. Wie kan het ze dan ook kwalijk nemen dat ze zich in de schaduw bewegen en een kunst beoefenen die hun van nature niet echt ligt, namelijk die van de onzichtbaarheid?

De toewijding waarmee helden reuzen hebben uitgeroeid, verklaart hun huidige schaarste. Het zijn met uitsterven bedreigde wezens als de ibis en de dodo. Maar er spelen uiteraard ook andere redenen mee. Eén belangrijke is het gebrek aan reuzinnen. Voor veel mannen staat groot zijn gelijk aan macht, maar bij vrouwen heeft een fors formaat alleen maar negatieve connotaties. Het is helemaal niet zo raar om te denken dat de weinige reuzinnen die er waren, zich wellicht aan diëten hebben onderworpen waardoor ze uiteindelijk langzaam zijn weggeteerd.

Een andere doorslaggevende reden voor de schaarste aan reuzen is economisch van aard. In een tijd die wordt gekenmerkt door massaproductie, zijn reuzen overbodig, omdat ze maar met weinigen zijn en derhalve geen gunstige afzetmarkt vormen. Iedereen die langer is dan de norm kan getuigen van de problemen om passende kleding, schoenen en meubels te vinden. Daarom zijn vandaag de dag alleen die reuzen succesvol die voldoende verdienen om op maat gemaakte kleding, schoenen en meubels te kunnen betalen, zoals de basketbalspelers uit de NBA of de reuzen uit de films van Tim Burton.

De moed wordt de reuzen ontnomen door een tijd waarin alles het liefst zo klein mogelijk moet zijn: auto's en telefoons, de duur van het huwelijk, het aantal kinderen per gezin, de afmeting van appartementen, kledingmaten, porties eten in restaurants, draagbare apparaatjes om muziek mee af te spelen, vliegtuigstoelen, liften, eenheden van materie (vroeger dacht men dat er niets kleiners dan een atoom bestond, tot er iemand op James Joyce stuitte en vervolgens op een quark), weegschalen en paraplu's, om maar eens een paar voorbeelden te noemen.

In een dusdanig verkleinde wereld (XS!) is het niet zo verwonderlijk dat de reuzen zich liever verstoppen. Sommigen hebben de kunst van het onzichtbaar zijn zo geperfectioneerd dat ze de indruk wekken niet te bestaan: veel mensen geloven dat reuzen niet bestaan en ook nooit bestaan hebben, behalve misschien als aan lagerwal geraakte godheden of in poëtische metaforen van adembenemende landschappen. Toch blijven ze altijd weer opduiken op plaatsen waar ze niet zo opvallen, zoals de basketballspeler Yao Ming, die zijn reusachtige postuur maskeert door zich te omringen met lange spelers (hoewel nooit zo lang als hij); of de acteur Matthew McGrory, die in fantastische films als *Big Fish* speelt, waarin mensen hem aanzien voor een special effect.

Het feit dat er zo nu en dan één in de spotlights opduikt, zou toch doen vermoeden dat er meer reuzen bestaan, die niet in het nieuws komen of per vliegtuig reizen. Het ligt voor de hand dat niet alle reuzen die zich in de grotten verstopten toen Albion nog niet Brittannië was, zijn gestorven. En dat het Spanje waarover Van Monmouth het had, nog altijd reuzen voortbrengt, gespecialiseerd in de kunst om eruit te zien als windmolens.

Er zijn mensen die beweren dat ze niet alleen bestaan, maar dat ze met elkaar communiceren via geschreven en ingekerfde cryptische boodschappen, die ze achterlaten op hoogten waar alleen hún handen en ogen bij kunnen: boven in zuilen, boomstammen, lichtmasten of boekenkasten. Maar hierbij wordt uitgegaan van een neiging tot stiekem gedrag en samenzweerderigheid die ze niet nodig hebben: over het algemeen hoeft een reus om een andere reus te herkennen alleen maar zijn ogen open te houden.

Ze hebben in elk geval overleefd, dat staat voor ons, lezer, als een paal boven water. Als we de profetieën van Merlijn zouden moeten geloven, moeten we er rekening mee houden dat het er weer meer zullen worden. Volgens Van Monmouth heeft Merlijn gezegd: 'A Giant, snow-white in colour and gleaming bright, will beget a people which is radiant.'* En Merlijn zei nooit zomaar wat.

---

* 'Een sneeuwwitte reus zal schitteren; hij zal een glanzend wit volk verwekken.' (Geoffrey van Monmouth, *Geschiedenis van de Britse koningen*, 'De profetieën van Merlijn'.)

LXV

Waarin we een bekende reus opnieuw tegenkomen, ondanks de moeite die hij doet om ons op veilige afstand te houden

Hoe stond het met Teo's leven in de maanden na het rampzalige Sever? Er hebben talrijke, drastische veranderingen plaatsgevonden. Om te beginnen zouden we, als we hem willen vinden, moeten vertrekken uit Santa Brígida, want daar woont Teo niet meer, en een reis van honderden kilometers noordwaarts moeten maken. We zouden door Mendoza, San Juan en La Rioja moeten rijden, steeds in de richting van de kompasnaald, tot we in een provincie genaamd Santiago del Estero aankomen. Daar zouden we de hoofdstad moeten verlaten en ons moeten begeven in een van de meest woestijnachtige gedeeltes van een gebied dat van nature al droog is. Het dorp in kwestie heeft een naam die de reiziger zou kunnen raden, ook al kent hij hem niet, omdat hij de plek zo treffend omschrijft: Monte Abrasado, verschroeide berg. Maar zelfs als we in het dorp zijn gearriveerd, is onze zoektocht nog niet afgelopen, want we zullen Teo niet aantreffen op het land, in de openlucht, werkend in de zon tussen stekelige struiken, en we zullen hem evenmin zien in de bars als we door de straten lopen, in de werkplaatsen, op de bankjes (toepasselijk meervoud, want er staan er maar twee) of in de scholen.

Teo zit binnen, op de tweede etage van een afgebladderd gebouw zonder liften, dat de gemeente voor haar administratie heeft bestemd. Hij zit op een stoeltje achter een piepklein bureau en zet stempeltjes, precies waar zijn moeder altijd bang voor was geweest. Daar, in dat kamertje, waar hij zich in moet wurmen, ziet Teo er, ondanks zijn inspanning om een doodnormale man te lijken, reusachtiger uit dan ooit.

Monte Abrasado wordt bewoond door afstammelingen van indianen, mensen die klein van stuk zijn. Ze komen bij Teo voor hun administratieve zaken, maar ook om hem te bekijken. Het is de afgelopen maanden drukker geweest dan ooit op het kantoor. Teo probeert er niet op te letten, neemt gewoon telefoontjes aan en vult formulieren in alsof er niets aan de hand is, maar hij merkt toch dat alle blikken op hem gericht zijn. Hij zucht, zegt tegen zichzelf dat het onvermijdelijk is en probeert verder te werken, wat kan hij eraan doen, een minotaurus achter een typemachine zou ook de aandacht trekken.

Soms bleven de mensen hem sprakeloos aanstaren, hoezeer hij hen ook aanspoorde om te vertellen waarvoor ze kwamen.

'Goedemiddag. Wat kan ik voor u doen? ... Ik neem toch aan dat u iets van me nodig hebt, of niet? Komt u voor de wegenbelasting? Een verkeersovertreding? Een schuldvrijverklaring? Weet u zeker dat u in dit kantoor moet zijn? Bent u niet in het verkeerde gebouw?' vroeg hij dan, zonder erin te slagen het stel zwarte oogjes dat probeerde hem in zijn volle omvang op te nemen, ook maar te laten knipperen.

Kort nadat hij er was begonnen, had Teo gevraagd of hij meer achter de schermen zou mogen werken. Maar zijn baas maakte hem erop attent dat er in de eerste plaats geen plek bestond waar hij verborgen was voor de blikken van de bezoekers (tenzij hij op het toilet wilde gaan werken) en dat ten tweede sinds Teo's aantreden de betalingsachterstanden voor de wegenbelasting waren weggewerkt en hij er niet over peinsde dit administratieve succes uit handen te geven. En dus beet Teo op zijn tanden en vroeg de mensen maar weer of ze kwamen voor een schuldvrijverklaring, puur uit nieuwsgierigheid of vanwege een religieuze behoefte; verder typte hij met twee potloden op zijn schrijfmachine, een techniek die hij ook toepaste bij het bellen. (Wanneer hij zijn vingers gebruikte, kwamen ze klem te zitten tussen de toetsen en belde hij een verkeerd nummer. Voor Teo hebben speelkaarten de afmeting van dominosteentjes en zijn dominosteentjes zo groot als zijn nagels.)

Maakte het Teo gelukkig om daar op zijn stoeltje te zitten en stempeltjes op stoffige papieren te hameren? Natuurlijk niet. Teo had een hekel aan bureaucratische rompslomp, het idee alleen al deed hem tandenknarsen. Hij was zo ongelukkig in Monte Abrasado dat hij de afgelopen weken zelfs de explosies was gaan missen, die levensintensiteit waaraan met het ongeluk een einde was gekomen.

Soms vroeg hij zich af of er bij die explosie misschien opzet in het spel was geweest, of hij zichzelf niet op een akelige manier te grazen had genomen. Zijn dagen als demolition man waren extreem intens geweest en hij genoot van het gevoel op het moment van de explosie, maar hij kon er nergens mee naartoe als de rook eenmaal was opgetrokken. Hij was in die tijd veel gaan drinken en pillen gaan slikken om zichzelf een beetje af te remmen. Het was niet zo raar om te denken dat het ongeluk voor hem de enige manier was geweest (een gewelddadige, zelfdestructieve manier, weliswaar) om tot rust te komen en de wagneriaanse muziek die zijn leven was gaan beheersen, te dempen; een botsing om uit de race te kunnen stappen. Maar als dat zo was, hoe lang kon hij de minimalistische herhaling van zijn dagen hier in Monte Abrasado dan nog volhouden, dat monotone gekras op dezelfde snaren, waarmee hij tonen voortbracht (steeds dezelfde) die in hun groeiende aantal iets dreigends kregen?

Dit is een vraag die Teo liever onbeantwoord laat. Hij weet dat hij het antwoord nog niet kent of nog niet kan zien omdat de tijd er nog niet rijp voor is. Het is nu de tijd waarin Teo het hoofd buigt en zwijgt, zich aanpast, zich schikt, zich voegt, berust, toegeeft, instemt en volhoudt, want Teo heeft een goede reden om dat te doen, de beste van allemaal.

Teo heeft Pat. En hij heeft Miranda.

LXVI

Waarin Pat, tot Teo's verrassing, onthult dat ze de kunstenaar Frans Spek kent

Als iemand Pat had gevraagd om Monte Abrasado te beschrijven, dan had hij een reeks half afgemaakte zinnen, gestamel en onsamenhangende woorden te horen gekregen die tot niets anders dan een onmogelijkheid leidden. Inderdaad, ze hadden het dorp uitgekozen zonder er lang over na te denken, moe als ze waren van al het reizen en de zorgen waar ze sinds Santa Brígida mee rondliepen (Miranda was verbaasd, ze hadden nog nooit zo onbezonnen hun keuze gemaakt, maar ze voelde zich in die dagen overal verantwoordelijk voor en besloot er maar niet naar te vragen); en het was ook waar dat Pat zich, nadat ze hun intrek hadden genomen in het huis, niet meer verroerde, behalve voor haar uitstapjes naar de supermarkt. Maar aan Pats onvermogen om met woorden een beeld te schetsen van Monte Abrasado lag meer ten grondslag dan alleen een gebrek aan informatie.

Het lukte Pat maar niet om te geloven dat Monte Abrasado een dorp was, dat wat iedereen onder een dorp verstaat: een complex van door straten en pleinen van elkaar gescheiden huizen en gebouwen, bewoond door mensen van alle leeftijden. In Pats hoofd was Monte Abrasado slechts een abstracte vorm, een driedimensionaal conceptueel kunstwerk van snijdende vlakken uit hout, baksteen, beton en zinkplaat, een installatie die werkte op vuur en water en zich via reclameborden waarop de frisdrank Pritty of de diensten van Perversi Uitvaarten werden aanbevolen, de consumeergedachte toe-eigende. Gezien de geringe waarde die Pat hechtte aan elke vorm van representatie, is het niet zo verwonderlijk dat Monte Abrasado in haar hoofd maar niet wilde beklijven als dorp; voor haar was het geen dorp, maar hooguit het werk van een gestoorde kunstenaar.

Er had bij Teo een belletje moeten gaan rinkelen toen Pat hem vragen begon te stellen over kunstenaars. Op een dag begon ze over Andy Warhol en soepblikken als kunst. Vervolgens vroeg ze naar een schilder die geen kleuren meer kon zien en er sindsdien toe veroordeeld was in zwart-, wit- en loodzware grijstonen te werken. (Teo had nooit van die kunstenaar gehoord en kon haar dus niet verder helpen.) Later wilde ze meer weten over een kunstenaar met de naam van iets eetbaars. Omelet? Chips? *Fries?* Eentje die zijn modellen uit een gesticht leek te halen. Teo probeerde het met Francis Bacon. Precies, ja, zei Pat. Frans Spek! Toen Teo wilde weten waarom ze aan Bacon dacht, zei ze dat ze die middag een vrouw was tegengekomen die uit een van zijn doeken ontsnapt leek: een mond die zich halverwege haar wang opende, een gezicht dat elk moment uit elkaar leek te kunnen vallen. (De vrouw leek inderdaad op Isabel Rawsthorne.)

Wat was er gebeurd met de Pat Finnegan die niets nodig had wat de wetenschap niet in exacte termen kon beschrijven? Sinds wanneer was ze opgehouden te denken dat het gezond verstand als een vaccin werkte tegen de grillen van de kunst? De Teo van Santa Brígida zou deze verandering niet ontgaan zijn; hij zou vragen hebben gesteld en bij het uitblijven van antwoorden zijn gaan gissen. Maar de Teo van Monte Abrasado zat met zijn hoofd ergens anders. Hij was de enige kostwinner in het gezin. Hij moest voor voedsel, benzine, overige kosten en de huur opdraaien (een kast van een huis met hoge deuren waar hij heel blij mee was omdat hij zijn hoofd niet meer stootte), en met het salaris van een ambtenaar kwam je niet zo ver.

Het vooruitzicht zijn pick-up te moeten verkopen benauwde hem, hij wilde niet vast komen te zitten in dit dorp. Teo kon nog wel een zekere charme ontdekken in de lelijkheid van Monte Abrasado (de stekelige struiken leken wel kleine, bevroren explosies), maar hij droeg het oord geen warm hart toe. Hij was er aangekomen onder omstandigheden die hij liever vergat, maar die hem dwongen elke dag vrolijk te zijn om twee diepbedroefde vrouwen afleiding te bieden, wat hem belette verontrustende gedachten te ontwikkelen en vragen te stellen die van alles overhoophaalden, maar wat hem tevens belette een Pat op te merken die de wereld door de ogen van Francis Bacon begon te zien.

Miranda kon niet veel over het dorp zeggen, want ze zat de hele dag opgesloten. Vanuit het raam had ze echter gezien dat de meeste kinderen dik waren en dat vond ze wel leuk. Eén keer was ze mee op bezoek geweest bij meneer Atamisqui, de huisbaas, een oude man, dun en sliertig als een rijzweepje, die in een hutje achter het huis woonde. Atamisqui rook naar een leerlooierij en had maar twee zichtbare tanden, eentje linksboven en eentje rechtsonder, als de tralies van een cel. Miranda vroeg hem waarom alle kinderen dik waren, maar had meteen spijt. Meneer Atamisqui was zeer bijziend, hij droeg een bril met jampotglazen, waardoor hij eruitzag als een uil. Misschien had ze hem wel gevraagd naar iets wat buiten zijn waarnemingsvermogen lag.

Maar Atamisqui aarzelde niet – blijkbaar waren er al dikke mensen in de tijd dat hij nog kon zien – en zei dat die zwaarlijvigheid het gevolg was van het feit dat ze altijd gefrituurde deegwaren, zoete broodjes en kaantjes, aardappelen en suiker aten – heb je die vetgeur die dag en nacht in de lucht hangt niet geroken? – en dat de kinderen daarom ondervoed waren, hoewel ze eruitzagen als menselijke ballonnen. Miranda herinnerde zich de arme kinderen in Santa Brígida, die ook dik waren, en toen snapte ze het. Sindsdien had ze nog meer ontzag voor meneer Atamisqui en zei ze tegen zichzelf dat je om te kunnen zien veel meer nodig had dan een goed stel ogen. Misschien had je aan twee goede tanden wel genoeg.

LXVII

Over de nieuwe samenlevingsafspraken en over het langste 'happy hour' ter wereld

Pat werkte niet meer. Ze had het graag gedaan, ze was altijd onafhankelijk geweest en had er een hekel aan Teo om geld te vragen, al was het maar voor sigaretten. Maar ze was zich bewust van haar verantwoordelijkheid jegens Miranda (of moest ze zeggen 'schuldgevoel', om het preciezer te omschrijven?) en had besloten de koe bij de horens te pakken.

Miranda was half oktober uit Santa Brígida weggegaan, toen ze net in de eerste klas was begonnen, en kwam in november in Monte Abrasado aan, waar het schooljaar bijna ten einde liep. In het noorden is het jaarrooster anders: de lessen lopen van maart tot december en niet van september tot mei, zoals in het zuiden. Het was het slimst geweest om de maanden van drukkende hitte af te wachten, zodat Miranda in maart opnieuw in de eerste klas kon beginnen. Maar Pat wilde Miranda de hele zomer laten studeren en haar het overgangsexamen voor de tweede laten doen.

Hoewel Teo twijfelde of het wel nodig was dat ze zo hard werkte, hield hij liever zijn mond. Met het studeren zouden ze iets te doen hebben en de stilte verdrijven waarin ze nog steeds volhardden. Dit stilzwijgen was de eerste dagen in Monte Abrasado hun houvast geweest, het enige wat hen op de been had gehouden.

Deze regeling hield uiteraard in dat Pat als lerares zou werken. En niemand wist beter dan Miranda hoe rampzalig Pat was als ze iemand iets moest bijbrengen.

Lady Screams-A-Lot deed haar bijnaam eer aan: ze schreeuwde constant tegen Miranda, want ze kon niet tegen fouten, maar ook niet tegen aarzelen. Miranda hield haar handen tegen haar oren. Dit geschreeuw was een ontkenning van alle muziek, het deed haar lichamelijk pijn en als ze pijn had, raakte ze verdwaasd en blokkeerde ze. Iedereen zou ontroerd zijn door de moeite die ze deed om uit die verlammende toestand te komen door hardop te lezen of te rekenen, terwijl ze verdronk in de tranen die bij haar mond samenvloeiden.

Teo was nooit bij zo'n scène aanwezig, maar had wel een vermoeden wanneer hij thuiskwam en Miranda's rode ogen zag. Pat sprak alleen maar tegen het meisje als ze iets nodig had: de aansteker, haar glas, als ze moest helpen de tafel te dekken of af te ruimen. Ze wilde Miranda alleen maar horen tijdens het eten, wanneer ze haar vroeg voor Teo te herhalen wat ze die dag geleerd had. Dan begon Miranda te stamelen en wond Pat zich op tot het meisje haar stem hervond of Teo haar met zijn grapjes van een beschimping redde.

De avonden waren een sleur geworden: Pat ging naar bed met haar borrel en haar sigaretten, Teo zei dat hij ook snel zou komen en bleef zitten lezen in gezelschap van Miranda, die tekende of nog snel haar huiswerk afmaakte. (De volgende ochtend zou Pat geen excuses of uitstel dulden.) Het meisje schoof telkens een stukje verder naar Teo toe, tot ze bij hem op schoot zat, een uitgestrekte vlakte waar alles op paste, zelfs haar tekenblok. Als ze daar eenmaal zat, wilde Miranda niet meer naar bed, ook al zat ze aan één stuk door te gapen; ze viel liever in Teo's armen in slaap om daarna als een popje naar bed te worden gedragen. Teo stond dit tijdrekken toe omdat hij niet eerder wilde gaan slapen dan Pat, die rookte en dronk tot ze erbij neerviel. De reus was bang om als eerste in slaap te vallen en in de vroege ochtend te midden van een niet meer te blussen vlammenzee wakker te worden.

Sinds ze was gestopt met de pillen van Fenelón Moore, maakte Pat werk van de alcohol. Tussen de middag dronk ze wijn, in de namiddag een borreltje, bij zonsondergang een vermout ... Wanneer de reus thuiskwam, zat Pat in wat ze noemde 'my happy hour', een uur dat voor Teo eindeloos duurde en regelmatig omsloeg in een *violent hour* als ze ergens ruzie over kregen, of een *sad hour* als Pat wegzonk in haar depressie. De keren dat hij het had gewaagd haar te vragen om minder te drinken, was Pat uit haar slof geschoten, ze was volwassen en Teo had haar niet te controleren, daar miste hij het morele gezag voor, of was hij soms zelf niet dronken thuisgekomen, die ene keer toen hij roekeloos door de bergen had gereden?

Teo kon maar niet begrijpen waarom Pat Miranda zo slecht behandelde. Hij vond dat het meisje het al zwaar genoeg had met de dood van Demián, waar ze zichzelf nog altijd de schuld van gaf, hoewel haar verantwoordelijkheid allerminst vaststond.

Soms dacht hij dat Pat een afspiegeling van de ander in Miranda was gaan zien, van de vader wiens bestaan ze zo lang had ontkend. De reus wist dat het tussen mensen en hun kinderen soms misloopt wanneer ze hun ex-partners in hen gaan terugzien. Had Pat het idee dat het gif van haar vader in Miranda's bloed, het goede Finnegan-bloed, aan invloed won? Teo vond het een idiote gedachte, Miranda was net zo innemend als altijd, alleen verdrietiger. Maar Pat leek het kleine meisje niet meer te zien staan, ze gedroeg zich als een gevangenbewaarder of een victoriaanse gouvernante. Wat Teo het meest pijn deed, was dat Miranda zich gedroeg alsof Pat gelijk had, alsof ze echt slecht en verachtelijk was, en daarom alles zonder te klagen over zich heen liet komen.

Ze klaagde niet eens als Pat verdween. In het begin zei Pat steeds dat ze naar de markt ging. Ze gaf Miranda huiswerk op zodat ze iets te doen had en ging dan een poosje de deur uit, een poosje dat algauw uren duurde. Ze zorgde er altijd voor dat ze terug was voordat Teo thuiskwam, al kwam ze vaak pas op het laatste moment binnenvallen, met lege handen. Dan zei ze tegen Miranda dat ze de boodschappen ergens had laten staan en dat ze er al die tijd naar had lopen zoeken, elke keer tevergeefs. Vervolgens schonk ze zichzelf een vermout in, erop vertrouwend dat de alcohol haar genoeg kracht zou geven om een stralende glimlach tevoorschijn te toveren als Teo thuiskwam.

Teo belde regelmatig en dan vertelde Miranda dat Pat de deur uit was. Ze loog dat ze een kwartiertje geleden vertrokken was, terwijl ze in werkelijkheid al één of twee uur weg was. De eerste keren dat Pat zo lang wegbleef, was Miranda naar haar moeders kamer gerend om de kleerkast te doorzoeken tot ze de oude tas had gevonden die Pat altijd meenam als ze weer eens halsoverkop vluchtten. Als ze die zag liggen, was ze gerust.

Ze was bang dat haar moeder weer zou vertrekken, maar ditmaal zonder haar.

LXVIII

Waarin Pat ermee instemt om over Miranda's krachten te praten

Pat had de avond dat Demián was gestorven, haar tas gepakt. Zodra ze thuiskwamen, had ze het meisje in bad gestopt om de poep van haar af te wassen en zocht ze het hoognodige bij elkaar. Toen Teo haar vroeg wat ze aan het doen was, was Pat heel beslist. Ze wilde weg daar, weg uit het huis, weg uit Santa Brígida, zodra Miranda uit bad kwam. Als Teo mee wilde, was hij welkom. Als hij liever bleef, even goede vrienden. De reus probeerde tegen te stribbelen, er was geen reden om er zomaar halsoverkop vandoor te gaan, die jongen was dood maar daar hadden zij niets mee te maken, vluchten was schuld bekennen, was het niet logischer om hun medeleven aan zijn ouders te gaan betuigen, hen bij te staan in hun verdriet? Pat ging niet in discussie. Ze zei alleen maar: 'Wij gaan, al moeten we lopen. Als je meegaat, prima. Zo niet, ook goed.'

Het eerste gedeelte van de reis verliep in stilte. Pat vroeg Teo naar het noorden te rijden, zonder nadere aanduiding. Miranda sliep het laatste stukje van de nacht en een groot deel van de dag. Teo begon zich zorgen te maken, hij was bang dat Miranda in een soort coma was geraakt. Daarom maakte hij haar wakker wanneer ze stopten om te tanken, schudde haar een beetje door elkaar, riep haar naam. Miranda gaf slaperig antwoord, deed haar ogen open, stelde vast waar ze zich bevond (ze lag in de pick-up, ze waren op de vlucht) en sliep weer in. Ondanks haar angst hielp het haar te weten dat Teo er nog was. Het was de eerste keer dat Pat en Miranda niet alleen vluchtten, de eerste keer dat Pat een reisgenoot toeliet. Dat troostte Miranda en stelde haar in staat met een glimlach op haar lippen weer in slaap te vallen.

Pat was meteen op de eerste avond van hun exodus over Miranda's krachten begonnen. Teo had de hele dag gereden en was doodop. Ze namen een kamer in een hotel in San Rafael, een piepklein hok met twee eenpersoonsbedden en een stretcher voor Miranda.

Ze kochten belegde broodjes en aten ze met tegenzin in hun hotelkamer op. Miranda was alweer in slaap gevallen voordat Teo klaar was met kauwen. Pat had wat afstand genomen, ze zat met haar flesje bier op het balkon.

De reus dekte het meisje toe en liep naar Pat.

Het was een warme, maanloze nacht. Het enige bewegende in de stille stad was een nog rokende fabrieksschoorsteen. Dit keer begon Pat te praten zonder dat Teo iets had gevraagd, terwijl ze van tijd tot tijd een slokje lauw bier nam.

Ze vertelde de reus dat ze in het begin had gedacht dat ze gek werd. Het duurde even voordat ze doorhad dat die kleine vrijheden die de fysieke wereld zich in Miranda's aanwezigheid veroorloofde (het flesje dat zichzelf opwarmde, de pap die uit het bord vloog, de voorwerpen die naar Miranda toe kwamen alsof ze een magneet was), geen symptomen waren van een verstand in nood, maar uitingen van de wil van haar dochtertje.

Uiteindelijk kwam ze er via de methode van uitsluiting achter dat het het werk van Miranda moest zijn. Die rare dingen gebeurden nooit als Miranda sliep. Als Miranda wakker was, bleek dat ze afhankelijk waren van haar wensen en weigeringen. Als ze iets wilde hebben, probeerde ze het te pakken en als ze er niet bij kon, zorgde ze ervoor dat het naar haar toe kwam. Als ze een hapje eten wilde weigeren, deed ze zoals ieder kind haar mond dicht, maar als Pat aandrong, bedacht ze creatievere manieren om zich uit die lastige situatie te bevrijden. De pap kon ineens door de lucht vliegen of het bord draaide uit zichzelf om. Op een keer zag Pat dat de pap in de plastic lepel kookte, terwijl hij allang afgekoeld was; de lepel smolt en de pap werd zwart. Een andere keer rook Pat een vieze geur. Toen ze de lepel (ditmaal van metaal, met een houten steel) naar haar neus bracht, merkte ze dat de pap in een paar seconden tijd was bedorven.

In de loop van de maanden stelde Pat haar vermoedens op de proef. Op een namiddag (ze zaten inmiddels in Santa Cruz, een van de toevluchtsoorden tijdens hun interne ballingschap) spreidde ze een hele reeks spullen uit op het tapijt en ging tegenover Miranda zitten. Ze begon haar spelenderwijs opdrachtjes te geven: kijk eens lief naar mama, klap eens in je handjes, geef die sinaasappel eens aan, stuur me eens een handkusje … Miranda reageerde feilloos, ze wilde immers altijd dolgraag haar moeder plezieren. Pat begon haar steeds sneller achter elkaar om dingen te vragen: breng me dat eendje, gooi dat kussen, geef me nog een sinaasappel! Toen het door de toenemende snelheid van de opdrachtjes moeilijker werd ze op te volgen, viel Miranda terug op haar krachten om Pat niet teleur te stellen. Het kussen vloog door de lucht zonder dat iemand het aanraakte en een tweede sinaasappel sprong uit de fruitmand en rolde rechtstreeks naar Pats voeten.

Teo vond het jammer dat hij niets van deze Mary Poppins-wereld had meegekregen. Maar Pat, die Mary Poppins kende omdat ze ooit kind was geweest (al probeerde ze dat altijd te verbergen), zei dat het weinig met Disney te maken had gehad. Tegenover elk betoverend moment kon ze vijf angstaanjagende zetten. Een normale moeder waakt er ongerust over dat haar kind zijn vingertjes niet in het stopcontact steekt, een schaar grijpt of een lamp omstoot. Het wordt lastiger als het kind de schaar zelf naar zich toe kan laten komen, ook al heeft de moeder die ergens hoog weggelegd of veilig in een la opgeborgen. Het aantal keren dat je roept dat iets niet mag, kan eindeloos worden en vergezeld gaan van zinnen die je nooit had gedacht te zullen uitspreken, zoals 'je mag de tafelpoten niet verbuigen' of 'dit is de laatste keer dat je mijn badwater laat verdampen'. In haar eerste drie levensjaren was Miranda veel meer dan een ondeugende dreumes: ze was een plaaggeestje, een imp.

Pat besefte dat ze haar moest leren zich te beheersen voordat ze naar school zou gaan. Daar zou elke afwijking van het normale aanstoot kunnen geven en dus voor ongewenste aandacht kunnen zorgen.

'De meeste ouders leren hun kinderen om niet in hun broek te plassen,' zei Pat op het balkon, een blik werpend op het onbeweeglijke hoopje op het veldbed. 'Haar moest ik leren niet in haar broek te plassen en geen dingen met haar geest te bewegen en niet met temperaturen te klooien en in rare talen te zingen waar je uiteindelijk gedonder mee krijgt.'

De omstandigheden dwongen Pat ertoe om haar dochter te leren zich normaal te gedragen. Abnormaal was alles wat andere kinderen niet konden. Poppen laten dansen was abnormaal. Aardappelpuree in chocoladesoufflé veranderen was abnormaal. Het was vooral moeilijk Miranda te laten inzien dat ze sommige dingen die normale kinderen ook konden, zelf moest laten: zingen, bijvoorbeeld. Als normale kinderen zongen, gebeurde er niets. Als Miranda zong, veranderde er iets in de atmosfeer en als de tekst erg concreet was, kon iets uit het liedje ook echt plaatsvinden of in elk geval in de fysieke wereld merkbaar zijn. De liedjes van de kleuterschool waren een waslijst van potentiële gevaren. Pat was bang een telefoontje te krijgen over poppen die aan het bier zaten of beren die tijdens de pauze broodjes kwamen smeren.

Pat had een hekel aan die kant van de opvoeding, ze verfoeide het onderscheid tussen 'normaal' en de zogeheten tegenhanger ervan. Wat onderscheidt een normale persoon van een abnormale? Zijn gewoontes, of dat wat er in zijn hoofd zit? Kan normaalheid met een soort test worden vastgesteld of is het gewoon een kwestie van wiskunde: normaal is dat wat de meerderheid doet en niets anders? Wat is normaal, vroeg Pat zich af, in een land dat allerlei soorten voedsel produceert terwijl de mensen er omkomen van de honger? Wat is normaal in een land waar duizenden mensen ontvoerd, gemarteld en in zee gegooid kunnen worden zonder dat iemand het in de gaten heeft?

Ze was graag selectiever geweest, om Miranda tot op zekere hoogte te kunnen laten genieten van haar eigenaardige talenten. Maar het was de meest praktische oplossing om haar elk gebruik van haar krachten te verbieden, tenzij ze alleen thuis waren, en dan nog alleen met uitdrukkelijke toestemming. In dit klimaat van repressie had Pat het zingen van *De slag om de warmte* aangemoedigd, niet alleen omdat dat handig was tijdens koude nachten, maar ook omdat het de enige manier was die ze had gevonden om Miranda te laten zien dat ze haar ondanks haar eigenaardigheid accepteerde en liefhad. Tijdens het zingen van dat liedje was het moeilijk uit te maken wie van de twee het machtigst was en aan wie de totstandkoming van het wonder van de warmte moest worden toegeschreven.

LXIX

Meer over die avond, die ook theologische verhandelingen en een enkele hypothese over het lot van het menselijk ras bevatte

'Wat is dat?' vroeg Pat, en ze wees over de balkonreling.

De nacht was vol vlokjes. Ze dwarrelden door de lucht, overal; ze werden meegevoerd door de wind.

'As,' zei Teo. 'Die komt uit de schoorsteen. God weet wat ze daar verbranden.'

Ze zwegen een poosje, terwijl ze de dwarrelende bewegingen volgden van de afvalstoffen die door de fabriek werden uitgespuugd. Pat leverde haar bijdrage door nog een sigaret op te steken en hervatte haar verhaal over Miranda.

'En toen, net toen ik haar keurig netjes had opgevoed, net op het moment dat ze had geleerd zich als een lady te beheersen,' zei Pat, 'begonnen de stuiptrekkingen.'

Pat had geloofd dat die toevallen bij hetzelfde verschijnsel hoorden; waarschijnlijk deed Miranda dit omdat er een tumor in haar hoofdje zat, of een afwijking in haar hersenen. Maar de artsen konden niets vinden. (Niets waar ze op voorbereid waren, althans.) Moe van alle onderzoeken begon Miranda de naalden van de spuiten waarmee ze haar wilden injecteren, om te buigen. Pat overtuigde haar ervan dat dit voor haar eigen bestwil was en dreigde er in het ergste geval mee geen cola meer te kopen; dat werkte altijd.

Teo vroeg of ze een verklaring had gevonden voor Miranda's gave.

'Soms denk ik dat het een sprong in de evolutie is,' zei Pat. 'Dat Miranda haar tijd vooruit is en dat in de toekomst de hele mensheid zulke eigenschappen zal hebben.'

'Ik hoop dat je gelijk hebt,' zei Teo, 'want dat zou betekenen dat we nog altijd in ontwikkeling zijn. Soms denk ik dat we ons plafond hebben bereikt en zullen blijven zoals we zijn, een uiterst agressieve soort, totdat een of andere gek de trompetten van de Apocalyps laat schallen en het kaartenhuis onderuit schopt.' Hij had meteen spijt dat hij dit gezegd had, want hij wilde niet dat Pat aan aartsengelen met vlammende zwaarden dacht, en probeerde het gesprek snel een andere wending te geven. 'Ik weet hoe je over de kerk en over priesters denkt, dat is me heel duidelijk, maar vertel eens: denk jij weleens aan God?'

Pat gooide haar laatste slokje bier achterover en trok een smerig gezicht, alsof het pies was.

'God? Wat is dat?'

'Er zijn dagen dat ik denk dat God de hoogste intelligentie is. Een gigantisch hoofd, om jaloers op te worden, dat achter dit hele gedoe zit en alles voorziet, zelfs jouw sprong in de evolutie! En er zijn dagen dat ik denk dat hij een prutser is. Ik zie hem voor me als een nerd. Een kerel die heel goed is in sommige dingen ... spelen met de bouwsteentjes van de materie, bijvoorbeeld ... en van andere dingen niets terechtbrengt. Van zijn relatie met mensen, om maar eens wat te noemen. Daarom is hij ook altijd beledigd, omdat we hem niet waarderen. Die kerel is ervan overtuigd dat hij een genie is en dat wij hem onderschatten, of nog erger, negeren. De rest van de tijd zit hij in de rats over de gevolgen van zijn daden. Ik neem aan dat Einstein niet voorzien heeft dat zijn theorieën zouden bijdragen aan het bouwen van bommen, dat zijn talent een instrument van het kwaad kon worden; ik geloof niet dat die man zo ver vooruit kon kijken ... De vrije wil is iets fantastisch, maar je moet wel stevige schouders hebben om die te kunnen dragen: Auschwitz is geen fout in het systeem, maar een bewijs dat het werkt ... en daarom denk ik dat God verstopt zit, in een zelfopgelegde ballingschap. Hij heeft het lef niet zich te bekommeren om wat hij in gang heeft gezet. Hij is bang dat we hem zullen opjagen en met stenen zullen bekogelen! Ik denk dat hij, hoezeer hij ook heeft geprobeerd ons het tegenovergestelde te verkopen, niet almachtig is. Vooralsnog kan hij het verleden niet uitwissen, zijn eigen blunders niet ongedaan maken; hij kan alleen in het heden iets bewerkstelligen, net als wij, bijsturen wat er al is, als een schrijver die wordt opgejaagd door de snelheid van de drukpers die hij zelf in gang heeft gezet.'

De wind wierp een lading as op het balkon. Omdat hij geen asregen over zich heen wilde hebben, liep Teo de kamer in.

'Soms denk ik dat God de afgelopen jaren gewoon het water over zijn akkers heeft laten lopen,' zei hij vanuit de kamer. 'Dat hij heeft afgewacht of iemand kon aantonen dat hij zich had vergist, dat de vrije wil helemaal kon worden afgeschaft en de mensen zo beter af zouden zijn.'

Pat was op het balkon gebleven en kneep haar ogen half dicht.

'God bestaat niet,' zei ze, terwijl ze de grauwe regen over zich liet neerdalen. 'Ik weet het omdat ik hem overal heb gezocht en hem niet heb gevonden. Tot in de hel heb ik hem gezocht, en hij was er niet, dat zweer ik je.'

Teo keek naar haar vanuit de beschutting van de kamer; ze leek aan een toekomst als standbeeld te werken. Hij vroeg haar: 'Geloof je zelfs niet dat er een levenskracht bestaat, een energie waarvan een uitdijend universum het bewijs is, een leven dat complexer wordt en zich vermenigvuldigt?'

'Zoals gezegd, ik geloof niet in God.'

'Maar je gelooft wel in de duivel.'

'Ik geloof in het slechte in de mens.'

'En niet in het goede?'

'Daar heb ik geen bewijs van. Ik zie het nergens!'

Teo opende zijn hand en zwaaide, zodat Pat hem zou zien.

'Jouw gedrag is geen goedheid,' zei ze, en ze gooide haar peuk op straat. 'Jij bent bij me omdat ik je nog steeds opwind en daarom wil je ook met me naar bed.'

'Alsof jij de enige griet op aarde bent.'

'Niet de enige, maar wel degene op wie je geilt.'

'Ik kan elk moment op een ander geilen.'

'De chemie van jouw organisme is nog steeds gekoppeld aan de mijne. Niemand wordt vrijwillig verliefd en je komt er ook niet zomaar van af!'

'Denk jij nou echt dat ik puur uit egoïsme bij je ben?'

'Denk jij nou echt dat je puur uit altruïsme bij me bent?'

'Natuurlijk niet! Ik weet wat seksuele aantrekkingskracht is, de behoefte om iemand te bezitten. Maar ik weet ook zeker dat er meer is. Een neiging tot tederheid die het seksuele overstijgt. Een wens dat het de geliefde persoon goed gaat en dat die gelukkig is, ook al behoort hij of zij ons niet toe. Ik weet wel dat deze eigenschap nog maar heel beperkt aanwezig is, dat we als soort nog maar aan het begin van onze ontwikkeling staan en dat dit gevoel het nog vrijwel altijd moet afleggen tegen het primitieve, het dierlijke dat we nog altijd in ons hebben. Maar zou je me niet het voordeel van de twijfel geven? Zou je niet willen aanvaarden dat er misschien iets meer in mij zit dan geilheid en bezitsdrang?'

Pat antwoordde niet meteen, zoals Teo gehoopt had.

Haar stilzwijgen kwetste hem. Hij besloot in de tegenaanval te gaan.

'Jij denkt alleen maar negatief. Eigenlijk is het goed dat Miranda's vader haar zoekt. Die man wil haar waarschijnlijk beschermen, haar helpen …'

'Jij hebt geen idee waar je het over hebt,' kapte Pat hem af. 'Denk je dat hij haar zoekt omdat hij haar belangrijk vindt? Denk je nou echt dat hij ook maar een seconde rekening houdt met Miranda's welzijn? Het draait allemaal om ijdelheid bij hem, hij wil gewoon een spiegel hebben, een beeld dat zijn leven verlengt. Dat zou hij doen als hij haar had: haar omkneden tot een vrouwelijke versie, een verlengstuk van zichzelf. En dat zal ik niet toelaten!'

Teo keerde haar de rug toe en liep naar de stretcher waarop Miranda lag te slapen. Het meisje had haar mond halfopen, er liep een fijn speekseldraadje tussen haar lippen. Ze zag eruit als een normaal kind, maar Teo voelde de aandrang om haar wakker te maken en te vragen of ze een paar wonderen wilde verrichten.

'Het enige wat ik weet,' fluisterde hij, 'is dat ik denk dat deze wereld niet alleen maar slecht kan zijn als ik haar zie. Ik heb dat meestal wel met kinderen, of ze nou lang, dun, dik of klein zijn, maar vooral met Miranda … Als er zoiets als Miranda bestaat, dan moet deze geschiedenis de moeite waard zijn, zelfs al weten we ons er nog niet helemaal raad mee.'

Toen keek hij naar Pat, die eindelijk de kamer in was gekomen. Haar korte haar was grijs, net als haar schouders.

'Je zit onder de as!' zei hij. 'Het lijkt wel alsof je grijs bent geworden!'

Teo veegde met zijn hand de asdeeltjes van haar hoofd.

'En, hoe luidt je vonnis? Blijf je me aantrekkelijk vinden als ik oud ben?'

'Je bent een geil oud besje, dat is zeker.'

Pat gaf hem een por, ze wilde niet dat Miranda zulke vieze praat zou horen.

Teo haalde een asdeeltje van Pats wang, onder haar oog. Daarbij liet hij een veeg op haar huid achter, een zwarte traan die hij niet kon

uitwissen omdat Pat tegen zijn borst kroop om geknuffeld te worden.

Ze keken samen naar het meisje, dat rustig ademhaalde.

'Wat doe je als je een fout hebt gemaakt?' vroeg Teo. 'Je zegt sorry
en je komt terug met een bloemetje, of iets groters, het hangt ervan
af hoe bont je het hebt gemaakt. Daar moet ik aan denken als ik haar
zie. Dat God weet dat hij een fout heeft gemaakt en dat Miranda zijn
bloemetje is, zijn manier om sorry te zeggen.'

Pat zei niets, ze huiverde alleen in zijn stalen armen. Maar vanbinnen dacht ze dat ze er alles voor zou willen geven om te zien wat Teo
zag. Kon ik dat maar, dacht ze.

LXX

Miranda's versie

Hoe ging Miranda om met haar toverkunsten?

Aanvankelijk was het iets natuurlijks dat spontaan naar boven kwam. Die krachten hoorden net zozeer bij haar als de vaardigheid om haar arm te buigen of aan haar neus te krabben en ze maakte er dan ook gebruik van zonder erbij na te denken: puur instinctief, gedachteloze motoriek, het kwam vanzelf wanneer ze iets wilde.

Heel lang had ze niet eens in de gaten dat ze erbij zong, zoals zoveel mensen zingen als ze met iets prettigs bezig zijn, zonder te bedenken dat er tussen zang en handeling zoiets als oorzaak en gevolg zou kunnen bestaan.

Toen ze heel klein was, wist ze niet wat die melodieën, die woorden die ze zong, waren. Ze bracht klanken uit die door haar verlangen werden ingegeven en dat zingen bracht dan de gewenste verandering teweeg, of begeleidde die althans. Soms hoefde er maar een zuchtje van haar lippen te komen. In de loop van de tijd begon ze te vermoeden dat het er niet zozeer om ging wát ze zong (soms improviseerde ze melodieën en woorden, soms gebruikte ze fragmenten uit liedjes die ze al kende of op de Spica hoorde of maakte ze een nieuwe combinatie van die klanken en woorden), maar om hóé ze het zong en in welke situatie.

Door haar muziek veranderde de werkelijkheid. Dat hoeft op zich niet zo verrassend te zijn, want dat gebeurt met elke klank. Wanneer de piano stil is, is de wereld één ding, maar hij verandert als we een toets aanslaan, niet alleen omdat we dan de piano horen, maar ook omdat de trilling effect heeft op voorwerpen in zijn directe omgeving. Normaal gesproken zien we hiervan alleen de extremen: we weten dat een heel hoge toon een glas kan laten springen en dat een heel lage toon het laat vibreren. Miranda kon niet zeggen of het haar muziek was die de dingen veranderde, de wilskracht achter die klanken of de techniek waarmee ze ze voortbracht; ze was te klein om zo'n onderscheid te kunnen maken. Maar ze had al wel gemerkt dat er zonder haar zang niets veranderde.

Ze had haar krachten door oefening ontwikkeld, net zoals je leert lopen of jezelf middels taal leert uit te drukken. En ze had ze, zoals dat bij haar leeftijd hoorde, aangewend tijdens het spelen of om haar behoeften te bevredigen. Omdat ze altijd onder Pats vleugels had geleefd, die ze in ruil voor die fanatieke bewakingsdrang hartstochtelijk liefhad, kende ze verdriet en ongenoegen alleen uit sprookjes. Haar afwezige vader en slechte grootvader waren voor Miranda als de wolf uit *Roodkapje*: overtuigend, maar niet helemaal echt.

In de behaaglijke warmte van haar eerste levensjaren waren haar krachten een manier geweest om kennis op te doen, om de wereld om zich heen te verkennen; in het ergste geval kregen ze gestalte in pittige, maar vrijwel nooit opzettelijke, kwajongensstreken.

Toen ze opgroeide, leerde ze het verdriet van het verlies kennen: van de plekken waaraan ze gewend was geraakt, van de weinige mensen voor wie haar moeder de deur had opengezet. In de leegte die uit dat gevoel voortkwam, werden haar krachten ongerichter en tegelijkertijd sterker. Ze kon meer dan voorheen, dat was duidelijk. Vroeger had het leven er eenvoudigweg uit bestaan om een verlangen te herkennen en het te bevredigen. Nu had ze verlangens die ze niet goed kon thuisbrengen en waar ze zich geen raad mee wist, hoezeer haar krachten ook in haar bruisten. Soms was ze verdrietig zonder dat ze wist waarom. Soms vloeiden alle klanken van de wereld samen in één oorverdovende a, die ze niet kon uitzetten, hoeveel watjes ze ook in haar oren propte.

Het was op een van die middagen dat Pat had besloten om weg te gaan uit La Pampa (een andere haven in hun ballingschap) en Miranda de Spica van José Luis, haar moeders toenmalige vriend, meepikte. Toen Pat de diefstal ontdekte, wilde ze haar in eerste instantie de radio afpakken en straffen. Maar ze voelde zich schuldig dat ze haar al zoveel had moeten afnemen en zag ook hoe graag Miranda ernaar luisterde. Ze besloot dat als er al een situatie bestond die het rechtvaardigde om over de conventionele moraal heen te stappen, het deze was. En zo mocht Miranda de Spica houden.

Ze doorliep de eerste schoolfase zonder meer problemen dan nu en dan een opdonder of een speeltje dat werd afgepakt. Ze had nooit een pijnlijker belediging naar haar hoofd gekregen dan 'sproeten-kop'. Daarom had de willekeurige en schijnbaar zinloze boosaardigheid van Demián haar overvallen.

Ze had toen inmiddels geleerd haar krachten onder controle te houden. Over het algemeen plaatst niemand vraagtekens bij zijn eigen lichaamsfuncties, totdat er iets gebeurt waardoor ze gevaar lopen (astma dwingt de zieke bijvoorbeeld om objectief naar zijn ademhaling te kijken) of totdat iemand van buitenaf ze beoordeelt en aldus opnieuw definieert. In Miranda's geval was dat haar moeder. Pat leerde Miranda haar sluitspieren te beheersen, maar ook haar krachten, die ze vrijwel altijd zou moeten onderdrukken. Ze moest het meisje erop wijzen hoe bijzonder en daarmee ongewenst haar gaven waren, lang voordat Miranda in staat was er zelf over na te denken. Hierdoor groeide ze op met het geloof dat ze anders was (ook in andere opzichten, bijvoorbeeld doordat ze geen vader had) en niet helemaal paste in de wereld waarin ze terecht was gekomen.

Pat had nooit gezegd dat haar vermogens op zichzelf slecht waren. Maar als dat niet zo was, waarom mocht ze ze dan niet naar eigen inzicht en behoefte gebruiken? Dat ze ze moest onderdrukken voorspelde niet veel goeds. Miranda had dus altijd het idee gehad dat er iets aan haar niet klopte. Maar het grootste deel van de tijd vond ze de uitbranders van haar moeder overdreven en daarom benutte ze de momenten dat ze alleen was om weer contact te leggen met haar verborgen vaardigheden: ze gebruikte ze om te spelen. Dat had ze gedaan met de vogeltjes van klei waar op school zo'n ophef over was ontstaan. Ze waren zo mooi geworden dat ze vergeten was dat ze niet alleen was, en de wens ze te zien bewegen was er sneller dan het besef dat dat niet mocht.

Ze zaten al een tijdje in Monte Abrasado toen Miranda Teo opbiechtte dat ze haar krachten ook bij andere gelegenheden had gebruikt, altijd achter Pats rug om.

Die keer dat mevrouw Pachelbel ziek was geworden en Teo haar bij haar had achtergelaten, bijvoorbeeld: op dat moment had ze gewenst dat mevrouw Pachelbel beter zou worden en haar met haar hand aangeraakt. Ze was meteen rechtop gaan zitten, zei Miranda, en kon weer praten. Teo herinnerde zich levendig het jeuken van zijn eigen wond, die hij aan de tak had overgehouden; hij voelde weer het contact met Miranda's hand en de wonderlijke heling van zijn weefsel. Hij vroeg haar of ze daar wat mee te maken had gehad. Miranda zei

dat ze hem 'stilletjes', met een onhoorbaar zuchtje, had genezen, zodat haar moeder niet zou protesteren.

Soms was ze zich er niet eens bewust van dat ze haar talenten inzette, zoals die keer dat ze Teo's dronkenschap had verlicht door het
glas aan te raken waartegen zijn voorhoofd rustte. Op dat moment
had Miranda met Teo te doen gehad, ze zag hem als een slachtoffer
van haar moeders onbuigzaamheid. Ze had alleen maar een lief gebaar willen maken, maar had er veel meer mee bereikt.

Ze kon haar krachten alleen gebruiken voor dingen die ze echt
wenste. Op een keer vroeg Teo of ze in staat was om met haar men-
tale kracht een lepeltje om te buigen, zoals ene Uri Geller. Miranda
keek hem aan alsof niet zijzelf, maar de reus zes jaar oud was en zei
nee, dat ze geen lepeltjes verboog, om een simpele reden: wat moet
je met een verbogen lepeltje?

Miranda kon niet voldoen aan idiote verzoeken als dat van het lepeltje, het leek haar nergens goed voor om een gaaf voorwerp te
vernielen; ze kon zichzelf niet dwingen iets te wensen. Vandaar ook
het trauma van Demiáns dood. Miranda besefte dat ze hem dood
gewenst moest hebben. En de ontdekking dat ze zoiets slechts kon
wensen, drukte zwaar op haar. Wat zou er gebeuren als ze vaker boze
wensen kreeg?

Teo legde haar uit dat iedereen negatieve impulsen heeft, dat je alleen moest leren ze te beheersen en dat dat proces een normaal en
ook noodzakelijk onderdeel van het leven was. Hij vertelde haar dat
hijzelf vroeger de wens had onderdrukt om een joch dat hem pestte
een dreun te verkopen, in de wetenschap dat hij hem heel veel pijn
kon doen.

Maar Miranda waagde zich niet nog eens op het terrein dat haar
krachten voor haar openlegden. Om de controle erover te perfectio-
neren, moest ze ook een eventueel verlies van controle aandurven,
en daartoe was ze niet bereid. Het risico was te groot. Ze kon zich de
luxe niet veroorloven om nog iemand iets aan te doen. Even radicaal
als haar moeder besloot ze haar krachten dan maar helemaal te negeren; ze stopte ze diep in haar binnenste weg.

Teo was er niet zo zeker van of dat wel goed was. In de eerste plaats
was het nog altijd mogelijk dat Demián een natuurlijke dood was
gestorven. Wie zegt dat hij niet een hartafwijking had gehad waar
niemand van wist? Maar Miranda sloot zich helemaal af voor die
mogelijkheid: ze zei te weten dat het niet zo was. Ze herinnerde zich

wat er destijds was gebeurd met het raam in het klaslokaal toen ze Demián had willen aanvliegen; ze had op het laatste moment haar woede van richting veranderd en in plaats daarvan het glas gebroken. Tijdens het Sever had ze haar impulsen niet meer bedwongen. Ze had het kunnen doen, net als op het schoolplein, maar ze had het gewoon niet gewild, haar haat was sterker geweest dan elke behoedzaamheid.

De reus hield vol: zelfs al zouden ze aannemen dat Demián door Miranda's toedoen was gestorven, dan betekende dat nog niet dat het meisje haar krachten voorgoed moest wegstoppen. Of had ze ze soms niet gebruikt om bij veel mensen goed te doen en wonderen te verrichten? Maar Miranda wist niet meer zeker of ze wel onderscheid kon maken tussen goed en kwaad en zag er daarom maar liever helemaal van af.

Ze speelden nu dus maar dat ze een normaal gezin waren, alsof ze de absurditeit daarvan niet inzagen. Het gezin, dat bestond uit een reus, een banshee en een klein meisje met bijzondere krachten, had zo aan de fantasie van Charles Addams ontsproten kunnen zijn, ook al deed de reus alsof hij er geen was, jankte de banshee alleen vanbinnen en droomde het meisje dat ze net zo was als iedereen.

LXXI

Introduceert een concept dat zeer bruikbaar is om te begrijpen wat voor specie de drie hoofdpersonen bij elkaar houdt

Door Teo's motieven te reduceren tot wellust en bezitsdrang, sloot Pat zich af voor de mogelijkheid tot een ruimhartiger liefde en miskende daarmee een ander vuur waardoor de mens in zijn gedrag gedreven wordt: de drang om een gezin te stichten.

Waarom bestaan er nog steeds gezinnen, terwijl het instituut al zo vaak dood is verklaard? Omdat het gezin, ondanks de klappen die het heeft moeten incasseren, waaronder de hoge kosten die hebben geleid tot een afname van het aantal kinderen en de aanbeveling om oude mensen af te serveren, niet uitsterft, maar zichzelf opnieuw uitvindt. Van alle creaties die de mens heeft voortgebracht, is het gezin misschien wel de meest veranderlijke, en de duurzaamste.

De gezinnen in de tijd van Teo en Pat lijken niet veel meer op het traditionele beeld, maar ze zijn nog altijd opgebouwd rondom dezelfde essentie: een menselijke kern die bij elkaar wordt gehouden door een diepere liefde dan de frivole romantische liefde, die maar weinig gewicht op haar naakte schouders kan dragen. Het gezin, dát zijn de mensen op wie we kunnen rekenen en die op ons kunnen rekenen, wat er ook gebeurt. Bloedverwantschap is een mogelijke, maar geen noodzakelijke component in de formule. Soms zijn vrienden ook familie. Of de familie van vrienden. Verre verwanten of aangetrouwden zijn familie. Zelfs voor mensen die door hun naaste familie zijn gekwetst of verwaarloosd, zelfs voor mensen die nooit deel hebben uitgemaakt van zo'n gemeenschap, is eenzaamheid of individualisme niet de meest natuurlijke optie. Ze zorgen op hun manier, al is het maar uit verzet, voor een andere familie.

Er was ooit een tijd waarin niets belangrijker was dan het gevoel bij een groep te horen en daaraan je identiteit te ontlenen. Familie schiep een systeem voor de vorming van nieuwe generaties, terwijl taboes zorgden voor het voorkomen van inteelt; tegelijkertijd werd ook de erfopvolging geregeld, omdat ze de overdracht van grond, kennis en erfenissen vergemakkelijkte. In de loop van de eeuwen ontstonden er zoveel verschillende groepen waartoe men kon behoren dat familie minder noodzakelijk en misschien wel overbodig werd: identiteit kon ontleend worden aan nationaliteit, etniciteit, politieke voorkeur en ook, *rebus sic stantibus*, aan sport. Het formele familiecontract werd voortaan gezien als een last, een wangedrocht waar alleen ex-vrouwen en de juridische kaste profijt van hebben. Toch bleef de mens, zelfs toen het hele familieconcept leek te staan voor onderwerping, conventie en stilstand, zoeken naar bescherming, en dat doet hij nog steeds.

Sommige mensen zullen zeggen dat de gezinnen van tegenwoordig geen gezinnen meer zijn, maar een slap aftreksel van iets wat ooit echte waarde had. In de loop van een leven kan een mens om functionele redenen inderdaad vaak van familie verwisseld zijn: wanneer een band die we duurzaam achtten, onbestendig blijkt te zijn, verbreken we die en vervangen hem door een soortgelijke. Het gaat hier echter niet zozeer om de hoedanigheid van die band, maar om wat de mens laat zien door steeds weer in hetzelfde te vervallen: dat hij die relatie nodig heeft, dat hij die band waardeert, dat hij bereid is zijn armen te openen.

Volgens de creationistische verhalen schiep een God of een demiurg de mensheid opdat die Hem zou bewonderen, zijn Schepping compleet zou maken en erover zou waken of heersen. In hun enigszins overdreven ernst gaan deze benaderingen voorbij aan het idee dat een ongeschapen Opperwezen, dat wil zeggen, iemand die door niemand gebaard of grootgebracht is en geen gezelschap heeft, waarschijnlijk geen sterker motief heeft om andere wezens naar zijn evenbeeld te scheppen, dan om zichzelf familie te geven.

Iemand die hem omhelst. Iemand die naar hem luistert. Iemand om mee te spelen.

LXXII

Waarin wordt onthuld dat het belang van familie zo groot is dat het zelfs invloed heeft op degenen die niet weten dat ze het zijn

Geheime affaires zijn een waardevol element in elk melodrama, daarom worden ze ook *in pectore* gehouden tot het moment waarop hun onthulling het grootste effect heeft.

Het melodrama is een distillaat van menselijke obsessies: het legt ze bloot, loutert ze, giet ze in een esthetische vorm en plaatst ze in een narratieve structuur. De kracht van het melodrama en zijn duurzaamheid in vergelijking met andere vertelvormen, is gelegen in het feit dat het een aantal van de diepste obsessies van ons ras tot onderwerp heeft. Het is waar dat het bijna buitensporig vaak lijkt terug te grijpen op geheime affaires. Maar als je het tegenover het echte leven plaatst, ontdek je dat het melodrama deze kaart uitspeelt met de kiesheid van een boeddhistische monnik. Geheime affaires komen in het echte leven vaker voor dan in het melodrama. De reden waarom het lezers in verhalen zo aanspreekt, is eenvoudig: ze onderkennen de waarde van een geheime affaire omdat iedereen er wel eentje heeft of heeft gehad.

Vele daarvan zijn allang voorbij, maar liggen nog altijd verborgen onder de dorre bladeren van het verleden, want men weet dat de loop van meerdere levens zou kunnen veranderen als ze onthuld zouden worden.

Sommige affaires zijn niet tot stand gekomen, louter omdat de liefde niet beantwoord werd. Maar diegenen die nooit het initiatief hebben genomen of op het voorstel van een ander zijn ingegaan, hebben uiteraard ook hun affaires gehad, al was het maar in het rijk van hun verbeelding. Er is niemand die niet stiekem eens een echte of fictieve persoon (een filmster, bijvoorbeeld) heeft aanbeden en tegen zichzelf heeft gezegd dat hij, mocht de liefde wederzijds zijn, al zijn banden zou verbreken, al zijn schepen achter zich zou verbranden en zo nodig zijn *amor sui*, de liefde voor zijn eigen leven, aan het grote vuur van de amour fou zou offeren.

Allemaal hebben we in dat schuitje gezeten. Het is een spiegel waarin iedereen zich zal herkennen; en in de ruimte die zich opent achter die spiegel, zullen we nu het verhaal vertellen van de ontmoeting waardoor er Sachs-bloed in de aderen van de familie Caleufú terechtkwam.

Davids grootmoeder werkte jarenlang in hotel Edelweiss. Ze was een dappere, onstuimige vrouw, van een ongebruikelijke schoonheid naar Europese maatstaven. Zij had op haar beurt nooit een beter verzorgde, blankere, aardigere, geparfumeerdere man gekend dan Herr Sachs: tegenpolen trekken elkaar aan.

Op een augustusavond in 1928 had Heinrich Maria Sachs een teleurstelling in de liefde met alcohol weggespoeld, met alle desastreuze gevolgen van dien. Na lang over en weer geflirt had de jongeman op wie hij zijn hoop had gevestigd, hem op de ergst mogelijke manier afgewezen: door hem een ouwe kerel te noemen en er met een vrouw vandoor te gaan.

Sachs had die avond een van de beste optredens van zijn leven gegeven. Kort daarna was het restaurant van het Edelweiss leeggelopen, op zijn allergrootste ster na, die zich achter de coulissen zat te bedrinken. Er was echter nog iemand aanwezig, iemand die er altijd was, al leek ze soms bij het meubilair te horen: de vrouw die er schoonmaakte. Het ging Davids grootmoeder aan het hart haar baas zo in tranen te zien en ze probeerde hem te troosten. Ze verstond niets van wat hij zei en deed zelf ook geen poging iets te zeggen. Maar haar warme lichaam en haar strelingen brachten het wonder tot stand en Sachs beging zijn enige uitglijder in een leven van voor de rest onberispelijke homoseksualiteit.

Het resultaat van deze in nevelen gehulde ontmoeting was Davids moeder.

Sachs en zijn grootmoeder spraken elkaar na die avond niet meer. De vrouw vond een andere baan. Ze heeft nooit verwijten geuit; ze hield liever de schijn op en liet haar man het meisje grootbrengen alsof het van hem was.

David weet niet dat zijn grootvader van moederszijde zijn wimpers krulde en een voortreffelijke versie van *Die Beine von Dolores* ten beste gaf. Wie weet wat er in hem om zou gaan als hij erachter zou komen. Hij zou ongetwijfeld twee zaken signaleren die zijn levensgeschiedenis nog altijd aan Sachs' lot binden. De ene is al eerder opgetekend: Davids obsessie om het Edelweiss te behouden, een mysterie dat voor ons geen mysterie meer is. De andere is meer iets van alledag en betreft zijn zoon Salo, Miranda's beste vriendje.

Salo is donker, gedrongen en zwijgzaam, hoewel natuurlijk niet zo erg als zijn vader, maar hij heeft één kenmerk dat hem uniek maakt. Wanneer de zon recht in Salo's ogen schijnt, hebben ze een blauwachtige gloed, die Vera en David Caleufú niet zien omdat ze hem niet verwachten. Wie weet wat Sachs zou denken als hij zijn eigen ogen in het gezicht van de indiaanse jongen zag schitteren, wat hij zou zeggen in zijn Spaans dat uit een *Fritz-und-Franz*-mop afkomstig leek, welk lied hij voor hem zou zingen terwijl hij met zijn elleboog op de piano van Manolo Anzuarena leunde. In elk geval leeft zijn licht nog voort in zijn achterkleinzoon Salo, in het fonkelen van die ogen wanneer de deugniet in hem naar boven komt.

Miranda heeft weleens gezegd dat Salo er ouder uitzag als hij glimlachte. En misschien was hij dat ook wel.

LXXIII

Vertelt over hoe David Caleufú op een schat stuitte, en wel precies op het juiste moment

Wat we nu vertellen, vond plaats op zondag 9 december 1984. David Caleufú ging halverwege de middag naar het Edelweiss om afscheid te nemen. De volgende dag in de vroege ochtend zouden de bulldozers het neerhalen.

Zoals David al vreesde, was Krieger zijn belofte niet nagekomen toen er eenmaal was aangevangen met de bouwwerkzaamheden van het Holy B. Gedreven door een woede die er bij hem aan de buitenkant hetzelfde uitzag als blijdschap of nervositeit, wilde David met de klus stoppen. Maar Vera raadde hem dat af, zoals iedere verstandige echtgenote had gedaan. (Dat wil zeggen, met dreigementen.) Hij ging toch geen keurige, goedbetaalde baan laten schieten voor een gevoel? Ook al had Krieger zich niet aan zijn woord gehouden, wat had het voor zin om je voor zoiets als het Edelweiss zo'n machtige vijand op de hals te halen?

Klemgezet door de argumenten van zijn vrouw deed David het enige wat hij nog kon doen: hij ging het oude hotel vaarwel zeggen.

Hij liep elke verdieping langs. Hij keek om zich heen en zuchtte en probeerde die beelden, die niemand meer zou zien, in zich op te nemen: de lege kamers, de witte plekken van de schilderijen op de wanden, de manier waarop het licht door de gaatjes in de jaloezieën naar binnen viel, de badkamers zonder spullen, een tandeloze mond.

Toen hij in de ruimte kwam die in de hoogtijdagen Sachs' werkkamer was geweest, zag hij dat er een oude kast was blijven staan. Er was een poot afgebroken, daarom had niemand hem willen meenemen, maar het was niet iets wat David niet zou kunnen repareren. Hij bedacht dat hij hem op zijn vrachtauto kon laden en aan Vera cadeau kon doen, als compensatie voor alle hoofdpijn die hij haar had bezorgd.

Toen hij de kast opzijschoof, ontdekte hij een metalen deur in de wand. Hij had een klink en een slot, maar was niet afgesloten.

Er lagen allerlei prullen in: een onderscheiding, een camee met een portretfoto van Sachs' moeder, een stapeltje Duitse brieven, een Zwitsers kompas. Er waren ook twee documenten bij die helemaal in het Spaans waren opgesteld. Het ene was een brief. *Beste meneer,* stond er in simpele blokletters, *ik dank uw voor de dingen die u me heeft gestuurd voor het meisje maar ik vraag u niet meer te sturen, het gaat goed met het meisje ze heeft alles en ik wil niet dat de vader iets vermoed en het meisje ook niet, gelukkig is ze niet blont maar ze heeft wel uw ogen. Heel veel dank, Macacha.*

David las de tekst ongeïnteresseerd door, het zei hem niets, hoewel hem opviel dat de afzender dezelfde naam droeg als zijn grootmoeder.

Het tweede document was eenduidiger. Het was het testament van Heinrich Maria Sachs, opgesteld en gewaarmerkt door een advocaat uit Río Negro, die net als de eigenaar van het Edelweiss onder elke pagina zijn paraaf had staan. David sloeg het inleidende jargon over en ging meteen door naar het gedeelte waar Sachs verklaarde al zijn eigendommen na te laten aan zijn onwettige dochter en enige begunstigde, María de la Luz Painemal.

David las de alinea vier of vijf keer opnieuw en kon zijn geluk nauwelijks bevatten. De enige María de la Luz Painemal in het dorp die hij kende, was zijn eigen moeder, de echtgenote van wijlen Josué Caleufú.

Hij vergat de kast. Vera zou het wel begrijpen.

Hoewel hem duidelijk voor ogen stond wat het document betekende, wilde hij geen risico nemen. Hij schoot als een vuurpijl het Edelweiss uit en ging naar Tacho, in de overtuiging dat op dit uur van de dag doctor Dirigibus' uitgelopen lunch inmiddels wel in een vroeg borreluurtje was overgegaan.

Misschien was hij nog op tijd om de sloop van het hotel tegen te houden.

LXXIV

In essentie gewijd aan het nieuws
uit Santa Brígida

De lezer zal gemerkt hebben dat we zonder enige aankondiging naar Santa Brígida zijn teruggekeerd. Het volgende is namelijk het geval: het verhaal heeft het dorp nooit verlaten, ook al lijkt dat misschien zo. Daar is het begonnen, daar zal het te zijner tijd terugkeren en daar zal het zijn hoogtepunt bereiken.*

Er is een reden waarom we het contact met Santa Brígida op dit punt weer opnemen. In de beginperiode van hun ballingschap ontving Teo wekelijks brieven van Dirigibus, op verschillende kleuren papier, die, naar Teo aannam, bepaald werden door het pak dat hij op de dag van schrijven droeg.

Ze werden naar een postbus gestuurd en niet naar hun huis, want Teo wilde niet dat Pat wist dat hij nog contact had met het dorp; uit dezelfde omzichtigheid had hij Dirigibus gevraagd hun verblijfplaats voor zich te houden. De rechtsconsulent had daarmee ingestemd zonder om uitleg te vragen. Hij dacht dat Teo buiten het bereik van de familie van Demián wilde blijven, voor het geval die hem op de een of andere manier met hun ontroostbare verdriet wilden lastigvallen. Teo's echte redenen waren van een heel andere aard, zoals wij inmiddels begrijpen.

Dirigibus was een levendig en goed geïnformeerd kroniekschrijver. Hij schreef Teo dat het huis in onberispelijke staat verkeerde. David

---

* Door de beperkingen van het lineaire verhaal is de schrijver gedwongen steeds maar een stukje van de geschiedenis te vertellen, alsof datgene wat niet verteld wordt, eigenlijk niet gebeurt of is blijven hangen in de tijd. Maar zo verloopt het leven niet. De dagen in Santa Brígida gingen voorbij, ook zonder Teo en Miranda, en dat deden ze ook na hun terugkeer. Sterker nog, wij weten dat ze tot op heden in dezelfde samenklank voortschrijden en zich niets aantrekken van het slotakkoord dat met de laatste punt in dit boek wordt gegeven.

Caleufú hield toezicht en Vera ging er geregeld met de stofdoek doorheen, *zodat uiteindelijk wel zal blijken,* Deo adiuvante, *dat jouw angsten dat het door een woedende menigte in brand zou worden gestoken, ongegrond waren.* Hij vertelde hem ook dat autopsie op Demiáns lichaam had bevestigd dat het om een natuurlijke dood ging, wat Teo graag aan Miranda had laten weten, maar verzweeg om zijn bronnen niet prijs te geven. (Hij had bovendien het gevoel dat dit nieuws niets zou veranderen aan de overtuiging van het meisje dat ze *ab irato* schuldig was.)

Dirigibus stelde hem ervan in kennis dat Demiáns ouders hun huis hadden opgegeven en naar Buenos Aires waren teruggekeerd, met het stoffelijk overschot van hun zoon; ze wilden opnieuw beginnen op een plek die niet beladen was met herinneringen. Hij vertelde Teo over de bouwwerkzaamheden aan het Holy B, die inmiddels in volle gang waren, en biechtte op dat pater Collins misbruik had gemaakt van zijn voorliefde voor alcohol om hem informatie over Miranda en Pat te ontfutselen. *Ze zouden die man moeten verbieden om buiten de biechtstoel vragen te stellen,* schreef Dirigibus, *net zoals men een beul verbiedt zijn werk mee naar huis te nemen. Nog één fernet en ik had hem mijn seksuele fantasieën verteld!*

Dirigibus repte in zijn brieven niet over mevrouw Pachelbel. Voor iemand die zo mededeelzaam was als de rechtsconsulent, was zwijgen geen goed teken. Teo voelde zich solidair met Dirigibus' ontgoocheling in de liefde; hij had hem graag een schouder geboden om op uit te huilen, al was het maar in overdrachtelijke zin, maar ze waren niet intiem genoeg om het onderwerp openlijk te bespreken. Het enige wat hij durfde te doen, was hem in een van zijn brieven vragen wat hij wist over mevrouw Pachelbel. Uit wat Dirigibus er weken later over liet doorschemeren, maakte Teo op dat hij de brief in kwestie had ontvangen, maar hij bleef zich in een ondoordringbaar stilzwijgen hullen.

Voor het overige, mijn beste kolos, gaat het leven in Santa Brígida zijn onstuitbare gang, schreef hij in blauwe inkt op hemelsblauw papier. *Als je ons zou kunnen zien, zou je zeggen dat alles hetzelfde is als altijd, al weten jij en ik dat dat onmogelijk is. De wet van dit universum laat niet toe dat we onszelf wat dat betreft voor de gek houden. We zijn veroordeeld tot verandering. Ons organisme verandert elke seconde en om ons heen dansen de atomen er lustig op los. Ik ben niet eens meer degene die ik was toen ik aan deze brief begon! Al wat ons rest is de* hoop dat die verandering zich op natuurlijke wijze voltrekt, dat wil zeggen, op een rustige, organische manier, in plaats van zich met donderend geweld over ons uit te storten.

De brief ging verder: *Ik zou er echter bij moeten zeggen dat ik aan die troost weinig heb deze dagen. Krieger heeft de plaatselijke overheid gevraagd om huisdieren niet meer vrij te laten rondlopen. Een maatregel die, als hij bijval krijgt, de geiten die ik altijd als de eigenlijke bazinnen van dit dorp heb beschouwd, uit onze straten en van onze daken zou verdrijven. Het schijnt dat de buitenlanders die Krieger graag wil onderbrengen, de dieren niet vertrouwen omdat ze niet ingeënt zijn en over dezelfde paden lopen als wij. Daarom zal ik, met jouw welnemen, deze brief hier eindigen en naar ze gaan kijken, in hun keutels trappen, ze uit mijn hand laten eten en ze aan het achterste van mijn broek laten knabbelen, voordat ze illegaal worden verklaard en uit het straatbeeld worden geweerd. Wat had Ovidius het bij het rechte eind in zijn* Metamorfosen: Tempus edax rerum.*

Dirigibus' onmiskenbare stijl stelde Teo in staat om tijdens het lezen zijn stem te horen en zo haast het gevoel te hebben dat hij naast hem zat. Teo stelde zich graag voor dat hij nooit uit Santa Brígida was weggegaan en dat alles nog was zoals toen. In zijn fantasie kookte Pat nog altijd fruit, ging Miranda weer naar school en haalde het boosaardige jongetje gewoon zijn streken nog uit. Dat Demián nog altijd zijn wandaden beging, was in die droom doorslaggevend, want dat betekende dat hij niet dood was en als Demián in de droom niet stierf, dan stierven ze zelf ook niet, Demián kreeg zijn leven terug zodat zij allemaal hun leven, hun prachtige leven, weer konden oppakken op het punt waar het door de tragedie was afgebroken.

---

* Tijd, die alles verslindt. (*Metamorphosen* 15, 234.)

LXXV

Kroniek van een zondagsuitje, inclusief een ontdekking en een eventueel ongeluk

Nu er met de uitkomst van het forensisch rapport een last van zijn ziel gevallen was, wilde Teo zijn optimisme graag overbrengen op de vrouwen in huis. Aangezien dat niet op een directe manier kon omdat de onthulling van zijn bron hem in de problemen kon brengen, besloot hij iets te ondernemen waardoor hij zijn blijdschap in het bijzijn van Pat en Miranda kon uiten zonder dat het opviel.

Hij ging op zoek naar informatie, wat lastiger bleek dan hij gedacht had (de regio van Santiago del Estero had maar weinig toeristische attracties), en draaide uiteindelijk een plan in elkaar dat hij aan zijn lieftallige vrouwelijke publiek ter beoordeling voorlegde. Het ging om een eenvoudig dagje uit, een picknick met extra's: ze zouden naar de stuwdam van El Mollán gaan, daar aan de oever van het meer lunchen en bij het vallen van de avond terugrijden.

Zijn aankondiging werd met scepsis ontvangen. Miranda had genoeg stuwdammen gezien om te weten dat het technische bouwwerken zonder enige bekoring waren. Dat volwassenen ze altijd maar weer wilden bekijken, vond ze, begrijpelijkerwijs, strontvervelend. Pat was enthousiaster. Het idee om naar het meer te gaan, riep een bijna seksuele opwinding in haar op, waar Teo al op had gerekend. Hij wist dat de droogte voor haar een van de meest beklemmende dingen van Monte Abrasado was. Pat omschreef zichzelf altijd als amfibie, ze had vochtigheid om zich heen nodig omdat ze anders stikte, haar ogen vroegen om groen om niet blind te worden. Daarom keek ze enthousiaster tegen het voorstel aan dan haar dochter.

'Je kunt er ook zwemmen,' zei Teo, om de waterrat in Miranda naar boven te halen.

Het meisje staarde hem met een frons op haar gezicht aan.

'We kunnen in het water spelen. Moby Dick is niets vergeleken met mij. Ik ben de echte witte walvis!'

Miranda vertrok geen spier.

'Ik ga cola halen om mee te nemen. En broodjes smeren,' speelde de reus zijn laatste troef uit.

Het noemen van die drank deed wonderen. Miranda sloot zich bij de plannen aan. 'Voor mij met mortadella en boterhamworst,' zei ze, en daarmee was de zaak beklonken.

Nu was het Teo die zijn voorhoofd fronste. Bij de herinnering aan de reizen met zijn eigen moeder, die hem tot een eenzijdig dieet van verpakte worstjes veroordeelde, draaide zijn maag zich om. Zou hij die smaak van vroeger weer moeten verduren om het uitje tot een succes te maken?

'Hoe ver is het naar de stuwdam?' vroeg Pat.

'Ongeveer driehonderd kilometer.'

'Dat is te ver om in een dag op en neer te rijden.'

'Maak je maar geen zorgen, ik rij.'

'Ik zeg het vanwege de tijd. Je wou toch op zondag gaan? Dan moet Miranda op tijd naar bed, want maandag moet ze vroeg op.'

Teo wilde zeggen dat dat betrekkelijk was, omdat het meisje geen vaste schooltijden had. Haar eenpersoonsschooltje (waarvan het adres ook nog eens samenviel met het huis waar ze woonden) kon op elk moment van de dag zijn deuren openen. Maar Miranda's blik weerhield hem ervan zijn mond open te doen. Ze wist dat Pat aan de schooltijden vasthield om de gewoonte van het vroege opstaan niet te verliezen tot ze weer terug zou gaan naar school. En als Pat iets in haar hoofd had, viel daar niet aan te tornen, al draaide je het open met een blikopener en roerde je er met een pollepel doorheen.

Tot alles bereid om ze ter wille te zijn, putte Teo kracht uit een passage uit de *Aeneas* (*Improbe amor, quid non mortalia pectora cogis!*, ofwel: Genadeloze liefde, waartoe dwing je de harten van de sterveling niet!) en kwam beiden tegemoet. De een kreeg de worst en de mortadella. De ander beloofde hij vroeg naar huis te gaan.

De zondag begon met een strakblauwe lucht. Teo had de avond ervoor alles al klaargezet. Ze hoefden alleen maar in de auto te stappen en te gaan. Alleen de weg zat tegen: hij was weliswaar adembenemend, maar lange stukken waren slecht begaanbaar en uiteindelijk eindigde hij in een grindpad, dat kreunde onder het gewicht van de auto. Ze waren om halftien vertrokken. Ze kwamen om twee uur 's middags aan.

Eenmaal daar liepen ze vlug langs de stuwdam (zoals Miranda al verwachtte, was het een gigantische muur die verder het vermelden niet waard was) en gingen op een stukje strand aan een van de snoezige picknicktafeltjes bij het water zitten. Geradbraakt door de lange rit wilde Teo een duik nemen voordat ze gingen eten. Het water schudde zijn gewrichten los en masseerde zijn spieren. Aangezien geen van tweeën hem had willen vergezellen, zwom hij wat rond en liet zich daarna drijven. De andere mensen die er zaten te picknicken, staarden hem aan.

'Een meneer zei dat je wel een drijvend eiland lijkt,' zei Miranda toen hij terugkwam.

'Zeg maar dat hij er wat mij betreft uitziet als een plumpudding,' kaatste Teo terug, terwijl hij driekwart boterham in zijn mond stak.

Pat at bijna niets. Ze kon haar ogen niet van het water afhouden. Ze leek afwezig tijdens het eten, alsof ze tegen haar zin aan de gesprekken deelnam.

Ze waren nog niet eens klaar met eten toen ze Teo vroeg: 'Kun je even op haar letten?'

Ze wachtte het antwoord niet af. Ze trok haar schoenen uit en liep naar het water. Op een paar passen van het zand trok ze haar bloes en spijkerbroek uit, die daar op een hoopje op de grond vielen.

Toen het water aan haar voeten likte, aarzelde ze even. Teo wist dat het niet koud was. Hij vroeg zich af wat haar tegenhield, uit wat voor behoedzaamheid ze daar zo stil bleef staan. Wat het ook was, Pat zette zich eroverheen, een seconde later was ze in het water gedoken. De golfjes die haar duik teweegbracht, breidden zich uit tot ze uit het zicht verdwenen, concentrische kringen die met gelijkmatige tussenpozen opkwamen, tot ze ophielden te ontstaan en het wateroppervlak weer glad als olie, als een rimpelloze huid achterbleef. Teo hield zijn adem in, alsof hij zelf onder water zwom, tot hij Pats donkere hoofd vele meters verderop weer zag opduiken. Hij zwaaide naar haar. Ze zag hem niet, of besloot in elk geval niet terug te zwaaien, want ze begon een baantje parallel aan de oeverlijn te crawlen.

Miranda was met haar nieuwe radio gaan spelen, meer uit gewoonte dan uit plezier. Telkens als ze hem aanzette, zocht ze de bandbreedte af. Ze vond vrijwel nooit iets wat ze leuk vond en zette hem dan maar weer uit. Die middag vormde daarop geen uitzondering. Teo hoorde flarden volksmuziek, reclame, gesprekken, tango's, liefdesliedjes en vervolgens een klik. Miranda had de radio uitgezet. Haar diepe zucht daarna was hem te veel.

'Kom, we gaan het water in,' zei hij. 'Alleen een beetje rondspetteren, totdat het eten is verteerd. Als we hier blijven zitten, worden we geroosterd!'

'Ik kan niet zwemmen,' zei het meisje.

Teo stond perplex. Het was nooit in hem opgekomen dat een dochter van Pat weleens watervrees kon hebben. Maar als hij haar levensgeschiedenis nog eens naliep, snapte hij dat het bijna onvermijdelijk was. Miranda had precies de periode meegemaakt dat haar moeder de zee meed. En voor zover hij wist, had Pat haar nooit lid laten worden van een sportclub; dat zou betekenen dat ze haar bij andere mensen moest achterlaten, een offer dat ze alleen ten behoeve van het onderwijs wilde brengen.

'Des te beter,' zei Teo, onverslaanbaar optimistisch. 'Dan kan ik het je leren.'

Maar Miranda verroerde zich niet.

'Wat is er nou? Hou je niet van water?'

'Jawel, maar ik vind het eng.'

'Bijna alles wat leuk is, is op de een of andere manier eng of pijnlijk. Je moet die dingen vanaf het begin aangaan, anders leef je uiteindelijk onder een glazen stolp. Kom, loop maar mee naar het water,' zei hij, en hij stak zijn hand uit.

Ze gingen aan de rand van het water zitten en lieten hun voeten en billen nat worden. Pat borstcrawlde nog steeds in de verte, alsof ze een record wilde breken.

'Veel mensen zijn bang voor water. En dan heb ik het niet alleen over de viezeriken,' zei Teo, om haar een glimlachje te ontlokken. 'Je hoeft er niet bang voor te zijn, want het is niets raars, integendeel, het zou eigenlijk heel gewoon voor ons moeten zijn. Zeventig procent van ons lichaam bestaat uit water. Zout water, ook nog. We zijn een soort grote fles zeewater met conserven erin. Botten en ingewanden, met name.'

'Hè bah, viespeuk.'

'Voor onze geboorte drijven we in een zak vol water, al die tijd zijn we een vis. Na negen maanden komen we aan wal of vist de dokter ons eruit. Dus zwemmen is niets raars. Het is eerder het terughalen van een herinnering, want bij onze geboorte wisten we al hoe het moest. We moeten alleen terughalen hoe prettig we ons voelden in mama's buik. Terughalen hoe fijn het contact met het water was.'

'Salo heeft een keer gezegd dat ik al te groot was om het nog te leren.'

'Het is nooit te laat om te leren.'

Nadat hij dit had gezegd, stond hij op en vroeg haar mee te lopen. Miranda pakte zijn hand, maar in haar oogjes glom nog angst.

Ze liepen voorzichtig het water in. In het ondiepe deel was het nog warm.

Toen het water tot Miranda's borst kwam, gaf Teo haar zijn andere hand en hielp haar zich te laten drijven. Miranda begon instinctief te watertrappelen. Voor de zekerheid zei ze tegen Teo: 'Laat me niet los.'

'Denk je nou echt dat ik je zomaar loslaat, terwijl ik weet dat je bang bent?'

Miranda schudde haar hoofd.

Zo waren ze meer dan een uur bezig. Miranda spetterde als een dolle in het rond, ze gierde het uit en durfde zelfs een paar seconden met haar gezicht onder water. Toen ze eruit kwamen, feliciteerde Teo haar met het behalen van haar zeehondjesexamen. Als ze goed oefende, mocht ze de volgende keer op voor pejerrey, en als ze doorging zelfs voor zalm, reuzenmanta en zeilvis.

Het was al na vijven toen ze terugreden. Het zou nog zo'n twee uur licht zijn. Teo bedacht dat het, eenmaal donker, lastig zou worden om die weg zonder verlichting of fluorescerende lijnen sneller af te leggen dan op de heenreis. Die vierenhalf uur leken hem niet voor herhaling vatbaar.

Hij voelde Pats spanning zonder dat ze een woord zei. Het had hem moeite gekost haar het water uit te krijgen, ze had zich niet eens willen afdrogen, alsof ze het gevoel van het vocht op haar huid wilde vasthouden. Maar de woestijnwind had haar in een mum van tijd ruw en gespannen gemaakt. En nu wilde ze niets anders dan zo snel mogelijk weer thuis in haar holletje kruipen en naar het rustgevende gedruppel van de kranen luisteren.

Teo besloot stevig door te rijden zolang het nog licht was om zo de tijd in het donker te bekorten. Op een gegeven moment zag hij dat hij met honderdtachtig kilometer per uur over een stuk grindpad reed. Hij voelde aan het trillen van het stuur hoe onstabiel de pick-up op de weg lag.

Hij haalde een mooi gemiddelde, totdat een vrachtwagen hem de doorgang belemmerde. Het voertuig reed met iets meer dan honderd kilometer per uur over het grindpad zonder rechts te houden; het nam de hele weg in beslag en maakte het Teo onmogelijk om in te halen. Teo toeterde, maar de vrachtwagen reed onverstoorbaar verder. Hij toeterde nog eens, totdat een derde voertuig uit tegenovergestelde richting de vrachtwagen op zijn eigen weghelft terugdrong.

Teo benutte de vrijgemaakte ruimte voor een inhaalmanoeuvre. Terwijl hij voorbijreed, drukte de vrachtwagen hem weg. Teo week slechts een klein beetje uit, maar de pick-up kwam net met één wiel in de berm. Hij raakte van de weg en begon te tollen alsof hij midden in een wervelstorm terecht was gekomen. Pat gilde. Teo concentreerde zich op het stuur. Uiteindelijk kreeg hij de auto weer onder controle. Hij stopte. Hij vroeg Pat of alles in orde was. Tot hun verbazing had Miranda, in de omhelzing van haar veiligheidsgordel, overal doorheen geslapen.

De reus reed de weg weer op. Hij was vast van plan de vrachtwagen in te halen, hem tot stoppen te dwingen en de chauffeur een flinke aframmeling te geven, want het was óf gewoon een klootzak óf een roekeloze rijder; hoe dan ook had hij hen bijna de dood ingejaagd.

Hij reed alweer over de honderd toen er iets onverwachts gebeurde. In volle vaart klapte er een achterband. Voor de tweede keer in een paar minuten tijd worstelde Teo om de macht over het stuur niet te verliezen. Hij probeerde niet te remmen en voorkwam daarmee dat ze over de kop sloegen. Maar voor hem lag een scherpe bocht. Even dacht hij dat ze zich tegen de steile rots te pletter zouden rijden, dat ze er frontaal op af koersten alsof ze in de armen van een onafwendbaar lot werden gedreven. Hij hoorde nog iemand gillen: ditmaal was Miranda wel wakker geworden. Teo gaf gas. De pick-up schokte de bocht in als zo'n karretje dat over een achtbaan raast. Opgelucht liet hij de wagen uitrijden tot hij stilstond.

Pat stapte uit en haalde Miranda uit de auto, terwijl ze woorden prevelde waarmee ze hen beiden wilde troosten.

Tegen Teo zei ze niets terwijl hij de band stond te verwisselen. De reus vermoedde dat dit stilzwijgen met Pats dubbele gevoelens te maken had: ze wist niet of ze hem de huid vol moest schelden omdat hij hen in gevaar had gebracht of hem moest bedanken omdat hij hen had gered.

Hij gooide de kapotte band aan de kant; hij was helemaal aan flarden, als een stel oude kleren.

Teo had helemaal geen dubbele gevoelens. Hij voelde zelfs geen haat meer voor de vrachtwagenchauffeur, die, geheel onwetend van het voorval, vrolijk zijn weg vervolgde.

De reus wist maar al te goed wie er echt schuld had aan het gebeurde. En hoewel hij zich kon vinden in de reden voor zijn gedrag, kon hij het niet goedpraten, kon hij zichzelf niet goedpraten.

Hij hield zoveel van hen dat hij hen bijna had gedood.

LXXVI

Waarin wordt aangetoond hoe nuttig encyclopedieën nog altijd zijn en wordt genoten van de zekerheden uit de *Ordo Virtutum*

Toen zijn baas zei dat hij naar Santiago moest, de hoofdstad van Santiago del Estero, ging Teo meteen akkoord. Het idee om een plaats met bioscopen, boekhandels, verkeerslichten, platenzaken en tijdschriftkiosken te bezoeken, vervulde hem met kinderlijk enthousiasme. Al wist hij diep vanbinnen wel dat hij ook andere redenen had om er zo blij van te worden. De sfeer in het huis van Atamisqui begon drukkend te worden. Pat kreeg het benauwd in Monte Abrasado en verstikte op haar beurt Miranda in haar rol van tirannieke schooljuf, en Teo hing dagelijks de clown uit, een routine die hem uitputte als een acteur die worstelt met een rol die boven zijn kunnen gaat.

Daarbij werd Pat in haar 'happy hour' steeds grievender. Ze had kritiek op alles wat hij deed en zou die net zo goed hebben (daar was Teo zeker van) als hij het anders had gedaan. Ze had er een handje van om de ander zodanig in een hoek te drijven dat hij de kans niet kreeg om zijn woordje te doen of een alternatief aan te dragen. Zoals met de drank: aankaarten dat het goed zou zijn als ze zou matigen, specialistische hulp zou zoeken of haar medicijnen weer zou nemen, leverde slechts een woedeaanval en overmatig drankgebruik op, wat het allemaal nog erger maakte. Pat liet hem geen andere keus dan te zwijgen en zich erbij neer te leggen. Ze gedroeg zich alsof Teo niet haar partner was in een betekenisvolle relatie, maar een vijand van wie ze onvoorwaardelijke overgave verwachtte.

Hij bracht haar met een ongemakkelijk gevoel op de hoogte van zijn reis. Pat hoorde het met een vergelijkbaar gevoel aan. Ze stelde hem slechts de voor de hand liggende vragen: waar de reis goed voor was (een formele uitwisseling van documenten, al had Teo het vermoeden dat zijn baas hem inzette om iets gedaan te krijgen; net als de klasgenoten die hem als klassenvertegenwoordiger kozen, maakte hij gebruik van Teo's formaat), hoe lang het zou duren (hij zou 's ochtends in alle vroegte met de pick-up vertrekken zodat hij dezelfde dag nog kon terugrijden) en dat was alles. Pat kwam er niet meer op terug. 's Avonds, toen ze al in bed lagen, vroeg ze hem niet te hard te rijden en voldoende uitgerust achter het stuur te gaan zitten zodat hij niet in slaap zou vallen. Daarna draaide ze zich om en deed het nachtlampje uit. Teo vroeg zich af of zij misschien niet hetzelfde dacht als hij, of ze niet allebei bang waren dat de ander weg zou gaan.

Miranda zei niets toen ze het hoorde, maar wachtte tot Pat onder de douche stond om Teo te vragen of hij wel van plan was terug te komen.

De reus dacht aan de gave van het meisje om leugens te herkennen en aarzelde even voordat hij zei: 'Natuurlijk kom ik terug. Dit is gewoon een routineklus. Ik ga alleen maar op en neer!'

Het meisje bleef hem zwijgend aanstaren, alsof dat antwoord niet voldoende was.

'Pas goed op je moeder,' zei Teo, maar hij had er meteen spijt van. Het was niet voor het eerst dat hij dit zei, maar hij had zich er nog nooit zo dom bij gevoeld. Het meisje moest niet op haar moeder passen, maar andersom. Hoe kon hij haar ook maar het idee geven dat ze zo'n last op haar schouders moest nemen?

Hij belde zodra hij in Santiago was aangekomen. Miranda nam hijgend op, alsof ze een marathon had gelopen. Hij benadrukte dat hij haar 's avonds zou zien en vroeg of hij iets bijzonders voor haar moest kopen. Het meisje liet het aan hem over.

Teo handelde zijn werk in een recordtempo af. Hij had meteen terug kunnen rijden, maar wilde nog een rondje door de stad maken. De cadeautjes voor Pat en Miranda waren een goed excuus. Bovendien had hij ontzettend veel zin om doelloos rond te zwerven, zonder tijdsschema of verantwoordelijkheden. Hij vroeg zich af of Miranda iets in hem had gezien waar hij zich zelf niet eens van bewust was.

Hij slenterde wat rond. Hij kocht een schitterende editie van de *Odyssee*, die hij nooit in de originele versie had gelezen; als kind was hij betoverd geweest door de verkorte bewerkingen van het epos. Hij snuffelde in platenbakken en kocht de cadeautjes voor Miranda, waarbij hij voor het eerst in lange tijd niet op de kosten lette. Zoals hij al verwachtte, kostte het cadeau voor Pat hem meer moeite. Wat geef je aan iemand die niet geïnteresseerd is in muziek of boeken, in kleding of parfum, in spullen voor het huis of sport? In zijn besluiteloosheid liep hij antiekwinkels en zelfs fourniturenzaken in. Iets in hem voerde hem uiteindelijk naar een wijk die vermoedelijk bij de universiteit in de buurt lag, want er zaten gespecialiseerde boekhandels en winkels met medische artikelen, van schorten tot orthopedische prothesen. Daar kreeg hij de inspiratie voor zijn aankoop. Het was een gok, maar hij had het gevoel dat Pat dit wel zou waarderen.

Hij stuitte op een enorme openbare bibliotheek. Hij vroeg of hij zonder lidmaatschap iets kon opzoeken. Hij hoefde alleen zijn identiteitsbewijs te laten zien en werd doorverwezen naar de sectie waar de encyclopedieën stonden.

Hij pakte het eerste deel van de *Britannica* en zocht een zitplaats. Daarna wroette hij diep in zijn portefeuille en haalde er de tekening uit die Miranda tijdens haar migraineaanval had gemaakt.

Het meisje had een over een vierkant vallende cirkel getekend die aan weerszijden uitstak. In de cirkel bevond zich een mandala die nergens begon of eindigde, maar eindeloos voor je ogen leek te draaien. Binnen deze oneindige figuur bevonden zich een gevleugelde gestalte, deels een engel, deels een Mayagodheid, een toren en een schuimende golf. Achter de mandala was een sterrenregen te zien. En in het midden, de as waar de hele schepping om draaide, een zon waaruit concentrische kringen voortkwamen, als in het water wanneer er een steen in valt. Of was het een bloem?

Teo bladerde werktuiglijk de encyclopedie door. Hij kon hele dagen bladerend doorbrengen, de ene pagina na de andere, het ene deel na het andere, zonder te weten wat hij eigenlijk zocht.

Hij had sneller geluk dan hij verwacht had. De tekening sprong hem uit de encyclopedie tegemoet alsof ze een levend wezen was. Het was de weergave van een visioen van een vrouw genaamd Hildegard van Bingen, een non die tussen 1098 en 1180 had geleefd en vanaf zeer jonge leeftijd mystieke visioenen had gehad, die ze had opgetekend in twee manuscripten, *Scivias* en het *Liber divinorum operum* oftewel het *Boek van Goddelijke Werken*. De afbeelding in de encyclopedie had raakpunten met Miranda's tekening: de cirkel die over het vierkant valt, de mandala, de gevleugelde figuur, de toren (in dit geval twee) en de golf.

Teo vroeg naar de boeken van de mystica. In de bibliotheek waren geen exemplaren van die titels aanwezig. Hij vroeg of hij kopieën uit de encyclopedie mocht maken. Ze antwoordden hem dat het kopi-eerapparaat kapot was. Hij moest er genoegen mee nemen om met zijn onbeholpen hand de afbeelding met een geleend potlood op gelinieerd papier na te tekenen. Onder aan het vel schreef hij nog een paar uitspraken van Hildegard over die in de encyclopedie waren opgenomen. Hij wilde ze woord voor woord kunnen teruglezen zo-dat hem niks zou ontgaan. De eerste zin luidde: 'De visioenen die ik mocht aanschouwen, zag ik niet in mijn slaap of in dromen, ook niet in een soort waanzin, noch met mijn lichamelijke ogen. Niet met de uitwendige oren van een mens nam ik ze waar, noch in het verbor-gene, maar in wakende toestand, zoals God het wilde, in alle helder-heid van geest, met de ogen en oren van de inwendige mens. Hoe dit geschiedde, is voor de vleselijke mens moeilijk te begrijpen.'

Hij reed in vliegende vaart terug. Hij had het gevoel dat hij zijn rit in een mum van tijd had afgelegd, tijd was niets in de roes van vra-gen en speculaties die door zijn hoofd schoten.

Hij vroeg zich af hoe hij dit onderwerp aan Pat zou voorleggen. Het voordeel was dat het in veel opzichten een positief licht wierp op Miranda's situatie. Het meisje had migraineaanvallen en zag dan bepaalde dingen, net als Hildegard; en de non was tweeëntachtig jaar oud geworden in een tijd waarin men geen antibiotica kende, wat suggereerde dat Miranda nog een lang en vruchtbaar leven voor zich kon hebben zonder bang te hoeven zijn dat de visioenen symptomen waren van een dodelijke ziekte. Het zou weinig moeite kosten Pat te overtuigen van de overeenkomst tussen beide gevallen: hij hoefde zijn kopie van Hildegards tekening maar te laten zien en te vragen van wie ze dacht dat die was.

De mystieke kant zou lastiger worden. Teo was bang dat Pat zich door haar militante atheïsme zou laten leiden en op basis daarvan zou weigeren er überhaupt over na te denken. Daarom had hij een tweede citaat overgeschreven. Hildegard had een passie voor muziek tentoongespreid, die volgens haar een uitdrukking was van de een-heid van de wereld zoals God die geschapen had. Teo wist zeker dat Pat zou zeggen dat God niets te maken had met de wereld waarin zij leefden en dus ook niets met muziek. Maar hij vertrouwde erop dat één bepaalde zin haar aan het twijfelen zou brengen. Volgens Hilde-gard kon je in muziek horen hoe een twijgje uitloopt. Hoorde Mi-randa soms geen muziek in een uitlopend twijgje, in de vallende sneeuw en zelfs in piepend ijzer?

Hildegard componeerde bovendien. In een van haar werken, de *Ordo Virtutum*, stelde ze de duivel voor als een schepsel dat alleen maar praatte en daarom geen contact kon hebben met het goddelijke. Als het moest, was Teo bereid deze troef uit te spelen. Voor de reus was Hildegards vermoeden net zo geruststellend als het forensisch rapport over Demiáns dood, want het wees erop dat Miranda's gave op zichzelf niet slecht was. Het meisje had niets duivels of kwaadaardigs in zich, want de duivel kan niet zingen; en Miranda zong, en hoe!

Opgetogen reed hij de lichtjes van Monte Abrasado tegemoet, totaal niet voorbereid op wat hem te wachten stond zodra hij de voordeur opende.

LXXVII

Kristalnacht

Hij wilde het licht in de hal aandoen, maar dat ging niet, de schakelaar werkte niet. Het kraakte onder zijn voeten terwijl hij verder liep. Nu snapte hij waarom er geen licht was: het peertje was kapot, en de lamp zelf ook.

Hij zette zijn pakjes op de grond en riep Pat en Miranda.

De volgende lamp was ook al kapot. Net als de vaas, die in duizend stukjes was gesprongen, overal splinters en stof, verwelkte bloemen.

Teo vreesde het ergste. Dat Pats nachtmerries waarheid waren geworden en dat ze hen waren komen zoeken en hadden meegenomen en dat die boosaardige vader, in wiens bestaan hij nooit helemaal had geloofd (melodramatische overdrijving, Pat in haar paranoia, *Pat-ranoid*), net zo echt was als de nacht die zich over het huis had uitgespreid.

Miranda kwam aangerend en sloeg haar armen om zijn benen. Toen Teo vroeg of alles goed was, schudde ze slechts haar hoofd, zonder haar gezicht uit zijn schuilplaats te halen. De reus vroeg wat er gebeurd was. Miranda gaf geen antwoord. Teo drong aan, hij moest weten wat er met Pat was.

'Ze is in de keuken,' zei Miranda.

Hij tilde haar op en nam haar mee. Het meisje trilde.

In het voorbijgaan zag hij de verwoestingen, zelfs in het donker van de nacht. Er was geen glas heel gebleven. De lampen waren kapot, de glazen decoraties, de ramen, het glas in de deuren, de bovenlichten en de spiegels. Teo vroeg naar Atamisqui, bezorgd over hoe de huisbaas zou reageren. Volgens Miranda had de oude man meteen voor de deur gestaan, maar had Pat gezegd dat de film die ze zaten te kijken te hard stond en zich verontschuldigd. Atamisqui was zo bijziend dat hij niet eens had opgemerkt dat ze geen televisie hadden!

Teo dacht dat de man wel spijt zou hebben dat hij hun het huis had verhuurd. Hij had hem al eens eerder tekst en uitleg moeten geven toen hij naar Pats nachtelijke gekrijs had gevraagd. Teo had toen gezegd dat Pat steeds dezelfde nachtmerries had. De volgende dag had hij de man een setje oordopjes gegeven, van hetzelfde merk als Teo 's nachts zelf gebruikte.

Pat stond in de keuken bij kaarslicht de glasscherven bij elkaar te vegen. Hier was de verwoesting het grootst, vanwege alle borden, glazen, schalen, flessen en potten. Voor zover hij het kon overzien was er niets gespaard gebleven. De vloer was een smeerboel, want hij lag niet alleen vol met glas, maar ook met de inhoud uit de flessen, met conserven en met mayonaise.

Hij vroeg Pat wat er gebeurd was.

Pat keek hem even aan en ging zwijgend verder met vegen.

'Ik heb het gedaan,' zei Miranda.

Pat stopte met vegen.

'Er kwam een soort gekte over me,' zei Miranda. 'Ik begon te gillen en, en, en alles ging kapot. Dit gaat je een hoop geld kosten.'

Miranda hield beschaamd Teo's gezicht in de gaten, alsof ze bang was voor wat ze erin kon ontdekken. Toen ze geen boosheid bespeurde (hooguit verdriet, of onmacht misschien), durfde ze te zeggen: 'Sorry, Teetje.'

Teo zuchtte en drukte haar nog steviger tegen zich aan.

De reus maakte Miranda's kamer schoon. Hij stopte haar in bed (het was sowieso bedtijd) en verbood haar op blote voeten te lopen; wie weet hoe lang er nog overal glassplinters zouden liggen. Terwijl hij met de handveger over de vloer ging, vroeg hij wat er allemaal was gebeurd.

Miranda leek de vraag niet te begrijpen. Ze zweeg even en deed uiteindelijk nauwelijks haar mond open: 'Dat heb ik je toch al verteld.'

'Ik bedoel waardoor het is gekomen. Jij doet dit soort dingen nooit zomaar, jij gebruikt je krachten niet omdat je er toevallig zin in hebt. Of ga je me nou vertellen dat je ineens theelepeltjes wil ombuigen? Je kwam zo beslist over, tegen mij zei je dat je je krachten nooit meer zou gebruiken … Er moet iets gebeurd zijn, dat is duidelijk. Vertel.'

Miranda beet op haar laken, keek naar de deur en haalde vervolgens haar schouders op.

'Ik ben moe,' zei ze. 'Ik wil slapen. Niet de kaars uitblazen als je wegloopt, *please*!'

En ze ging liggen en trok de dekens tot over haar oren.

'Wat jammer nou,' zei Teo. 'Ik wilde je eigenlijk het cadeautje geven dat ik heb meegenomen en nu moet ik tot morgen wachten.'

Miranda verroerde zich niet. Ze brandt van nieuwsgierigheid, dacht Teo, maar in haar koppigheid – een echte Finnegan! – geeft ze geen haarbreed toe. Teo stopte met vegen, haalde een vochtig doekje over de vloer en gaf haar een nachtzoen. Miranda hield vol, ze had rimpeltjes rond haar oogleden van het harde dichtknijpen.

Toen hij in de keuken kwam, zag hij dat Pat al klaar was. Er lag geen glas, mayonaise en tomatensaus meer op de vloer. Aan de geluiden te horen was Pat de ravage in de badkamer aan het opruimen. Hij had dorst en trok de koelkast open. Gelukkig was er nog water in een plastic fles. Hij zette hem aan zijn mond. Nadat hij de koelkast had dichtgedaan, liep hij naar de keukenkast en trok een la open. Daar lagen drie reservelampen, die hij tijdens hun eerste dagen in Monte Abrasado had gekocht. Hij bedacht dat hij daarmee voorlopig genoeg had voor de keuken, de woonkamer en de badkamer.

De klus was vlot geklaard en Teo en Pat zagen elkaar weer in de slaapkamer. Pat ging meteen in bed liggen, maar Teo kleedde zich niet eens uit. Hij bleef op de drempel staan, in de deuropening, met een pakje in zijn hand.

'Ga je niet naar bed?' vroeg Pat.

'Jij hebt het gedaan, hè? Jij hebt alles kapotgemaakt. Als Miranda het was geweest, zou ze de lampjes die ik in de la had liggen ook hebben gebroken. Ik snap trouwens ook niet hoe ze de flessen in de koelkast heeft kunnen breken terwijl de glasplaten heel zijn gebleven.'

Pat stak met de vlam van de kaars een sigaret aan en blies een enorme rookwolk uit, alsof ze zichzelf achter de nevel wilde verbergen.

'Ga je het me vertellen of niet?'

'Wat moet ik erover zeggen,' antwoordde Pat; het was geen vraag, maar bijna een jammerklacht.

'Vertel me waarom.'

Pat wachtte even met antwoorden. In het tegenlicht van de kaars leek haar gezicht alle duisternis naar zich toe te trekken.

'Ik had te veel gedronken, ik werd agressief en heb haar aan het huilen gemaakt. Toen ik de fles gin kapotsmeet, voelde ik me beter. Daarna pakte ik de wijnflessen en voelde ik me nog beter. Voordat ik het goed en wel in de gaten had, kon ik niet meer ophouden. Het was lang geleden dat ik zo dicht bij een gevoel van geluk in de buurt ben geweest.' Pat voelde dat deze bekentenis Teo nog dieper kwetste en schudde haar hoofd, haar botheid kende geen grenzen. 'Sorry. Wees gerust, ik betaal het je allemaal terug.'

'Wie had het hier over geld.' (Het was geen vraag.)

Ze zwegen even, zonder goed te weten hoe ze verder moesten.

'Soms vraag ik me af hoe ik zo heb kunnen worden,' zei Pat uiteindelijk. 'Ik kijk in de spiegel … Of keek, moet ik eigenlijk zeggen, nu ik ze kapot heb gemaakt … en ik zie iemand die ik niet ken, precies het tegenovergestelde van wat ik altijd heb willen zijn. Ik droomde ervan om de wereld te veranderen. Vreemd hoe dat werkte bij mij … Naarmate ik ouder werd, ging ik steeds meer inzien hoeveel slechtheid er bestaat, hoeveel zinloze wreedheid en hoeveel grenzeloos egoïsme, maar in plaats van me te harden en me erbij neer te leggen, raakte ik meer en meer bevangen door dat dwaze gevoel, een soort van … krankzinnige liefde voor de mensheid, een tederheid die me soms verstikte, echt waar. Soms wilde ik het liefst de straat op gaan en iedereen omhelzen, het kon me niet schelen dat de mensen niet perfect waren, ik wist dat zelfs in het donkerste hart een beetje warmte zit, je hoefde alleen maar te wachten, ik was ervan overtuigd dat je door een fantastische persoon te zijn, anderen ook daartoe zou inspireren. Maar toen gebeurde er wat er gebeurd is … en hier zit ik dan. Opgesloten tussen deze vier muren. Een belabberde huisvrouw, een monster van een moeder. Wat een nachtmerrie!'

Teo wilde haar tegenspreken, maar hij wilde ook dat Pat verder praatte. In het flakkerende kaarslicht kregen alle spullen in de kamer iets onbestemds.

'Ik weet dat het met veel mensen zo gaat. Maar bij mij heeft het andere redenen. Het is niet zo dat ik mijn dromen heb opgegeven, ik ben ze niet vergeten. Integendeel, het lijkt misschien absurd, maar ik doe wat ik doe omdat … het de enige manier is die ik heb gevonden om … me niet gewonnen te geven. Ik moet het zo doen, hoe woedend het me ook maakt, hoezeer het ook tegen mijn natuur in gaat, ik doe het niet graag, maar het moet! Het is de enige uitweg. Daarom loop ik weg. Daarom verstop ik me. Daarom zwijg ik. Ik ken je, Teo, als ik jou alles vertel, zul je het aan Miranda vertellen of het op de een of andere manier aan haar verraden en dat kan niet, ik moet haar beschermen.'

'Beschermen, waartegen? Tegen de waarheid?'

'Als het nodig is wel, ja. Er zijn waarheden die niet te verdragen zijn, waarheden waar niemand tegen is opgewassen. Ik weet niet eens zeker of jij ze wel kan dragen, al heb je de schouders van een reus. Hoe kan ik verlangen dat een klein kind zo'n last draagt en verder leeft? Zeg dat je me begrijpt, Teo, alsjeblieft, zeg dat je begrijpt waarom ik niet kan praten. Begrijp je me?'

Teo had haar dat plezier graag gedaan. Bitter plukte hij aan zijn haar en zei: 'Het enige wat ik begrijp, is dat ik van je hou. Maar daar heb ik nu niet veel aan. Vroeger was het anders, vroeger dacht ik dat het wat betekende dat ik van je hield, ik dacht dat mijn liefde een verschil kon maken in jouw leven, maar ik heb al gezien van niet. Ik weet niet of mijn liefde ergens goed voor is. Ik weet niet of mijn liefde iets kan veranderen.'

Teo wilde verder praten, maar Pat onderbrak hem. Ze was bang dat de reus zijn redenering verder zou uitspinnen en tot de logische conclusie zou komen dat ze niet meer samen verder konden. Daarom wees ze naar het pakje en zei: 'Wat heb je daar?'

Teo keek naar het cadeau, dat hij helemaal was vergeten, en gaf het haar.

Pat scheurde het papier los en opende de doos. Ze staarde onthutst naar de inhoud.

'En wat heeft dit te betekenen?' vroeg ze, terwijl ze de stethoscoop eruit haalde.

'Ik weet het niet. Maar ik wist zeker dat je hem mooi zou vinden.'

Pat glimlachte en bekeek het instrument. Vervolgens stak ze de dopjes in haar oren en zette het uiteinde op haar borst om haar eigen hartslag te zoeken.

Teo draaide zich om en wilde weglopen.

'Waar ga je naartoe?' wilde Pat weten.

'Ik wil niet dat Miranda in slaap valt zonder dat ze haar cadeautje heeft gehad. Dat verdient ze niet.'

Pat sloeg haar ogen neer, ze voelde zich schuldig.

De reus stond al op de drempel toen Pat zei: 'Teo? Ik heb je nooit bedankt. Voor alles wat je haar geeft. Dankjewel. Alles wat Miranda krijgt, alles wat haar kan helpen … zal niet voor niks zijn, geloof mij maar. Zij is onze enige hoop.'

Teo dacht dat ze het over hun relatie had en knikte. Het enige wat hem er op dat moment van weerhield om in de auto te stappen en voor eens en voor altijd te verdwijnen, was zijn genegenheid voor het meisje.

LXXVIII

Een kort muzikaal intermezzo, met een beetje hulp van bepaalde vrienden

Miranda sliep niet. Ze hield haar vuisten tegen haar mond gedrukt en had vochtige ogen, die oplichtten toen ze Teo met het pakje zag verschijnen.

'Wat is dat?' vroeg ze, en ze ging rechtop in bed zitten.

'Voor jou. Maak maar open.'

Het meisje scheurde het pakpapier net zo hardhandig en doeltreffend aan flarden als haar moeder. Het was een Winco-platenspeler, tweedehands, maar in prima staat, die Teo voor een paar centen in een antiekzaakje had gekocht.

'Ik had er precies zo eentje toen ik klein was,' zei Teo, terwijl hij hem aansloot. 'En ik zat de hele dag naar platen zoals deze te luisteren.'

Toen gaf hij haar wat hij in het andere tasje had zitten. Het was een exemplaar van *Sgt. Pepper's Lonely Hearts Club Band*, ook tweedehands, maar gegarandeerd krasvrij.

'The Beatles,' zei Miranda ademloos.

Teo pakte de plaat en legde hem op de Winco-platenspeler, die nog steeds op het bed stond.

'Ik zet hem zachtjes, dan storen we je moeder niet.'

Zodra het geluid klonk van de snaarinstrumenten die zich gereedmaakten, riep Miranda: 'Dit ken ik!'

Inderdaad, ze kon de titelsong uit haar hoofd meezingen. Ze vertelde Teo dat ze hem op haar oude radio had gehoord.

Precies zo ging het met het volgende liedje, *With a Little Help from My Friends*. Daar stond Teo niet echt van te kijken: het was een van de populairste nummers van de plaat en de gouwe-ouwezenders op de radio draaiden het de hele dag door, net als *Lucy in the Sky with Diamonds*. Toen Teo haar prachtige stemmetje hoorde, voelde hij het verlangen om Pat te gaan halen en haar te vertellen over Hildegard, de *Ordo Virtutum* en de arme duivel die geen aanleg voor muziek had.

Maar dat Miranda ook *Getting Better* kon meezingen, gaf hem te denken. Helemaal toen hij ontdekte dat ze ook de tekst van *Fixing a Hole* en *Being for the Benefit of Mr. Kite* kende!

'Heb je die ook van de radio geleerd?' vroeg hij.

'Op de oude werden ze de hele tijd gedraaid,' zei Miranda. 'Op de nieuwe komt alleen maar bagger!'

Teo krabde aan zijn oor tot het rood was. Het mysterie rond die radio had hem al vanaf het begin dwarsgezeten. Hoe vaak had hij niet geprobeerd om in de auto op haar muziek af te stemmen terwijl Miranda op de achterbank met de Spica tegen haar oor zat, zonder ooit het liedje te kunnen vinden waar het meisje naar luisterde? En het feit dat het apparaat zonder batterijen werkte, stelde hem ook voor een raadsel. Had Miranda een manier gevonden om haar energie naar een voorwerp buiten haarzelf te sturen? En als dat zo was, waarom deed ze dan ook niet meteen even de mixer of de lichten in huis aan?

'Volgens mij was dat een radio uit een ander land,' zei Miranda, die de reus graag wilde troosten.

'Waarom denk je dat?'

'Omdat de man die tussen de liedjes door praatte, een taal sprak die ik niet begrijp.'

'Waarom luister je er dan naar?'

'Omdat het me helpt. Als ik zenuwachtig ben, zet ik de radio aan en dan zegt het liedje iets waardoor ik me beter voel. Wanneer ik niet weet wat ik van iemand moet denken, zet ik de radio aan en dan hoor ik het in het liedje.'

'De eerste keer dat ik jou in het houten huisje naar de radio zag luisteren,' zei Teo, 'weet je nog welk liedje je toen hoorde?'

Miranda draaide het geluid van de Winco uit zodat de muziek van The Beatles niet door haar herinnering heen speelde.

'Het was een heel vrolijk liedje, een man die zei: *"I would die for you, darling, if you want me to."*'

'Prince,' zei Teo.

Miranda haalde haar schouders op en draaide het volume weer hoger.

'Toen jij mevrouw Pachelbel leerde kennen, luisterde je toen ook naar de radio?'

Miranda zette het geluid weer zachter en zei: '"*I am a rock. And a rock feels no pain. And an island never cries.*"'

'Paul Simon,' zei Teo. 'Hoe weet je dat nog zo goed?'

'Omdat het liedje vaak terugkomt als ik die persoon weer zie. Aan het eind ken ik het uit mijn hoofd!'

'Hetzelfde liedje komt altijd terug bij dezelfde mensen?'

'Soms niet. Sinds mevrouw Pachelbel ziek is geweest, komt er een ander liedje op de radio. Hij speelde ineens een liedje dat, dat, dat ging van: "*Please, let me get what I want. Lord knows it would be the first time.*"'

'The Smiths,' zei Teo. 'En ik? Heb ik ook altijd dezelfde muziek?'

'Nee, het liedje van het begin veranderde meteen. Daarna kwam er altijd eentje dat zo ging: "*I believe in love. I'll believe in anything.*"'

'Lloyd Cole,' zei Teo, en hij kon niet voorkomen dat hij bloosde. Hij vroeg zich af of hij echt zo naïef was als de mysterieuze dj op Miranda's radio dacht. Meteen hield hij weer op met aan zichzelf te denken, want er was een dringender vraag.

'En Demián dan?' vroeg hij. 'Welk liedje hoorde je als je hem zag?'

Miranda staarde hem met opengesperde ogen aan, ze begreep niet hoe hij over zoiets pijnlijks kon beginnen.

'Ik weet dat je er niet graag over praat, maar vertel het me alsjeblieft,' zei Teo met zijn allerliefste stem.

Miranda begreep dat hij het goed bedoelde. Toch vroeg het een bovenmenselijke inspanning van haar om te praten, haar lippen trilden.

'… In het begin was het gewoon een stom liedje. De mannen zongen: "*Is this the real life? Is this just fantasy?*" Dat vond ik wel grappig.'

'Queen,' zei Teo, die de eerste regels uit *Bohemian Rhapsody* herkende.

'Maar het liedje ging verder, en een van de mannen zong: "*Mama, just killed a man*" … Ik geloofde dat nooit, ik dacht dat, dat, dat dat gedeelte puur *fantasy* was, dat het niets te maken had met *the real life*, net als het stuk dat zegt "*Beëlzebub has a devil put aside for me*" … Pat zegt dat er geen Beëlzebub is en geen God, dat de duivel niet bestaat. Maar ik had soms het gevoel dat Demián een duiveltje was. Hij was zo gemeen tegen mij, tegen iedereen, súpergemeen, zomaar, *just because* … Het is mijn schuld, of niet? Als ik naar mama had geluisterd, was er niks gebeurd. Ik had niet in de duivel moeten geloven, als ik nou, als, als, als ik …'

Miranda begon onbeheersbaar te snikken. Teo drukte haar tegen zich aan en zette de Winco harder; dat was een kinderlijke reactie, hij wilde niet dat Pat haar hoorde huilen en de kamer zou binnenstormen om te vragen wat hij had gedaan, waarom hij Miranda aan het huilen maakte; hij had liever dat ze schreeuwde dat ze de muziek zachter moesten zetten. De reus wiegde Miranda als een baby die slaap nodig heeft, terwijl George Harrison zong: 'With our love we could save the world, if they only knew.'

Toen hij het idee had dat ze wat minder hard huilde, durfde hij haar te vragen: 'Ben je daarom zo bang als de radio het niet doet? Omdat je je verloren voelt zonder … gids?'

Miranda knikte en veegde haar snotneus af aan zijn overhemd.

'Het is niet jouw schuld wat er met Demián is gebeurd,' zei hij, terwijl hij over haar haren streek. 'Demián is doodgegaan omdat zijn hart stopte, hij had blijkbaar een ziekte die nooit was ontdekt, ik weet dat omdat ik het heb nagevraagd, de dokters hebben dat gezegd, maar vertel dit niet aan je moeder want als ze hoort dat ik iemand uit Santa Brígida heb gesproken, trekt ze mijn kop eraf, begrepen …? Jij voelt je rot omdat je Demián iets ergs hebt toegewenst dat meteen gebeurde, maar dat was toeval, we wensen allemaal weleens iets ergs, we denken allemaal weleens "wat een sukkel, ik hoop dat hij onder de trein komt". Ik ook, je moeder ook, en zelfs Salo, zeker, iedereen! Denk jij dat Salo nooit eens heeft gedacht "ik hoop dat die dikzak op haar kont valt en nooit meer overeind komt"?'

De toespeling op juffrouw Posadas werkte. Miranda schaterde het uit, tussen haar tranen door.

'Zo is het, meisje,' zei Teo. 'We worden allemaal weleens kwaad op iemand en wensen hem dan van alles toe. Maar ik, en je moeder, en iedereen die jou kent, wij weten dat je nooit de bedoeling hebt gehad om Demián iets aan te doen. Jij bent niet slecht, Miranda. Integendeel, jij bent van nature goed, je bent vriendelijk en attent tegen iedereen, je bent ontzettend aardig geweest tegen Demián terwijl hij vreselijke dingen deed, zelfs die ouwe heks van een Pachelbel heb je goed behandeld! Het is vreselijk wat er met Demián is gebeurd en daarom heb je er ook verdriet van, omdat je goed bent, omdat je nog steeds goed bent. Jij bent het soort mens dat in staat is alle straf op zich te nemen om iemand anders te beschermen.'

Miranda stopte met huilen en was muisstil. Teo begreep wat ze dacht: ze vroeg zich af of Teo het al wist van het glas.

'Pat heeft me verteld wat er gebeurd is. Ik weet al dat zij alles heeft kapotgemaakt,' zei Teo. 'Vertel het me maar.'

Miranda haalde haar hoofd van Teo's borst, maar verborg zich meteen achter de hoes van de plaat, haar vochtige oogjes staken erbovenuit.

'Wat moet ik zeggen?'

'Ik weet het niet. Wat jij wil.'

Miranda zei niets. Haar ogen dwaalden af naar de hypnotiserend draaiende plaat.

Teo begreep dat ze niks zou zeggen zolang ze geloofde dat ze daarmee verraad zou plegen. Ze had hem net geheimhouding beloofd over de vermeende ziekte van Demián, dus ze zou ook niet uit de school klappen over iets anders, zelfs niet om hem een plezier te doen.

'Het geeft niet,' zei Teo. 'Ik wilde alleen dat je wist dat ik weet dat jij het niet hebt gedaan.'

Miranda knikte en begon weer te zingen.

'Will you still need me, will you still feed me, when I'm sixty four?'

'Tuurlijk,' zei Teo, meer voor zichzelf dan voor Miranda. En daarna zweeg hij. Hij bleef samen met het meisje naar de muziek luisteren, totdat *A Day in the Life* kwam en het universum in de kleine kamer in het kleine dorp in het land in die godvergeten uithoek van de wereld werd vernietigd en weer opnieuw opgebouwd.

LXXIX

Waarin wordt nagedacht over de vage scheidslijnen tussen werkelijkheid en verbeelding

Teo twijfelde steeds sterker aan Pats levensverhaal.

Aanvankelijk geloofde hij dat ze kwaad was op de vader van Miranda, wat niets uitzonderlijks was, de wereld is vol van gewelddadige, ongeschikte of nalatige vaders, daarom ging hij er ook van uit dat het besluit om zich in Santa Brígida te vestigen een legitieme manier was om afstand te nemen. Maar toen hem duidelijk werd dat ze op de vlucht was en daarom van hot naar her reisde, en dat Santa Brígida niet de eerste plek was die Pat en Miranda tijdens hun exodus hadden aangedaan, gingen in zijn hoofd de alarmbellen af. Als Pat, zoals ze beweerde, goede redenen had om zich op deze manier te verstoppen, waarom weigerde ze Teo dan haar ware verhaal te vertellen, en daarmee haar eigen zaak te behartigen?

Alles wat Teo tot zijn beschikking had om zichzelf ervan te overtuigen dat Pat haar kind niet ontvoerd had, was Pats woord. Elke poging om door die barrière heen te breken, werd als verraad geïnterpreteerd. Ook hier werd hij tot onvoorwaardelijke overgave gedwongen. Als hij bij haar wilde blijven, moest hij zijn ogen sluiten en vertrouwen hebben, al betekende dit dat hij alle logica moest negeren.

De bewijzen hadden zich opgestapeld tot ze als een muur tussen hen in stonden. Pats toewijding voor Miranda, die in het begin zo betoverend had geleken, begon op een obsessie te lijken. Pats woede jegens de vader van het meisje, zo normaal bij veel scheidingen, begon op achtervolgingswaanzin te lijken: overal meende ze tekenen te zien van die man en de dreiging die van hem uitging.

Ze dichtte hem bijna bovenmenselijke krachten toe. Wanneer Teo nieuwe plekken voorstelde om de droogte van Monte Abrasado te ontvluchten, wees Pat die van de hand door zich te verschuilen achter de virtuele alomtegenwoordigheid van haar achtervolger. Ze konden niet naar Chili omdat Miranda's vader alle grenzen bewaakte. Ze konden niet naar de zee omdat Miranda's vader op alle stranden en in alle havens mensen had.

Deze gesprekken liepen steevast uit op ruzie. Dan gaf Pat Teo het gevoel dat ze best zonder hem kon en haar leven ergens anders wel weer kon oppakken alsof er niets gebeurd was. En Teo, die zijn vorige leven had achtergelaten zonder te kunnen vermoeden hoe onzeker het nieuwe zou zijn, hield zijn mond om niet met lege handen achter te blijven.

De ontdekking dat Pat bij een psychiater liep en pillen slikte, zat hem ook dwars. Na hun verhuizing naar Monte Abrasado kwamen ze erachter dat er geen gespecialiseerde artsen in de regio waren; niemand kon Pat medicijnen voorschrijven en dus was ze ermee gestopt. Maar het feit dat haar lichaam vrij was van psychofarmaceutische stoffen, maakte de last voor de reus niet lichter. Nu werd hij geplaagd door het vermoeden dat Pats verhaal een illusie was, een hersenspinsel om haar verlatingsangst, haar onvermogen om wortel te schieten, haar beperkingen als moeder te rechtvaardigen.

In deze context kregen Miranda's krachten een nieuwe betekenis. Als ze nou eens niet echt bestonden? Teo was bang dat het bedrog was, een even handig als aantrekkelijk verzinsel als dat van de wolf, en net zo onwaarschijnlijk. Als het nou eens een fantasie was die het meisje had gecreëerd om haar moeder te beschermen en Pats overdreven drang om haar van de wereld af te schermen aannemelijk te maken, een soort gezamenlijke waan?

Zelfs al was Teo getuige geweest van een aantal wonderen, het feit dat ze tot het verleden behoorden, maakte ze ongrijpbaar, als herinneringen waarvan je niet weet of je ze nou hebt meegemaakt of kent van horen zeggen. Wie kon zeker weten dat de warmte die eerste avond te danken was aan het zingen van *De slag om de warmte*, en niet een gevolg was van de koorts? Wie kon ervan getuigen dat de vogeltjes van klei waren weggevlogen, behalve een groepje zesjarige kinderen? Wie kon aantonen dat Miranda mevrouw Pachelbel had genezen en niet gewoon de natuur haar werk had gedaan? En wie zou de gedachte verdedigen dat Miranda iets met Demiáns dood te maken had? De lijkschouwers in elk geval niet, dat was inmiddels duidelijk. Sinds het incident tijdens het Sever, dat wil zeggen, sinds Teo zich bewust was geworden van het bestaan van die 'krachten', had hij ze nooit meer in actie gezien. Miranda weigerde er gebruik van te maken. Ze had alleen gezegd dat ze er tijdens de nacht van het gebroken glas op was teruggevallen, om de puinhoop die Pat had aangericht toe te dekken!

Hij twijfelde ook of het meisje inderdaad elke klank die ze hoorde tot een muzieknoot kon herleiden. Hoe kon hij weten of ze niet loog als ze zei dat zus of zo een a of een bes was, als hij zelf geen noot van een andere kon onderscheiden? Zelfs haar vermogen om leugens te bespeuren was twijfelachtig en misschien wel ingebeeld: sinds Teo op zijn eerste leugen was betrapt, was hij elke keer als hij haar wilde beduvelen zo nerveus geworden dat zelfs een debiel het door zou hebben.

Het enige fenomeen dat Teo kon bevestigen, was dat van de radio, de piepkleine Spica die alleen in Miranda's handen werkte, en dat zonder batterijen! Toch was hij er zeker van dat er een wetenschappelijke verklaring voor moest bestaan, hoewel hij er nog geen had kunnen bedenken. En wat betreft de liedjes die dingen aan haar zouden openbaren, was het enige bewijs de getuigenis van het meisje zelf. Waarom zou ze ze niet gewoon in een willekeurige volgorde hebben gehoord, net als op een normale zender, en ze *a posteriori* hebben gerangschikt, alsof ze de ervaringen in haar leven van commentaar voorzagen?

Tot op dat moment had hij Pats verklaringen (of liever gezegd, het uitblijven daarvan) aanvaard en haar voorwaarden voor lief genomen. Daarom had hij ook niet doorgevraagd of geprobeerd haar verhaal met bewijzen uit de buitenwereld te staven. In de loop van de tijd was hij de argumenten van zijn vrouw gaan overnemen: elke keer als hij aan haar twijfelde werd hij belaagd door schuldgevoelens en voelde hij zich het vertrouwen niet waard dat Pat in hem stelde door hem haar kostbaarste bezit, haar dochter, toe te vertrouwen. Maar juist de liefde die hij voor Miranda voelde, bracht hem tot de vraag of hij niet beter het risico kon nemen. Wie anders dan hij zou het meisje kunnen helpen als Pat geen positieve invloed meer op haar kon hebben? Als Pat de controle verloor, wie was er dan om Miranda te beschermen, wie anders dan hij?

Het zou ons niet verwonderen als de lezer in deze fase van het verhaal minder twijfels heeft dan Teo. Dat komt door de beperkingen die het vak de verteller oplegt. Omdat we gedwongen zijn alleen het betekenisvolle te vertellen, laten we het alledaagse weg: de manier waarop Pat zich het grootste deel van de tijd gedraagt, bijvoorbeeld. Ze is scherpzinnig, intelligent en sensueel als altijd, een vrouw waar iedereen verliefd op zou worden, zelfs in de tegenwoordige tijd van onze vertelling, tijdens hun ballingschap in Monte Abrasado. Tegenover elke zuippartij die in een nare scène uitmondt, tegenover elke gebeurtenis als de Kristalnacht, staan dagen en zelfs hele weken dat Pat zich gedraagt als de beste versie van zichzelf.

Daarom vragen we om clementie bij het beoordelen van Teo's twijfels. Hij vraagt zich af wie hij is om buiten haar moeder om te bepalen wat goed is voor Miranda. Als een Joodse familie die wacht op de trein naar het concentratiekamp, vraagt de reus zich af of het beter is er maar het beste van te hopen en optimistisch te zijn of dat hij als eerste van het perron zal wegvluchten om aan een dreigende dood te ontkomen.

Teo zoekt deze dagen zijn heil bij het stoïcisme waartoe het samenleven met zijn eigen moeder hem destijds had veroordeeld, bij de *Tusculanae* van Cicero, en zegt tegen zichzelf: *Accipere quam facere praestat iniuram*, je kunt beter onder onrecht lijden dan het zelf begaan.

Teo lijdt dus. Maar hij houdt zich flink.

LXXX

Waarin wordt bevestigd dat de werkelijkheid veel gevaarlijker is dan de verbeelding

Men kan zich met recht afvragen wat er van Teo en Pat was geworden als ze meer vertrouwen in elkaar hadden gehad. Als Teo geduldiger was geweest. Als Pat volledig vertrouwen had gehad en hem niet alleen had laten delen in de zorg voor Miranda, maar hem ook de waarheid over haar situatie had verteld. Het is echter duidelijk dat de meeste mensen anderen en zelfs zichzelf niet vertrouwen en dat ze de waarheid niet vertellen om zogenaamd de ander te beschermen, terwijl ze alleen maar proberen zichzelf tegen een mogelijk negatief oordeel te beschermen.

In elk geval had Teo meer rust gehad als hij had geweten wat er zich kort na hun vertrek in Santa Brígida had afgespeeld, op de eerste vrijdag van november.

Die middag was er tot ieders verwondering een pak sneeuw gevallen, terwijl de kalender toch echt aangaf dat het lente was.

Herinnert de lezer zich de adviseur nog aan wie burgemeester Farfi de leiding over zijn labiele vrijdagen had overgedragen? Welnu, die middag besloot deze man tegen de uitdrukkelijke orders van zijn meerdere in te gaan en hem een kwestie voor te leggen die uitsteeg boven de wet op spandoeken of de vernieuwing van het riool. Hij deed dit slechts, zo zei hij, omdat het document hem als 'urgent' in handen was gekomen en hij niet zeker wist of het wel verstandig was zoiets dringends tot maandagochtend te laten liggen.

Het was een document met het briefhoofd van de Argentijnse marine.

Ondanks het vrijdagse getingel in zijn hoofd werd Farfi ernstig. Hij was eraan gewend om met leger en politie te maken te hebben, maar nooit eerder had hij met de marine van doen gehad. Wat kon de marine voor interesse in Santa Brígida hebben? De laatste keer dat Farfi op de kaart had gekeken, lag het dorp nog niet aan zee.

Hij liet zijn adviseur gaan en bleef alleen in zijn werkkamer achter, met het verzoek om door niemand gestoord te worden. In het document stond dat het geen officieel, maar een officieus verzoek betrof van een marineofficier die een familielid kwijt was. Het was in algemene termen gericht aan alle gemeentes in de regio en er werd in gevraagd of men zo vriendelijk wilde zijn inlichtingen te verschaffen over de verblijfplaats van ene Patricia Picón, Argentijnse, dertig jaar oud, afkomstig uit Buenos Aires; het nummer van haar identiteitsbewijs was bijgesloten. Er zat ook een kopie bij van een foto: een jonge vrouw met enorm lang haar, dun en een beetje uitgeteerd. Ondanks de onrust die hem bekroop, herkende Farfi die gelaatstrekken. Als je wat moeite deed en je dat gezicht probeerde voor te stellen met kort haar, een paar kilo extra en de sproeten die op de kopie waren uitgewist ...

In de tekst stond een privénummer in Buenos Aires waar men naartoe kon bellen voor het geval men informatie bezat. In een opwelling (de uitwerking van de medicijnen in zijn bloed werd met de minuut minder) pakte hij de telefoon. In de seconden dat hij wachtte, begon de Hyde-kant in de ziel van de burgemeester de overhand te krijgen; hij besloot niet als Farfi het woord te doen, maar zich uit te geven voor zijn secretaresse Clara, zodat hij een vrouwenstem moest opzetten. Er was echter nog voldoende Jekyll in hem aanwezig om voorzichtigheidshalve te vertellen dat zij, 'Clara' dus, de secretaresse van de burgemeester van Oro Seco was, een dorp honderdtwintig kilometer verderop. Farfi wilde heel graag weten waar de zaak over ging, maar hij wilde geen mensen van de marine in Santa Brígida.

'Clara' vroeg waarom het meisje in Oro Seco werd gezocht. De persoon aan de andere kant van de lijn zei dat ze in de stad Bariloche een cheque op naam van Patricia Picón op het spoor waren gekomen. (De man van de marine zei er niet bij dat het geld door Patricia's ouders in Madrid was gestuurd, om geen lastige vragen te hoeven beantwoorden.) De zoektocht in Bariloche had geen resultaat opgeleverd, daarom probeerde men het nu in de omliggende gebieden. Toen 'Clara' wilde weten of er misschien een rechtszaak tegen de vrouw liep, zei de man van niet. (Hij zei letterlijk 'negatief', wat 'Clara' erg komisch vond. Het kostte haar de grootste moeite het niet uit te proesten.) Het draaide allemaal om een man die bezorgd was over het welzijn van zijn ex-vrouw, een labiele vrouw; ze wilden haar vinden voordat ze zichzelf iets zou aandoen.

Toen Farfi ophing, merkte hij dat hij trilde. Dat deed hij altijd wanneer hij met zijn medicijnen stopte, maar dit keer was er nog een andere reden. Hij vocht om zijn gedachten niet alle kanten op te laten schieten (Farfi-Hyde moest hoognodig naar buiten en duldde geen uitstel), want hij wilde de kwestie met de geboden ernst tegemoet treden. Hij was bang een zaak van leven of dood aan te pakken met de luchtigheid die hem in het weekend bezielde. Zo'n ernstige aangelegenheid was iets voor de Farfi met medicijnen. Hoewel de mogelijkheid bestond dat die zorgvuldige Farfi zou besluiten de solidariteit tussen machthebbers te respecteren en de echte Clara het nummer zou laten draaien om door te geven wat de burgemeester wist.

Hij stond voor een dilemma.

In zo'n vlaag van bezieling die hij alleen van vrijdag tot maandag had, stopte hij het document in zijn zak en liep de deur uit. Hij wilde een borrel gaan drinken bij Tacho, daarna met zijn gezin uit eten en later met zijn vrienden afspreken om te biljarten. Toen ze de biljartzaal verlieten, gebeurde waar hij op gerekend had. Farfi en zijn maten hadden inmiddels te veel gedronken, een van hen gleed uit in de sneeuw en sleurde de anderen mee naar de grond, waar ze voor zijn gevoel een eeuwigheid rondrolden en nat werden en lachten. Bij een poging om op te staan en de anderen omhoog te helpen, viel het document uit zijn zak. Daar bleef het liggen en zoog het zich vol water. 's Nachts sneeuwde het opnieuw (voor de laatste keer dat jaar), tot het papier vrijwel helemaal bedekt was. Tegen de tijd dat de sneeuw zou smelten, zou het papier al zo vergaan zijn dat niemand het logo van de marine nog zou herkennen en het gelaat op de foto al helemaal niet; het zou ten prooi vallen aan de straatvegers.

Op maandagochtend herinnerde Farfi zich de kwestie niet of nauwelijks meer.

Wat ook een negatief effect had. De verantwoordelijke Farfi zou hebben opgemerkt dat de marine zo'n document nooit alleen maar naar de gemeentebesturen in de regio zou sturen. Een militair korps als de marine vertrouwt meestal op vergelijkbare apparaten, al is het maar vanwege het uniform.

De politie bijvoorbeeld. En de nationale gendarmerie.

Hier keren we weer terug naar wat we aan het begin van het hoofdstuk hebben gezegd over de rust die Teo had gehad als hij ontdekt had dat de marine op zoek was naar Patricia Picón, een jonge vrouw die op de foto identiek bleek aan Patricia Finnegan.

Als Teo het document dat Farfi had ontvangen, onder ogen had gekregen, had hij begrepen dat de dreiging die Pat en Miranda boven het hoofd hing, reëel was. En dat Pat er goed aan deed de zee, mannen in uniform en de grenzen die zij bewaakten, te wantrouwen.

Maar onder die omstandigheden zou hij ook hebben vastgesteld dat zijn toekomst er somber uitzag. Want de militairen, die zelfs na hun ondergang nog een ongebreidelde macht bezaten, hadden Pat en Miranda in het vizier. En de situatie werd nog gevaarlijker met een Pat die, op een manier die zich inmiddels niet meer liet verhullen, aan het instorten was.

LXXXI

Hier komt Dirigibus ertoe te spreken over iets
wat hij tot op heden had ontkend en bericht
hij tevens over een rampzalig besluit

Mijn beste Teodoro, stond er in de brief die de reus in handen had, *al
die tijd ben ik een kwestie uit de weg gegaan die voor mij van het grootste belang is. Ik weet dat jij weet waarover ik het heb, hoewel je als een
heuse heer hebt nagelaten druk uit te oefenen om mij over dit heikele
onderwerp uit te laten terwijl ik daartoe duidelijk nog niet in staat was.
Welnu, het moment is aangebroken. Ik weet niet of ik er nu wel toe in
staat ben, maar dit is ontegenzeglijk het moment, want als ik nu mijn
hart niet open, krijg ik er misschien de kans niet meer voor.*

Dirigibus' brief ging verder: *Ik ben nooit van mening geweest dat ik
geschikt was voor de romantische liefde. Ik ben van nature geneigd om
overal harmonie in te zoeken. Ik geloof dat een goed huwelijk een relatie van bijna broederlijke kameraadschap is, die de kenmerken aanneemt van een kleine, op wederzijdse hulp gebaseerde gemeenschap:
beide partijen helpen elkaar bij hun taken, versterken elkaars financi-
ele draagkracht, opereren als een eenheid in het sociale leven en werken
samen bij het bevredigen van lichamelijke behoeften en de voortplan-
ting van de soort. Ik ben ooit getrouwd geweest, en hoewel ik nooit
kinderen heb gekregen, kan ik ervan getuigen dat het huwelijk zo beschouwd een vitaal instituut is. Mijn geliefde Dita, God hebbe haar ziel,
was het beste maatje dat ik had kunnen hebben.*

*De romantische liefde daarentegen is gebaseerd op hartstochten die
zich niet laten intomen en in hun hevigheid alles overschaduwen. Op
mijn leeftijd had ik het niet meer voor mogelijk gehouden dat zoiets me
nog zou overkomen. Maar sinds ik mevrouw Pachelbel heb leren kennen, heb ik elk gevoel voor maat en gematigdheid verloren.*

*Wat voor vreemde macht bepaalt wat ons aantrekt? Wat voor kracht is
het die ons naar één persoon in het bijzonder leidt en ons anderen laat
negeren? Sommigen schrijven dit selectieproces toe aan de chemie, hetzij*

vanwege bepaalde geuren, hetzij door de werking van hormonen. Als dat zo was, zouden we moeten concluderen dat het om een wispelturig en niet erg economisch mechanisme gaat; veel praktischer is de manier van de overige zoogdieren, die op het dichtstbijzijnde bronstige wijfje afgaan.

Ik geloof ook niet in de psychoanalytische benadering, die zegt dat we in een vrouw de eigenschappen van onze moeders zoeken, zowel wat betreft persoonlijkheid als wat betreft uiterlijk. (Er wordt beweerd dat ons schoonheidsideaal is afgeleid van kenmerken die we in onze moeders hebben leren liefhebben.) Ik moet je zeggen dat mijn moeder uiterlijk zeer veel leek op ondergetekende, waardoor ik mijn bestaan altijd als een soort wonder heb beschouwd. En hoewel ze haar hele leven onder ellendige omstandigheden heeft moeten werken, heb ik nooit gezien dat ze haar zelfbeheersing verloor of een mens neerbuigend behandelde, zoals mevrouw Pachelbel zo vaak doet.

Wat mij in godsnaam naar die stugge, onbeheerste vrouw toe heeft getrokken, is iets wat mijn verstand te boven gaat. Maar in de loop der tijd ging mijn belangstelling over in genegenheid, en de genegenheid, die alles herschrijft, veranderde de aantrekkingskracht in liefde. Al lang geleden ben ik tot de conclusie gekomen dat ik niet anders kan dan naar mijn gevoelens luisteren. Met deze instelling begon ik haar het hof te maken, wetende dat ik geen ander wapen had dan mijn naïviteit om door haar pantser te dringen.

Mijn hart verbindt het succes van deze onderneming aan de invloed die jullie, en zeer in het bijzonder het meisje, op mevrouw Pachelbel hebben gehad. Ze heeft net zoveel gepresteerd als iemand die met een doosje lucifers een ijsschots laat smelten. Dat waren pas gelukkige tijden! Evenzo kan ik er niet omheen jullie vertrek uit Santa Brígida te verbinden met de ongelukkige omstandigheid die mij van mevrouw Pachelbel heeft verwijderd. Ik denk dat het allemaal anders zou zijn als jullie nog hier waren. Maar nu dat niet zo is, zie ik mezelf gedwongen beslissingen te nemen die ik nooit had willen nemen.

Aanvankelijk moest ik vanwege het dubbele verraad (mijn vriend Puro Cava! Mijn geliefde Pachelbel!) het bed houden, omdat het alle energie uit me wegzoog. Ik wilde niet eten. Erger nog, ik wilde niet drinken! Hoe kon mijn vriend deze vrouw achter mijn rug om verleiden? Hoe kon zij met de gevoelens van ons beiden spelen? Langzaam kwam ik echter dankzij de inzet van mijn andere vrienden uit de put. (Tacho schonk me het beste uit zijn wijnkelder en verleidde me om het leven weer te omarmen; hij kon zijn beste klant niet missen!) Deze mensen hebben me geholpen de andere kant van de medaille te zien. *Puro Cava* was er ook kapot van, want hij dacht dat ík haar juist stiekem het hof had gemaakt. En hij gaf mij de schuld van mevrouw Pachelbels negatieve antwoord op zijn huwelijksaanzoek.

Wekenlang heeft mevrouw Pachelbel bij me voor de deur gestaan om alles uit te leggen. Ik kan me voorstellen hoe moeilijk zo'n nederig gebaar voor haar geweest moet zijn. Ik heb nooit opengedaan. Ik wilde graag alles weten, maar kon de gedachte dat ze voor me op de knieën zou gaan, niet verdragen. Iemand zei me dat ze in de namiddag achter het raam zat weg te kwijnen en naar de lege plek bij het verkeerslicht staarde, die ooit door mijn aanwezigheid werd opgevuld.

Uiteindelijk kwam er een brief van haar, vol heerlijke spelfouten. Daarin probeerde ze te verduidelijken dat er van het begin af aan sprake was geweest van een misverstand. Het was ermee begonnen dat onze hoffelijkheid ons ervan weerhield om over onze gevoelens te spreken. Even discreet als altijd had *Puro Cava* de fysieke relatie die hem zo lang met haar had verbonden, verborgen gehouden. Uit een soortgelijke schroom had ik vermeden hem te vertellen over de persoon die me van mijn slaap beroofde. Er was nooit verraad geweest! Mevrouw Pachelbel had *Puro Cava* niet meer ontvangen sinds de week waarin ze mij toegang had verschaft tot haar rijk van zoete spijzen. (Om niet nog een misverstand de wereld in te helpen, wil ik hier graag verduidelijken dat deze zin letterlijk bedoeld is: ik heb het over haar confiturenzaak, niet over andere geneugten.)

Maar zelfs al hadden we deze verwarring opgehelderd, dan was er nog een onduidelijkheid, die onoplosbaar leek. Mevrouw Pachelbel had jarenlang haar relatie met *Puro Cava* onderhouden, ofschoon ze die altijd als onbevredigend had ervaren. Je kent haar pragmatische aard maar al te goed: voor haar was *Puro Cava* slechts een lustobject. De relatie die ze met mij kreeg, schonk haar op andere terreinen bevrediging: pure genegenheid, intellectueel vermaak, culinair genot. Zoals ze in haar brief onthulde, had ze zich bij aanvang van dat rampzalige *Sever* in opperste staat van verwarring bevonden. Enerzijds had ze ingezien dat de relatie met mij ook niet bevredigend was. *Puro Cava*, begreep ze, was toch meer voor haar dan alleen seks. Ze was hem gaan missen. Maar tegelijkertijd voelde ze zich niet in staat het zonder mijn aanwezigheid te stellen; ik was meer dan alleen genegenheid voor haar. In deze verwarde toestand bevond ze zich toen ze naar het *Sever* ging en er gebeurde wat we inmiddels allemaal weten.

Ze schreef in haar brief dat de gebeurtenissen haar noopten van ons beiden af te zien. En dat ze ondanks haar verdriet wist dat er geen andere uitweg was. Diep in haar hart hield ze nog steeds van ons allebei en kon ze niet kiezen voor de een ten nadele van de ander. Zich ten volle bewust van onze erecode, aanvaardde ze dat de situatie onhoudbaar was en maakte ze de keuze een stapje terug te zetten om een conflict tussen twee heren, dat zij zich niet in staat achtte te beslechten, niet te laten voortduren. Zo nam ze afscheid van me, met een belofte van eeuwige trouw: 'Adieu ...'

Ik dacht dat ze gelijk had, dat ons geen andere keuze restte dan op te geven. Totdat Puro Cava bij me aanklopte met een voorstel dat ik in eerste instantie bizar vond, maar waarvan ik gaandeweg de voordelen ben gaan inzien.

Puro Cava zei dat het onzinnig was dat er drie mensen ongelukkig waren, terwijl twee van hen gelukkig konden worden. En dat er, ook al weigerde mevrouw Pachelbel voor een van ons te kiezen, nog een andere manier bestond om de kwestie onder heren op te lossen.

Ik vroeg hem of hij doelde op zoiets simpels als een muntje opgooien. Hij zei dat hij dat had overwogen, maar dat hierbij een verliezer uit de bus zou komen die het ergst denkbare lot beschoren zou zijn. Als hij zou verliezen, zou hij niet meer verder willen leven, zei hij. Ik zei dat ik er hetzelfde over dacht. Toen legde hij mij zijn oplossing voor, waar ik mij, na haar van alle kanten tegen het licht te hebben gehouden, uitstekend in kon vinden.

Puro Cava en ik gaan een duel aan. De overlevende krijgt mevrouw Pachelbel (die wij, zoals je je kunt indenken, niet van het initiatief op de hoogte hebben gebracht) en de verliezer heeft het geluk om niet meer te hoeven lijden onder zijn verloren liefde. Ik denk dat de kansen op een overwinning gelijk liggen. Ik ben een groter doelwit, maar ik heb wel betere ogen dan hij!

Je zult het een barbaarse oplossing vinden en derhalve niet van deze tijd. Maar ik ben ervan overtuigd dat er geen barbaarser tijden hebben bestaan dan de huidige; en je zult niet kunnen ontkennen dat het duel een elegante manier is om een probleem op te lossen dat anders tot het einde der tijden onopgelost zou blijven.

Het is nog slechts een kwestie van dagen. We moeten het alleen nog over een paar dingen eens worden, la choix des armes, bijvoorbeeld. Als je hier was geweest, had ik je als secondant uitgekozen, maar in jouw afwezigheid heb ik Tacho moeten vragen!

Misschien heb ik geen tijd meer om je voor het duel nog een brief te schrijven. En wellicht gebeurt het daarna ook niet meer, als het geluk niet aan mijn zijde is. Beschouw in dat geval deze regels, deze in articulo mortis *geschreven brief, als mijn afscheid. Het was een groot genoegen jou en je gezin te leren kennen. Moge mijn lot eraan herinneren hoezeer het hart de mens op de proef stelt en hoe noodzakelijk het is om altijd te leven in harmonie met de meest verheven gevoelens.*

Voor altijd de jouwe.

D.

LXXXII

Waarin men het belang kan ontwaren dat Dirigibus hecht aan de kunst van het fietsen

Niemand in Santa Brígida wist waar doctor Dirigibus vandaan kwam. Alles wat de ouderen zich herinnerden, was dat de advocaat in 1952 als door de voorzienigheid beschikt in het dorp terecht was gekomen, even kaal als nu, maar met nog bruine krullen in zijn haarkrans. Santa Brígida was flink gegroeid en kon haar zaken niet meer regelen zoals voorheen, met een beroep op de goede wil van haar bewoners of de diensten van juridische beunhazen of rechters die zich ver van het dorp bevonden. Bovendien werd er in de poker-partijen van Farfi senior om zoveel geld gespeeld dat het raadzaam was een externe waarnemer in te schakelen die over het fair play kon waken.

Doctor Nildo C. Dirigibus was toen al weduwnaar. Al snel werd hij goede maatjes met Farfi senior, die hem op de proef stelde met een aantal van zijn juridische verwikkelingen en uiteindelijk het beheer van zijn ondernemingen aan hem overdroeg. Tientallen jaren lang was Dirigibus een voortreffelijk onderhandelaar geweest. Hij be-reikte altijd zijn doel en slaagde er bovendien in de gunst en vriend-schap te verwerven van degenen die eerder nog tegen hem geproce-deerd hadden: met een glimlach op de lippen ondertekenden ze het document dat voor henzelf nadelig uitpakte.

Na verloop van tijd begon zijn liefde voor de alcohol het over te nemen van zijn gezond verstand. Hij kon nog altijd goed met men-sen overweg, maar vergat regelmatig het geschil waarvoor hij was gekomen en nam met veel omhelzingen afscheid zonder iets con-creets tot stand te hebben gebracht; of hij tekende, zonder na te lezen of er wel in stond wat mondeling was overeengekomen, het eerste het beste papier dat hij voor zijn neus kreeg en bracht zijn cliënten daarmee enorme schade toe.

Farfi senior stond op het punt hem te ontslaan toen hij aan de speeltafel aan een hartinfarct bezweek. (Zelfs tijdens het infarct liet hij zijn kaarten niet los; hij had een full house die hij nooit meer op tafel heeft kunnen leggen.) Toen Farfi junior het roer van het familieschip overnam, ontnam hij de rechtsconsulent stukje bij beetje de zorg voor zijn zakelijke belangen, waarbij hij poogde diens trots niet te krenken. Toen hij tot zijn verrassing voor het publieke ambt werd gekozen, meende hij de ideale stek voor de advocaat te hebben gevonden. Dirigibus was een geboren bemiddelaar. Als er ergens een conflict was, stuurde de kersverse burgemeester hem als afgevaardigde. Tegen de tijd dat Farfi dan op zijn officiële missie arriveerde, hoefde hij niet veel meer te doen dan handen te schudden, schouderklopjes te geven en te glimlachen voor de foto.

Dirigibus geloofde dat er voor alle menselijke problemen een oplossing bestond, behalve voor de dood. Wanneer een vertegenwoordiger van de strijdende partijen het hoofd liet hangen en zijn overtuiging uitsprak dat het probleem onoplosbaar was, kreeg hij daar meteen spijt van en wenste hij dat hij nooit zijn mond had opengedaan. Zo'n negatieve instelling was het enige wat Dirigibus razend kon maken. De blindheid van zijn soortgenoten ergerde hem, er was altijd een oplossing, dat kon niet anders! Het feit dat iemand daaraan twijfelde, dreef hem ertoe een hele reeks argumenten te spuien, waarbij hij de strijdende partijen rijkelijk met speeksel besproeide en hun het schaamrood op de kaken bracht vanwege hun geringe bereidheid om tot overeenstemming te komen.

'Wat onderscheidt ons van andere soorten, wat maakt ons pienter,' vroeg hij dan, zijn fijne sproeiregen verspreidend, 'anders dan ons vermogen tot inzicht? Als zelfs leeuwen en antilopen een manier hebben gevonden om harmonieus samen te leven, waarom kunnen wij zo'n akkoord dan niet bereiken? Zijn we soms minder begaafde wezens dan een emoe of een baviaan? We hebben de aarde bedwongen, de fysieke wereld veroverd, verdienstelijke grondwetten opgesteld, het allerkleinste verkend tot we het atoom ontdekten, het oneindige bestudeerd door de ruimte in te gaan, en we zijn niet in staat een uitweg te vinden in een geschil over een scheidsmuur?' En nadat hij de vertegenwoordigers van beide partijen zover onder de tafel had gepraat dat ze als erkenning van hun schandelijke gedrag de ogen neersloegen, stroopte hij de mouwen op om het onderwerp nog eens van het begin af aan door te nemen, tot hem – eindelijk! – een voor iedereen bevredigende aanpak voor ogen kwam, helder en duidelijk als het Beloofde Land.

Voor Dirigibus ging het er puur en alleen om nooit de zoektocht naar harmonie op te geven. Wanneer men hem voorhield dat er geen harmonie kon zijn in een werkelijkheid die sinds het begin van haar bestaan door onrecht was getekend (de gewelddadige landonteigening van de indianen, bijvoorbeeld), veroorloofde Dirigibus het zich dat tegen te spreken. Er waren altijd manieren om de schuldigen te straffen en de slachtoffers te compenseren, verklaarde hij, en ook al werd daarmee de realiteit niet in haar oorspronkelijke staat hersteld, dan betekende het niettemin dat het toegebrachte kwaad werd rechtgezet en de fout dus niet zegevierde.

De rechtsconsulent zei dat het leven veel weg had van fietsen. De *conditio sine qua non* om vooruit te komen, is evenwicht. Uiteraard kon men eenmaal onderweg door onervarenheid of invloed van buitenaf het evenwicht verliezen. Als men pijnlijk ten val dreigt te komen, moet men het stuur omgooien (overdreven naar de andere kant, welteverstaan) en vervolgens tegensturen (ook overdreven, maar minder) en dit proces zo vaak als nodig en met steeds subtielere bewegingen herhalen, tot men de controle terug heeft en weer recht vooruitgaat.

Vervolgens onderstreepte Dirigibus twee aspecten die wat hem betreft cruciaal waren: de evolutieve kenmerken van deze wijze van voortbewegen (het resultaat van een leerproces) en de noodzaak tot voortdurende waakzaamheid, zodat een onverwachte scheur in het wegdek niet kan resulteren in het verlies van harmonie. Zelfs degenen die zonder handen kunnen fietsen, kunnen op hun snuffferd gaan als ze niet op de weg letten! Dirigibus' redenering was prachtig verwoord, maar zijn gesprekspartners luisterden nooit tot het einde van zijn verhaal omdat ze werden afgeleid door het beeld dat zich in hun hoofd had gevormd: ze zagen de rechtsconsulent met zijn tonronde lijf op een piepklein fietsje voor zich, worstelend om niet tegen de vlakte te gaan.

Wie Dirigibus als kind had gekend, had nooit kunnen denken dat hij zijn toekomst zou wijden aan de eendracht tussen mensen. Want al werd er van hem gehouden en had hij vrienden en kon hij studeren, hij kende tegenslagen die bij anderen een tot wrok gistende bitterheid hadden veroorzaakt.

De vader van de rechtsconsulent was een lieve man, die hield van zijn vrouw en zoon en ze dagelijks met attenties overlaadde. Hij was eigenaar van een familiehotel in de Calle Anchorena, in een welgestelde wijk van Buenos Aires. Hij had het van zijn eigen vader geërfd, van wie hij ook de overvloedige liefde had meegekregen waarmee hij nu zelf zijn dierbaren overstelpte. Eraan gewend om alles te hebben en om te kunnen vragen zonder er iets voor terug te hoeven geven, groeide Dirigibus' vader op in de overtuiging dat de wereld net zo ruimhartig zou zijn als de persoon die hem verwekt had.

Maar het leven leerde hem het tegenovergestelde. Geplaagd door rode cijfers nam Dirigibus' vader een lening op die hij niet kon terugbetalen. Het hotel werd door de bank bij opbod verkocht. Vervolgens vroeg hij geld aan een geldschieter om het luxeleventje dat hij voor zijn dierbaren wenste, te kunnen blijven betalen. Omdat hij nooit op tijd en volgens afspraak betaalde, werd zijn arm gebroken, waardoor hij niet meer kon werken. Toen diezelfde geldschieter dreigde zijn vrouw en kind iets aan te doen, werd Dirigibus senior wanhopig. Waarschijnlijk had hij iets vreselijks gedaan als de politie hem op dat moment niet had opgepakt voor zaken die nog tegen hem liepen: niet uitbetaalde salarissen en ontslagvergoedingen aan zijn voormalige werknemers, beschuldigingen van fraude en oplichting van vroegere leveranciers, openstaande onroerendgoedbelasting ...

Dirigibus herinnerde zich de bezoeken aan de gevangenis waar zijn vader zijn straf uitzat, die lieve man die niet wist hoe hij moest ophouden zichzelf en daarmee zijn dierbaren te benadelen. Als klein jongetje dacht hij dat zijn vader daar gelukkig was: hij werd van al het nodige voorzien zonder erom te hoeven vragen. Op die zondagen nam zijn moeder een mand met etenswaren mee (die bij de toegangscontroles lichter werd) en dan aten en dronken ze samen, vertelden ze elkaar verhalen en brachten ze elkaar op de hoogte van de laatste nieuwtjes, zoals gezinnen dat 's avonds gezellig thuis doen. Als hij de omgeving even wegdacht, kon de kleine Dirigibus het gevoel hebben dat ze weer in het hotel waren, dat zijn deuren altijd had openstaan. Zolang ze er gewoond hadden, was het elke avond vol geweest met betalende en niet-betalende gasten: zijn vader was niet in staat om daklozen onderdak te weigeren, net zoals zijn moeder iedereen die bij hen aanschoof soep aanbood.

De gevangenis zat vol arme sloebers, brave mannen met wie het verkeerd was afgelopen. Ook al had hij gelukkige herinneringen aan die bezoekuren, waarin zijn vader het eten met zijn lotgenoten deelde en zich uitstekend gehumeurd toonde (hij had een opgewekt gemoed, dat hij ook aan zijn zoon zou doorgeven), het was voor Dirigibus duidelijk dat de gevangenis wat meer moest zijn geweest dan die façade, een realiteit die zijn vader niet begreep of waarmee hij zijn gezin niet nog extra wilde belasten. Hij zat twee jaar vast toen hem met een geslepen stuk ijzer de keel werd doorgesneden, tijdens een ruzie waarover niemand opheldering kon of wilde geven.

Waarschijnlijk was zijn vader zichzelf tot op het laatste moment trouw gebleven door ook daar dingen te bestellen die hij niet kon betalen, tot er definitief met hem werd afgerekend. Of hij had van anderen diezelfde, voor hem zo natuurlijke genereuze houding verwacht waarmee hij zijn dierbaren, de hotelgasten en zelfs het gevangenisleven tegemoet trad, en was in ruil daarvoor op het moordzuchtige egoïsme gestuit dat bij mensen schering en inslag is. Dirigibus bleef in elk geval op achtjarige leeftijd vaderloos achter en zijn moeder werkte zich een slag in de rondte om hem te kunnen onderhouden. Ze naaide met de machine en met de hand, legde geld opzij opdat hij kon studeren en zei, altijd met een glimlach: 'Voor alles in dit leven is er een oplossing, Nildito, voor alles behalve de dood,' totdat er voor haarzelf ook geen oplossing meer was.

Dirigibus had het ergste kunnen erven, maar kreeg het beste van twee werelden: hij had de onbesuisde ruimhartigheid van zijn vader en de werklust van zijn moeder; zijn optimisme was een geschenk van beiden. Daarom zette hij door en trad het leven met de grootste welwillendheid tegemoet, zelfs toen het lot opnieuw toesloeg (Dita was zo jong heengegaan!). En daarom werd hij ook ongeduldig wanneer iemand het zichzelf onnodig moeilijk maakte, zich opwond over een kleinigheid en klaagde dat zijn probleem onoplosbaar was, want dat was het niet, alle menselijke problemen waren oplosbaar, het enige waar niets aan te doen was, het enige waar geen oplossing voor was, was de dood, en dat wist Dirigibus omdat hij het in zijn eentje had moeten leren, worstelend met het stuur van zijn fiets, terwijl hij probeerde zijn evenwicht niet te verliezen.

Er was echter iets veranderd na de crisis met mevrouw Pachelbel. Aanvankelijk had hij er op een filosofische manier tegenaan gekeken en tegen zichzelf gezegd wat hij zo vaak tegen anderen zei: mensen hebben het recht om te kiezen, zelfs als die keuze ons niet bevalt; je kunt er een drama van maken, je kunt hoog en laag springen of je kunt, net als Scarlett O'Hara, zeggen dat er morgen weer een dag is

en gewoon met de rest van je leven beginnen, niets aan te doen, gedane zaken nemen geen keer, op naar het volgende. Maar de dagen
verstreken en zijn pijn werd niet minder. De fier opgezette borst
waarmee hij zijn lot tegemoet was getreden, beklaagde zich nu ter
hoogte van het borstbeen, zijn verdriet was vlees geworden; en de
rest van zijn leven wilde maar niet beginnen. Hij vroeg zich af of het
aan zijn leeftijd lag, een mengeling van aftakeling en gebrek aan
vooruitzichten: wat had het voor zin om opnieuw te beginnen als je
nog maar weinig tijd overhad en die tijd gewoon wilde doorbrengen
zoals je daar zin in had?

Datgene wat zijn leven met betekenis had vervuld, verloor met de
dag aan smaak. Hij dronk uit gewoonte en met grote slokken, maar
hij genoot er niet meer van. Hij haalde niet eens meer voldoening uit
zijn werk, dat het licht in zijn bestaan was geweest. Hij stemde ermee
in David Caleufú te vertegenwoordigen in zijn aanspraak op de erfenis van Heinrich Maria Sachs, maar kon zich niet op zijn taak concentreren. Hij had al meerdere malen met Krieger en diens advocaten om de tafel gezeten zonder tot overeenstemming te komen. De
ondernemer had woede-uitbarstingen en zei verschrikkelijke dingen
die tegen de aanbevelingen van zijn eigen adviseurs in gingen. Hij
beschuldigde David Caleufú ervan een achterlijke indiaan te zijn,
een vijand van de vooruitgangsgedachte, die niet in staat was het
geld dat hij hem voor het Edelweiss wilde betalen, naar waarde te
schatten.

De grievende opmerkingen drongen niet tot Dirigibus door, maar
hij slaagde er evenmin in Kriegers bod op waarde te schatten, dat
met de minuut hoger werd. Uiteindelijk stelde hij weer een nieuwe
vergadering voor, waar Krieger niet goed van werd omdat het betekende dat de bouwwerkzaamheden weer een tijd stillagen. In zijn
vertwijfeling riep hij dat de zaak volkomen uitzichtloos was, terwijl
Dirigibus rustig zijn koffertje pakte en tot ziens zei.

De rechtsconsulent had het gevoel dat de strijd zich ver van zijn
bed afspeelde, op een ander niveau van het bestaan; alsof hij voor
een aquarium stond en niet helemaal snapte wat die Birmese vecht-
vissen nou dreef.

Daarom klampte hij zich zo wanhopig vast aan Puro Cava's voorstel. Het was net gekomen op een moment dat hij zijn ideeën over
leven en dood aan het herzien was en zich afvroeg of het nog wel zin
had om over een pad zonder liefde te blijven fietsen: werd het niet

eens tijd om maar gewoon het stuur los te laten? Hij zag de dood niet langer meer als noodlot, als iets wat buiten ons om gebeurt, als iets waar we niets over te zeggen hebben en ons slechts bij kunnen neerleggen, maar begon hem te zien als iets aantrekkelijks, iets waar we wel degelijk een stem in hebben, als iets wat je zelf kon sturen. Misschien was er voor de dood wel geen oplossing omdat hij een oplossing op zich was.

In deze toestand bereidde hij zich voor op het treffen met zijn lot, terwijl het eerste licht van een nabije dag reeds aan de horizon gloorde.

LXXXIII

Waar iets zonder naam iemand overkomt die zelf geen naam heeft en ook nooit zal krijgen

Die avond hing er een dichte nevel in huis.

Bij terugkeer van zijn werk zag Teo Pat aan de keukentafel zitten, waar ze niet eens van opstond om hem te begroeten. Hij vroeg waarom ze daar zo zat, scheefgezakt als een dronken schip. Pat zei dat ze zich niet lekker voelde, maar dat het slechts om een vaag gevoel van misselijkheid ging waarvoor ze wat haar betreft niet naar de dokter hoefde.

Miranda liep zich het vuur uit de sloffen: ze vroeg of ze aspirines of iets te drinken wilde, leegde de overvolle asbak; ze leek niet in staat de keuken te verlaten nu de zon van haar universum zich daar had gevestigd. Maar in de blikken die ze op Pat wierp, lag een duisterheid die Teo verraste. Hij dacht dat ze weer een van die ruzies hadden gehad die de laatste tijd steeds vaker voorkwamen, al hielden ze die volgens een stilzwijgende overeenkomst voor hem verborgen. Hij vroeg of er iets was gebeurd. Zoals hij al verwachtte, zeiden ze van niet. Het leven ging weer gewoon zijn gangetje. Bij het eten dronk Pat water. Het was een avond zonder 'happy hour'.

Rond middernacht maakte Pat Teo wakker. Ze wilde dat hij haar naar de eerstehulppost bracht. Ze had een bloeding.

De reus tilde Miranda met lakens en al uit bed. Toen ze slaperig vroeg wat er aan de hand was, zei Teo dat ze naar de dokter gingen zodat hij Pat eindelijk medicijnen kon voorschrijven. Goed ingepakt sliep het meisje verder op de achterbank van de auto.

De eerstehulppost was het enige in Monte Abrasado wat een beetje op een ziekenhuis leek: een woonkamer aangekleed als wachtkamer, drie spreekkamers en geen operatiezaal. Snijwonden, breuken en bevallingen werden er meteen behandeld, op behandeltafels zoals die waar Pat bij aankomst op moest gaan liggen. Voor ernstige gevallen en langdurige behandelingen gingen de mensen uit het dorp naar Villa Ángela, in de provincie Chaco.

De dienstdoende arts was een jongeman uit Chaco die de afgelopen tien jaar geen oog leek te hebben dichtgedaan. Toen hij zag dat het om een vaginale bloeding ging (Pat had haar onderbroek vol maandverband en inlegkruisjes geprop, die allemaal doordrenkt waren), vroeg hij Teo of hij haar even alleen mocht onderzoeken. Pat stemde in met het verzoek en wendde met een flauw glimlachje dapperheid voor. De zuster opende de deur zonder Teo de kans te geven om tegen te stribbelen, ze leek bereid hem naar buiten te duwen als het moest. Het was niet alleen een kwestie van fatsoen; met zijn enorme lijf dwong de reus de overige mensen in de spreekkamer op een kluitje.

Hij liep naar buiten om bij de pick-up te blijven wachten. Teo zag dat Pat een half opgerookte sigaret had achtergelaten, die nog in de asbak lag te roken; hij nam twee trekjes en drukte hem uit.

Het was een kalme nacht zonder sterren. Er heerste op dit tijdstip een bijna volmaakte stilte in Monte Abrasado. Nu en dan klonk er in de verte een voertuig. Teo meende ook ergens uit een nabijgelegen huis een radio te horen; iemand die niet in slaap kon komen of juist in slaap was gevallen zonder hem uit te zetten.

Zijn gedachten gingen terug naar de manier waarop Pat zijn hypothese over Hildegard van Bingen had ontvangen. Nog spelend met de nieuwe stethoscoop had ze toegegeven dat de tekening op die van Miranda leek en geconcludeerd dat ze uit een vergelijkbare fysiologische toestand moesten zijn voortgekomen. Vaak raakt iemand tijdens een migraineaanval in trance en meent dan een extreem licht te zien; Pat zei dat William James dit verschijnsel had omschreven met het woord 'fotisme'. Zo ontzegde ze de visioenen elke vorm van mysticisme. Het was slechts de interpretatie die een religieuze vrouw aan een neurologisch verschijnsel had gegeven. Teo opperde dat het een het ander niet uitsloot: alles wat zich in de fysieke wereld afspeelt, moet een verklaring hebben die overeenstemt met de regels van die wereld, maar kan tegelijkertijd ook nog een ándere interpretatie toelaten. Als een arts het meisje had onderzocht dat Jezus Christus met de woorden *talita kumi* uit de dood liet herrijzen, had hij daar een fysiologische verklaring voor gevonden of zich verontschuldigd en gezegd dat ze niet echt dood was geweest, maar slechts in catatonische toestand had verkeerd, terwijl geen van deze verklaringen afbreuk zou doen aan de kracht van de stem die haar naar het leven had geroepen. Maar Pat was niet in de stemming voor discussies, zeker niet voor theologische. Ze had de stethoscoop op haar oren gezet en was verdergegaan met het onderzoeken van haar hart. Teo had zich gewonnen gegeven en was gaan slapen.

Na een poosje had hij haar horen praten. Ze fluisterde.

'*Heart exercices.*'

'Heb je het tegen mij?' had de reus slaperig gevraagd.

'Nee, hoor,' had Pat gezegd. 'Slaap maar rustig verder.'

Een paar minuten later kwam de arts naar buiten. Hij zei dat het bloeden was gestopt, maar dat Pat achtenveertig uur rust moest houden.

Toen Teo vroeg waarom ze zoveel bloed had verloren, vroeg de arts om een sigaret. Hij voelde zich duidelijk ongemakkelijk bij de situatie. Teo zei dat hij net de laatste had opgerookt en bleef hem aankijken in afwachting van een antwoord.

'Ik heb me niet met het leven van anderen te bemoeien,' zei de man uit Chaco uiteindelijk, 'maar wie uw vrouw dit heeft aangedaan, is een beest. Je kan zoiets niet zomaar even doen. Voor je het weet heb je een infectie te pakken. Ze heeft nog geluk gehad. Er sterven hier jonge vrouwen bij bosjes.'

Toen Teo de praktijk binnenliep, lag Pat met haar ogen dicht en haar handen over haar borst gevouwen. Ze was bleker dan ooit, zo bleek dat zelfs haar sproeten verdwenen leken te zijn, maar ze sliep niet, dat wist Teo zeker. Pat wilde het liefst wegrennen op dit moment, dacht hij, weg uit die behandelkamer, weg van zijn aanwezigheid, maar omdat ze dat met haar gehavende lichaam niet kon, ontsnapte ze naar binnen. Hij zat naar haar te kijken zonder goed te weten wat hij moest zeggen of waar hij moest beginnen. De stilte zwol aan tot ze ondraaglijk werd. Pat maakte er een einde aan zonder haar ogen open te doen.

'En de kleine?'

De kamer stonk naar opgedroogd zweet en goedkoop ontsmettingsmiddel. Teo zag drie kalenders aan de muren hangen, waarvan er maar één overeenkwam met het lopende jaar.

'Ze slaapt nog steeds. De dokter is bij haar.'

Pat keek naar de muur aan de straatkant, alsof ze röntgenogen had en Teo's bewering door de muur heen kon verifiëren.

'Waarom heb je het niet verteld?' vroeg de reus.

'Omdat je zou proberen me over te halen het niet te doen,' zei Pat, als een onervaren acteur die in zijn zenuwen een uit zijn hoofd geleerd zinnetje opdreunt.

'Dat klopt.' Teo had het gevoel alsof zijn stem zich niet door de lucht verplaatste, maar recht uit zijn droge keel op de met bloed bespatte vloer plofte.

'Je zou me dankbaar moeten zijn,' zei Pat, die nog steeds naar de muur staarde. 'Ik heb je het vreselijke proces bespaard. Het ergste is de beslissing nemen en op je tanden bijten terwijl je haar uitvoert. Jij hoeft alleen maar het voldongen feit te aanvaarden. Dat is het makkelijkste gedeelte.'

Teo vroeg zich af van wat voor materiaal de muren van de spreekkamer gemaakt waren. Hij voelde een bijna kinderlijke behoefte om die kalenders van de muren te slaan en door te blijven beuken tot hij er dwars doorheen ging, met zijn hoofd, als het moest.

'Ik weet dat je het recht had om het te weten en om je mening te hebben,' zei Pat. 'Maar de eindbeslissing lag hoe dan ook bij mij, want het is mijn lichaam en niemand anders dan ik kan over mijn lichaam beslissen.' Nu draaide ze wel haar hoofd naar hem toe. Er klonk ineens een agressieve ondertoon in haar stem. 'Wat had je gedaan als je het er niet mee eens was geweest? Me negen maanden lang aan het bed vastgebonden?'

Pat ging rechtop zitten om een laatste vraag te stellen, maar kromp ineen van een felle pijnscheut in haar buik. In een eerste impuls wilde Teo naar haar toe lopen om haar vast te pakken, maar zijn lichaam reageerde niet; hij liet haar liggen waar ze lag, alleen met de pijn waarvoor ze zelf had gekozen.

'Jij en ik bevinden ons niet in de situatie om nog een kind op deze wereld te zetten,' zei Pat met een stem die gezwicht was voor de lichamelijke pijn. 'Dat zou gekkenwerk zijn. We hebben geen huis, we hebben geen toekomst.'

'We hebben geen huis en geen toekomst, en bovendien zijn we altijd op de vlucht,' zei Teo.

Pat knikte, opgelucht dat Teo haar gelijk gaf.

'De vraag,' zei de reus, 'is waarom.'

Maar al snel begreep hij dat Pat zelfs onder deze omstandigheden niets zou loslaten.

'Ik weet dat het ingewikkeld is allemaal, ik weet dat dit kind niet gewenst was,' ging Teo door. 'Toch zou ik graag willen dat je me begrijpt: ik wil kinderen met jou.'

'Maar ik niet.'

Moest ze echt zo wreed zijn? Teo vroeg zich af waarom ze geen kind met hem wilde, ook al had ze Miranda wel met een ander gekregen.

'Ik zie een jongetje voor me met sproetjes,' zei de reus, die zich niet zomaar uit het veld liet slaan. 'Een jochie met jouw ogen, dat wil ik, of nog een meisje, maakt niet uit, een mix tussen jouw ...'

Pat bezwoer hem met een dringend handgebaar te stoppen. Haar andere hand lag als een klauw over haar lege buik.

'Doe me dit niet aan. Zoiets mag je niet zeggen. Niet nu. Niet meer.'

Teo staarde naar de grond. Hij had dringend nieuwe schoenen nodig. Dat was een serieus probleem, in Monte Abrasado droegen de mensen geen grotere maten dan die van een schoolkind.

Pat legde even haar handen voor haar gezicht. Toen ze ze na een paar seconden weghaalde, leek ze tien jaar ouder geworden. Haar huid spande rond haar ogen, alsof de beenderen in haar gelaat zich naar buiten wilden duwen. Toen ze begon te praten, klonk haar stem echter merkwaardig kalm.

'Als je weg wilt, kun je gewoon gaan,' zei ze. 'Een beter moment is er niet. Ik zou je niet veroordelen. Eigenlijk snap ik sowieso niet wat je bij mij doet, waarom je het met me uithoudt. Heb ik je gewaarschuwd of niet, die avond, toen we elkaar leerden kennen? Ik heb je gezegd dat ik je een hoop problemen zou bezorgen, of niet soms? Jij hebt een braaf meisje nodig, zonder moeilijkheden, dat met jouw rare hersenspinsels overweg kan. Met mij kun je geen plannen maken, niet aan morgen denken. Ik ben een ramp. Heb je enig idee hoe graag ik weg zou gaan als ik mezelf zou kunnen verlaten? Ik heb geen geluk, alles wat ik aanraak gaat kapot. En ik wil jou niet kapotmaken. Dus grijp je kans. Verdrijf me uit je leven, Teo. Jij hebt het recht om te kiezen, niemand kan beter over jouw leven beslissen dan jij. Dit is je kans. Als je hem nu niet grijpt, weet ik niet of er nog eentje komt.'

Teo keek naar de openstaande deur. De gang was donker. Het gaf zijn ogen rust, ze deden pijn van het witte licht in de spreekkamer.

Hij liep naar het bed, voorzichtig om niet met zijn oude schoenen in het bloed te stappen. Hij knielde naast haar en praatte zachtjes in haar oor.

'Voordat ik jou leerde kennen, werkte ik bij een mijnbouwbedrijf,' zei Teo. 'Ik heb een tijd in Jujuy gewoond en legde daar met behulp van explosieven schachten aan. Weet je nog dat je vroeg of ik weleens een ongeluk had gehad?'

Pat bleef naar het plafond staren; de lamp, waar een goor licht vanaf kwam, eiste al haar aandacht op. Haar met bloed bespatte handen omklemden het dekentje dat haar bedekte.

'Een door mij voorbereide lading ontplofte te vroeg,' ging Teo verder. 'Zelf had ik niks, maar vier van de jongens die met mij werkten, werden uiteengereten.'

Pat leek zijn woorden niet eens te hebben geregistreerd. De lamp zat vol over elkaar heen geplakte dode insecten.

'Heb je me gehoord? Vier jongens. Vier arbeiders. We werkten met die lullige ontstekingsmechanismes van het bedrijf, daarom is het niet tot een rechtszaak gekomen, ik was niet wettelijk aansprakelijk. Maar ik wist dat die ontstekers niet betrouwbaar waren en gebruikte ze toch. Ik had moeten weigeren om onder zulke omstandigheden te werken. Als ik op mijn strepen was gaan staan ... Maar dat deed ik niet. Ik heb vier mannen vermoord. Vier huisvaders. Ik heb vier vrouwen tot weduwe gemaakt. Ik heb een heleboel kinderen vaderloos gemaakt. Al dat verdriet is mijn werk, mijn verantwoordelijkheid.'

Pat bleef in het niets staren. Moedeloos legde Teo zijn voorhoofd tegen het bed. Het laken voelde ruw aan.

'Ik snap het niet,' zei Pat uiteindelijk, in de war. 'Waarom vertel je me dit? Waarom nu?'

Teo sprak zonder zich te verroeren, nog altijd geknield aan het bed.

'Ik wilde dat je wist dat ik je niet zal veroordelen als je mij verlaat. Ik wilde zeggen dat ik niet weet wat je bij mij doet en waarom je het met me uithoudt. Ik ben een ramp, Pat. Alles wat ik aanraak, gaat kapot.'

Pat legde haar hand om zijn nek. Het was geen liefdevolle, niet eens een broederlijke omhelzing; eerder de handeling van iemand die probeert niet te vallen.

'Ik kan niet meer, Teo. Ik kan niet meer.'

Op elk ander moment zou Teo haar hebben tegengesproken, gezegd hebben dat ze niet zo gek moest doen, dat alles goed kwam, dat hij van haar hield en Miranda ook en dat alles alleen maar beter kon gaan. Maar hij beantwoordde slechts in stilte de omhelzing, hij kon

het niet opbrengen iets te zeggen waar hij niet blindelings in geloofde, zoals vroeger, toen hij een man was die zich had voorgeno-
men haar gelukkig te maken, toen hij naakt door het veld kon rennen om haar aan het lachen te maken, toen dit spookbeeld nog niet
tussen hen in stond.

LXXXIV

Tekent het begin op van Miranda's passie voor boeken en haar interesse voor het begrip 'ontvoering'

De kinderen uit de buurt dachten dat Miranda gek was. Waarom zat ze anders opgesloten? Ze ging alleen onder bewaking van haar moeder of de reus naar buiten. Ze kwam zelfs niet in de voortuin, die door een ijzeren hek met uiteinden zo spits als speerpunten van de straat was gescheiden. Ze zat de hele dag in het enorme huis van Atamisqui naar dezelfde plaat te luisteren en keek met het gezicht van een hondje dat aan een te korte ketting ligt door het raam van de woonkamer hoe de andere kinderen speelden.

Er gingen talloze geruchten over haar isolement. Lila zei dat ze misschien wel een huidziekte had en niet in de zon kwam om het niet nog erger te maken; zo van veraf zag ze er normaal uit, maar van dichtbij was ze misschien wel een monster. Maar iedereen had haar weleens buiten zien komen, dus het vermoeden van de huidziekte leek ze toch onwaarschijnlijk.

Chihuahua dacht aan een ander soort kwaal. Hij had een film gezien over een jongetje dat in een luchtbel leefde. Maar een andere jongen, Pedro Pedro, zei dat die luchtbel, ook al was hij doorzichtig, toch te zien zou moeten zijn als het meisje voor het raam stond en dat was niet het geval. En Christian zei tegen Chihuahua dat hij de ziekte zelf had verzonnen, want de enige luchtbellen die hij kende, waren die van zijn scheten in het badwater.

Bij gebrek aan zekerheid vielen ze terug op de kennis van de volwassenen. Volgens de buurvrouwen had Atamisqui gezegd dat Miranda (ze heette Miranda, haar naam was al even raar als zijzelf) een keurig, vriendelijk meisje was dat je nauwelijks zag of hoorde. Ze zou wel onder de medicijnen zitten, ze kreeg vast pillen, net als Coleto zodat die niet meer in zijn nakie de straat op zou rennen. Maar de interessantste informatie kwam van Beto, de zoon van doña Norma,

Atamisqui's peetdochter. Doña Norma was op de dag dat Miranda's moeder in bed lag, komen poetsen. Ze had de huiskamer, de twee slaapkamers en de keuken gestoft, dus ze had alles gezien wat er te zien was, maar geen televisie. Die mensen hadden geen televisie. Het was toch logisch dat dat kind niet goed wijs was?

Miranda's huisarrest werd aangescherpt tijdens de dagen dat Pat rust moest houden. Haar moeder sliep het grootste deel van de tijd. Miranda was aan haar lot overgelaten, met het hele huis voor zichzelf maar zonder iets te doen. De eerste dag zette ze twee of drie keer *Sgt. Pepper* op, maakte tekeningen, snoepte wat uit de koelkast en kreeg telefoontjes van Teo, die naar haar medische rapportage vroeg (Dokter Miranda, bent u het? Ik wilde graag weten hoe het gaat met de patiënte …). Ze verveelde zich zo dat ze in de boeken begon te neuzen die Teo haar had gegeven. Er was niet veel keus, Teo had geen kinderboeken, maar er zaten er een paar tussen die een kind, als het al zijn moed verzamelde, wel kon lezen.

Miranda vroeg zich af waarom alle boeken voor volwassenen zo dik moesten zijn.*

David Copperfield, bijvoorbeeld, begon zoals volgt: 'Of ikzelf de held van mijn leven zal blijken te zijn, of dat die functie zal worden vervuld door iemand anders, zullen de volgende bladzijden aantonen.' Miranda vroeg zich af wat er zo leuk aan was om de geschiedenis van een man te lezen die niet eens zeker wist of hij wel de held in zijn eigen verhaal was. Ze besloot *David Copperfield* opzij te leggen tot ze er zeker van was dat ze het wilde lezen.

Alice in Wonderland opende zo: 'Alice begon er schoon genoeg van te krijgen om almaar naast haar zus te zitten, op de oever, zonder iets te doen te hebben. Eén of twee keer had ze een blik geworpen in een boek dat haar zus las, maar er stonden geen plaatjes of gesprekken in. En wat heb je aan een boek, dacht Alice, zonder plaatjes of gesprekken?' Miranda's hart maakte een sprongetje van vreugde. Alice had hetzelfde als zij! Maar meteen vroeg ze zich af wat het voor zin had om een boek te lezen over een meisje dat zich verveelde. Ze was gaan lezen om te vergeten dat zijzelf, Miranda, zich verveelde. Wat had ze eraan om in zo'n spiegel te kijken? Bovendien was dit het dikste boek van allemaal (Teo had haar zijn exemplaar met de com-

---

* Veel volwassenen vragen zich dat ook af. Dit zijn ongetwijfeld degenen die dit boek nooit zullen lezen.

plete werken van Lewis Carroll gegeven) en er stonden ook geen plaatjes in, ze wist niet eens zeker of er wel gesprekken in voorkwamen. Miranda snapte niet hoe een boek een gesprek kon bevatten, tenzij er een telefoon in zat of een ingesproken bandje. En zo redde ze het helaas niet tot de tweede alinea, waarin ze het Witte Konijn had kunnen leren kennen.

Het begin van *Ontvoerd*, van Robert Louis Stevenson, stond haar wel aan. 'Het verhaal van mijn avonturen begint op een zekere juni-morgen van het jaar onzes Heren 1751, toen ik voor de laatste maal de deur van het ouderlijk huis achter mij sloot.' Dit boek was niet zo aarzelend als *Copperfield* en confronteerde haar ook niet met haar eigen verveling, zoals *Alice*. Uit het vervolg bleek dat de verteller zijn vader had verloren, een situatie die Miranda goed kende. En de ver-melding van een deur die voor de laatste maal wordt gesloten, stelde veranderingen in het lot van de verteller in het vooruitzicht: in *Ont-voerd* stond iets ernstigs te gebeuren, iets wat iemands leven zou gaan veranderen (iets waarnaar Miranda zo verlangde, zonder dat ze het zelf wist).

Ze las verder in het trage tempo waartoe ze door haar gebrek aan ervaring veroordeeld was. Na een tijdje riep Pat haar vanuit haar slaapkamer. Miranda wist al wat er ging gebeuren. Haar moeder zou zeggen 'kom eens even lekker bij me liggen' en zou haar zwijgend in haar armen houden tot ze weer in slaap was gevallen, zoals ze die dag al vaker had gedaan. Ze was zo slim om het boek mee naar bed te nemen en sloeg met haar ene hand de bladzijden om, terwijl ze Pat met de andere zachte klopjes gaf, alsof ze een vermoeide, onrustige baby was.

Op een gegeven moment begonnen haar ogen pijn te doen. Ze wist inmiddels dat de verteller David Balfour heette, dat hij zestien jaar oud was en niemand anders meer op de wereld had dan een onbe-kende oom die in de buurt van Edinburgh woonde. Ze sloeg het boek dicht, bevrijdde zich uit de moederlijke omhelzing (Pat snurk-te alsof ze een boom omzaagde) en liep de slaapkamer uit.

De kinderen waren op straat aan het spelen. Miranda ging voor het raam staan, van waaruit ze hen ondanks de tuin en het hek kon zien. Het merendeel van de cast kende ze inmiddels wel, van sommige kinderen wist ze zelfs de naam omdat ze de anderen die had horen roepen, zoals Chicho en Christian en Lila, maar voor een paar kin-deren had ze zelf een naam verzonnen, zoals Chihuahua (omdat hij heel klein en druk was en uitpuilende ogen had) en Piepstem (alias Beto, de zoon van doña Norma). En Pedro Pedro. Miranda wist dat de jongen waarschijnlijk gewoon Pedro heette, maar omdat hij de leider was, riep de rest de hele tijd 'Pedro Pedro' om zijn aandacht te trekken. Miranda hield vast aan die dubbele naam omdat ze hem rijker vond klinken: de twee Pedro's onderstreepten de belangrijkheid van het personage.

Ze waren allemaal ouder dan zij, met uitzondering van Lila en Piepstem, die ook ongeveer zes moesten zijn.

'O, kijk, daar heb je dat maffe kind,' riep Piepstem toen hij haar voor het raam zag staan.

De jongens verzamelden zich op de stoep en toen ze zagen dat Piepstem gelijk had, begroetten ze haar zoals elke middag door hun broek te laten zakken en hun kont te laten zien.

'Ze zegt niks,' merkte Lila teleurgesteld op.

'Ze zegt nooit wat,' zei Pedro Pedro.

'Volgens mij denkt ze dat wij elkaar altijd zo begroeten,' zei Chihuahua.

'Zie je het voor je?' zei Chicho. 'Stel je voor dat we allemaal steeds onze kont laten zien als we een bekende tegenkomen.' En hij deed voor hoe hij bij elke begroeting zijn broek liet zakken: 'Goedemorgen, jongedame.' (Kont.) 'Goedemorgen, meneer de directeur.' (Kont.) 'Goedemorgen, sergeant.' (Kont.) 'Hé, mam!'

De kinderen gierden het uit en speelden toen weer verder. De enige die nog even bleef staan, was Pedro Pedro. Hij was tien jaar oud, mager (zijn vriendjes waren zo rond als een tonnetje, behalve Chihuahua, uiteraard) en hij had wat Teo bambiogen noemde: grote zwarte kijkers met wimpers zo lang dat ze wel aangeplakt leken. Pedro Pedro was ervan overtuigd dat Miranda niet gek was. In de loop van de dagen had hij gezien hoe aandachtig het meisje hun spelletjes volgde, hoe ze lachte als er iets te lachen viel en haar voorhoofd fronste als ze gemene streken uithaalden of een van de kinderen te hard werd aangepakt. Die middag besloot Pedro Pedro zijn hand op te steken en haar op een andere manier dan normaal te begroeten. Miranda zwaaide terug en liep weg bij het raam. Ze schaamde zich dood.

Even later, toen ze allemaal al naar huis waren gegaan (dat deden ze alleen als hun moeders beloofden dat ze televisie mochten kijken), hoorde Miranda een tik tegen het raam aan de straatkant. Ze legde het boek neer waarin ze weer was begonnen en liep ernaartoe. Er was niemand buiten. Maar ze had het gehoord, ze wist dat er iets tegen het glas had getikt, het geluid was onmiskenbaar.

Ze vond een kleine kiezelsteen op de vloer in de huiskamer. Er zat een papiertje omheen dat met een elastiekje werd vastgehouden.

Het enige wat erop geschreven stond, in zwart potlood en een kinderhandschrift, was *hoi*.

Toen ze 's avonds met z'n tweetjes in de keuken zaten te eten, vroeg Miranda Teo wat het woord 'ontvoerd' betekende.

Teo zei dat 'ontvoeren' het stelen van mensen betekende. Iemand ontvoeren, of ook wel kidnappen, betekende dat je hem tegen zijn wil van zijn vrijheid beroofde.

'Zoals kapitein Hoseason met David Balfour doet.'

'Precies,' zei Teo met een glimlach. Hij vond het leuk dat Miranda het verhaal al zo ver had gelezen.

'Zoals de militairen hier deden toen Pat jong was,' ging Miranda door.

Teo kauwde nog even op zijn vlees voordat hij aan zijn nieuwsgierigheid toegaf.

'Wie heeft je dat verteld?'

'Pat.'

'En wat heeft ze je nog meer verteld?'

'Dat er veel vrienden van haar zijn ontvoerd. En dat die nooit meer zijn teruggekomen. Ik hoop dat David Balfour terugkomt van de Caroline Islands. Hij komt toch wel terug, of niet?'

'Daarvoor zul je verder moeten lezen. Grijp je kans nu je juf met ziekteverlof in bed ligt en je niet kan dwingen om van die boeken met "boom-roos-vis-vuur", "Oom rookt een pijp" en meer van dat soort onzin te lezen.'

Toen Pedro Pedro de volgende middag zijn persoonlijke begroeting herhaalde, liet Miranda hem vanuit de verte het steentje zien waarmee de boodschap was vervoerd.

Pedro Pedro glimlachte. Miranda glimlachte terug, want ze geloofde dat de reactie van de jongen betekende dat hij het steentje had gegooid, zoals ze gehoopt had.

Toen de moeders hun recht op de televisie afstonden en de kinderen terugrenden naar hun warme nest, bleef Pedro Pedro nog even hangen.

Op dat moment gooide Miranda haar boodschap naar hem toe.

LXXXV

Waarin tot ieders verrassing (inclusief die van de lezer) een oude bekende opduikt

Op een zondagmiddag nam Teo Miranda mee naar het circus.

Hij had de affiches onderweg naar zijn werk gezien. CIRCUS GE-BROEDERS LARSEN – GEGARANDEERD PLEZIER – LEEUWEN TEMMEN CLOWNS – OLIFANTEN KUNSTRIJDEN EN KOORDDANSEN – ZEEHON-DEN TRAPEZEZWAAIEN EN DEGENSLIKKEN – EEN HEERLIJKE AVOND VOOR HET HELE GEZIN, luidde de aankondiging. De zinnen prikkelden zijn verbeelding. Zou het waar zijn dat de leeuwen clowns temden? En wat te denken van de kunstrijdende olifanten: op wat voor rijdier zouden ze over het koord balanceren? Maar de verrassendste aankondiging was wel die van de zeehonden. Het was al moeilijk je een zeehond voor te stellen die een degen in zijn strot schoof, maar dat trapezezwaaien ging echt te ver. Voor een zeehond moest dat net zo moeilijk zijn als voor een aal om zijn haar te kammen.

Teo stelde het aan Pat voor zonder dat Miranda het kon horen, haar gezeur zou in deze situatie alleen maar contraproductief werken. Hij deed een beroep op Pats verantwoordelijkheidsgevoel als moeder en legde uit dat Miranda recht had op vermaak dat bij haar leeftijd hoorde. Zo'n kans zou zich niet snel nog eens voordoen: hoe vaak kwam er nou een circus naar een plek als Monte Abrasado?

Pat gaf toe dat Miranda wel een uitje had verdiend, dus ze gaf haar zegen. Ze zei er echter meteen bij dat ze niet van plan was om ook van de partij te zijn. Ze had een hekel aan het circus, zei ze. Ze vond die oude, afgeleefde dieren maar zielig, ze ergerde zich aan de muffe geur van de tenten en van clowns kreeg ze al sinds ze klein was de rillingen. Wat voor gezicht staarde je aan van achter dat masker?

Het vooruitzicht om Pat die zondag te kunnen ontvluchten, gaf Teo een gevoel van opluchting dat al snel omsloeg in schuldgevoel. Sinds de nacht van de bloeding wist hij niet meer hoe hij met zijn vrouw moest omgaan. Hij had geen idee wat hij moest zeggen, voor zijn gevoel verwees alles op de een of andere manier naar dat voorval en als hij het onderwerp geforceerd uit de weg ging, wekte hij achterdocht. Hij wist ook niet waar ze zich nou ongemakkelijker bij voelde, bij zijn afwezigheid of zijn aanwezigheid. Ze had zo snel en zo welwillend toestemming gegeven dat Teo vermoedde dat Pat nog eerder dan hij was gezwicht voor de verleiding om alleen te zijn.

Het circus van de gebroeders Larsen was net zo armzalig als Teo zich had voorgesteld. (Er waren geen leeuwen die clowns temden of kunstrijdende olifanten.) Het was opgebouwd op een stuk grond aan de rand van de woestijn, een verschoten tent met ingezette stukken in bonte kleuren; de tentstokken kraakten de hele tijd, uitgedroogd door de ruwe wind. Maar voor Miranda was het het mooiste spektakel ter wereld. Ze reageerde met een aanstekelijke vrolijkheid op elk knaleffect; de nummers waren ouder dan de vrouw die snoep stond te verkopen, maar het meisje blies ze met haar verbazing nieuw leven in. De reus vroeg zich af hoeveel belevenissen die voor normale kinderen vanzelfsprekend waren, voor Miranda nog nieuw waren. Naar het theater gaan, naar de film? Bij een vriendinnetje logeren? Bij een familielid op bezoek gaan, zou dat voor het meisje ook een exotisch avontuur zijn?

Wat de reus niet kon vermoeden, was dat Miranda's blijdschap deels te danken was aan de aanwezigheid van iemand die geen clown of leeuw of koorddanser was. Het overgrote deel van de kinderpopulatie uit Monte Abrasado was naar het circus gekomen, onder wie ook Chihuahua, Lila en Piepstem, die de hele tijd naar haar keken en met elkaar zaten te smoezen; eindelijk was dat maffe kind naar buiten gekomen, onder bewaking van de reus. Maar zij interesseerden Miranda niet, ze had maar oog voor één persoon: haar blik schoot constant heen en weer tussen de arena en het gezicht van Pedro Pedro.

Teo meende de jongen met de bambiogen te kennen, hij wist zeker dat hij hem eerder had gezien. Wat hij niet begreep, was waarom die jongen hem zat aan te staren met zo'n gezicht dat hem deed denken aan de afkeurende blikken waarmee hij op Miranda's leeftijd werd aangekeken als hij te hard zong, zijn stoel op en neer schoof of onbetamelijke woorden gebruikte.

Na het nummer met de zeehonden, die helemaal geen degens hadden geslikt, maar alleen met ballen hadden gespeeld, zei Miranda tegen Teo dat ze moest plassen. De reus keek om zich heen, er was in de tent niets wat op een toilet leek. Hij vroeg het aan een van de plaatsaanwijzers. De man keek Teo aan alsof hij uit een kooi was ontsnapt en zei dat hij buiten maar moest kijken.

De tent verlaten betekende jezelf blootstellen aan de zinderende zon.

'Arme zeehondjes,' zei Miranda. 'Ze hebben het vast hartstikke warm!'

'Waarschijnlijk worden ze de hele tijd natgespoten, hun huid heeft water nodig,' zei Teo. 'Net als jouw moeder, die zich altijd loopt in te smeren.'

'Dat ga ik tegen Pat zeggen! "Mammie, Teo zegt dat je op een zeehond lijkt!"'

'Waarschijnlijk worden ze zelfs in bassins vervoerd, zodat ze lekker kunnen badderen onderweg.'

'Als je nog langer over water praat, doe ik het in mijn broek!'

Er waren geen wc's bij de hoofdingang, dus besloot Teo met Miranda op zijn schouders om de tent heen te lopen. Maar hij liep de verkeerde kant op en stuitte op de woonwagens waarin het circusgezelschap – mensen en dieren – reisde. Hij bedacht dat ze nog langer bezig zouden zijn als hij nu omdraaide, dus beende hij met grote stappen door. Er stonden allerlei soorten voertuigen, van bestelbusjes tot vrachtwagens (de olifanten reisden met hun kop naar buiten, kijkend naar het landschap) tot opleggers met kooien. Bij sommige wagens stond in door de zon gebleekte groene en rode kleuren de naam van het circus op de zijkant geschilderd. De meeste banden hadden geen profiel meer van het vele rijden.

'Probeer me niet onder te piesen,' zei Teo, die het meisje op en neer voelde hupsen. 'Denk maar aan iets anders. Kijk eens naar die kooien. Daar worden de dieren in vervoerd, zie je? Of beter gezegd, ruik je? Wat een stank. Die beesten hebben het maar makkelijk. Ze piesen en poepen waar ze willen.'

'Maak me niet aan het lachen, anders hou ik het niet meer,' zei Miranda, en toen: 'Wat is er? Waarom blijf je hier staan? Moet ik hier tussen de kooien gaan plassen?'

Dat was niet de reden waarom Teo was gestopt. Op dat moment dacht hij niet eens meer aan Miranda's hoge nood.

'Tee, ik moet naar de plee,' zei Miranda, en ze gaf haar rijdier de sporen. Toen de reus zich niet verroerde, begon het meisje te dreinen. 'Tee, ik moet naar de plee. Teeikmoetnaardeplee. Teeikmoetnaardeplee!'

Teo dacht alleen maar aan die geur. Een bijtende geur, die met het Trojaanse paard van andere geuren zijn neus was binnengedrongen. Een geur die hij zich goed herinnerde en die hem terugvoerde naar een zeer specifieke tijd en plaats.

'*De caelo in caenum*,'* zei de baritonstem.

Miranda stopte met het herhalen van haar mantra. Ook zij was haar hoge nood vergeten.

Teo keek om zich heen. De kooien leken leeg. Droomde hij, net als toen?

'*Ecce lupus*,' drong de stem aan.

Achter in een kooi lag een vage gestalte.

'*Lupus?*' vroeg Teo.

'Kom eens dichterbij,' zei de wolf. (Hij zei het in het Latijn, maar we vertalen het hier om ons niet te buiten te gaan aan voetnoten.)

Teo zette huiverend een stapje naar voren. Miranda's vingertjes verfrommelden de kraag van zijn overhemd.

De wolf lag in een kooi, in de schaduw van de gigantische tent. Hij zag eruit alsof hij dood was, maar bij elke ademhaling zwollen zijn flanken op.

Teo zette nog een stap. De bekende geur werd steeds penetranter. Er voegde zich nog een andere geur bij, maar net als de meeste mensen had Teo niet zo'n getrainde neus; had hij die wel gehad, dan had hij het allemaal meteen begrepen.

'Wat is dat voor dier?' vroeg Miranda.

'Een wolf.'

'Werkt hij in het circus?'

'… Geen idee. Ik denk het!'

'Wat praat hij mooi. Wat is dat voor taal?'

'Latijn,' zei Teo.

'De laatste keer dat we elkaar zagen, kon ik geen afscheid nemen,' zei de wolf, waarbij een tong zichtbaar werd die eerder grijs was dan rood. 'We werden onderbroken door de *mater dolorosa*.'

'Het is de taal van de radio!' riep Miranda opgewonden. 'De oude radio praat Latijn!'

'Zij is het, nietwaar?' vroeg de wolf, terwijl hij met een geel oog

---

* Van de hemel in het slijk.

naar haar zocht. 'Het meisje. *Opus unicum!*'

Teo bleef staan. Waar kwam die belangstelling van de wolf voor Miranda vandaan?

'Hoe weet jij van haar bestaan?' vroeg de reus.

Miranda was sprakeloos. Teo kon ook in die taal praten!

'*Inter vapres rosae nascuntur*,'* zei de wolf. 'Hoe heet ze?'

'Miranda.'

'Heeft de wolf mijn naam gevraagd?' vroeg ze betoverd.

'Blijf bij het meisje in de buurt,' zei het beest. 'Miranda zal je helpen te krijgen wat je zoekt!'

'Zei hij iets over mij?' vroeg het meisje weer.

'Wacht nou even, ik vertel het je straks,' antwoordde Teo. Hij richtte zich weer tot de wolf: 'Hoe ben je hier terechtgekomen?'

'Ik ben jouw spoor gevolgd. Toen jij uit de boom viel en de *mater dolorosa* opdook, moest ik me verstoppen. Mijn boodschap werd onderbroken! Ik wilde terugkomen om haar af te maken, maar overal in de buurt zaten mannen in mijn sporen te snuffelen. Ik werd wanhopig. Ik kon niet terug naar huis en tegen mijn baas zeggen dat ik gefaald had! Ik besloot weg te lopen en hem niet meer te dienen. Een paar maanden lang heb ik in vrijheid geleefd. Ik sprak niemand, ik at ratten en wroette zelfs tussen het vuilnis,' zei de wolf, en hij struikelde over zijn eigen woorden, alsof hij er te lang mee had rondgelopen en ze nu allemaal kwijt moest. 'Maar avond aan avond knaagde mijn geweten. In de stilte galmde alleen maar mijn onafgemaakte boodschap door mijn kop, een vuur dat bleef smeulen. Laat nooit iets onvoltooid! Uiteindelijk ben ik teruggegaan naar de plek waar ik je voor het eerst had ontmoet, maar het was al te laat, jullie waren al weg ... En laat me je nu vertellen wat ik vertellen moet. Ik heb niet lang meer!'

Het feit dat de wolf zich al die tijd niet had verroerd, verontrustte Teo, en hij vroeg: 'Waarom lig je daar zo stil?'

'Ik zou dolgraag opstaan om een beschaafd gesprek te voeren, maar ik kan me niet bewegen,' zei de wolf.

Teo geloofde hem niet helemaal, maar zette toch een stapje naar voren. Zo dichtbij werd de geur die hij niet kon thuisbrengen sterker.

'Wat is dat?' vroeg Teo. De wolf had een witte vlek op zijn buik.

---

* Tussen de doornen ontluikt de roos.

'*Aequat omnes cinis,*' antwoordde de wolf met een citaat van Seneca. De dood maakt ons allen gelijk.

De vlek bewoog terwijl de wolf stillag. Het waren witte maden, die vet en onrustig in een wond rondkrioelden.

'Ik ben onderweg aangereden,' zei de wolf. '*Aliud ex alio malum!** Maar uiteindelijk lukte het me om mezelf verder te slepen, tot ik bij het circus kwam. De mensen waren vriendelijk, ze zijn eraan gewend om met wilde dieren om te gaan. Ze begrepen dat ik niet te genezen was, maar gaven me water en hebben deze kooi aan me afgestaan om mijn dagen in rust te kunnen eindigen.'

'Hij gaat dood, hè?' zei Miranda, die geen Latijn kende, maar de muziek van de woorden verstond.

'Ik had de hoop al opgegeven,' zei de wolf. 'Maar je ziet het. Het circus heeft me hiernaartoe gebracht. En nu kan ik je aan mijn boodschap herinneren!'

Teo krabde op zijn hoofd. Inderdaad, hij was het allemaal al bijna vergeten. En wat hij zich ervan herinnerde, kwam hem nog altijd bizar voor.

'Ga je me weer over verlossing vertellen?'

'Je hebt nog maar weinig tijd om je prijs af te halen.'

De reus telde terug. Er was een jaar verstreken sinds hun eerste ontmoeting. Hoe lang had hij dan nog? Zes maanden, iets korter?

'Goed,' zei de reus gelaten. 'Wat moet ik doen?'

'Dat weet je wanneer het moment daar is. En dat zal snel zijn, zoveel is zeker. Wees er klaar voor! En nu opgelet, want ik zal de zin uitspreken die ik destijds niet kon afmaken: grijp in geval van nood terug op de muziek der sferen!'

Teo stond met zijn oren te klapperen, maar herinnerde zich weer dat hij met een zeer ontwikkelde wolf stond te praten. Omdat hij vermoedde dat er geen nieuwe kans zou komen om het beest te spreken, wilde hij er zeker van zijn dat hij de boodschap ditmaal goed had begrepen.

'Bedoel je de muziek van de Pythagoreeërs?' vroeg hij. 'Moet ik hun geheime traditie bestuderen? De relatie tussen muziek en wiskunde? De theorie dat het hele universum door klanken wordt beheerst?'

'Waarom maak je het toch allemaal zo ingewikkeld?' zei de wolf

---

* Het ene ongeluk komt uit het andere voort. (Terentius, *De eunuch.*)

geërgerd. 'Al die maanden in haar gezelschap en nog heb je niets geleerd van het *opus unicum?*'

Even dacht Teo dat de wolf het over een concreet muzikaal opus had. Hij vroeg zich af welk stuk het zou zijn, hij zou het liefst met zijn hoofd tegen de tralies beuken! Maar toen herinnerde hij zich weer dat het beest de uitdrukking '*opus unicum*' zojuist had gebruikt om een persoon te omschrijven.

'... Miranda? Zeg je nou dat ik op Miranda moet terugvallen?'

Met de weinige kracht die hem nog restte, draaide de wolf met zijn ogen. Wat was die reus traag van begrip!

'Hebben jullie het over mij?' vroeg het meisje, opgewondener dan ooit.

'Dwing me niet mezelf te herhalen. Ik ben moe!' zei de wolf, en hij liet zijn snuit op de vloer van de kooi vallen.

Niet onder de indruk vraten de maden zich dieper in zijn vlees.

'Mag ik hem aaien?' vroeg Miranda.

'Nee!' zei de wolf, terwijl zijn hele lijf verkrampte.

Miranda, die haar hand al naar de tralies had uitgestrekt, trok hem terug toen ze de weigering hoorde. Haar ogen vulden zich met een bijna magische snelheid met tranen.

'Zeg maar tegen haar dat ik het op prijs stel,' zei het beest tegen Teo. 'Ik weet dat zij me zou kunnen genezen. Maar dat is niet nodig. Ik heb een veel langer leven achter de rug dan je je kunt voorstellen. Ik heb alles gedaan waarvan ik droomde. En bovendien heb ik de kans gehad om haar te leren kennen. Dat is meer dan ik had durven verwachten!'

'Kan ik iets voor je doen?'

De wolf was uitgeput, hij antwoordde niet.

'Als je me zou vertellen wie je gestuurd heeft, zou ik hem in elk geval namens jou een dreun kunnen verkopen,' drong Teo aan.

'Die hoop heb ik lang gekoesterd. Mijn baas is niet ... de meest zorgzame,' zei de wolf, naar adem happend. (Hier gebruikte hij weer het woord *dominus*.) '... maar het doet er niet meer toe. Jullie kunnen maar beter gaan ... *Pax vobis!*'

'*Pax tibi*,' zei Teo, en hij liep weg.

Verrast stelde hij vast dat er een enorme droefheid op zijn ziel drukte.

Miranda zwaaide, terwijl ze tussen de lege kooien door wegliepen.

LXXXVI

Waarin verslag wordt gedaan van de ochtend
van het duel, die rampzalig uitpakt
(zij het niet om de verwachte redenen)

De dag waarop het duel zou plaatsvinden, begon met motregen.
Dirigibus keek vanuit zijn leunstoel uit het raam: het ochtendrood
wilde maar niet verschijnen, terwijl de klok liet zien dat het tijdstip
reeds lang was aangebroken. De regen, bescheiden maar constant,
maakte de zaken alleen maar erger. Puro Cava en hij zouden elkaar
treffen op een terrein dat door de modder waarschijnlijk glibberig
was geworden. Hun voeten zouden de getelde passen nog aarzelender zetten. Het regengordijn zou het nog moeilijker maken om de
ander als doelwit te onderscheiden, ze zouden blindelings schieten.

Dirigibus (die niet had kunnen slapen en slechts wat had zitten
knikkebollen) gaf de literatuur de schuld van de verwachtingen die
hij voor die dag had gekoesterd. In boeken begonnen zulke dagen
altijd helder. In boeken komen alle lijnen samen, gebeurt niets zomaar, blijven de gebeurtenissen niet halverwege steken en heeft elke
scène het passende decor. Het was duidelijk dat het leven zich niet
aan deze conventies hield. In het leven was alles grijs, ongeordend en
misschien ook wel betekenisloos; als er al een betekenis bestond, dan
moest die met een kapmes tussen het onkruid worden uitgehakt en
aan de aarde worden vastgemaakt zodat ze niet door het eerste het
beste briesje zou worden weggevoerd. Hij vroeg zich af of het universum hem zijn verkeerde beslissing niet voor de voeten wierp;
maar hij wilde niet toegeven aan zijn angsten.

Hij zette de wekker uit vlak voordat die zou afgaan; het was zijn
enige gezelschap geweest 's nachts, een tik-tak dat zijn hart aan-
jaagde. Het was vijf over vijf op een donkere, natte ochtend. Hij
stond op en kleedde zich aan, terwijl hij de gedachte niet kon loslaten: wat een lelijke dag om te sterven.

Een paar straten verderop was er nog iemand die niet sliep. Met zijn handen op zijn rug ijsbeerde hij door de woonkamer, volgens een route die zijn vrouw had aangegeven, zodat hij de hele vloer zou belopen: als hij de vloer die ze net in de was had gezet zo nodig moest verpesten, dan liever gelijkmatig.

Farfi had de hele nacht geen oog dichtgedaan. Hij had talloze malen zijn opties doorgenomen (hij was onder invloed van zijn medicijnen, waardoor hij de verantwoordelijke, methodische versie van zichzelf was) zonder een bevredigende manier te kunnen vinden waarop hij de zaak kon aanpakken.

Hij had al tevergeefs geprobeerd hen ervan af te brengen. Zowel Dirigibus als Puro Cava had zijn filippica zwijgend aangehoord. Hij had getracht begripvol te klinken en gezegd dat hij hun drijfveren kon begrijpen, zelf had hij ook weleens liefdesverdriet gehad. Maar hij had duidelijk te kennen gegeven dat hij hun offer niet kon toestaan en van plan was hen tegen te houden, zodat ze niet met de ene hand zouden vernietigen wat ze met de andere hadden gecreëerd. Als hun liefde zo verheven was als zij beweerden, dan was het idioot haar met bloed te besmeuren. Liefde kan nooit de vijand van het leven zijn, had hij gezegd, want liefde is leven, dat en niets anders. *Romeo en Julia* was een verhaal van adolescenten en ook alleen als zodanig acceptabel: als ze elkaar als volwassenen hadden leren kennen, hadden de geliefden uit Verona gehandeld met het verstand dat de tragedie hun nu onthield.

Puro Cava wachtte tot hij was uitgesproken en vroeg om toestemming om zich terug te trekken. Dirigibus gaf toe dat hij Farfi's woorden had gehoord, maar zei dat hij hun betekenis niet kon duiden; het was muziek waar hij van had genoten, maar die hem niet had kunnen raken.

Toen hij als vriend (want in die hoedanigheid hadden ze hem hun plannen toevertrouwd) al zijn middelen had uitgeput, viel Farfi terug op de waardigheid van zijn ambt. Hij dreigde hen te ontslaan. Ook dat bleek zinloos: een van hen zou sterven en hoefde dan sowieso niet meer naar zijn werk, en de overlevende zou een kapitaalkrachtige dame trouwen, die hem kon steunen tot hij een nieuwe betrekking had gevonden.

Farfi had gezworen dat hij de zaak bij justitie aanhangig zou maken, hoewel hij al voorzag dat dit dreigement evenmin effect zou sorteren. Dirigibus en Puro Cava waren uitstekend thuis in juridische kwesties. Ze wisten dat de menselijke rechtspraak zich bezighoudt met gepleegde misdrijven en dus niet kan ingrijpen om ze te voorkomen. Als de burgemeester aangifte zou doen, zou hij daar slechts mee bereiken dat de politie de uitkomst van het duel zou afwachten om de overlevende te arresteren; van zijn betekenis beroofd zou het drama alleen maar groter zijn.

Hij zei zelfs tegen hen dat hij mevrouw Pachelbel zou vertellen wat ze in hun schild voerden. Een vrouw als zij zou nooit de beul van de ander als echtgenoot aanvaarden! Waarop Dirigibus hem uitlegde dat ze zich hiervan bewust waren en het daarom voor haar verborgen hadden gehouden. Onwetend van het drama dat zich voltrok, was mevrouw Pachelbel de enige van de hoofdrolspelers die die nacht had kunnen slapen.

In het complot lag besloten dat het duel buiten het dorp zou plaatsvinden en dat er twee secondanten zouden optreden, die een eed van geheimhouding hadden afgelegd. (Het ging hier immers om een zaak tussen twee mannen van eer.) De officiële versie zou luiden dat de verliezer niet gestorven was, maar die dag in alle vroegte het dorp had verlaten omdat hij de teleurstelling in de liefde niet langer kon verdragen. Zowel Dirigibus als Puro Cava had een reeks in de toekomst gedateerde brieven geschreven, waarin ze uitgebreid vertelden over hun zogenaamde nieuwe leven. Die ochtend overhandigden ze deze aan hun secondanten, die er zorg voor zouden dragen dat ze op de afgesproken data (met steeds langere tussenpozen, om langzaam in de vergetelheid te verdwijnen) uit naam van de overledene aan verschillende inwoners van Santa Brígida verstuurd zouden worden. Op deze manier wilden ze het denkbeeld ontzenuwen dat er een misdaad in het spel was en de dode vanuit zijn graf zijn zegen laten geven aan de overwinnaar. Als Farfi het vertrouwen dat ze in hem stelden, waagde te beschamen en met het verhaal naar mevrouw Pachelbel zou stappen, zou hij daarmee slechts bereiken dat het duel in een zelfmoordpact werd omgezet, dan zouden er twee doden vallen in plaats van één.

Farfi nam voor de zoveelste keer zijn mogelijkheden door toen er op zijn deur werd geklopt. Zijn hart bonsde in zijn keel, hij dacht dat men hem de onheilstijding kwam brengen. Hij keek op de klok in de woonkamer: vijf voor halfzes. Het duel stond om zes uur gepland. Wie zou hem zo vroeg kunnen storen?

Twintig minuten later arriveerde Puro Cava in de bestelwagen van zijn secondant op de afgesproken plek. (Hij had groenteboer Villapún uitgekozen, een vader van vijf kinderen wier namen Puro Cava correct in het bevolkingsregister had overgenomen; de man was hem dank verschuldigd.) Hij droeg zijn beste pak, zijn beste sjaaltje en zijn beste schoenen; hij rook naar Old Spice, zoals altijd, maar onder de eau de cologne was al de geur van klam zweet te bespeuren. Toen hij zag dat Dirigibus er nog niet was, stelde hij voor in de auto te blijven zitten. Het had geen zin om voortijdig doorweekt te raken. Hij verafschuwde de gedachte om met onverzorgd haar op de drempel des doods te verschijnen.

Dirigibus arriveerde op de open plek in het bos toen het vijf voor zes was. Hij was zenuwachtiger dan normaal, hij had flink in de rats gezeten over de mogelijkheid dat hij te laat op de afspraak zou verschijnen en Puro Cava *in absentia* als winnaar zou worden uitgeroepen. Tacho Gómez verontschuldigde zich voor hen beiden, hij had heel langzaam gereden, het leek wel alsof er zeep op de weg lag. Vervolgens haalde hij de jachtgeweren uit de kofferbak van zijn auto. Ze waren lastiger hanteerbaar dan pistolen, maar als het lijk van de verliezer toch nog zou worden gevonden, zou het makkelijker zijn een stroper de misdaad in de schoenen te schuiven. Het waren oude wapens, die Tacho allang niet meer gebruikte, maar die nog in uitstekende staat verkeerden; de bedoeling was om ze meteen na het duel in de rivier te dumpen.

Terwijl Tacho Puro Cava en diens secondant de geweren toonde, verontschuldigde doctor Dirigibus zich even en verdween tussen de coihues. Hij wilde liever niet dat ze getuige zouden zijn van zijn zwakke maag. Hij gaf over en vloekte. Waarom wordt het ons toch zo moeilijk gemaakt om op het onheilsuur onze waardigheid te behouden? Maar al snel hervond hij zijn zelfbeheersing. Hij braakte slechts gal en wat slijm. Na een paar minuten dook hij weer op uit zijn schuilplaats, zijn lippen schoonvegend met een zakdoek zo zwart als zijn pak.

Een muntstuk besliste wie het eerst een geweer mocht uitkiezen. Het was een formaliteit, want geen van tweeën was in staat te beoordelen welk wapen van de twee het beste was, maar in deze situatie waren formaliteiten alles wat ze nog hadden. Puro Cava won.

Ze gingen in het midden van de open plek staan, rug-aan-rug. Ze spraken af tien stappen te zetten, zich om te draaien en te schieten. Als ze misten, zouden ze twee stappen naar voren zetten en opnieuw schieten, zo vaak als nodig was tot er een duidelijke winnaar uit de bus kwam.

Nadat ze de stapel brieven in ontvangst hadden genomen, namen Tacho en Villapún afscheid van hun duellisten. (Dirigibus had er een bijgesloten aan David Caleufú, met aanwijzingen om de Edelweisszaak tot een goed einde te brengen; zelfs op zijn stervensuur wilde de rechtsconsulent niet onzorgvuldig zijn.) Meteen daarna vroegen de secondanten een moment om dekking te zoeken en renden naar een beschutte plek.

Zo bleven Dirigibus en Puro Cava midden in het niets achter, terwijl de motregen hen tot op het bot doorweekte. Ze hadden graag iets passends gezegd of getoost op de overwinning van de liefde door hun wapens tegen elkaar aan te stoten, maar geen van beiden wilde laten merken dat zijn stem trilde. Toen Tacho vanuit de verte schreeuwde, zetten ze zich in het diepst mogelijke stilzwijgen in beweging.

Een. Twee. Dirigibus' handen glibberden over het natte geweer.

Drie. Vier. Puro Cava verloor een schoen, die in de modder bleef steken.

Vijf. Zes. Dirigibus kreeg weer braakneigingen en begon te zwabberen van misselijkheid.

Zeven. Acht. Meneer Puro Cava hinkte op één been verder en probeerde met zijn vrije hand zijn modderige schoen weer aan te trekken.

Negen. Het duel stevende af op een ramp!

Toen hoorden ze getoeter.

Er kwam op flinke snelheid, al slippend over de weg, een auto aangescheurd. De duellisten herkenden meteen de auto van burgemeester Farfi. Ze keken elkaar onthutst aan en lieten hun opgeheven geweren zakken.

'Doctor Dirigibus, meneer Puro Cava,' riep Farfi terwijl hij naar hen toe rende, 'ik ben hiernaartoe gekomen omdat ik u nodig heb bij een zeer belangrijke kwestie.'

'Ik heb keurig op tijd een vrije dag aangevraagd. Ik ben ervan overtuigd dat u iemand zult vinden die u in mijn plaats helpen kan,' zei Puro Cava, vastbesloten om door te zetten.

'Al zouden we met u meegaan, dan zou niets ons tegenhouden om nadat het werk is afgehandeld alsnog te gaan … jagen,' verklaarde Dirigibus, anticiperend op een eventuele valstrik van de burgemeester.

'Dat begrijp ik,' zei Farfi. 'Maar als u me even laat uitpraten, dan weet ik zeker dat u zult inzien dat het om een zeer belangrijke kwestie gaat, zo ernstig dat ik absoluut de beste mannen aan mijn zijde moet hebben, net als destijds mijn vader.'

Het beroep op die oude vriendschap was hun aandacht waard. De burgemeester legde uit waarom hij het duel had verstoord.

De dag ervoor was een groep professionele bergbeklimmers met touwen in het ravijn afgedaald. De expeditie werd gefinancierd door het bedrijf Energía del Valle, dat wanhopig op zoek was naar stromend water om zijn gebrekkige dienstverlening op te krikken. De bergbeklimmers hadden video- en polaroidcamera's bij zich en de instructie om het terrein volledig vast te leggen en materiaal te vergaren dat, als ze weer boven waren, geanalyseerd kon worden door het soort deskundigen dat weigert touw te gebruiken voor iets gevaarlijkers dan de was ophangen.

Beneden in het ravijn hadden ze een veelbelovende ontdekking gedaan. Ergens halverwege de steile rotswand ontsprong een waterval die beneden een meertje vormde dat in een soort grot verdween. Een aantal van hen begon als een idioot te filmen en foto's te schieten. Een van hen, aan wie geen camera was toevertrouwd, maakte grapjes over de muntstukken die op deze plek door de mensen naar beneden werden gegooid om een wens te doen, er lagen er duizenden, en de klimmer probeerde uit te rekenen hoeveel geld dat wel niet kon zijn. Terwijl de rest van de expeditie zich verantwoordelijk gedroeg, volgde deze man het spoor tot aan de plek waar de meeste muntstukken leken te liggen. Het stond er vol met kleine, paarse bloempjes die *fischia's* heetten, al wist de klimmer dat waarschijnlijk niet.

Terwijl hij tussen de fischia's graaide, ontdekte hij de botten.

Farfi liet hun de enige foto zien die hij bij zich had. Het was een polaroid. Ze moesten moeite doen om te ontcijferen wat erop stond, het leek wel een abstract schilderij: ze zagen de zee van fischia's, een stuk van een schedel, een menselijke ribbenkast, flarden van een bloemetjesjurk.

Dirigibus en Puro Cava wisselden blikken uit.

'Snapt u nu waarom ik zo dringend uw hulp nodig heb?' vroeg Farfi. Zonder op antwoord te wachten zei hij tegen Puro Cava: 'U moet deze sterfgevallen voor mij in een voorlopig document optekenen, totdat de stoffelijke resten geïdentificeerd zijn en we overgaan tot definitieve bijschrijving in het overlijdensregister. En u, doctor

Dirigibus, zou u in staat zijn mij uw raad te onthouden, terwijl ik met een zaak als deze te maken heb? Zou u me in de steek laten met een probleem dat een schok in onze gemeenschap teweeg zal brengen omdat er in de geheimen uit haar recente verleden zal worden gegraven?'

Terwijl ze in Farfi's auto terugreden naar het dorp, dwaalde Dirigibus af van de uitgebreide beschrijvingen van de burgemeester en concentreerde zich op het landschap aan de andere kant van het raampje. De motregen was overgegaan in regen. Met een glimlach die niemand opmerkte, gaf de rechtsconsulent toe dat hij zich vergist had. Hij besefte nu dat het leven, ook al was het dan geen literatuur, alle elementen verschafte die de literatuur nodig heeft, inclusief lijnen die bij elkaar willen komen, gebeurtenissen die om een verklaring vragen en passende decors voor elke scène.

Er was een reden waarom zijn glorierijke, zonovergoten ochtend hem was ontzegd, de gouden dageraad waarin hij zou doden of sterven. Als schrijver had het leven beter dan Dirigibus geweten wat op dat moment het juiste genre was. Toen hij tegen zichzelf had gezegd dat het een lelijke dag was om te sterven, had de rechtsconsulent moeten weten dat het er niet van zou komen. Met zijn sombere licht en aanhoudende regen was het de ideale dag voor een macabere vondst.

LXXXVII

Hier duikt een spook uit het verleden op en komt Miranda in opstand

Pat werd maar niet beter. Ze was weliswaar uit bed opgestaan, maar deed haar taken met tegenzin, alsof ze met haar hoofd ergens anders zat; ze was een toegeeflijke, lusteloze schooljuffrouw geworden.

Onder druk van Miranda had ze opgebiecht dat ze nog steeds lichamelijke klachten had. Toen het meisje naar bijzonderheden vroeg en haar hand wilde opleggen, was Pat heel beslist: 'Waag het niet.' En ze sloot zich op in haar slaapkamer.

Diezelfde avond vertelde Miranda alles aan Teo. De reus moest twee keer kloppen voordat Pat de deur opendeed. Hij vroeg waar het pijn deed. Hij verwachte zo'n typische uitleg van Pat: een neuralgie met hepatische oorsprong, een lichte ontsteking van het epigastrium, dat soort dingen. Haar vage diagnose verbaasde hem. Pat zei dat ze dacht dat er vanbinnen iets kapot was. Alsof er in haar buik iets was blijven zitten wat een eigen leven was gaan leiden. Soms benam het haar de adem. Soms zag ze sterretjes.

Pat stemde ermee in om naar het spreekuur te gaan, zolang ze maar door dezelfde arts werd gezien. En zo wachtten ze al scrabbelend tot het ochtend was. Alle woorden die Pat legde, werden gekenmerkt door haar zorgen: 'ischemie', 'pus', 'osteoom'.

De arts uit Chaco stelde alleen een lichte verhoging vast. Pat had het lef om om kalmeringsmiddelen te vragen, maar de arts zwichtte niet. Hij zei dat hij die niet kon voorschrijven zolang de oorzaak van haar kwaal niet was gevonden; ze zouden de ziekteverschijnselen kunnen maskeren en dan waren ze nog verder van huis. Hij wist zeker dat Pat probeerde hem te manipuleren, ze had allerlei vage en moeilijk te controleren klachten. Maar hij was getroffen door de reus en het meisje, ze waren oprecht bezorgd. Hij adviseerde daarom een reeks onderzoeken. Met uitzondering van het bloedonderzoek moesten ze allemaal in het ziekenhuis van Villa Ángela worden uitge-voerd.

Pat protesteerde hevig. Maar Teo was haar constante smoesjes zat en ditmaal loste Miranda het ook niet voor haar op.

Ze konden vroeg in de ochtend in Villa Ángela zijn, Pat nuchter, uiteraard.

De reus hield zich doof voor haar protesten: zo ernstig was het niet, het was niet goed dat hij niet naar zijn werk bij de gemeente ging, het was onbezonnen om zonder dat hij had geslapen in de auto te stappen. Daarna kwamen de gemene opmerkingen, die hij ook over zich heen liet komen. Toen Pat vroeg of hij nog eens ging pro-beren hen dood te rijden, greep Teo zijn stuur nog steviger vast en staarde strak naar de weg.

Ze hadden de eerste reeks tests er al op zitten en waren onderweg naar een verkwikkend ontbijt, toen een vrouw op straat Pats arm vastgreep.

'Patricia? Wat leuk! Jij bent het toch? Patricia Picón!' riep de vrouw. Ze was mollig, allervriendelijkst en beladen met boodschap-pen. 'Ik ben het, Mariela. Ken je me niet meer? Ik woon hier sinds twee jaar. Daar, bij die deur. Wat doe jij in Villa Ángela? Van alle plek-ken op de wereld …!'

Pat ging voor Miranda staan om haar uit het zicht van de vrouw te houden. Vervolgens forceerde ze een beleefd glimlachje en zei: 'U ziet me waarschijnlijk voor iemand anders aan. Het spijt me zeer.'

Waarna ze probeerde haar weg te vervolgen.

Maar Teo bleef staan. En de vrouw liet haar niet los.

'Ben jij niet Patricia?' vroeg de vrouw onthutst.

'Ik zei toch dat u zich vergist,' herhaalde Pat, en ze trok haar arm terug.

Maar Miranda had haar hoofdje al uitgestoken en knikte.

Toen de vrouw Miranda's gezicht zag, reageerde ze heel merkwaar-dig. Eerst glimlachte ze, omdat ze zag hoeveel ze op Pat leek: haar blik schoot van de een naar de ander om de gelijkenis te controleren. Maar toen ze voor de tweede keer naar Miranda keek, zag ze nog iets anders. Ze hield op met glimlachen en trok wit weg. Ze keek naar Teo, op wie Miranda in de verste verte niet leek, en toen weer met een vragend gezicht naar Pat.

'Het spijt me zeer. Tot ziens,' zei Pat, gehaaster dan ooit.

Tot Teo's stijgende verbazing leek de vrouw het te begrijpen. Ze stapte opzij. Pat liep snel door en sleurde Miranda mee. Teo liep achter hen aan, maar draaide zich onderweg om. De vrouw stond hen midden op het trottoir roerloos na te staren.

Er kwam geen ontbijt. De onderzoeken werden nooit afgerond.

Pat zei tegen Teo dat als hij hen niet heel snel terugreed naar Monte Abrasado, ze een auto zou stelen en alleen met het meisje zou gaan. De reus zei dat hij hen uiteraard zou brengen, maar dat hij eerst een verklaring wilde hebben. In plaats van te antwoorden draaide Pat zich om, liep weg en trok Miranda mee. Het meisje haalde haar schouders op, alsof ze de reus wilde vragen wat ze anders moest.

Teo besloot er maar een grapje van te maken. Hij vroeg hoe ze van plan was een auto te stelen.

Pat haalde een pistool uit haar tas en ging midden op straat staan.

Zo snel hij kon voerde de reus hen mee naar de pick-up.

Onderweg probeerde hij antwoord te krijgen op zijn meest prangende vragen. Waar had ze dat pistool vandaan? Had ze dat altijd bij zich gehad? Waarom had ze het in Villa Ángela niet aan hem willen geven, alsof hij een vijand was? Algauw besefte hij dat hij niets uit haar zou krijgen. Pat zat alleen maar achterom te kijken of niemand hen volgde. De paar keer dat ze wat zei, was het om te vragen of hij harder kon rijden.

Zodra ze in Atamisqui's huis waren, liep ze naar haar kamer en begon haar tas in te pakken.

'Ik vraag je alleen me te vertellen waarom,' eiste Teo. 'Als je wilt, gaan we naar La Quiaca, of naar Mars, maakt me niet uit, alles wat ik wil is bij jullie zijn, maar vertel me alsjeblieft waarom! Ik wil weten waarom ik als een dolende ziel door het leven ga. Vind je dat te veel gevraagd?'

'Je verdoet je tijd,' zei Pat, terwijl ze de kast bleef doorzoeken. 'Ik pak mijn tas in en ben weg.'

Vertwijfeld kneep Teo zijn grote handen dicht. Hij zou haar het liefst vastpakken en door elkaar schudden tot ze bij zinnen kwam, als een apparaat dat niet functioneert. Hij schrok van die aandrang.

'Miranda, we gaan!' riep Pat, terwijl ze in het wilde weg spullen in haar tas propte.

'Nee,' zei Miranda.

Ze stond in de deuropening, vastbesloten om zich te verzetten.

Toen ze uit de mond van haar dochter het woord hoorde waar zij meende het alleenrecht op te hebben, stopte Pat. Ze moest het zeker weten: 'Wat zei je?'

'Ik zei "nee". Ik ga nergens heen. Ik ben het reizen zat. *Sick to death. Fed up.* Ik blijf hier!' antwoordde Miranda, steeds gedurfder.

'Jij bent te jong om dat te beslissen,' zei Pat, en ze ging verder.

'Leeftijd is iets achterlijks, je hebt er niks aan. Alle grote mensen die ik ken doen domme dingen!'

'Dat zal best, maar ik ben wel je moeder en ik ben verantwoordelijk voor jou.'

'Als je mij meeneemt, gaat Teo naar de politie en zegt hij dat je mij ontvoerd hebt.'

'Moeders ontvoeren hun kinderen niet.'

Teleurgesteld hief Miranda een beschuldigend vingertje op.

'Ik zweer je dat ik wegloop, net als de laatste keer. Hier is geen sneeuw, of had je dat soms nog niet gezien? Dit keer zul je me niet vinden!' schreeuwde Miranda.

Teo keek Pat aan. Waar had Miranda het over? Was ze weggelopen in de sneeuw zonder dat hij ervan wist? Maar Pat ontweek zijn blik. Ze concentreerde zich op Miranda's dreigement.

'*What do you want?*' vroeg Pat. Ze was woest, maar het was een ijzige woede.

'Ik wil hier blijven!'

'*He's going to find us.*'

'Praat Spaans tegen me!'

Pat zuchtte. Ze deed de grootste moeite om zich te beheersen.

'Ik zei ... Je weet wat ik zei.'

'Je zei dat hij ons zal vinden,' herhaalde Miranda, om er zeker van te zijn dat Teo het ook zou verstaan. 'Je hebt het over mijn vader, of niet?'

Pat nam een eeuwigheid de tijd om te antwoorden. Ze overwoog of het slim was om aan de leugen over de dode vader vast te houden. Maar als Teo gelijk had, en Miranda hoorde dat ze loog, zou ze haar alleen maar kwader maken.

Uiteindelijk knikte ze, haar blik ontwijkend.

'Laten we dan teruggaan naar Santa Brígida,' zei Miranda. 'Als hij ons toch gaat vinden, laten we dan in elk geval ergens blijven waar we het leuk vinden.'

'Onmogelijk,' zei Pat.

'Niks is onmogelijk,' zei Miranda.

Pat aarzelde. Ze keek in haar tas, alsof ze daar het antwoord op al haar zorgen kon vinden.

'Ik wil in Santa Brígida wonen,' zei Miranda. 'Ik wil daar voor altijd blijven. Daar zijn allemaal mensen die aardig voor ons zijn. Salo is er. Doctor Dirigibus. En mevrouw Pachelbel.'

'Mevrouw Pachelbel houdt van niemand en van jou al helemaal niet.'

'Mevrouw Pachelbel heeft te veel liefde, daarom is ze zo. Jij snapt er niks van!'

'Demián is er ook nog, of was je dat alweer vergeten?' zei Pat. Ze was tot alles bereid om haar zin door te drijven. 'Hij ligt daar waarschijnlijk begraven en zijn ouders en broers en zussen zijn er ook nog. Je zou ze de hele tijd tegenkomen!'

Miranda's gezichtje vertrok. Bestaat er iets verwoestenders dan de aanblik van onherstelbaar leed op het gelaat van een kind?

'Nee, die zijn niet in Santa Brígida,' zei Teo. 'Ze zijn teruggegaan naar Buenos Aires. En ze hebben Demián meegenomen. Dat heeft Dirigibus me geschreven.' En vervolgens voegde hij er voor Pat aan toe: 'Maak je geen zorgen, ik heb hem ons adres niet gegeven.'

Miranda's gezichtje ontspande weer, ze was opgelucht. Ze kwam uit de deuropening en sloeg haar armen om Teo's benen.

In Pats blik lag alleen maar verwijt. Ze had het gevoel dat Teo haar had verraden.

De reus bedacht dat op dat moment alleen Miranda's aanwezigheid voorkwam dat hij de volle laag kreeg.

Uiteindelijk liet het meisje hem los, liep naar Pat, leegde de tas boven het bed en stopte hem terug in de kast.

'Ei met suiker,' zei ze.

'Geweldig idee,' zei Teo.

'*Crunch crunch*,' zei Miranda, en ze pakte Teo's hand en nam hem mee naar de keuken.

LXXXVIII

Waarin we op de hoogte worden gebracht van het nieuws uit een dorp in beroering

Mijn beste Teodoro, zo begon Dirigibus' brief, *ik schrijf deze regels om te bevestigen wat je wel duidelijk zal zijn: het duel heeft niet mijn einde betekend. Tegelijkertijd wil ik je geruststellen wat betreft mijn gerechtelijke positie. Ik heb niemand gedood en laat God verhoeden dat het ooit zover komt! Puro Cava verkeert in goede gezondheid. Als het lot niet had ingegrepen, had een van ons het er wellicht niet heelhuids van afgebracht. Maar hier zijn we dus, nog even verward als altijd! Ik had je ook graag verteld dat het dilemma met mevrouw Pachelbel is opgelost, maar dan zou ik liegen. De kwestie wacht nog steeds op een oplossing, zoals bijna alles in Santa Brígida, sinds er die ochtend waarop Puro Cava en ik hadden afgesproken het duel aan te gaan, gebeurde wat gebeurd is.*

Heb je weleens van Emma Granola gehoord, de dochter van de eigenaresse van pension Amancay? Ik heb haar naam vast weleens laten vallen in jouw bijzijn. Maar aangezien ik mijn eigen hoofd niet meer kan vertrouwen, vertel ik je het verhaal liever vanaf het begin, zodat je snapt welk drama Santa Brígida in zijn greep houdt.

Emma was blind, vanaf haar geboorte. Ondanks deze beperking was ze een innemend, briljant meisje, iedereen was dol op haar. In 1970 was ze zeventien jaar oud en hielp haar ouders in het pension. Daar leerde ze Joaquín Morán kennen, een jongen uit Buenos Aires die op doorreis was. Het schijnt dat ze elkaar graag mochten, ik herinner me nog het protest van meneer Granola, die zich vreselijk opwond over het feit dat Emma weleens verliefd kon worden op een hippie. (Joaquín was een gewone jongen, serieus, een student, maar je weet het, hier in Santa Brígida is iedereen die er raar uitziet per definitie een hippie.)

Op een dag verdwenen Emma en Joaquín. Stel je voor wat een schandaal! Granola beweerde dat het meisje ontvoerd was. We vonden alle-

maal dat hij overdreef, al durfden we dat niet tegen hem te zeggen. Het meest waarschijnlijk was dat de twee tortelduifjes samen waren weggelopen, mensen doen van die dwaze dingen als ze jong zijn. (Erger zijn de dwaasheden die we begaan als we ouder zijn …) Toen de tijd verstreek en er nog niets van Emma werd vernomen, geen brief of zelfs maar een telefoontje, begonnen we het ergste te vermoeden. Het was niet zo moeilijk voor te stellen dat Emma verliefd was; dat ze alle banden met haar familie had verbroken, dat ze hen al die jaren met haar stilzwijgen kwelde, dat ze zich van hen had afgekeerd, was echter ondenkbaar. Emma was eigenwijs, maar nooit onverschillig. Ik kan me voorstellen dat ze voor haar onafhankelijkheid opkwam, haar recht om te leven met wie en waar ze wilde. Maar ik weet dat ze zelfs in dat geval zou proberen het contact met haar familie te behouden, want ze hield van hen.

De zaak deed het wantrouwen van de mensen tegen de hippies nog verder toenemen, het was het excuus dat velen gebruikten om hen met de nek aan te kijken toen ze hier in groten getale neerstreken. Er was een tijd dat de atmosfeer verstikkend werd, de mensen begonnen rare dingen te doen. Heb ik je nooit verteld over de Hippieoorlogen? Je reinste waanzin, maar dat bewaar ik voor een andere keer, wanneer we meer tijd hebben … onder het genot van een glaasje wijn … Vinum laetificat cor hominis!

De jaren vlogen voorbij en de ondoordringbare stilte rondom Emma en Joaquín hield aan. De oude Granola stierf uiteindelijk van verdriet, in '76 als ik het me goed herinner. We maakten toen net kennis met een ander soort verdwijningen. Eerst verdween er een groepje dat we hier De Zes noemden. Ze waren naar Santa Brígida gekomen om te werken (een van de meisjes was schooljuffrouw, een van de jongens bankwerker), maar vooral om politieke activiteiten te ontplooien. Omdat ze niet van hier waren, maakten we ons geen zorgen toen ze ineens verdwenen waren, we dachten dat ze in een ander dorp zieltjes waren gaan winnen. Veel mensen waren opgelucht, de mensen hier wantrouwen de politiek, zeker die van links, al jarenlang krijgen ze te horen dat links de boeman is. Om die redenen noemden ze hen in het begin 'De zes ruiters', vanwege de Apocalyps, maar aangezien dat te lang was, werd het 'De Zes'. Dat ze hun bezittingen hadden achtergelaten was dan misschien raar, maar klonken al die andere mogelijkheden – het bestaan van doodseskaders, van detentiekampen – niet veel raarder, veel ongelooflijker?

Een paar maanden later verdween in Córdoba, de stad waar hij was gaan studeren, de oudste zoon van de familie Farrace. In General Roca verdween de dochter van mevrouw Gomara, die daar in een leerlooierij werkte. De zoon van Pilo Irusta verdween in Buenos Aires tijdens zijn militaire dienst. Door die verliezen begrepen we iets wat we tot dan toe hadden willen ontkennen: dat niemand veilig was voor de waanzin van de militairen, zelfs niet als je in zo'n afgelegen, onbeduidend oord als Santa Brígida woonde. En in die verdoofde toestand, geplaagd door angst en schuldgevoelens, vergaten we Emma en Joaquín.

Het duel tussen Puro Cava en mij werd onderbroken door Farfi, die ons advies nodig had. Een groep bergbeklimmers was met touwen in het ravijn afgedaald en had beneden menselijke resten ontdekt. Op de foto's die ze hadden genomen, stonden twee lijken, waarvan weinig meer over was dan botten. Farfi liet ons de duidelijkste foto zien. De flarden kleding op een van de stoffelijke overschotten waren als een doodsteek: Puro Cava en ik hadden de opdruk van die jurk in ons geheugen gegrift staan, blauwe bloemetjes tegen een goudkleurige achtergrond. Precies zoals de jurk die Emma vaak droeg en waar we haar zo vaak complimentjes over hadden gemaakt.

Over het andere lichaam konden we niet zoveel zeggen, behalve dat het in dezelfde staat van ontbinding verkeerde en mannenkleding droeg. We dachten meteen dat het Joaquín moest zijn, wie anders? En zo ontdekten we (want al is de definitieve identificatie nog niet afgerond, we hebben geen twijfels meer) dat Emma en Joaquín nooit uit Santa Brígida waren weggegaan.

Farfi bracht de arme mevrouw Granola en Joaquíns ouders, die in Buenos Aires wonen, op de hoogte van de vondst. Deze mensen kunnen elk moment in Santa Brígida arriveren, misschien zijn ze er al wanneer je deze brief leest. We wachten ook nog op twee forensisch antropologen uit de hoofdstad. Het zijn de enigen die zich bereid hebben verklaard om in het ravijn af te dalen om de lichamen te onderzoeken op de plek waar ze zijn aangetroffen en ze zonder het beschadigen van bewijs te bergen. Het zijn jonge jongens, die antropologen, maar ze zijn in elk geval niet bang aangelegd. Je moet heel dapper, heel onbezonnen of een juiste mix van beide zijn om naar de bodem van die afgrond te willen afdalen.

Ondertussen is Santa Brígida in een wespennest veranderd. Je hebt geen idee hoeveel onzin ik de afgelopen dagen heb gehoord: dat Joaquín die arme Emma de afgrond in heeft geduwd en vervolgens is gestrui-

396

keld, dat hij haar heeft neergestoken en is gevallen toen hij zich van het lijk wilde ontdoen, dat hij een andere man met zijn kleren aan naar beneden heeft gegooid om zich dood te laten wanen en zo de wet te ontlopen en natuurlijk een lange lijst van perverse seksuele praktijken die ik, als je me vergeeft, hier liever niet opschrijf.

Pension Amancay is tegenwoordig het decor van een parade van boetelingen, die mevrouw Granola komen condoleren om haar persoonlijk te kunnen zien (nu ze een trieste beroemdheid is geworden) en haar hun verdenkingen voor te leggen, die zo uit een roman van Agatha Christie lijken te zijn overgenomen. Eén vrouw had zelfs het brutale lef om te suggereren dat Emma zelfmoord had gepleegd!

De sfeer is erg gespannen, veel mensen krijgen weer een hekel aan de hippies, alsof die arme mensen schuldig kunnen zijn aan een ongeluk dat is gebeurd lang voordat zij arriveerden. Daarom vrees ik de komst van Joaquíns ouders. Het echtpaar heeft ongetwijfeld al genoeg meegemaakt om nu ook nog het misprijzen van al die onbenullen over zich heen te krijgen. Als iets me aan het hart gaat in deze hele toestand, afgezien van het verdriet, dan is het wel de conclusie dat het dorp de tragedie in de eerste plaats slechts als amusement zal zien en ten slotte als een excuus om zich weer achter hun oude vooroordelen te verschansen.

Vooralsnog heb ik mijn besluit om een duel aan te gaan, herzien. Ik hou nog altijd van mevrouw Pachelbel en ik voel dat mijn leven zonder haar louter verdriet zou zijn. Maar de aanblik van de voortijdige, onterechte dood heeft me de lust ontnomen om met het heilige te spelen. Ik zal verder leven, al moet ik het alleen doen, en ik zal proberen de tijd die me nog rest, vruchtbaar te laten zijn in de hulp die ik degenen die hem nodig hebben kan bieden. Wat heeft het bestaan voor zin als het niet een positief spoor in dat van anderen achterlaat? Ik voel nu al dat deze levens het mijne veranderd hebben. Emma en Joaquín hebben mijn leven gered, zelfs vanuit de dood. En ik zit de hele tijd te denken of ik niet iets voor hen kan doen, ook al bevinden ze zich daar waar ik hen nog niet kan bereiken.

Welnu, dit was mijn goede nieuws. Hoe staat het met jullie? Bevalt jullie nieuwe thuis? Ik kijk uit naar nieuws over mevrouw Pat en in het bijzonder over het jongste gezinslid. Vergeet me niet te schrijven!

Voor altijd de jouwe.

D.

LXXXIX

Waarin Pat een daad van waanzin begaat

Het wreedst was dat de bom barstte toen Teo net begon te denken dat alles goed zou komen. Pat leek, door haar lichamelijke zwakte wellicht, bereid om plannen in overweging te nemen waar ze vroeger nooit voor open had gestaan. Nog onder de indruk van Miranda's opstand had ze erin toegestemd om over een eventuele terugkeer naar Santa Brígida na te denken. En voor het eerst had ze Teo's voorstel om een advocaat te raadplegen, niet aangevochten.

De reus vond dat ze moesten weten op wat voor terrein ze zich begaven. Hij was er zeker van dat er voor een eventuele aanspraak van Miranda's vader weinig wettelijke basis bestond. In het ergste geval zou hij een omgangsregeling krijgen. Als Pat die aanvaardde, zouden ze niet meer in het wilde weg hoeven te vluchten. Daarvoor moest Pat echter ophouden het bestaan van die vader te ontkennen. Hoe lang kon ze Miranda nog opvoeden met die leugen en het bestaan van haar biologische vader uitwissen alsof het meisje het werk van de Heilige Geest was en Pat honderd procent van het genetische materiaal had geleverd? Hoe goed ze ook haar best deed, ze zou nooit de leegte kunnen opvullen die de afwezigheid van haar echte vader in Miranda veroorzaakte. Ze konden de zaak maar beter aangaan. Een goede advocaat kon hun vast vertellen wat ze moesten doen!

Meestal protesteerde Pat hevig wanneer hij zoiets opperde, advocaten boezemden haar evenveel wantrouwen in als priesters of militairen, maar ditmaal hield ze haar mond. En Teo interpreteerde dit zwijgen als toestemming.

De volgende avond, toen hij terugkwam van zijn werk, was Pat niet thuis.

Miranda zat in haar eentje op hem te wachten en las *Ontvoerd*.

Na enig aandringen gaf ze toe dat Pat een paar uur geleden was vertrokken zonder te zeggen waarheen.

'Maak je geen zorgen, de tas staat op zijn plek,' zei Miranda, die zijn gedachten las.

Teo probeerde te ontspannen. Het was een kwestie van wachten. Hij douchte, schonk zichzelf een fernet in, vroeg Miranda of ze misschien een spelletje wilde doen.

Ze speelden tuttifrutti met potlood en papier. Toen Teo op de klok keek, zag hij dat het al etenstijd was. De bezorgdheid vrat aan hem, maar Miranda leek kalm en hij wilde haar niet zenuwachtig maken.

Ze waren al klaar met eten toen Miranda hem vertelde dat Pat bijna elke middag wegging. Ze had de ongerustheid in de stem van de reus opgemerkt en deed wat ze nodig achtte om hem gerust te stellen.

'Ze blijft steeds wat langer weg. Maar ze komt altijd terug voordat jij er bent. Misschien is ze vandaag de tijd vergeten,' zei ze, terwijl ze een mandarijntje pelde.

Teo zei niets. Het nieuws dat Pat Miranda regelmatig alleen liet, ging zo lijnrecht in tegen de obsessieve manier waarop ze haar beschermde dat het niets goeds kon voorspellen.

Om elf uur besloot hij de deur uit te gaan. Hij plakte een briefje op de deur (*We zijn je aan het zoeken. Blijf thuis, we zijn zo terug.*) en zette Miranda in de pick-up.

Hij wist niet waar hij moest beginnen. (Eigenlijk wist hij dat wel, maar die mogelijkheid liet hij liever buiten beschouwing.) Hij begon rondjes door de omgeving te rijden. Om de vijf minuten stopte hij bij een telefooncel om naar huis te bellen. Er werd nooit opgenomen.

Het was al na twaalven toen hij besloot in de bars te gaan kijken. Er waren er niet veel meer open, Monte Abrasado was een rustig dorp dat vrijwel geen nachtleven had.

Daar was Pat ook niet. En ze nam nog steeds de telefoon niet op.

'Vertel me eens wat jullie vandaag gedaan hebben,' vroeg Teo het meisje, terwijl hij voor de zoveelste keer de straten afreed.

'Hetzelfde als altijd. Vanmorgen moest ik leren. Tussen de middag hebben we gegeten. 's Middags moest ik huiswerk maken. Zodra ze weg was, heb ik even naar *Sgt. Pepper* zitten luisteren en naar de kinderen zitten kijken die, die, die op straat aan het spelen waren. Toen ze wegingen, heb ik het boek gepakt. En toen kwam jij thuis.'

'Weet je zeker dat er niets raars gebeurd is? Is er geen brief gekomen, geen telefoontje …?'

'Niks. Of trouwens …'

'Of trouwens wat? Je zegt net dat er niks raars is gebeurd!'

'Ik had er niet meteen aan gedacht!' protesteerde Miranda.

'Sorry, ik ben zenuwachtig … Toe, zeg het maar.'

'Misschien heeft het er wel niks mee te maken. Want het gebeurde toen ze al weg was.'

'Zeg het toch maar.'

'Ik ken een van die jongetjes die op straat spelen. Hij heet Pedro, maar ik noem hem anders. Pedro en ik spelen ook.'

'Hoe doen jullie dat als je van je moeder niet naar buiten mag?'

'We sturen elkaar briefjes. Op een stukje papier. We wikkelen het om een steentje en dan gooien we het naar elkaar toe.'

'En weet Pat daarvan?'

'Volgens mij niet. Maar nu weet ik het niet meer zeker. Vanmiddag, toen Pat al weg was, gooide Pedro een briefje waarin stond dat ik zijn vorige briefje niet had beantwoord. Maar ik wist niet waar hij het over had!'

'Ik snap het niet.'

'Dat is toch logisch? Pedro zegt dat hij me een briefje heeft gestuurd en ik heb het niet gehad. Misschien heeft Pat het gevonden!'

'En wat voor briefjes sturen jullie elkaar dat je moeder er zo van overstuur raakt? Je gaat me toch niet vertellen dat je verliefd bent?'

'Nee, gekkie! Dat is het niet!' zei ze, en ze sloeg hem tegen zijn onderarm.

'Wat dan?'

Miranda gaf geen antwoord. Ze zag er schuldbewust uit.

'We kunnen maar beter naar de politie gaan,' zei ze met een klein piepstemmetje.

'Als we die erbij halen, draait Pat ons allebei de nek om als ze weer opduikt.'

Miranda stak haar hand in haar zak en haalde er een verfrommeld papiertje uit.

'Wat is dat?'

'Ik heb Pedro gevraagd of hij het briefje dat was zoekgeraakt nog een keer wilde sturen.'

Teo stopte de auto en knipte het lichtje bij de achteruitkijkspiegel aan. Het kostte hem moeite het papiertje open te vouwen met zijn worstvingers, die erger trilden dan ooit.

Het enige wat er stond, met potlood, in hoofdletters en met spelfouten, was: IK REDT JE WEL, MAAK JE GEEN SORGEN IK HAAL JE DAAR WEG.

'Ik had tegen Pedro gezegd dat ik ontvoerd was,' legde Miranda uit, die naar haar schoenen staarde. 'Ik zei dat ik ontvoerd was en dat die vrouw hier in huis me als slavin wilde verkopen.'

Aangezien de telefoon bleef overgaan zonder dat er iemand opnam, besloot Teo naar de laatste plek te gaan die nog over was, de plek die hem zoveel angst inboezemde. Een angst die duizelingwekkende vormen aannam op het moment dat de man uit Chaco hen aankeek alsof hij hen al verwachtte en zei, terwijl hij een ijszak tegen zijn gezicht hield: 'Ik wist niet waar ik jullie kon vinden. Kom alsjeblieft binnen.'

De zuster nam Miranda onder haar hoede en bood haar snoepjes aan. Het meisje zei dat ze liever cola had.

De arts nam Teo mee naar een lege spreekkamer.

'Het eerste wat ik wil zeggen, is dat u zich geen zorgen hoeft te maken, het gaat goed met uw vrouw,' verklaarde hij zodra ze binnen waren. 'Ze zit in een andere spreekkamer, ik heb haar kalmeringsmiddelen toegediend. Gaat u zitten.'

'Heeft ze complicaties gekregen vanwege … dat ene?'

'Dat heeft er niets mee te maken. Lichamelijk gezien, althans. Aan de andere kant moeten we er wel rekening mee houden.'

'Welke andere kant?'

De arts ging tegenover hem aan het bureau zitten. Hij legde de zakdoek met ijs opzij (zijn linkerjukbeen was gezwollen) en vouwde zijn handen, alsof hij bad. Hij kneep zo hard dat een deel van zijn nagels wit werd.

Hij vertelde Teo alles wat hij wist.

Pat was rond middernacht bij de eerstehulp terechtgekomen. Ze verkeerde duidelijk in shock. Ze liep als een zombie, liet zich zonder tegenstribbelen meevoeren. Ze was met de kroegbaas en een van de obers. Zij zeiden dat ze pas rond sluitingstijd in de gaten hadden gekregen dat ze er was, omdat ze dan het damestoilet schoonmaakten. Ze had zich opgesloten in een van de toilethokjes. De ober merkte dat er iemand zat, klopte op de deur, maar kreeg geen antwoord. Toen hij bukte om onder de deur door te gluren, zag hij haar levenloze lichaam en de bloedvlekken. Hij rende weg en haalde zijn baas erbij.

Pat was halverwege de middag in de bar aangekomen. Ze had twee biertjes en een koffie gedronken en betaald (daarom was niemand verbaasd geweest over haar afwezigheid, de obers dachten dat ze was weggegaan), maar was in plaats van te vertrekken naar het toilet gegaan, waar ze niet meer op eigen kracht uit zou komen.

Volgens de arts was ze systematisch, bijna professioneel te werk gegaan. Zijn theorie luidde dat Pat het gebied had verdoofd om de klus te klaren, hoewel hij daar geen bewijzen voor had; het flesje met het verdovende middel zou nog in het toilet van het café moeten liggen.

Ze had met chirurgische naald en draad haar mond dichtgenaaid. Ze moest vastbesloten zijn geweest om geen woord meer uit te brengen, want ze had geen kik gegeven, zelfs niet toen de arts de knoopjes losknipte. Maar meteen daarna had ze het op een krijsen gezet en was ze wild om zich heen gaan schoppen en slaan (vandaar de gezwollen wang) en had de arts haar moeten platspuiten. Als Teo het goed vond, zou hij om een ambulance vragen die haar naar Villa Ángela kon overbrengen, waar ze op de psychiatrische afdeling van het ziekenhuis zou worden opgenomen.

Teo zei niets. Hij leek met zijn aandacht bij de zakdoek met ijs te zijn; de blokjes smolten in de warme nacht en de doek kon al het vocht niet meer opnemen, zodat het langzaam over het bureau begon uit te stromen.

De arts drong niet aan en gaf hem de tijd om de informatie te verwerken. Arme man, en dan moest hij zich ook nog over dat kind ontfermen, zo jong nog en met een moeder midden in een psychose.

Toen Teo eindelijk zijn mond opendeed, vroeg hij of hij Pat mocht zien.

EXPLICIT LIBER TERTIUS

Liber quartus

I am he as you are he as you are me and we are all together.
– The Beatles, *I Am the Walrus*

And if I pass this way again
You can rest assured
I'll always do my best for her
On that I give my word
In a world of steel-eyes death, and men
Who are fighting to be warm
'Come in', she said, 'I'll give you
Shelter from the storm'.
– Bob Dylan, *Shelter from the Storm*

Ruiter, pak je wapens
– Argentijns kinderliedje

XC

Waarin wordt uitgelegd dat priemgetallen familie zijn, ook al hebben ze geen gemene deler

Het universum heeft een voorkeur voor bepaalde vormen. Cirkels, bijvoorbeeld. Die figuur komt overal weer terug, in alle groottes en op alle niveaus van het leven. In de ronde vorm van de planeten en in de discus die bij de spelen in de oudheid werd geworpen. In de dans van de draaitol en in de oogpupil. In de baan van de hemellichamen (weliswaar ellipsvormig, maar toch een soort samengedrukte cirkel) en in de golfjes die ontstaan als er een steen in het water valt. Als de mens verdwaalt, loopt hij rondjes. Als hij speelt, verzint hij talloze manieren om een bal te gebruiken. De ring is het teken van zijn verbintenis met een ander mens. Het wiel is zijn beste uitvinding. Een cirkel symboliseert het getal nul, het niets dus, maar twee aan elkaar rakende cirkels symboliseren het oneindige. Onder de microscoop herhalen deze vormen zich. Het ontwerp bijt zichzelf in de staart: hoe dieper we doordringen in de structuur van het universum, hoe opvallender het fenomeen.

Cirkels drukken een thema uit, net als bepaalde melodieën (die vaak ook een cirkelbeweging vertonen!) binnen de context van een symfonie of een ander soort muziekstuk. Dat wil niet zeggen dat de betekenis van zo'n thema transparant is. Vaak raakt de maker zijn grip erop kwijt en krijgt het een andere of ruimere betekenis; in dat geval wordt hij het doorgeefluik van een mysterie dat hemzelf overstijgt en waaraan hij hulde brengt.

De cirkel is het thema van de cyclus van het leven. Alles houdt op en begint weer opnieuw. Het leven eindigt en maakt de bodem weer vruchtbaar. Vrouwen bloeden elke maand opnieuw. Maar hoewel deze cycli een eeuwige herhaling suggereren, is er bij elk nieuw begin iets veranderd. In een eindig universum komt er niets dichter in de buurt van het oneindige dan verandering. Hoe subtiel de verandering aan het einde van een cyclus ook is, niets wordt meer zoals het was. Dit wijst erop dat de perfecte, altijd aan zichzelf identieke cirkel, in feite een utopie is, of liever gezegd, een drogbeeld; en dat is goed zo, want we leven in een voortdurend uitdijend heelal. In zo'n universum is een cirkel nooit helemaal sluitend. Hij beschrijft een gedeelte van een zich immer openende spiraal.

Teo had ontdekt dat Miranda aanleg had voor wiskunde. Dat verbaasde hem niet, het meisje had al eerder laten zien dat ze handig was op het gebied van het abstracte. In zijn enthousiasme had hij haar verteld dat wiskunde en muziek volgens dezelfde principes werkten, zoals de pythagoreeërs al dachten. (Sinds de wolf had gesproken over de muziek der sferen, dacht de reus opvallend vaak aan Pythagoras.) Maar Teo deed deze onthulling in een tijd waarin Miranda een hardnekkig wantrouwen koesterde jegens muziek. Ze begreep dat muziek veranderingen in de fysieke wereld teweegbracht of althans een uitdrukking was van het constante veranderingsproces van het bestaan, en ze vond dat ze al te veel veranderingen had meegemaakt. Voor het meisje stond verandering gelijk aan verlies. Ze had haar vader en haar familie al verloren, elk huis waarin ze opnieuw had moeten beginnen en elke provincie waar ze had gewoond, en nu had ze ook nog haar moeder verloren. Miranda wilde geen veranderingen meer omdat ze niets meer wilde verliezen; ze wilde Teo niet kwijt. Als ze het universum had kunnen bevriezen opdat het niet verder zou afglijden, had ze dat zonder aarzelen gedaan.

Het enige wat ze kon doen, was de getallen de rug toekeren, net zoals ze de Spica had opgeborgen. Een tijdlang had ze geweigerd haar rekenhuiswerk te maken. Teo begon haar in de gaten te houden opdat ze niet opnieuw slechte cijfers zou behalen.

Op een middag, in de stilte in het huis van Santa Brígida (de cyclus was opnieuw begonnen, maar de dingen waren niet meer wat ze geweest waren) betrapte Teo haar erop dat ze priemgetallen zat te berekenen. Ze deed het uit haar hoofd en schreef ze achter elkaar op, met streepjes ertussen: 29-31-37-41-43-53 … Toen hij vroeg wie haar dat geleerd had, zei Miranda 'niemand'. Ze was niet eens in staat de basisdefinitie te geven, dat priemgetallen ondeelbare getallen waren en dus niet konden worden uitgedrukt in twee kleinere getallen die je met elkaar kon vermenigvuldigen. (13 en 17 waren priemgetallen, maar 15 bijvoorbeeld niet, want dat kon je opschrijven als 3 x 5.)

Teo maakte van de gelegenheid gebruik om haar te vertellen dat priemgetallen de atomen, het onregelmatig kloppende hart van de wiskunde waren (het ritme van het uitdijende heelal?) en dat ze als zodanig hun eigen muziek voortbrachten.

Het leek Miranda koud te laten. Ze haalde haar schouders op en stelde geen vragen. Teo besloot het daar maar bij te laten zodat Miranda niet opnieuw in opstand zou komen. Toen hij de lijst met priemgetallen in de loop van de dagen almaar langer zag worden, haalde hij opgelucht adem.

Het meisje kon geen verklaring geven voor het bestaan van deze eigenaardige getallen of de specie die ze bij elkaar hield. Alles wat ze erover kon zeggen, was dat deze getallen een relatie hadden, ze hadden iets gemeen, niet zo zichtbaar als bloed, maar wel net zo sterk: ze waren als een familie.

Wanneer Miranda priemgetallen berekende, voelde ze zich minder eenzaam.

XCI

Om de lezer niet langer in spanning te houden, wordt hier een aantal bijzonderheden vermeld over de terugkeer van Teo en Miranda naar Santa Brígida

Toen ze met hun spullen de deur van het huis door liepen, roken Teo en Miranda een geur die sterker was dan die van de bloemen die Vera in de vazen had gezet, sterker zelfs dan die van de schoonmaakmiddelen die ze had gebruikt om het huis brandschoon achter te laten. Ze konden nog steeds het fruit ruiken dat Pat daar zo lang had gekookt, de zoete geur was overal in het hout gedrongen. Teo zette de tassen op de grond en sloot zijn ogen. Pat had gelijk gehad, er bestonden geen kaarten waarmee je kon terugreizen in de tijd. Al wat je nodig had, was een geur.

Die avond gingen ze op bezoek bij de familie Caleufú, die hen verwachtte voor het eten.

Het huis van de familie Caleufú was eenvoudig en gaf een beter beeld van zijn bewoners dan een foto. Aan de buitenkant was het met zijn strakke lijnen David ten voeten uit, perfectie zonder verbeelding. Binnen was het Vera in haar overdadigheid, van de kleuren van de muren (paars in de keuken, vaalgroen in de woonkamer) tot de overdaad aan kleedjes, tapijtjes en ruches waarmee alle tafels, vloeren en raamkozijnen waren getooid.

Miranda was uitzinnig van blijdschap toen ze Salo terugzag en er viel een last van Teo's ziel. Ze aten gretig. Vera's luchtige gebabbel en de drukte van de kinderen waren de grootste smaakmakers.

Toen ze aan de koffie zaten, kwam Dirigibus langs, samen met burgemeester Farfi. Miranda vloog de rechtsconsulent om de hals. Het was voor het eerst in dagen dat ze lachte. Voor Teo klonk elke schaterlach als een muzieknoot. Die avond was de reus ervan overtuigd dat hij overal muziek in hoorde. Zelfs de namen van de familie die hen onthaalde, klonken als een *chacarera* op de trom: David Caleufú, Verá Caleufú, Saló Caleufú ...

Toen de kinderen zich in Salo's kamer opsloten om te spelen (hij had zijn eigen televisie, tot Miranda's vreugde), vertelde de burgemeester Teo over de brief van de marine waarin men op zoek was naar Patricia Picón. De reus incasseerde de klap zwijgend. Het was dezelfde naam als die hij had gehoord van de vrouw die ze in Villa Ángela waren tegengekomen. Pat had haar Ierse erfenis altijd aan haar moeder toegeschreven: Finnegan moest de achternaam van haar moeder zijn.

De reus wilde niet dat Miranda bij andere mensen werd ondergebracht en haar al helemaal niet aan haar vader overdragen. Hij was vastbesloten de wens die Pats leven had beheerst te respecteren, daarom had hij Dirigibus om raad gevraagd. Farfi's nieuws kwam hard aan, het bevestigde zijn grootste angst. Het leed geen twijfel dat Miranda's vader, of anders haar grootvader van vaderskant, militair was. En dan ook nog bij de marine, het legeronderdeel dat tijdens de repressie de ergste gruweldaden had begaan en nog altijd banden had met de politieke macht. Het betekende dat hij niet alleen moest opboksen tegen degenen die hun recht als bloedverwant van het meisje wilden laten gelden. Hij zou zich met blote handen moeten meten met de absolute macht van de Staat.

De reus was geen reus meer. De reus was David geworden.

Kort daarop kwam mevrouw Pachelbel. Ze gaf Teo een zoen (het was de eerste keer dat ze dat deed, ze had een fluweelzachte huid) en zei dat hij weer bij haar mocht komen werken, wanneer en op wat voor manier hij maar wilde. De reus merkte hoe ongemakkelijk Dirigibus zich voelde in haar bijzijn; hij was zo rood geworden als zijn pak, hoewel hij ditmaal alleen maar koffie tot zich had genomen. Mevrouw Pachelbel vroeg naar Miranda. Vera (eraan gewend om voor anderen te spreken) antwoordde dat ze met Salo naar een film zat te kijken. Mevrouw Pachelbel leek genoegen te nemen met dat antwoord, maar een paar minuten later, wellicht omdat ze verveeld was door het gesprek over juridische kwesties, verontschuldigde ze zich en ging ze de kinderen begroeten. Het enige wat ze meekregen van dat weerzien, was Miranda's vreugdekreet.

Dirigibus wilde weten of Teo contact had opgenomen met Pats ouders.

'Ik heb geen idee hoe ze heten of waar ze wonen. Het enige wat ik weet, is dat ze in Spanje zitten! Ik heb wat vrienden daar gesproken, maar die heb ik gevraagd om naar mensen met de achternaam Finnegan te zoeken,' zei de reus, 'Ik zou ze opnieuw moeten bellen om te zeggen dat ze naar Picón moeten zoeken.'

'Weet u wat voor mensen het zijn?' vroeg Farfi.

'Pat heeft nooit iets over hen verteld, positief noch negatief. Ze leefde alsof ze niet bestonden!'

'De burgemeester wil graag weten,' legde Dirigibus uit, 'of er een kans bestaat dat de grootouders van moederskant de voogdij zullen opeisen.'

'Ik weet niet eens zeker of ze wel weten dat Miranda bestaat. Maar ik zou natuurlijk liever zien dat het meisje bij hen terechtkwam dan dat ze in handen van haar vader of haar andere grootvader valt.'

'Ik stel me zo voor dat uw wens er in werkelijkheid heel anders uitziet,' bracht Farfi voorzichtig naar voren.

'Ik wil niet dat Miranda bij Pat wordt weggehaald,' zei Teo, 'ook al lijkt dat misschien dom, sentimenteel of zinloos. Ik wil niet degene zijn die hen van elkaar scheidt!'

Een paar minuten later arriveerde Puro Cava. Hij bracht zijn medeleven over aan de aanwezigen en groette doctor Dirigibus met bijzonder respect. Teo bedacht dat beide mannen kort geleden op het punt hadden gestaan elkaar te doden.

Toen mevrouw Pachelbel terugkwam, nam de spanning toe. Het trio ontweek elkaars blik. Seconden later kwam Miranda binnengestormd en trok aan Teo's enorme hand.

'Teo, Salo vraagt of ik mag blijven slapen,' zei ze.

'Als David en Vera er niets op tegen hebben, vind ik het best.'

De familie Caleufú vond het goed. Miranda en Salo huppelden en sprongen van blijdschap om de tafel heen. Teo zag dat Dirigibus, Puro Cava en mevrouw Pachelbel met dezelfde glimlach naar het meisje zaten te kijken. Als iemand in staat was een wonder te bewerkstelligen, dan was Miranda het wel.

Farfi beloofde te gaan praten met het hoofd van de gendarmerie ter plaatse en te proberen hem informatie te ontfutselen over de identiteit van Miranda's vader. Het was echter niet verstandig dit vóór vrijdagavond te doen, want hij wilde het op informele wijze aanpakken, zonder achterdocht te wekken; de Syrisch-Libanese Club zou daarvoor, onder het genot van een glaasje, ongetwijfeld de meest aangewezen plek zijn.

Ze waren al afscheid aan het nemen toen Teresa, de schooljuffrouw, binnenkwam. Ze legde uit dat ze mee overging naar het volgende jaar, wat betekende dat ze nu klas 2B had, en dat ze als klassenlerares zo vrij was geweest om Miranda alvast in te schrijven zodra ze had gehoord dat ze naar Santa Brígida terug zou komen.

'Dat was Pats wens,' zei Teo. 'Dat Miranda gewoon naar de tweede klas zou gaan.'

Iedereen knikte in stilte. Teo besefte dat de aanwezigen zich opgelatener voelden bij het horen van Pats naam dan bij de gelijktijdige aanwezigheid van mevrouw Pachelbel en haar twee geliefden.

Toen hij thuiskwam, was het er kouder dan ooit. Hij betrapte zichzelf erop dat hij zachtjes *De slag om de warmte* neuriede, maar er vond niets betoverends plaats.

Die nacht sliep hij op de bank, net als de eerste keer.

Er was alleen geen geschreeuw meer. In Pats afwezigheid was de stilte oorverdovend.

XCII

Aangaande het zoeken en vinden van een nieuw tehuis voor Pat

Ze gingen elk weekend bij haar op bezoek, op zaterdag en op zondag.

In alle hectiek had Teo Pat alleen maar zo snel mogelijk weg willen halen uit het psychiatrisch ziekenhuis van Villa Ángela, een bedompte plek waar het wemelde van de vliegen. Hij wist zeker dat hij in Buenos Aires een betere plek kon vinden om haar te laten verzorgen, maar Pats angsten hadden ook van hem bezit genomen en hij was bang haar naar de grote stad te brengen. Een telefoontje naar Dirigibus had uiteindelijk een deur geopend waar hij niet op gerekend had. De rechtsconsulent had hem een paar uur de tijd gevraagd om inlichtingen in te winnen over psychiatrische ziekenhuizen in de regio. Hij beval hem drie klinieken in Bariloche aan. Teo raadpleegde Miranda, ook al kende hij haar antwoord van tevoren al. Niets zou de last van het onheil dat in hun leven was gekomen verlichten, maar als ze terug konden naar Santa Brígida, zouden ze in elk geval de troost van vertrouwde gezichten hebben.

Het was een eindeloze karavaantocht geweest. Bijna drieduizend kilometer in de pick-up achter de ambulance aan waarin Pat werd vervoerd, die volkomen platgespoten in Villa Ángela in slaap viel en op de vierde dag in Bariloche wakker werd. Onderweg sprongen radiozenders vanzelf aan en weer uit, terwijl Teo en Miranda alleen het hoognodige uitwisselden. Ze hadden ook niet zoveel te bespreken: het was wel duidelijk dat ze nadachten over wat ze verloren hadden en zich afvroegen wat de toekomst zou brengen.

De kliniek die ze het meest trok, was meteen ook de duurste en daardoor uitgesloten. Uiteindelijk kozen ze voor optie twee, waar ze dankzij Farfi's invloed een gereduceerd tarief kregen, dat Teo nog altijd niet kon opbrengen omdat de rest van zijn spaargeld aan de verhuizing was opgegaan. Dirigibus bood aan te helpen totdat hij weer op eigen benen kon staan. Teo wilde een schuldbekentenis ondertekenen, maar de rechtsconsulent zei dat geen enkel stuk papier hem meer gerust kon stellen dan Teo's erewoord.

De instelling heette Belvedere. Ze besloeg een heel huizenblok: een hoofdgebouw met kantoren en spreekkamers, twee zijvleugels waarin de patiëntes waren ondergebracht en een derde gebouw voor recreatieve activiteiten. Het zag eruit als een gevangenis: overal tralies, de verontrustende geur van angst en medicijnen, prikkeldraad rond de binnenplaatsen. Er was echter ook een park, met in het midden een kleine vijver waarin meer groene smurrie zat dan water. De tuinman zag erop toe dat het water nooit hoger dan vijf centimeter stond; het verhaal ging dat er een nare ervaring met een patiënte was geweest en dat sindsdien de waterspiegel was verlaagd om eventuele zelfmoordenaressen te ontmoedigen.

Teo had nogmaals met Miranda overlegd. Het meisje had haar schouders opgehaald. Ze was het zat om beslissingen te nemen waar ze nog niet aan toe was, de wereld bleef haar maar als een volwassene behandelen! Als de Spica had gewerkt, had die haar misschien nog enigszins kunnen inspireren. Maar de radio was in een hardnekkig stilzwijgen gehuld.

De beslissing was dus aan Teo. Hij zei tegen zichzelf dat hij realistisch moest zijn, geen plek zou goed genoeg zijn voor zoiets waardevols als Pat. De Belvederekliniek zag er in elk geval schoon uit. Misschien stonden er te veel televisies tegelijk aan; als Pat in vorm was geweest, had ze vast een opmerking gemaakt over het verdovende effect van de beeldschermen die ze zo verfoeide. Maar Pat was op dat moment niet in staat om ook maar een woord uit te brengen. En zo had Teo zich laten verleiden door het mooie park, waar Pat in zijn verbeelding ontspanning zou zoeken, en door de sympathieke indruk die het personeel op hem had gemaakt, dat zich ontvankelijk had betoond voor de overredingskracht van geld. De reus gebruikte een deel van wat Dirigibus hem had geleend om de gunst te winnen van de zusters die Pat zouden verplegen.

Om wettelijke redenen mocht Miranda haar moeder niet zien. De kliniek gaf minderjarigen geen toestemming voor bezoek. Maar Teo dacht dat het geld na verloop van tijd wel weer als een 'Sesam open u' zou werken en drong vooralsnog niet aan, want hij wist ook niet zeker of Miranda wel klaar was om haar moeder zo te zien.

413

De eerste weken kreeg Teo er geen woord uit bij Pat. Hij vertelde maar een beetje wat hij en het meisje sinds hun laatste bezoek hadden gedaan, terwijl Pat in het niets staarde, dat in het midden van het park leek te liggen. Teo's hart kromp bij het zien van haar slonzige haar, de holle ogen en de ring littekens van de naaldsteken rond haar mond, die deed denken aan de lach van de clowns die Pat zo verafschuwde, of aan van die puntjes die je met potlood met elkaar moet verbinden. Maar toch deed hij zijn uiterste best om opgewekt over te komen, want hij wist dat Miranda vanuit de verte, achter het grote raam van de wachtkamer, toekeek.

In de derde week keek Pat hem aan alsof ze hem herkende.

In de vierde week begroette ze hem bij zijn aankomst als Bran the Blessed, Bran de Gezegende, de reus uit de legendes die haar moeder haar altijd vertelde.

Het ziektebeeld was in de loop van de tijd verergerd. De artsen bevestigden dat Pat ondanks het oppervlakkige herstel een regressie naar haar vijftiende levensjaar had ondergaan. Ze sprak over haar klasgenootjes van de middelbare school alsof ze er dagelijks mee omging. Ze had het over haar ouders met de minachting van een puber. Ze babbelde er vrolijk op los, vrijwel zonder schuttingwoorden. Ze hield ineens van bloemen en van een westcoastbandje genaamd Bread, dat romantische liedjes maakte; ze zwijmelde weg bij de zanger David Gates en ook bij Barry Gibb, de voorman van de Bee Gees, die in haar belevingswereldje nog geen kennis hadden gemaakt met discomuziek.

'Wist jij dat Pat op haar veertiende van huis is weggelopen?' vroeg Teo, toen hij terugkwam van een van die bezoekjes.

'*Crap. Shit. Fuck!*' riep Miranda verbluft.

'Je oma had haar platen van The Carpenters afgepakt toen ze was gezakt voor aardrijkskunde.'

'*What carpenters?*' vroeg Miranda, die dacht dat Teo het over timmerlieden had.

'The Carpenters waren een zangduo. Broer en zus, David en Karen.'

'Nooit van gehoord!'

De Spica zond immers nooit zulke muziek uit.

Teo bleef Pat stimuleren in haar bekentenissen, die hij na elk bezoek in geuren en kleuren aan Miranda doorvertelde. Door deze gesprekken leerden ze een Pat kennen die ze nooit hadden vermoed achter dat beschermende pantser. Teo en Miranda waren eraan gewend om het op te nemen tegen een krijgslustige Pat, een spartaans getrainde vechtmachine voor wie alleen dingen belangrijk waren die ze in de strijd kon gebruiken. Zelfs haar naam klonk als een mitrailleursalvo: pat-pat-pat-pat …! Deze jonge, frisse Pat kon niet voorkomen dat die naïviteit haar gezond verstand enigszins ondermijnde. Ze vertelde dat ze na de middelbare school medicijnen wilde gaan studeren om kinderarts te worden, want ze wilde haar leven wijden aan het verzorgen van ondervoede kinderen; haar toekomst lag in Afrika, in het prototypische Biafra om precies te zijn, dat voor haar het vaderland van alle hongerigen was.

'Het zit hier ook vol met ondervoede mensen, maar die zijn dik omdat ze alleen maar gefrituurde dingen eten,' merkte Miranda op toen ze dat verhaal hoorde.

'Waar heb je dat nou weer vandaan?' vroeg Teo, terwijl hij dacht: Miranda weet met haar zes jaar meer dan haar moeder op haar vijftiende!

Tijdens het bezoekuur bleef Miranda in de wachtkamer, onder de hoede van een ad hoc omgekochte verpleegster. Ze staarde door het raam naar het park en keek toe hoe haar moeder steeds geanimeerder praatte, terwijl ze tekeningen maakte die de artsen bewaarden in afwachting van een geschikt moment om over Miranda's bestaan te beginnen. Vooralsnog dacht Patricia – of Patty, zoals haar moeder haar blijkbaar noemde – dat kinderen iets voor een verre toekomst waren: het zouden er minimaal drie of vier worden, met een blonde, mooie man, zoals de zanger Dean Reed.

'Wat heb jij tegen grote mannen met donker haar?' vroeg Teo.

'Niks bijzonders, Bran the Blessed,' antwoordde Pat, 'Maar jij bent een legende, en wie trouwt er nou met een legende!'

Bij het afscheid zei Pat altijd dat hij moest oppassen voor gifpijlen, want daarmee wordt Bran in zijn voet geschoten en gedood. En wanneer hij arriveerde, vroeg ze altijd weer of hij de Ketel van de Wedergeboorte had meegebracht, een van de magische voorwerpen die Bran bewaakte. De teleurstelling in haar ogen wanneer hij zijn lege kolenschoppen liet zien, was het enige teken dat Pat, Patricia, Patty, een vage notie had van haar ziekte.

Op de terugweg naar Santa Brígida stelde Teo zijn verteltalent op de proef. Hij probeerde zijn relaas over wat Patty over zichzelf had onthuld steeds meer te rekken. Eerst had het de eerste dertig kilometer geduurd, de keer daarop vijftig en de week erop zestig; zijn record was tachtig van de honderddertig kilometer die Santa Brígida van Bariloche scheidden. Om dit te bereiken was hij bereid de miniemste details van het gesprek erbij te betrekken, zelfs al had hij die onder andere omstandigheden niet geschikt bevonden voor zulke tere oortjes. Tijdens die tachtig kilometer vertelde hij Miranda onder meer over de top tien van favoriete scheldwoorden in het Engels, die bij de Pat van vijftien gelukkig minder schunnig uitpakten dan bij die van dertig en nauwelijks verder kwamen dan clichés als *fuck*, *cunt* en *motherfucker*.

Teo rekte de verhalen niet voor niets. De reus wist wat er gebeurde, elke keer als de leegte zich tussen hen nestelde. De afwezigheid van haar moeder werd voelbaarder dan ooit en Miranda huilde stilletjes tot haar hoofd uiteindelijk naar beneden zakte tegen een schouder vochtig van tranen en snot en ze in slaap viel.

Teo's hart brak elke keer weer, zijn onmacht om het meisje voor dit intense verdriet te behoeden, maakte hem kapot; maar hij huilde niet, want (daar was hij van overtuigd) hij had geen tranen meer over. Hij was uitgedroogd, hij was een reus van zand.

Tegelijkertijd was hij in de war en werd hij heen en weer geslingerd tussen tegenstrijdige emoties: diep in zijn verdriet lag een onverwachte blijdschap. De tijd in de Belvederekliniek had een innemende, levenslustige Pat aan hem onthuld, op wie hij weer verliefd was geworden. Dit was de Pat die hij achter die rauwe vrouw onder de boom had vermoed, een Pat die genoot, een Pat die een verleden had en van een toekomst droomde, ook al was ze het heden kwijtgeraakt.

Teo keek reikhalzend uit naar het weekend en probeerde steeds opnieuw te bedenken hoe hij de vrouw die hij al eens verleid had, het hof kon maken. Hij vroeg zich af of hij nog genoeg licht in zich had om de liefde van een onschuldig mens te winnen.

Tijdens hun gesprekken gebeurde er iets betoverends, wat door de aanwezigheid van toeschouwers nog werd benadrukt. De gesprekken werden bijgewoond door een publiek dat in de loop van de weken steeds groter was geworden. Achter bomen en struiken stonden patiëntes naar hen te gluren, een miraculeus schouwspel in de geest van Cervantes. Het publiek bestond uit kale vrouwen, vrouwen met warrig haar, vrouwen met echte en denkbeeldige luizen, vrouwen met uitpuilende ogen of de glazige blik van een porseleinen pop. Er bevonden zich onder de toeschouwers vrouwen die spastische bewegingen maakten en met hun mond trokken, maar er waren er ook die nauwkeurig als een camera op de scène focusten. Er waren jonge en oude vrouwen bij, mooie en mismaakte. Er kwamen depressieve vrouwen op af, die door het geringste glimlachje van de hoofdrolspelers geëmotioneerd raakten en kinderlijke vrouwen die daarbij juist in applaus en gejubel uitbarstten. Zo vormden ze een regenboog van menselijke emoties, die ondanks hun verschillen een gemeenschappelijke hartstocht koesterden: de soap van de romance tussen Patty – toch maar mooi een van hen! – en de reusachtige freak van de andere sekse.

Op zondagmiddag, wanneer hij de kliniek verliet, had Teo het gevoel dat hij haar kwijtraakte, nadat ze hem als nooit tevoren had toebehoord: Patty vertrouwde Bran op een manier waarop Pat Teo nooit had vertrouwd. En elke keer als Miranda onderweg naar huis in slaap viel, vroeg hij zich af of het wel geoorloofd was dat hij geluk voelde, te midden van deze tragedie.

Als hij de Ketel van de Wedergeboorte had gehad, was hij de eerste geweest om er gebruik van te maken.

XCIII

Waarin mevrouw Pachelbel ontdekt dat een man alleen nooit genoeg is

'Deze schilderijen zijn veel beter,' zei Miranda toen ze het nieuwe werk zag.

Het ging niet om een uitgesproken verandering. In wezen waren het nog altijd dezelfde dorpsgezichten die mevrouw Pachelbel tot een obsessie had gemaakt. De taferelen speelden zich af op straat en er waren gevels, hier en daar een voertuig (nooit in beweging, altijd geparkeerd), winkels, reclameaffiches, putdeksels, brievenbussen en sierlijke lantaarnpalen te zien. Maar er was inderdaad iets veranderd sinds Miranda's vertrek. Het was allemaal begonnen op de avond dat mevrouw Pachelbel naar haar nog verse schilderij had staan kijken en zich het commentaar herinnerde over de troosteloosheid die uit haar werk sprak. Sinds Miranda's kritiek zag ze in haar doeken niets dan afwezigheid. Haar schilderijen toonden geen dorp, maar de mensen die eruit weg waren; afwezigheid was haar thema geworden.

Ze bedacht dat dit makkelijk te verhelpen was, ze hoefde alleen maar een voorbijganger te schilderen die er stevig de pas in had, zodat je zag dat hij haast had om op kantoor te komen. Die man alleen zou het verschil maken; een man alleen was al wat ze nodig had.

Ze schilderde hem haastig, met spaarzame, maar uitgesproken penseelstreken. Vervolgens zette ze een paar stappen terug om het beeld in zijn geheel te bekijken. Het schilderij zag er inderdaad anders uit. Het meest tevreden was ze over de hoed die ze op zijn hoofd had gezet. Tot vlak boven zijn neus (scheef en platgeslagen als die van een bokser) over zijn hoofd getrokken, wiep hij een schaduw over de dromerige ogen.

Mevrouw Pachelbel had al snel een gelijkenis gevonden. De man leek sprekend op Tibor Liszecky, de eigenaar van een fotostudio die bij haar ouderlijk huis om de hoek lag. Ze had een evenbeeld van hem gemaakt!

Dat stond haar wel aan. Ze begon zelfs nog meer figuren te schilderen (eerst op hetzelfde doek, daarna in andere schilderijen) en toen die er eenmaal op stonden, ontdekte ze nieuwe overeenkomsten. Die dame daar was mevrouw Ponikvar, die op één ochtend wel drie keer naar de bakker liep; en daar had je meneer Bendermann, de chauffeur van de kolenwagen; en dat meisje was haar nicht Lizabetta, voordat de tuberculose haar arme lichaam had uitgeteerd.

Het rare was dat haar hand zich onafhankelijk van haar lichaam bewoog, alsof hij bevelen opvolgde die buiten haar hoofd om gingen. Wanneer ze zich iemand uit het dorp wilde herinneren, kwam er een vaag, onduidelijk beeld naar boven; het beschreef geen gelaatstrekken, maar indrukken. Maar wanneer haar hand in beweging kwam, herinnerde die het zich in detail.

De impuls was nooit bewust gestuurd. Ze nam zich voor gewoon een vrouw te schilderen, het ging er slechts om dat ze op de goede plek stond en de juiste proporties had. Maar even later stond ze ineens bloemen te schilderen en kreeg de rug van haar creatuur een bochel, en dan was het niet meer gewoon een vrouw, maar mevrouw Grotz, de straatverkoopster bij wie haar moeder elke middag seringen kocht.

Op een avond schilderde ze een jongetje in een raam. Hij stond met zijn rug naar de straat, maar mevrouw Pachelbel herkende hem. Ondanks het verdriet dat ze daarbij voelde, hield haar hand zich niet in, integendeel, hij bewoog met de bezetenheid waarmee de vingers van een schrijver over de toetsen razen wanneer hij op iets wezenlijks stuit, en hij hield pas op toen het schilderij klaar was.

Miranda was opgetogen over de verandering. Het verwonderde mevrouw Pachelbel niet dat ze begon te vragen wie deze of gene persoon was; ze vermoedde dat uit de details wel bleek dat het om bestaande modellen ging, allemaal met de karakteristieke trekken die ze in de loop van hun leven ontwikkeld hadden en die de schilder met een paar streken naar boven haalde. En zo vertelde ze Miranda uiteindelijk op een bijna onbewuste manier een deel van haar leven.

Het gebeurde nu regelmatig dat het meisje laat in de middag nog even langskwam. Sinds haar terugkeer was Miranda goede maatjes met Erica, de dochter van een hippie-echtpaar uit Mina Clavero in Córdoba. (Erica's ouders waren van die ZV-hippies, de zelfvoorzienenden die door de winter overtuigd waren geraakt van de zegeningen van de geciviliseerde wereld: in de bergen wonen was één ding, heel wat anders was het om te wonen in een dorpje met geasfalteerde wegen, telefoon en verwarming in elke kamer.) Twee keer per week at Miranda tussen de middag bij haar vriendinnetje. Daarna liep Erica's moeder met haar mee naar de confiturenzaak, waar ze wachtte tot Teo haar kwam ophalen.

Miranda droeg Pats afwezigheid heldhaftig. Haar natuurlijke onafhankelijkheidsdrang was opgebloeid: ze was onder toezicht van mevrouw Pachelbel begonnen met koken, voor haar eigen kleding te zorgen (voor het slapengaan legde ze de kleren voor de volgende dag klaar) en na het spelen alles op te ruimen, zodat Teo geen extra werk had. Bij mevrouw Pachelbel gedroeg ze zich even keurig als altijd. Ze had wel de neiging om de hele tijd over Pat te praten, alsof ze als dochter een plicht vervulde om haar moeder aanwezig te maken, ook al was ze er niet.

'Pat heeft me geleerd om de servetten zo te vouwen. Pat zegt dat je tomaten niet in de koelkast moet bewaren. Pat heeft er een hekel aan als er haren op de zeep plakken,' benadrukte ze met evangelische ijver.

De herinnering aan haar moeder maakte haar niet verdrietig. Het enige waarover ze zich bezorgd had getoond, had met ouder leed te maken. Miranda had het gevoel dat veel mensen haar de dood van Demián nog verweten. Ze zei dat ze haar raar aankeken, dat ze soms stonden te smoezen of ineens stopten met praten. Daar had ze last van, vooral op school.

Een paar dagen nadat ze de lessen weer had opgepakt, vroeg ze Teo of ze niet thuis mocht leren, zoals ze dat met Pat in Monte Abrasado had gedaan. Teo vertelde mevrouw Pachelbel dat hij flink op haar had moeten inpraten om haar weer terug naar school te krijgen. Miranda voelde zich duidelijk nog schuldig en zag in elke duistere blik de nasleep van haar enige fout. Maar mevrouw Pachelbel wist zeker dat er andere redenen waren voor het gesmoes. Het stigma van de waanzin, om te beginnen: Miranda was de dochter van een vrouw die was doorgedraaid en in het simpele verstand van de dorpsbewoners kon je er wel van uitgaan dat die ziekte ook Miranda zou aantasten, dat was slechts een kwestie van tijd. In deze context had Miranda's vriendschap met Erica haar niet verbaasd. Erica had een probleem met het pigment in haar linkeroog, waardoor het er bijna wit uitzag. Miranda was meteen voor haar opgekomen toen een snotneus haar 'blinde' had genoemd, alsof 'blind' een scheldwoord was. Sindsdien had ze Erica opgenomen in de broederschap die ze al met Salo vormde, het jongetje met de blauwe gloed in zijn donkere ogen; de overtuiging dat ze anders waren, schiep een band.

Mevrouw Pachelbel wist dat Miranda de schilderijen die ze de afgelopen dagen had gemaakt, zou opmerken. Het was een serie geworden, hoewel ze dat niet zo had bedacht, en ze waren een eigen leven gaan leiden, net zoals haar menselijke figuren dat hadden gedaan. Eerst was er het schilderij van de straat waar ze samen met haar echtgenoot had gewoond en waarop de rug van het jongetje in het raam te zien was. Daarna kwam het portret met het raam, waarop de nek van het kind te zien was. En toen kwam het portret van het jongetje zelf, op een stoel, met het raam achter zich. Het was een portret dat ze al vaker had geschilderd, zo wist ze nu.

'Dit is uw eerste schilderij van een huis vanbinnen,' zei Miranda zodra ze het zag. 'Wie is dat jongetje?'

'Main zoon,' zei mevrouw Pachelbel. Het was lang geleden dat ze die simpele woorden had uitgesproken. 'Ik heb een zoon gehad. Ooit, heel, heel lang geleden.'

'Jeetje. Wat is er gebeurd? Is hij dood?'

'Nee.'

'Waar is hij dan?'

'Dat weet ik niet. Ik denk in main land.'

'Hebt u hem lang niet gezien?'

'Faiftien jaar. Toen main man oferleed, was hai tien.'

'Als op het schilderij. Waarom zien jullie elkaar niet meer?'

'*Ich weiss nicht* ... Wai hadden een heel goede band, maar toen ik wedoewe werd ... Toen werd hai opsjtandig, hai gaf mai de sjoeld dat hai geen fader had ... Hai is weggegaan. Hai heeft nooit meer gebeld of laten weten hoe het met hem ging.'

'Soms hou je zoveel van iemand, zo ontzettend veel, dat je er bang van wordt,' zei Miranda.

Kind, je hebt geen idee waar je het over hebt, wilde mevrouw Pachelbel zeggen. Dat was altijd haar reactie geweest als ze iemand over haar zoon vertelde (ze had niet meer over Josi gesproken sinds ze uit Europa was vertrokken, niemand in Santa Brígida wist van zijn bestaan, zelfs Puro Cava niet, zelfs Dirigibus niet!), omdat ze vaak werd overstelpt met goede raad waar ze niet om had gevraagd; de mensen zeggen maar wat, ze denken het allemaal beter te weten, een ziekte is het, een nare gewoonte die een halt moet worden toegeroepen, voordat ze je met twee standaardzinnetjes het leven willen gaan redden. Ditmaal zei ze niets, want ze was bang dat het meisje zich aangevallen zou voelen en ze wilde haar niet nog meer verdriet doen; bovendien had ze het idee dat Miranda hierover wel degelijk kon meepraten.

Iemand die met liefde is grootgebracht, brengt zelf ook weer liefde voort; en als die liefde, die als vanzelf uit het hart opwelt, zich nergens op kan richten, kan ze omslaan in verdriet en later in een ziekte. Miranda had het juiste woord gebruikt, 'bang', zo had mevrouw Pachelbel zich gevoeld toen haar man overleed, eerder bang dan verdrietig, want nu haar man dood was, zo dood als haar familie, was Josi de enige in wie ze haar genegenheid kwijt kon … en al haar angsten. Het is duizelingwekkend om slechts één persoon lief te hebben, onze band met het leven wordt teruggebracht tot slechts één fijn draadje, waarover in zo'n situatie vaak dag en nacht wordt gewaakt, zoals zij dat met Josi had gedaan. Ze luisterde naar elke ademhaling, verstikte hem, maakte een angstig kind van hem dat nergens toe in staat was en veroordeelde hem ertoe als model in haar schilderijen op te treden, onbeweeglijk, ingelijst, met zijn rug naar het raam en daarmee naar de buitenwereld.

Ze was zich altijd bewust geweest van de angst waarmee ze hem liefhad, van hoe bang ze was. Maar ze was nooit op de gedachte gekomen dat Josi dezelfde of een nog grotere angst zou kunnen voelen.

Die avond in het atelier, voor het eerste portret dat ze in jaren schilderde, hielp Miranda's opmerking haar een nieuw perspectief te overwegen. In zekere zin herhaalde ze de verschuiving die ze als kunstenaar al had gemaakt door de veiligheid van haar atelier te verlaten en de buitenwereld, straten en mensen, te schilderen; door deze verschuiving meende ze eindelijk te begrijpen waarom haar zoon zich van haar had afgekeerd. Miranda ging door een vergelijkbare woestenij als Josi, ook zij moest leren omgaan met de angst om de enige persoon te verliezen die zo lang haar vader en haar moeder was geweest. Op dit moment hing ze nog erg aan Pat, ze verafgoodde haar, daarom sprak ze ook de hele tijd over haar; ze haalde haar naar het heden om haar niet als een onderdeel van het verleden te hoeven zien. Maar als de angst onbeheersbaar werd, zou ze zich misschien genoodzaakt zien te doen wat de kleine Josef had gedaan toen hij de kans kreeg, een vergaand besluit van een geboren overlever: het draadje in één keer doorknippen om niet uitsluitend aan één persoon gebonden te blijven, het ankertouw lossnijden om niet samen met zijn moeder ten onder te gaan.

Hopelijk komt het bij Miranda nooit zo ver, dacht mevrouw Pachelbel; hopelijk ziet ze in dat er in haar geval nog andere draden zijn die haar binden en vasthouden, andere liefdes: Teo, de kleine Caleufú, haar onderwijzeressen ... en misschien ook zijzelf wel?

Miranda liep naar mevrouw Pachelbel toe, hoewel die stijf op haar kruk zat – ze leek wel een boegbeeld – en legde haar hand (die koele hand, waar mevrouw Pachelbels buik zulke goede herinneringen aan had) over de vuist die ze had gemaakt om Miranda ervan te weerhouden om contact te zoeken. Mevrouw Pachelbel was net zo weerspannig als Josi vroeger tegenover haar wanneer ze hem wilde aanhalen; toen ze na de dood van zijn vader alleen waren achtergebleven, kon hij haar liefde niet meer verdragen, en niet lang daarna weigerde hij nog in het atelier met zijn rug naar het raam te gaan zitten. Josi wilde niet meer stil blijven zitten en in haar ogen kijken, Josi wilde uit het raam kijken, Josi wilde de wijde wereld in.

Zo bleven ze zwijgend zitten, de geopende hand om de vuist, het papier pakt de steen in, totdat Miranda vroeg, alsof ze het onderwerp als afgesloten beschouwde: 'Gaat u nooit huizen uit Santa Brígida schilderen?'

XCIV

Over hoe Krieger meewerkte aan de oprichting van de eerste particuliere Mapuchewijk

Dirigibus legde David Caleufú uit wat zijn mogelijkheden waren als erfgenaam van Heinrich Maria Sachs. Hij kon het Edelweiss, waarvan hij de rechtmatige eigenaar was geworden, behouden; maar het zou wel lastig worden het te heropenen terwijl Kriegers Holy B ernaast als een tumor uitdijde. De verstandigste optie was verkopen. (Hiervoor streed Vera met religieus fanatisme.) In de weken rond het duel, de ontdekking van de menselijke resten en het rampzalige nieuws over Pat was Kriegers bod tot absurde hoogten gestegen: niemand zou ooit zo'n hoog bedrag neertellen als de ondernemer in zijn wanhoop bood. Maar David had tot wanhoop van nog iemand anders, Vera in dit geval, tegen Dirigibus gezegd dat geld hem niet interesseerde. Wat moest hij ermee? Volgens zijn logica had hij zich in deze chaos begeven om het Edelweiss te redden en dat was gelukt. Hij was geenszins van plan om datgene wat hij bereikt had, teniet te doen door de man die hem had bedrogen het oude hotel in handen te geven. Nog niet voor al het goud van de wereld!

Een paar dagen nadat Dirigibus Krieger de wens van zijn cliënt had meegedeeld, had Vera een huishoudelijk ongelukje. Eigenlijk was het meer een geluk bij een ongeluk. Ze had haar hand op de deurklink van haar huis gelegd en bleef eraan vastplakken: een elektrische schok trok door haar lichaam.

De volgende dag dreigde Dirigibus Energía del Valle (het EnerVa uit de oude volksspreuk) met een rechtszaak. De directieleden zwoeren dat het bedrijf niets met het ongeluk te maken had. Gelukkig was EnerVa nog altijd even inefficiënt als altijd, want het was uitgerekend een van hun gebruikelijke stroomonderbrekingen die Vera van de dood had gered. Ze was bijna geëlektrocuteerd voordat de stroom uitviel. Vera verloor het bewustzijn met haar hand nog op de klink,

424

die door de hitte was gaan smelten. Ze had nog de tijd gehad om te beseffen wat er aan de hand was en welk gruwelijk lot haar te wachten stond als de stroomtoevoer weer op gang kwam. Als Salo niet op tijd uit school was gekomen, had ze niet geweten hoe ze aan hulp had moeten komen.

Toen ze uit het ziekenhuis was, vroeg ze David haar als compensatie voor al het leed mee uit eten te nemen. Nog voordat haar echtgenoot had toegestemd, had Vera het restaurant al uitgezocht en een tafel gereserveerd. Het was de duurste gelegenheid van Santa Brígida, maar David kon het niet over zijn hart verkrijgen om bezwaar te maken.

Het geluk, of zoiets dergelijks, wilde dat ze die avond een tafeltje naast burgemeester Farfi en ijzerhandelaar Oldenburg kregen. Omdat Vera continu eten naar haar mond bracht en dus weinig zei (het gedwongen ziekenhuisdieet was armoe troef geweest), verdreef David de tijd met luisteren naar het gesprek naast hen, zoals hij wel vaker deed wanneer hij als een spook door het leven waarde.

Farfi was halverwege een verhaal over een man die schijnbaar eerst bedreigd was en vervolgens klappen had gekregen omdat hij zich had verzet tegen de vestiging van een papierfabriek. De man was ervan overtuigd dat hij het slachtoffer was geworden van een intimidatiepoging van de maffia, uitgevoerd door huurlingen die door de investeerders werden betaald. Maar hoewel hij aangifte had gedaan, kon hij nooit bewijzen (of beter gezegd, de politie kon het niet en justitie al helemaal niet) dat wat hij zei klopte. Hij was aan één oor doof geraakt en had zijn verzet tegen de fabriek opgegeven. Als hij uit twee kwaden moest kiezen, had hij liever een beetje milieuvervuiling dan dat hij zijn gezin moest blootstellen aan nog zo'n intimidatiepoging als hij zelf had meegemaakt.

'De mensen willen maar niet begrijpen … (*shit, verdomme)*' zei Farfi, want het was zaterdag, 'dat dit een heel mooi land is, maar dat mensen met macht hier doen wat ze willen.'

'Ze kunnen met een vrachtwagen over je heen rijden en nooit de schuldige vinden,' antwoordde Oldenburg.

'Zelfs ik als hoge functionaris ben voor zoiets niet veilig! Laat staan wat ze een doodnormale vent – *(normaal, anaal, zuigen kreng!)* – kunnen aandoen!'

'Je hebt toch de verantwoordelijkheid om voor je gezin te zorgen, nietwaar?'

'Dat is he, he, het allerbelangrijkste!'

Het gesprek ging over op een ander onderwerp. Omdat Vera nog steeds zat te buffelen en dus in een ongebruikelijke stilte gehuld was, luisterde David verder naar de gesprekken van zijn buren.

De burgemeester vertelde dat het huis van de Centurións nog steeds te koop stond en dat er lappen grond omheen lagen die, hoewel reeds verkaveld, nog geen eigenaar hadden. Het kon een mooie kans zijn om te investeren, stelde hij de ijzerhandelaar voor.

Maar Oldenburg leek niet overtuigd. Het huis van de Centurións lag naast dat van Krieger en de ijzerhandelaar wilde zo'n buurman niet.

Farfi voegde eraan toe dat de andere stukken grond een soort ring rond het perceel van Krieger vormden en vroeg Oldenburg of hij weleens had gehoord van een type wijk dat *country* werd genoemd.

De ijzerhandelaar had er nog nooit van gehoord. (David ook niet.)

Waarop de burgemeester uitlegde dat country's particuliere wijken waren, waarin ieder individu zijn eigen huis had, maar zich aan een gezamenlijk reglement hield.

'Stel je voor,' zei hij, 'wat een grap het zou zijn om Krieger te omringen met mensen die hij verafschuwt en die hem ook verafschuwen. *(Vuile rukker!)*'

'Daar zou je niks aan hebben,' zei Oldenburg, nog altijd sceptisch. 'Krieger kennende zou hij de huizen een voor een opkopen of de mensen tegen elkaar opzetten.'

'Dat is nou net het mooie van die country's,' zei Farfi. 'Als jij die percelen koopt, kun je zelf het reglement opstellen en volledige zeggenschap behouden bij elke verkoop. Niemand zou zonder jouw toestemming zijn huis aan Krieger kunnen afdragen!'

Die avond kon David de slaap niet vatten. Als door de goddelijke voorzienigheid beschikt, of zoiets, was hem een idee ingevallen dat hem vervulde met een geestdrift waar niemand iets van merkte, want Vera, Salo en de honden sliepen als marmotten. David had een oplossing gevonden voor zijn dilemma. Hij zou het Edelweiss natuurlijk kwijtraken, de snode Krieger zou het meteen laten slopen. Dit betekende dat zijn verhaal geen gelukkig einde zou krijgen in de zin van dat iedereen kreeg wat hem werkelijk toekwam, maar het kwam nog het dichtst in de buurt van een goede afloop. Want David had besloten het geld zodanig te besteden dat veel mensen ervan konden profiteren (Sachs had nooit, zelfs niet in zijn wildste dromen, kunnen vermoeden waar de marken die hij in Argentinië investeerde, terecht zouden komen) en dat tegelijkertijd de rust van de familie Caleufú werd gegarandeerd (ze zouden geen ongelukken meer krijgen, daar was hij zeker van), met als bijkomend voordeel dat hij Krieger kon laten zien dat hij, ook al was hij dan een Mapuche-indiaan, geen probleem had met vooruitgang.

Twee jaar later, in 1987, zal zakenman Hugo Krieger Zapata omringd zijn door de families Quitrileo, Painemal, Caleufú, Weke en nog vele andere, al even zangerige achternamen. Hun eenvoudige, door David gebouwde huisjes zullen tegen Kriegers chalet afsteken als een honingraat tegen een magnetronoven. Omsingeld door een groot deel van de Mapuchegemeenschap van Santa Brígida (die ook nog durft te beweren dat dat huizengroepje een country is), sluit Krieger zich op in zijn villa om zijn wonden te likken. Zijn nieuwe buren drijven hem dagelijks tot wanhoop door systematisch te weigeren hun grondbezit te verkopen. Elke keer als hij met een bod komt, sturen ze hem naar David: praat u maar met don Caleufú, zeggen ze. En Krieger weet onderhand wel dat David niet peinst over verkopen, dit keer niet, nog niet voor al het goud van de wereld!

Maar koester geen illusies, lezer: harder dan dit zal Krieger niet gestraft worden voor zijn zonden. Men moet niet vergeten dat Krieger gevormd is in een land waar de brutalen met straffeloosheid worden beloond en dat destijds een decennium tegemoet ging waarin deze tendens tot in het extreme werd doorgetrokken. In de jaren negentig gaat het Krieger voor de wind; hij komt ongedeerd uit een reeks rechtszaken, laat zich failliet verklaren en richt een nieuw bedrijf op, hij sluit zich aan bij zakenlieden uit Mendoza en gaat in de kabeltelevisie, en tegen het einde van de eeuw pendelt hij op en neer tussen zijn woning in Santa Brígida (waar hij de winter doorbrengt om van het skiseizoen te profiteren) en Coral Gables in Miami, waar hij de rest van het jaar woont.

We zouden kunnen zeggen dat het hem op andere fronten minder goed ging. Zijn scheiding pakt duur uit en zijn nieuwe vrouw (een tv-presentatrice) nog duurder, vooral sinds hij er niet meer in slaagt om haar vaker dan twee dagen per maand ergens te treffen en zij zijn seksuele avances hardnekkig afhoudt. Twee van zijn kinderen praten niet meer met hem en de andere twee aanbidden hem (vooral wanneer ze iets van hem gedaan willen krijgen), maar als we uitgebreid over deze wederwaardigheden zouden willen vertellen, zouden we een droeviger roman nodig hebben dan de lezer nu in handen heeft, en de vertellers wijden liever niet zoveel moeite aan personen die het, zoals is gebleken, niet waard zijn dat er ook nog maar een druppel inkt aan hen wordt verspild.

XCV

Hier neemt de burgemeester deel aan een geheime ontmoeting, waar hij veel meer te weten komt dan hem lief is

Dankzij onze botten gedijen we, zonder hen zou er geen geschiedenis zijn, zegt Margaret Atwood in *De blinde huurmoordenaar*. Menselijke botten zijn merkwaardig welbespraakt, ze vragen ons zonder woorden om een verklaring. In de scène op het kerkhof zegt Hamlet dat Yoricks schedel ooit een tong had die kon zingen. Wat de prins der twijfel toen niet inzag, zelfs al grensde zijn verstand aan het bovenmenselijke, was dat botten nadat ze begraven zijn, gewoon verder zingen.

De forensisch antropologen hadden niet lang nodig om de resten te identificeren. Het eerste bewijsmateriaal was overweldigend. Ze hadden de kleding die bij de botten was teruggevonden en die mevrouw Granola en meneer en mevrouw Morán meteen herkend hadden. En in een rugzak die onder een laag mos en fischiablaadjes was bedekt, waren Joaquíns papieren aangetroffen.

Toch maakten de forensen hun werk helemaal af. Emma werd geïdentificeerd aan de hand van haar gebit, met behulp van röntgenfoto's die mevrouw Granola had bewaard (zoals ze alles had bewaard wat haar aan haar dochter herinnerde, zelfs de inmiddels half vergane babykleertjes). Joaquín werd herkend aan de littekens van botbreuken in zijn scheen- en sleutelbeen die hij op respectievelijk zes- en negenjarige leeftijd had opgelopen.

De doodsoorzaak kon eenduidig worden vastgesteld. Hun lichamen vertoonden geen andere sporen van geweld dan die veroorzaakt door een val. Geen kogelwonden, geen beschadigingen die op een steekwond konden wijzen. Er waren ook geen vuurwapens, patroonhulzen of messen in de buurt aangetroffen. Emma was in de diepte gestort en Joaquín erachteraan. Ze waren allebei voorover gevallen. De reconstructie van hun schedels en bovenste ledematen was het

429

moeilijkst; ze hadden hun armen voor zich gehouden om zich tegen de klap te beschermen.

De taak om het nieuws aan de nabestaanden mee te delen, rustte op Dirigibus' smalle schouders; aangezien het forensisch rapport op een dinsdag zou worden ondertekend, wilde de burgemeester niet het risico lopen ongevoelig over te komen bij de familieleden.

Toen zijn pijnlijke taak erop zat, belde Dirigibus Farfi in het gemeentehuis op om hem uit te nodigen voor een drankje. De burgemeester keek op zijn horloge (het was al na tienen, het was een helse dag geweest) en vroeg hem of het niet een andere keer zou kunnen, hij wilde naar zijn gezin en mocht, zoals de rechtsconsulent goed wist, doordeweeks niet drinken. Dirigibus antwoordde dat hij zich over de alcohol geen zorgen hoefde te maken, hij kon wel voor twee drinken. En wat betreft die andere keer verzekerde hij de burgemeester dat hij zich bewust was van het late uur, maar dat hij hem moest spreken over een kwestie die geen uitstel duldde.

In Tacho's bar was het rustig; behalve Dirigibus en de kroegbaas zelf zat er nog één klant in zijn eentje te drinken. Een dergelijke leegte nodigde uit tot bezinning. Ook de muziek verleidde de geest tot dagdromerij: heel zachtjes op de achtergrond klonk een plaat van Miles Davis waar Tacho dol op was, *Sketches of Spain*. Het was een album dat hij slechts af en toe opzette, wanneer hij iets nodig had om toenadering tot stand te brengen; de trompet en het kraken van de naald in de groef vormden een onfeilbaar duo.

Dirigibus zat aan de whisky. Farfi was verrast toen hij dat zag. De rechtsconsulent was een man van wijn, heel soms een aperitiefje of hooguit een likeur, maar dat hij whisky nam, was uitzonderlijk. Waarschijnlijk had Dirigibus iets stevigs nodig om de herinneringen van die dag weg te spoelen, zo dacht de burgemeester.

Aanvankelijk verliep het gesprek over voorspelbare paden. Dirigibus vertelde dat mevrouw Granola het nieuws waardig had opgenomen; hij had haar in gezelschap van haar zoon Lucio en haar schoondochter achtergelaten om de details van de uitvaart te bespreken. Meneer en mevrouw Morán hadden gehandeld zoals ze dat sinds hun aankomst hadden gedaan: meneer hield zich bezig met praktische zaken (formulieren invullen en ondertekenen, navraag doen naar de datum waarop de resten aan hen zouden worden overgedragen; een ijver die kon worden toegeschreven aan zijn medische achtergrond) en zijn vrouw kwam even afwezig over als altijd, alsof ze zich sinds de dood van haar zoon op geen enkele andere realiteit meer kon concentreren. Dirigibus zei dat ze overwogen om de volgende dag naar Buenos Aires terug te vliegen. De burgemeester knikte zwijgend, dat klonk redelijk. Daarom was hij verbaasd toen Dirigibus liet weten het daarmee oneens te zijn.

Dat was het moment waarop de laatste klant van de bar opstond en de deur uit liep. Tacho deed de bar op slot en draaide het bordje op GESLOTEN. Vervolgens ging hij met een waakzame houding aan het tafeltje bij de deur zitten. Dat was ook ongewoon. Tacho ging nooit voor twaalven dicht, ook al was de zaak vroeg leeg.

Dirigibus vroeg Farfi of de gemeente nog van plan was iets te organiseren ter nagedachtenis aan de doden. Het was wellicht een gepast gebaar om de aula van het gemeentehuis ter beschikking te stellen voor de dodenwake.

Farfi trok zijn wenkbrauwen op. Emma en Joaquín waren bij een ongeval om het leven gekomen, wat had de gemeente daarmee te maken? Hadden ze niet al hun medewerking verleend door zelfs de reis en het verblijf van meneer en mevrouw Morán te vergoeden? En had het echtpaar niet zelf de wens uitgesproken om meteen naar de hoofdstad terug te vliegen?

Dirigibus slaakte een zucht, zo'n zucht die hij zo kunstig kon uitbrengen.

'Ik ben er niet zo zeker van of de kwestie Emma en Joaquín puur een privéaangelegenheid is,' zei hij toen. 'Een openbare wake zou ons goeddoen. Onze tranen de vrije loop laten, ons bezinnen op onze schuld, ons met de handen op de borst slaan.'

Ondanks de chemische barrière die hem van zijn gevoelens scheidde, wond Farfi zich op. Hij zei tegen Dirigibus dat de kwestie met Emma en Joaquín al veel te veel publiciteit had gehad, daarom moesten ze juist de tegenovergestelde weg bewandelen. Het moment was aangebroken om de herinnering aan die arme jongen te zuiveren en de families alleen te laten met hun verdriet, dat privé was en dat ook zijn moest. ('Pri pri privé,' zei hij, want hij begon al in de war te raken.)

'Heb je je weleens afgevraagd wat Emma en Joaquín daar aan de rand van het ravijn deden?' vroeg Dirigibus.

Aan het tafeltje bij de deur keek Tacho op zijn horloge.

'Niemand van ons zou daar ooit in de buurt komen. We weten allemaal hoe gevaarlijk het er is, vooral 's ochtends, als de mist nog niet is opgetrokken. Alleen een slecht geïnformeerde toerist kan daar verzeild raken,' zei Dirigibus.

'Of een blinde,' voegde Tacho er met een dun stemmetje aan toe.

Op dat moment werd er op de deur geklopt.

Tacho stond op en deed open. Toen hij opzij stapte om mevrouw Granola binnen te laten, leek hij geenszins verbaasd.

De vrouw droeg een omslagdoek over haar schouders, het was koud buiten. Ze zei goedenavond en ging op de stoel zitten die Dirigibus voor haar had bijgeschoven. Ze nam het glas cognac aan dat haar werd aangeboden. (De burgemeester sloeg voor de tweede keer een uitnodiging van Tacho af.) Toen haar drankje voor haar stond, nipte mevrouw Granola eraan en zei, zich tot Farfi richtend: 'Die avond, ik heb het over tien jaar geleden, barstte mijn man in huilen uit. U kende hem, hij was een harde man zonder een greintje sentimentaliteit. Ik dacht dat het door de televisie kwam, er was een koor van straatkinderen aan het zingen en ik zei tegen mezelf: die vent is niet in staat ook maar een traan te laten om zijn eigen dochter en nu zit hij om vreemde kinderen te huilen. Van die vreselijke dingen die je nou eenmaal denkt. Als je een tragedie meemaakt, denk je dat er op de hele wereld geen groter leed bestaat. Er zijn mensen die zeggen dat je van verdriet gevoeliger wordt, solidairder, maar zo is het niet altijd, soms gebeurt het tegenovergestelde. Mij heeft het verdriet trotser gemaakt, dwazer. Ik waande me de winnares van het wereldkampioenschap ellende, echt waar, mijn borst was behangen met medailles!

Ik heb hem eerst even alleen gelaten,' ging de vrouw verder, 'ik wilde niet dat hij zich zou schamen, maar hij hield maar niet op met huilen en uiteindelijk liep ik naar hem toe, "wat is er nou, joh, is het zo erg?". Hij kwam niet eens uit zijn woorden, hij probeerde het wel, maar hij hoefde me maar aan te kijken of daar ging hij weer. Enfin, ik zal u zeggen wat hij me uiteindelijk vertelde. Hij zei dat hij die arme jongen had gesproken, de avond voor de … val. Sorry, ik praat al zo lang over "vermissing" dat ik nog steeds niet kan wennen aan de gedachte dat ze daar zijn gestorven, zo dicht bij ons! Volgens mijn man had Joaquín hem over zijn plannen verteld. Hij wilde vroeg opstaan en naar de westkant van het ravijn gaan om te kijken of hij er met touwen in kon afdalen. Jullie kennen dat gedeelte, het is het slechtste stuk, om de haverklap zijn er aardverschuivingen. Mijn man zei dat hij er even over had gedacht om de jongen te waarschuwen dat hij zoiets niet moest doen en zeker niet alleen, dat alleen professionele bergbeklimmers zo'n afdaling aankunnen, net als die jongens laatst; hoe lang was het überhaupt geleden dat iemand zich eraan had gewaagd? Maar hij bedacht zich en hield zijn mond. Begrijpt u wat ik wil zeggen? Mijn man dacht: als die ellendeling doodvalt, des te beter, dan laat hij Emma tenminste met rust! En de volgende dag pakte Joaquín in alle vroegte zijn rugzak, zijn haken en touwen en liep regelrecht naar …'

Op dit punt aanbeland moest mevrouw Granola nog een slok cognac nemen.

'Eindelijk snapte ik waarom mijn man al die jaren in het hele land naar die twee had gezocht, naar Emma, maar ook naar Joaquín,' zei de vrouw. 'Ik dacht dat hij andere redenen had, dat hij geloofde dat ze nog samen waren en dat hij via de een ook meteen de ander op het spoor zou komen. Maar nee, mijn man wilde Joaquín vinden omdat dat zou hebben betekend dat de jongen niet dood was, dat hij niet in de diepte was gestort. Mijn man wilde zeker weten dat hij hem niet de dood in had gestuurd!'

Dirigibus gaf haar een van zijn zakdoeken.

De burgemeester schraapte zijn keel. Hij was duidelijk aangedaan door het relaas.

'Ik stel uw openheid op prijs,' zei hij. 'Maar eerlijk gezegd snap ik niet zo goed waarom u me dit vertelt.'

'Ik denk dat mijn man de waarheid vermoedde,' zei mevrouw Granola. 'Ik denk dat hij vermoedde dat Emma met de jongen was meegegaan, dat ze samen waren gevallen. Hij heeft het me nooit openlijk gezegd; hij wist dat ik, als ik erachter zou komen dat Emma door zijn schuld was gestorven … nou ja, eigenlijk weet ik niet wat ik gedaan had. Dus had hij mij alleen de losse feiten aangereikt; als ik wilde kon ik ze samenvoegen, maar dat deed ik niet, ik blokkeerde, ik sloot me af. Het enige wat ik dacht, was arme man, nou zit hij naast het verdriet om Emma ook nog met een schuldgevoel over die jongen, het is niet eerlijk, en ik besloot te zwijgen. Ik had bij de gemeente kunnen aankloppen of de gendarmes kunnen bellen en ze van mijn vermoedens op de hoogte kunnen brengen, dan hadden ze Joaquíns lichaam veel eerder gevonden en waren zijn ouders eindelijk van hun onzekerheid verlost, arme mensen. Maar ik dacht niet aan hen, ik heb ze nog eens tien jaar laten lijden. Ik dacht alleen maar aan mezelf, aan mezelf en mijn man. Ik denk dat zijn schuldgevoel zijn dood is geworden, weet u. Het verdriet dat Emma er niet meer was ook, maar vooral zijn schuldgevoel. U hebt geen idee wat dat is, wat zoiets met je doet. Het is een ongedierte dat vanbinnen aan je vreet, langzaam, maar gestaag.'

Mevrouw Granola drukte de zakdoek tegen haar ogen, maar vermande zich meteen: 'Toen ik hoorde dat Emma ook daar beneden lag ... dat ze hetzelfde lot onderging als waartoe ik Joaquíns botten had veroordeeld, blootgesteld aan weer en wind, arme kinderen, al die tijd, een eeuwigheid, in regen, hagel en sneeuw, door beesten vertrapt, ondergepoept en -gepist ... Wat hadden ze daar te zoeken, vraag ik me af. Waarom zijn ze op die vervloekte ochtend naar die plek gegaan? Ik heb het gevoel dat ik medeplichtig ben geweest aan de dood van die jongen, dat zeg ik u eerlijk. Ik had mijn man op zijn nummer moeten zetten met zijn achterlijke jaloezie, moeten zeggen dat hij niet moest zeuren, of in elk geval met de ouders van Joaquín moeten gaan praten toen hij alles had opgebiecht. U hoeft me niet tegen te spreken, zelfs het woordenboek geeft me gelijk. Ik heb het opgezocht, hoor maar,' zei ze, en ze haalde een met ballpoint geschreven briefje tevoorschijn en las voor: 'Medeplichtig: opzettelijk behulpzaam bij het plegen van een misdrijf of van wat daarmee gelijkgesteld wordt.' Dat is precies wat ik ben. Ik heb de misdaad niet gepleegd, maar ben wel behulpzaam geweest. Natuurlijk heb ik mijn dochter verloren en heb ik daar verdriet van gehad, maar daar heb ik niks aan. Emma had niets verkeerds gedaan, zij hoefde niet voor onze fouten te boeten, zij was onschuldig. Mijn man? Nee, die was niet onschuldig. En ik ook niet. Hij heeft al geboet, ik hoop dat hij rust heeft. Maar ik niet. En ik snak naar rust, dat mag u best weten. Al is het maar voor mijn zoon en mijn kleinzoon, die ook onschuldig zijn. Ik wil niet dat zij dit met zich mee moeten dragen!'

Farfi pakte de trillende handen van de vrouw vast en kneep er krachtig in. Met warme, maar enigszins onvaste stem (de werking van de medicijnen nam weer af) vroeg hij haar gerust te zijn.

'Het is voorbij. Straft u zichzelf niet langer,' zei de burgemeester. 'Bij groot leed zoekt men altijd naar een schuldige en als die niet voorhanden is, geeft men de schuld aan zichzelf. Dat zal Granola ook wel gedaan hebben, hoogstwaarschijnlijk heeft dat gesprek met Joaquín no no no nooit plaatsgevonden, hij heeft vast overdreven, hij voelde zich slecht door alle lelijke dingen die hij over die jongen had gedacht en ...'

'Dat is niet waar,' zei Tacho, die bij hen kwam staan. 'Dat gesprek is er geweest, precies zoals mevrouw het je verteld heeft. Ik weet dat omdat het hier plaatsvond. Omdat ik het zelf heb gehoord.'

Farfi zag dat mevrouw Granola hiervan op de hoogte was, want ze reageerde er niet op. Hetzelfde gold voor Dirigibus, die ijverig naar iets minuscuuls op de bodem van zijn glas leek te zoeken.

'Ik dacht meteen hetzelfde toen ik die jongen had horen praten: iemand moest hem inlichten voordat hij zou verongelukken, iemand moest hem tegenhouden, het was gekkenwerk wat hij van plan was,' zei Tacho. 'Ik wachtte tot Granola dat zou doen, hem had hij het immers verteld en ik nam geen deel aan het gesprek, ik stond erbuiten. Maar ja, de minuten gingen voorbij en Granola zei niets. Uiteindelijk liep ik naar hem toe en keek hem strak aan. Granola had het wel door, natuurlijk. Ik zal die blik nooit vergeten. Hij verzocht me mijn mond te houden, ik zweer het bij God. En ik zweeg. Want ik bemoei me niet graag met andermans zaken en ik snapte dat Granola het voor Emma deed. Ik wilde hem niet afvallen! Het ging allemaal zo snel. Die jongen vertelde wat hij van plan was, Granola hield zich van de domme, de jongen rekende zijn cola af, zei gedag en ging. Een seconde later vertrok Granola. Het was de laatste keer dat hij hier was. Hij is nooit meer teruggekomen!'

Dirigibus vroeg Tacho of hij de dag daarna nog aan Joaquín had gedacht, toen hij nog niet van zijn vermissing wist.

'Welnee, helemaal niet,' zei Tacho. 'Het is niet eens in me opgekomen dat hem echt iets kon gebeuren. Er zijn zoveel mensen hier in het dorp, ik dacht dat iemand hem wel op tijd zou waarschuwen of hem zou tegenhouden wanneer hij hem die kant op zag lopen of daar in de buurt zag rondzwerven. We weten allemaal hoe gevaarlijk dat ravijn is!'

Tacho zei niets meer. Hij haalde zijn schouders op en pakte het papiertje dat mevrouw Granola op tafel had laten liggen.

Farfi hief zijn armen in de lucht als teken van onmacht.

'Jullie kunnen je niet voorstellen hoezeer ik dit betreur,' zei hij. 'Dit is een dieptrieste geschiedenis, driewerf dramatisch. Ik beloof dat wat jullie me hier verteld hebben, niet naar buiten zal komen.'

'Ik heb mevrouw Granola voorgesteld om met Joaquíns ouders te gaan praten. Ik heb gezegd dat ze hun de waarheid moet vertellen,' zei Dirigibus, die het met Farfi oneens was. 'Het zal zwaar zijn, maar op de lange duur zal het haar goeddoen. Als een fout eenmaal begaan is, al is het door nalatigheid, kun je de gedupeerden maar beter in de ogen kijken en hun om vergeving vragen. Daarna is het aan haarzelf hoe ze verder wil met haar leven.'

'Voor mij staat het vast, ik wil een wake houden voor Emma,' zei de vrouw tegen de burgemeester. 'Veel mensen waren dol op haar en hebben de kans niet gehad om om haar te treuren. Ik denk dat zij het verdient en de mensen ook. Maar de rouwkamer is maar heel klein, dat weet u. En het pension is volgeboekt, goddank. Als ik de lijkkist in de receptie zet, schrik ik de gasten af. Ik heb een grote ruimte nodig!'

Farfi had zijn mond al geopend om beleefd te weigeren (het was duidelijk dat ze de wake voor Emma in het gemeentehuis wilde houden), maar Dirigibus was hem voor.

'Een dorp is een levend organisme,' zei hij. 'Wat er met een deel van het dorp gebeurt, heeft zijn weerslag op het geheel. Vandaag zijn we te weten gekomen dat meneer Granola een fout met rampzalige gevolgen heeft begaan. Tacho weet dat hij het onheil had kunnen voorkomen, ik ben er zeker van dat hij zichzelf dat nog steeds verwijt. Ook weten we dat mevrouw Granola vermoedde waar we ten minste één van de lichamen konden vinden en niettemin tien jaar lang haar mond heeft gehouden. Wij allen kennen hen, we kunnen ervan getuigen dat het goede mensen zijn, het spreekt voor zich dat ze niemand pijn wilden doen. Maar door de andere kant op te kijken hebben ze toegelaten dat er iets ergs kon gebeuren en een betreurenswaardige situatie in stand gehouden. *Factum est*, zeiden de Romeinen: gedane zaken nemen geen keer. De vraag is wat er nu verder gaat gebeuren.'

Dirigibus nam een adempauze, wat gelijkstond aan een slok, en vervolgde: 'Denken jullie niet dat nog meer mensen die jongelui hadden kunnen redden? Mensen die Emma ver van huis zagen lopen en haar niet eens vroegen wat ze daar deed of haar ouders waarschuwden? Mensen die Joaquín met zijn klimuitrusting een gebied in zagen lopen waar regelmatig aardverschuivingen plaatsvinden? Mensen die van tevoren van hun plannen op de hoogte waren, vriendinnen van Emma bijvoorbeeld, die ze misschien heeft toevertrouwd dat ze stiekem wilde weggaan?'

De stilte drukte als een steen op de aanwezigen. De naald van de platenspeler bleef in de laatste groef van *Sketches of Spain* hangen.

'Ik denk dat die mensen er wel zijn. Deze bar zal voller hebben gezeten dan nu!' zei Dirigibus. 'Maar zelfs al zou dat bewezen kunnen worden en zouden we nog één of wel duizend personen vinden, het zou ons niets opleveren. Want wat ze hebben gedaan is niet strafbaar. We zouden hen niet kunnen berechten wegens nalatigheid of het niet verlenen van hulp, geen onderzoek kunnen laten instellen of hen vervolgen, net zomin als we dat kunnen doen met Tacho, al zouden we dat willen, of mevrouw zelf. Binnen de wetgeving waar wij het mee moeten doen, zal hun daad een privéaangelegenheid blijven en dus slechts aan het oordeel van hun geweten worden overgelaten.'

Tacho zette nog twee schone glazen op tafel. Farfi kreeg het sommetje niet rond: zelfs al zou hij iets drinken (wat zijn artsen hem sterk afraadden), dan nog stond er een te veel, want Tacho had zijn eigen glas nog altijd in zijn hand.

Dirigibus stak zijn arm uit om zich door Tacho te laten bijschenken en zei: 'De mens heeft een destructieve aanleg. En we laten dat talent nooit onbenut, ook al hebben we er zelf last van …! Dank u vriendelijk. Proost!' riep hij, en hij nam een slok uit het glas dat Tacho tot de rand toe had gevuld. 'Laat mij dit toeschrijven aan de adolescentie van onze soort: we zijn als een kind dat alles uitprobeert en bij elke stap tegen de grond smakt, dat het gevaar veracht omdat het denkt het eeuwige leven te hebben. En niettemin: hebben jullie gemerkt dat er altijd, zelfs in het donkerste uur, iemand komt die ons met de mensheid verzoent? Meestal een onbekende die een minieme daad stelt: een gebaar van solidariteit, een lied, een zin op een muur. Maar dat is genoeg om ons de hoop terug te geven, om ons ervan te overtuigen dat we weliswaar het allerslechtste kunnen zijn, maar evenzeer gehoor kunnen geven aan de roep om ruimhartig te zijn. Het hangt af van onszelf en van niemand anders. We zijn inmiddels op een leeftijd waarop geen enkele vader ons nog voor onze fouten kan behoeden …! Dat is een angstaanjagende gedachte, ik weet het, we zijn alleen, als we het zelf niet doen, zal niemand anders het voor ons doen. Maar hebben we ook niet zelf geklaagd over systemen die ons als kinderen behandelden? Onder druk van de geschiedenis hebben die machten ons een zekere mate van vrijheid moeten gunnen, wat ze met tegenzin deden. En omdat ze ons nu niet meer kunnen dwingen te doen wat we niet willen, appelleren ze ten behoeve van hun eigen voortbestaan aan het slechtste in de mens: verdeel en heers! Onze enige kans om te groeien (want alles wat ophoudt met groeien, is reeds stervende, dat spreekt voor zich) is precies het te-genovergestelde doen: appelleren aan het beste in de mens. Wanneer de machthebbers ons de voordelen van het egoïsme voorhouden, moeten wij oproepen tot solidariteit. Wanneer de machthebbers ons leren dat de ander een bedreiging is, moeten wij die ander aan onze tafel uitnodigen!

Ik zeg dit niet omdat ik gedronken heb,' verduidelijkte Dirigibus, toen hij zag dat Tacho weer op zijn horloge keek. (Of zo interpre-teerde Farfi het tenminste, die zelf ongeduldig begon te worden.) 'Ik zeg dit omdat ik van dit dorp hou. En ik wil niet dat fouten als die van mevrouw Granola hun zaad hier verspreiden. We hebben van dichtbij gezien waar het toe leidt als een gemeenschap in de greep van het egoïsme raakt: iedereen is uit op zijn eigen voordeel, zelfs als dat over de ruggen van anderen moet,' zei de rechtsconsulent, zin-spelend op de gevolgen van de bouw van het Holy B. (Of zo legde Farfi het althans uit, die van mening was dat het hotel overal schuld aan had.) 'Daarom vind ik dat de wake voor Emma in het gemeen-tehuis moet plaatsvinden. Het dorp moet begrijpen dat het hier niet alleen gaat om een verlies voor mevrouw Granola, maar om een verlies voor ons allen. Wat zou er gebeuren als we de lichamen van De Zes zouden vinden, die jongelui die vlak voor de militaire staats-greep van de ene op de andere dag verdwenen? Zouden we dan ook doen alsof dat verdriet een privéaangelegenheid is die hun families zelf moeten verwerken? In deze tijden is elke gelegenheid die ons helpt te rouwen om wat we hebben doorgemaakt, heilzaam. Zoals het Sever ons heeft geholpen vreugde te vinden in een tijd van ver-volging, zo moeten wij in deze tijd van vreugde ruimte geven aan het verdriet om het verlies. Onszelf toestaan te huilen en goed naar ons-zelf kijken en onze fouten en nalatigheden beoordelen. We willen appelleren aan het beste in de mens, en daarbij hoort het vermogen om vergiffenis te vragen en vergiffenis te schenken.'

Op dat moment werd er weer op de deur geklopt. Farfi was de enige die schrok.

Tacho deed open. IJzerhandelaar Oldenburg stapte de bar binnen, fluisterde Tacho een vraag in het oor en kreeg een even zacht ant-woord.

Dirigibus stond op en liet de stoel naast de burgemeester vrij.

Oldenburg haalde diep adem, ging op de vrijgekomen plek zitten, boog het hoofd en vertelde: 'Die jongen, Joaquín, is die dag bij me langs geweest. De dag ervoor. Hij heeft alle touwen die hij in de kloof wilde gebruiken, bij mij gekocht. Hij was heel duidelijk, hij wist precies wat hij wilde, hij had het allemaal keurig opgeschreven. Natuurlijk vroeg ik wat hij van plan was, je weet hoe ik ben, ik maak met iedereen een praatje! Toen hij het mij vertelde, heb ik op het punt gestaan er iets van te zeggen. Maar toen dacht ik aan Emma, die bij mijn dochter in de klas zat en nog steeds een van haar beste vriendinnen was. En even dacht ik ook aan Granola, wat ik in zijn plaats zou doen als zo'n hippie bij mijn dochter in de smaak probeerde te vallen. Dus ik hield mijn mond. En ik liet hem gaan. Vertel eens, Farfi, jij kent mij goed: ik ben een klootzak, of niet? Ik zei tegen mezelf: er is vast wel iemand anders die die jongen tegenhoudt, dus ik hield m'n mond. Hoe heb ik zo wreed kunnen zijn? Al jaren drukt deze steen op mijn borst. En sinds de lichamen zijn gevonden – alle twee! – heb ik geen leven meer. Ik denk de hele tijd: als mijn dochter erachter komt wat ik Emma heb aangedaan, praat ze nooit meer met me. Ik ben een klootzak, vind je niet? God zal me niet vergeven!'

Oldenburg begon te huilen. Het was een vreselijk gezicht. Hij was zo rood als een tomaat geworden, trok aan zijn haar en brulde tranen met tuiten. Tacho zette snel de naald weer aan het begin van *Sketches of Spain*, verloren in de muziek klonk het gejank niet zo aanstootgevend.

Farfi wist niet goed wat hij moest doen, hij had zijn vriend nog nooit zo meegemaakt. Hij wierp Dirigibus een hulpeloze blik toe, maar de rechtsconsulent glimlachte slechts meelevend terug en legde vervolgens de omslagdoek over de schouders van mevrouw Granola, terwijl hij aanbood haar naar huis te brengen.

Tacho kwam terug aan de tafel en schonk nog twee flinke whisky's in.

Farfi bood niet langer weerstand, hij had iets sterks nodig, zijn verstandige doordeweekse behuizing fluisterde hem zelfs hoogstpersoonlijk in dat het raadzaam was de medicatie te onderbreken. Het leven doet soms rare dingen, zonder er rekening mee te houden of het nou dinsdag of zaterdag is, en het ergste, het meest verwoestende wat je dan kan doen, is jezelf de kans ontnemen om te voelen.

XCVI

Er herrijst iets, maar het publiek is niet onder de indruk

Teo schrok wakker die nacht. In een eerste opwelling wilde hij Pats hand pakken en erin knijpen zodat ze zou ophouden met schreeuwen. Hij strekte mechanisch als een hijskraan zijn arm uit en voelde slechts leegte. Pat was er niet, Pat was nog altijd ver weg, Pat sliep in een roes op vele kilometers van zijn bed. Toen besefte Teo dat de stemmen, hoewel Pat er niet was, aanhielden.

Teo hoorde menselijke stemmen.

Hij wilde Pats pistool pakken, eindelijk Johnny Ringo worden, maar hij had de munitie eruit gehaald zodat Miranda geen gevaar zou lopen en herinnerde zich niet meer waar hij het magazijn had verstopt, hij was te nerveus. Als Miranda's vader hen had gevonden, als hij het huis was binnengedrongen om haar weg te halen … Teo was in de greep van zijn eeuwige angst (Teo trilt), een paradoxale angst: die van een reus die zich een maatje te klein voelt. Hij had zichzelf gezworen Miranda te beschermen, maar kon hij dat eigenlijk wel? Het enige wat hij als barrière tussen het meisje en de ontvoerders kon plaatsen, was zijn lichaam. Hij moest dat gevaarte in beweging zetten voordat het te laat was!

Op de overloop werd hem duidelijk dat de stemmen uit Miranda's kamer kwamen. Geroezemoes. Toen hij bij de deur ging staan, hoorde hij nog iets. Een ritme. De fluisterende stemmen volgden een bepaald ritme.

Teo hoorde muziek.

Hij deed de deur open. Miranda lag gewoon te slapen.

Hij legde zijn oor tegen de deur van de kleerkast. De muziek kwam daarvandaan.

Op het eerste gezicht kon hij niets ongewoons vinden, afgezien van de warboel aan kleren die Miranda elke keer als ze iets zocht achterliet. Maar hij herkende het liedje, het was een oud nummer van The Sex Pistols:

Bet you thought you'd solved all your problems
But you are the problem

Teo keek onder de bergen kleding. Het was makkelijk zoeken, als in dat spelletje waarbij we door een stem worden geleid – koud, lauw, warm! – alleen was nu de muziek zijn gids: hoe dichter hij in de buurt kwam, hoe harder die klonk.

De Spica deed het weer! Daar lag hij, hij speelde het liedje van The Sex Pistols, zo hard als het kleine speakertje het toeliet.

Problem problem
Problem the problem is you
What you gonna do with your problem
I'll leave it to you.

Even had hij het idee alsof de radio hem persoonlijk aansprak, alsof Johnny Rotten Johnny Ringo in een duel versloeg, met slechts zijn kraaienstem als wapen. Hij wilde het geluid zachter zetten, maar was bang dat de radio ermee op zou houden als hij hem aanraakte. Hij wilde boven alles Miranda het goede nieuws vertellen: haar lievelingsradio was herrezen!

Toen hij haar eindelijk wakker kreeg en naar de kast droeg, was het liedje van The Sex Pistols afgelopen. Er klonk nu rustigere, bijna betoverende muziek, een liedje van Elvis Costello dat *Radio Sweetheart* heette:

Play one more for my radio sweetheart
Hide your love, hide your love
Though we are so far apart
You gotta hide your love
'Cause that's the way the whole thing started
I wish we had never parted.

Het eerste wat Miranda deed toen ze de radio te pakken had, was hem uitzetten. Daarna stopte ze hem zo diep mogelijk terug op de plek waar Teo hem vandaan had en zei tegen de reus dat ze honger had. Was het erg veel gevraagd om een geroosterde boterham voor haar te maken?

'Ik dacht dat je blij zou zijn,' zei Teo, terwijl hij het gas aanzette.

Miranda zei niets, ze nam slechts een slokje melk.

Even had Teo het idee dat hij met Pat in gesprek was, bij wie je de woorden er met een tang uit moest trekken.

'Was dat niet die zender die je zo goed vond?'

Miranda knikte alleen maar.

'Waarom heb je hem dan uitgezet?'

'Omdat het vier uur 's nachts is.'

Kennelijk werd het talent van de Finnegans om hem het gevoel te geven dat hij achterlijk was, genetisch doorgegeven. Tot overmaat van ramp brandde hij zijn vinger toen hij de broodrooster op het vuur zette.

Teo voelde de behoefte om nog iets te zeggen, maar hij wist niet hoe. Het was lastig een kind van nog geen zeven uit te leggen wat hij met bijna dertig amper tegen zichzelf gezegd kreeg.

'Het is niet goed om dingen binnen te houden. Je moet uitspreken wat je voelt, het naar buiten laten, zodat het kan luchten. Als je alles voor je houdt, doe je jezelf geweld aan. Het voelt zwaar, het maakt je kapot vanbinnen,' zei hij, schrikkend van zijn eigen onhandigheid. Had hij zelf maar ooit de juiste woorden gehoord, had iemand zijn hart maar onderricht, in plaats van alleen zijn verstand. Al zijn scholing op emotioneel gebied had hij aan boeken te danken! Maar boeken geven geen concrete antwoorden op problemen, het zijn een soort orakels, ze drukken een raadsel uit waar de lezer met de sleutel van zijn eigen leven een oplossing voor moet vinden. Teo voelde de aandrang om de kamer uit te rennen en de boeken die hij onder zijn bed bewaarde, erop na te slaan. Hij was ten einde raad. Hij raapte echter zijn moed bij elkaar en zei: 'Ik weet dat ik niet je moeder ben en ik ben ook niet je vader. Maar goed, ik ben er. Als je er liever met Salo over praat, vind ik dat niet erg, voor mijn part doe je het met mevrouw Pachelbel! Maar praat met iemand, meisje, alsjeblieft. Als je niemand vertelt wat er met je is, word je ziek!'

'De boterham brandt aan,' zei Miranda.

Teo haalde hem van het vuur en besloot zijn mond te houden. Hij voelde zich machteloos.

'Eet maar snel, dan gaan we slapen.'

'O-*kay*.'

Hij ging tegenover haar zitten en keek toe hoe ze at. In Miranda's handjes was de boterham zo groot als een bord.

'Volgende week heb ik een paar drukke dagen, tussen de middag in elk geval,' zei Teo. 'Ik had bedacht dat je misschien met de schoolbus mee kunt.'

'Nee nee nee nee nee nee nee nee,' antwoordde Miranda ernstig, en ze liet de boterham als een hete aardappel op tafel vallen. 'Nee nee nee nee nee nee nee nee.' Ze leek Pats record in één nacht te willen verbreken.

'Waarom niet?'

'Ik mag meneer Torrejas niet. Ik krijg de kriebels van hem!'

'Wie is in godsnaam meneer Torrejas?'

'De meneer die in de bus rijdt.'

'Rijdt hij zo slecht dan?'

'Ik rij echt niet met hem mee. *No way*. Ik ga nog liever lopen.'

'Ik heb liever niet dat je alleen gaat.'

'Liever alleen dan met Torrejas! Hij kijkt me altijd zo raar aan sinds Pat hem heeft ontslagen.'

'Hoezo, ontslagen? Wanneer? Ik snap niet ...'

'Torrejas bracht de confituren naar mevrouw Pachelbel tot jij met je pick-up kwam aanzetten!'

'Aha. Nu begrijp ik het. Oké, rustig maar, ik zal je niet dwingen.'

Verrast door haar vlotte overwinning (om Pat te laten bijdraaien was meestal een langduriger en verbaal bewerkelijker proces nodig), praatte Miranda haar mond voorbij.

'Die man kan niet rijden,' zei ze vol zelfvertrouwen. 'Hij zou geen kinderen naar school mogen brengen!'

'Hoe weet jij dat?' vroeg Teo, die begon te vermoeden dat er meer achter zat.

Miranda haalde haar schouders op. Toen Teo haar bleef aankijken, stopte ze de hele boterham in haar mond. Ze dacht dat ze, als ze even gulzig zou eten als de reus, geen woord meer zou hoeven uitbrengen. Maar Teo wilde de waarheid horen. De reus was door Pat getraind geraakt in het argumenteren en kon het nog wel vijftien rondes volhouden, als het moest nog langer. Hij vroeg: 'Welk liedje was er op de radio toen je Torrejas leerde kennen?'

In het nauw gedreven slikte Miranda zo goed en kwaad als het ging haar boterham door en zei: '*Death on Two Legs!*'

XCVII

Vertelt het verhaal van Torrejas,
de man die in de tijd geloofde
(ook al geloofde de tijd niet in hem)

Meneer Torrejas was iemand die onbekwaamheid tot kunst had verheven. In de loop van zijn leven had hij er op alle fronten in uitgeblonken.

Met zijn studie was het misgegaan, want die had hij nooit afgemaakt. Wanneer het onderwerp ter sprake kwam, zei hij dat hij tegen het beoordelingssysteem was, dat zijn kennisniveau niet nauwkeurig had kunnen toetsen. (Het was niet zijn schuld, maar die van het systeem.)

Hij trouwde, scheidde en had daarna nog drie relaties. Torrejas geloofde niet in het instituut van het huwelijk omdat hij het een primitief instrument vond, dat niet geschikt was om de complexe gevoelens en begeerten van een volwassen mens te omvatten. (Het was niet zijn schuld, maar die van het systeem.)

Torrejas had acht kinderen bij vier vrouwen. Omdat hij zichzelf als praktiserend katholiek beschouwde, weigerde hij anticonceptiemiddelen te gebruiken; om deze reden had hij zich erbij neergelegd dat er op elk moment een negende spruit uit de hemel kon komen vallen. (Het was niet zijn schuld, maar die van het systeem.)

Hij zag echter geen tegenstrijdigheid tussen zijn zondagsmisgeloof en het feit dat hij inmiddels aan zijn vierde vrouw toe was, hetgeen de indruk wekte dat hij de kleine lettertjes in het contract met de kerk niet gelezen had, en dat hij dus zelfs als katholiek onbekwaam was.

Hij had bedrijven te gronde gericht, processen aan zijn broek gehad en was verscheidene malen zijn huis uitgezet. Justitie had hem de voogdij over meerdere kinderen ontnomen, maar hij maakte zich niet druk, want hij had er nog genoeg. Hij had ruzie met zijn ouders en broers en zussen, die geen woord meer met hem wisselden, zelfs niet als ze elkaar binnen de beperkte grenzen van Santa Brígida tegenkwamen. (Deze verwijdering was te danken aan zijn gestrande ondernemingen, waarmee ook anderen financieel het schip in waren gegaan.)

Bij een auto-ongeluk had hij zijn middenrif gescheurd, dat nooit meer helemaal herstelde, zodat hij de hele tijd boeren moest laten; dat maakte hem ook op het terrein van de goede manieren onbekwaam. Al deze dingen droegen bij aan zijn overtuiging dat het systeem tegen hem was en gaven hem een excuus voor zijn chagrijnige gedrag en zijn paranoïde gedachtes.

Maar de afgelopen vijf jaar, sinds hij het plan had opgevat om met het schooltransport zijn brood te verdienen, had hij zoiets als het geluk gevonden. Niet omdat hij nou zo graag reed of omdat hij genoot van de aanwezigheid van de kinderen (die zijn bus toetakelden en pachelbeliaanse gedachten in hem opriepen), maar omdat hij tijdens dit werk iets ontdekt had waarin hij goed was: meneer Torrejas was zeer punctueel.

Het gaf hem een heerlijk gevoel om op tijd te komen. De oranje bus reed altijd op hetzelfde tijstip door het schoolhek: om vijf minuten voor acht 's ochtends en om vijf voor vijf 's middags, met een stiptheid die hij Zwitsers had genoemd als hij op de hoogte was geweest van de Helvetische bijdragen aan de wereldcultuur.

Het probleem was dat dit genot van te veel onberekenbare factoren afhing. Soms lag er sneeuw op de wegen, als die bij uitzondering tijdens het schooljaar viel, of modder vanwege de regenval; dat maakte Torrejas' werk moeilijker. Het ergste obstakel vormden echter de kinderen zelf, of liever gezegd hun moeders. Je kon onmogelijk inschatten hoe lang het zou duren voordat ze reageerden op het getoeter waarmee Torrejas zich aankondigde. Er was altijd wel een kind dat nog aan zijn ontbijt zat of op de valreep zijn huiswerk moest afmaken, of een moeder die op het laatste moment nog een stofjas stond te strijken.

Dan werd Torrejas gedwongen de verloren tijd in te halen, wat betekende dat hij veel te hard reed en het voertuig veranderde in een cocktailshaker, die niet remde voor bochten, gaten in de weg of stoepranden. Torrejas arriveerde inderdaad om vijf voor acht 's ochtends op zijn plaats van bestemming, maar vaak stapten de kinderen niet meteen uit omdat ze eerst van de vloer moesten opkrabbelen en hun spulletjes bij elkaar moesten zoeken, die tijdens de race tegen de klok door de hele bus verspreid waren geraakt.

Stiptheid was Torrejas' trots. Tijd stond voor alles wat hij altijd had willen zijn: schoon, precies, efficiënt en onaangetast door de grillen van de wereld.

Op een middag had Oldenburgs winkelbediende het slechte idee opgevat om hem over het begrip relativiteit te vertellen. Toen Torrejas vernam dat tijd niet absoluut was en dat iedereen volgens zijn eigen, innerlijke klok leeft, ontstak hij in woede. Hoe durfde die verachtelijke winkelbediende de enige zekerheid in zijn leven te betwisten? Zijn bewering dat er evenveel tijden bestonden als er wezens waren, was heiligschennis. Er bestond maar één tijd op deze wereld. De buschauffeur bewees dat dag in dag uit door de wegen van al die kinderen zo samen te brengen dat ze allemaal stipt op tijd op school waren: alleen de Torrejas-tijd bestond!

Zijn woede raasde de volgende dag nog voort en hij zocht Oldenburg op om hem te vragen de werknemer die hem zo onheus had bejegend, de laan uit te sturen. De ijzerhandelaar beloofde daarvoor te zorgen, hoewel hij vanbinnen wist dat hij niemand zou ontslaan. Zijn kinderen waren de schoolgaande leeftijd al ontgroeid, dus de woede van de buschauffeur liet hem koud. Oldenburg kwam nog in de verleiding hem erop te wijzen dat zijn boosheid de theorie alleen maar gelijk gaf: het feit dat zijn woede steeds weer oplaaide als hij het erover had, gaf wel aan dat Torrejas' innerlijke klok niet veel had gelopen sinds de winkelbediende de naam van Einstein had laten vallen.

In gevallen als dat van Torrejas is het moeilijk te zeggen of de wereld ook daadwerkelijk een tegen hem samenspannend netwerk is of dat de paranoïde karaktertrekken van iemand zelf het ongeluk dat ze veroorzaken *ex post facto* rechtvaardigen. Zeker is dat het ongeluk op het punt staat te gebeuren. Als hij het van tevoren geweten had, had Torrejas zich in zijn vermoedens gesteund gezien. Maar tegen de tijd dat het zover is, zal hij die kans niet meer krijgen, want dan zal zijn horloge kapot zijn en voorgoed ophouden met tikken.

XCVIII

Waarin een gedeeltelijke oplossing, maar in elk geval toch een oplossing, wordt aangedragen voor Miranda's toekomst

Doctor Dirigibus had een boodschap voor Teo in de winkel van mevrouw Pachelbel achtergelaten, een paar woorden, dicht opeengeschreven op de achterkant van een van zijn visitekaartjes: *Tacho's Bar, morgen, donderdag, 16.00 uur. Belangrijk!*

Teo arriveerde als eerste. Hij had net plaatsgenomen op een barkruk (die van ijzer was; bij houten stoelen was de reus altijd bang dat hij erdoorheen zou zakken) toen Dirigibus de deur door kwam, zijn armen spreidde en riep: 'Ik heb de oplossing!'

In deze houding had hij meer weg van een pauw dan van een struisvogel.

'Het is een briljant idee. Een fernet met soda. Ik heb het een en ander uitgezocht. Meer fernet dan soda. Het kan allemaal legaal geregeld worden. Twee ijsblokjes erin. Alleen jouw goedkeuring ontbreekt nog!' zei hij, terwijl hij op de barkruk naast Teo klauterde.

Hoewel ze er nog rekening mee hielden dat Miranda's grootouders van moederskant zouden opduiken, had Dirigibus bekeken wat hun mogelijkheden waren als ze niet gevonden werden. Ze waren zich er allemaal van bewust dat de tijd tegen hen werkte. Farfi had niet kunnen achterhalen wie de vader van het meisje was, maar de tegenwerking die hij bij zijn onderzoek had ondervonden, liet er geen twijfel over bestaan: het moest om een zeer hooggeplaatste officier gaan als de marine zoveel moeite deed om zijn anonimiteit te beschermen. Wie het ook was, hij bleef naar Miranda zoeken. Ze moesten zich op het ergste voorbereiden!

De rechtsconsulent wilde weten hoe het met Pat ging. Haar toestand was een doorslaggevend onderdeel van de oplossing die hij *in pectore* had.

Teo vertelde dat Pat aan de beterende hand was, maar binnen de grenzen van haar ziektebeeld. Ze dacht nog steeds dat ze vijftien was en bleef Teo aanzien voor Bran de Gezegende.

De ingrijpendste verandering had zich voltrokken nadat Miranda ineens tevoorschijn was gekomen. Op een zaterdag zaten ze zoals altijd op het stenen bankje in het park, toen Patty een kreet van verbazing slaakte en 'Bran' vroeg of hij hetzelfde had gezien. Teo keek om zich heen, maar zag niets wat afweek van het inmiddels vertrouwde uitzicht: bomen, patiëntes die hen met openhangende mond aanstaarden, het gebouw met zijn zijvleugels op de achtergrond. Maar hoewel Teo niets ongewoons zag, hoorde hij wel iets wat zijn aandacht trok. Vrouwenstemmen die een bekende naam riepen.

'Dat was Puck. Ik zweer het je, hij stond achter die boom naar me te kijken,' zei Patty, terwijl ze aan de littekens rond haar mond pulkte. 'Het was Robin Goodfellow in eigen persoon!'

Het geroep was tot in de verte te horen en weerkaatste tegen het gebouw. De zusters zochten Miranda.

Het meisje kwam maar niet tevoorschijn, totdat Teo haar ook begon te roepen.

Toen ze de stem van de reus hoorde, ging ze ervan uit dat haar nieuwsgierigheid haar vergeven was en kwam ze met haar sproetengezichtje achter een *lenga*-boom tevoorschijn. Maar bij het zien van Teo's duistere blik besefte ze dat ze een inschattingsfout had gemaakt en verstopte zich weer.

'Zag je dat, zag je dat? Daar had je hem!' riep Patty door het dolle heen.

Snel kwamen de zusters aangelopen. Teo slaagde erin Patty af te leiden, zodat ze niet meekreeg hoe Miranda werd gevangen en teruggebracht naar de wachtkamer. Maar Patty kon het nergens anders meer over hebben. De volgende dag dwaalde haar blik tijdens het bezoekuur steeds weer naar de bomen, wachtend tot het gezichtje weer zou opduiken, dat ze verwarde met het personage uit *Midzomernachtsdroom*.

Teo bracht de psychiater van het incident op de hoogte. De man vroeg of Pat op enige wijze had laten blijken dat ze het meisje herkende. De reus zei dat ze haar met een mythisch personage had verward, net zoals ze hem voor Bran de Gezegende aanzag. Volgens de psychiater was een dergelijke reactie te verwachten binnen de context van de fantasieën die Pat in haar toestand koesterde. Maar hij was duidelijk ontstemd. Teo dacht dat de arts er misschien op had gerekend dat Pat haar dochter zou herkennen. Dat was niet gebeurd.

En iedereen had dat gezien, zelfs Miranda.

'Pat weet niet wie ik ben, hè?' vroeg ze op de terugweg.

'Mij herkent ze ook niet,' zei Teo, hoewel hij wist dat dat geen enkele troost was.

'Logisch. Als ze denkt dat ze vijftien is, zal ze me niet herkennen, want mij heeft ze veel later gekregen.'

'Slim bedacht. Heb je gehoord hoe ze je noemde?'

'Tuurlijk. Ze noemde me Puck! Puck wordt ook wel Robin Goodfellow genoemd.'

'Dat is toch dat personage uit het stuk van Shakespeare?'

'*Right*. Maar Shakespeare heeft hem weer uit de legendes. Puck was een hobgoblin, een bosgeest. Hobgoblins zijn grapjassen, ze halen gemene geintjes uit. Maar ze helpen je altijd als je het vraagt. En als ze kwaad worden, hou je dan maar vast!'

'Hoe weet jij dat? Je bent een aparte, wist je dat?'

'Ik niet. Pat is de aparte.'

Ze zwegen even. Ze hadden allebei het gevoel dat ze meer hadden gezegd dan ze hadden willen prijsgeven.

Die avond poetste Miranda haar tanden terwijl Teo de borden stond af te spoelen. Daarna ging ze naar bed en bladerde in *David Copperfield*. Ze vond het leuk als de reus haar voorlas, ook al kon ze inmiddels zelf lezen. Ze had gemerkt dat de roman zo wél werkte, want Teo had de stem die zij zich bij de ongelukkige Copperfield voorstelde; de reus leek er ook niet erg van overtuigd dat hij de held in zijn eigen verhaal was.

Maar deze avond eindigde niet met voorlezen. In plaats van het licht uit te doen, zei Teo dat hij met haar wilde praten. Hij stopte haar in en begon de situatie uit te leggen.

Het was inmiddels aangetoond dat haar vader nog leefde, dat hij niet was omgekomen bij het ongeluk waar Pat zo vaak over had verteld. Daarom lag het voor de hand dat hij haar mee zou willen nemen als hij haar zou vinden. Hij zou de wet aan zijn zijde hebben, omdat Pat in een ziekenhuis was opgenomen en voor niemand kon zorgen, althans voorlopig.

'Maar jij bent er toch,' zei Miranda.

'Voor de wet ben ik niemand,' zei Teo. 'Er is geen enkel document dat ons aan elkaar verbindt, zoals ouders en kinderen of echtgenoten. Ik ben alleen maar de vriend van je moeder ... of dat was ik tenminste ... en verder niks.'

Teo probeerde haar een kant van de zaak te laten zien die hij nooit had overwogen toen ze nog onder Pats hoede was.

'Misschien zou het helemaal niet zo verkeerd zijn als jij je vader leerde kennen. Misschien heb je wel grootouders, en ooms en tantes, en neven en nichten ...'

'Ik wil hier blijven.'

'Dat zeg je nu, maar het is beter als je alle mogelijkheden bekijkt. Op een gegeven moment kunnen Pats ouders opduiken. Herinner je je die?'

'Ik heb ze nooit gezien. *Never, never!*'

Miranda sloeg mokkend haar armen over elkaar.

Teo glimlachte. Als Pat er was geweest, had ze het meisje opgetild en als een kampioene rondgedragen, en daarna had ze hem het huis uit gegooid ... of erger. Ze zou hem nooit vergeven wat hij nu deed. Kon hij zichzelf vergeven? Probeerde hij Miranda te helpen, of zette hij zichzelf hier nu neer als de ergste verrader?

'Ik! Wil! Bij! Jou! Blijven!' riep Miranda, en ze sloeg haar armpjes om zijn nek.

'Ik ook,' zei Teo, die haar ook omarmde.

Miranda pakte hem nog steviger vast. Ze wist dat de reus niet loog.

'Jij bent nu mijn familie,' zei het meisje. 'Dit is ons huis!'

Daarom aarzelde Teo niet die donderdagmiddag, toen Dirigibus hem in Tacho's bar met zijn wonderlijke oplossing confronteerde.

'We moeten natuurlijk wat voorzorgsmaatregelen nemen, papier-zaken regelen en een aantal dingen goed op een rijtje zetten, maar ik ben ervan overtuigd dat het zal lukken,' zei de rechtsconsulent, ter-wijl hij het fernetsnorretje van zijn bovenlip likte. 'De beslissing ligt bij jou. Ik wilde met niemand praten voordat ik zeker wist dat jij het wilde ... Je weet wel, zo'n beslissing ... de verantwoordelijkheid die erbij komt kijken, de belasting ... We zouden het allemaal begrijpen als je het niet zou doen ...'

'Natuurlijk wil ik het. Maar ik moet het eerst aan haar vragen. Als zij wil ... ga er dan maar van uit dat het voor mekaar komt, zeker,' zei Teo, en hij hief het glas. 'Het liefst zo snel mogelijk!'

'Op de heilige instituties,' zei doctor Dirigibus.

'*Miscentur tristia laetis,*' besloot Teo met een citaat van Ovidius, waarmee hij wilde zeggen dat droevige dingen zich met vrolijke ver-mengen.

XCIX

Begint met een zorgwekkend bericht, maar leidt uiteindelijk tot een verrassing die Miranda gelukkig maakt

Het duurde die maandag een tijdje voordat Miranda reageerde op het geroep waarmee Teo haar wakker maakte. Bij de vierde brul lukte het haar zich van de trap te slepen en voor haar ontbijt te gaan zitten – yoghurt, sinaasappelsap, geroosterd brood met jam *made by Pachelbel* – waarvan ze nauwelijks at.

'Ik heb hoofdpijn,' was het eerste wat ze zei.

Toen Teo haar aankeek, zag hij dat ze een vuurrood gezicht had.

'Misschien heb je wel zo'n ziekte waar je uitslag van krijgt,' zei Teo, die weinig verstand van dit soort dingen had.

'Ik heb als een gek liggen zweten!'

Teo legde zijn grote hand op haar voorhoofd. Het was niet warm, maar het voelde plakkerig aan.

'Toen ik wakker werd, zaten de lakens aan me vastgeplakt,' zei Miranda.

'Drink je sap op, ga onder de douche en kleed je snel aan. We gaan naar de dokter!'

'Als Pat dat hoort ...'

'Dat gebeurt niet.'

'En als Puck het vertelt?'

'Puck laat niet eens zijn neus zien in het bos, want als Oberon komt, trekt hij zijn kop eraf. Erewoord van een reus!'

Toen Miranda uit de douche kwam, had ze haar natuurlijke kleur weer terug. Teo had de indruk dat ze zelfs wat bleker zag dan normaal. Even twijfelde hij of hij wel naar de dokter moest gaan, Miranda had duidelijk geen ziekte met huiduitslag, maar iets in haar stemming en in haar aarzelende bewegingen zei hem dat het de juiste beslissing was. Het meisje zag er zwak uit, ze sleepte zich voort.

De arts kon niets bijzonders vinden. Ze had geen koorts of ontsteking. Hij vroeg haar of ze goed at en vroeg Teo toestemming om bloed af te nemen, hij sloot niet uit dat ze ijzergebrek had.

Miranda doorstond het prikje zonder te klagen en maakte geen gebruik van haar krachten om de naald te verbuigen.

Tussen de middag at ze met smaak en wilde ze weer naar school.

De reus was de winkel van mevrouw Pachelbel nog niet binnen of de vrouw informeerde met angst in haar ogen naar Miranda's gezondheid. Teo zei dat het goed met haar ging en vroeg hoe ze van het voorval 's ochtends wist. Mevrouw Pachelbel antwoordde dat Vera haar had gebeld. Daardoor raakte Teo nog verwarder: hoe kon Vera dat nou weten, terwijl ze haar niet eens gezien hadden? Mevrouw Pachelbel haalde haar schouders op. Ze zei dat Vera had gevraagd hem daar vast te houden, ze was met David in de vrachtauto onderweg naar de winkel.

Twintig minuten later waren ze er. Vera droeg een bundeltje in haar armen alsof het een pasgeboren baby was. Struikelend over haar woorden vroeg ze naar Miranda. Teo vertelde wat de dokter had gezegd en zei dat het goed ging met het meisje, ze had zelf besloten om naar school te gaan. Maar Vera leek niet overtuigd. Toen ze 's middags in het huisje was geweest om een beetje op te ruimen en Miranda's bed wilde opmaken, had ze de schrik van haar leven gekregen.

Het bundeltje in haar armen was Miranda's laken. Vera wilde vertellen wat ze gezien had, maar voor één keer in haar leven besefte ze dat sommige dingen meer zeiden dan woorden, en ze spreidde het laken voor Teo en mevrouw Pachelbel uit.

Er zaten vlekken op. Ze waren roze, op sommige plekken bijna rood.

In eerste instantie snapte Teo het niet. Toen deed Vera drie stappen terug, zodat de reus het laken in zijn geheel kon zien. En zo kregen de vlekken betekenis.

Ze hadden de vorm van Miranda's lichaam. Benen en voeten. Handen. Hoofd.

Het nachthemd en de onderbroek, die Vera van de badkamervloer had opgeraapt, hadden ook vlekken.

Ze belden meteen naar school. Miranda zat gewoon in de les, ze had op geen enkele manier te kennen gegeven dat ze ergens last van had.

Teo rende niettemin de deur uit om de dokter het laken te laten zien.

Die bevestigde dat het bloedvlekken waren.

Vera (ze was met Teo meegegaan naar het ziekenhuis, net als David en mevrouw Pachelbel, die haar winkel op slot had gedaan) vroeg of het misschien een vroege eerste menstruatie kon zijn. De arts zei dat hij haar niet uitvoerig had onderzocht, maar dat hij haar onderbuik had betast en daar geen zwelling had gevoeld. Bovendien had ze dan nooit zoveel bloed kunnen verliezen dat het zich over haar hele lichaam kon verspreiden; om dezelfde reden kon het ook geen bloedneus geweest zijn.

Toen Miranda hand in hand met Erica en Salo uit school kwam en het hele ontvangstcomité zag staan (iedereen die in het ziekenhuis was geweest, plus meneer Dirigibus), schrok ze vreselijk. In hun bezorgdheid had niemand van de volwassenen voorzien dat Miranda weleens kon denken dat ze misschien slecht nieuws over haar moeder hadden. Hoewel ze haar vertroetelden om te proberen het goed te maken, kreeg ze onderweg naar het dorp een huilbui en moest ze een beetje overgeven.

De dokter onderzocht haar nog eens en stelde haar voor aan een vrouwelijke arts die haar, zo verklaarde hij, uitgebreider zou onderzoeken.

'Ik ben niet ongesteld,' zei Miranda, die meteen doorhad waar het om ging. 'Wat denken jullie wel? Ik ben nog maar klein, hoor!'

Teo en zijn gezelschap barstten in lachen uit. Langzaam werd iedereen weer rustig.

Ze verlieten het ziekenhuis echter pas toen de artsen bij Hippocrates en alle vooraanstaande artsen hadden gezworen dat het meisje niets mankeerde. Desondanks vroeg Teo om een lijst met telefoonnummers zodat hij hen makkelijk zou kunnen bereiken en hij beloofde haar bij elke ongewone reactie te laten nakijken. De artsen voelden zich ook onbevredigd, ze hadden dolgraag een verklaring voor de bloeding gevonden.

Het meisje bleef tot 's avonds bij Vera en Teo pakte zijn werk weer op. Maar de drukke bezigheden maakten zijn ongerustheid niet minder. Met het invallen van de duisternis nam die alleen maar toe.

In een opwelling ging hij bij pater Collins langs. Hij trof hem aan in de projectiecabine van de San Ricardo-zaal, waar hij het laatste deel van *De graaf van Monte Cristo*, met Richard Chamberlain in de hoofdrol, zat te kijken.

Toen hij hem het laken liet zien, viel de pater stil.

Hij vroeg naar bijzonderheden. Teo begon over Miranda's problemen met wakker worden. Voordat hij het goed en wel in de gaten had, stond hij al over andere dingen te praten en gaf informatie die Pat niet voor andermans oren geschikt vond: hij vertelde de pater over de stuiptrekkingen, de hoofdpijnen, de visioenen die zo leken op die van Hildegard van Bingen ... Dirigibus had gelijk, pater Collins had iets waardoor je hem meer toevertrouwde dan de voorzichtigheid gebood.

'Ik heb veel rare dingen gehoord in mijn leven,' zei de pater uiteindelijk, en hij keek door het rechthoekje de zaal in. Villefort, Danglars en Mondego kregen op het scherm om de beurt hun verdiende loon, maar de ontknoping moest nog komen. 'Ik heb eens een jongetje leren kennen met vliezen tussen zijn vingers, als een eend. Hij verstopte de hele tijd zijn handen, maar ik herinner me die vliezen nog heel goed, ze waren teer en van een merkwaardige schoonheid ... Ze hebben me eens meegenomen naar een lam dat al blatende sprak, ik zweer het u, het herhaalde steeds hetzelfde woord, zodat er geen twijfel over kon bestaan: *confiteor, confiteor, confiteor*, ik beken. Het arme beestje stief korte tijd later, maar er zijn mensen met geluidsopnames ... Ik weet van een vrouw die huidaandoeningen kon genezen met haar speeksel, want zij heeft de psoriasis op mijn ellebogen geheeld, het is nooit meer teruggekomen ... Ik liep voor die kwaal bij een arts in Buenos Aires. Die vertelde me over een patiënt van hem die huiduitslag had in de vorm van woorden en zelfs hele zinnen. De meeste van die woorden stonden geschreven in talen die de patiënt niet beheerste, moderne, zoals het Frans, maar ook oude, zoals het Aramees. Op een dag zat ik met die man in de wachtkamer. Hij vertelde me dat een miljonair hem geld had geboden. Die man betaalde hem voor het recht om een compilatie te mogen maken van de woorden die op zijn lichaam verschenen. Soms vraag ik me af hoe het die miljonair is vergaan, of hij er een samenhangende boodschap van heeft kunnen maken of dat hij voor de poort van het mysterie is blijven staan.'

Pater Collins zette zijn bril af om in zijn ooghoeken te wrijven. Zonder bril zag hij er nog altijd uit als de verwarde seminarist die hij ooit geweest was. Naast hem snorde de projector als een tevreden kat.

'Maar zoiets als dit heb ik nog nooit gezien,' zei de pater na een poosje, terwijl hij de bril weer op zijn plek zette. Hij liep naar Teo toe, die het laken uit zijn handen liet pakken. 'Het enige vergelijkbare geval dat ik ken, is dat van een man die heel erg bang was – doodsbang – toen hij de nacht in de tuinen van Getsemane doorbracht.'

Teo begreep de toespeling, maar zei niets. Vanuit de zaal drong een concert voor zwaarden en orkest binnen.

'Alleen al het idee dat een kind zoiets moet doormaken, is verontrustend,' zei de priester. 'Geen enkel wezen op deze planeet zou zo mogen lijden. Is Miranda's verdriet zo groot, is haar situatie zo wanhopig?'

Teo bekeek het laken, dat de priester openvouwde. Een van de vlekken gaf Miranda's fijne profiel weer, perfect als op een foto. De reus dacht aan de vader van het meisje, die haar als een anker vasthield in het verleden, aan de toestand van haar moeder, een schip dat door talloze beschadigingen water maakte, en aan de toekomst die als een donkere wolk boven haar hoofd hing, en hij wilde de priester met ja antwoorden. Maar hij bracht slechts een soort omgekeerde zucht uit, een hap ingeademde en ingeslikte lucht, met een geluid dat de priester, getraind door het Sever, gelukkig juist interpreteerde.

'In dat geval,' zei Collins, 'kan ik niet zoveel voor jullie doen, behalve beloven te bidden en tot jullie beschikking te staan. Het enige wat ik u kan zeggen, is wat ik steeds opnieuw denk als ik de passage lees waarin Christus in Getsemane wakker ligt. Altijd weer zeg ik tegen mezelf: wat was die man eenzaam toen hij bloed zweette. Hij schreeuwde om gezelschap, maar er kwam niemand naar hem toe. Het stelt me gerust te weten dat dit bij Miranda niet het geval is. Het meisje heeft geluk. Want zelfs in het uur van haar grootste angst kan ze op u rekenen.'

De reus nam afscheid, zodat Collins verder kon genieten van de wraak van Monte Cristo. Hij wilde alleen maar zo snel mogelijk met het meisje terug naar huis, ver weg van de nieuwsgierige buitenwereld.

Hij kocht dingen om haar te verwennen (cola, schnitzel 'à la Napolitana', *banana split*) en haalde de mafste dingen uit om haar aan het lachen te maken. Hij stootte expres zijn hoofd toen hij de trap op liep en verzon allerlei krachttermen, die hem in het bijzijn van een volwassene het schaamrood op de kaken hadden gebracht.

'Ik wil je iets vragen. Haal je radio eens, de Spica,' zei hij na het eten, terwijl hij een berg ijs voor haar opschepte.

'Ik heb geen zin in muziek,' zei Miranda, die onraad rook.

'Wees eens braaf. Doe me dit plezier nou, dan vertel ik je een geheim.'

Miranda snoof, maar ze stond toch op. Geheimen hebben een aantrekkingskracht die maar weinigen kunnen weerstaan.

Toen ze weer beneden kwam, zat Teo al klaar in de deuropening met een bak ijs en een soeplepel in zijn hand. Het was een heldere avond met ontelbare sterren aan het firmament, zoals je ze alleen op plekken ver van de lichtgloed van de grote stad kan zien.

'Toe, zet hem eens aan.'

Miranda zette de radio aan. Er kwam meteen muziek uit. Het was een lied van Joni Mitchell, *The Circle Game*.

'Versta je de tekst?' vroeg de reus.

'Tuurlijk. Zo gaan de jaren voorbij en de jongen is nu twintig,' vertaalde Miranda, terwijl Mitchell zong. 'Hoewel zijn dromen aan grootsheid verloren toen ze werkelijkheid werden, zullen er nieuwe dromen zijn, misschien betere en meer, voordat het lopende jaar ten einde is. Wat betekent dat?'

'Begrijp je het niet? Voor mij is het heel duidelijk. Je had gelijk met de liedjes. Ze kloppen precies!'

'Hoezo? Ik snap het niet!'

'Het liedje kent het geheim!'

Teo begon het zachtjes te zingen, alsof hij daarmee opheldering bracht.

'Leg nou uit!'

'O-*kay*. Kom eens zitten.'

'Ik wil niet zitten!'

'Ik wil niet dat je achterovervalt.'

'Nou …!'

'Je mama en ik gaan trouwen.'

C

Bevat de kroniek van een nogal eigenaardige trouwerij

Zondag 5 mei 1985 anno Domini was het op de hele aardbol een hectische dag. Het toneel was klaar voor het uitbundige moment: de aarde wentelde volgens draaiboek om zijn as, de getijen voerden hun dans uit en de zon hield zich aan de kalender door velen te verwarmen en evenveel anderen onder een zee van dekens te laten duiken.

Niemand die bij zijn volle verstand is, zou beweren dat die 5 mei net zo gedenkwaardig was als bijvoorbeeld die van het jaar 1821, toen Napoleon op Sint Helena zijn laatste adem uitblies; of die 5 mei in 1925, toen de biologieleraar John T. Scopes in Tennessee werd gearresteerd omdat hij het had gewaagd de evolutieleer te onderwijzen. Maar hoewel veel mensen beweren dat de beste bladzijden van de menselijke komedie reeds geschreven zijn, onttrok de geschiedenis zich op die vijfde mei 1985 aan het gebod om eerbiedig te herhalen wat reeds voorhanden is en voegde ze haar eigen vrolijke noot toe aan de anekdoteverzameling van het genre.

Die dag zweefden zeven astronauten aan boord van het ruimteschip Challenger, op een hoogte vanwaar je de aarde al voor een vredige, stille plek kunt aanzien. Die dag bracht Ronald Reagan een bezoek aan Duitsland om de slachtoffers van de Holocaust te eren en legde bloemen op de begraafplaats van Bitburg, waar talloze SS'ers begraven lagen. Die dag maakte de Coca-Cola Company zich gereed om haar zogenaamde 'nieuwe formule' op de wereldmarkt te lanceren, een van de grootste beoordelingsfouten die een bedrijf van een dergelijke omvang ooit heeft gemaakt. (Gelukkig voor Miranda en de miljoenen andere Coca-Cola-drinkers krabbelde het bedrijf terug en ging het weer naar zijn 'klassieke' smaak terug.) En op de eilanden in het noordwesten van Europa lag het MayDay, Beltane, Beltain of Beltaine, zoals de Kelten het feest noemden waarmee het optimisme

457

van het voorjaar werd gevierd, nog vers in het geheugen. Tijdens het Beltane ontstaken de Kelten grote vuren en dansten ze met het gezicht naar de zon, waaraan hun vee was gewijd; het was een vruchtbaarheidsfeest.

Terwijl dit allemaal gaande was, vond er een bescheiden plechtigheid plaats. Er werden die zondag duizenden huwelijken voltrokken, maar geen enkel op zo'n ongewone plek. Teodoro Labat Barreiros en Patricia Picón Finnegan traden in het huwelijk in het Neuropsychiatrisch Instituut Belvedere, onder het oog van civiele en medische autoriteiten, patiëntes, vrienden en familielid (dat was er maar eentje, Miranda).

De trouwerij werd gehouden in het park bij de kliniek, of het bos, zoals de bruid het liever noemde. Pat arriveerde aan de arm van doctor Dirigibus. Ze droeg de bruidsjurk die mevrouw Pachelbel op haar eigen bruiloft en tijdens het Sever had gedragen. Dankzij de goede kwaliteit van de stof, de snit en de grote zorg waarmee mevrouw Pachelbel hem al die jaren had behandeld, zag hij er nog als nieuw uit; met een paar steekjes sloot hij perfect om Pats taille, die frêler was dan ooit.

De muziek bij de intrede werd gespeeld door een ensemble uit de workshop Muziektherapie van de Belvederekliniek, bestaande uit gitaar, fluit en drie violen. Uit duizenden mogelijke partituren had de lerares ervoor gekozen om de groep de *Canon* van Pachelbel te laten spelen, die ze prachtig vonden omdat hij simpel was, goed in het gehoor lag en *ad infinitum* kon worden doorgespeeld.

'Ze spelen ons stuk,' fluisterde Dirigibus tegen mevrouw Pachelbel, zodra hij naast haar had plaatsgenomen. Ze glimlachte, in de overtuiging dat dit detail door haar aanbidder was verzorgd. Puro Cava, die aan de andere zijde van mevrouw Pachelbel de plechtigheid bijwoonde, snapte het grapje niet. Zijn muzikale vorming beperkte zich tot tango's en bolero's. Hij voelde dan ook een steek van jaloezie, maar de glimlach van zijn geliefde deed het hem snel weer vergeten. Wat had hij die glimlach weinig gezien! Vanaf dat moment had hij alleen nog maar plezier: de muziek verdreef zijn achterdochtige gevoelens en liet ze vervliegen als stof in de wind.

Samen met pater Collins wachtte Teo op Pat aan de voet van het altaar, dat uit een plank en twee schragen bestond. De bruidegom droeg een zwart pak, dat doctor Dirigibus' kleermaker in een recordtempo en met veel verbruik van stof had vervaardigd. (De geiten die hun haar daarvoor hadden afgestaan, kwamen niet uit Kasjmier, maar uit het zuiden van Argentinië, waardoor de prijs niet tot al te buitensporige hoogten was gestegen.) Teo leek niet alleen met zijn kostuum op de rechtsconsulent. Van de zenuwen stond hij zo te transpireren dat hij tijdens het eerste gedeelte van de plechtigheid continu met een zakdoek zijn gezicht moest deppen. Gelukkig had hij de goede smaak gehad een witte te kiezen.

Terwijl hij op zijn aanstaande stond te wachten, dacht Teo aan de veelbewogen procedure die aan dit moment vooraf was gegaan.

Toen Dirigibus hem had uitgelegd dat dit huwelijk Miranda's toekomst zou veiligstellen, wist Teo dat deze verbintenis zijn grote droom was geweest, uiteraard met uitzondering van een paar kleinigheidjes waar hij liever niet aan dacht, maar die hij toch onder ogen moest zien. Hoewel hij besefte dat dit huwelijk een middel tegen alle kwalen was, zag hij ook wel dat het lastig uit te leggen zou zijn aan zijn potentiële partner in dit avontuur. Een huwelijk met Pat hing af van zijn vaardigheid om een vrouw die dacht dat ze vijftien jaar oud was, ervan te overtuigen dat ze met een reus uit een fabel moest trouwen.

Geplaagd door zijn eigen twijfels, waardoor hij steeds aanstalten maakte en weer terugkrabbelde, was Teo die dag iets later dan normaal in de Belvederekliniek aangekomen. Een van de verpleegsters stond hem op de trap bij de ingang op te wachten. Ze zei dat Patty heel erg nerveus begon te worden. Teo versnelde zijn pas (omdat hij een reus was, betekende dit dat hij zo ongeveer vloog) en liep met zijn bos bloemen voor zich uit het park in.

Toen Patty hem zag aankomen, vulden haar ogen zich met tranen. Teo bood haar de bloemen aan, maar ze begon op hem in te meppen.

'Waar zat je nou? Ik dacht dat ze je hoofd hadden afgehakt!' protesteerde Pat, terwijl de tranen als sprinkhaantjes uit haar ogen sprongen.

'Het is wat later geworden. Vergeef me, alsjeblieft!' zei Teo.

Hij overhandigde haar de gehavende bos bloemen.

Eindelijk zag Pat ze, maar ze keek er wantrouwend naar.

'Je weet toch dat ik altijd kom. Heb een beetje vertrouwen in me,' zei Teo. 'Iedereen kan weleens te laat komen!'

'Jij bent niet iedereen. Jij bent Bran!' riep Patty.

'En wat dan nog? Reuzen hebben ook het recht om niet punctueel te zijn, al is het maar heel af en toe!'

Patty graaide de bloemen uit zijn handen. Ze vond ze prachtig.

Toen de gemoederen een beetje bedaard waren, schraapte Teo zijn keel en begon aan zijn praatje, dat hij onderweg vanuit Santa Brígida duizendmaal had doorgenomen.

Allereerst vroeg hij haar om hem Teo te noemen, want dat was de naam waarmee hij zijn ware identiteit verhulde: alleen zij mocht weten dat het in werkelijkheid Bran was. Zoals verwacht voelde Patty zich vereerd. Daarna vertelde 'Teo' haar dat hij al eeuwen in eenzaamheid leefde en zo niet meer verder wilde. Hij had de dood al te vaak gezien, hij was getuige geweest van bodemloos verdriet. Maar zijn leven was veranderd toen hij haar had leren kennen. Sinds dat moment zat hij de hele week te wachten tot hij weer aan haar zijde kon zijn. Door haar voelde hij zich in staat trouw te zijn aan het beste wat hij in zich had. En niets maakte hem blijer dan de gedachte om haar de rest van zijn leven te blijven zien. Als zij ja zou zeggen, was hij bereid haar tot zijn vrouw te nemen.

Teo's toespraak werd op een ongemakkelijke stilte onthaald. Patty leek vooral in de war. De reus voelde paniek opkomen, wat onder deze omstandigheden de meest begrijpelijke emotie was.

'Maar ik ben een beetje te jong om te trouwen,' zei Patty.

'Mijn moeder was even oud als jij toen ze mij kreeg.'

'... Jij bent een reus en ik ben een normale vrouw!'

'Mijn moeder was ook normaal. Ik ben een reus vanwege mijn vader!'

Patty peuterde aan de littekens rond haar mond, een handeling die de sigaretten verving als ze nerveus was. Sinds haar opname had ze niet meer gerookt. Een van de weinige dingen die Teo uit het verleden wist, verklaarde dit: ze was op haar achttiende met die nare gewoonte begonnen, wat betekende dat ze op haar vijftiende nog maagdelijke longen had.

'Als jij niet hetzelfde voelt, dan begrijp ik dat,' krabbelde Teo terug. 'Het was maar een idee, ik dacht ... Laat ook maar zitten, je moet bedenken dat ik ...'

'Als ik bij jou ben, voel ik me veilig,' zei Pat.

Het was niet de liefdesverklaring waar Teo van had gedroomd, maar het was in elk geval een veelbelovend begin.

'Ik weet niet waarom,' ging Patty verder, 'maar als wij samen zijn, heb ik het gevoel alsof het altijd al zo geweest is. Hoe kan dat nou, terwijl je weet dat je iemand pas net hebt leren kennen? Het is gewoon idioot,' zei ze, en ze krabde aan een van de littekens. Ze vond het duidelijk beangstigend om zo dicht bij het begrip waanzin in de buurt te komen.

'Daar is niets idioots aan. Integendeel! De tijd stroomt twee kanten op, voor- en achteruit tegelijk,' zei Teo. 'Pure natuurkunde. Wij nemen hem maar in één richting waar, maar dat betekent niet dat een deel van ons de ware aard van de tijd niet aanvoelt en begrijpt dat onze toekomst al heeft plaatsgevonden … en dat wij beiden deel uitmaken van de toekomst van de ander.'

'Bran, liefste, wat heb je gerookt?' vroeg Patty.

Teo streelde haar handen. Dat was voor het eerst sinds lange tijd. Zij liet zich aanraken en sloot haar ogen. De reus had gelijk, haar huid sprak de taal van de toekomst.

'Als we trouwen, zullen we voorgoed samen zijn, zelfs als onze lichamen van elkaar gescheiden worden,' zei Teo. 'We zouden het hier kunnen doen. Het zou een prachtige trouwerij zijn. Als we Puck op tijd uitnodigen, wil hij vast ook komen!'

Toen zei ze ja, en Teo knielde en schoof de ring om haar vinger.

Bij het zien van het tafereel gilden de patiëntes het uit. Ze omhelsden en kusten elkaar en lachten en schreeuwden nog harder. De verpleegsters kwamen meteen aangesneld in de veronderstelling dat Pat weer een psychotische aanval had gekregen, en zo waren ze de eersten die de verloofden konden feliciteren.

CI

Bevat de rest van de kroniek
van bovengenoemde trouwerij

Pater Collins had de instructie om de plechtigheid kort te houden, want de patiëntes (en Pat zelf, dat behoefde geen nadruk) konden hun aandacht niet zo lang vasthouden. De directrice van de Belvederekliniek, een psychiater genaamd Elsa Volpi, had het hem helder te verstaan gegeven: het was beter om snel een rustige haven te bereiken dan op volle zee door een storm te worden verrast.

De priester had voor zijn preek een passage uit Lucas uitgekozen, die begon bij het tiende vers uit het derde hoofdstuk. 'De mensen vroegen: "Wat moeten wij dan doen?"' De priester vertelde dat Jezus' antwoord op zich niet belangrijk was, menigeen bood een interessant antwoord: Boeddha, de God uit de Thora, de profeet Mohammed, de Griekse filosofen en vele anderen die dit eindige leven met hun verlichte geest verrijkt hadden. Het belangrijkst was dat de mensen zichzelf de vraag stelden, want als ze dat deden, zou het antwoord daar, in hun eigen hart, op hen wachten. '"Wat moeten wij dan doen?" We weten het allemaal,' zei Collins. 'Diep in ons hart staat geschreven dat het goede nooit gewelddadig, egoïstisch of op enigerlei wijze met haat verbonden kan zijn. "Wat moeten wij dan doen?" We zijn omringd met mensen die ons nodig hebben, die op ons rekenen voor een omhelzing, een luisterend oor, werk of een stuk brood. "Wat moeten wij dan doen?"' herhaalde de priester, die die dag door een zeldzame welsprekendheid werd bezocht. 'Gezegend zijn diegenen die de moed hebben zichzelf deze vraag te blijven stellen!'

Toen het moment voor de ringen was aangebroken, kwam Miranda naar voren. Ze zag er stralend uit. Hoewel ze eerst had tegengesputterd over de kleren die Teo en mevrouw Pachelbel voor haar hadden uitgekozen (een bloes met ruches, een gilet, een kniebroek met een maillot eronder en schoenen met een vierkante neus; ze vond het niet bepaald meisjesachtig), begreep ze zodra ze de trouwring in haar moeders hand legde waarom ze naar dat effect hadden gezocht.

'Dank je, Puck,' zei Patty. 'Op een dag krijgen we zulke mooie kindertjes als jij!'

De tijd stroomt twee kanten op, dacht Teo.

De ringen waren een geschenk van doctor Dirigibus. De rechtsconsulent had de trouwringen die hij voor zichzelf en mevrouw Pachelbel had gekocht, afgestaan nadat hij Teo had laten beloven niet te onthullen waar ze vandaan kwamen. Uiteraard moest er bij Teo een stuk goud tussen worden gezet zodat hij om zijn ringvinger zou passen. Tijdens de bruiloft had Miranda ermee zitten spelen en hem als monocle gebruikt, iets wat de echte Puck niet misstaan zou hebben.

De kus waarmee ze hun liefde bezegelden, was om meerdere redenen onvergetelijk. Voor Teo, omdat hij Patty voor het eerst kuste; de onschuld die van haar lippen kwam, was een openbaring. Voor de genodigden, omdat ze zich ervan bewust waren dat deze relatie meer woestijnen had doorkruist dan een bedoeïen: het huwelijk tussen Teo en Patty was zo'n krankzinnige onderneming dat het alleen maar een blijk van echte liefde kon zijn. Maar de gekte die losbrak onder de patiëntes van de Belvederekliniek toen hun lippen contact maakten, was met geen pen te beschrijven. Ze schreeuwden en juichten het bruidspaar toe, vielen elkaar in de armen en deelden zoenen uit onder de aanwezigen als waren het bloemen, bidprentjes of goedemorgens.

Niemand heeft tot op heden een gefundeerde verklaring kunnen geven waarom gestoorde vrouwen zo gevoelig zijn voor liefdesgeschiedenissen, maar zo is het wel: hun verlangens, hun adem, hun zweet, alles is doordrenkt van liefde. Geen wonder dus dat meneer Puro Cava als knappe heer van de matinee nogal wat aanrichtte onder de courtisanes. Het hele feest fladderden ze om hem heen; ze floten, lonkten, kwamen zogenaamd onopvallend bij hem in de buurt staan om zijn aftershave op te snuiven (Old Spice, uiteraard). En tot zijn wanhoop stelde een aantal van hen zich met flirten niet tevreden. Een vrouw die Toti werd genoemd, vroeg hem om de twee minuten schaamteloos of hij met haar naar bed wilde.

Zodra pater Collins het huwelijk had ingezegend, liep Puro Cava met zijn akteboek naar het altaar. Hij had toestemming gekregen om het huwelijk in te schrijven, aangezien beide partijen Santa Brígida als woonplaats hadden. Teo en Pat zetten hun handtekening onder de documenten, waarmee hun verbintenis rechtsgeldig werd; zij ondertekende als Patricia Picón, met vluchtige krabbels die haar jeugdigheid verrieden.

Na de huwelijksceremonie wachtte hun een feest. De Farfi's hadden voor eten en drinken gezorgd, een gift van het familiebedrijf, net als de rijst die over het bruidspaar neerdaalde zodra het zich aan de gasten presenteerde. Miranda en Salo strooiden om het hardst, net als de patiëntes, die met één hand wierpen en met de andere hun zakken volpropten. Toen een van de verpleegsters Toti daarop aansprak, legde ze uit dat ze de rijst voor haar eigen bruiloft wilde bewaren en ging weer achter Puro Cava aan.

Tot opluchting van de overheidsdienaar gaf Toti haar jacht al snel op en richtte zich op Farfi. De burgemeester werd het doelwit van haar begeerte, de hele tijd stelde ze hem voor om de bosjes in duiken. Dat hij gearmd met zijn echtgenote liep, stoorde haar niet; omdat het zondag was en Farfi zijn taalgebruik en zijn tics niet onder controle had, was Toti ervan overtuigd dat hij een van hen was.

De familie Caleufú had de bloemversieringen voor het altaar verzorgd. Vera was oprecht ontroerd. Meteen na de ceremonie ging ze de bruid feliciteren, die ze al maanden niet gezien had. David moest Pat uit haar omhelzing redden, die anders misschien wel eeuwig geduurd had. Toen haar echtgenoot haar wegtrok, begon Vera ontroostbaar te huilen.

'Daar begint het gebrul al ... Ze lijkt Kushe wel!' zei Salo, die zich schaamde voor haar uitbarsting.

'Wie is Kushe?' vroeg Miranda.

'Kushe is de vrouw van God bij de Mapuches. Toen ze begon te huilen, heeft ze de meren geschapen. Net als mijn moeder!'

Nadat de leden van het ensemble hun buik hadden volgegeten, speelden ze weer verder, tot vreugde van sommigen en ergernis van anderen.

'Ze zouden eens iets anders kunnen spelen,' zei meneer Puro Cava. Dokter Volpi hoorde zijn opmerking en zei dat de *Canon* tot nu toe het enige stuk was dat ze hadden leren spelen. En zo klonk de muziek van de oude Pachelbel verder, tot het nagerecht werd geserveerd en de muzikantes gitaar, fluit en violen verruilden voor een fruitsalade, die verrukkelijk was, zoals altijd wanneer meneer Tiliche de ingrediënten leverde.

Dirigibus liep te zuchten alsof hij een fabrieksdirecteur was. Hij was ontroerd door deze mooie prestatie, waaraan hij zelf ook had bijgedragen, door deze trouwerij die zo deed denken aan de gedroomde plechtigheid met hemzelf en zijn geliefde Pachelbel in de hoofdrol. En hij zuchtte ook, waarom zouden we dat ontkennen, onder de nuchterheid waartoe hij vanwege het alcoholverbod in het psychiatrisch ziekenhuis was veroordeeld.

Kort na het middaguur begon Patty tekenen van uitputting te vertonen. Ze was aan zoveel mensen voorgesteld! Aanvankelijk had ze moeite gedaan om alle namen en gezichten te onthouden, maar uiteindelijk liet ze het er maar bij zitten: als Bran de Gezegende de waarheid vertelde, dan zou de tijd van voor naar achteren stromen tot de toekomst haar inhaalde, en in die toekomst zou ze zich alle namen herinneren.

Er werden foto's gemaakt op de stenen bank (alleen, met Miranda, met Miranda en Salo en met alle mogelijke combinaties van gasten en patiëntes) totdat de medicijnen begonnen te werken en Patty in Teo's armen in slaap viel. Dokter Volpi was zo vriendelijk Teo zijn bruid naar bed te laten brengen.

Even trok de reus zich terug, zodat Vera en mevrouw Pachelbel haar de witte jurk konden uittrekken en haar konden toedekken. Toen ze strak was ingestopt, vroeg Teo of ze hen alleen wilden laten.

Hij maakte van dit intieme moment, het enige wat ze vooralsnog hadden, gebruik om haar te kussen tot haar huid rood uitsloeg van zijn stoppels. Patty vertrok geen spier, ze was in de diepste slaap gedompeld. Met haar naïeve make-up zag ze er jonger uit. Ook het schemerduister in de lege zaal droeg ertoe bij dat de sporen van de tijd werden uitgewist. Of moest deze verjonging aan haar ziekte worden toegeschreven? Overtuigde de geest het lichaam ervan dat het niet goed op de kalender had gekeken en eiste het zijn jeugdigheid terug?

Teo bedacht hoeveel makkelijker het zou zijn om haar zo lief te hebben, terwijl ze sliep en zich niet verzette, niet meteen haar tanden liet zien. En toch miste hij haar nu al, wenste hij dat ze wakker zou worden, hij wilde haar wakker schudden om haar ogen te zien, om haar te horen mopperen als Pat of te horen bazelen als Patty, het maakte niet uit, want hij hield van allebei en had hen allebei nodig en daarom zou hij net zo lang wachten als nodig was tot Patty en Pat leerden samenleven, totdat de twee tijdsstromen elkaar halverwege zouden treffen.

En hoewel hij wist dat ze hem niet kon horen, zei hij tegen haar: 'Ik moet zelf ook wel gek zijn om zo van je te houden, gestoord en wel.'

Daarna gaf hij haar een laatste kus op haar lippen, die naar fruit roken.

En dat was het einde van het feest.

CII

Laat, maar toch nog op tijd, wordt Miranda geboren

Het is mogelijk dat de belangrijkste gebeurtenis van die dag in stilte en voor de meesten ongemerkt heeft plaatsgevonden. Een paar minuten na aanvang van het feest, terwijl een hoop mensen op de *Canon* stonden te dansen (toen de gasten eenmaal beseften dat het repertoire daarbij bleef, schikten ze zich in hun lot en dansten met een veelheid aan stijlen op de muziek van Pachelbel), had Teo zich in een hoekje teruggetrokken om zijn handtekening te zetten onder een tweede set documenten die Puro Cava hem had overhandigd. En zo deed Teo, slechts een uur nadat hij Patricia Picóns echtgenoot was geworden, aangifte van de geboorte van hun eerste dochter, die in de boeken van de burgerlijke stand werd ingeschreven als Miranda Labat Finnegan, geboortedatum 5 mei 1985.

Uit het onderzoek dat Puro Cava een tijd terug was begonnen, was gebleken wat iedereen al vermoedde: Pat had de geboorte van haar dochter nooit aangegeven, waardoor het meisje voor de wet niet bestond, zelfs niet als Miranda Picón of Miranda Picón Finnegan. Er was geen enkel bewijs van haar bestaan! In een andere situatie had dit in haar nadeel gewerkt, maar onder de huidige omstandigheden was het een voortreffelijke kans om haar van een zonnige toekomst te verzekeren.

Farfi had Teo voorgesteld de Ierse achternaam weg te laten, maar Teo wilde het eerlijk spelen en overlegde met het meisje. Zoals hij al vermoedde, weigerde Miranda afstand te doen van die naam. Teo besefte dat de achternaam haar biologische vader op hun spoor kon zetten, maar het stond hem ook tegen om zo'n wezenlijke erfenis niet te respecteren.

De meest zwaarwegende reden om de achternaam Finnegan te behouden, verzweeg hij echter liever, uit schaamte, maar vooral uit zelfbehoud. Hij zou al genoeg problemen krijgen als Pat na haar herstel zou ontdekken dat ze getrouwd was. Als ze er dan ook nog achter zou komen dat Teo Miranda kortweg als Labat had laten inschrijven, zou het hoofd van een reus voor de tweede keer in de geschiedenis in de Witte Toren belanden.

Bovendien had Teo bedacht dat er wel een goedmakertje tegenover Miranda's nieuwe geboortedatum mocht staan. Hoewel iedereen haar probeerde uit te leggen dat ze mettertijd dankbaar zou zijn dat ze zes jaar jonger was, verzette Miranda zich tegen het idee dat ze weer een baby was. Het feit dat ze groter zou lijken dan uit haar papieren bleek, bood haar echter ook troost, want het maakte aannemelijker dat ze de dochter van een reus was.

CIII

Waarin mevrouw Pachelbel een taboedoorbrekend schilderij maakt

Die avond bleef Miranda bij Salo slapen. Farfi, Dirigibus en de rest van het mannelijke gilde hadden voor Teo iets georganiseerd wat ze 'de eerste vrijgezellenavond ter wereld na een bruiloft' noemden, wat inhield dat de reus tot in de vroege ochtend op stap zou zijn en zich een stuk in zijn kraag zou drinken. Teo had besloten zijn gastheren te huldigen door zijn volledige medewerking te verlenen. Het liefst kwam hij in zo'n erbarmelijke toestand thuis dat hij niet meer doorhad dat hij getrouwd en wel terechtkwam in een leeg bed, zonder Pat.

Mevrouw Pachelbel liet de feestgangers voor het hengstenbal uit en sloot zich op in haar atelier. Even overwoog ze om een aantal taferelen van de afgelopen dag aan het doek toe te vertrouwen. De bruiloft was rijk aan gedenkwaardige beelden geweest. Het orkest van gestoorde vrouwen. De reus in pak. Miranda als Puck. Het vreedzame samenzijn van Dirigibus en Puro Cava, terwijl zij tussen hen in zat! En Pat als menselijke spiegel, net als die verklede vrouw destijds op het Sever. Toen Patty met haar rug naar haar toe stond, dacht mevrouw Pachelbel dat ze zichzelf zag, zoals ze lang geleden was geweest, op het moment dat ze trouwde met een man die nooit zo groot was geweest als Teo; zij was getrouwd met een man die klein vanbinnen en klein vanbuiten was, een slappe man die er nooit voor haar was en die met een zuchtje was uitgedoofd, geslaagd in zijn missie om vrijwel zonder sporen na te laten door het leven te gaan.

Meteen begon ze uitvluchten te verzinnen om het huwelijkstafereel van zich af te houden. Ze zou op de achtergrond het park moeten schilderen en zij kon geen planten of bomen schilderen, zij was goed in huizen en straten, ze kon zich maar beter concentreren op wat ze wél kon, een solide oppervlak dat er resistent uitzag, ook al was dat een illusie; hoe vakkundig ze het ook zou aanpakken, ze zou er nooit in slagen dit voorwerp te veranderen in iets anders dan wat het in essentie was: doek, water, olie en verf, het paradigma van de lichtheid.

Bijna ongemerkt begon ze iets te schilderen wat ze goed kende: de voorgevel van de winkel en de ramen van haar huis op de bovenverdieping. Toen ze besefte wat ze aan het doen was, voelde ze zich voldaan en ging met nieuw elan verder; Miranda zou blij zijn, eindelijk schilderde ze iets uit Santa Brígida!

Met dezelfde gedrevenheid liet ze het penseel vorm geven aan een gezicht dat door het raam keek. Omdat het zo vanzelf ging, dacht ze dat het een zelfportret zou worden, wie anders zou daar op zijn ellebogen uit het raam van haar slaapkamer leunen? Maar al snel ontdekte ze dat het niet haar gelaat was; ze had meneer Puro Cava geschilderd, de man die de gewoonte had om na het bedrijven van de liefde uit het raam te kijken, nog voordat hij zich helemaal had aangekleed; misschien had ze hem daarom wel zonder zijn vertrouwde sjaaltje geschilderd. Op een avond had hij het laten liggen. Mevrouw Pachelbel had het kledingstuk meegenomen naar haar atelier en daar had Miranda het gezien. Het meisje was veel te slim, ze had best gezien dat het om een herensjaal ging, maar ze had er, beleefd als ze was, niet naar willen vragen.

Mevrouw Pachelbel nam wat afstand om haar werk te bekijken. Het zag er nog steeds leeg uit. Ze pakte een ander penseel en ging met de rechthoek van het tweede raam, dat van haar atelier, aan de slag. Terwijl haar hand zich vanzelf en naar eigen inzicht bewoog, kwam de vrouw er langzaam achter waarom ze het dunste penseel had uitgekozen: Dirigibus' kroezige haarpluim vroeg om fijne lijnen. De echte uitdaging zou pas daarna komen, toen ze de gloed van de straatlantaarn op zijn kale plek moest weergeven. Dirigibus keek niet naar de straat, hij stond schuin met zijn hoofd naar boven gericht en met zijn mond halfopen, alsof hij iets naar de man in de slaapkamer riep, niets vervelends waarschijnlijk, want zijn mondhoeken krulden in een glimlach en meneer Puro Cava had dezelfde schelmse blik als altijd.

Ze zette twee stappen terug en bekeek het schilderij, terwijl ze op adem kwam.

Ze vond het mooi. Het was een goed werk, de kale plek glom zodanig dat hij het evenwicht van de compositie niet verstoorde, het schilderij was in balans, het had alles wat het hebben moest. Het was vol. Het was compleet.

CIV

Waarin de struisvogel zijn kop uit het zand haalt, om hem er nooit meer in te steken

Zelfs de ruime aula van het gemeentehuis was nog te klein om alle mensen op te nemen die Emma en Joaquín de laatste eer kwamen bewijzen. Gelukkig waren de beide kisten waarin hun smalle botten rustten op het podium geplaatst, waar een zee van bloemen lag. Mevrouw Granola bedacht dat Emma elke bloem afzonderlijk herkend zou hebben, terwijl het voor haarzelf één grote zee van geuren was.

Bij aankomst groetten de mensen mevrouw Granola, condoleerden vervolgens de familie Morán (die er met hun dochters, Joaquíns zussen, waren) en bleven dan een paar seconden in stilte voor de stoffelijke resten staan. Sommigen zeiden met gebogen hoofd een gebed op, geholpen door het gedempte licht rond de kisten. Anderen keken naar de foto's achter op het podium, waarop de twee jonge mensen glimlachten. De portretten waren beelden van een eeuwige jeugd, want niemand zou hen zich ooit nog anders herinneren, nooit zou een rimpeltje hun gezichten doorklieven.

Maar na deze formele handeling wilde niemand het vertrek verlaten, waardoor andere mensen steeds moeilijker naar binnen konden. Mensen die later waren gekomen, dromden samen op het plein en wachtten op hun beurt.

Iedereen had het besluit van de familie Morán om daar ook een wake voor Joaquín te houden, met instemming begroet. Het was de enige keer dat zijn moeder haar mond had opengedaan om een wens uit te spreken zonder dat haar man er eerst aan te pas hoefde te komen. Aanvankelijk vreesde men het ergste, want de bekentenis van mevrouw Granola was slecht gevallen en ze had zich huilend in het toilet opgesloten. Maar ze had zich bedacht. Ze kende Joaquín en wist dat haar zoon, als hij zelf de keus had gehad, voorgoed aan de voet van de berg had willen blijven. Vervolgens had ze mevrouw

Granola gevraagd of zij dacht dat Emma en Joaquín van elkaar hadden gehouden.

'Ik heb Emma nooit zo gelukkig gezien als in haar laatste dagen,' had de vrouw gezegd.

Waarop Joaquíns moeder had voorgesteld hen samen te begraven.

Burgemeester Farfi en zijn gezin kwamen kort na zonsondergang naar de wake. Inmiddels stonden Dirigibus, Puro Cava en mevrouw Pachelbel bij elkaar, hoewel ze ieder op eigen gelegenheid waren gekomen. En Teo en Miranda, die niet bij Salo had willen blijven. (Sinds hij haar wettelijke vader was geworden, hing ze meer aan de reus dan ooit.) Ook schooldirectrice Olga Posadas, de onderwijzeressen en pater Collins dobberden rond in de zee van mensen.

Rond halfnegen sprak Farfi even met de nabestaanden. Ze waren zover. Farfi gaf zijn mensen aan dat het formele gedeelte kon beginnen.

Van achter een microfoon heette hij de aanwezigen welkom en las hij een tekst op waarin de gemeente Santa Brígida haar wens kenbaar maakte om twee van haar kinderen, Emma Granola en Joaquín Morán, te eren. De stilte van het publiek in de zaal breidde zich uit naar buiten, waar via de luidsprekers die normaal gesproken voor het Sever werden gebruikt, de woorden van de plechtigheid te beluisteren waren.

De burgemeester hield zijn optreden kort. Hij betuigde zijn medeleven aan de nabestaanden en uitte daarbij zijn tevredenheid over de wens van de familie Morán om Joaquín in de streek te laten. Meteen daarna introduceerde hij doctor Dirigibus, die in de hoedanigheid van (onder andere) voorzitter van de Bouwcommissie, secretaris van het Bureau voor Ontwikkeling van de Wijnbouw en lid van de Raad voor Tentoonstellingen en Openluchtevenementen een paar woorden namens de gemeente en het hele dorp zou spreken.

De arme Dirigibus was één brok zenuwen. Als hij bij een bemiddelingspoging of ten overstaan van een rechter die hij kende het woord moest doen, roerde zich geen vezel in zijn krullende haarkrans, maar het idee dat hij zich richtte tot honderden mensen die hun donkere, uitdrukkingsloze ogen op hem gericht hadden, deed hem trillen op zijn benen. Als iemand op dat moment zijn kleren had uitgewrongen, was er een pan vol zweet uit gekomen. Alleen zijn zwarte pak, dat gelukkig vanwege de rouw was voorgeschreven, voorkwam dat men de zweetplekken zag die zijn toestand verrieden; het was zo nat als een vaatdoek.

Hij zette zijn bril op en pakte de vellen papier waarop hij zijn toespraak had gekrabbeld, die net zo verkreukeld waren als het zitvlak van zijn broek. De letters zwommen voor zijn ogen en vermengden zich met het grote vraagteken dat hij in de blikken las. Een borrel had hem goedgedaan, zijn keel was droog als een oude broodkorst, maar het leek hem onder de gegeven omstandigheden niet gepast. Hij omklemde de microfoon alsof hij houvast zocht voor als de grond onder zijn voeten zou verdwijnen, en begon op hoop van zegen aan zijn toespraak.

'Kaïn had zijn broer al gedood toen God aan hem verscheen,' zei hij, meer uit zijn geheugen citerend dan uit wat hij voor zich had. 'Toen hij merkte dat God ongerust was over Abels verdwijning en hem bleef zoeken, vroeg Kaïn hem: "Ben ik dan de hoeder van mijn broeder?" Op dat moment besefte God dat Abel dood was. Nog zonder het lijk gezien te hebben begreep hij dat hij niet meer onder de levenden was, en dat ging hem zeer aan het hart. Daarom zei hij tegen Kaïn: "Het bloed van uw broer roept uit de grond naar mij." Eenieder van ons zou zich hebben afgevraagd wat er gebeurd was, hoe Abel was gestorven, hij kon zich tenslotte aan een rots hebben gestoten of ten prooi zijn gevallen aan een wild dier. Maar God ging voorbij aan deze vragen, de feitelijke oorzaken van Abels einde interesseerden hem niet, want hij wist al wat hij moest weten: Abel was te jong gestorven. En daarom vervloekt hij Kaïn en verbant hij hem. Niet omdat hij Abel heeft gedood – dat weet hij niet zeker en de moordenaar zal nooit bekennen –, maar vanwege een fout die eraan voorafgaat, een misdaad die Kaïn had begaan voordat hij de fatale klap toebracht: hij had niet op zijn broer gepast. Als Kaïn had gedaan wat God van hem verwachtte, zou Abel niet te vroeg gestorven zijn, door moord of op andere wijze. Hij zou niet bezweken zijn aan een ziekte, want Kaïn zou hem genezen hebben. Hij zou niet aan wilde dieren ten prooi zijn gevallen, want Kaïn zou hem beschermd hebben. En als Kaïn over hem gewaakt zou hebben, zou hij nooit in de afgrond zijn gestort.

U zult zich afvragen waarom ik hier zo'n oud verhaal vertel,' zei de rechtsconsulent, worstelend met zijn eigen handschrift. Hij zette zijn bril boven op zijn neus, maar die gleed door het zweet weer naar beneden; hij moest naar de tekst blijven gissen in plaats van dat hij hem oplas. 'Heel eenvoudig. Elke keer als een jong mens iets ernstigs overkomt, moet ik aan Abel denken. Dan denk ik namelijk dat die dood voorkomen had kunnen worden. Als het toch gebeurt, is dat omdat iemand niet heeft gedaan wat hij had moeten doen om het te voorkomen. Iemand als u. Iemand als ik. En tegelijkertijd bekruipt me het gevoel dat de hele wereld me beschuldigt van iets wat ik niet heb gedaan, neem ik een defensieve houding aan en reageer ik zoals Kaïn: "Ben ik dan de hoeder van mijn broeder?" Ligt er bij mij dan verantwoordelijkheid voor het lot van anderen? Ben ik soms niet alleen voor mezelf verantwoordelijk, hooguit voor mijn familie? Hoe kan ik voor anderen zorgen zonder mezelf, zonder mijn dierbaren te verwaarlozen? Maar mijn overhaaste reactie verraadt me. Ik zie in dat ook ik Kaïn ben, dat ook ik Pilatus ben. En ik vraag me af of dat is wat ik zijn wil, iemand die zo dom is dat hij denkt dat je aan water, zeep en een waskom genoeg hebt om andermans lot van je af te spoelen.'

Dirigibus probeerde naar de tweede bladzijde te gaan, maar kon zich niet ontdoen van de eerste, die aan zijn vochtige vingers bleef plakken. Hij schudde met zijn hand om ervan af te komen, want aan de vingers van zijn andere hand kleefden de overige vellen. Al snel werd hem duidelijk dat zijn strijd tevergeefs was. Hij slaakte een zucht die tot op het plein te horen was, maakte een prop van al het papier en stak die in zijn zak. Het publiek, zo kon hij over het montuur van zijn bril heen zien, keek hem verwachtingsvol aan.

Even was hij bang. Zou hij zijn betoog tot een goed einde brengen, of zou het hem weer vergaan zoals zo vaak de laatste tijd: dat zijn beoordelingsvermogen hem op het beslissende moment in de steek liet en hij de zaak waarvoor hij had willen opkomen, juist schaadde?

Zijn blik viel op mevrouw Pachelbel, die hem met een glimlach moed toewenste. Het lot wilde dat zijn ogen ook op Puro Cava stuitten, die een paar meter verderop zat. Toen hij merkte dat Dirigibus hem zag, bevrijdde hij zijn arm uit het gedrang en hief een vuist naar hem op, een gebaar waarmee hij hem in zijn situatie *ad portas* kracht stuurde.

'Ik ben een oude man, zoals u ziet,' zei Dirigibus uiteindelijk. 'Ik ben al aan de rand van het ravijn aangekomen, mij rest nog slechts de afgrond. Ik heb zelfs geen muntstukken meer waarmee ik iets kan wensen! Zo gaat dat met leeftijd, er wordt ons zoveel afgenomen …

Ook veel slechte dingen, gebiedt de eerlijkheid te zeggen. Het vermogen om onszelf voor te liegen, bijvoorbeeld. In deze fase van mijn leven heb ik geen energie meer om te doen alsof ik matig drink, of alsof waardigheid mij vaker vergezelt dan spot. Ik kan alleen nog maar lachen, elke keer als ik in de spiegel kijk: de tijd is een groot karikaturist! Natuurlijk, toen ik jong was, was alles anders. Ik was ervan overtuigd dat er niets belangrijkers bestond dan mijn persoon, een gedachte die ik vurig en met een beroep op de meest uiteenlopende bronnen van kennis, *ex lege*, verdedigde. Alles in dit leven verdiende ik en tegelijkertijd was ik niemand iets verschuldigd. Ik was alleen ruimhartig als het op nemen aankwam! Maar de tijd heeft me met het geduld van een monnik iets anders geleerd. Gelooft u mij wat dit betreft, al is het maar omdat ik niets meer te verliezen heb. Wat ik heb geleerd, is dat ik in mijn eentje niets voorstel, geen enkele ik alleen stelt iets voor. Van het weefsel gescheiden zijn cellen slechts goed voor pathologisch onderzoek, voor niets anders.

Ik geloof van ganser harte dat wij geroepen zijn om de hoeders van onze broeders en zusters te zijn,' zei Dirigibus. 'En dat zeg ik niet omdat ik blindelings de autoriteit van de Bijbel aanvaard. Ik ben nooit een religieus man in conventionele zin geweest, daarvan kan pater Collins getuigen. Hij zit de hele tijd op zijn hoofd te krabben sinds ik me met Kaïn en Abel heb ingelaten!'

Inderdaad, pater Collins zat zich op dat moment net te krabben, wat hier en daar in het publiek voor hilariteit zorgde.

'Ik geloof in elk geval dat de Bijbel slechts één van de bronnen van wijsheid is waarin we deze waarheid kunnen vinden. De meeste godsdiensten en heilige teksten en ook ethische verhandelingen zeggen op hun manier hetzelfde. En de wetenschap heeft er een praktische verklaring voor.' Dirigibus hief beide handen op, spreidde ze open en strengelde zijn vingers ineen om er een soort weefsel van te maken. 'Het fenomeen van het leven functioneert als een netwerk dat is geweven uit miljoenen draadjes die elkaar continu beïnvloeden en dus van elkaar afhankelijk zijn. Als we het leven niet in al zijn verschijningsvormen beschermen, zal het zelf ook zijn handen van ons aftrekken. Dit staat in de stilzwijgende overeenkomst die het met ons heeft getekend, niet in de kleine lettertjes of besloten in onwaarschijnlijke clausules, maar in het eerste artikel: het leven biedt zich ten volle aan ons aan en al wat het daarvoor terugvraagt, is dat we het respecteren. Elke keer als we toelaten dat een leven voortijdig uitdooft, schenden we die overeenkomst. En de rechtbank waar het leven naartoe stapt, is niet zoals de rechtbanken die wij kennen. Hij duldt geen uitstel, geen steekpenningen, geen uitzonderingen.'

Dirigibus deed een stap terug van de microfoon en ging met zijn rug naar de mensen toe staan. Aanvankelijk dachten ze dat hij door emoties overmand werd, want ze zagen ook nog hoe hij een van zijn zakdoeken pakte. Maar al snel werd duidelijk dat hij naar de kisten keek. Net op tijd verplaatste iemand de microfoon zodat men kon horen wat de rechtsconsulent zei, nadat hij het zweet van zijn voorhoofd had gedept.

'Lieve Emma, lieve Joaquín. Wij zijn hier bij elkaar om jullie te zeggen hoezeer het ons spijt,' hoorde men. 'We vragen jullie namens alle inwoners van Santa Brígida om vergeving, omdat we het gebod genegeerd hebben: we zijn niet de hoeders van onze broeders en zusters geweest! Hoewel het leven ons keer op keer de wonderen van het gezamenlijk gecreëerde en de wederzijdse zorg laat zien, kost het ons nog steeds moeite om te leren, we zijn de sukkeltjes van de klas. Lieve Emma, lieve Joaquín, als we jullie op tijd de hand hadden gereikt, als we als een broer en zus voor jullie hadden gezorgd, zouden jullie nog onder ons zijn. Maar dat zijn jullie niet en jullie afwezigheid veroordeelt ons. Een prachtig draadje is geknapt. Het netwerk van het leven is zwakker, kwetsbaarder geworden. Ik wil jullie zeggen dat we onze fout beginnen in te zien en de omvang van onze verantwoordelijkheid beginnen te voelen. En dat we hopen dat dit inzicht ons voor soortgelijke fouten in de toekomst zal behoeden. Lieve Emma, lieve Joaquín, hopelijk vinden jullie een manier om ons te vergeven.'

In de stilte die volgde op deze rede, gaf Miranda Teo in een opwelling een zoen op zijn kruin. Ze deed het zo zachtjes dat de reus het niet eens merkte.

Dirigibus haalde een bloem uit zijn zak en legde die onder aan het podium. Het was een fischia met lilakleurige blaadjes.

Vervolgens schudde hij gelaten het hoofd en richtte zich weer tot de aanwezigen.

'Ik had u zoveel willen zeggen ...' Dirigibus haalde de verfrommelde toespraak uit zijn zak en bekeek hem met een peinzende blik; hij zag eruit als een Horatio die op latere leeftijd de schedel van Hamlet bekijkt. 'Ik wilde u vertellen dat ik heb geleerd dat wie slaat, steekt of schiet, iemand ombrengt, maar ook hij die spaarzaam is met liefde

476

en zorg. Ik heb geleerd dat het prijzenswaardig is de gewelddadigen te veroordelen, maar dat dat niet voldoende is, want hetzelfde moeten wij doen met de onverschilligen … Dit is de eeuw van de volkerenmoord door de nazi's, de eeuw van Hiroshima. Deze gruweldaden werden gepleegd door criminelen, maar vooral door miljoenen stille medeplichtigen. Als onze tijd door één zonde is getekend, dan is het zonder twijfel die van de nalatigheid. *Culpa in omittendo!* Soms vraag ik me af of de strijd die we verloren toen Emma en Joaquín verdwenen, de verdwijning van De Zes niet in de hand heeft gewerkt, die jongelui van wie we nooit meer iets hebben vernomen; of in de wereld die we creëerden toen we Emma en Joaquín lieten gaan, de verdwijning van de oudste zoon van de familie Farrace, van Magdalena Gomara, van Sebastián Irusta, van andere jonge mensen uit dit dorp die door de nacht zijn opgeslokt, niet makkelijker was geworden. Hebben we iets heiligs kapotgemaakt door de tragedie van het ravijn te laten gebeuren, iets waarvan we nog niet weten hoe we het moeten herstellen?

Ik heb me de afgelopen dagen steeds weer afgevraagd hoe de laatste minuten van Emma en Joaquín eruit hebben gezien; blijkbaar heb ik geen andere manier om hen op dat kritieke moment bij te staan, want wat er gebeurd is, kan ik niet meer terugdraaien. Ik gebruik mijn verbeelding omdat ik niets anders heb. Ik creëer voor mezelf een beeld om het te kunnen bevatten, om een manier te vinden om verder te leven. Daartoe maak ik gebruik van elementen met een wetenschappelijke basis, bijvoorbeeld dat Joaquín na Emma in de diepte is gevallen. Andere elementen zijn echter louter fantasie, mijn manier om de leemtes in mijn onwetendheid op te vullen. Mag ik u alvorens af te sluiten om een gunst vragen? Wees deze oude man genadig. Sluit uw ogen en volgt u mij.'

Hoewel de mensen niet zo goed wisten waar Dirigibus heen wilde, gehoorzaamden ze. In de zaal, op straat en op het plein sloot iedereen zijn ogen en boog het hoofd.

'Ik stel me voor hoe Joaquín 's ochtends in alle vroegte het pension verlaat, als het nog niet helemaal licht is.' De stem van de rechtsconsulent leek in het luchtledige te zweven. 'Hij heeft Emma niet verteld wat hij van plan is. Joaquín zoekt een zeldzame bloem waarmee hij haar liefde wil winnen, men heeft hem verteld over een bloem genaamd "fischia", die een unieke geur heeft en in de buurt van het ravijn groeit. Joaquín neemt touwen mee voor het geval hij moet afdalen. Hij is vastbesloten dat alleen te doen, hij neemt niemand mee omdat hij zich schaamt voor de reden van zijn uitstapje. Het is hem al opgevallen dat ze hem in het dorp raar aankijken. Wat zou er gebeuren als hij zou opbiechten dat hij een bloem zoekt?

Wat Joaquín niet weet, is dat Emma hem volgt. Ze is in de ochtendschemering achter hem aan gegaan, lettend op het geluid van zijn voetstappen in de aarde, wandelend over het spoor van zijn geur. Zo lopen ze in westelijke richting naar de gapende afgrond. Joaquín komt in het bos en wordt bang, er hangt een dichte nevel. Hij besluit te wachten tot de mist optrekt, gaat onder een boom zitten en sluit zijn ogen. Hij wordt wakker als hij vingers op zijn gezicht voelt, het is Emma, die eerst naar hem glimlacht en hem vervolgens een zoen geeft. Opgetogen en verward tegelijk vraagt Joaquín wat ze daar doet. Ze vertelt dat ze hem alléén wilde zien, ver van het wakende oog van haar vader, en vraagt hem haar te vergeven voor haar stoutmoedigheid. Dat wil Joaquín wel doen, maar alleen als ze hem blijft zoenen.

Nadat ze elkaar een poos in de armen hebben gehouden, herinnert Joaquín zich dat hij daarheen was gegaan om fischia's te zoeken. Ze zouden het perfecte geschenk zijn om dit moment mee te bezegelen, hij weet hoe Emma de exotische geur zou waarderen. In zijn enthousiasme oordeelt hij dat de mist enigszins is opengetrokken, hij zou wel op verkenning kunnen uitgaan. Hij vraagt Emma daar even op hem te wachten en zich niet te verroeren, dat kan gevaarlijk zijn. Joaquín loopt weg en Emma ruikt meteen dat waarnaar hij op zoek is: alles is doordrongen van de sterke geur van de fischia's. Emma had nog nooit verse bloemen geroken, want ze was nooit eerder bij het ravijn geweest, haar ouders hadden haar er nooit mee naartoe genomen, niemand neemt een blinde mee naar de rand van de afgrond. Emma wil een van die bloemen plukken, men heeft haar verteld dat ze prachtig zijn en ze is het ermee eens, iets wat zo'n geur verspreidt, kan gewoon niet lelijk zijn. Ze loopt weg bij de boom, laat zich leiden door haar neus, ze kan niet weten dat de heerlijke geur van de fischia's van beneden komt, van de bodem van het ravijn, waar ze bij duizenden groeien. En op haar zoektocht naar schoonheid stapt ze over de rand van de afgrond.

Joaquín hoort haar kreet. Hij begrijpt dat er iets met Emma is gebeurd en roept haar, maar ze antwoordt niet. Hij zoekt haar tevergeefs, hoewel zijn verstand hem zegt dat hij zou moeten blijven staan; het is nog steeds mistig, je ziet geen hand voor ogen, en Joaquín weet dat er ergens een afgrond is. Hij zou terug kunnen gaan naar het dorp om hulp te halen, maar hij wil Emma niet in de steek laten, zo zit Joaquín niet in elkaar, hij is een goede jongen, hij is met liefde grootgebracht en voelt zich verantwoordelijk, Joaquín weet dat de mens is geroepen om zijn broeders hoeder te zijn. Wat ik nu allemaal vertel, duurt niet langer dan een seconde, maar in dat tijdsbestek aarzelt Joaquín niet: gesteld voor de keus tussen redden of zelfbehoud kiest hij voor redden en zet hij de stap.'

Op dat punt besloot Miranda, die net als iedereen haar ogen had dichtgedaan, even te gluren. Ze trok heel onopvallend een ooglid op. Ze zag honderden gebogen hoofden, lichamen stil als standbeelden. De enigen die, afgezien van haarzelf, hun ogen open hadden, waren Emma en Joaquín op de foto's op het podium.

Dirigibus' zucht werd versterkt door alle luidsprekers. Even later hief de rechtsconsulent zijn hoofd op, opende zijn ogen en zei: 'Ons hart is vandaag bij Emma, die de geur van het wonderbaarlijke volgde. En bij Joaquín, die niet aarzelde zijn eigen leven op het spel te zetten om een ander te redden. We hoeven maar om ons heen te kijken om te zien hoe de wereld gedurende hun afwezigheid is verslechterd en hoe desastreus de gevolgen van dit verlies zijn.'

CV

Puro Cava legt uit waarom hij gelooft dat alle mensen in wezen deels Egyptisch zijn

Ook de uitvaart werd massaal bijgewoond. Geïnspireerd door Dirigibus' woorden droeg pater Collins als gebed voor de overledenen de parabel van de zaaier voor en benadrukte hoe verschillend het lot van de zaadjes kan zijn, afhankelijk van of ze in vruchtbare aarde of in rotsgrond vallen.

Langzaam gingen de mensen na afloop uiteen. Het landschap op die koude, maar heldere ochtend nodigde uit tot bezinning: de koperen strook van dorre bladeren waarover ze zich voortbewogen, daarachter de strook van altijd groene bladeren, daarboven de witte strook van de bergen en nog verder naar boven de hemel.

Joaquíns moeder vroeg mevrouw Granola altijd een bloem op het graf van haar zoon te leggen als ze Emma bezocht. Mevrouw Granola omhelsde haar en zei dat ze zich geen zorgen hoefde te maken, ze zou niet meer aan Emma kunnen denken zonder tegelijkertijd aan Joaquín te denken.

Dirigibus sloeg alle aanbiedingen om met de auto mee terug te rijden naar het dorp af. Er was een merkwaardig soort loomheid over zijn vermoeide gestel gekomen die zich uitstekend leende voor een wandeling. Dat mevrouw Pachelbel reeds had aangekondigd te voet te willen gaan, maakte het voor de rechtsconsulent nog extra aantrekkelijk.

Ze waren nog maar net onderweg toen ze Puro Cava in een slakkengang voor zich zagen lopen. Zijn hoofd hing naar beneden en zijn handen lagen gekruist op zijn rug, alsof hij diep in gedachten verzonken was.

Dirigibus aarzelde niet zich aan zijn trage tempo aan te passen. Voor de voeten van mevrouw Pachelbel, die voor het eerst sinds jaren zwarte schoenen droeg in plaats van haar onafscheidelijke rijglaarsjes, was een kalme tred ook het beste.

'Heel interessant, jouw toespraak van gisteravond. Hij heeft me aan het denken gezet,' zei Puro Cava.

'Denken is een goede oefening,' antwoordde Dirigibus. 'Naarmate je ouder wordt, is dit hierboven de enige sportzaal waar je nog naar binnen mag,' zei hij, en hij wees naar zijn eigen hoofd.

'Ik liep te denken aan de uitbreiding van het begrip "broeder".'

'Uitbreiding? Bedoel je in ruimtelijke zin?' vroeg de rechtsconsulent.

'Veel mensen beweerden nadat ze je bij de wake hadden gehoord dat God Kaïn had vervloekt omdat hij zijn bloedeigen broer had gedood. We weten allemaal dat het heel erg is om een broer te doden, net als een ouder of een kind.'

'Een misdrijf met de verzwarende omstandigheid van bloedverwantschap!'

'Waarop ik antwoordde, en verbeter me als ik het fout heb, dat volgens de Bijbel de mensheid op dat moment slechts bestond uit vader Adam, moeder Eva en hun zoons Kaïn en Abel.'

'Correct.'

'Kaïn kon dus geen twijfel hebben over de betekenis van de woorden "vader" en "moeder".'

'Dat konden Adam en Eva niet zeggen!' merkte Dirigibus op.

'Maar de arme Kaïn kon onmogelijk het woord "broer" precies begrijpen. Voor Kaïn was een broer alles wat niet zijn vader, zijn moeder of hijzelf was.'

'Heel schrander van je.'

'Als er iemand van dezelfde leeftijd met andere ouders had bestaan, ofwel een niet-broer, dan had Kaïn het verschil tussen bloedbroederschap en behoren tot hetzelfde ras kunnen begrijpen.'

'Precies.'

'Wat er dus op neerkomt dat Kaïn op het moment dat hij Abel doodde, dit onderscheid niet kon maken. Toen hij de goddelijke vloek over zich kreeg, moet hij dus hebben gedacht dat het verkeerd was geweest zijn broer-in-brede-zin te verwaarlozen. Dat wil zeggen, dat het verkeerd was geweest iedereen die niet zijn vader, zijn moeder of hijzelf was, te verwaarlozen.'

'In die zin zou "broer" inderdaad een uitgebreid begrip zijn.'

'Zo uitgebreid als vijfhonderdtien miljoen vierkante kilometer, om precies te zijn.'

'Waar komt dat getal vandaan?'

'Dat is de oppervlakte van de aarde. De dag waarop we ons in andere werelden gaan vestigen, zal het begrip "broer" natuurlijk nog verder moeten worden verruimd.'

Ze zwaaiden toen David Caleufú toeterend voorbijreed in zijn kleine vrachtauto. David was laat door Vera, die niet had willen vertrekken voordat ze de allerlaatste aanwezige op de uitvaart had begroet. Het krakkemikkige voertuig zat vol mensen. David vervoerde een groot deel van de families Quitrileo, Painemal en Weke, die terugzwaaiden naar Dirigibus en de zijnen en vervolgens in een wolk van stof verdwenen.

'Mooie schoenen,' zei Puro Cava tegen mevrouw Pachelbel toen hij weer wat kon zien. Het was hem opgevallen dat ze er de hele tijd naar staarde.

Maar het gesprek over schoenen kwam niet van de grond. Misschien was dat sowieso niet gebeurd, want mevrouw Pachelbel was die ochtend in haar eigen gedachten verzonken en leek vooralsnog niet van zins om daaruit te komen; in elk geval was Dirigibus nog in de ban van het voorgaande gesprek en kon hij het niet laten een opmerking te plaatsen waarmee hij het onderwerp schoenen negeerde, hoewel dit, zoals vrouwen wel weten, bij elk prettig samenzijn een zeer geliefd gespreksthema is.

'Je zou niet moeten vergeten dat de brede definitie van broer, *sensu stricto*, ook vaders en moeders omvat,' zei Dirigibus tegen Puro Cava. 'Zij zijn ook onze broeders!'

'Kaïn was terecht in de war.'

'Familie is een raar iets.'

'Heb jij nooit gedacht dat we misschien allemaal wel voor een deel Egyptisch zijn?'

'Verklaar je nader,' zei Dirigibus.

'Herinner je je de farao's?'

'Ik ben oud, maar ook weer niet zo oud.'

'Ik bedoel of je je herinnert wat we over die tijd hebben geleerd.'

'Natuurlijk. Ra, Horus, Isis. De piramides van Cheops, Chefren en Mycerinus!'

'En wat ze vertelden over het einde van hun imperium? Dat de leden van de koninklijke families met elkaar begonnen te trouwen en kinderen voortbrachten die, om het zo maar te zeggen, zonder knikkertjes in het zakje ter wereld kwamen?'

'Dat is een van de gevolgen van endogamie.'

'De Bijbel zegt ook zoiets. Om zich te vermenigvuldigen zoals God het wilde, sloten Adam en zijn jongens hun ogen en haalden diep adem. Uit noodzaak zullen broers en zusters, zoons en moeders en dochters en vaders paren hebben gevormd, je reinste waanzin, één grote mengelmoes. Daar komt vast ook het gezegde vandaan dat elke familie zijn geheim heeft.'

'De antropologische lezing met betrekking tot onze herkomst is niet veel anders. Zelfs als we niet van een enkel stel als Adam en Eva afstammen, is het duidelijk dat de eerste mensen van een beperkte groep exemplaren afstammen, allemaal donker en afkomstig uit Afrika.'

'Egypte ligt in Afrika, of lieg ik nou?'

'Ik denk dat de mensen, toen ze zich eenmaal vermenigvuldigd hadden, waarschijnlijk kieskeuriger werden. Het taboe wordt immers pas gedefinieerd na de daad!'

'Neem nou Lamech, bijvoorbeeld. Lamech had twee echtgenotes, Ada en Silla.'

'Wie was Lamech?'

'De zoon van Metusaël.'

'En wie was Metusaël?'

'De zoon van Mechujaël, die weer een zoon was van Irad.'

'En wie was Irad?'

'De zoon van Henoch, die weer een zoon was van Kaïn en een onbekende vrouw. Als je 't mij vraagt, zou ik zeggen dat die vrouw Eva zelf was, of hooguit een zus van Kaïn.'

'Hoe weet jij dit allemaal?'

'Na al die inschrijvingen van huwelijken en geboortes is mijn hoofd één grote stamboom.'

'Lamech, dus.'

'Twee vrouwen, Ada en Silla.'

'En God zei er niets van.'

'Geen woord.'

'Heeft hij echt niet geprotesteerd?'

'Hij zei geen boe of bah.'

'Maar hij stuurde de zondvloed.'

'Dat was pas later, in de tijd van Noach. De oude Noach was de zoon van een andere Lamech. Het lijkt erop dat ze in die tijd krap in de vrouwen én in de namen zaten. Nu heb je er duizenden, maar willen alle moeders hun kinderen Jonathan, Alan of Jennifer noemen. Snap je nou wat ik bedoel? Er zijn dagen dat ik denk dat we allemaal Egyptenaren zijn!'

En zo namen ze onder de winterzon de stambomen door, verbonden ze Seth met Enos en Enos met Kenan en Jered met Henoch, terwijl ze op hun gemak over de weg sjokten, die een genot op zich was geworden, onafhankelijk van waar hij naartoe leidde.

In het begin had mevrouw Pachelbel het gesprek nog gevolgd, ook al liep ze zwijgend naar haar voeten te staren. Op zich had ze niets met stambomen, maar familiegeschiedenissen boeiden haar, net als iedereen. De familie is het knooppunt van alle melodrama's! Puro Cava had blijk gegeven van een encyclopedische kennis over Bijbelse families, die alleen werd overtroffen door zijn kennis over Santa Brígida. De kluwen van familierelaties in het dorp was zo onontwarbaar dat hij niet onderdeed voor die van het Oude Testament, zeker niet in de dyslectische taal van Puro Cava, die van Tejar Jafet maakte, van Gomara Aramog en van Nabra Abraham, waarmee hij deze families met een Talmoedische last opzadelde waarin ze zichzelf nooit herkend hadden.

Maar na een poosje liet mevrouw Pachelbel het gesprek voor wat het was. Hoeveel stambomen kun je in je opnemen voordat je het rolluik neerlaat en concludeert dat alle families op elkaar lijken? En zo was ze, bijna onbewust, begonnen te zingen.

Ze neuriede passages van Schumann, Berlioz en Scarlatti met een nauwelijks hoorbare, breekbare stem, die door het contrast met haar krachtige uitstraling alleen maar mooier klonk; contrasten versterken het effect van schoonheid.

Dirigibus en Puro Cava hoorden de muziek niet, druk als ze waren met hun familieroddels. Als ze het fenomeen wel hadden waargenomen, waren ze vast geschrokken: een mevrouw Pachelbel met normale schoenen, dat was nog te behappen, maar een Pachelbel die ook nog zong, zou te veel van het goede zijn geweest. Dus sloten ze hun oren af voor Schumann, Berlioz en Scarlatti en liepen gewoon door, terwijl ze de wondere wereld van de menselijke verwantschappen tot in het oneindige uitplozen en samen dronken van de likeur die de rechtsconsulent in een heupflesje had meegenomen, want zo droogstaan als tijdens de wake, dat wilde hij niet nog een keer meemaken.

Voordat ze het goed en wel doorhadden, stonden ze voor de winkel.

Mevrouw Pachelbel opende de deur en trok haar schoenen uit. Bij ieder ander zou een dergelijke handeling geïnterpreteerd worden als een teken van vermoeidheid, en pijnlijke voeten; en onder soortgelijke omstandigheden was Pachelbel misschien ook wel moe geweest en had ze pijnlijke voeten gehad. Maar in deze situatie had haar gebaar iets lichtvoetigs en tegelijkertijd plechtstatigs, als de inleiding op een spel.

'Mag ik u oitnodigen foor een kopje thee?' vroeg ze met een glimlach.

De twee mannen keken elkaar aan. Ze wisten niet zeker of ze de uitnodiging wel moesten aannemen. Dat ze samen op waren gelopen, wilde nog niet zeggen dat ze een ruimte konden delen die ze beiden tot voor kort door persoonlijke verdienste veroverd meenden te hebben.

'Thee,' zei Puro Cava, om maar wat te zeggen.

'Thee,' zei Dirigibus voor alle zekerheid.

'Thee is een nobel drankje,' zei Puro Cava.

'Confucius dronk thee.'

'Churchill dronk thee.'

'Dat is heel vriendelijk van u,' zei de rechtsconsulent, ditmaal tegen Pachelbel. 'Maar ik wil u niet tot last zijn!'

'Een kopje thee en we gaan weer,' stelde Puro Cava voor.

'Spreek je nu voor ons allebei?' vroeg Dirigibus.

'Als jij wilt gaan ...'

'Allebai of geen fan tweeën,' zei mevrouw Pachelbel.

Even stonden de mannen met hun mond vol tanden naar de vrouw zonder schoenen te kijken.

'Pardon, wat zei u?' vroeg Puro Cava uiteindelijk.

'Allebai of geen fan tweeën,' herhaalde ze, terwijl ze terugdacht aan een schilderij waarvan de verf nog niet eens was opgedroogd.

Puro Cava haakte een vinger tussen zijn hals en zijn sjaaltje, hij had het benauwd, hij was duidelijk warmgelopen tijdens de wandeling, net als Dirigibus, zo te zien, die op datzelfde moment het zweet van zijn voorhoofd wiste.

De vrouw stond met de schoenen in haar hand in de deuropening op een antwoord te wachten. De glimlach om haar lippen verried dat ze van de situatie genoot.

Puro Cava was de eerste die zijn schouders ophaalde en tegen zijn metgezel zei: 'Thee is een grandioos idee.'

'Onovertreffelijk,' preciseerde Dirigibus.

'Heb je hem weleens met honing geprobeerd?'

'Heb je hem weleens met cognac geprobeerd?'

'Gandhi dronk thee.'

'Cromwell dronk thee!'

Puro Cava wilde in beweging komen, maar bleef door een laatste gedachte als aan de grond genageld staan.

'Dronken de Egyptenaren ook thee?' vroeg hij aan Dirigibus.

'Komen jullie nou nog binnen of niet?' vroeg mevrouw Pachelbel, die ongeduldig begon te worden.

'Na u,' zei Puro Cava tegen haar.

'Na jou,' zei Dirigibus tegen Puro Cava.

De vrouw stapte opzij om haar gasten binnen te laten.

Ze liepen de trap naar mevrouw Pachelbels woonkamer op toen Dirigibus zich een zin van Horatius herinnerde. '*Dulce est desipere in loco*,'* zei hij voor zich uit.

'Hou op over de Romeinen,' zei Puro Cava. 'Die waren pas echt ontaard!'

Mevrouw Pachelbel verzekerde zich ervan dat het bordje van de winkel met het opschrift GESLOTEN naar de straat hing. Vervolgens trok ze de deur dicht en draaide de sleutel twee keer om.

---

* Het is prettig nu en dan eens gek te doen. (Horatius, *Oden.*)

CVI

Begint met een slecht bericht en eindigt met een nog slechter

Toen ze Teo in de Belvederekliniek om een telefoonnummer hadden gevraagd waarop hij bereikbaar was, had hij dat van mevrouw Pachelbel gegeven. In het huisje hadden ze geen telefoon; zo ver buiten Santa Brígida waagde het telecommunicatiebedrijf zich niet. Omdat Teo dagelijks in de winkel kwam (sinds zijn terugkomst in Santa Brígida had hij de distributie van zoete spijzen in de naburige dorpen op zich genomen), leek mevrouw Pachelbel hem de meest praktische contactpersoon; mocht er iets zijn, dan zou zij de boodschap aannemen en hem aan Teo doorgeven zodra hij in de winkel kwam.

Dat hij hier verstandig aan had gedaan, bleek wel op de ochtend dat er op de deur van het huisje werd geklopt. Zo vroeg in de ochtend! Teo lag nog in bed te luieren en rende zonder zich aan te kleden naar beneden. Tot zijn verrassing was het mevrouw Pachelbel geweest die zo dwingend had staan kloppen. Tot op dat moment was Teo ervan overtuigd geweest dat de vrouw niet eens wist hoe ze daar moest komen.

Nog verraster was hij toen hij zag dat Dirigibus en Puro Cava haar vergezeld hadden. Inmiddels wist hij wel dat het trio een romance *sui generis* onderhield (waar hij overigens blij om was; Teo was een man zonder vooroordelen, hoe had hij er anders mee kunnen instemmen om in een psychiatrisch ziekenhuis te trouwen?), maar hij wist dat ze de schijn nog ophielden en er wel voor oppasten zich samen te vertonen, tenzij ze elkaar toevallig ergens tegenkwamen en elkaar gewoon als oude vrienden begroetten. Nu stonden ze daar, bij het krieken van een barre winterdag, en klopten aan zijn deur. Hun gezichten voorspelden weinig goeds.

'De kliniek heeft gebeld,' zei mevrouw Pachelbel, zodra ze hem in zijn blote bovenlijf zag verschijnen. Haar gezicht was vertrokken van angst.

Teo durfde niets te vragen. De kou zette zijn tanden in zijn huid. (Teo trilde, van top tot teen.)

Dirigibus trok Teo uit de deuropening, waarin hij vast leek te zitten. Hij wilde niet dat Miranda wakker zou worden. Tussen de bomen vertelde de rechtsconsulent Teo het trieste bericht.

Maar Miranda was al wakker, ze had het kloppen gehoord. Hoewel het heel dringend had geklonken, was ze op haar kamer gebleven, zoals Pat haar dat had geleerd; alleen grote mensen mogen de deur opendoen, luidde het dictum. Daarom keek ze vanuit haar slaapkamerraampje toe hoe doctor Dirigibus tegen Teo stond te praten en kon ze goed zien hoe de reus op zijn knieën viel. Ze verbaasde zich erover hoe onhandig het bezoek hem omhoog probeerde te hijsen; kennelijk wisten ze niet hoe ze met hem moesten omgaan nu hij zo klein was geworden.

Dirigibus had Teo verteld dat Pat een zelfmoordpoging had gedaan.

Niemand had het in de gaten gehad. De verpleegsters waren eraan gewend geraakt dat Pat in haar vrije tijd het park in ging; ze dachten dat ze daar herinneringen ophaalde aan haar trouwerij, die overigens betoverend was geweest. Daarom lieten ze haar ondanks de kou naar buiten gaan (ze hadden één keer geprobeerd haar tegen te houden, maar toen had Pat een woedeaanval gekregen; sindsdien hadden ze besloten zich er, zolang de kou nog draaglijk was, niet meer mee te bemoeien), keken toe hoe ze onder een boom ging zitten en vergaten haar.

Teo wilde weten hoe ze het gedaan had. Mevrouw Pachelbel kon geen bijzonderheden geven, men had haar over de telefoon alleen verteld dat ze haar polsen had doorgesneden en dat ze haar gelukkig gevonden hadden voordat ze was doodgebloed.

Dirigibus drong er bij de reus op aan dat hij niet zelf naar Bariloche moest rijden, hij was te erg van streek, maar Teo weigerde elk alternatief. Hij zat het liefst achter het stuur, hij had afleiding nodig; als hij de hele reis met zijn armen over elkaar zou zitten, zou hij gek worden. Uiteindelijk stemde hij erin toe dat Dirigibus met hem meereed. De rechtsconsulent nam afscheid van mevrouw Pachelbel en Puro Cava alsof hij aan zijn laatste reis begon.

'Mama is ziek,' was alle uitleg die Miranda kreeg toen ze vroeg naar de reden van al die opwinding. Mevrouw Pachelbel loog, dat was duidelijk: ze sprak op dezelfde toonhoogte als wanneer ze tegen andere kinderen tekeerging. Maar Miranda besloot niet verder te vragen. Pat had haar geleerd dat volwassenen soms hun redenen hebben om niet alles te zeggen.

Ze vroeg echter wel aan Teo waarom hij haar niet meenam.

'Dit keer niet,' zei de reus. Zijn ogen waren klein, rood en uitdrukkingsloos, als de kraaloogjes van een pluchen beest.

'Ik wil haar ook zien,' protesteerde Miranda.

'De volgende keer, dat beloof ik je.'

'En als ik nou in het weekend ziek word?'

'Als het moet, haal ik haar hierheen. Ik zweer het bij God.'

Pat lag op de intensivecareafdeling van het ziekenhuis, nog bewusteloos. Ze zag zo bleek dat zelfs haar sproeten verdwenen waren; je kon nauwelijks zien waar haar huid eindigde en de witte lakens begonnen. Ondanks het verband om haar polsen was voor een deel te zien hoe gruwelijk ze zichzelf had toegetakeld. De verpleegster die toezicht hield in de ziekenzaal vertelde dat ze zichzelf met een haarspeld had bewerkt. Alles wees erop dat het een langdurig en bewerkelijk proces was geweest. Pat moest het plastic gedeelte van de haarspeld hebben losgepeuterd tot ze het metaal eruit had gekregen, dat ze vervolgens net zo vaak had verbogen tot het doormidden brak; misschien had ze het zelfs wel doorgebeten, als men op de snij- en steekwonden op haar lippen en tandvlees moest afgaan. De verse korsten rond haar mond waren het enige beetje kleur in haar hele gezicht.

Nadat ze de metalen naald had vervaardigd, had ze, wetende dat hij niet scherp was, als een bezetene in haar onderarm zitten porren tot ze bloed zag. Ze had haar vlees steeds verder kapotgestoken en bij het terugtrekken van de speld haar huid aan flarden gescheurd. De verwondingen aan haar linkerarm waren nog erger. Toen ze aan haar andere onderarm had willen beginnen, reageerde de hand van de gewonde kant niet meer goed. Daarom vertoonde de rechterarm tandafdrukken. Pat had geprobeerd haar werk op de enig mogelijke manier af te maken.

Dirigibus dacht aan wolven, die hun eigen poot afbijten om zich uit een val te bevrijden, maar hij durfde het niet hardop te zeggen. Nadat ze de arts hadden gesproken (Pat was buiten levensgevaar, maar extreem zwak, ze moest nog een paar dagen op de intensive care blijven), liep de rechtsconsulent weg om Teo even met zijn echtgenote alleen te laten. Het waren maar een paar minuten. De reus had op dit moment vooral haast om in de Belvederekliniek naar een antwoord te zoeken.

Ze werden meteen te woord gestaan en hoefden niet eens het bezoekersregister te tekenen, wat al een gebeurtenis op zich was.

Dokter Volpi putte zich uit in verontschuldigingen. Als er iemand verrast was geweest, dan waren zij het wel. Patty was sinds de bruiloft zo rustig geweest, 'stabiel', in medische termen. Ze dacht weliswaar nog steeds dat ze vijftien was, maar ze toonde vorderingen, ze had het niet meer over Bran de Gezegende, maar over 'Teo, mijn man'. Ze had de haarspeld die ze tijdens de bruiloft had gedragen mogen bewaren omdat ze dachten dat die haar hielp om terug te denken aan een gelukkig moment. Sinds die feestelijke zondag had Patty toekomstplannen gemaakt en steeds opnieuw gezegd dat ze op een dag prachtige kinderen met sproetjes zouden krijgen, ze droomde van een meisje.

Teo wilde weten of er in de kliniek iets bijzonders was gebeurd, hij moest een verklaring vinden voor haar daad. Dokter Volpi zei dat ze zich dezelfde vraag had gesteld en geen antwoorden had gevonden; het leven in de Belvederekliniek was zijn normale gangetje gegaan, er hadden zich de afgelopen dagen niet eens noemenswaardige psychotische episodes voorgedaan. Teo moest beseffen dat dit soort ziektes zo verliep, de ene dag pieken en de andere dalen, de chemie doet wonderen maar kan niet toveren, ze zouden voortaan beter opletten.

De reus beloofde zichzelf dat hij Pat hier nooit meer terug zou brengen, maar hij zei niets. Hij wenste alleen maar dat dokter Volpi ophield met haar gestamel, zodat hij eindelijk weg kon uit dat kantoor om met iemand te gaan praten die hem de waarheid zou vertellen.

Ze stonden op het punt de kliniek te verlaten toen Teo tegen Dirigibus zei dat hij wilde zien waar het gebeurd was.

In de weken die waren verstreken sinds de trouwerij had het park een ander aanzicht gekregen. Kou en wind hadden het van zijn bladeren beroofd. Zonder de groene camouflage was het prikkeldraad rond de tuin beter zichtbaar. Teo bedacht dat het park er voor het eerst uitzag als wat het echt was: het enige stukje leven midden in een concentratiekamp.

Hij liep alle bomen langs. Al snel had hij de juiste gevonden. Pat had zich vastgeklampt aan de stam toen men haar wilde afvoeren en nog gestreden terwijl ze al verzwakt was door het bloedverlies; de schors had het vocht geabsorbeerd, alleen de tijd of een bijl kon de boom van deze okerkleurige vlekken bevrijden.

Van hieruit was het stukje tuin te zien waar ze getrouwd waren. Teo deed zijn best, maar het lukte hem niet: hij kon dat dorre lapje gras niet in verband brengen met de plek waar hij zo gelukkig was geweest.

'Ze was zo blij,' zei een stem. Het was een van de verpleegsters die Teo regelmatig wat toeschoof. Ze stond onophoudelijk in haar handen te wrijven en zag eruit alsof ze elk moment in huilen kon uitbarsten. 'Elke dag vroeg ze naar u. "Wanneer is het zaterdag? Wanneer komt mijn man?" Ze vroeg ook naar het meisje, hoe noemde ze haar ook alweer?'

'Puck.'

'Precies. Het ging zo goed met haar, de arme ziel …'

'Breng me eens naar haar bed, naar haar kamer.'

'Waarom?' vroeg de vrouw, verontrust ineens.

'Ik wil zien of er iets veranderd is.'

'Er is niets veranderd, echt niet.'

'Er moet toch een verklaring voor zijn.'

'Vast wel. Maar daar ligt die niet, gelooft u me.'

'Waar dan wel?'

De verpleegster zuchtte.

'Vraagt u dat maar aan dokter Volpi.'

Teo stak zijn hand in zijn broekzak en haalde er wat geld uit.

'Nee,' zei de vrouw, 'dat kan ik niet aannemen!'

'Sinds wanneer niet?' vroeg Teo, die nog achterdochtiger werd.

'Mag ik me even voorstellen? Doctor Dirigibus,' mengde de rechtsconsulent zich in het gesprek, en hij overhandigde haar een visitekaartje. 'Ik vertegenwoordig meneer Labat. Hij heeft me de opdracht gegeven gerechtelijke stappen te ondernemen tegen de Belvedere-kliniek, dokter Volpi en alle andere betrokkenen. Als u iets te zeggen hebt, kunt u dat maar beter meteen doen voordat u ook op de lijst van aangeklaagden terechtkomt.'

De verpleegster trok wit weg. Ze bekeek het kaartje aan beide kanten, alsof ze naar een geheime boodschap zocht die haar zou vertellen wat ze doen moest.

'Doe me dit niet aan,' zei ze. 'Ze zullen me nog ontslaan!'

'Als mevrouw Labat komt te overlijden,' zei Dirigibus, terwijl hij in

491

Teo's arm kneep om aan te geven dat hij het spelletje moest meespelen, 'zal de aanklacht doodslag luiden in plaats van nalatigheid. U kunt kiezen wat u het liefst wilt: ontslagen worden of de gevangenis in gaan …?'

'Ik zweer u dat er niets is gebeurd!' zei ze. Ze had er duidelijk spijt van dat ze haar medeleven was komen betuigen. 'Niemand heeft haar met een vinger aangeraakt! Ik heb haar al die tijd in de gaten gehouden! Die man heeft haar niet aangeraakt, hij heeft alleen maar met haar gesproken!'

Toen Teo het kantoor van dokter Volpi binnenstormde, bleef de vrouw als versteend zitten, alsof Magere Hein in eigen persoon de deur door was gekomen. Het was Teo aan te zien dat hij woest was, zijn handen gingen open en dicht alsof hij even oefende voordat hij haar bij de keel zou grijpen.

'Sinds wanneer mag er doordeweeks bezoek komen? Wie was die kerel die bij mijn vrouw is geweest? Geef antwoord, trut!' brulde Teo. Zijn geschreeuw moest aan de andere kant van de kliniek te horen zijn.

Dokter Volpi kreeg geen woord uitgebracht. Ze was doodsbang, die reus was in staat haar te vermorzelen.

Teo liet beide vuisten op de tafel neerkomen. De telefoon vloog door de lucht en de hoorn viel van de haak.

'Als je me dat nu niet meteen vertelt,' zei Teo zachter (het effect was nog verontrustender), 'bega ik een ongeluk, ik zweer het.'

Dirigibus pakte de loshangende hoorn op en begon een nummer te draaien.

'Ik bel met het gerechtshof,' zei hij, er evenzeer op uit om de vrouw onder druk te zetten als om te voorkomen dat Teo de daad bij het woord zou voegen. 'Er is hier een ernstige onregelmatigheid begaan en ik ben van mening dat de wet moet ingrijpen.'

Teo boog zich over het bureau. De psychiater was graag nog verder teruggeweken, maar de muur hield haar tegen.

'Vertel eens, achterlijk wijf, wie was die vent, waarom mag hij zijn reet afvegen met jouw regels? Het was een legerbaasje, of niet? Geil jij op uniformen?' vroeg hij, met een sinistere glimlach waarbij zijn tanden tussen zijn baard tevoorschijn kwamen (hij leek wel een wolf). 'Wat heb jij met legerbaasjes?'

'Ik … ik ben er bang voor,' kreeg de vrouw met moeite uitgebracht.

'Banger dan voor mij?'

De vrouw schudde haar hoofd, al was het maar voor de zekerheid.

Op dat moment kwam de secretaresse van dokter Volpi binnengerend om haar te hulp te schieten. Ze werd vergezeld door een verpleger en het oude mannetje van de beveiliging, dat gewapend was; maar geen van beiden leek weerstand te kunnen bieden tegen Teo's woede.

Toen hij hen zag, schoof Teo het bureau naar voren en zette dokter Volpi klem tegen de muur.

'Eén beweging en ik deel haar in tweeën!' schreeuwde hij. En hij duwde de tafel nog wat aan, zodat het gebrul van de dokter zou bevestigen dat het hem menens was.

Dirigibus stond te zweten als een wassen beeld in het hellevuur. Maar zelfs te midden van dit pandemonium had hij nog een reddende ingeving.

'Haal het bezoekersregister eens,' riep hij tegen de secretaresse. 'Voordat het te laat is!'

Teo drukte met zijn benen tegen het bureau. Zijn ene hand gebruikte hij om het hoofd van de dokter tegen de muur te houden en de andere had hij in een vuist gebald.

'Ik kon niet weigeren,' stamelde de vrouw. 'Die mensen kun je niets … niets weigeren.'

'Vertel me hoe hij heet, hoe hij eruitziet, of hij jong is of oud. Is hij blond? Wat heeft hij met haar gedaan? Wat heeft hij gezegd dat Pat zichzelf zo heeft toegetakeld? Hoe heb jij dit kunnen toelaten?'

Teo had niet in de gaten dat hij te veel vragen tegelijk stelde. Dirigibus moest drie keer zijn naam roepen voordat Teo doorhad dat hij het tegen hem had. Hij liet hem een opengeslagen schrift zien.

'Hier staat het,' zei de rechtsconsulent. Hij probeerde te glimlachen, maar hij was duidelijk nog nerveuzer dan voorheen. 'Dit is hem. Hier staat het!' zei hij, en hij wees met het topje van zijn wijsvinger een naam aan.

Teo rukte het schrift uit zijn handen. De secretaresse maakte van het moment gebruik om naar het bureau te lopen. Dokter Volpi was in huilen uitgebarsten.

De reus las de naam. Hij herkende hem. Het was een naam waar hij een gezicht bij wist. Hij had die gemene ogen in de kranten en op televisie gezien. De media hadden hem beticht van talloze misdaden tijdens de dictatuur. Hij had zo'n verdorven reputatie dat het hem een bijnaam had opgeleverd die eigenlijk nog te bescheiden was: de Gevallen Engel.

'Dat is …' zei Teo, niet in staat om verder te gaan.

'Miranda's vader, vrees ik.'

CVII

Aan het einde van een lange reis een ontmoeting met de waarheid

De vrouw riep vanuit huis dat ze eraan kwam. Op de achtergrond waren de kreten te horen van kinderen die ergens plezier om hadden. Vervolgens naderende voetstappen. De deur zat niet eens op slot.

'Herinnert u zich mij nog?' vroeg Teo, zodra de vrouw in de deuropening verscheen.

Na haar aanvankelijke verbazing (niemand is voorbereid op bezoek van het formaat King Kong), glimlachte ze.

'Natuurlijk ken ik u nog,' zei ze. 'U bent niet makkelijk te vergeten. Ik herinner me jullie allebei, die ochtend, voor de ingang van het ziekenhuis!' voegde ze eraan toe, waarmee ze ook op Miranda doelde.

'U moet me verontschuldigen, maar uw naam is me ontschoten,' zei Teo. 'Het was nog een wonder dat ik me uw huisdeur herinnerde!'

'Ik heet Mariela. En zeg alsjeblieft geen u tegen me, dan voel ik me zo oud.' Ze was benieuwd waarom Pat er niet bij was, maar misschien was de deuropening niet de beste plek voor die vraag. 'Kom binnen.'

Miranda liep meteen naar de kinderen toe. De vrouw had twee jongetjes van drie en vier jaar oud, die volop in de ontdekkingsfase zaten. Het waren twee draaitollen die van geen ophouden wisten; ze renden en sprongen in het rond, schreeuwden, zaten overal aan en communiceerden met elkaar in een taal die soms via keelklanken, soms via gebaren en vrijwel altijd telepathisch verliep. Verrassend was dat er zoveel Frans tussen hun spaarzame woorden zat: *ici*, *crayon*, *méchant*. Miranda nam een glas sap aan en ging achter hen aan, instinctief de moederrol op zich nemend. Ze liet hen begaan, greep alleen in als het gevaarlijk werd en vond het ook prima dat ze haar zo nu en dan in twee talen vragen stelden. Al snel werd ze bij hun spelletjes betrokken. Ze vond het niet vervelend om voor babysit te spelen en bovendien had de reus haar gevraagd om hem alleen met de vrouw te laten praten.

Mariela vroeg Teo in de eetkamer op haar te wachten. Snel kwam ze terug met een kan sap en een ijsemmer. Ondanks de herfst werd er in Villa Ángela zevenentwintig graden gemeten en in de binnenstad, waar het altijd een paar graden warmer is, liep het op tot wel dertig.

Teo vertelde wat er met Pat was gebeurd. Daarnaast hield hij een kort *racconto* van hun gezamenlijke geschiedenis, zodat ze zou begrijpen waarom hij Patricia's ouders niet kende (in het gesprek met Mariela werd Pat vrijwel meteen Patricia) en ook geen vrienden of andere familieleden.

'Jij bent mijn enige schakel tussen Patricia en haar verleden,' zei Teo.

Mariela wierp een blik in de tuin. De kinderen bestudeerden het ventilatierooster alsof het de toegangsdeur tot een mysterieuze wereld was. De oudste porde met een stokje, het geraamte van een waterijsje dat tot een beter leven was overgegaan, tussen de metalen spijltjes. Miranda stond vlak achter hen om ervoor te waken dat ze niets verkeerds deden.

'Als jij geïnteresseerd bent in Patricia's verleden, heb je een veel belangrijkere schakel dan ik,' zei Mariela.

'Heb jij enig idee wie Miranda's vader is?'

'Jazeker,' zei de vrouw, en ze keek weer naar Teo. De uitdrukking van afgrijzen die ze in zijn ogen las, overtuigde haar ervan dat de reus het ook wist. 'Helaas heb ik daar een vrij duidelijk idee van.'

'Je weet toch wel zeker dat Patricia ... Pat is, míjn Pat? Ik bedoel, je hebt haar maar heel kort gezien na jaren, misschien ...'

'Patricia Picón. Ze studeerde in die tijd medicijnen. Ze sprak perfect Engels, dat merkte je aan de manier waarop ze de simpelste woorden uitsprak, een normaal iemand leest *blackboard* en spreekt het uit als *blekbord*, maar zij niet, zij zei ...'

'Ja, dat is Pat, geen twijfel mogelijk. Patricia.'

Teo vroeg waar ze haar had leren kennen. Vanaf dat moment sprak Mariela zonder te stoppen. De reus onderbrak haar alleen als hem iets niet helemaal duidelijk was. De rest van de tijd zat hij te luisteren, op een te kleine stoel, terwijl hij met zijn vingertoppen de contouren van de blaadjes op het tafelzeil overtrok.

Mariela had Pat leren kennen in een detentiekamp van de marine. Pat zat er al toen Mariela er kwam, ze was twee weken eerder ontvoerd. Pat had Mariela moed ingesproken op de dagen dat ze gefolterd werd, want ze had hetzelfde doorgemaakt en wist hoe belangrijk troost was. Pats stem bereikte Mariela in de eenzaamheid van de cel waar ze in was geworpen, een hol dat vanwege de smoezelige blinddoek die ze niet mocht afdoen nog donkerder leek dan het al was. Pat fluisterde haar vanaf de andere kant van de wand toe dat ze sterk moest zijn, want alles ging voorbij, zelfs pijn, niets deed voor altijd pijn, was zij soms niet het levende bewijs dat je de stroomstok, de dorst en de klappen kon overleven? Pijn was slechts een reactie van het zenuwstelsel op een externe prikkel, een alarmsignaal dat je kon uitschakelen. Als een bel te lang blijft rinkelen, hoor je hem op een gegeven moment niet meer, je negeert hem, alsof hij eigenlijk niet bestaat. Het belangrijkst was geduld hebben tot de periode daarna, de tijd van niet-pijn, dat welbevinden dat je nooit zo ervaart omdat je het als vanzelfsprekend beschouwt, totdat je het ineens, pats, kwijt bent en waanzinnig begint te missen: niet-pijn is net zo exotisch en onwaarschijnlijk geworden als het paradijs, het paradijs was geen verfijnd oord met wolken en engeltjes, het paradijs was zo simpel als niet-pijn.

Na verloop van een paar dagen durfde Mariela haar blinddoek een stukje omhoog te schuiven. Zo besefte ze dat ze zaten ingesloten tussen houten schotten die de wolf uit het sprookje in één zucht omver had geblazen, sober ingerichte hokken in een kale zaal, een symbolische gevangenis. Dat de muren niet van steen waren deed er niet toe, want wat daar gevangenzat, had minder kans om te ontsnappen dan een lichaam, het was hun ziel die daar vastzat tussen de houten schotjes, een driedimensionaal, conceptueel kunstwerk, snijdende vlakken, een installatie over de angst voor vrijheid.

Ze ontdekte dat ze terug kon fluisteren. Al snel vernam ze dat de troostende stem ene Patricia Picón toebehoorde, tweeëntwintig jaar oud en tevreden vrijgezel. Ze studeerde medicijnen aan de Universiteit van Buenos Aires, daarom sprak ze de taal van het lichaam zo vloeiend; ze wist hoe het werkte, waar de pijngrenzen lagen, hoeveel het kon verdragen en hoe snel het herstelde. 'Het lichaam is als gummi,' zei Patricia altijd, 'wat kapot is groeit aaneen, wat is opengereten hecht zich, blauwe plekken trekken weg; we kunnen stroom-stoten krijgen maar houden er slechts oppervlakkige brandwonden aan over, zelfs de gevoeligste organen komen uitgerust voor noodge-vallen van de band gerold, want wanneer een deel van de hersenen uitvalt, neemt een ander deel de functies over, het circuit wordt ver-legd, maar alles wordt weer met elkaar verbonden.'

'En het hart?' had Mariela aan Patricia gevraagd, want ze had ge-hoord dat een te sterke stroomstoot een hartstilstand kon veroorza-ken.

'Het hart is onze sterkste spier,' had Patricia gezegd, 'het is als de motor van een Mercedes, gemaakt om hoge snelheden aan te kun-nen, om lang mee te gaan, een kunstwerk; we kunnen te pletter slaan en verminkt raken en toch blijft het pompen; als het hart een hand was die je kneep, zou het je botten verbrijzelen, zo sterk is het, ont-worpen om pijn te verdragen, om het langer uit te houden dan de folteraars, om de langste dictatuur te overleven; het hart is ons be-langrijkste redmiddel, zij hebben wapens en stroomstokken en geld, ze hebben nationale en internationale steun, maar wij hebben een hart en aan het eind van de dag is dat hetgeen wat telt, wat ons on-kwetsbaar maakt.'

Mariela kon niet zeggen hoeveel dagen ze naast elkaar in de cel hadden gezeten; tussen de folteringen, de momenten van bewuste-loosheid en de koortsaanvallen door was het moeilijk een besef van tijd te hebben. Wat ze in elk geval zeker wist, was dat Patricia er altijd geweest was, elke keer als ze weer bij haar positieven kwam, hoorde ze Patricia tegen haar praten. Soms had ze het over pijn en wat ze konden doen om hem te overwinnen, maar vaak sprak ze ook over andere dingen, over de dorre pruimenboom in de tuin van haar grootmoeder, over de cannelloni met gehakt die haar peettante maakte, over een soap met de titel *De liefde heeft het gelaat van een vrouw*, over de verzameling porseleinen poppen van haar moeder, totdat Mariela reageerde en vroeg waar ze het over had, waar ze in godsnaam mee bezig was, en Pat antwoordde *heart exercises*, hart-oefeningen, het was tenslotte een spier als alle andere, die in conditie moest blijven. Voor andere vormen van gymnastiek was daarbinnen geen ruimte!

Toen Patricia werd opgehaald en niet meer terugkeerde, werd ze wanhopig. Ze dacht dat ze vermoord was, arme meid, het was zo oneerlijk, en zelf kon ze ook op elk moment aan de beurt zijn. In de stilte die Patricia's afwezigheid achterliet, hoorde Mariela boven zich slechts het af- en aanrijden van auto's en het gekrijs uit de folterkamers dat boven de radio uit klonk, want die lui draaiden de radio helemaal open om de geluiden te smoren; Mariela zei dat ze er sindsdien nooit meer naar had kunnen luisteren, die stemmen zonder gezicht werkten op haar zenuwen.

Mariela vertelde dat ze bijna was doorgedraaid, maar dat er twee dagen later in de cel naast haar een andere vrouw werd geplaatst. Mariela zei haar dat ze sterk moest zijn, omdat alles voorbijging, zelfs pijn, dat niets eeuwig pijn deed en dat we erop gemaakt waren om vol te houden. Ze stelde haar hartoefeningen voor en die deden ze, op elk uur van de dag: ze spraken over hun families, over mannen, over muziek, en zo hielden ze zich op de been.

Op een gegeven moment had de vrouw naast haar iets in abominabel Engels gezegd. Mariela had gevraagd wat er was, waarop de vrouw had geantwoord dat ze iets van de wand van haar cel oplas, een zin die ze pas had ontdekt toen ze haar blinddoek had opgelicht. Mariela had gevraagd of ze het nog eens wilde oplezen en daarna nog eens, totdat het ritme in haar hoofd was gaan zitten; dit moest iets van Patricia zijn geweest. De vrouw had zich verbaasd over de fijne lijnen, urenlang hadden ze samen naar een verklaring gezocht hoe ze dat zo had kunnen opschrijven (een penseel is in wezen niets meer dan een bosje haar, en haren waren er zelfs daar in overvloed) en waarmee (inkt is een gekleurde vloeistof, net als bloed, dat ook meer dan genoeg voorhanden was).

Op dat moment stond Mariela op om een boek te pakken. Toen ze het op het tafelzeil legde, viel het vanzelf open op de juiste pagina, gemarkeerd door het vele terugbladeren naar dezelfde passage. Teo las de strofe op die Mariela met pen had onderstreept.

Come away, o human child!
To the waters and the wild
With a faery, hand in hand,
For the world's more full of weeping than you can understand.

De titel van het gedicht luidde *The Stolen Child*.

Mariela vertelde dat in de daaropvolgende weken een groot deel van de gevangenen taken kreeg. Sommigen werden gedwongen te typen, anderen moesten hulp verlenen bij inlichtingenwerk. Zij had het geluk dat ze werd uitgekozen voor een klus waarbij ze niet in gewetensnood kwam: ze moest haar eigen cellenblok schoonmaken en kreeg poetsdoeken, een borstel en een emmer sop. En zo had ze met haar eigen ogen het gedicht in de cel naast de hare gezien, dat ze uiteraard niet had weggepoetst.

Twee maanden later werd het gedeelte waarvoor ze verantwoordelijk was uitgebreid en mocht ze ook andere sectoren schoonmaken. Tot haar enorme blijdschap ontdekte ze dat Patricia niet dood was.

CVIII

Waarin dingen worden verteld die te gruwelijk zijn om in een titel voor te komen

Ze zat in een privécel. Het was een hok van twee bij twee, maar het was de Taj Mahal vergeleken met de eerdere cellen: de muren waren van baksteen en ze had een veldbed gekregen, Patricia hoefde niet meer op de ijskoude vloer te slapen, zoals de anderen, blijkbaar had ze privileges gekregen. Mariela zag ook een poëziebundel, een plastic vaas met droogbloemen en zelfs een afvalemmertje, maar ze wilde geen vragen stellen. Onder zulke omstandigheden doe je wat je kan, je gaat zover als je ziel het toelaat, geen stap verder. Het was niet aan haar om te vragen wat Patricia had betaald om te overleven.

De eerste dag werd de celdeur opengezet en werd ze gesommeerd naar binnen te gaan. Mariela gehoorzaamde zonder tegenstribbelen en sjouwde met haar emmer water en haar poetsspullen de cel in. Tot haar verrassing ontdekte ze dat er nog iemand was: in een hoekje zat een beeldschone jonge vrouw met blauwe ogen en heel kort haar. Ze droeg een jurk met opdruk, eenvoudig maar schoon, en leek net zo verrast als zijzelf. Mariela wilde de bewaker om opheldering vragen, dit moest een vergissing zijn, maar de man had de deur al achter haar gesloten. Blijkbaar verwachtte men van haar dat ze schoonmaakte in aanwezigheid van de jonge vrouw, terwijl ze meestal aan het werk moest wanneer de gevangenen werden verhoord, naar het toilet waren of hun cel verlieten om niet meer terug te komen.

Ze herkenden elkaar pas toen ze de eerste woorden uitwisselden, want tot op dat moment waren ze slechts stemmen voor elkaar geweest. Er volgde een langdurige omhelzing. Het was voor het eerst dat ze iemand anders dan hun gevangenbewaarders konden aanraken; in het kamp was elk contact onder de gevangenen verboden, daarom waren ze ook geblinddoekt, ze mochten elkaar niet eens zien. Mariela zei haar hoe mooi ze was en Patricia bloosde, ze zei dat ze vroeger lang haar had gehad, maar dat het was afgeknipt toen ze naar haar nieuwe cel was gebracht, men wilde niet dat ze luizen zou krijgen, want dat ongedierte was besmettelijk.

Ze kletsten zachtjes met elkaar, terwijl Mariela dweilde. Toen bleek dat Mariela het boek en de bloemen had gezien, haastte Patricia zich te zeggen dat ze nog niet wist waarom ze hierheen was gebracht. Ongeacht de nieuwe omgeving en haar korte haar was Patricia nog altijd aan het gevangenisregime onderworpen, dat slechts werd onderbroken door uitstapjes naar de douche (Mariela liet merken dat ook de douche iets nieuws was) en de bezoekjes van de blonde officier.

'Welke officier?' vroeg Mariela.

'Een jonge jongen,' zei Patricia, maar ze corrigeerde zichzelf meteen: 'Een kerel.' Mariela's strenge blik herinnerde haar eraan dat er bij de mariniers geen jongens zaten, hooguit kerels, hoewel het eigenlijk niet eens mensen waren: schoften, ontvoerders, folteraars, verkrachters en moordenaars waren het, van alles, maar geen jongens. 'Ik denk tenminste dat het een officier is, gezien zijn houding, zijn manier van doen. Maar eigenlijk is hij altijd in burger.'

Hij kwam minstens twee keer per week bij haar. Wanneer ze moest gaan douchen, wist ze hoe laat het was. Hij werd met haar ingesloten, net als Mariela, maar de officier kwam natuurlijk niet poetsen.

'Het enige wat hij doet, is praten,' zei Patricia.

'Waarover?'

'Banale dingen. Het weer, zijn familie, voetbal … In het begin dacht ik dat hij me in de val wilde lokken, een of andere vreemde psychologische tactiek, dus ik zei niets. Maar hij kwam steeds weer terug om over koetjes en kalfjes te babbelen en hij vroeg me nooit wat, behalve dan misschien welk parfum ik lekker vond, wat mijn lievelingsbloem was, of ik van lezen hield of liever naar muziek luisterde … Uiteindelijk kletste ik maar wat mee, ik miste de gesprekken die jij en ik hadden, het is tenslotte geen misdrijf om over boeken te praten, vind je wel?'

Mariela maakte haar werk af en zei dat ze voorzichtig moest zijn. Die kerel, die 'jongen', zinde haar niets.

Patricia raadde haar aan om niet te stoppen met de heart exercises, haar hart mocht niet verstenen. En voordat Mariela wegging, zei Patricia dat ze haar een cadeautje wilde geven. Ze tilde het matras van het veldbed omhoog en gaf haar een maandverband dat ze daar had verstopt.

'Neem maar mee, ik heb er nog meer,' zei ze.

'Ben je gek,' zei Mariela, die de verleiding echter niet kon weerstaan om er even aan te ruiken; het was voor het eerst in weken dat ze een bloemengeur rook. Ze had het gevoel dat haar hoofd explodeerde, ze was eraan gewend geraakt slechts vocht, angst en uitwerpselen te ruiken. 'Als iemand me betrapt, ben ik de pineut. Ik heb geen afval-emmertje!'

Patricia begreep dat Mariela gelijk had en gaf haar in plaats daarvan een droge bloem. Dat kleurige knopje gaf haar het gevoel alsof ze een sieraad tussen haar vingers hield.

Ze namen afscheid met een zoen. Daarna klopte Mariela op de deur.

Er werd meteen opengedaan. Zodra Mariela buiten stond, inspecteerde de bewaarder de vuilniszak die ze meezeulde. Het leek een routinecontrole, want de man sommeerde haar meteen door te lopen, er was nog meer te doen, het was hier geen hotel.

Ze zag Patricia regelmatig. Patricia vertrouwde haar steeds meer dingen toe, bijvoorbeeld dat die 'jongen' blond was en blauwe ogen had, dat hij haar hoffelijk behandelde en nog steeds niets raars had gevraagd of haar onder druk had gezet. Eén keer vroeg Mariela hoe het stond met dat lekkere ding en toen werd Patricia rood, net als die keer dat ze gezegd had dat ze mooi was, alleen nu van kwaadheid. Ze zei dat ze er geen grapjes over mocht maken, het was een militair, wie weet hoeveel doden dat officiertje ondanks zijn engelensmoeltje al op zijn geweten had.

Elke keer als Mariela de cel uit kwam, inspecteerde de bewaarder de vuilniszakken. Eén keer dacht ze dat de man iets bijzonders had gevonden, maar nee, het was alleen Patricia's maandverband, vol bloedvlekken.

Een paar dagen later schrok Mariela midden in de nacht wakker. Ze meende een gil te hebben gehoord, hoewel haar dat onwaarschijnlijk leek. Die klootzakken folterden op kantoortijden, de nacht besteedden ze net als iedereen aan andere dingen. Bovendien hoorde ze daarna niets meer, waarschijnlijk was het een nachtmerrie geweest.

Toen ze weer naar de cel werd gestuurd om te poetsen, zag ze dat Patricia een blauw oog had. Ze deed de deur dicht, liet de emmer en de borstels uit haar handen vallen en vroeg wat er gebeurd was. Dat had ze beter niet kunnen doen. Patricia huilde en krijste het uit, ze kon niet meer ophouden. Mariela moest twee handen voor haar mond houden, haar uitfoeteren en haar hoofd door elkaar schudden, ze moest stil zijn, als ze zo bleef krijsen zouden ze hen komen halen, hen verrot slaan en wie weet wat nog meer, je kon hier niet zomaar door het lint gaan, je moest je mond houden, want als er eentje begon te brullen, dan ging de rest ook en was er geen houden meer aan, *the world's more full of weeping than you can understand*, ze moest sterk zijn, alles gaat voorbij, zelfs pijn.

Uiteindelijk kalmeerde Patricia en kon ze hortend en stotend uitleggen wat er gebeurd was. Het engelengezicht was midden in de nacht in haar cel verschenen en had haar aanvankelijk behandeld zoals altijd. Maar toen hij haar wilde zoenen, had zij haar gezicht afgewend. Hij werd kwaad, smeet haar als een stuk vuil op het bed en stortte zich op haar om zich aan haar te vergrijpen, maar ze zette het op een krijsen (dat was wat Mariela had gehoord). Met een vuistslag had hij haar het zwijgen opgelegd.

'Het had nog erger gekund,' fluisterde Mariela, terwijl ze haar in haar armen hield.

Patricia schudde haar hoofd. Ze tilde haar jurk op en liet haar aan flarden gescheurde onderbroek zien.

'Ik kan het me niet herinneren,' zei ze. 'Maar toch doet alles pijn.'

De volgende dag was de officier opnieuw gekomen, ditmaal op klaarlichte dag en in uniform. Tot haar verrassing was hij op zijn knieën gegaan en had haar om vergeving gevraagd; ze moest het begrijpen, hij was verliefd op haar geworden zodra hij haar zag, hij wilde haar helpen, zodat ze de tijd tot haar vrijlating zo goed mogelijk kon doorkomen, had hij soms niet een privécel voor haar geregeld, had hij haar niet het boek gegeven dat ze zo mooi vond? Wanneer ze werd vrijgelaten, zouden ze trouwen, hij wilde dat moment afwachten om haar officieel te vragen, dit was geen geschikte plek om het over trouwen te hebben.

'Ik neem aan dat je hem niet geloofde,' zei Mariela.

'Natuurlijk niet,' zei Patricia. Maar in haar ogen lag een zweem van twijfel.

Die avond kwam het engelengezicht terug. Hij zocht weer toenadering, Patricia verzette zich opnieuw en kreeg nog meer klappen dan de vorige keer. Dat ze niet meer gilde en alleen maar de hele tijd nee riep, maakte de officier nog razender. Hij sloeg nog op haar in toen ze al bewusteloos was.

Mariela trof haar vol blauwe plekken vastgebonden op het veldbed aan. Ze kon niet eens praten, haar mond was helemaal opgezwollen. Ze wilde haar meteen losmaken, in elk geval voor de tijd dat zij aanwezig was en deed alsof ze poetste, maar Patricia was met speciale knopen vastgebonden en Mariela was bang die niet opnieuw te kunnen maken. 'Aan die scouting heb ik ook mooi geen zak, al die keren mee op verkenning geweest omdat ik een jongen van onze parochie zo leuk vond en ik heb godverdomme geen rotknoop geleerd,' zei Mariela met tranen in haar ogen. En dus streelde ze haar alleen maar en streek haar haren glad en gaf haar het water dat nog in de bloemenvaas zat.

Hoewel ze wist dat het onvoorzichtig was, begon Mariela rond te vragen. Ze sprak met vrouwen in de aangrenzende cellen, ze sprak met de officier die hun het middageten bracht en de officier die haar de schoonmaakspullen gaf. De meesten wisten niets. Maar een van de gevangenen wist wie ze bedoelde en zei dat de man met het engelengezicht een andere naam had dan die hij Patricia had gegeven, want die gebruikte hij alleen als hij zich als burger voordeed, bij operaties van de inlichtingendienst; hij schroomde niet zich voor leraar, advocaat of familielid van een ontvoerde uit te geven, door zijn toedoen waren er al dertienjarige scholieren, immigranten die voor hun rechten opkwamen en moeders die hun kinderen terug wilden opgepakt. Deze vrouw gaf haar de ware naam van de officier, die Mariela niet bekend in de oren klonk, en ze vertelde ook hoe hij bij de marine werd genoemd: de Gevallen Engel. Blond, beschaafd, vriendelijk, het moest een engelachtige verschijning zijn.

Vanaf dat moment kwam ze makkelijker aan informatie. Iedereen had weleens gehoord van de Gevallen Engel. Het was een luitenant met een veelbelovende toekomst, hij kon op basis van zijn opleiding de hoogste rangen bereiken en bovendien had hij geen scrupules, hij was tot alles in staat om een missie tot een goed einde te brengen. Men vertelde haar talloze anekdotes, de ene nog huiveringwekkender dan de andere. Het verhaal van een smid die bij een ongeluk zijn benen had verloren, stond haar in het geheugen gegrift.

Tijdens een verhoor had de Gevallen Engel de smid geblinddoekt, zijn handen vastgebonden en gedaan alsof hij hem naar het dak van een hoog gebouw bracht. Hij had gezegd dat dit zijn laatste kans was en dat hij op een kruk aan de rand van het dak was gezet; als hij niet zou bekennen, zou hij hem naar beneden duwen. De smid had herhaald wat hij tijdens de folteringen al talloze malen had gezegd, dat wat hij wist voor zijn overweldiger van geen enkele waarde was. Woedend over dit ontkennende antwoord had de Gevallen Engel hem laten weten dat hij hoopte dat hij een voldaan en vruchtbaar leven achter de rug had, omdat het helemaal aan zijn ogen voorbij zou trekken in de minuut die hem scheidde van de grond. Hij zou janken om elke mislukking, om al wat hij verzaakt had, en hij zou smeken om een nieuwe kans, die niet meer zou komen. Vervolgens had hij een trap tegen de kruk gegeven en toegekeken hoe de smid in stilte tegen de grond smakte, die nooit verder dan een halve meter onder hem was geweest.

Toen de Gevallen Engel en zijn ondergeschikten uitgelachen waren, beseften ze dat de smid dood was. Zijn hart had het tijdens de korte val begeven. De Gevallen Engel was buiten zichzelf van woede en liet het lijk aan een haak ophangen, zodat het toch nog ergens goed voor zou zijn; het zou de andere gevangenen laten zien welk onvermijdelijk lot hun wachtte. Na een aantal dagen zwichtte hij echter voor de klachten van zijn eigen mensen, die de stank van het lichaam in ontbinding niet meer konden verdragen; en het lichaam zonder benen joeg ook hun de stuipen op het lijf.

De Gevallen Engel bezocht Patricia elke nacht. Het ritueel begon bij het vallen van de avond: de gevangenenbewaarder bracht haar naar de douches, bond haar aan het bed en verdween van het toneel. Bij aankomst nam de Gevallen Engel niet eens meer de moeite om vriendelijk te zijn. Hij kwam meteen ter zake, ging op haar liggen, deed zijn best het klagende 'nee, nee, nee' van Patricia te negeren, stootte door tot hij ejaculeerde, trok zijn broek omhoog en liep zonder gedag te zeggen de deur uit.

Na een week was hij ineens verdwenen. Hij kwam 's nachts noch overdag nog bij haar langs.

Voor Patricia was elke avond een straf.

'Het was beter toen ik zeker wist dat hij kwam,' zei ze tegen Mariela, die druk stond te schrobben. 'Ik had me erop ingesteld vol te houden, ik hulde me in mijn pantser en liet het over me heen komen. Nu hij niet meer komt, zit ik erger in spanning dan eerst. Want sinds hij wegblijft, heb ik weer hoop en ik ben doodsbang die te verliezen als hij weer opduikt. Ik had nooit gedacht dat hoop zo slopend kon zijn!'

Een week later kwam een man bloed bij haar afnemen.

Mariela zei dat dit bij haar en haar buurvrouwen in de andere cellen niet gebeurd was. Ze suggereerde dat het misschien een veiligheidsmaatregel betrof, enige voorzichtigheid was wel geboden na al die mishandelingen. Maar eigenlijk vermoedde Mariela iets anders. Ze dacht aan het maandverband, aan de controles van de cipier, aan de tijd die was verstreken tussen de laatste verkrachting en de bloedafname; de feiten zeiden op zichzelf niets, maar als je ze samenvoegde, ontstond er een verontrustend beeld.

Ze kwam erachter dat de Gevallen Engel zeven jaar getrouwd was met een vrouw uit een goede familie, een bekende naam die Mariela meteen weer vergat. Je kon het op je vingers natellen. Zeven jaar getrouwd en geen kind.

In de loop van de tijd werd duidelijk dat de praktijk om andermans kinderen, ontvoerd dan wel in gevangenschap geboren, bij zich te houden, naar alle legeronderdelen was uitgebreid. Maar de Gevallen Engel wilde niet zomaar een van de velen zijn. Misschien had hij vooroordelen over geadopteerde kinderen, zonder bloedband geen verwantschap, geen familierelatie, dat soort dingen. (Een vooroordeel dat Teo allerminst deelde.) Misschien moest hij tegenover zichzelf en anderen bewijzen dat de kinderloosheid in hun huwelijk niet aan hem te wijten was, de Gevallen Engel had goed zaad, hij had alleen vruchtbare aarde nodig om leven te kunnen voortbrengen, een mooi, blank meisje dat zijn engelachtige genen niet zou ondermijnen met een al te afwijkende stamboom.

Mariela's angsten werden al snel bewaarheid. Op een dag zag ze verse bloemen in de cel staan en een dienblad dat van een extreem uitgebreid ontbijt getuigde. Ze vroeg het Patricia recht voor z'n raap, 'ben je zwanger', zonder vraagtekens, want Mariela voelde dat ze het antwoord al wist. Patricia zei ja en vertelde nog iets. De Gevallen Engel was teruggekomen.

Hij had het toneelstukje van de verliefde man weer opgevoerd, bloemen voor haar meegebracht en gezegd dat ze hem de gelukkigste man op aarde had gemaakt. Hij had er altijd van gedroomd om een kind te krijgen, hij zou nu beter voor haar zorgen dan ooit, ze moest eten voor twee, ze moest uitrusten, en wanneer het kind kwam, zouden ze meteen trouwen en gaan samenwonen in een keurig appartement, ver van al die vuiligheid.

Mariela durfde geen vraagtekens te plaatsen bij deze beloftes. Patricia zag er goed uit, ze glimlachte alsof ze was ingehuurd voor een tandpastareclame, ze had een constante blos op haar wangen. Als de hoop die ze in haar buik droeg, haar hernieuwde kracht gaf, wie was Mariela dan om die de grond in te boren? Wat had het voor zin om tegen haar te zeggen wie de Gevallen Engel was en wat hij van plan was, terwijl er aan de werkelijkheid met geen mogelijkheid iets veranderd kon worden?

'Ik weet dat het idioot is,' zei Patricia, alsof ze haar gedachten kon lezen. 'Ik heb hem nooit geloofd en dat doe ik nog steeds niet: ik wil niet met hem trouwen, ik kan de gedachte dat hij me aanraakt niet verdragen! Voor mij is die vent een duivel, hij is ziek; eerst maakt hij me het hof, vervolgens verkracht hij me als een stuk vee en daarna brengt hij bloemen voor me mee … Hij heeft geen idee wat voor gruwelen hij aanricht, hij is niet toerekeningsvatbaar! Denk jij dat ik me illusies maak over een toekomst met hem? Ik walg alleen al bij het idee. Maar tegelijkertijd ben ik … blij. Zouden het de hormonen zijn? Of ben ik misschien blij omdat ik zeker weet dat ik nog zeven, acht maanden te leven heb dankzij … wat ik in mijn buik draag? Kan iemand zo'n egoïstische, zo'n wanhopige blijdschap voelen? Soms ben ik bang dat ik gek word!'

Mariela troostte haar en zei dat ze bij de dag moest leven, dat ze nu van de situatie gebruik moest maken om goed te eten en aan te sterken, daarna zagen ze wel weer verder.

Er kwam geen daarna meer. De cipiers verplaatsten Mariela naar een andere zaal en namen haar taken af; toen begreep ze wat Patricia had bedoeld toen die zei dat er niets ergers bestaat dan hoop te koesteren en die weer te verliezen.

Het weinige wat ze vanaf dat moment over Patricia te weten kwam, had ze te danken aan de vrouw die nu in haar plaats ging poetsen. De zwangerschap vorderde zonder complicaties. Patricia zag er stralend en rond als een zonnetje uit. Ze stuurde haar liefs en zei dat ze hartoefeningen moest blijven doen, en zo ging onder de medegevangenen het gerucht dat Mariela hartproblemen had; op een dag kwam er een arts van de marine om haar te onderzoeken. Soms dacht ze dat die denkbeeldige ziekte haar het leven had gered, Patricia had gelijk gehad, haar hart had haar onkwetsbaar gemaakt. Maar dan dacht ze weer aan die zwangere vrouw, aan haar onverklaarbare geluksgevoel, en vroeg ze zich af of Patricia niet meer heart exercises had gedaan dan goed voor haar was.

Bij de eerste voortekenen van de bevalling werd ze weggebracht. Mariela hoorde niets meer van haar. Ze dacht wat voor de hand lag: dat de Gevallen Engel het kind had gehouden en dat Patricia vermoord was, zoals het zoveel andere vrouwen was vergaan die in gevangenschap een kind ter wereld brachten.

Maanden later was haar een onwaarschijnlijk verhaal ter ore gekomen (waar ze vreemd genoeg nooit meer aan had teruggedacht, maar dat ze zich door Miranda ineens herinnerde) over een zwangere gevangene bij wie de vliezen te vroeg waren gebroken. Het was rond middernacht gebeurd, daarom hadden ze haar in een militair voertuig gezet om haar naar het ziekenhuis te brengen. Maar de bevalling kwam halverwege al, de gevangene had het kind in de berm ter wereld gebracht. Vervolgens had ze een van de soldaten die haar bijstonden om een doek gevraagd en die gebruikt om de navelstreng af te binden, want ze hadden niets om hem mee door te knippen; de militair die de wagen bestuurde, was weggelopen omdat hij misselijk was geworden bij de aanblik van al dat bloed.

Het opmerkelijkste aan deze geschiedenis waren echter niet de erbarmelijke omstandigheden, die zich in die jaren wel vaker voordeden, maar de afloop: geëmotioneerd door de bevalling zou een van de soldaten de vrouw met haar kind hebben laten ontsnappen en vervolgens gedeserteerd zijn. Mariela vertrouwde het verhaal niet, want ze had bij haar bewakers nooit iets gezien wat op mededogen leek. Een jager die zijn prooi laat gaan, zoiets kwam alleen voor in *Sneeuwwitje en de zeven dwergen*, hier wisten de jagers dat een dergelijk gebaar hun de kop kon kosten. En wie zou er in het land van de angst bovendien het lef hebben gehad om een halfnaakte, bloedende vrouw met in haar armen een baby waarvan de navelstreng nog niet was doorgeknipt, onderdak te geven? Zoals het haar was verteld, leek het verhaal te veel op een wonder, zo'n moment van inkeer komt alleen voor in evangelies, daarom had ze het ook nooit met Patricia in verband gebracht.

Op een gegeven moment was Mariela vrijgekomen, waarna ze in Frankrijk was getrouwd met een man uit Chaco die ook in ballingschap leefde, en hun twee kinderen werden geboren. Toen het regime ten val kwam, wilden ze terug, maar niet naar Buenos Aires. Voor Mariela was die stad een uitvergrote versie van het kerkhof van La Chacarita, overal zag ze dood. Villa Ángela was een voor de hand liggende keuze, waar in elk geval haar man gelukkig mee was. Haar verbazing was dan ook enorm geweest toen ze voor de deur van het ziekenhuis Patricia was tegengekomen, met een klein meisje aan haar hand en in het gezelschap van een reus!

Het was stil geworden in de eetkamer. Nadat hij al die tijd naar het tafelzeil had zitten staren, zag Teo het nu pas echt: het waren druivenbladeren met blauwe druiven en het fijne vlechtwerk van de ranken, een tekening die zich over de hele tafel herhaalde. Vervolgens richtte hij zijn blik op en keek om zich heen. De meubels waren eenvoudig, de reproducties aan de muur waren afkomstig uit een goedkope encyclopedie in afleveringen over de impressionisten, Manet, Monet, Van Gogh, en verder familiefoto's: de bruiloft, de twee kinderen als baby, op de achtergrond Parijs. Met zijn gedachten nog bij Mariela's verhaal kon Teo niet bedenken wat hij onwerkelijker vond: haar verhaal van Blauwbaardachtige wreedheden of de bedrieglijke rust in deze woonkamer van aan lagerwal geraakte middenklasse.

In de tuin stond Miranda voor een gefascineerd publiek te zingen. Het was een Engels liedje over een zeemeermin, dat Pat haar had geleerd. De zeemeermin werd verliefd op een jongen en besloot hem mee te nemen naar haar wereld. In haar opwelling van egoïsme vergat ze dat de jongeman onder water niet kon ademhalen en ze raakte hem voorgoed kwijt. De kinderen verstonden er geen woord van, maar de betovering werkte: ze zaten in kleermakerszit aan haar voeten en knipperden niet eens met hun ogen.

'Het moet haast wel kloppen dat muziek wilde dieren kan temmen,' zei Mariela gefascineerd. 'Dat is haar, of niet? Ze lijkt veel op … hem. En toch is ze zo anders!'

'Miranda is een schat. Ze zou met haar ziel het hele universum kunnen verlichten.'

'Laat God háár maar liever verlichten. Dat is wel het minste wat die ouwe knar kan doen,' zei Mariela. 'En laat hem jou dan meteen ook een handje helpen. Want als jij haar tegen haar vader en al wat hij vertegenwoordigt wil beschermen, zul je hemelse krachten nodig hebben.'

CIX

Over Teo's diepe zorgen op de terugweg,
en over de betekenis van een gedicht

Zodra ze terugreden begon de insectenregen.

Als kamikazepiloten sloegen ze te pletter tegen de voorruit, *pak*, *pak*, *pak*, in een onregelmatig ritme spatten ze uiteen, als (*pak*) priemgetallen, je weet niet waar ze zullen opduiken, maar (*pak*) je weet dat ze komen, priemgetallen hebben (*pak*, *pak*) hun eigen logica, al heeft niemand die ooit kunnen ontcijferen, wanneer (*pak*) je die reeks getallen in muziek omzet, hoor je een witte ruis, de muziek van de chaos, en daarin zit een geheime harmonie, een (*pak*) harmonie die voor het gewone oor niet hoorbaar is, wiskundigen trainen zich erop, Riemann slaagde er deels in, niet voor niets wordt hij de Wagner van de wiskunde genoemd, we kunnen die harmonie nog niet waarnemen, maar we weten dat ze er is, dat is al heel wat, op een dag zal het juiste stel oren er zijn en (*pak*) dan (*pak*) zullen we verstaan wat het universum ons al die tijd heeft willen vertellen, want we hebben de getallen, we hebben de volgorde, we hebben de muziek – we hebben alles wat we nodig hebben! – alleen verstaan we het nog niet.

Ondanks de hitte draaiden ze de raampjes dicht, want de beestjes die de voorruit misten, vlogen naar binnen en Miranda werd bang. Er zaten vliegjes tussen, maar ook libellen en leerachtig uitziende sprinkhanen die al sinds het begin der tijden onderweg leken. De reus kreeg ze maar met moeite doodgeslagen, ze weerstonden zijn meppen alsof ze van ijzer waren. Tot overmaat van ramp veegde de ruitenwisser de insecten niet weg, maar smeerde alleen het groene slijm uit. Teo moest stoppen. Hij knoopte een overhemd om zijn hoofd en begaf zich in de insectenregen om met een in mineraalwater gedrenkte doek de voorruit schoon te vegen.

'Is het nog ver?' vroeg Miranda de hele tijd.

Ze verging van de hitte. Ze had niet eens meer de verfrissing van het water, dat de reus nu over de voorruit had uitgegoten.

Teo reed honderd kilometer zonder meer te zeggen dan het hoognodige. Hij hoorde het niet eens toen Miranda opmerkte dat er geen beestjes meer waren, dat ze de ramen weer open konden doen en weer konden ademen; hij zat veel te ver weg met zijn gedachten.

Hij deed zijn best zich voldaan te voelen, de reis was de moeite waard geweest, hij had zijn doel bereikt, hij wist nu alles over Pat wat hij weten moest, hij had de getallen en hij had de volgorde, hij kon de muziek horen. Hij verlangde ernaar in Bariloche aan te komen, Pat ermee te confronteren en te zeggen: ik weet het, ik weet alles wat je voor me verborgen hield, ik ben een geweldige detective! Nu weet ik waarom je tegen me loog over Miranda's vader, waarom je haar zo dwangmatig beschermde en van dorp naar dorp hopte. Nu weet ik waarom je de zee en de grenzen meed, waarom je je terugtrok in de keuken terwijl je allesbehalve een huisvrouw bent, waarom je zo handig was in eerstehulpverlening, waarom je een hekel hebt aan de radio. Nu weet ik waarom je geen televisie wil kopen, je wil niet dat je de Gevallen Engel ziet, dat zijn kop de huiskamer binnenkomt. Nu weet ik waarom je je mond hebt dichtgenaaid. En ik weet zelfs waarom je zelfmoord wilde plegen. Toen hij in het gekkenhuis verscheen, was je bang om het hem te vertellen, bang om weer gefolterd te worden en dit keer te bezwijken, bang om het meisje aan hem over te dragen omdat je de kracht niet meer hebt om weg te lopen, je bent moe, je hebt het zelf gezegd, ik kan niet meer, Teo, ik zweer het je, ik kan niet meer. Ik weet alles nu, ik heb de getallen, ik heb de volgorde en ik heb de muziek en toch ben ik alleen maar verder van huis, duizenden kilometers ver, ik sta midden in het niets.

'Is het nog ver?' zeurde Miranda.

'Heel ver. Nog even volhouden.'

Tijdens Mariela's verhaal waren er ongevraagd herinneringen aan zijn eigen leven naar boven gekomen, kortstondige, voorbijflitsende beelden, sprinkhanen tegen de voorruit van zijn geest. Toen hij hun geschiedenissen naast elkaar had gelegd, was zijn maag omgedraaid. Terwijl Pat werd gefolterd en verkracht en ongewenst moeder werd, had hij het meest onbeduidende leven geleid. Hij vroeg zich af hoe vaak hij met de bus in de buurt was geweest van de kelder waarin ze opgesloten zat, terwijl hij een liedje van Jethro Tull zat mee te fluiten, met zijn rekenmachine in de weer was of aan een meisje dacht dat even burgerlijk was als hij.

Teo wilde graag geloven dat zijn geschiedenis en die van Pat parallel liepen, in twee werelden die weliswaar naast elkaar bestonden, maar elkaar niet raakten. Pat had geleefd in een wereld waarin de mensen in een eindeloze veldslag op leven en dood verwikkeld waren, een wereld die slechts geregeerd kon worden door een door bloed verblinde godheid. Teo daarentegen leefde in een wereld die bestond in zijn hoofd, waar hij in ballingschap was gegaan. (Hij was verhuisd zonder van plaats te veranderen, net als mevrouw Pachelbel.) Het was een plek met duurzame vormen, geregeerd door een grote God die alleen maar geïnteresseerd was in wiskunde en wiens profeet Riemann was. Destijds had hij zichzelf gezien als een eenzame steppewolf, in de marge van de werkelijkheid, onbezoedeld. Nu kon hij het idee maar niet van zich afzetten dat beide werelden niet onafhankelijk van elkaar hadden bestaan en dat hun lijnen evenmin parallel hadden gelopen, maar dat ze eerder op elkaar aansloten, als de lijnen van een geometrische figuur. Elke verschuiving van een van de lijnen zou een verschuiving in de andere hebben betekend. Maar Teo had geweigerd ook maar iets in zijn wereld te veranderen, hij had de kans om zijn lijn te verschuiven afgewezen. En daarmee had hij Pats wereld ertoe veroordeeld dezelfde koers te volgen.

Kan iemand door de hel gaan zonder zich te branden? Teo had geloofd dat hij ongedeerd uit de dictatuur was gekomen, alsof hij was ontwaakt uit een slechte droom; een beetje koud water en het was weggespoeld. Kort daarop had de explosie plaatsgevonden en waren zijn mannen gestorven, maar Teo wilde die twee ervaringen niet met elkaar in verband brengen, hij deed liever alsof hij achterlijk was en alsof het ene getal niets met het andere te maken had, maar de volgorde verried hem, 29-31-37-41-43-47-53, diep vanbinnen wist Teo dat de getallen met elkaar verband hielden, al kon hij niet verklaren hoe. Het volgende getal was slechts een kwestie van tijd, Teo had geweten dat de volgende 'pak' op de voorruit zou komen en die kwam ook, nu was hij getrouwd met een gestoorde en stond hij ingeschreven in het bevolkingsregister als de vader van een meisje dat niet van hem was, wat een verantwoordelijkheid, *crap, shit, fuck*, zoals Miranda zou zeggen. Hij had graag gedaan alsof hij verbaasd was, maar dat kon hij niet, de logica van de getallenreeks had hem in het nauw gedreven.

Nu hij het allemaal zo duidelijk voor zich zag, baarde niets hem dan ook zoveel zorgen als de volgende '*pak*' op zijn voorruit, de volgorde voorspelde het al, hij moest snel in Bariloche zijn om Pat te vertellen dat ze gelijk had gehad toen ze hem niet vertrouwde, Teo was de reus die een maatje te klein was, dit groeide hem boven het hoofd, het is een goddelijk kind maar dit verhaal is *too much*, misschien had hij het met een normaal kind nog wel kunnen redden, maar met Miranda was het anders, Miranda is de schat waarnaar de Gevallen Engel op zoek is, volgens de getallenreeks ben ik nog niet door de hel gegaan, integendeel, ik ben er nog steeds, ik sta in Satans slaapkamer en heb net zijn drietand gestolen, het zit hier vol met huurmoordenaars van hem, de Gevallen Engel zal ontdekken dat ik zijn schat heb, ik moet me ervan verzekeren dat de volgende '*pak*' niet mijn laatste wordt.

Het duurde even voordat hij besefte dat het gekraak dat hem begon te irriteren, afkomstig was van het stuur in zijn vingers: hij was de strijd aan het verliezen, de angst overmeesterde zijn ziel en drong hem bij gebrek aan weerstand naar de afgrond van de paniek. In deze toestand van weerloosheid ervoer hij Pats pijn niet meer als de zijne en begon hij haar als de vijand te zien, hij was haar het liefst aangevlogen, hij gaf haar overal de schuld van, hij wilde zeggen: stomme trut, jij hebt mij ontvoerd, jij hebt mij in deze benarde situatie gebracht, je wist dat ik 'm zou smeren als je me de waarheid zou vertellen, iedere gozer met een beetje verstand in zijn kop zou dat gedaan hebben, en ik weet al wat je nu gaat zeggen, je zult zeggen dat je hebt geprobeerd mij te waarschuwen, ik breng alleen maar problemen met me mee, zei je, ik ben een banshee en ik breng alleen maar ongeluk, maar toen zat je in je nakie en mannen kunnen niet denken met een blote vrouw voor hun neus.

Zijn hoofd draaide op volle toeren, Teo zat al in Bariloche voordat de auto er was, in gedachten rammelde hij Pat met zijn brute kracht door elkaar, ook al was ze zwak en weerloos, ik weet wel dat jij nooit over trouwen bent begonnen, zei hij tegen haar, je hebt nooit voorgesteld dat ik Miranda zou adopteren, dat is allemaal mijn eigen schuld, het syndroom van de Dolende Ridder, jij was een dame in nood en ik dacht dat ik je kon redden, maar dat kan ik niet, Pat, de helden uit mijn boeken zijn één ding, ik ben heel wat anders, ik weet niet eens zeker of ik mezelf wel kan redden, de getallenreeks werkt tegen me, ik moet hem veranderen maar ik weet niet hoe, of eigenlijk weet ik dat wel, de wolf heeft het me verteld, maar ik wil er niet aan, mijn wapenspreuk luidt 'Teo trilt', of had je dat soms nog niet gemerkt? Voor jou ben ik gigantisch, maar ik voel me nietig, ik ben niets, ik kan de rivier niet doorwaden, ik ben de heilige Christoffel niet, ik ben de schorpioen die samen met de kikker verdrinkt. Ik kan jou niet redden en ik denk ook niet dat ik Miranda kan redden, ook ik zweet bloed, ik ben bang voor de volgende '*pak*', ik wil niet lijden, ik wil niet dood, nu niet en nooit niet.

'Is het nog ver?' vroeg Miranda weer.

Toen de zon onderging, ontdekten ze dat er een krekel in de auto zat. Hij begon heel hard te tjilpen, alsof hij wilde vieren dat hij het rituele offer tegen de voorruit had overleefd. Teo vroeg Miranda hem te zoeken, maar het meisje leek weinig zin te hebben om het beestje tegen te komen.

'Moet ik hem uit de auto zetten?' vroeg Teo.

'Steken krekels?'

'Nee, ze zingen alleen maar.'

'Laat hem dan maar zitten, arm beestje.'

Teo reed het eerste dorp binnen dat op de route lag. Hij nam een hotel met televisie op de kamer, Miranda keek graag tv in bed, het maakte niet uit wat, zelfs het journaal en de tv-dominees 's nachts.

Na het eten gingen ze een eindje lopen. In de buitenwereld ging alles gewoon door, onwetend van het drama dat hen op deze tocht had gestuurd. Teo bekeek de mensen van een afstand, alsof ze een ander universum bewoonden dan hij. Hij had het gevoel dat ze, door zich vast te klampen aan hun burgerlijke leventjes, weigerden invloed uit te oefenen op de wereld om hen heen; dat ze, door vast te houden aan hun lijnen, hem ertoe veroordeelden ook op dezelfde voet verder te gaan. Maar Miranda genoot juist van de mensen. Ze observeerde ze tot in hun kleinste gebaren en meende dat die boordevol betekenis zaten. Ze zou zelfs nog schoonheid ontwaren in de manier waarop de ober de lepel in zijn hand hield om haar pasta op te dienen, of in de techniek waarmee jongelui op straat affiches aanplakten; waar Teo alleen maar mechanische bewegingen zag, merkte Miranda de persoonlijke noot op, die elke handeling uniek maakte.

Teo vroeg zich af hoe ze zou reageren als ze wist dat hij erover dacht haar te verlaten.

De reus kon begrijpen en aanvaarden wat er met Pat was gebeurd: ze was een vrouw die van haar vrijheid gebruik had gemaakt en door de trein van de Geschiedenis was overreden, haar getallenreeks was daar duidelijk over. Hij begreep en aanvaardde ook wat er met hemzelf was gebeurd: hij was een man die zijn vrijheid verkeerd had gebruikt, niet de juiste aandacht had besteed aan de volgorde van zijn leven – hij had niet nagedacht! – en nu voor de gevolgen opdraaide. Maar hoe moest hij begrijpen en aanvaarden wat Miranda overkwam? Hier ontging de getallenreeks hem, hij vervloog in de lucht, de harmonie liep stuk in zijn oren. Wat voor wereld straft een onschuldig kind met een monster als vader en neemt het vervolgens tot overmaat van ramp haar moeder af, de enige bescherming die ze had?

Teo maakte zich geen illusies. Hij wist dat er weinig kans bestond dat Pat zou herstellen, ze hadden er in het ziekenhuis geen doekjes om gewonden, en zelfs al zou ze weer op krachten komen, dan nog zou er in haar geestelijke toestand weinig verbeteren, de psychiater genoot ervan het woord 'onomkeerbaar' te gebruiken. Bovendien was Teo zich ervan bewust dat hij de leegte die haar afwezige ouders in Miranda achterlieten, nooit zou kunnen opvullen. Hij was heel groot, maar niet groot genoeg om dat gat te dichten. Hoezeer Miranda hem ook aanbad en hoezeer mevrouw Pachelbel en Dirigibus ook als familie zouden fungeren, al kwamen Pats ouders terug naar Argentinië en zouden ze hun rol van grootouders op zich nemen, het meisje zou die pijn de rest van haar leven met zich meedragen. Ze stond nog maar net op eigen benen en werd al tot dwangarbeid veroordeeld, die willekeurige, oneerlijke getallenreeks maakte hem razend, het liefst zou hij de straat op rennen en iemand vermoorden, dat formaat van hem moest toch eens ergens goed voor zijn.

Maar er was niemand die hij kon vermoorden. Geen enkele dood kon Miranda behoeden voor haar lot, zelfs die van de Gevallen Engel niet.

Het meisje viel meteen in slaap in haar eenpersoonsbed en snurkte zachtjes. Op televisie legde een dominee uit hoe het vagevuur werkte.

Teo doorzocht zijn bagage tot hij vond wat Mariela hem had gegeven. Het was een afgescheurd stukje papier, dat uit de poëziebundel was gevallen toen Teo die aan haar teruggaf.

Mariela had het heel voorzichtig opgeraapt, alsof het om een relikwie ging.

'Ik was vergeten dat ik dit had,' bekende ze terwijl ze het papiertje herlas. 'Ik had Patricia gevraagd naar die op de muur geschilderde verzen, die mijn nieuwe buurvrouw hardop had voorgelezen. Ze vertelde me dat ze van een Ier waren, William Butler Yeats. Haar lievelingsdichter, of die van haar moeder, dat weet ik niet meer precies. Toen ik werd vrijgelaten, was een van de eerste dingen die ik deed een boekhandel binnenlopen en de verzamelde gedichten aanschaffen. Sindsdien heb ik ze altijd bij me. Telkens als ik dat boek zie, springt mijn hart op, omdat ik het associeer met mijn vrijheid, met de blijdschap die ik voelde toen ik terugkeerde naar het leven.'

Mariela had het papiertje aan Teo gegeven. Het waren zeer fijne penseelstreken in een okerachtige kleur, ongetwijfeld geen inkt. Teo las de verzen, die in een puntgaaf handschrift waren opgeschreven:

> May she become a flourishing hidden tree
> That all her thoughts may like the linnet be,
> And have no business but dispensing round
> Their Magnaminities of sound.
> …
> If there's no hatred in a mind
> Assault and battery of the wind
> Can never tear the linnet from the leaf.*

'De maanden gingen voorbij, de zwangerschap vorderde en Patricia's haar droeg bij aan de vervaardiging van een nieuw penseel,' had Mariela gezegd. 'Op een middag … het was een van de laatste keren dat ik haar zag, alleen wist ik dat toen nog niet … heeft ze me dit papiertje gegeven. Ik was ontroerd, ik dacht dat ik nooit van mijn leven nog van iemand een cadeautje zou krijgen. En zij zei: "Hou het maar bij je, op een dag zul je aan me denken." Ik antwoordde: "Klets nou niet, je zult zien, we komen hier allebei uit, we zien elkaar buiten weer en dan zullen we lachen om alles wat we hebben doorgemaakt, terwijl

---

* Zij worde een boom die in 't verborgene bloeit,
En met haar denken zij niet meer gemoeid
Dan met de kleine vink, die zonder end
Grootmoedig lied op lied uitzendt
…
Is in een geest geen haat te vinden
Dan kan geen toorn van de ergste winden
De kleine vink wegrukken van het blad.

we maté drinken en een nieuwe revolutie organiseren, je moet sterk zijn, meer oefeningen doen dan ooit, want je hebt nu twee harten in plaats van één, daarbinnen zitten twee harten en het kleinste moet gezond groot worden." "Daarom vraag ik je ook het te bewaren," zei ze, en ik rolde het heel klein op en stak het tussen mijn haar, en toen ik eindelijk werd vrijgelaten, was dat het enige wat ik meenam, naast mijn littekens. Ik zocht het gedicht op in het boek en ik vond het, uiteraard, het is eigenlijk langer, ik zag het staan en heb het onderstreept,' zei Mariela, die was begonnen te huilen.

Daarna had ze met de rug van haar hand haar tranen weggeveegd en de gedichtenbundel gepakt, de tranen bleven komen terwijl ze de bladzijden omsloeg. 'Kijk nou toch, dat was ik helemaal vergeten,' had ze gezegd. 'Ik heb er niet eens bij stilgestaan toen ik jullie tegenkwam en besefte dat dat haar dochter was … Hier staat het! Kijk maar naar de titel. Het gedicht was niet voor mij bedoeld, nu snap ik het. Daarom wilde ze dat ik het bewaarde! Sorry, ik moet even naar het toilet.'

Mariela had het boek neergelegd en was weggelopen.

Het gedicht van Yeats heette *Een bede voor mijn dochter*.

CX

Voor thuiskomst nog een laatste stop

Ze waren drie dagen onderweg. Hoe dichter ze bij Santa Brígida kwamen, hoe langzamer Teo ging rijden. Hij leek vastbesloten de aporie (een onoplosbaar probleem, waar wiskundigen dol op zijn) over de onmogelijkheid een bepaald punt te bereiken, op de proef te stellen: hij vrat kilometers, maar de afstand tussen hem en zijn doel bleef oneindig.

Een van de artsen had hem over de telefoon verteld dat Pat nog bewusteloos was; haar hart sloeg met de snelheid van de vleugeltjes van een kolibrie. Teo wist niet wat er met zijn eigen hart zou gebeuren wanneer hij haar zou terugzien (als hij haar al terugzag, corrigeerde hij zichzelf), nu hij wist van de stormen die ze had doorstaan voordat ze in dat ziekenhuisbed schipbreuk had geleden. Hij had het idee dat er eeuwen waren verstreken sinds hij Pat had gezien als een lafaard die hen in de steek liet. Pat had hen niet in de steek gelaten, ze had zichzelf opgeofferd om niet te hoeven spreken. Ze was zichzelf te lijf gegaan om de enige brug die er tussen Miranda en de Gevallen Engel bestond, te verbranden.

Teo was ervan overtuigd dat de marineofficier het ziekenhuis in de gaten liet houden. Nadat hij Pat in de Belvederekliniek had opgespoord, lag het voor de hand dat hij daar iemand op wacht had gezet en dus ook dat hij op de hoogte was van haar zelfmoordpoging. Teo begreep nu dat Pats voorzorgsmaatregelen geenszins willekeurig waren geweest. De man stond nog steeds in contact met het gezag, zoals de fax die Farfi had ontvangen aantoonde. En ondanks het feit dat zijn misdaden *vox populi* waren, was hij nog niet veroordeeld en had hij nog nooit een normale gevangenis vanbinnen gezien. Hij moest vertrouwenspersonen hebben bij alle grenzen, havens en vliegvelden, en in alle steden.

Hij raadde mevrouw Pachelbel aan niet meer in het ziekenhuis op bezoek te gaan en ervoor te zorgen dat ook de rest zich aan dat advies hield. Hij zei niet veel door de telefoon (misschien werden ze afgeluisterd, de inlichtingendienst stond nog steeds onder invloed van de militairen), maar benadrukte wel dat het gevaarlijk kon zijn voor henzelf en dat hij hen geen risico wilde laten lopen. Tot slot vroeg hij haar om meteen nadat ze had opgehangen bij de centrale een nieuw nummer aan te vragen. De vrouw stribbelde tegen, maar Teo was stellig: dit telefoonnummer was de enige schakel tussen Pat en de buitenwereld, de Gevallen Engel zou het snel achterhalen.

Teo wilde Miranda in Santa Brígida achterlaten, waar men goed voor haar zou zorgen. Daarna zou hij zijn spullen in de pick-up laden en vertrekken. Hij was van plan om zo snel mogelijk het land te verlaten, de Gevallen Engel zou er uiteindelijk achter komen dat Pat getrouwd was en hij was liever niet in zijn buurt wanneer zijn nieuwsgierigheid werd geprikkeld: hij wilde niet de pijl zijn die naar Miranda wees. (En hij wilde ook niet het volgende slachtoffer van de Gevallen Engel worden; het was lastig te bepalen welke van zijn twee motieven het dwingendst was.) Hij had er altijd al van gedroomd om op een Franstalig Caribisch eiland te wonen, een hutje, een boot, meer had hij niet nodig. Daar zou hij wiskunde kunnen geven, wiskunde is in elk land hetzelfde, ze heeft geen huidskleur en verandert ook niet om politieke redenen, ze was het soort geloof dat hij graag uitdroeg.

Hij hield op met dromen en stopte bij een benzinestation.

'Alweer?' zei Miranda. 'Dat is al de vierde keer vandaag!'

'Als jij moet plassen dan stop ik toch ook? Reuzen hebben ook rechten! Kom, trek iets warms aan en stap uit. Vergeet je muts niet!'

Miranda gehoorzaamde. Ze waren al in het zuiden en het was weer koud, maar ze bleef mopperen: 'Ik hoef niet te plassen!'

'Je blijft hier ook niet alleen zitten. Laten we doen zoals altijd: ik waarschuw je als het mannentoilet vrij is en dan wacht je op mij bij de wastafels.'

Maar op het herentoilet leek wel een congres voor incontinenten gaande.

Eigenlijk hoefde Teo ook niet te plassen, hij had alleen maar gezocht naar het meest basale excuus om hun aankomst in Santa Brígida nog wat uit te stellen en was in zijn eigen leugen verstrikt geraakt. (Omdat het een halve leugen was, was hij ongemerkt langs

Miranda's radar gekomen, zo leek het althans.) Er zat niets anders op dan een compromis te verzinnen.

Hij sloot Miranda op in de pick-up en zei dat ze voor niemand open mocht doen.

Zelfs binnen in de wc's rook het naar benzine en opgewarmd rubber.

Hij deed er niet langer over dan vijf minuten, maar toen hij terugkwam, zat Miranda niet meer in de auto. Een van de raampjes stond helemaal open.

Miranda was naar het einde van het parkeerplaats gelopen. Teo zag haar meteen. In al die lagen kleding die hij haar had aangetrokken, leek ze wel een michelinmannetje. Haar lichaamshouding verbaasde hem: ze hield haar handen voor haar borst gevouwen, alsof ze aan het bidden was.

Het was het magische uur, die korte tijdspanne waarin het donker nog op zich laat wachten terwijl de zon zich al heeft verstopt. Miranda stopte aan de rand van een grasveld en ging op haar hurken naar een stukje bos verderop zitten kijken, een bomengroepje van lariksen, pijnbomen en coihues. Zo bleef ze een poosje zitten, met haar handen nog gevouwen; ze bevond zich op de scheidslijn tussen twee werelden.

'Wat doe je?' vroeg Teo.

Miranda schrok, de reus had haar verrast. Ze viel op haar knieën, maar nog steeds gingen haar handen niet open. Teo begreep dat Miranda iets in die holte bewaarde.

'Wat heb je daar?'

'Het krekeltje,' zei Miranda, terwijl ze opstond.

'Leeft hij nog?'

'Hij begon meteen te zingen toen jij weg was.'

Miranda ging met haar oog naar de opening en probeerde de krekel te zien.

'Ik dacht dat je er bang voor was.'

'Een beestje dat zingt, kan niet slecht zijn.'

'Wat wil je ermee doen?'

'Ik wil hem hier in het gras loslaten. Ik zou hem wel willen houden, maar in de auto gaat hij dood van de honger. Ik denk niet dat hij mortadella lust!'

De reus zei dat ze rustig afscheid mocht nemen. Hij kon die tijd goed gebruiken om even over zijn eigen afscheid na te denken.

Hij zou tussen de bomen een sigaret roken en ondertussen het meisje in de gaten houden. Was het niet paradoxaal dat er overal in het benzinestation waarschuwingen hingen met NON SMOKING AREA terwijl er in het bos geen bordje te bekennen was?

Hij had erover gedacht om haar een brief te schrijven. Dat was de beste oplossing. Miranda kon geen leugens in iets handgeschrevens ontdekken. Hij zou *David Copperfield* voor haar achterlaten (waarin een weesjongen slechts met behulp van zijn ontembare geest en de vriendelijkheid van vreemden het hoofd boven water leerde te houden) en de brief ertussen stoppen, een eenvoudig stukje tekst waarin hij zou zeggen dat hij dol op haar was en contact zou houden. Als zijn schuldgevoel tijdens het schrijven te overweldigend werd, zou hij de zaak wat aandikken en haar uitleggen dat hij wegging om haar te beschermen, dat hij het deed om haar achtervolgers op een dwaalspoor te brengen!

Toen herinnerde hij zich de uitspraak waar Pat de eerste keer zo kwaad over was geweest. *Malefacere vult, nunquam non causam invenit*: wie kwaad wil doen, vindt altijd een reden. De speer die hij had geworpen, keerde terug en zocht zijn hart.

Al piekerend kwam hij aan bij de eerste coihue. Hij stak zijn sigaret op; hij rookte met enige regelmaat sinds Pat was opgenomen, een kinderlijke manier om het gevoel te hebben dat ze bij hem was. De gloed van de lucifer verlichtte de boom.

Er zat een reeks inkepingen in de schors, in groepjes van drie. Die konden afkomstig zijn van een vork, een kleine drietand, een hark, van een ervaren messenwerper of van een hond die zijn nagels heel goed verzorgde. Maar Teo's lichaam twijfelde geen seconde en begon te zweten als een Toeareg. Hij moest steun zoeken bij de boom. Even later stond hij te lachen, wat moest hij anders, dit leek wel een grap, was hij nou helemaal van de ratten bezeken, of moest hij zeggen 'van de wolven'?

Hij keek naar de datum op zijn horloge en rekende snel terug. Binnenkort was er anderhalf jaar verstreken sinds hun eerste ontmoeting. Het verdomde beest had gelijk gehad, wij mensen waren slechts een speelbal van de goden.

'Gaat het?' vroeg Miranda, die naast hem opdook.

'En de krekel?'

'Ik heb hem al vrijgelaten. Hij neemt afscheid, hoor je dat niet?'

Teo hoorde vele vleugeltjes wrijven, maar Miranda herkende haar krekel te midden van het algehele concert.

'Gaat het echt wel?'

'Ik wilde je wat geven,' zei Teo. En hij overhandigde haar het papiertje, dat hij in zijn portemonnee had bewaard, samen met de oude tekening van de mandala en de sterrenregen.

'Wat is dat?' vroeg Miranda.

'Iets wat je moeder heel lang geleden voor je heeft geschreven, toen je nog niet geboren was.'

Miranda deed moeite om in het schemerduister te lezen.

'Wat betekent *linnet*?'

'Dat weet ik niet precies. Maar gezien de context denk ik dat het een vogel is.'

Het meisje was snel aan het einde van het gedicht en zocht Teo's ogen, alsof ze nog iets verwachtte.

'Vond je het mooi?'

'Hm. Wat betekent het?'

'Het is ... eh ... een gedicht dat ene Yeats heeft geschreven, je oma heeft het je moeder geleerd en nu geeft je moeder het weer aan jou door.'

'Ja, maar wat betekent het?'

Teo gooide zijn sigaret weg en kamde door zijn baard.

'Het is ... eh ... de uiting van een wens, iets wat ... ehmm ... jouw moeder wenst of droomt voor jou als ...'

'En wat betekent *magan* ... *Magnam* ...?' vroeg Miranda, worstelend met het lange woord.

'Grootmoedigheid. Dat is eh ... zoiets als eh ... poeh,' zei Teo, en hij spreidde zijn armen alsof hij de hele wereld wilde omvatten.

'Geeft niet,' zei Miranda, en ze stak hem de hand met het papiertje toe. 'Leg maar een andere keer uit.'

Zo bleven ze een tijdje staan, het meisje met het gedicht in haar hand en de reus die weigerde het aan te nemen.

Miranda zag iets in Teo's geaarzel waardoor ze haar armpje weer introk.

'O-*kay*. Ik bewaar het wel als je wilt,' zei ze, haar ogen neerslaand.

Teo ging op zijn knieën voor haar zitten en wilde het papiertje aanpakken, maar Miranda liet het niet los.

'Ga je weg?' vroeg ze zonder hem aan te kijken.

Dit meisje was een menselijke leugendetector. Het zou onmogelijk worden om haar te misleiden.

'Ja,' antwoordde Teo. 'Ik zet je af in Santa Brígida en dan ga ik.'

Miranda zei niets, ze zuchtte slechts met een air dat Dirigibus niet misstaan zou hebben. Ze hield zich in om niet te huilen, om hem niet met haar tranen onder druk te zetten, om Teo de elegante uitweg die hij tijdens de reis had voorbereid, te geven. Miranda zou niet in discussie gaan, ze wist dat zij een kruis was dat hij niet hoefde te dragen, hij wist dat ze hem niet eens zou veroordelen wanneer hij wegging, ze zou daar stilletjes aan de hand van Vera of Dirigibus of mevrouw Pachelbel blijven staan, haar matte ogen naar de grond gericht, de klap met berusting incasserend. Zo was ze – zelfs mevrouw Pachelbel erkende dat! –, zo'n tactvol kind, een bos bloemen waarmee God had geprobeerd bij ons terug in de gunst te komen, gelukkig was Pat niet bij bewustzijn, als ze wakker was geweest had ze hem met haar blik in brand gezet, hij was de kleinste reus ter wereld.

'Ik ga naar Bariloche. Bij je moeder langs,' zei hij toen. 'Ik mis Pat, ik hou van haar, ik heb haar nodig en ik wil weten hoe het met haar gaat. En daarna kom ik terug naar huis en vertel ik je hoe het met haar is, terwijl jij me helpt om het huis te poetsen. Het is daar vast een gigantische smeerboel!'

Miranda liet het papiertje los en sloeg haar armen om zijn nek. De reus omhelsde haar ook, het leek wel alsof hij een kussen vol veren tegen zich aan drukte, een kussen met vlechtjes.

'Heb je niet gehoord wat de wolf tegen mij zei, daar in het circus? Blijf bij het meisje in de buurt,' zei hij. 'Ik mag dan een beetje simpel zijn, zoals alle reuzen, maar ik ben niet doof. En als ik iets heb geleerd in deze tijd, is het wel dat als een wolf iets zegt, je maar beter naar hem kunt luisteren.'

Teo voelde Miranda's gezichtje in zijn nek, onder zijn baard; het was warm en zacht en vochtig.

'Weet je hoe hij jou noemde, die wolf? *Opus unicum,*' zei hij. 'Dat wil zeggen dat je een unieke creatie bent, een bijzonder iemand. Ik dacht dat hij het zei vanwege je krachten, je bent een vreemd vogeltje, dat valt niet te ontkennen. Maar nu geloof ik dat hij iets anders bedoelde. De wolf besefte dat jij *unicum* voor míj was, met of zonder krachten. Want jij hebt me vanaf het eerste moment geaccepteerd. Jij hebt me opgenomen! En nu is het zover, zoals jij al zei: we zijn familie, in goede en in slechte tijden. Je familie is de enige schat die je arm achterlaat als je hem verliest. Ik zou je niet in de steek kunnen laten, al zou ik het willen. Dus maak je maar geen illusies!'

Teo week een stukje terug, hij moest dat met sproeten bespikkelde gezichtje bekijken, er zeker van zijn dat haar ogen die paarse glans hadden.

Hij gaf haar twee zoenen en liet haar het papiertje met het gedicht zien.

'Wil je echt dat ik het bewaar?'

'Liever wel, dan raak ik het niet kwijt. Als ik groot ben, zal ik het beter begrijpen!'

'Ik heb je een hele hoop te vertellen.'

'Schrijf dat maar op een ander papiertje en, en, en dan bewaar je ze samen!'

'Over je vader en over je moeder.'

'Als ik groot ben en net zo lang word als jij, dan vraag ik ernaar en dan geef je ze aan mij. Of je leest ze voor, als je dat liever doet. Ik weet dat jij niet tegen me zult liegen!'

Ze gaf hem een zoen op zijn harige wang en huppelde naar de pick-up.

Op dat moment besefte Teo dat het Miranda goed zou gaan. De wereld had haar lelijk te grazen genomen, hij had slangen naar haar wieg gestuurd, maar wie kon je beter hebben dan Miranda om slangen in bloemslingers te veranderen? Met de tijd zou ze de beslissingen van haar moeder gaan begrijpen, die onder de zwaarste omstandigheden het beste van zichzelf had gegeven. Had ze haar soms niet grootgebracht terwijl ze voor de meest gewetenloze moordenaars op de vlucht was? Nu ze Teo en mevrouw Pachelbel en Dirigibus en de familie Caleufú waren tegengekomen, moest Pat zelfs in haar huidige toestand nog weten dat Miranda niet alleen of aan haar lot overgelaten was, Pat wist dat zij over haar welzijn zouden waken, Miranda was bij haar echte familie en zij zouden altijd voor haar opkomen, want Miranda was veel meer dan zij allemaal samen, Miranda was het beste deel van henzelf en moest tegen elke prijs worden beschermd.

Terwijl hij haar vrolijk weg zag huppelen, vroeg Teo om kracht om niet nog eens de fout in te gaan, hij was tenslotte maar een reus, geen groot man, alleen groot van postuur, die te veel tijd had gestoken in pogingen om zich klein te maken, die ervoor had gekozen klein te leven en zich afvroeg of het inmiddels niet te laat was om de hoogte te bereiken waarvoor het leven hem bedoeld had. Uiteraard was hij nog altijd bang (Teo trilt toch nog), maar uiteindelijk doe je het met wat je hebt, niet meer en niet minder. Het leven is een theaterstuk dat alle ruimte biedt; het legt niets vast, maar laat ieder zijn rol kiezen: hoofdrolspeler of koor, held, schurk of vrolijke noot.

Ieder individu is de muziek die hij creëert met de noten die hij bij zijn geboorte heeft meegekregen. Teo achtte zichzelf niet in staat onvergetelijke muziek te bieden, maar hij zong wel de lage tonen die de steunpilaren van Miranda's klankkathedraal vormden. Hij twijfelde nogal eens aan zijn eigen talent, maar kennelijk had Pat iets in Teo gezien wat hij zelf niet eens doorhad, de truc met Pat was negeren wat ze zei en geloven in wat ze deed, Pat had in Teo geloofd, of had ze hem soms niet haar waardevolste bezit toevertrouwd? En Miranda had ontegenzeglijk hetzelfde gedaan, ze had vanaf het eerste moment vertrouwen gehad en Dirigibus ook, en mevrouw Pachelbel had haar tijd genomen, maar draaide uiteindelijk ook bij. Ze hadden hem geschikt bevonden om die plaats te vervullen, om er te zijn, om hoog te mikken! Zelfs de wolf had zijn vertrouwen in hem uitgesproken!

Estote parati, had het beest gezegd. Dat was de sleutel. Voorbereid zijn.

Als Teo in staat was geweest de tijd in omgekeerde richting te ervaren, van voor naar achter stromend (de cirkel die sluit!), had hij geweten wat wij weten en zou hij gerust zijn geweest: de Gevallen Engel zal Miranda nooit in handen krijgen. Een ophanden zijnde gebeurtenis, waarvan in de volgende hoofdstukken verslag wordt gedaan, zal hem afbrengen van het enige spoor dat hij had om bij het meisje te komen. Kort daarna zal hij voor het eerst worden gearresteerd vanwege de ontvoering van de smid. En hoewel hij meteen weer op vrije voeten komt, zullen de rechtbanken over de hele wereld zo hardnekkig om zijn aanhouding vragen dat hij geen andere keus heeft dan zich te verschansen tussen de muren van een marinebasis.

Teo kan dit allemaal niet weten, nog niet. Net als die nerd van een God waar hij soms in gelooft, is hij gedwongen zijn bestaan in slechts één richting waar te nemen. De enige manier om de toekomst waarvan hij droomt te bezweren, is dezelfde als die we allemaal hebben: door hem elke dag op te roepen met de handelingen in het heden, het heden van het benzinestation, van een lege blaas en een volle tank, o zo dicht bij Santa Brígida.

Miranda stond op een paar passen van de pick-up op hem te

wachten en vroeg voor de zoveelste keer: 'Is het nog ver tot we er zijn?'

'Het is nog maar een heel, heel klein stukje,' zei hij, en hij streek zijn baard opzij om haar zijn glimlach te laten zien.

Ze konden er maar beter haast achter zetten voordat de storm losbrak.

CXI

Waarin meneer Torrejas zijn ijver overdrijft, met trieste gevolgen

De sneeuw verraste iedereen. Niemand had hem zo vroeg verwacht. De kinderen moesten nog een maand naar school. Het was een weinig bemoedigend vooruitzicht dat het eindfeest hinder van het weer zou kunnen ondervinden. En het was ook nog eens 's ochtends vroeg met sneeuwen begonnen, zo zachtjes dat de mensen er pas achter kwamen toen ze hun rolluiken optrokken om de nieuwe dag te beginnen. De wereld was zwart toen ze naar bed waren gegaan en verblindend wit toen ze wakker werden.

Als het zo hard sneeuwde, gelastte juffrouw Posadas de lessen altijd af. Het eerste wat ze dan deed, was meneer Torrejas bellen om ervoor te zorgen dat hij niet op zijn rit met de schoolbus vertrok. Vervolgens zette ze een hele telefoonketen in gang en droeg ze de onderwijzeressen op de moeders te laten weten dat ze hun kinderen niet de kou hoefden in te sturen. Maar ditmaal was ook juffrouw Posadas door de sneeuw verrast en was het al te laat toen ze de telefoon pakte. Meneer Torrejas was van huis gegaan toen het nog donker was.

Hij was inmiddels halverwege en had al tweeëntwintig families met zijn getoeter gewekt!

De meeste ouders konden meneer Torrejas niet uitstaan, ze haatten zijn vreselijke humeur, zijn boeren en het gemak waarmee hij het gaspedaal intrapte, terwijl hij geen dozen vervoerde, maar kinderen. Maar ze wisten ook dat Torrejas het enige voertuig bestuurde dat een vergunning had om hun kinderen te halen en te brengen, en zo stonden ze met de rug tegen de muur: of ze maakten gebruik van Torrejas' diensten en kwamen netjes op tijd op hun werk, of ze brachten hun kinderen zelf naar school en namen daarmee het risico ontslagen te worden. En dus sleurden ze hun kinderen uit bed, kleedden hen als een pop aan en zetten hen zonder ontbijt in de deuropening, want ze waren bang voor Torrejas' woede en wilden niet dat hij hen van zijn route zou uitsluiten. Veel ouders ontdekten pas op dat moment dat het gesneeuwd had en konden hun kleintjes niet eens meer warm inpakken omdat Torrejas de busdeur al had gesloten en ondanks hun protesten al naar de eerste versnelling schakelde.

Meneer Torrejas was onderweg naar het huis van de familie Yáñez, zijn volgende halte. Hij had al twintig kinderen tussen de vijf en elf jaar ingeladen (twee moeders hadden geweigerd hun kinderen de sneeuwstorm in te sturen en zich daarmee de eeuwige haat van de chauffeur op de hals gehaald) en er ontbraken er nog zeventien. Als hij in dit sukkeldrafje doorreed, zou hij te laat op school komen; die gedachte maakte hem bloedchagrijnig. Hij sprak met zichzelf af slechts één keer te claxonneren en twintig seconden te wachten. Het gezin dat in dat tijdsbestek geen teken van leven gaf, had zijn kans verspeeld; Torrejas had een verantwoordelijkheid, hij was de verplichting aangegaan een punctuele dienst te verlenen en wilde graag laten zien wat zijn woord waard was.

Er kwam een kind naar hem toe om te vragen of hij de verwarming niet kon aanzetten. Het was de kleine Marco Granola, de zoon van Lucio en de enige kleinzoon van mevrouw Granola. Torrejas kon wel raden wat hij zei, want het jochie stond te klappertanden. Hij antwoordde dat de verwarming al aanstond en vroeg of hij dat soms niet gemerkt had.

'Kan hij niet wat hoger?' drong Marco aan. Hij leek wel een Oliver Twist die bang en dwingend tegelijk om nog een portie eten vroeg.

Zijn aandringen bracht Torrejas buiten zichzelf. Hij schreeuwde tegen het joch dat hij moest gaan zitten. En in zijn blinde woede reed hij de tweesprong voorbij en ging hij rechtdoor waar hij links had moeten aanhouden; de verkeersborden waarop hij was aangewezen om zich te oriënteren, waren ondergesneeuwd.

Hij reed nog tien minuten verder voordat hij het door begon te krijgen. Het huizengroepje waar de familie Yáñez woonde, was nergens te bekennen. Hoe kon dat nou? Als hij in zijn gejaagdheid verkeerd was gereden, zou hij er nog langer over doen dan hij vreesde. Ellendige snotneus, dacht hij, terwijl hij in zijn spiegel naar de koukleum zocht; het was zijn schuld, hij had hem afgeleid!

Het duurde nog een paar minuten voordat hij er zeker van was dat hij verkeerd was gereden. Tot overmaat van ramp zat hij op een smalle weg, hij zou een speciale plek moeten vinden om te kunnen keren, een kruispunt of een stuk waar de weg breder werd; als hij zich in de berm waagde, kon hij vastraken in de sneeuw en zou hij op hulp moeten wachten; alleen kon hij niks uitrichten en aan die bende nietsnutten, verwende snotneuzen en zeurpieten had hij helemaal niks!

Torrejas gaf nog meer gas, hij moest het punt waar hij kon keren zo snel mogelijk vinden. Doordat hij de weg niet kende, wist hij ook niet dat er vóór hem een heuveltop lag waar hij voorzichtig overheen moest rijden zodat de bus op de witte weg niet in een slip zou raken.

Zonder af te remmen scheurde hij de heuvel op. De wielen van de bus kwamen van de grond. Een paar millimeter slechts, maar genoeg. Toen ze weer in contact met de grond kwamen, schoven ze door alsof ze op ijs reden. Torrejas draaide wild aan zijn stuur, maar het voertuig schoot door. De kinderen tuimelden gillend over elkaar heen, de bus rukte de takken van de bomen en vloog met een waanzinnige snelheid naar wat de bodem van een put leek.

Het laatste wat meneer Torrejas in deze wereld zag, was een muur van sneeuw die in volle snelheid op hem afkwam. Hij wilde het stuur nog omgooien, maar het reageerde niet meer. De bus knalde frontaal op de voet van de berg.

De kinderen overleefden omdat ze net zo'n hekel aan meneer Torrejas hadden als hun ouders en daarom geneigd waren om achter in de bus bij elkaar te gaan zitten, zo ver mogelijk uit de buurt van die onuitputtelijke bron van chagrijn. Op het moment van de klap brak de voorruit, viel Torrejas met zijn voorhoofd midden op het stuur (waar de claxon zat, die bij wijze van afscheid een klaroenstoot liet horen) en gleed de sneeuw als water door de kapotte ruit naar binnen. De kinderen die naar voren werden geslingerd, werden door de verse sneeuw opgevangen. Sommigen verloren het bewustzijn, anderen vielen stil van schrik en weer anderen huilden. (De schrilste jammerkreten duidden op botbreuken.) Degenen die het snelst weer waren opgekrabbeld, wilden meneer Torrejas om raad vragen, maar de chauffeur kon niemand meer helpen. Zijn lichaam lag half bedolven onder de sneeuw en dat bespaarde de kinderen de aanblik van de dood, die meneer Torrejas (daar kon hij trots op zijn!) vroegtijdig had bereikt.

CXII

Tekent de start van de zoekactie op en de verrassende manier waarop Teo erbij betrokken raakt

De opkomst voor de lessen was laag die ochtend. De meeste leerlingen kwamen te laat, plus een aantal onderwijzeressen. De bel voor de eerste pauze was al gegaan toen iemand opmerkte dat meneer Torrejas en zijn oranje bus schitterden door afwezigheid. Een snelle inspectie maakte duidelijk dat geen van de kinderen uit de schoolbus in zijn bankje zat.

Aanvankelijk leek dat verklaarbaar: als Torrejas zich onder zulke omstandigheden niet op de weg had gewaagd, zouden de kinderen ook wel thuis zijn gebleven. Maar halverwege de ochtend kwam een kind dat normaal altijd met de bus meereed, aan de hand van zijn vader binnen. De man zei dat Torrejas in alle vroegte was langsgekomen, toen het nog volop sneeuwde, en dat hij op dat moment had besloten zijn zoon niet naar school te laten gaan. Maar na een tijdje was het minder gaan sneeuwen en had hij ervoor gekozen het jongetje zelf te brengen.

De vraag waarmee de onderwijzeressen zich tot juffrouw Posadas wendden, gaf terecht reden tot bezorgdheid: als Torrejas' bus aan zijn dienst was begonnen en verscheidene kinderen had opgehaald, waarom was hij dan nooit op zijn plaats van bestemming aangekomen?

Ze belden naar de ouders thuis. De onderwijzeressen hadden hen liever niet ongerust gemaakt, maar ze hadden geen keus als ze wilden achterhalen waar Torrejas uithing. Tegen ouders die in paniek raakten toen ze hoorden dat hun kinderen nooit waren aangekomen, zeiden ze dat Torrejas hoogstwaarschijnlijk vastzat in de sneeuw; zodra ze wisten waar ze waren, zouden ze dat onmiddellijk laten weten.

Juffrouw Posadas waarschuwde de gendarmerie. De eerste patrouilles doorzochten de omgeving van de school, zonder resultaat.

Rond het middaguur hadden de onderwijzeressen een lijst opgesteld met kinderen die 's ochtends in de bus waren gestapt en overhandigden die aan de agenten. De zoekactie had nog geen resultaat opgeleverd, hoewel de oranje bus in het witte landschap toch goed zichtbaar zou moeten zijn.

Kort na twaalven begon het opnieuw te sneeuwen.

Teo had de sneeuw 's ochtends gezien en Miranda laten slapen. Toen ze wakker werd en hem om tekst en uitleg vroeg, zei de reus dat ze maar eens door het raam moest kijken. Maar Miranda wilde dolgraag haar klasgenootjes zien, na al die dagen dat ze op reis waren geweest. Ze was zo vastbesloten om haar oude leventje weer op te pakken dat Teo niets anders kon doen dan zijn sneeuwkettingen omleggen en op pad gaan.

Toen ze op school kwamen, zagen ze de patrouilles staan.

Teo wilde meteen de auto in zijn achteruit zetten en wegrijden. Hij dacht aan de Gevallen Engel, hij had de school gevonden en zijn troepen op Miranda afgestuurd, die lui in uniform waren altijd hetzelfde, ze hielden elkaar allemaal de hand boven het hoofd. Maar Salo, die er al was, herkende de pick-up van verre en rende zwaaiend naar hen toe. Hij vertelde dat de bus van Torrejas met de kinderen werd vermist. Zodra hij die onheilspellende achternaam had uitgesproken, keek Teo Miranda aan met een mengeling van verbazing en ontzetting die de ziener Tiresias bij stervelingen placht op te roepen.

De reus stapte samen met Miranda uit, hij wilde er meer over horen. In de school hing een opgewonden sfeer. Het was inmiddels niet meer stil te houden dat er iets aan de hand was. Torrejas' vrouw had gebeld om te zeggen dat haar echtgenoot (levensgezel, om precies te zijn) niet was thuisgekomen.

Juffrouw Teresa sloot Miranda in haar armen, te midden van alle zorgen was het goed nieuws om het meisje terug te zien. De onderwijzeres hield zich in Miranda's bijzijn groot, maar zodra die met Salo ging spelen, vertelde ze Teo hoe ongerust ze was. Het was zo raar wat er was gebeurd, en dan was het ook nog eens stervenskoud. Ze moest de hele tijd aan haar leerlingen denken die in dat ijskoude koekblik zaten, en tot overmaat van ramp met Torrejas als leider en gids.

Teo stelde haar een paar vragen. Hoeveel kinderen werden er vermist? Twintig, zei de onderwijzeres, wat betekende dat hij halverwege zijn rit was geweest. Wisten ze precies wie er waren ingestapt? Teresa zei dat ze al een lijst hadden opgesteld. Teo opperde dat die lijst handig kon zijn om het gebied waar ze waren zoekgeraakt af te bakenen, ze moesten ergens tussen het huis van het laatste kind dat hij had opgehaald en de volgende op de route, waar hij dus niet meer was aangekomen, zijn blijven steken.

Teresa vroeg Teo zijn voorstel aan de gendarmes voor te leggen. De reus had daar weinig trek in, maar begreep dat het zijn plicht was. Tot zijn geluk kwam Teo de agent tegen die kort na zijn aankomst in het dorp de zoektocht naar de 'wilde hond' had geleid; bij hem voelde de reus zich meer op zijn gemak. De agenten begrepen Teo's redenering en vroegen de onderwijzeressen met de kinderen te gaan praten die niet door Torrejas waren opgehaald. Misschien was het mogelijk precies te reconstrueren hoe de bus was gereden.

Voordat ze zich op de telefoons stortten, deed Teo nog een aanbeveling. Als Torrejas zo dwangmatig was als ze zeiden, haalde en bracht hij de kinderen waarschijnlijk elke dag volgens dezelfde route, dus bracht hij eerst het kind thuis dat hij het laatst had opgehaald, enzovoort. De kinderen wisten waarschijnlijk niet in welke volgorde de kinderen vóór hen instapten, maar vast wel die waarin ze na school altijd uitstapten, als ze teruggingen naar de televisie en moeders keuken.

Een uur lang waren ze bezig om uit te vinden dat de keten bij de familie Yáñez verbroken werd. Meteen gooiden de agenten hun zoekplan om en bakenden een gebied af met dat huis als middelpunt. De agent die Teo kende, besloot al zijn manschappen in te zetten op de weg tussen dat huis en dat van de familie Guevara, het vermiste kind dat het dichtst bij de familie Yáñez woonde; zoals de reus al had aangegeven, lag het voor de hand dat de bus ergens op dat traject was vastgelopen.

Voordat hij wegreed, gaf hij Teo de telefoonnummers van zijn eenheid. Als hij nog wat bedacht, hoefde hij maar contact op te nemen met de centrale en naar sergeant Oliverio te vragen: de boodschap zou binnen een paar seconden doorkomen.

Teo maakte aanstalten om te vertrekken. Hij vroeg Miranda of ze wilde blijven of liever met hem mee wilde gaan.

'Waar ga je naartoe dan?' vroeg ze verrast.

'Waarnaartoe? Aan het werk, meid. Er moet toch brood op de plank komen!'

'Help je niet meer mee?'

'Wat moet ik doen? Ik heb al even geholpen, zij moeten nu ...'

'Ze zullen niks vinden.'

Ze zei het zo zelfverzekerd dat Teo haar bleef aanstaren.

'En hoe weet jij dat?' vroeg hij.

'Dat heb ik je al gezegd en ik heb het ook al duizend keer tegen Pat gezegd, maar jullie luisterden nooit. Meneer Torrejas had nooit in de bus moeten rijden, *never, never!*'

'Dat is iets tussen hem en degene die hem heeft aangenomen. Op dit moment maakt het trouwens weinig uit. Het gaat er nu om dat we hem vinden, daarna zien we wel weer verder. Misschien wordt hij ontslagen, misschien houdt hij er zelf mee op ... Kom je nou mee of niet?'

'Ik ga mee. Maar niet om te werken. We moeten de kinderen zoeken!'

'Zijn je hersens bevroren of zo? De politie is ze aan het zoeken, we lopen alleen maar in de weg!'

'Ze zullen niks vinden!' herhaalde Miranda.

Teo nam haar even apart, zodat niemand meer kon horen waar ze het over hadden.

'Wat probeer je nou te zeggen? Ik weet dat je probeert me iets duidelijk te maken,' fluisterde hij.

'Denk aan die kinderen,' zei Miranda, die net zo zachtjes terugpraatte. 'Kinderen net als ik. Twintig jongens en meisjes. Bedenk dat ze in die lelijke, harde bus zitten opgesloten, blauw van de kou, en dat ze er niet uit kunnen, de deuren zijn geblokkeerd, de ramen ook, ze zitten in de val.' Miranda sprak steeds sneller, alsof ze zelf een van die vermiste kinderen was. 'Misschien is er wel een gewond en moet hij huilen, heeft hij het koud, heeft hij pijn, een bot gebroken, een paar zijn er bewusteloos, denk eraan dat niemand ze helpt, meneer Torrejas helpt ze niet, meneer Torrejas is dood, *he's dead, dead!*'

Teo schudde haar een beetje door elkaar om haar uit haar trance te halen.

'Miranda, wat zeg je nou?'

'Ik weet het niet,' zei het meisje, door angst bevangen. Haar ogen hadden zich gevuld met tranen. Nu schudde zij Teo door elkaar. 'Ik weet het niet!'

CXIII

Teo en Miranda leggen dezelfde weg af als wijlen Torrejas

Onderweg kwamen ze sergeant Oliverio tegen. Ze zwaaiden vanuit hun auto's naar elkaar. Teo vroeg of het stoorde als hij ook wat rondkeek in het gebied.

'Natuurlijk niet,' zei de gendarme. 'Als er nieuws is, dan weet u welk nummer u moet bellen.'

En langzaam reden ze verder in tegenovergestelde richtingen, terwijl een steeds dikker pak sneeuw de aarde bedekte.

De zoekactie bleef zonder resultaat. Minutieus speurden ze de wegen af die naar het huis van de familie Yáñez leidden, zonder ook maar één spoor te vinden. Farfi ging zich met de situatie bemoeien en verzocht zijn collega bij de gendarmerie alle middelen in te zetten: met een kou als deze werd het gevaar voor de kinderen met de minuut groter.

In hun wanhoop begonnen ze rekening te houden met de meest absurde hypotheses. Iemand vroeg zich af of het wellicht om een ontvoering ging. Meneer Torrejas een ontvoerder? Iedereen wist dat zijn financiële levenswandel op zijn zachtst gezegd grillig was geweest, maar het was ook duidelijk dat het hem met het schoolvervoer goed was gegaan, goed genoeg in elk geval om prima rond te kunnen komen en zijn kinderen, waar hij volgens de wet nog altijd verantwoordelijk voor was, te onderhouden. De mogelijkheid bestond dat iemand anders ze tegen zijn wil ontvoerd had, maar waarom had die persoon dan nog geen contact opgenomen om losgeld te vragen?

Hoewel er meerdere kilometers, een half dorp en tonnen sneeuw tussen hen in lagen, hielden Farfi en Dirigibus enerzijds en Teo anderzijds rekening met een mogelijkheid die ze niet durfden uit te spreken: dat de verdwijning van de kinderen verband hield met de

Gevallen Engel en diens zoektocht naar Miranda. Het klonk absurd, dat soort mensen opereerde meestal in de schaduw en deed nooit iets wat de aandacht op hun persoon vestigde, ze bleven liever onzichtbaar en ongestraft. Maar wat als de Gevallen Engel gek was geworden? Nu de mensen dankzij de televisie zijn gezicht kenden, nu het erop leek dat hij voor zijn misdaden terecht moest staan, was het dan zo onwaarschijnlijk dat hij krankzinnig was geworden? Het enige wat Dirigibus geruststelde, was dat Miranda niet op de lijst van vermiste kinderen stond. Bovendien had mevrouw Pachelbel naar school gebeld en had men haar verteld dat Miranda aan de hand van Teo was weggegaan; vooralsnog hoefden ze zich geen zorgen te maken.

Het mogelijke verband tussen Miranda en de verdwijning van de bus was echter niet zo snel uit Teo's hoofd verdwenen. De gedachte bleef aanwezig, terwijl hij stapvoets door het gebied reed. Hij moest die kinderen vinden, omdat het zijn plicht was en ook omdat Miranda een band met hen voelde, want Teo had geleerd te vertrouwen op de intuïtie van het meisje, hoe bizar die ook leek. Maar hij had nog een drijfveer om mee te helpen. Zolang er ook maar een heel vaag vermoeden bestond dat de Gevallen Engel verband hield met deze verdwijning, wilde Teo niet nalaten zijn steentje bij te dragen. Als hem één ding was bijgebleven van de laatste tijd, dan was het wel dat weglopen voor je verantwoordelijkheden alleen maar leidt tot groter en nog onomkeerbaarder leed.

'Volgens mij zat ik er gewoon naast,' zei hij, toen ze helemaal dezelfde weg terug waren gereden. 'Alles wees erop dat ze hier ergens zouden moeten zijn, maar ze zijn er niet.'

'En als meneer Torrejas nou verdwaald is?'

'Die man rijdt die weg elke dag, hij kan zich niet vergissen.'

'Iedereen kan zich vergissen,' zei Miranda. 'Misschien heeft hij het door de sneeuw niet goed gezien. Misschien heeft hij niet opgelet en een andere weg genomen!'

Teo keek haar aan met de verwondering van iemand die voor het eerst in een glazen bol kijkt.

'Klets je nou maar wat of is het iets wat je op de een of andere manier … weet?'

Miranda dacht even na en vroeg toen: 'Hoe weet ik het verschil?'

'Goeie vraag.'

Maar de twijfel was gezaaid. Teo besloot nogmaals dezelfde weg af te rijden en nu op afslagen en splitsingen te letten. Hij deed het liever meteen dan dat hij tijd verloor met het zoeken naar een telefoon om sergeant Oliverio de mogelijkheid voor te leggen.

Al vrij snel had hij de weg gevonden die Torrejas was ingeslagen terwijl hij Marco Granola uitfoeterde. Omdat Teo langzaam reed, kwam hij zonder problemen de heuvel over. Hij reed nog een halfuur in hetzelfde tempo verder, steeds bergafwaarts, tot hij zag dat de weg ophield. In die ijzige woestenij stonden een paar huisjes. Teo vroeg of iemand daar die dag een schoolbus had gezien. Het antwoord van de twee vrouwen (die niet eens opendeden; de aanblik van de reus door de kieren van de deur maande hen tot voorzichtigheid), was eensluidend: schoolbussen kwamen daar niet, die dag niet en nooit niet.

Halverwege de terugreis zei Miranda tegen Teo dat ze moest plassen.

'Dat had je daar beneden bij die oude vrouwtjes wel kunnen zeggen. Nu zijn we een halfuur verwijderd van de dichtstbijzijnde wc!' mopperde Teo.

'Als het komt, dan komt het.'

'Wil je uitstappen en hier plassen? Je kont vriest eraf!'

'Liever dan het in mijn broek doen.'

Hij stopte de pick-up. Miranda stapte uit en verdween achter de auto.

'En?' vroeg Teo meteen. 'Ik hoor niks. Lukt het?'

'Dat hoor je ook niet, gekkie, ik plas maar een heel dun straaltje,' riep Miranda achter de auto. 'Niet zoals jij met je olifantenstraal!'

Die opmerking zette Teo aan het denken toen hij naar de bomen keek. Vanuit Miranda's raampje kon je zien dat de bomen aan die kant van de weg een hoop takken kwijt waren, alsof er een olifant was langsgekomen die alles had meegesleurd wat er op zijn weg kwam. Een paar lagen er op de grond, half bedolven onder de sneeuw. Als je helemaal naar beneden keek, zag je uiteraard niets dan sneeuw, geen bandensporen of oranje stipjes in de verte, maar toch. Als het geen olifant was geweest (een mogelijkheid die misschien absurd klonk, maar ook weer niet helemaal voor een man die eraan gewend was om in het Latijn te praten met een wolf), wat kon dan wel een dergelijke kaalslag hebben veroorzaakt?

Miranda kwam terug bij de auto.

'Brrr ... !' rilde ze. 'Je had gelijk. *My ass is numb!*' zei ze, wat eleganter klonk dan zeggen dat ze geen gevoel meer in haar kont had.

Teo vroeg haar daar even te wachten en stapte uit.

Hij liep een paar passen tot hij bij de eerste takken kwam die uit de sneeuw staken. Hij trok er een uit, wat vrij gemakkelijk ging. Het was een hele grote, vol zijtakken waar nog volop naalden aan zaten. Bij de tweede zag hij hetzelfde.

'Wat zeg jij hiervan?' vroeg hij aan Miranda, die haar raampje naar beneden had gedraaid om hem goed te kunnen zien. 'Denk jij dat deze takken kort of lang geleden zijn afgebroken?'

Miranda haalde haar schouders op, ze had geen flauw idee.

Teo liep weer naar de weg. Hij keek naar het stuk weg dat voor de pick-up lag, een flauwe bocht die naar de top van de heuvel omhoogliep. Het was eenvoudig een imaginaire lijn te trekken: een voertuig dat vanuit de tegenovergestelde richting met een flinke snelheid de heuvel over kwam, zou op de gladde weg in een slip kunnen raken en precies op dit punt tussen de bomen door kunnen vliegen. En een voertuig als een bus zou dan hoog genoeg zijn om in het voorbijgaan die takken af te rukken. Teo raakte opgetogen, dit was goed mogelijk, er waren geen sporen omdat er sneeuw was blijven vallen, dezelfde sneeuw als die op de afgebroken takken lag. Maar als zijn redenering klopte, waar was dan in godsnaam de bus? Hoe ver kon hij nog zijn doorgereden voordat hij tot stilstand kwam?

Hij liep van de weg af het ijskoude bos in.

'Waar ga je naartoe?' vroeg Miranda.

'Ik moet even iets bekijken,' riep Teo, zonder te blijven staan.

Het terrein liep steeds steiler naar beneden en Teo zakte steeds dieper weg, het was verse sneeuw die makkelijk meegaf onder zijn enorme lijf. Hij liep door tot de sneeuw tot zijn knieën kwam. Hij was huiverig om door te lopen, om te blijven steken en Miranda bang te maken. Vóór hem liep de helling steil naar beneden tot ze opging in de berg. In het landschap was niet het geringste spoor van de bus te bekennen. Alleen maar sneeuw, een perfecte deklaag … en wie weet hoe dik.

Teo riep een paar keer. Niemand antwoordde, behalve zijn echo en wat vogels die zich beklaagden over het lawaai.

'Er is niks te horen. Hier is niemand,' zei Miranda toen ze hem terug zag komen.

'En als ze nou daar beneden liggen? Stel je voor dat de bus in volle vaart van de weg is geraakt en de afgrond in is gereden. Misschien is hij wel naar de bodem gestort en heeft die klap een lawine veroorzaakt!'

'Bedoel je dat de bus daar beneden onder de sneeuw ligt?'

'Zoals Sherlock Holmes al zei: als je alle mogelijkheden hebt uitgesloten, blijft alleen het onwaarschijnlijke over.'

Miranda stapte uit de auto en liep het bos in.

'Niet te ver, je zakt weg in de sneeuw.'

Het meisje zette nog een paar stappen en stopte. Ze bleef naar de uitgestrekte witte vlek beneden staren. Zelfs van een afstand zag Teo dat er een siddering door haar schoudertjes trok. Vervolgens draaide ze zich om, zocht de ogen van de reus en knikte. Haar ogen waren dof geworden, er zat geen sprankje hoop in.

'Kom, snel,' zei Teo. 'We moeten de sergeant waarschuwen. Als ze echt hier liggen, hebben we graafmachines en de hele rataplan nodig. Het ziet er verdomd lastig uit. De graafmachines krijgen het zwaar hier op die helling. En met die kou er nog bij ... Ga maar vast *De slag om de warmte* zingen!' zei hij, in een poging zijn ongerustheid met een grapje te verdrijven.

Maar Miranda vatte het niet op als een grapje. Ze knikte ernstig en begroef vervolgens haar gezichtje in zijn borst. Zo bleef ze even staan, tot ze opveerde en Teo bij zijn mouw greep.

'Alleen lukt het niet,' zei ze. 'Snap je? Ik kan het niet alleen!'

In haar ogen lag een vragende, paarse glans.

CXIV

Een vertwijfelde reddingsoperatie, als inleiding op een nog onwaarschijnlijkere

Het lastigst was het stuk terug naar de hoofdweg. Er waren op dat tijdstip al veel vrachtwagens langsgekomen, die diepe sporen hadden getrokken, geulen waarin ijs zich vermengde met modder, een combinatie die onherroepelijk tot slippartijen leidde. Op het slechtste gedeelte stak er een zijwind op die aan de pick-up rukte alsof hij van blik was. Teo worstelde om het stuur recht te houden toen er plotseling een schim voor hem opdook. Hij schrok en haalde zijn voet van het gaspedaal. De donkere vlek bleef voor de voorruit hangen en wapperde als een vlag in de wind. Teo wachtte tot de auto tot stilstand was gekomen en stapte uit. Aan de antenne hing een stuk papier, dat hij er maar met moeite af kreeg omdat het door de windvlagen alle kanten op fladderde. Hij wilde het al weggooien toen hij het woord 'Sever' las en nieuwsgierig werd. Onder dat kopje stonden slechts de regels van het feest, die Teo nog eens doorlas:

1. Je bent wat je niet bent.
2. Binnen is buiten.
3. Alle regels worden omgedraaid.
4. Onze fouten worden ons vergeven.

Hij wierp het op de grond en benutte de stop om zijn sneeuwkettingen eraf te halen.

De hoofdweg was schoongeveegd, met uitzondering van de bermen. Teo gaf gas. Toen hij zich zeker voelde bij honderd kilometer per uur, probeerde hij honderdtwintig. Toen hij zich daar zeker bij voelde, wilde hij doortrekken naar honderdveertig, maar de wind liet hem schrikken (weer zo'n vlaag die op de zijkant van de pick-up inbeukte) en hij besloot wat vaart te minderen. Hij moest voorzichtig zijn, er hing te veel af van zijn aankomst. Maar het trage tempo dreef hem tot wanhoop. Hij kon bijna Miranda's stemmetje horen, dat vertelde wat de kinderen voelden alsof ze samen met hen in de bus zat. 'Blauw van de kou. Ze kunnen er niet uit. De deuren zijn geblokkeerd, de ramen ook. Ze zitten in de val, ze zijn gewond. Ze huilen. Ze denken dat niemand hen helpt, dat ze hen zijn vergeten.'

Hij kwam in de regen in Bariloche aan en kon geen parkeerplaats vinden in de buurt van het ziekenhuis: de wet van Murphy deed zich gelden. Toen zag hij een busje dat zijn richtingaanwijzer had uitstaan. Teo dacht dat het weg wilde rijden en wachtte op de parkeerplaats. Achter hem werd hevig getoeterd. Hij stond op de rechterrijbaan en hield de helft van het spitsverkeer op, gelukkig was er geen politie, die lui zijn met zulk weer nergens te bekennen.

Uiteindelijk won zijn ongeduld het en toeterde hij om de geparkeerde wagen tot haast te manen. Dat deed hij vier, vijf keer, totdat de oude kerel achter het stuur zijn raampje omlaag draaide en schreeuwde dat hij niet van plan was om weg te rijden, hij stond op iemand te wachten en dat duurde nog wel even.

'Waarom zet je dan verdomme je knipperlicht aan?' riep Teo.

De oude man gaf hem met een gebaar te verstaan dat hij kon ophoepelen en draaide zijn raampje dicht.

Teo parkeerde zijn auto pal naast die van de oude man. Hij stapte uit en sloot de deur af. De oude man wilde protesteren, maar kroop diep weg in zijn stoel toen hij Teo's postuur zag. Als Teo meer tijd had gehad, had hij hem de schrik van zijn leven bezorgd, maar hij had haast. Vooralsnog was hij tevreden dat hij hem de uitweg had geblokkeerd. Die kerel had hem voor niks laten wachten, nu had hij pech gehad, Teo had dringende zaken te doen. Het moment was aangebroken om de eerste regel van het Sever in acht te nemen en iemand te worden die hij niet was: vastberaden en zelfs gewelddadig als het moest.

Hij keek om zich heen voordat hij het ziekenhuis in liep om te zien of er nergens iemand stond die op een moordenaar leek, een huurling van de Gevallen Engel. Hij zag niets verdachts en al was dat wel zo geweest, dan had hij zich toch niet laten tegenhouden. Teo had geen keus, hij moest Pat daar weghalen, hoe dan ook.

Hij vroeg naar de artsen die hij kende. Geen van hen had dienst. Dan wilde hij het hoofd van de intensivecareafdeling spreken, dringend. Zoals altijd wanneer hij met zijn boemangezicht iets eiste, gehoorzaamden ze meteen.

Terwijl hij stond te wachten, las hij de krabbels van mensen op de muur van de wachtkamer waarin God werd aangeroepen en de zieken werd gesmeekt om sterk te zijn. Veel van die mensen waren waarschijnlijk al dood. Toch vond Teo troost in die onhandige, vaak fout gespelde smeekbeden, want ze vereeuwigden het moment waarop veel mensen hun koninkrijk hadden gegeven voor het welzijn van een ander.

Toen de arts arriveerde, vroeg Teo hem naar Pats toestand. Er was weinig nieuws te melden: hij ving iets op over een stabiele toestand, vlagen van helderheid en momenten van extreme zwakte. Ze konden alleen maar afwachten, vertrouwen hebben, geduld, hetzelfde praatje als altijd; volgens de arts lag Pats leven in Gods handen.

'Ik wil haar meenemen,' zei Teo.

De arts toonde zich verrast. Wilde hij haar naar een herstellingsoord brengen? Ze werd hier heel goed verzorgd, als er enige reden tot klagen was, hoefde meneer Labat alleen maar een afspraak te maken bij de receptie en te verklaren dat …

'Nee, ik breng haar niet naar een herstellingsoord. Ik neem haar nu meteen mee naar huis. Ik wil niet dat ze ook nog maar een seconde langer alleen is,' zei Teo.

De arts wist niet wat hij moest zeggen. Hij schraapte zijn keel en zei twee keer: 'Onmogelijk.'

'Dit is een spoedgeval,' zei Teo. 'Haar dochter heeft haar nodig. Het is een kwestie van leven of dood.'

De arts zei dat hij het niet begreep, nam hij haar nou mee zodat ze niet alleen zou zijn of vanwege een spoedgeval met haar dochter?

'Wat maakt het uit, u laat haar toch niet gaan,' zei Teo.

'Natuurlijk niet! Deze vrouw is zwak, het zou hoogst onverstandig zijn haar hier weg te halen!'

'Dat is alles wat ik wilde weten,' zei Teo. 'Hartelijk dank.'

Daarop liep hij naar de deur van de ziekenzaal.

Het duurde een paar seconden voordat de arts vroeg waar hij heen ging. Het bezoekuur was nog niet begonnen, hij moest tot halfacht wachten.

Als enige reactie pakte Teo twee grote gasflessen die in de gang stonden en trapte de deur in.

De arts rende weg en riep om politieassistentie.

Teo sloot de deur vanbinnen af. Vervolgens schoof hij er een leeg bed voor en legde de twee gasflessen en alle onaangesloten apparaten die hij kon vinden erbovenop.

Pat was broodmager, het sondevoedsel had een vogeltje van haar gemaakt, dat was ze, een Pat-rijsje. En toch zag ze er nog altijd uit als een keizerin, in haar waardigheid leek ze op Cleopatra, alleen niet op de triomfantelijke Cleopatra, maar meer op die na de slag bij Actium, Cleopatra op haar sterfbed, die na haar nederlaag zo berooid was dat ze zelfs geen gifslangen meer had, niet eens ratten, en van armoe aan haar eigen armen moest knagen.

Even vergat Teo de reden van zijn komst. Hij pakte een afgekloofd armpje en kuste het, een stokje waaruit een al even smal buisje stak. Pat was niet meer Rita Hayworth maar Audrey Hepburn, zo broos dat je onmogelijk niet van haar kon houden. Hij had daar uren kunnen blijven om nauwkeurig als een landmeter haar hele huid centimeter voor centimeter af te kussen en uiteindelijk bij die lijkbleke lippen aan te komen, die hij net zo lang zou zoenen tot het bloed weer ging stromen en ze zou zegenen met kleur; al wat hij nu wilde, al wat hij nu nodig had, was haar liefhebben.

Het geklop riep hem echter terug in de werkelijkheid. Er stond een politieagent voor de deur van de zaal, die door het ronde raampje naar hem keek en nogmaals klopte. Hij vroeg hem open te doen en hem niet te dwingen naar binnen te gaan, wat komisch klonk, want dat zou in elk geval niet lukken; hij kon zijn schouder tegen de deur kapotrammen, maar Teo's barricade hield stand.

De reus haalde Pat zo voorzichtig mogelijk van de apparaten, verwijderde sonden en buisjes en zei: 'Binnen is buiten, schat. We moeten eruit!'

Hij legde zijn jasje over haar heen zodat ze het niet koud zou krijgen. Toen hij zijn armen onder haar lichaam schoof om haar op te tillen, opende Pat haar ogen. Ze herkende hem meteen, of dat deed haar slaperige glimlach althans vermoeden.

'Gaan we?' vroeg ze met een flinterdun, rasperig stemmetje.

'We gaan naar huis,' zei Teo. Pat was lichter dan lucht.

Hij forceerde de nooduitgang aan de andere kant van de zaal (hij had de Chinese Muur neergehaald als het nodig was geweest) en verdween in de regen van de avondschemering.

CXV

Waarin het wonder geschiedt en alles tot tevredenheid van de meesten wordt opgelost

De avond had geen compassie met de reddingswerkers. Met het invallen van de duisternis daalde de temperatuur een paar graden, wat het zowel voor degenen die aan het werk waren als voor degenen die op hun beurt wachtten om een spade te pakken, tot een zware klus maakte. Het was zo koud dat de sneeuw die tussen de vroege ochtend en het middaguur was gevallen, op de bomen was blijven liggen en de takken deed buigen onder zijn gewicht.

Het hele gebied was zo goed als kon verlicht. Er werden gas- en olielampen gebruikt en auto's moesten zo worden geparkeerd dat hun koplampen op het zoekgebied gericht waren. Er waren ook schijnwerpers geplaatst, die waren aangesloten op de enige draagbare generator die er in Santa Brígida te krijgen was, wederom dankzij het Sever. In plaats van uit te rusten om op krachten te komen, legden degenen die bij het vallen van de avond stopten met graven, om de zoveel meter een vuur aan; het zoekgebied was te groot voor de lichtbronnen waarover ze beschikten. Her en der zwaaiden nerveuze lichtstaafjes uit zaklantaarns. In elk stukje duisternis dat ze verdreven, was damp zichtbaar, overal stonden mensen die warme ademwolkjes uitbliezen, ze waren constant in beweging en ademden snel; zolang ze bewogen genereerden ze warmte en beweging was tevens het enige wat ze tegenover de dood konden stellen, die gretig en met wijd opengesperde muil op de ontknoping wachtte.

Op dat tijdstip waren er zeker vierhonderd mensen verspreid over het terrein, terwijl velen nog arriveerden en anderen terugreden naar het dorp om nog meer vrijwilligers te werven. Burgemeester Farfi was al uren geleden aangekomen, toen alle andere hypotheses waren uitgesloten en alleen Teo's vermoeden nog bestond: de slippartij van de bus op de bevroren weg, de val naar beneden en de lawine. Farfi was blij dat de ramp doordeweeks had plaatsgevonden, want dat hielp hem om onder de gegeven omstandigheden het beste van zichzelf te geven. In de gedrogeerde, ordelijke versie van zichzelf kon hij zelfs te midden van de chaos die ouders en familieleden onvermijdelijk creëerden, goed delegeren. De tijd drong onmiskenbaar, die kinderen moesten gevonden worden voordat ze aan de kou zouden bezwijken. Om dat zo spoedig mogelijk te bereiken, konden ze maar beter de aanwijzingen opvolgen en eendrachtig te werk gaan.

Teo had het bij het rechte eind gehad wat betreft de problemen die de bodem zou opleveren. Sneeuwschuivers waren niet erg bruikbaar op zo'n ongelijke ondergrond, ze liepen vast op stenen en boomwortels, moesten achteruit en weer naar voren rijden tot ze op het volgende obstakel stuitten. En de twee grote graafmachines boden ook weinig soelaas. Ze liepen het risico te kantelen op het hellende terrein en waren gedwongen zijwaarts, parallel aan de weg en met de grootste voorzichtigheid te werk te gaan, wat nogal tijdrovend was.

Farfi had alle spades die er in het dorp aanwezig waren huis aan huis laten inzamelen en het zoekgebied opgesplitst. Daar waar geen voertuigen bezig waren, stonden om de vier meter groepjes vrijwilligers als in een rastervorm te graven. Ze hadden instructies te graven tot ze op zand stuitten of tot anderhalve meter diep; volgens de berekeningen kon het pak sneeuw op de bus niet dikker zijn dan dat. Mochten ze na het bereiken van die grens niet hebben gevonden wat ze zochten, dan moesten ze vier meter verderop met een nieuw gat beginnen. Na drie keer graven moesten ze hun plek afstaan aan een volgende groep en een halfuur rust nemen. De enigen die van dit stramien waren uitgesloten, waren ouders en familieleden van de vermiste kinderen, die hadden gevraagd of ze door mochten gaan tot ze niet meer konden en weer aan de slag mochten zodra ze voelden dat ze weer op krachten waren. Mannen en vrouwen (want geen enkele moeder wilde aan de zijlijn gaan staan huilen), hippies en oorspronkelijke dorpsbewoners (want er werden kinderen uit alle bevolkingsgroepen vermist, ook Mapuchekinderen), burgers en mensen in uniform (want onder de kinderen bevond zich ook de zoon van een gendarme) bundelden hun krachten; allemaal stonden ze aan één stuk door te graven, in de hoop met hun spades op het metaal van de bus te stuiten of ergens de uitroep te horen dat er iets gevonden was.

De politie had parallel aan de weg een afzetlint gespannen om te voorkomen dat nieuwsgierigen de gravers bij hun werk voor de voeten zouden lopen. Langs deze afzetting stonden ambulances met geopende laadkleppen, als monden die op hun portie voedsel wachten. Het medisch personeel was nergens te bekennen, het leek te zijn gedeserteerd; in werkelijkheid waren ze een eindje verderop, ver van de lampen, bij elkaar gekropen om een sigaretje te roken en een borrel te drinken tegen de kou, terwijl ze elkaar steeds weer opnieuw vertelden, alsof ze het nog niet helemaal geloofden, hoeveel geluk ze wel niet hadden dat geen van hun kinderen bij Torrejas in de bus was gestapt.

Naast de ambulances stond de kleine vrachtwagen van de gemeente, die als mobiele keuken fungeerde. Op verzoek van de burgemeester had mevrouw Pachelbel de supervisie over de bereiding van het voedsel en de verdeling onder de reddingswerkers op zich genomen. Ze had warme thee, koffie en soep, water en allerlei soorten broodjes, want vanuit het dorp werd continu van alles aangeboden.

Miranda hielp haar en schonk thee in plastic bekertjes. Teo had haar zonder al te veel uitleg bij mevrouw Pachelbel achtergelaten, hij moest een paar uur weg en kon haar niet meenemen. De reus was tot de conclusie gekomen dat van al zijn kennissen mevrouw Pachelbel het beste op het meisje kon passen, omdat ze haar niet aan het graven zouden zetten of bij andere fysieke werkzaamheden zouden betrekken. Dat had hij goed gezien, maar aan de andere kant kon de vrouw tijdens het opdienen en uitdelen en toezicht houden op het groepje vrijwillige serveersters, weinig aandacht aan Miranda schenken. Het grootste deel van de tijd rende ze van hot naar her, terwijl ze onderweg de commentaren over het onheil aanhoorde.

'Doctor Dirigibus had gelijk,' beklaagde een vrouw zich ontdaan, aangegrepen door het noodlot van mevrouw Granola. 'Het hele dorp moet boeten voor onze fouten!'

Een groepje vrouwen zat te bidden onder de spirituele leiding van kapster Margarita Orozú, deskundige in de rozenkrans en andere godvruchtige activiteiten, omdat pater Collins met zijn mouwen tot aan zijn ellebogen opgestroopt als een bezetene in de sneeuw stond te graven. De priester had duidelijk zijn prioriteiten verlegd. Dit was het moment om de spade ter hand te nemen. Als de reddingsoperatie geen goed einde zou krijgen, was er nog tijd genoeg om zijn parochianen te troosten.

Acht meter verderop stond de ploeg te ploeteren waartoe Dirigibus en Puro Cava behoorden. Ze werkten allebei in stilte, helemaal buiten adem. De rechtsconsulent deed zijn uiterste best, zich pijnlijk bewust van zijn beperkingen; op dit moment had hij graag minder verstand gehad van wetten en meer van de aarde waarin hij moest spitten, een fenomeen dat hij altijd respectvol en van een veilig afstandje had gadegeslagen. Wat is aarde eigenlijk voor substantie, in hoeverre is het materie als hij tussen je vingers verpulvert tot er niets van overblijft? Waarom associëren we zand met stof, met woestenij, met viezigheid en dus met ziektes, terwijl het in contact met water de bron van al het leven is?

Primitieve religies, waarin de eerste mens uit modder en de goddelijke adem werd geschapen, hadden dezelfde opvatting over de kracht van deze materie: aarde was net na God het vruchtbaarste wat er bestond. Als dat zo was, waarom had God hun vandaag dan zo'n hoeveelheid bevroren water, tonnen en tonnen sneeuw, gezonden? Wilde hij misschien nieuwe modder creëren en daarmee een nieuwe mens? Dirigibus herinnerde zich de kracht die oude religies toekenden aan het water, het vermogen om zonden te reinigen. Dat was het voordeel van steden als Rio, Venetië of New Orleans, daarom werd daar zo uitbundig carnaval gevierd, want aan het eind van de dag konden ze naar de zee, de kanalen en rivieren om alle onreinheid van zich af te spoelen. Maar in Santa Brígida was het niet zo makkelijk om de zonden weg te spoelen, het meeste water was er bevroren en ijs wast niets weg, het conserveert eerder. Moesten ze dát van hun onheil leren, dat de zonden van het dorp nog intact waren, als nieuw, totdat ze hun plicht vervulden om ze aan het licht te brengen en er eindelijk verantwoordelijkheid voor te nemen?

Dirigibus stak zijn spade in de sneeuw en trok een handschoen uit.

'Wat doe je?' vroeg Puro Cava buiten adem.

'Ik wil me even afdrogen. Ik weet niet hoe, maar er is water in mijn handschoenen gelopen.'

'Dat is geen water,' zei Puro Cava. 'Dat is vocht van opengesprongen blaren. Niet kijken, daar heb je niks aan. Ik heb het net gedaan en ik kan je vertellen: het ziet er niet fraai uit.'

De rechtsconsulent nam de goede raad ter harte en trok de spade weer uit de sneeuw. Intussen was Puro Cava alweer aan de slag gegaan met een bezetenheid die aantoonde hoe graag hij die andere betekenis van de achternaam die hem ten deel was gevallen, 'louter graafwerk', eer wilde aandoen.

Toen mevrouw Pachelbel met een leeg dienblad terugliep naar het vrachtwagentje om meer koffie te halen, was haar assistente er niet meer.

'Miranda?' vroeg ze. Het meisje was nergens te bekennen. 'Miranda, maisje, waar zit je?'

Ze vroeg de vrome dames of die haar gezien hadden. Niemand kon het haar vertellen.

Ze had niet goed op Miranda gepast, ze had haar alleen gelaten. Er kon zich wel een vreemde onder de menigte hebben gemengd om haar te ontvoeren, een huurling van de Gevallen Engel! Wat moest ze tegen Teo zeggen als hij terugkwam, hoe moest ze reageren als hij naar haar vroeg?

Daar hoorde ze de claxon die ze zo goed kende. Ze zag Teo's pick-up al van verre aankomen. De wagen stopte op twintig meter afstand, er stonden zoveel auto's en ambulances en politiewagens dat het onmogelijk was dichterbij te komen. Meteen herkende ze Miranda's silhouet in het licht van de koplampen. Teo stapte uit en liet zijn lichten aanstaan. Hij gaf Miranda een zoen en haastte zich de deur van de bijrijderskant te openen.

Mevrouw Pachelbel riep Teo, maar de reus hoorde haar niet. Miranda liep de lichtbundel uit en verdween uit haar zicht.

Toen ze bij de pick-up aankwam, zag ze niemand meer. Waar waren ze zo snel naartoe gegaan?

Ze zag dat het afzetlint dat de gendarmes tussen de bomen hadden gespannen, kapot was getrokken. Toen ze naar het sneeuwdek keek, meende ze twee bekende gestaltes te onderscheiden: de reus en het piepkleine meisje, die de weg verlieten en in de richting liepen van ... wat? Bedrogen haar ogen haar nou, of had Teo's vertrouwde gestalte nog iets bij zich? Iets wat hij in zijn armen meedroeg?

Teo droeg Pat, die slaperig was van de medicijnen. Hij kwam steeds moeilijker vooruit, want Pat was dan misschien niet zo zwaar, maar Teo wel, en door die extra kilo's zakte hij nog dieper weg in de sneeuw. Toen begreep hij wat de heilige Christoffel moest hebben gevoeld toen hij met het Kind door het water waadde; je bent geneigd te geloven dat de vracht je uitput, terwijl het de gekozen weg is die het zwaar maakt.

'Waar gaan we naartoe?' vroeg Miranda, die haar best deed hem bij te benen.

'Ik neem aan dat elke plek goed is, of niet?' vroeg Teo, die boog voor de autoriteit van het meisje. 'Ik weet het niet, zeg jij het maar!'

Miranda haalde het Spica-radiootje uit haar zak en zette het aan. Er was niets op te horen. Ze bracht het naar haar oor maar ook dat hielp niet. Ze was teleurgesteld. Doelloos liepen ze verder met mevrouw Pachelbel in hun kielzog, terwijl Miranda aan de afstemknop draaide op zoek naar een liedje. Er verstreken minuten van vertwijfeling, tot de radio eindelijk met een knetterend geluid uit zijn lethargie ontwaakte. Er klonk een stem, slechts begeleid door een gitaar. Nick Drake zong *Things Behind the Sun*:

Look around you find the ground
Is not so far from where you are.

Het meisje wees naar een eenzame boom een stukje verder naar beneden.

'Teo!' klonk de stem van mevrouw Pachelbel, die haast niet meer vooruitkwam in de sneeuw. 'Wacht op mai!'

De reus bleef heel even staan en keek om. De vrouw had een heel grappige manier van lopen, ze tilde haar besneeuwde rijglaarsjes in de lucht en maakte reuzenstappen, alsof ze probeerde te voorkomen dat ze op een vijandige mijn trapte.

'Ik heb geen tijd meer te verliezen!' antwoordde Teo, en hij liep verder.

De reus legde Pat neer bij de boom. Het contact met de koude grond maakte haar wakker. Ze keek om zich heen en haar blik raakte vervuld van angst, ze kon zich niet herinneren hoe ze hier terecht was gekomen. Wat deed ze hier midden in het bos, in de sneeuw? Wie waren die mensen die daar in de verte op en neer renden, wat was dat geschreeuw, die machines?

'Pat, liefje, ik ben het, Teo,' zei de reus, terwijl hij haar met zijn jasje toedekte.

'Teo?' vroeg ze, alsof ze die naam voor het eerst hoorde. Haar lippen begonnen paars te worden.

'Ja, Teo. Je echtgenoot Teo,' zei hij, en hij liet haar zijn ring zien en pakte de hand waaraan ze de hare droeg. 'Snap je ...? We hebben hulp nodig, schoonheid. We moeten de regels omdraaien, net als bij het Sever! De kou in warmte veranderen.'

'Het is ... koud, ja,' erkende Pat, terwijl ze de hand met de ring weer liet vallen; ze had de kracht niet om hem omhoog te houden.

'Daarom,' zei Teo. 'We moeten de kinderen nu helpen, voordat het te laat is!'

'Kinderen?' vroeg Pat verdwaasd.

Miranda was achter Teo blijven staan, ze had de moed niet om dichterbij te komen. Ze was zelf ook in de war, ze werd heen en weer geslingerd tussen de blijdschap om haar moeder weer te zien en het gevoel van vervreemding dat de magere, bleke gestalte die er nog van haar over was, in haar opriep. Wat was er gebeurd sinds de laatste keer dat ze haar moeder had gezien, toen ze zich als Puck had verkleed om haar op te vrolijken? Wat voor sinistere schaduw was er over haar gekomen?

Mevrouw Pachelbel haalde hen in. Toen ze zag dat Miranda op een afstandje van haar moeder bleef, begreep ze in een oogwenk haar dilemma. Ze wist dat bepaalde gebeurtenissen je de adem, het evenwicht, de mogelijkheid om op de been te blijven kunnen benemen; het kostte haar weinig moeite zich de ketenen aan haar benen te herinneren, de beugels die haar zogenaamd hadden moeten helpen met lopen. Daarom knielde ze in de sneeuw en sloeg van achter haar armen om Miranda heen, net zo teder als haar eigen moeder dat altijd had gedaan wanneer ze voor een moeilijke situatie stond, want wat we op zo'n moment nodig hebben, is een steuntje in de rug, hulp om onszelf te helpen bewegen in plaats van bewogen te worden.

'Welke kinderen?' herhaalde Pat. Ze was totaal in de war.

Mevrouw Pachelbel gaf Miranda een zacht duwtje.

Het meisje reageerde op de impuls en liep wat dichter naar haar moeder toe.

Toen ze naast Teo stond, keek Pat haar aan. Wie was dit meisje? Een van de kinderen waarover ze het hadden, die kinderen die zij moest helpen? Maar dit gezicht kwam haar bekend voor, het was alsof ze in de spiegel keek, zij had er ook ongeveer zo uitgezien, ietsje donkerder alleen, tien … nee, twintig jaar geleden.

'Miranda?' vroeg ze, nog onzeker.

'Ja, mammie.' Dolblij dat ze herkend was, voegde ze eraan toe: 'It's me!'

Waarna ze op haar knieën viel en Pat omhelsde.

Mevrouw Pachelbel slaakte een kreet en sloeg meteen haar hand voor haar mond. Ze kon niet toelaten dat haar gevoelens met haar op de loop gingen, wie weet wat voor stommiteiten ze zou begaan of zou uitkramen als ze de kooi voor die beesten openzette. Maar ze wist niet meer hoe ze het tegen moest gaan, hoe ze dit proces moest stoppen, haar hart werd door elkaar geschud als een boom vol rijpe vruchten.

'Wat doe je hier?' vroeg Pat, terwijl ze met een trillende hand Miranda's gezichtje streelde. 'Het is ijskoud!'

'Dat weet ik,' zei Miranda, terwijl ze haar met kussen overstelpte. Pat liet alle emoties over zich heen komen, al had ze er lichamelijk zichtbaar onder te lijden. 'Daarom moeten we ook *De slag om de warmte* zingen!'

'Zing jij maar, dan kijk ik.'

'Nee, allebei!'

'Jij kent het heel goed, je hebt me niet nodig.'

'Ik heb je wel nodig, ik heb je nodig, mammie, echt waar!'

Pat leek te gaan tegenstribbelen. Maar toen ze Teo's gezicht zag, die geknield in de sneeuw toekeek hoe ze elkaar met kussen overstelpten, besefte ze dat ze zich vergiste.

'Vooruit dan,' zei ze.

Miranda sprong op.

En ze zongen het aloude lied:

In de slag om de warmte
Trok de ruiter ten strijde
Ruiter, pak je wapens!
Een hand!
In de slag om de warmte …

Daarna begon het weer van voren af aan. Bij de eerste hand voegde zich de tweede, vervolgens een voet (Pat bewoog hem amper) die de andere voet aanstak en daarna kwamen ellebogen, knieën en hoofd aan de beurt (Pat deed niet veel, Miranda bewoog voor twee), tot het meisje met al haar ledematen schudde en ze weer van voren af aan begonnen, bij die ene hand die een nieuwe kettingreactie teweeg zou brengen.

Mevrouw Pachelbel merkte het als eerste. Er vielen druppels op haar hoofd en ze dacht o, God, nee, laat het niet gaan regenen. Ze sloeg haar blik op naar de hemel en zag dat die helder was, de zwarte nacht was vol sterren, hoe was dit mogelijk? Toen ze een stapje opzij deed, merkte ze dat de druppels van de bomen kwamen, het was geen regen, het was de smeltende sneeuw van de takken. *Ein*

Wunder, dacht ze. Haar geest stond open voor de notie van een wonder.

Het verschijnsel herhaalde zich verderop, bij de mensen die stonden te graven en de machines bedienden, bij de mensen die stonden te wachten en te bidden, allemaal voelden ze de druppels en keken ze naar boven, maar ze zagen geen wolken, het regende uit de bomen, iemand zei 'ze huilen, de bomen huilen', en een ander vroeg om stilte, waarna de machines stopten. Toen spitsten ze hun oren en hoorden ze een zachte, tweestemmige melodie, met woorden die de meesten nog uit hun kindertijd kenden:

In de slag om de warmte
Trok de ruiter ten strijde
Ruiter, pak je wapens!

Velen vroegen zich af waar die muziek vandaan kwam. De mensen in de buurt van de boom kwamen dichterbij om Miranda te zien dansen. Het meisje sprong en schudde met haar ledematen en zong aan één stuk door, met die heldere stem die geen volume nodig had om ver te reiken; vrolijke muziek, een melodie die uitnodigde tot bewegen, tot ontwaken uit de lethargie, het was alsof je ijskoud water in je gezicht gooide na het opstaan. Miranda zong, haar moeder deed de tweede stem en veel mensen begonnen het liedje mee te zingen, al was het maar door stilletjes hun lippen te bewegen.

Niemand vond het raar dat Teo zijn trui uittrok. Het leek misschien idioot, maar het was midden in de nacht warm geworden, een lenteboodschap in het hart van de herfst. Mevrouw Pachelbel liet haar jasje op de grond vallen en de mensen deden mutsen af en handschoenen en overjassen uit, totdat er ineens iemand riep: 'Hé, water, man, water!' en iedereen hem met zijn voeten in het water zag staan. Mutsen en handschoenen dreven weg, het water kabbelde over de sneeuw alsof er hoog in de bergen ineens een rots was opengespleten, alsof iemand op de top duizenden flessen champagne had ontkurkt.

Dirigibus riep Puro Cava. Kijk die lucht eens, zei hij. De nacht had plaatsgemaakt voor een roze gloed. Het lijkt het noorderlicht wel, zei hij, maar aurora borealis kon het niet zijn, dan nog altijd aurora australis, Dirigibus had in al die jaren dat hij in het dorp woonde nog nooit zoiets gezien en toch was het daar, de dag midden in de nacht, de lente midden in de winter, een perfecte omkering van de regels.

Toen klonk er een kreet, iemand schreeuwde: 'Hier ligt hij, de bus ligt hier!' en iedereen ontwaakte uit zijn verbijstering en rende naar de plek waar een oranje vlek zichtbaar was die met de seconde groter werd, het was de achterkant van de bus, de mensen namen hun spades mee, sommigen gleden uit op de helling, vielen in het smeltwater en stonden weer op, ook Farfi ging onderuit, maar hij liep verder alsof er niets gebeurd was. Binnen de kortste keren had iedereen zich rond de bus verdrongen om als een bezetene te graven tot de vonken van de spades vlogen, de burgemeester het hardst van allemaal, wat was dit fantastisch, hij kon voelen ondanks zijn medicijnen, hij was zo blij als op zes zaterdagen tegelijk, totdat er een raampje bloot kwam te liggen en iemand met een lamp in de bus scheen en angstig riep: 'Ik zie ze niet!'

Miranda was blij toen ze het tumult hoorde. *De slag om de warmte* had gewerkt: daar, op een paar passen afstand, waren de kinderen, ze zouden hen snel uit dat ijskoude koekblik halen. Ze was zo gelukkig dat ze niet eens in de gaten had dat ze in haar eentje aan het zingen was, ze begon gewoon weer opnieuw en sprong als een dolle in het rond, van blijdschap, maar ook uit noodzaak; de kinderen hadden meer warmte nodig dan ooit, het was nu niet het moment om te stoppen, integendeel.

Lucio Granola sloeg met zijn handbijl een raampje in. Hij veegde zo snel als hij kon het glas weg en dook meteen de bus in. Hij scheurde zijn kleren en zijn huid erbij open, maar hij gaf geen kik, hij voelde niets anders dan angst.

Iemand gaf hem een zaklamp aan. In eerste instantie zag hij niks, de stoelen waren leeg, maar achterin meende Lucio een bonte vlek te ontwaren en hij riep de naam van zijn zoon. Er kwam geen antwoord.

Hij klauterde over de stoelen naar beneden. De kinderen zaten in het voorste gedeelte, bijna bij de voordeur, dicht opeengepakt om elkaar warm te houden, de kleinsten in het midden en de grootsten aan de buitenkant. Hij zag meteen een jochie dat een botbreuk moest hebben, met drie houten linialen en twee riemen hadden ze zijn arm gespalkt, maar niemand verroerde zich, niet één oog was open.

Achter Lucio aan klommen nog meer ouders naar binnen. Ze riepen de namen van hun kinderen, iets anders leken ze niet te kunnen uitbrengen, ze herhaalden de namen van hun kinderen om de atomen waaruit ze waren opgebouwd ervan te overtuigen dat ze niet uiteen moesten vallen en in hun bestaan moesten blijven geloven. Ze namen ze stuk voor stuk in hun armen, om ze liefde te geven, maar ook warmte, want liefde was warmte, warmte was leven; die kinderen waren door en door koud en dat was niet goed, bevriezing is dood, bevriezen is het tegenovergestelde van warm worden.

Lucio drukte de kleine Marco zo stevig tegen zich aan dat hij bang was dat hij zou breken. Maar hij voelde het lijfje langzaam minder stijf worden, het jochie bewoog, rekte zich uit en het eerste wat hij zei was 'verwarming', waarop Lucio in lachen uitbarstte en schreeuwde: 'Hij leeft, hij leeft!', en zijn kreten vermengden zich met andere die hetzelfde verkondigden, afhankelijk van het geslacht: 'Hij leeft!', 'Ze leeft!'. De namen riepen ze niet meer, ze konden niets anders meer uitbrengen dan 'Hij leeft!', 'Ze leeft!', 'Ze leven!'.

Miranda hoorde de stemmen en liet zich bekaf op de grond vallen.

Met een helpaars licht in haar ogen zocht ze naar haar moeder, ze wilde de vreugde van de overwinning met haar delen, de zege die ze samen hadden behaald. Maar Pat lag ineengedoken in Teo's armen, ze zag eruit als een vogeltje dat de reus van straat had opgeraapt, hij wist niet hoe hij haar moest vasthouden zonder dat ze zou breken. Miranda dacht dat ze sliep. Pat hield haar bleke knuisten tegen haar mond gedrukt als een baby in de wieg.

'Mammie!'

Bij het horen van die dierbare stem opende Pat haar ogen en zei, met een zweem van een glimlach: 'Zie je wel dat je het ... alleen kon?'

Miranda kroop naar haar moeder, met een staartje erbij was ze net een tijgertje geweest.

'Je had mij niet nodig om ze te helpen,' zei Pat. 'Je hebt mijn toestemming niet meer n-n-n-nodig.'

'Maar jij hebt toch gezegd ...'

'Vroeger. Dat was vroeger, toen we alleen waren, toen we geen ... vrienden of ... familie hadden.'

Dirigibus en Puro Cava kwamen aangelopen om het goede nieuws te vertellen: alle kinderen waren in leven, ze hadden de nodige kneuzingen en botbreuken, maar ze leefden. Maar toen ze het tafereel zagen, vielen ze stil. Pat was nog maar een schim, een donquichot-achtig figuurtje in de armen van de reus, die stond te huilen als een kind.

'Help ze,' zei Pat tegen Miranda, 'ze kunnen het nog niet alleen. Niemand kan het alleen. Zelfs … ik niet. Maar ik heb g-g-geluk gehad.' En ze keek naar Teo, die maar niet ophield met snotteren, en schonk hem zo'n glimlach waar hij zo verzot op was.

'Ga je al?' vroeg Miranda.

'Ik ben moe,' zei Pat. 'Geef me eens een kus. Eentje die eeuwig duurt!'

Miranda gaf haar een kus die een warme, zoete smaak op Pats lippen achterliet. Het was een kus van liefde, die op Pats mond bleef tintelen, alsof er leven in zat. Miranda gaf haar nog een zoen op haar voorhoofd, een beschermende, troostende zoen, zoals ouders die aan hun kinderen geven. En zo bezegelde ze het pact tussen hen tweeën, tussen de vrouw die opbloeide en de vrouw die wegkwijnde.

Pat sloot haar ogen en werd nog kleiner in Teo's armen.

Miranda stond op en raakte de wang van de reus aan, die smolt als de sneeuw op de bergen. Vervolgens keek ze naar de hemel. Het roze licht stierf weg. Ze slaakte een diepe zucht. Toen rende ze naar mevrouw Pachelbel, die haar met open armen opving.

Teo hield alleen af en toe op met huilen om te horen of Pat nog ademde, of haar hart nog klopte. Zijn verrassing was groot toen Pat haar ogen opende en fluisterde: 'Teo, liefje.'

De reus wilde antwoord geven, maar kon het niet, hij rilde over zijn hele lijf.

'Rug recht, hoofd omhoog,' zei Pat.

Waarna ze haar ogen sloot en niets meer zei.

David Caleufú was weggelopen bij de bus en had zich in de sneeuw laten vallen. Hij was kapot, sinds het begin van de reddingsoperatie had hij geen moment gepauzeerd. Een poos lang bekeek hij het vrolijke tafereel: ouders die hun kinderen niet meer wilden loslaten om hen door de artsen te laten onderzoeken, grootouders, ooms en tantes die vochten om al was het maar een voetje van het kind te pakken te kunnen krijgen en dat dan vervolgens niet meer loslieten, reddingswerkers die elkaar in de armen vielen als familieleden die elkaar jarenlang niet gezien hadden, burgemeester Farfi die stond te springen en te schreeuwen en te vloeken alsof hij een maand geen medicijnen had geslikt, Margarita Orozú die zegeningen uitdeelde

555

(ze zegende zelfs pater Collins) en zijn eigen vrouw Vera, die van de gelegenheid gebruikmaakte om met iedereen tegelijk een praatje te maken.

Hij trok met zijn tanden zijn handschoenen uit. Dat was pijnlijk, ze zaten vastgekleefd door het bloed. Gelukkig liep er op slechts een meter afstand een stroompje water dat langs de bergwand zijn weg naar beneden had gevonden uit een netwerk van riviertjes met ijskoud vocht. David hield zijn handen in het water. Hij voelde meteen verlichting, zijn handen werden roodgloeiend en zo voelden ze ook aan, nu kregen ze verkoeling, wat een eindeloos genot. Het water voerde het tintelende gevoel maar ook het bloed mee, dat was onderdeel van het schouwspel, Davids handen kleurden het water eerst rood en toen roze, en deze gekleurde vlek zocht zijn weg door de bergen naar het laagste punt, waar het zich uiteindelijk met de aarde zou vermengen en voorgoed zou rusten.

'Wat is er gebeurd?' vroeg Salo. Hij had de spade nog in zijn hand. Hij had op eigen houtje in de sneeuw staan graven om te helpen.

David schudde met zijn handen. Ze deden nog pijn, maar waren in elk geval schoon.

'Wat is er gebeurd?' vroeg Salo nogmaals.

David wilde zeggen dat dat toch wel duidelijk was, wat zou er nou gebeurd zijn, kijk die kinderen daar, de mensen zijn blij, maar hij hield zich in, want ineens bedacht hij dat Salo eigenlijk iets anders vroeg, iets wat helemaal niet zo duidelijk was, iets wat verder ging.

Hij bedacht dat er gebeurd was wat moest gebeuren, wat iedereen van het begin af aan gehoopt had, sinds we deze wereld kwamen binnenzwemmen, sinds we in dit huis werden opgenomen; het eerste wat men bij onze geboorte doet, is ons warm inpakken, want we komen van een plek waar het altijd warm is en daarom is kou iets vijandigs. Er was gebeurd wat moest gebeuren sinds het moment waarop we voor het eerst in de armen worden genomen; een omarming is meer dan een gebaar van liefde, het is een manier voor mensen om elkaar warmte te geven, om het innerlijke vuur te delen dat ze nodig hebben om verder te leven. Er was gebeurd wat moest gebeuren sinds we waren grootgebracht, want ouders, grootouders, ooms en tantes betekenen van alles voor ons, maar het zijn vooral degenen die ons tegen de kou beschermen, de wereld is ijskoud en het leven heeft warmte nodig om te gedijen, niet te veel, maar precies genoeg, een nauwkeurig afgemeten hoeveelheid warmte die we niet

met een thermometer kunnen bepalen of kunstmatig kunnen op-
wekken, omdat het een warmte is die alleen een ander ons kan geven, het maakt niet uit wie: vader, moeder, grootouder, oom of tante,
vriend of vriendin, soortgenoot, een ánder, en dat was wat er gebeurd was, gewoon, wat gebeuren moest. Mensen die anderen hun
warmte gaven. Zoals het hoort.

Maar deze verklaring leek David te ingewikkeld, hij was geen man
van woorden, hoe leg je zulke dingen aan je kind uit? En dus sloeg
hij alleen zijn armen om Salo heen en wreef zijn kleine lijfje warm,
al deden zijn handen pijn; een gebaar zegt meer dan duizend woorden, wordt wel gezegd: hij vertrouwde erop dat Salo de boodschap
begreep, dat hij zou snappen wat hij probeerde te zeggen door hem
zo dicht tegen zich aan te drukken en zijn wang tegen de zijne te
houden, net als die eerste keer, toen Salo net geboren was en Vera
hem de baby gaf en hem aanspoorde: 'Zeg dan iets, sufferd, het is je
zoon!' en David niets anders te binnen schoot dan hem tegen zich
aan te houden en zijn koude snoetje overal te kussen tot het rood
zag.

Voor één keer, of misschien wel voor de tweede, gaf hij zijn zoon
precies de juiste boodschap door. Het was niet voor niets dat iedereen elkaar in de armen viel, er moest een goede reden zijn waarom
Teo Miranda omhelsde en Miranda Teo, waarom mevrouw Pachelbel Puro Cava en Dirigibus omhelsde en Farfi iedereen (hij was
tenslotte politicus), terwijl Vera naar hen op zoek was, naar David en
Salo, omdat ze niet de enige wilde zijn die niemand omhelsde.

Toen ze met geopende armen en een pruilmondje kwam aangelopen, zei Salo: 'O, shit, daar gaan we weer.'

David glimlachte en drukte zijn zoon nog steviger tegen zich aan.

Mevrouw Granola omhelsde Lucio, die op zijn beurt zijn geredde
zoon omhelsde. Lucio's vrouw was er ook, ze gaf het jongetje kusjes
en huilde als een bezetene, maar Marco was rustig. Hij wreef in zijn
ogen alsof hij uit een middagdutje ontwaakte en vroeg of de zon al
op was. Lucio lachte. Natuurlijk, jongen, antwoordde hij. Als *De slag
om de warmte* wordt geleverd, komt de zon tevoorschijn, al is het
midden in de nacht.

Dankwoord

Dit verhaal had ik niet kunnen schrijven zonder de informatie die bepaalde boeken me hebben geboden. Enkele inzichten die Miranda's klankuniversum hebben verrijkt, heb ik te danken aan *Constructing Musical Healing* van June Boyce-Tillman en *Music and the Mind* van Anthony Storr. De wiskundige kennis die Teo en het meisje zo dierbaar is, heb ik overgenomen uit *The Music of the Primes* van Marcus du Sautoy (Harper, 2000). De figuren en anekdotes uit de Ierse folklore heb ik gevonden in *A Dictionary of Fairies: Hobgoblins, Brownies, Bogies and Other Supernatural Creatures* van Katharine Briggs (Penguin, 1976). Ik hoorde van de visioenen van Hildegard van Bingen dankzij *De man die zijn vrouw voor een hoed hield*, van Oliver Sacks (Meulenhoff, 2005). Via Sacks kwam ik terecht bij *Vida y visiones de Hildegard von Bingen*, een prachtige uitgave van Biblioteca Medieval, met bovendien een cd met muziek van deze visionaire, die men niet anders zou kunnen omschrijven dan hemels. En ik had me niet kunnen uitdrukken in de taal van de Orde zonder de hulp van de verzamelbundel van Latijnse spreuken van Angela María Zanoner.

Ook bedank ik Amaya Elezcano en het team van Alfaguara España voor hun niet-aflatende steun. En mijn agent, Pepe Verdes, en alle mensen van La Oficina del Autor. De verantwoordelijken voor het blog El Boomeran(g): Basilio Baltasar, Ximena Godoy en Giselle Etcheverry Waker. Juan Cruz en Fernando Esteves. Nelleke Geel en Dirk Vaihinger, die sinds *Kamtsjatka* in me hebben geloofd. Julia Saltzmann, Augusto de Marco, Analía Rossi, Juliana Oriuela, Carla Blanco, Adriana Yoerl en Claudio Carrizo, die zich vanuit Alfaguara Argentina om het boek bekommerd hebben. En fotograaf Juan Hitters voor de portretfoto.

Mijn vrienden Miriam Sosa, Marcelo Pyñeyro, Paula Álvarez Vaccaro, Cecilia Roth, Ana Tagarro, Nico Lidijover, Andrea Maturana, Miguel Cohan, Isabel de Sebastián, Eduardo Milewicz, Adrián Navarro, Matthias Ehrenberg en Pasqual Górriz.

Ik wil dit boek opdragen aan twee mensen die niet meer onder ons zijn. In de eerste plaats mijn moeder, Alicia Susana Barreiros de Figueras, die me als eerste wees op het belang van *the sound of music*. En in de tweede plaats mijn vriend Joaquín die, net als zijn naamgenoot in de roman, in de bergen is achtergebleven. Schrijven is slechts één manier om hem dichtbij te houden.

Het zou onterecht zijn als ik het boek ook niet opdroeg aan degenen die dagelijks bij me zijn. Mijn vader Jorge Figueras, mijn zus Flavia en broer Javier voor hun trouwe liefde. Mijn vrouw Flavia, omdat ze van mijn leven een heerlijke romantische komedie heeft gemaakt. En mijn dochters Agustina, Milena en Oriana, omdat ze Miranda al haar krachten hebben gegeven.

Inhoud

Liber primus

Liber secundus

Liber tertius

Liber quartus